卜 著

我有
特殊的
侦探技巧 上

I Have
Special Detective
Skills

江苏凤凰文艺出版社
JIANGSU PHOENIX LITERATURE AND
ART PUBLISHING, LTD

目录
CONTENT

01

天黑请闭眼

『第一章』天黑了

熊卷卷开始在群里跟大家玩游戏。

游戏叫"天黑请闭眼"，有人扮杀手有人扮平民，杀手正讨论杀哪个平民的时候，有个新人加进来，开口就问："杀一个人多少钱？"

卷卷愣了一下，打字回他："选个死法，车祸、坠楼、泼硫酸……或者自定义添加。"

取名叫复仇者的新人兴奋起来："泼硫酸！我要那贱人生不如死！老板！一万块够不够？"

卷卷搞不清楚这人是玩真的，还是来玩他们的，迟疑片刻，她打字："谁接单？"

群里都是一票游戏玩家，玩起角色扮演来轻车熟路，一个叫小刀的立刻回道："一万太少，还不够来回车马费。"

阿下："这年头买条狗都得一万八千的，杀人不如去杀狗。"

小刀："上次任务的伤没好，这次就不跟你们抢了。"

复仇者犹豫了一下，打出了一个新价格："十万。"

见群里没人回应他，他又补了一句："可以先付押金。"

嘀嘀嘀的声音响起，卷卷打开一看，是小刀的私聊："这人貌似是玩真的，怎么办？要不要先收他一笔钱，回头好敲诈他？"

兄弟你混哪儿的？这么黑的主意你都能想到？

卷卷虽然爱财，不过身为一个良民，她没法说服自己跟对方同流合污，于是给复仇者发了个私聊："这里是游戏群，群里有学生有家庭主妇有上班狗，就是没有杀手，你自己退吧。"

复仇者变得十分激动，他不断发来文字，都是一长串一长串的，最后干脆不停重复一句："我能保守秘密，绝对不会把你们供出去，帮帮我！帮我杀了伍倩！"

卷卷愣了一下，想不到居然听见一个熟人的名字。

伍倩是她大学室友，两人毕业以后在同一家公司工作，不过跟籍籍无名的卷卷相比，伍倩就有名多了，无论是她酷似某位港台明星的外貌，还是她三个月时间拿下老板，使得老板跟老板娘陷入离婚危机的丰功伟绩，都足以让公司的八婆聊上许久。

就在她这一愣神的工夫里，复仇者又跑回了群里，将这行字刷了很多遍。

群里人不说话，特别是跟卷卷同公司的那几个人，更加噤若寒蝉。

卷卷一阵头疼，使用管理员的权限，把复仇者给踢出去了。

此人一走，世界重新清静了下来，众人又开始玩起游戏，不过玩了一会儿，话题就转到刚刚那个新人身上，还有人感叹道："踢得太快了，老夫刚想玩他一下呢。"

"我都已经PS好了一份杀手执照，打算发给他看呢。"

"楼上技术帝啊！求执照，下次我也拿去骗人。"

"同求！"

在一片跪求技术帝的声音中，小刀再次私聊卷卷，发了个微笑的表情，问她："你说……群里会不会真有人接下这活？"

卷卷心头一跳，回他："不会吧，哪有这么脑残的人，为了十万块就沾手这事。"

小刀发了个微笑的表情："要是你爹明天就要上手术台，但诊费还差十万，你干不干？"

这个心理阴暗的家伙就是喜欢给人出难题……

卷卷不想回答这个问题，她看了下时间，发现已经快十一点了，就顺势跟他道别："明天还要上班呢，睡了。"

她关了电脑，很快就上床睡觉了。

第二天照常上班，卷卷一边处理手头的账务，一边想着中午吃什么，正在牛肉盖饭跟鸡丝面之间摇摆不定时，忽然听见身后一片鸡飞狗跳的声音，她转过头，见老板以百米赛跑的雄姿冲出会议室，分分钟消失在视野尽头，忍不住转头问同事："老板他怎么了？是不是玩股票了？"

"你别吓唬我。"坐在她边上的是个男同事，外号林姑娘，说话的时候总是轻蹙眉头，带着三分忧色，跟林黛玉似的。他忧心忡忡地道："你说他是不是上天台了？公司明天是不是要倒闭了？这个月的工资是不是不发了？"

卷卷觉得他在吓唬她啊……

等到中午吃饭的时候，两人为了消除内心的恐惧，找到了公司知名的八婆。这八婆别的本事没有，但只要有风吹草动皆瞒不过她的耳朵，简直生不逢时，放古代她能成为一流的探子，或者一流的容嬷嬷……

吃着两人献上来的贡品……不，甜品，八婆一边吧唧着嘴，一边对他们说："老板没事，是他小三出事了，伍倩知道吧？她在厕所里被人泼了硫酸。"

"啊！"林姑娘抚了抚心口，"谢天谢地老板没玩股票！"

"啊！"卷卷满脸骇然，突然爪子好痒，好想把这个噩耗发到群里去。

不过她还是忍到了晚上，公司电脑会记录消息，她不想把这件事留在公司的记录里。

等回家以后，卷卷以迅雷不及掩耳之势打开电脑，把这噩耗告诉群里的人。

因为是饭点，群里的人不多，但在线的人都被她的消息惊呆了。

"不是吧！"

"群主造谣会秃顶的！"

"我可以作证，这事真不是造谣，我就在三医院工作，今天的确有个被人泼了硫酸的女人被送进来。"

小刀又私聊了她，照旧是个微笑的表情："你猜是不是群里的人干的？"

卷卷："别说这种话，晚上上厕所都没胆子了！"

她说到做到，凌晨三点的时候睁着眼睛睡不着，无声地爬到隔壁合租人的房间，蹲在他床头小声地喊："刀爷，刀爷，起床了……陪我上厕所……"

床上的男人睁开眼睛，慢慢转头看她，冷冷地道："你想我把你塞进马桶里冲走吗？"

"还不是你吓我！"卷卷使劲把他往床下拖，"你负起责任来！"

小刀一脸郁闷地被她拖进厕所，双手抱胸，背对着马桶，满脸晦气地说："世界上居然会有这样的女人……"

"我们可是好兄弟啊，哈哈！"卷卷解决完生理问题，推着他出了厕所。

小刀二话不说回了自己房间，然后反锁房门。

卷卷搓了搓鼻子，回了自己房间之后，也反锁了房门。

不过她可不是在跟对方耍性子，而是要做一件不可告人的事情。

『第二章』请闭眼

卷卷打开台灯，从抽屉里抱出一堆相册来。

认识她的人，都说她最近染上了一个怪毛病，每天拿着个手机，见人就啪啪啪照个不停，不但拍熟人，还喜欢拍陌生人，拍下来的照片送到照相馆打印出来，积了一本又一本相册。

不是她突然得了拍照病，而是这些相册她自有用处。

选中标有公司的那一本相册，卷卷翻了翻，翻到了公司春游合影的那一张。

老板的前妻李安娜很少在公司出现，更不会跟他们这群员工合照，这张春游合影是难得的一张。

照片是抓拍的，是李安娜拉开车门，正要上车的瞬间。

关掉台灯以后，她将这张照片往枕头底下一塞，然后在上头躺好，对自己喃喃一声："天黑了，请闭眼……"闭眼之前，卷卷看了看时间，是凌晨三点一刻。

三点二十五分，A市的一家高级别墅里，"李安娜"慢慢睁开眼睛。

她先是被自己身边躺着的金发俊男吓了一跳，连滚带爬地从床上滚下来，床上的俊男嘟囔了一句英语，然而她听不懂，只能胡乱地回了一句："WC。"

俊男又在她身后说了几句，最后忽然换成娴熟的中文："厕所不在那边。"

"……"李安娜回道，"我脚抽筋了，随便走两圈。"

金发俊男呵呵笑了一声，笑声非常好听，像小提琴在夜色中奏响。

李安娜……不，应该说是卷卷开始在别墅里乱逛。

自打她开始玩"天黑请闭眼"这个游戏之后，就意外获得了一个特殊技能，晚上睡着之后，她就会随机进入另一个人的身体，以另一个人的身份醒过来，就好像游戏里的玩家在游戏开始之前，随机分配身份一样。

只不过游戏里的身份很简单，只有平民、杀手，以及警察。

而现实里的身份却丰富了许多，商场精英男、废材家里蹲、肤白貌美的空姐、生活不能自理的老人和小孩……

她有一次甚至成了个快要火化的老头，当时她紧紧抓住棺材板不放，瞪大眼睛不停呵气，硬是诈尸了半个小时才晕过去。这事闹得很大，还上了微博头条，后来经过调查，发现是家属不想照顾老头，所以伪造死亡履历，如果能顺利火化就一了百了，如果烧得醒了过来，就顺手讹诈殡仪馆一把。

卷卷心有余悸，醒来之后绞尽脑汁，做了无数实验，终于在一个月之前，找到了一个安全的睡觉姿势。

那就是将某个人的照片压在枕头下面，晚上她就能变成对方。

但这也有个前提，那就是对方当时已经睡着了，否则她还是得随机变成别人。

为此卷卷总是睡得很晚，以保证她穿越的时候，对方已经是熟睡状态。

这样的生活一开始很混乱，但习惯以后就会觉得挺带感的，因为相对于别人，她每天都可以活两次，每个晚上，她都能以不同的身份、不同的性别、不同的年龄重新活一次，体验一小段不同的人生。

不过今天晚上，她可不是来体验老板娘的生活的。

她是来寻找真相的。

"哈，找到了。"在别墅里转了几圈之后，卷卷终于找到了书房。她的手在墙上摸来摸去，最后摸到了电灯开关。水晶吊灯亮了起来，照亮了书架上的书籍，还有桌子上那台银色手提电脑。

卷卷在书桌前坐下，打开电脑，然后登录QQ。

让她松了一口气的是，李安娜保持了大多数人的习惯，家里的电脑都设置了自动登录，否则的话……她就可以转身回房睡小帅哥去了。

QQ登录以后，卷卷开始翻找李安娜最近的聊天记录。

或者说……寻找她最近出没的群。

这年头，大房徒手撕小三的消息实在太多了，卷卷倒不是想站在小三那边，纯粹只是想看一眼，昨天晚上群里的那个"复仇者"是不是老板娘。

事实证明，她还是太简单了……

她以为老板娘会恨小三入骨，但事实却是……

人家已经找好了一个律师团。

这群优雅的刽子手已经草拟出了一堆方案，譬如恶意财产转移调查、婚内出轨调查……如果这些方案全部成真，那么老板在离婚的一瞬间就会变成穷光蛋，他名下的车子房子乃至于公司的大部分股权都会转移到李安娜身上。

所以凶手不可能是李安娜……

因为她不是一言不合就杀人全家的类型。

她是一言不合，就让人家卷铺盖乞讨的类型！

卷卷在心里默默地给老板点了根蜡烛，然后关上电脑，准备回去睡觉。

她这个异能有个不方便的地方。

每次变成别人之后，非得睡着了或者晕过去了，才能重新回到自己的身体内。

所以她最怕碰上的就是失眠症患者……以及方圆百里之内不卖安眠药。

回到房间之后，卷卷发现房间里的灯开着，那个金发帅哥穿着雪白的浴袍，手里端着一只高脚杯，里面晃动着血红色的酒水，靠在落地窗前，朝她回头一笑。

"你回来了。"他走近卷卷，五官深邃，是混血儿的面孔。

卷卷注意到他的发根是棕色的，看来他并不是天生金发，染发的可能性很大。

"亲爱的，你在看什么呢？"金发混血儿抬手捏住她的下巴，逼她正视自己的眼睛，那是一双墨绿色的眼睛，像是长年累月照不到阳光的森林与苔藓的颜色，带着一股摄人心魄的威慑感，似乎要伸出绿色的藤条将人紧紧纠缠。

如果换个时间、换个地点，被这种等级的帅哥调戏……卷卷绝不抵抗！

可看到对方脖子上的吻痕，她皱皱眉，感觉有点反胃。

她虽然喜欢美男子，但是别人吃过的东西，她绝不下嘴。于是卷卷伸手推开他，正色道："等下！我又想去厕所了！"

反正厕所里应该有浴缸，实在不行，她就在浴缸里将就着睡一晚也行。

金发混血儿后退几步，笑盈盈地看着她落荒而逃的背影，忽然喊道："厕所也不在那边。"

卷卷的嘴角抽了抽："我去拿点纸。"

之后她跑回了书房，关掉灯之后，在红木地板上躺平，对自己喃喃一声："天黑了，请闭眼……"

现在是晚上四点，半小时之后，A市的一家小区公寓里，卷卷慢慢地睁开了眼睛。

她把枕头翻过来，发现之前压在枕头下面的照片已经变了模样，车子还在，车门也依然打开着，但是开门的人却不见了。

"浪费啊！"卷卷叹了口气，把那张照片烧了。

一张照片只能用一次，用完之后，上头的人物就会消失，只留下附近的装饰、建筑，以及沿途风景。

将照片的灰烬倒进垃圾桶之后，卷卷看了眼墙上的时钟，发现离上班时间还有三个小时，决定回床上补眠。

闭上眼睛的那一刻，她绝没有想到，十八个小时以后，她将从这件事的旁观者，变成整件事的主角……

『第三章』墙上的照片

这一躺，转眼就到了八点。

卷卷哭着冲出家门，犹如脱缰的野狗般往公司冲。

然而迎接她的并不是愤怒的上司，而是警察。

身为一个小市民，而且是心里藏了秘密的小市民，卷卷感到有些紧张，心里忍不住想："国家终于发现了我这个旷世奇才了吗？是不是要征用我？是算行政编还是事业编？一个月工资多少？"

可惜对方一脸严肃地说："熊小姐，请协助我们的调查。"

听这口气……似乎不是来挖掘她这个旷世奇才的啊！

实际上也的确不是。

原来伍倩在医院里醒过来之后，向警方提交了一个重要消息——就在她被泼硫酸的前一天，有人发布了要泼他硫酸的言论。

卷卷这才知道原来伍倩的小号也在她群里，叫"小花生"，个人资料显示是在校学生，平时喜欢潜水，偶尔也会出来玩上几把。

"复仇者"在群里发布杀人任务的时候，她刚好在线，不过并没将这事放在心上，因为美女总是充满争议的，有人爱她，就有人恨她，再加上她最喜欢勾搭别人的男朋友，所以喊着要泼她硫酸的人没有十个也有八个。

只是她从来没想过，有一天这种事居然会真的发生。

伍倩立刻就把群主供了出来，接下来卷卷就被请去协助调查了。

说是协助，其实就是提供了一下账号密码。

警方将她群里的人记录下来之后，接下来就没她什么事了。

反倒是公司里的人炸开了锅。

那几个没事就在群里吐槽伍倩的同事，现在一个个愁眉苦脸，跟死了七八次爹妈一样。虽然伍倩的名声不好，但是背后说她坏话，跟当着她的面说她坏话是两个概念，这万一她跟老板吹吹枕边风……他们就要准备缠足穿小鞋了！

林姑娘也是背后说过伍倩坏话的人，中午吃饭的时候，他翘着兰花指，将半勺玉米羹送进嘴里，一边吃一边叹气："吃了这顿，也许就没有下顿了。"

坐他对面的卷卷大口吃饭、大口吃肉，嘴巴上涂了一层红油，对他翻了个白眼："那你还不趁现在多吃点？来，碗给我，我去给你打一斤红烧肉！"

林姑娘本来一年三百六十五天，有三百天都在减肥的，现在估计是破罐子破摔了，居然真的让卷卷帮忙打了一份红烧肉，然后抽抽噎噎地吃了起来，知道的人晓得他在吃肉，不知道的人还以为他在割肉呢！

"林姑娘，其实你没必要这么伤心。"卷卷神秘一笑，摇头晃脑，跟个神棍似的，"要知道，福兮祸所伏，祸兮福所倚……咱们现在看起来是得罪了老板的二奶，妥妥的就是下一批被裁员的对象，但不到最后，谁知道事情会怎样呢？"

回想起老板娘那个庞大的律师团，卷卷琢磨着离婚诉讼也就这几天的事情了。

如果老板赢了，那没话说，大家一起缠足穿小鞋吧……

但如果是老板娘赢了呢？那他们几个合力骂过小三的人，就算不升职加薪，但保住现有的职位总没问题吧？

不过这话她没法跟林姑娘明说。

一来，她不想暴露自己身上的秘密。

二来……她一看到比自己瘦的人，就会忍不住想把他喂胖！于是趁着林姑娘悲伤过度，以至于神志不清的时候，卷卷拼命给他喂红烧肉："来！多吃点！仔细记住这味道！以后吃泡面的时候能用上！"

林姑娘差点被她给喂吐了，卷卷哈哈大笑，顺手摸出手机，给他拍了张照。

咔嚓一声，照片里的林姑娘用一只手挡住脸。

卷卷放下手机，对面的林姑娘一边用餐巾纸秀气地擦嘴，一边不满地对她说："讨厌啦，人家还没补妆呢，你不要拍啦！"

卷卷被他的一句"讨厌啦"搞得鸡皮疙瘩都起来了，于是极其严肃地对他说："你下次再用这种语气跟我说话，我就买一锅红烧肉，给你一口一口喂下去。"

林姑娘瞪了她一眼："你讨厌！"

好吧，卷卷决定实践自己的诺言。

她回家的路上把照片打印了出来，晚上洗漱之后，压在枕头底下。

"哼哼，等着吧！"卷卷对着照片邪笑一声，"今天晚上我就去买一锅子红烧肉，味道我来尝，肥肉你来长！"

时间是晚上十一点，大约十分钟后，卷卷在一张大床上睁开眼睛，愣愣地在床上躺了很久，她忍不住喃喃道："这不科学！"

她还以为自己会在一个粉红色的房间醒来，坐起身来的时候，脸上敷着的黄瓜片还会一片一片往下面掉呢……

然而，眼前是一间简约时尚的房间。

或者说一个棺材似的房间。

卷卷打开灯以后，发现房间里就两种颜色——黑与白。

墙壁刷得雪白雪白的，一点灰尘都不沾，柜子和床都是黑色的，乍一眼看去像两口棺材，一个竖着放一个横着放。

眼前的一切跟她记忆里的林姑娘格格不入，除了桌子上那个镶了好多水钻，还挂着一只松鼠玩偶的手机——这是屋子里唯一一件，他会拿出去示人的东西……

卷卷情不自禁地拿起手机划拉了两下，可惜手机上锁了，要用特殊的手势才能打开。她又打开电脑，发现电脑开机也需要密码……戒心这么强，一点也不像被她骗着吃了一堆红烧肉的林姑娘啊！

在房间里来回走了几圈，卷卷觉得有点闷热，这个房间整个就像大型的棺材，密不透风，闷热无比，她忍不住走到窗户边上，抬手拉住窗帘，哗啦一声把窗帘拉开，想要吹一吹夜风。

她愣在原地。

窗帘后面哪里是窗户，而是一面墙壁。

墙壁上贴满了一个人的照片，正面的、侧面的、笑着的、发怒的，在街上挑衣服的、在饭店里吃饭的……

密密麻麻的照片，几乎将整个墙壁贴满，一眼望去，仿佛有无数个伍倩在她面前。

不错，伍倩——照片里的人就是伍倩。

卷卷后退了几步，抬头看着眼前的满墙照片，视线从左到右。

因为个人需要，她也常常给人拍照，所以很快就看出来，这些照片全是偷拍的，正面照几乎没有，全是侧面照、背面照、俯视照……

等一下，俯视照？

卷卷的目光迅速从右到左，定格在一张照片上。

这张照片实在是太猥琐了，里面的伍倩正在如厕，卷卷怕自己长针眼，所以刚刚选择性跳过……

她伸出手，将那张照片从墙壁上取下来。

忽略掉里面的人，她的观察重点是里面的女厕，红色的格子间，左边的墙壁上被人用马克笔写了一串电话号码，留言写着："你寂寞吗？你空虚吗？你冷吗？打这个号码，我来温暖你！"

"孽障啊……"卷卷嘴角抽搐了一下，"这是公司的女厕吧？"

本来以为林姑娘虽然娘娘腔，但至少是个正经人。

可哪个正经人会趴在女厕的格子间上面，偷拍下面如厕中的女同事啊？

卷卷一边摇头，一边用照片扇了扇风——

她忽然停住动作，将照片翻过来。

只见照片背面，用马克笔写了一个数字——2015年9月11日。

房间依旧像个棺材，空气依旧那么闷热，可是卷卷背上却忽然冒出冷汗。

2015年9月11日……正是伍倩在厕所被人泼硫酸的日子。

那一天，林姑娘就在现场。

在伍倩隔壁的格子间里。

『第四章』随机事件

"卷卷，卷卷？熊卷卷！"

卷卷回过神来，惊魂不定地看着眼前的林姑娘，抱紧手里的饭盒问：“你想怎样？”

食堂的饭桌对面，林姑娘鄙夷地看了她一眼，一边用小拇指沾着唇膏抹在嘴上，一边说："问你呢，待会儿我要去医院看伍倩，你去不去？"

卷卷的第一反应是——你要杀人灭口啊？

林姑娘涂完唇膏，忽然拿手掐了掐脖子，叹息一声："昨天晚上，我好像梦游了……"

卷卷的心都提起来了，连忙吃了一口肥肉压惊，然后佯装镇定地道："你就胡扯吧，梦游的人都是没知觉的，你咋知道自己梦游了？"

"我知道。"林姑娘继续歪着脑袋，平光眼镜底下闪过一道微光，语气平平地道，"我在家里放了监视器。"

"你这什么毛病啊？在自己家放监视器，监视你自己？"卷卷瞪眼道。

林姑娘又恢复了平时的口吻，羞答答地说："人家自己一个人住，好怕家里进贼的！好啦好啦，陪人家去嘛！"

他拉着卷卷的手直摇晃，搞得旁边的同事都朝这边笑，如果是平时，卷卷为了摆脱这个困境，说不定就答应了。

可那面墙壁，以及墙壁上的照片在她脑海里闪过。

"林姑娘啊……"卷卷犹豫了一下，"我能问你件事吗？"

"什么事？"林姑娘反问。

卷卷盯了他片刻，最后摇摇头："算了，没什么……"

犯不着把对方的注意力引到自己身上。

在这场现实版的"天黑请闭眼"里，每个人都在隐藏真正的自己……也必须隐藏自己。

她最终没有答应对方的邀请。

下班以后，林姑娘自己去了医院，而卷卷则回了自己的小窝。

神不守舍地洗完衣服以后，她抱着那堆湿衣服跑到隔壁，谄媚一笑："刀爷，我来借阳台。"

小刀嘴角叼着根烟，正在啪嗒啪嗒地打键盘，听见她的声音，斜睨她一眼："外衣留下，内衣拿回去。"

卷卷轻轻一叹："我怕干不了。"

小刀啧了一声，别过头去："吹风机在我床头柜上。"

卷卷一脸感动："刀爷，你果然是个刀子嘴豆腐心的男人，以后我不喊你刀爷了，喊你豆腐……"

小刀咳嗽了一声，烟从他嘴角掉下来，落在键盘上，弹出的灰掉在键盘的空隙间。

他回过头来，露出棱角分明的面孔以及微微蹙起的眉峰，他嘴角一勾，扬起一个令人有些胆寒的笑容，说："你叫一声试试，我让你今天晚上下不了床。"

卷卷立刻就胆怯了。

小刀不笑则已，一笑就跟国际摘肾集团的罪犯似的。

"我错了我错了。"她马上就投降了，"您是爷，您是大爷。"

小刀呵了一声，用下巴指了指桌子上掉的那根烟，卷卷急忙跑过去，帮他把烟捡起来，重新递到他嘴里，手指不小心碰了碰他的嘴唇……跟外表的冷漠不同，他的嘴唇柔软而又温暖。

叼好烟，小刀继续盯着屏幕，头也不抬地对她说："只许吹内衣，不许吹内裤。"

"男子汉大丈夫，不要拘泥于这种小节嘛！"卷卷压低声音，"如果明天裤子干不了，你能借我条穿吗？"

"……"小刀，"算了，你爱怎么用就怎么用。"

卷卷立刻抱着电吹风回房间，插上电源，把内衣内裤吹干。

电吹风的热风吹得她有点昏昏欲睡，中途打了好几个呵欠，最后终于没忍住，勉强把内衣裤吹个八成干之后，她就爬上床睡觉了。

睡得迷迷蒙蒙之间，总觉得自己忘了点什么。

哦，她忘了拿照片放在枕头底下。

"算了……"卷卷心想，"做人不能这么循规蹈矩，偶尔也要放浪不羁一下……今天就这样吧。"

枕头底下如果没有放照片，那么晚上她就会随机入侵某个人的身体。

具体是谁，是男是女，全凭天意。

于是卷卷再次睁开眼的时候，是在冰冷的地上。

夜风凛冽，吹得人骨头都疼。她侧躺在地上，后脑勺隐隐作痛，似乎有温热的液体从里面流出来，模糊的视线里，出现了一双男款皮鞋，是极其亮眼的紫红色，在她眼前慢慢后退。

鲜血在卷卷脸上流淌，她嘴里呵着气，努力抬起眼，借着今天晚上的月光……看着对面那台手机。

有个男人站在对面，手里举着手机，挡住了他的上半张脸。

咔嚓一声，聚光灯闪烁，卷卷闭了一下眼睛。

之后聚光灯不断闪烁，咔嚓咔嚓咔嚓……也不知道拍了多少张照片。

身体越来越冷，卷卷觉得十分惶恐，虽然她变成别人的时候，有过那么几次生命危急，但她从来没有真正死去过，也不敢做这样的尝试，谁知道这种状态下死了，她是不是也会跟着死去啊？

视线越来越模糊，她忍不住抬起颤抖的手，朝那个男人的方向抓去，嘴里哀求道："救、救命……"

回应她的，是聚光灯又一次的闪烁。

似乎是拍够了照片，那男人回转身去，一只手插在口袋里，另一只手不断地在手机上按来按去。

留下卷卷在他身后，慢慢地合上眼睛。

一分钟后，嘶的一声，卷卷从自己的公寓小床上弹起来，浑身上下已经湿透，一只手抓住自己的喉咙，不停地喘气。

她忍不住抬手擦了把汗，另一只手在床头摸来手机，刚想打电话报警，可突然反应过来，她跟警察说什么啊？

警察叔叔，刚刚有个女人死了，你问在哪儿？我怎么知道！你问死的是谁？我怎么知道！你问我怎么知道的？呵呵其实我就是那个死者……

警察叔叔会直接把她给送医院了！

想来想去，最后只能继续倒下睡大觉。

可这个时候卷卷哪里还敢睡啊！要知道她一晚上只能变成同一个人，这时候再往枕头底下塞照片也没用，说不定睁眼她就躺太平间了，再惨点……验尸官说不定已经左手拿刀右手拿叉，把她解刨一半了！

卷卷只好躺平，睁着眼睛到天明。

第二天，她顶着黑眼圈去公司上班。

因为晚上没睡好，所以卷卷一整天都神不守舍的，眼睛盯着屏幕的时候，觉得里面的每个字都在抖动……直到林姑娘拍了下她的肩，跟她说："今天公司的电流好像不稳定啊，屏幕老是在抖。"

原来是真的在抖啊！

"你咋不早说呢！"卷卷愤愤然地转头道，"可怜我这双明媚似水的眼，差点就被闪瞎了！"

她转身的时候，一个不注意，就把桌子上的笔给碰掉了。

笔一路滚到桌子下面，卷卷急忙俯下身，伸手捡笔。

在捡起笔的那一瞬间，她看见了林姑娘的鞋子。

一双男款皮鞋，极其亮眼的紫红色倒映在她的瞳孔里。

卷卷盯着那双鞋，过了一会儿，握住笔，慢慢地直起身体。

一抬头，就看见林姑娘拿着手机对着她。

手机挡住了他的上半张脸，只能看见他的嘴在笑："看。"

卷卷瞪大眼睛，看着面前的那张照片。

『第五章』新的照片

手机里是一条新闻，新闻标题是——"小三门"事件后续！

下面配了张图，图里躺着一个女人，脸上马赛克打得连她妈都认不出这是谁，所幸下面还有文字描述，卷卷敏锐地捕捉到了关键词。

"伍倩？"卷卷喊了一声，伸手抢他手机。

大拇指在屏幕上滑动，卷卷低头看着这条新闻。

林姑娘等了一会儿就不耐烦了，伸手抢回手机："天天看她这张破脸，你还没看够啊！好了好了，人家给你转发过去了！"

……你这个满屋子贴着伍倩照片的人，有什么资格这么说我！

卷卷好不容易才把这句话吞回肚子里去，微信提示音响起，她打开手机看林姑娘发来的新闻，来来回回看了好几遍之后，她重新将目光定格在那张照片上。

可惜她只是一个正常人，不像某些牛人一样，能够"眼中有码，心中无码"。

不过这点小事难不住她，中午休息的时候，卷卷打开百度，在网上搜索这条新闻，一条一条下拉之后，点开一条链接。

这是一个小论坛，小论坛有小论坛的好，为了吸引视线，所有图片都是去了码的，比如眼前的这张照片，在去掉了脸上那堆诡异的马赛克之后，伍倩的容颜就出现在卷卷面前。

看见陌生人死，跟看见熟人死，当然是两种感觉。

因为被泼了硫酸，所以伍倩的脸上包裹着厚厚的白纱布，只露出两只眼睛，睁得又大又圆。她依然那么爱漂亮，脸上不能化妆，但指甲上却涂着鲜红鲜红的指甲油，红得就像她身上的血。

卷卷努力将视线从她身上移开，看了下案发的时间地点。

下班以后，她来到案发地点。

A市难得出现这么大的案子，黄色警戒线已经拉起，附近有警察走来走去，还有很多群众在围观。

卷卷混进这群围观群众里，四面环顾，最终站在一个地方，抬头看着对面竖起来的螃蟹招牌。

昨天晚上，她入侵某个人身体的时候，气息奄奄，倒在地上，眼睛里只看到了三样东西——聚光灯、紫红色的皮鞋，还有对方身后不远处的螃蟹招牌。

现在她可以确定了。

昨天晚上，她随机变成的那个女人……就是伍倩。

卷卷慢慢走向那个螃蟹招牌，螃蟹只剩下了一只钳子，显得非常破旧，店门紧闭，玻璃上贴着招租告示，上面写着老板的联系方式。

一阵风吹过，卷卷打了个冷战。

因为不知何时，林姑娘来到她的身后，平光眼镜模糊了他的视线，他平静地看着玻璃，不知道是透过玻璃看着她，还是他自己。

就在卷卷汗流浃背，想要转身给他来个黑虎掏心的时候，林姑娘忽然笑了起来："你吃了没？"

"没！"卷卷条件反射，"你请啊？"

"好啊！"林姑娘依旧笑眯眯的，"你想吃什么？我请你啊！"

无事献殷勤，非奸即盗！

然而卷卷还是同他一起去烤肉店吃饭了，作为一个庸俗的凡人，她难道还能跟肉过不去吗？再说她就不信了，这小样儿还敢在大庭广众之下砍死她不成？

猪肉羊肉牛肉，卷卷撸着袖子，吃得豪迈无比，一抬头，见林姑娘手里捏着一片包肉用的生菜，小口小口咀嚼着，卷卷忍不住愣了下，脱口就问："你兔子啊？"

"人家是个堂堂男子汉。"林姑娘扫了眼桌子上的烤肉，幽幽一叹，"可这些东西的卡路里实在太高了……"

"你嫌卡路里高，你来什么烤肉店？"卷卷问。

林姑娘嘴里叼着一片叶子，幽幽地看着她："还不是为了你……"

卷卷手里的筷子都吓掉了，惊恐无比地看着他，生怕他下一句就会表白。

"看在我对你这么好的分上……"林姑娘凝视她的双眼，"你能答应我一件事吗？"

一小时后，卷卷扛着两袋大米上了八楼。

轰的一声把大米丢到地上，卷卷气喘如牛地说："一饭之恩还给你了！下次有这样的好事别喊我！"

这世上果然没有免费的晚餐！累得半死不活不说，刚刚上楼的时候，几个大妈看她像看女力士一样，还特和颜悦色地拍着林姑娘的肩，跟他说："这姑娘人不错，看着就很敦实，你可得抓紧了……"

会夸人吗？敦实这种词是形容女人的吗？这明明是形容熊的吧！

卷卷愤愤然想走，但被林姑娘给拖住了。

"别走啊。"他一只手抓住卷卷的胳膊，另一只手掏钥匙开门，"进来喝口茶呗！"

黑白相间的房间，还有满墙的照片在卷卷脑海里闪过。

她看着林姑娘的背影，觉得这个熟悉的背影忽然间变得有点陌生。

那一刻，她心里甚至产生了一个念头，怀疑对方是故意装作家里没米，把她引到家里来。

"还是算了吧。"卷卷挣脱他的手，"晚了没车啊！我先走了！"

她慌慌张张地下了楼，一路上没敢回头，怕一回头就看见林姑娘站在她背后。

跑出了公寓楼之后，她奢侈地打了个车回家。车窗外，道路和树木快速后退，霓虹灯打在她的脸上，就像给她戴上了一张斑斓的面具。

短信音响起，卷卷低头看了眼手机，是林姑娘发的短信。

林永夜："到家发个短信哦。"

回家之后，卷卷想了想，还是给他发了个消息："到了！睡了！"

然后也不管他回不回话，她打开抽屉抱出那一堆相册来，丢在床上，开始一本一本地翻……经历昨天晚上的事之后，她短时间内不敢再随机睡觉了，本来想选个白富美或者高富帅犒劳下自己，可是手指翻动相册的时候，脑海里不断闪过伍倩与林姑娘的脸……

等她反应过来时，她已经抽出了林姑娘的照片。

有些人只可远观，不可亵玩……

比如林姑娘。

只看照片的话，他一双眼睛又大又黑，睫毛很长，笑起来的时候左边脸颊有一个小酒窝，但依然无法淡化他眉宇间的忧愁。

……但靠近了就一股浓浓的香水味。

卷卷跟他乘一个电梯的时候都不敢呼吸，一呼吸就觉得自己要窒息。

但适应之后也就没什么了，久居鲍市不觉臭嘛！

卷卷曾经以为他就这么一个毛病，现在她看着手里的照片，摇了摇头。

"现实有时候跟游戏一样。"她喃喃道，"在最后摊牌之前，谁也不知道谁的真面目。"

说完，她将林姑娘的照片塞在枕头底下。

现在是晚上十一点，十几分钟后，她在林姑娘的房间醒来。

抬脚从床上下来，她先在房间里趔摸一圈，连床底下都打着手电筒找了一遍，还是没找到监视器在哪儿。

拍掉手上的灰，卷卷来到那面照片墙前。

墙上依旧蒙着窗帘布。

卷卷伸了一下手，中途却缩了回来。

如果昨天伍情死的时候，林姑娘就在旁边，那么这张墙上就会贴上新的照片。

"证明一下你自己吧。"卷卷心想，"证明你只是个喜欢偷窥女厕所的变态，证明你只是个喜欢喷香水的死娘炮，证明你丫不是凶手……"

她一边想，一边伸出手，将那面窗帘布掀下来。

墙壁上贴着新照片。

看着那张照片，卷卷忍不住愣在原地，浑身发冷。

原本密密麻麻，贴满整张墙壁的照片不见了，雪白一片的墙壁上空荡荡的，只贴了一张照片，一张崭新的照片。

照片里的人不是伍倩。

而是卷卷……

『第六章』监视

卷卷病了。

她估计自己是吓病的……

给公司打了个电话请假之后，她就开始在床上挺尸。

挺到下午四点的时候，终于挺不下去了，她起来打电话叫了一个外卖，想了想，怕一碗牛肉盖浇饭吃不饱，又要了一份东北水饺和一笼馒头……病人嘛，就是要多吃才会好！

牛肉盖浇饭先送到，卷卷一边吃一边在心里诽谤，什么牛肉盖浇饭，里面只有饭没有牛肉啊……忽然手机响了，外卖小哥在手机里说："马上到门口了，开下门。"

通话还没结束呢，门铃就响了，卷卷心想这真是神速啊，起来给开了门。

房门打开，露出一张熟悉的面孔。

"卷卷！"林姑娘摇了摇手里的盒子，"我来看你了！"

卷卷反手把门给关上了。

"开门啊！开门啊！"林姑娘在外面不停地按门铃，过了一会儿，快递小哥也加入了敲门的队伍，几个人在门外大合奏："开门啊！开门啊！"

房门突然被人打开了，小刀提着一袋水果站在门口。

他还没进门，林姑娘就兔子一样蹦进来，怒气冲冲地对卷卷喊："人家好心来看你，你干吗把人家关门外嘛，呜呜呜……"

他说着说着，居然哭了起来。

卷卷简直是焦头烂额，特别是旁边的俩快递小哥看她的眼神，跟看始乱终弃的陈世美一样。小刀嘴里叨着根烟，一边换拖鞋，一边扫了他们一眼，问道："男朋友啊？"

"不是啊！"卷卷觉得自己要疯了，"我们是普通同事啊！"

"呜呜……呜呜呜……"林姑娘拿头抵在卷卷肩膀上，哭得喘不过气来。

"秀恩爱之前，先把快递单给签了好吗？"小刀从他们身边走过，头也不回地说，"别让人家在门口干等着。"

两个快递小哥可怜巴巴地看了眼卷卷。

卷卷只好签收了快递，然后把身上挂着的林姑娘给拖回房间。

这一趟折腾下来，她觉得自己的病情又加重了一点，趴在床上一下子起不来了，嘴里发出断断续续的呻吟声，觉得自己吐出的每口气都像最后一口气。

身后忽然传来一个声音："你喜欢拍照吗？"

卷卷吓了一跳，转头一看，发现林姑娘不知何时已经走到了电脑桌边，半靠在旁边的窗子上，手里抱着一本相册，悄悄地翻了一页。

"咱们两个是一类人。"他忽然转头对卷卷笑道，"我也很喜欢拍照。"

……鬼才跟你是一类人啊！卷卷心底发出无声的呐喊。

桌子上放着牛肉盖浇饭，吃了一半还剩下一半，林姑娘把椅子拉到床边，一只手端着饭碗，另一只手拿着勺子，看起来是要给她喂饭。

"别，哥还没残废呢。"卷卷夺过碗，自己扒拉起饭来。

扒拉到一半，忽然身边灯光一闪。

卷卷转头，发现林姑娘拿着一只手机，笑眯眯地看着她。

"交出来！"卷卷朝他伸出手，"我不允许自己的素颜照流传在这个世界上！"

林姑娘交出了手机，笑着说："只涂润唇膏出门的人，好意思说这种话？"

卷卷才不跟涂香水的男人争辩这个呢，她接过手机，本来是想删除自己的照片的，可接过之后，才发现里面正在播放一个视频。

视频已经过去了十几秒，显然是林姑娘刚刚拍完照片，就点开了这个视频，然后等她跟他讨要手机。

视频的声音是开着的，之所以没有听见声音，是因为里面的人正在睡觉。

卷卷吞了一下口水。

视频里的人正是林姑娘，他忽然睁开眼睛，从床上爬了下来，明明是在自己的房间里，却一副初来乍到的模样，连灯具开关都找不到，在房间里摸索了一整圈，最后才找到开关的位置。

打开灯之后，他似乎松了口气，然后开始到处翻东西，甚至连床底下都伸手摸了一圈，最后满脸遗憾地爬起来，拍掉手上的灰，慢慢转过脸，看着镜头，一步一步，朝镜头的方向走来。

卷卷这时候才知道，原来她昨天找了一整晚的监控器，就安在那面照片墙上。

当她看着照片墙时，监控已经对准了她，将她脸上的每一丝表情变化，都精准地捕捉在镜头里。

直到此刻，卷卷才知道自己的演技有多么拙劣。

她虽然入侵了别人的身体，但是动作表情完全是自己，如果是外人看大概还不会察觉到什么，但如果是一个熟悉她的人……

"听说跟一个人相处久了，会变得跟那个人越来越像。"身旁，林姑娘的声音忽然响起，他一只手撑在床上，半边身体几乎跟她靠在一起，他笑着看着她，"你看，我是不是越来越像你了？"

"有吗？"卷卷的眼睛盯着屏幕，强装镇定，"等哪天你能扛两袋大米上八楼，你再跟我说这样的话吧。"

视频里的人已经掀开了墙上的窗帘布，然后一副见了鬼似的表情，站在原地浑身冒汗。过了一会儿，他将手伸向镜头方向，似乎想取下些什么，但中途又放弃了，直直地看了一会儿墙壁之后，他重新走回床边，躺了下来，闭上眼睛。

"梦游真是个有意思的东西。"林姑娘在卷卷耳边轻叹，"你说对不对？"

"我觉得这是病，得治。"卷卷竭尽全力让自己看起来冷静，嘴上胡乱回道，"要不要我给你介绍一下杨教授啊？电击治疗！一戳就好！"

"还是不要了，我觉得这样还挺有意思的。"林姑娘笑着看她，"感觉好像放出了另一个自己……还是一个跟你挺像的自己。"

卷卷真不知道该说些什么才好了。

就在她考虑杀人灭口……不，是先下手为强的时候，林姑娘站起身来，从口袋里掏出一盒子感冒药放她桌上，对她说："好了，我就不继续打扰你这个病患了，你今天吃了药，就早点上床睡觉吧，别再熬夜打游戏了！"

说完，他朝卷卷俏皮地眨眨眼睛，然后转身朝门外走去。

卷卷送瘟神似的，一路把他送出了门。

房门关上的那一刻，卷卷松了口气，正要回去吃两口饺子压压惊，身后忽然传来一个寡淡生冷的声音："你朋友什么毛病？"

"呃……"卷卷回头看着小刀，心想这人难道跟姓孙的猴子一样，在炉子里炼过不成，否则怎么会这么火眼金睛，一下子就看出林姑娘这人有病？

小刀扫了她一眼，慢吞吞地走到鞋架边上，手指在鞋架下面一摸，摸出个纽扣丢给她。

卷卷接过纽扣，愣了下，问道："啥？"

小刀没急着回答她，而是径自走进卷卷的房间，眼睛一凝，像寻找猎物的鹰一样，在房间里一扫而过，然后从卷卷的床头边、电脑桌下面，以及墙上的挂镜后面，陆陆续续翻出了七八个类似的东西，一股脑丢给卷卷。

"你那男朋友怎么回事？"他皱着眉头道，"怎么在你这儿放这么多窃听器跟监视器？"

卷卷捧着那堆窃听器监视器，心情跟捧炸弹一样，哭丧着脸："他真不是我男朋友！"

"小姑娘，人心险恶啊。"小刀从口袋里拿出包烟，叼了根在嘴里，刚刚那股锐不可当的气势消退下去，又变回了那个满脸沧桑的老爷们，老气横秋地跟她说，"就算他现在不是你男朋友，等拍了你换衣服的视频再寄给你，你肯不肯当他女朋友？"

『第七章』当你看着深渊

卷卷被他这句话吓得一晚上没睡好，于是半夜两点钟还爬起来大扫除，看房间里还有没有漏网之鱼。

最后虽然什么也没找到，但她也吓得够呛，晚上睡觉时随便塞了个路人的照片就打发过去了，再也不敢入侵林姑娘的身体。

这万一睁开眼，看见墙上贴满她的照片怎么办？

又或者更恐怖一点，照片上的她已经被他一刀一刀分尸了怎么办？

卷卷自己吓自己，又是一晚上没睡好，第二天病情加重，又在床上躺一天，第三天才拖着虚弱的身体去上班，看见林姑娘对她挤眉弄眼就一肚子火，恨不得当场把他按在地上暴打。

但关键时刻，卷卷还是悬崖勒马了！因为她实在无法揣测一个心理变态的心思，谁知道他下一刻会哭着抽出手绢，还是哭着抽出刀啊……

所以卷卷干脆就疏远他，他往东，她就往西，他去中餐区，她就去西餐区，他进女厕所，她就……喊保安！

因为女厕有人，所以没等保安大叔出来英雄救美，一群女人就自己动手丰衣足食，把林姑娘给赶出来了，面对这么一群战斗力爆表的大妈，林姑娘跟个小媳妇似的，在门口哭哭啼啼，不停道歉："对不起，对不起，今天没戴眼镜，一不小心就走错了……"

这个时候不得不感叹，娘炮也有娘炮的好处。

因为大妈们基本都知道他什么德行，在她们心里，这家伙不是男人也不是女人，最多算个太监，所以一个个摆出一副"娘娘脸"骂了他几句，就这么算了。

但事后，同事小崔逮着卷卷问："你跟你小男朋友是不是闹别扭了？我看他最近总是魂不守舍的。"

卷卷惊了："谁是我男朋友啊？"

对方理所应当地回答："林永夜啊。"

卷卷做了个健美先生的姿势，跟对方秀了秀自己能扛两袋大米的胳膊，严肃地说："我今天要是不打你，你是不是就感受不到我的文武双全了？"

看着这条雄壮到能跑马的胳膊，对方有点泄气，急忙解释道："又不是只有我这么说，全公司的人都知道啊……"

"都知道些什么？"卷卷两眼一瞪，"说来听听！"

"告诉你也行。"小崔左右环顾了一下，压低声音说，"但别说是我告诉你的。"

卷卷原本以为又是些空穴来风的谣言，但听着听着，才发现不是这么回事。

"你还记得法务部的小杨不？"小崔问道。

"记得啊。"卷卷说。

法务部的小杨是跟卷卷一个学校毕业的师兄，在卷卷进公司以后，对她诸多照顾，加上人又长得高大英俊，卷卷本来还幻想着能跟对方有点浪漫发展什么的……可惜还没几天，这位师兄就对她失去了兴趣，路上见面都不带点头的，让她觉得很受伤！

"林永夜找过小杨。"小崔说，"当时他们争吵得很厉害，我刚好从那儿路过，听见林永夜喊了一句什么……不要再接近她。"

"……"

"他们具体说了什么，我不清楚，不过后来小杨的确是看见你就绕道走。"小崔说，"法务部有个暗恋他的小姑娘，也是新人，帮他打抱不平，在公司里到处散播谣言，说你脚踏两只船，嘴里吃着娘炮，眼睛还看着小杨，后来你知道她什么下场吗？"

"什么下场？"卷卷问。

"她在宾馆跟人开房的视频被人挂到网上去了。"小崔舔了舔嘴，越说越起劲，"平时看起来挺清纯一小姑娘，没想到玩起来那么疯，视频里可是有好几个人的。"

这件事闹得挺大，卷卷也略有耳闻，但她从来没想过这件事会跟她有关系。

"还有就是……"小崔刚要继续往下说，身后忽然传来一个男人的声音，带着笑意问："你们在说什么？"

两人一起看过去，见林姑娘穿着一件带玫瑰花纹的衬衫，踩着紫红色皮鞋站在对面，左脸上一个小酒窝，盈盈带笑地看着她们。

小崔明显有点吓到，急忙说："我那儿还有一堆工作没做完，先走了。"

"带上我！我也要努力工作报效国家！"卷卷怎肯一个人留下来善后，立刻挂在她身上，跟她一起跑路，跑到一半的时候，回头一看，林姑娘依旧站在原地，依旧盈盈带笑地看着她。

从这天开始，卷卷更加躲着他。

但有这方面经验的人都知道，当你想要刻意躲一个人的时候，反而会疑神疑鬼，变得比平时更加关注他。

卷卷也是这样的。

以前她从来没有特别关注过林姑娘，但现在时不时就要抬头看他，听到别人聊起他时，也会忍不住停下脚步聆听。

她渐渐发现，林姑娘用的水杯、桌子上放的水笔，甚至新买的裤子等等，都是跟她配套的，最多就是颜色上的不同，她又经常跟他在一起吃饭，难怪别人把他们当成情侣。

于是卷卷换了水杯、换了水笔，还超支薪水换了条新裤子，但是没过两天，林姑娘也换了同样款式的裤子、水笔，还有杯子……在卷卷转头看他的时候，他举着那个卡通图案的蓝色水杯，一边喝水，一边盯着她看。

他总是在看着她。

卷卷在食堂打饭的时候，一转头，就看见他排在她后面。

卷卷走进电梯的时候，他要么跟在后面进来，要么早就在电梯里等着她，在电梯上升的过程中，卷卷不说话，他也不说话，只是从平光眼镜后面看着她。

虽说大家在同一个屋檐下干活，抬头不见低头见，但同样的事情多了总不能说是巧合，尤其是这一天，卷卷从厕所里出来，准备去洗手的时候，一抬头，就看见林姑娘背对着她，站在洗手池前。

他们公司老板信风水，觉得红红火火可以发大财，所以连厕所都刷成红色，以前卷卷觉得洋气，现在真心觉得操蛋。

因为林姑娘站在满地红砖上，背对她洗手的场面……真的很像杀人凶手在清洗手上的血迹。

哗啦哗啦的水声中，林姑娘慢慢转过头来。

他似乎刚刚洗了把脸，脸蛋湿漉漉的，没有戴平光眼镜，一双黑洞洞的眼睛直直地盯着卷卷，像要将她吸进去。

卷卷看着那双眼睛，心里闪过尼采说过的一句话。

当你看着深渊的时候，深渊也在看着你。

"卷卷。"林姑娘看着她，慢慢问道，"我做错了什么，你为什么要避开我？"

『第八章』最后的通话

"咱们有话能在厕所外面说吗？"卷卷沉默片刻，觉得这件事还是说清楚为好，如果靠嘴说不清……那就别怪她大开杀戒了。

林姑娘戴上眼镜，说了声好，然后跟她约好下班一起去烤肉店吃饭。

吃的还是跟上次一样的东西，但是却没了上次的心情，卷卷没滋没味地嚼着一片烤牛肉，淡淡地道："为什么要在我家安监视器？"

林姑娘原本非常紧张，绞着双手并拢腿，一副被渣男骗身骗心，还唯恐被抛弃的小媳妇样，听了卷卷的话之后，他的脸色更加发白，摇摇欲坠，好像她再多说一句，他就会立刻晕过去一样。

卷卷可没空怜惜他，她这两天嘴巴上都长泡了，谁来可怜她啊？

"我知道你家里不容易，父母都下岗了，三个姐姐在外面打工，供你这个名牌大学生，看在他们的分上，我才没有去报警。"卷卷严肃地看着他，"不过朋友肯定是没得做了，你以后离我远远的，否则别怪我拿防狼十八棍招呼你。"

林姑娘低着头，没说话。

"今天就这样吧。"看着满桌子的肉，卷卷觉得浪费有点可惜，可她面对林姑娘实在是没有胃口，于是起身离开，准备回家路上买羊肉串吃，"那七八个监视器我已经收起来了，就不还你了，以后这样的事情少做，好自为之吧！"

一直沉默不语的林姑娘忽然抬头："什么七八个监视器？"

卷卷被他气笑了："都这个时候了，你还跟我装傻？"

"一个。"林姑娘忽然说。

"什么？"卷卷问。

"我只安了一个。"林姑娘盯着她，一字一句地说，"其他的监视器不是我放的。"

一时间，两人互相看着对方，谁也没再说话，只有烤肉发出嗞嗞的声音。

"不是你放的，那是谁放的？"卷卷干巴巴地说，"我又没有监视自己的爱好。"

林姑娘垂下眼，看着铁板上的烤肉出神，脸上虽然没什么表情，但放在桌子上的拳头却握了又松，松了又握。

他看起来很想告诉她点什么，但最后还是放弃了。

"算了，你就当是我放的吧。"林姑娘握紧拳头，低头笑道，"也许不止七八个，而是十几个，反正监视器这东西就跟蟑螂一样，你发现了一只，通常就意味着暗地里还有一窝……你还是赶紧搬家吧，最好连工作也辞了，反正这份工作也没什么好的，又苦又累，工资才一千五，随便去外面找个端盘子的活都比这强。"

"我警告你，你可不要太过分了。"卷卷彻底愤怒了，"犯错的人是你，凭什么走的人是我？一千五虽然少，但我马上就要转正了啊，转正工资三千呢，我不走，要走你走！"

林姑娘抬起头，深深地看了她一眼，喃喃道："你说得对，我早就应该走了……"

说完，他起身离开，离去的步伐很慢很慢，似乎在等待某个人的挽留。

卷卷一路目送，张了张嘴，但最终什么话都没说。

直到他落寞的背影消失在夜色中，她才忽然反应过来："不是说这顿你请吗？"

一听到这句话，服务员就不动声色地围过来，用身体挡住她所有的逃跑路线。

卷卷只觉得风萧萧兮易水寒，她满脸悲壮地吃光两人份的烤肉，然后扶墙而出。上公交的时候，有个大爷看了眼她的肚子，居然默默地起身给她让座了……

一路享受孕妇待遇，卷卷到站下车，回家冲了个澡准备睡觉，正准备吹头发的时候，发现手机上有个未接来电，是林姑娘打来的，但不巧碰上她还在洗澡，所以没有接到。

卷卷想了想，回拨了过去，可一直没人接听。

她当时也没在意，直到第二天，林姑娘的死讯传来，警方告诉她，她是林姑娘在这世上联系的最后一个人。

那通电话，是林姑娘在这世上拨打的最后一个电话。

可惜的是，直到他死去……也依然没有拨通。

卷卷听了这个消息，大脑一片空白，直到听到一个词，才回过神来。

"畏罪自杀？"她惊讶地看着前面的警察。

"是的。"警察告诉她，"我们在林永夜的家里发现了一份遗书。"

"遗书上写了什么？"卷卷小心翼翼地问，"我能看看吗？"

警察掏出手机给她看，手机里拍了遗书的照片。

那是一张纸，纸上潦草地写着："爸，妈，姐，我犯下了不可饶恕的大错，我对不起你们……"

"另外，我们在林永夜的家里找到了许多伍倩的照片。"警察又说，"听说你跟林永夜的关系很好，所以我想问问你，他平时是怎么看伍倩的？他们两个人之间有来往吗？有过不同寻常的争吵吗？"

"没有。"卷卷魂不守舍，脱口而出，"伍倩是我们老板的小三啊，换了你，你敢动你顶头上司的女人吗？"

警察尴尬万分，接不上话。

问话很快就结束了，因为卷卷实在拿不出什么有用的讯息，眼看着警察就要离开，她犹豫一下，忽然问道："他那里只有伍倩的照片吗？"

警察愣了一下，眼神有点犀利地看着她："什么意思？"

卷卷心头跳了一下，但还是装作若无其事地问道："我就是想问问……除了伍倩，他那里还有其他女人的照片吗？"

警察盯了她很久，那是个很年轻的警察，看起来刚出校门不久，眼神非常干净，像是把世上所有的阳光都萃进了眼底，闪耀着动人的温暖和坚毅，相信着正义也相信着公理。

"留个电话给我吧。"他盯了卷卷好一阵子，拿出手机对她说，"回头我帮你问问，有消息了再通知你。"

卷卷被他盯得心里发毛，觉得自己真是没事找事，但只能无可奈何地跟他交换了手机号码，也顺便知道了这位新人警官的名字——暮照白。

接着就是各回各家，各找各妈。

卷卷过了几天风平浪静的日子……至少她这里是风平浪静的。

但林永夜的家里却是一片腥风血雨。

伍倩的父母直接就上门泼红油漆了，在他们家门口写上杀人凶手，还要求林姑娘家里赔偿五百万。

这种时候说什么都没用，最好的办法就是躲起来别吭声，让警察过来处理外面这拨人，可是林姑娘的父亲是个拎不清的，这时候他不知道大事化小小事化无，居然还跳出来，对外面的人说，我家死的是儿子，你家死的是女儿，两个孩子都没结婚，不如就结个阴亲吧，他们在地底下互相有个照顾，我们两家也互相谅解一下。

这简直是在火上浇油啊！

伍倩的父母就不说了，新闻记者听说有这奇葩事，也一窝蜂过来了。

结果事情不但没压下去，反而越闹越大。

现在卷卷只要一上网，就能在各大论坛看见一堆有关林永夜的分析帖。

"林永夜这种人，说白了就是男儿身女儿心，心灵极其压抑扭曲！对伍倩这种真正的女人，而且是美丽的女人，他内心肯定是又嫉妒又憎恨的，所以一边恨不得自己变成对方，一边又恨不得杀了对方。"

"照我看这家伙根本就是装的，什么男儿身女儿心，他根本就是故意扮成娘炮的样子，好让女人放松警惕，然后随意出入女厕与更衣室，估计是不小心被伍倩发现了，一时害怕所以杀人灭口了吧……唉，我就不会犯这样的错误，必要时刻我会露出裤子里穿的丝袜，告诉对方我其实是个腿毛略长的女人。"

"警察叔叔，就是这个人……"

"你们这群肤浅的人类，这根本不是什么小三门事件，而是小四门事件。依我看，林永夜其实是伍倩在外面养的小白脸，因为怕金主发觉，所以特地让他扮成娘炮的样子，但是有几个正常男人肯天天扮娘娘腔啊，心里有火气，再加上在每个月的包养费上出现了争执，然后就没有然后了……"

"也不一定是伍倩养的小白脸哦，说不定是大老板养的……"

"腐女滚。"

类似的讨论充斥着网络。

谣言来得太快太烈，卷卷简直怀疑背后有推手，可她的怀疑又有什么用呢？林永夜已经被人你一把我一把、你一句我一句，推进了一个叫作杀人犯的盒子里，而他的家里人也已经支撑不下去了。

他们草草举办了一场丧事，打算埋了林永夜之后，彻底离开这个城市。

这一天，卷卷向公司请了假，参加了这场追悼会。

『第九章』过去的错误

追悼会那天，天色灰蒙蒙的，像是要下雨，但最终也没下。

来得人很少，卷卷在灵堂上看见了林姑娘的父母，还有他三个姐姐，其中大姐已经嫁人了，那男人比她大了起码二十岁，身高却矮她起码二十厘米，戴着金项链跟金表，一路都在叽叽歪歪说个不停："跟你说了，家里的穷亲戚少来往，更何况还是个杀人犯，这要是传出去，单位的人会怎么看我啊？我不管，你今天必须跟你家里人断绝关系，要不我就跟你断绝关系！"

大姐唯唯诺诺，不敢说话，只是低头不语。

"少说两句吧。"林永夜的父母看起来都很老实，哪怕是责备别人的时候，都显得有些低声下气，"有什么事回头再说，先把丧事办了，让人好好安息吧。"

"哟，只许他当杀人犯，还不许人说了？"大姐夫哈哈一笑，一副有恃无恐的样子。

林家二老碰到这样的流氓实在是没办法，只能叹了口气，敢怒不敢言。最后是卷卷看不下去了，走过去拍了他肩膀一下，满脸严肃地对他说："我有急性短暂性精神病。"

"啥？"大姐夫震惊。

"意思是说，我砍死你不犯法，只能算突发事件。"卷卷说完，眼睛直勾勾地盯着他看。

她这个病有点嚣张，大姐夫不知道她拿不拿得出病历来，如果拿得出……那正常人还是不要跟这种牛逼之人正面交锋了，没好处的。于是他又嘟囔了两声，就跑到边上不敢开口了，看着卷卷的眼神又惧又恨，饱受敢怒不敢言之苦。

灵堂恢复了清静，葬礼继续举行。

当棺材被人送上来时，卷卷有种恍若隔世之感。

她不知道林永夜是怎么死的，她没见过他死时的样子，也不知道他死的时候痛不痛苦，但至少经过入殓师的化妆，他现在的样子看起来非常安详，躺在放满白菊的棺材里，看起来就像睡着了一样。

身旁渐渐传来断断续续的哭声，先是二老，然后是他的几个姐姐，一群人捂着嘴，呜呜咽咽地哭起来，就连那个大姐夫都为了应景，随口号了几声。

卷卷也想应应景，可她哭不出来。

她怀里抱着一束白菊花，面无表情地站在棺材前，觉得眼前的光景、身边的声音，全都如梦如幻，简直不像是真的。

直到林永夜的遗体被送进火化房的时候，她才浑身打了个冷战，觉得忽然从梦里醒来，无法忍受眼前的现实，只能夺门而逃。

跟她一起跑出来的还有一个人——大姐。

两个人对视了一眼，然后一起在门外等着。

等待的时间实在太漫长了，卷卷开始没话找话："你们全部都要离开吗？"

"不。"大姐看了她一眼，搓着手说，"就我爸妈还有两个妹妹走，我跟我老公在这里都有固定工作，走不了。"

卷卷哦了一声，然后就不知道说什么好了。

反而是大姐变得絮絮叨叨起来，也许是天气冷的原因吧，她不停地搓着手，低头喃喃："家里出了个杀人犯，我的日子很不好过，街坊邻居老在我背后指指点点，说什么的都有……我小孩在学校也受了影响，这次的考试成绩很不理想……"

卷卷一听这种家长里短的事情就想打瞌睡。

她敷衍地恩了几声，又走了一会儿神，低头看看手机上的时间，发现已经过了二十分钟了，大姐还在没完没了地絮叨。卷卷渐渐有点不耐烦了，随口问了她一句："对了，林永夜遗书里写他犯了个错，你知道是什么错不？"

她问得太过突然，导致大姐想都没想就回道："我当然知道。"

说完，她忽然就住了口，然后转过头来，又恐惧又警惕地看着卷卷。

卷卷刚刚只是随口一问，但现在看她这副表情，她忍不住认真起来："你真知道？"

大姐却变成了个锯了嘴的葫芦，无论卷卷跟她说什么，她都一言不发，低头搓手。

又过了十几分钟，里面的人出来了。

林永夜的母亲手里抱着个骨灰盒子，林永夜那么大一个人，能塞进这么小的盒子里？当然是不能的，因为人烧出来的骨灰能装一大脸盆，而他们最多给你抓一把放盒子里，剩下的就倒掉当化肥。

所以，骨灰盒里的，只是林永夜的一部分。

卷卷收回目光，同他们一起上了公交车。公交车上没什么人，座位还挺多，但大姐对卷卷身旁的座位视而不见，直接坐到另一边去了。

卷卷看了她一眼，没说话，拿出手机来，时不时对着窗外拍两下，看似在拍摄沿途照片，实际上，每次拍照的时候，她都有意无意地把某个人拍了进去。

她去照相馆把照片洗了出来，然后将这群人的照片铺在桌子上。

台灯落下昏黄的光芒，照亮了照片里的那些面孔。

林家二老、林家三姐妹，还有大姐夫……总共六个人的照片，一个都没落下。

卷卷先是拿起大姐的照片，想了想，又放下了，换了大姐夫的照片，压到枕头底下。

时间是晚上十二点，几分钟之后，卷卷在一间陌生的卧室里醒来。

睁眼的那一瞬间，女人的哭声从门缝外面飘来。

卷卷听出那是大姐的声音，她心里带着疑惑，翻身朝门走去，拉开房门的那一刻，一个惨烈的场景映入她的瞳孔。

只见客厅内一地狼藉，桌子椅子倒在地上，杯子盘子碎得到处都是，大姐蜷在角落，披头散发，脸上身上到处是伤，抱着自己哭个不停。

卷卷以为家里进贼了，赶紧从地上捡起半只酒瓶子，准备一个打五。

可大姐看见她这个举动，却吓得不清，朝他尖叫道："你害死了小弟不够，现在还想打死我吗？"

那一瞬间，卷卷心跳如鼓。

她舔了舔嘴，沙哑道："是我……害死了林永夜？"

"你还敢说？"大姐尖锐一笑，笑着笑着，眼泪却涌了出来，声音发着抖道，"他是个名牌大学生啊，是我们家最有出息、最有前途的人……你怎么能拉着他帮你做那种事呢？你怎么能那么害他呢？"

在她断断续续的哭诉声中，卷卷终于知道了林永夜的过去。

知道了……他过去，究竟犯下了怎样的大错。

『第十章』消失的文件夹

林永夜其实早就死了。

被他的家人杀死了。

林永夜的家境并不好，父母双双下岗，大姐为了钱嫁了个包工头，谁知道对方婚前婚后根本是两张脸，不但对她非打即骂，还对她的两个妹妹动手动脚。

两个妹妹为了自保，纷纷辍学，跑去外地打工，但因为只有高中文凭，所以找不到什么好工作，想要进修，又拿不出钱来，最后只能一边做着薪水微薄的工作，一边怨天尤人。

一家人都过得很苦，又不懂得怎么改变自己的命运，最后就将全部希望都压在林永夜身上。

林永夜自己也把自己当成了家里唯一的希望。

为了不让父母失望，他放弃了自己喜欢的摄影专业，选报了财经专业。大学期间他一直非常刻苦，一边拿奖学金一边打工，自己给自己缴了学费，多出来的部分就寄给两个姐姐，让她们报班进修。

后来为了让大姐夫对大姐好一点，他接受了对方的提议，答应帮他建设视频网站。

但他没想到的是，大姐夫要开的视频网站，压根就是个黄色网站。

一开始请的是三陪女或者不入流的模特，后来为了节省资金，大姐夫想到了一个"妙计"，他直接跑进酒店里去，在里面偷偷安放摄像头，偷拍都市男女的约炮视频。

可他拍照技术不好，去酒店安摄像头的时候又被抓了几次，虽然没坐牢，但被列入了黑名单，现在需要一个拍照技术好，又身家清白、信得过的人来代替他。

他最后选中了林永夜。

但这种事既不光彩又违法，林永夜一个名牌大学的优等生，怎么肯干？

为了说服他，大姐夫当着他的面，拿酒瓶子打大姐的头。

林永夜当时就想报警。

但是大姐抱着他的腿，哭着求他不要去，怕报了警，大姐夫就会跟她离婚，她现在一把年纪又嫁过人，除了相夫教子什么都不会，如果离了婚就会一无所有。

林永夜还有什么办法，只好蹲下来，抱着姐姐哭。

"以前没钱请不起人的时候也就算了，现在你有钱了，干吗还要逼他帮你做这些？"大姐坐在地上，擦着眼泪说，"他现在好不容易有正式工作了，有了喜欢的人了，他想重新开始，你怎么就不给他个机会？你为什么要把他逼上绝路？"

"警察问过你这事吗？"卷卷艰涩地问，"你为什么不说？"

"我怎么说？"大姐尖叫一声，然后抱着头大哭起来，"他都已经是个杀人犯了，再背上这样的臭名，我可怎么活啊？呜呜……我又不像我爹妈，他们能走，我能走哪里去啊？"

"你要不说，他就是个杀人犯。"卷卷慢慢地道，"可你要是说了，他或许就是个传播淫秽物品的罪……"

"行了，你不用再试探我了。"大姐凄凉地笑道，"放心好了，我不会说的，我要是说出去，这个家就完了，反正我弟弟已经死了，这些罪就让他一个人背吧，咱们这个家，到底还得你来养活……"

那一刻，卷卷觉得她的脑袋已经熟透了，可以开瓢吃了……

拳头握了又放，卷卷终究没有当场打爆她的头。

这世上就是有这么一种人，打她嘛，她已经过得够凄惨了，不打她嘛，又难消心头之恨。

丢下哭啼不止的大姐，卷卷回房睡觉，因为心头怒火难消，她花了差不多半个小时才睡着，墙上时钟指向一点一刻，她在自己房间的小床上醒来，翻身坐起，右手抓过床头放着的手机，飞快地编辑起短信。

"关于遗书那件事，我有重要线索。"她将这条短信编辑了好几遍，确定没有什么疏漏之后，发给了那天认识的年轻警察暮照白。

本以为至少要天亮才能收到回复，没想到仅仅一分钟，对方就回了电话过来，明朗清晰的声音从电话一端传来："这个消息你从哪儿得到的？"

"我今天去参加了林永夜的追悼会，跟他大姐聊天的时候，他大姐说漏了嘴。"卷卷早就在肚子里打好了腹稿，拿出了一个相对合理的解释给他。

"明白了，我会去查查看的。"暮照白回答得干净利落，"还有类似的消息吗？"

"还要哪方面的消息啊？"卷卷活动了一下手指，这个时候她忽然感到很可惜，可惜自己一天只能使用一次这个异能，否则的话，她拼着几天不睡觉，把所有嫌疑人的照片都睡一次，那就水落石出了。

"年轻人有冲劲是好事。"对方似乎听出了卷卷激荡的情绪，反过来安抚她道，"不过查案子是我们警察的事情，你只需要提供一下线索就好，千万不要以身犯险。"

卷卷心想你自己不也是个年轻人吗，嘴上却说："知道了，警察大叔。"

两人又聊了一会儿，见卷卷拿不出更多的线索，暮照白就嘱咐她早点睡，然后挂了电话。卷卷倒是很想睡，可她怎么睡得着？线索在哪儿线索在哪儿线索在哪儿……

她忽然睁开眼："那个盒子！"

上次林永夜来她家探病，留下了一个盒子，但出了监视器的事情之后，卷卷连包装都没敢打开，就丢给了小刀，让他帮自己处理一下。

小刀把盒子拎回去之后，一直没说里面是什么，她也一直没问，现在回想起来，林永夜死前最后一通电话打给了她、最后一件礼物也给了她，她觉得这不是偶然，里面会不会留了什么线索？

想到这里，卷卷跑隔壁门口，耳朵贴门上听了一会儿，听见门里传来哒哒哒敲打键盘的声音，她就敲门说："刀哥，你渴不渴，我给你送水来了。"

小刀："……"

卷卷端了杯水进屋，小刀还是跟以前一样，房间里灯都不开，就电脑屏幕亮着，蓝莹莹的光打在他的身上脸上，让他看起来比平时更加阴沉恐怖，似乎连血管里流的血都是冷酷的蓝色。

他一口喝光杯子里的水，然后盯着卷卷。

"怎么还不走？"过了一会儿，他皱起眉。

卷卷扭捏了两下，欲言又止。

小刀摘下嘴里的烟，朝她脸上喷了一口白色烟气，淡淡地道："孤枕难眠？要我陪你玩玩？"

"不是啦！"卷卷急忙摆手，"我是想跟你讨论下林永夜的事情！"

"哦。"小刀瞥了她一眼，忽然拉开电脑桌的抽屉，在里面那堆零碎里淘来淘去，最后掏出一个U盘插进电脑里，平静地说，"没什么好讨论的，他是什么样的人，全表现在里面了。"

点开U盘之后，里面出现了两个文件夹，文件夹里满满都是照片。

正面的、侧面的、背面的、微笑的、苦恼的、愤怒的。

全部都是卷卷。

卷卷看着这一张张照片，觉得像在看另一个人。

她长得不难看，但因为不怎么化妆打扮，所以最多只能算清秀可爱，但在林永夜的镜头里，她却美得惊人，林永夜几乎是捕捉了镜头里的每一条光线，然后一丝不苟地将光线揉进她的头发和眼睛里，让她整个人看起来闪闪发亮。

她在他眼中是什么样的人。

他是用什么样的目光看她的。

在这些照片中暴露得一览无余。

小刀吐了口烟，眉头淡淡蹙起，毫不留情地评价道："拍得再好，也不能掩盖他是个尾随犯的事实……你不会为了这点事就感动了吧？"

卷卷没说话，她的眼睛盯着屏幕，一张张翻着照片。

"要感动回自己房间感动去。"小刀的手指在扶手上快速敲动，有些不耐烦地说，"哥还要用电脑呢。"

"刀哥你看，是不是有点不对劲啊……"卷卷指着照片问。

她之前进入林永夜的身体时，近距离观察过他家里的照片墙，知道他有将照片按时间排序的喜好，之后她又花了挺长一段时间观察他，发现不仅仅只是照片，他的性格循规蹈矩，对手边所有东西都喜欢排列整齐。

"哪儿不对劲？"小刀捏了捏自己的脖子，发出一阵骨头松开的声音。

"你看这几个文件夹的名字，2015年七月上旬，2015年七月下旬，2015年八月上旬，2015年八月下旬，2015年九月下旬……九月上旬呢？九月上旬去哪儿了？"卷卷觉得自己越来越接近真相。

"说不定人家那几天忙着杀人，没空理你呢。"小刀将烟叼在嘴里，左手捏着脖子，右手伸出，又大又宽的手掌覆在她手背上，操纵着她的手和鼠标，在桌面上点了一个数据恢复工具，"女人啊，你的名字叫作麻烦和疑神疑……"

鬼字还没说完，工具就检测到了被删除文档，然后开始进行修复。

卷卷用眼角余光瞥了小刀一眼，他的嘴角似乎抽搐了一下。

蓝莹莹的光照在两人脸上，两人谁都没说话，静静地注视着屏幕，直到标记着九月上旬的文件夹重新出现。

卷卷迫不及待地打开文件夹，以为自己终于发现了重要的线索。

结果却让她大失所望，这个文件夹里依然只有照片，还是不同人的照片，相同之处是照片里的人都很漂亮，不是俊男就是美女。

就在卷卷想要回房间默默舔伤口的时候，身后的小刀忽然坐直了身体，胸膛撞在她背上，差点把她的脸给拍屏幕上。

为了看清屏幕，小刀将手往她腰上一收，让她坐自己腿上。

这辈子除了自己爹，卷卷就从来没坐过别的男人，顿时感觉屁股上起了一把火，差点化身火箭原地飞升。

"别动。"小刀放在她腰上的胳膊一用力，把她固定在自己腿上，动作虽然流氓，表情却一点也不流氓。消瘦清俊的脸上，一双眼睛鹰一样盯着屏幕，闪动着锐利光芒，半响，他忽然扭头，对怀里的卷卷微微一笑，"我本来以为他只是个单纯的偷窥犯……现在看来，他搞不好真是冤枉的。"

卷卷愣了一下："怎么说？"

小刀回过头，放大一张照片，指着里面那个男人道："知道他是谁吗？"

『第十一章』人在囧途

照片里是一家宾馆。

伍倩挽着一个男人从里面出来。

那个男人金发璀璨，身材修长，脸上戴着一副墨镜，嘴角扬起优雅迷人的笑容。

卷卷觉得这人有点面熟，正在回忆他是谁的时候，耳边响起小刀的声音，打断了她的思绪。

"他的名字叫作萨丁，是一个国内有名的诈骗犯，专门针对富婆设下爱情陷阱，骗得很多人倾家荡产。"小刀吐了口烟，"他后来进了监狱，但很快就勾搭上了女狱医。女狱医为了跟他私奔，抛家弃子还搭上了自己，被抓以后判了个牢底坐穿，而萨丁却逃得不知所终。"

说到这里，小刀的目光转到卷卷脸上，微微一笑："小道消息，据说他现在已经转战幕后，培养了一批女骗子男骗子，由他们来诈骗新一代的富翁富婆，高风险但高回报，在你看来……伍倩会不会从事这行？"

"应该会吧。"卷卷想了想，回道，"她是个小三病晚期患者，饭可以不吃，但别人的男人一定要抢，现在抢了还有钱赚，她为什么不干？"

"如果她真干了这事，"小刀淡淡地道，"那你老板就有杀人动机了。"

卷卷心中一跳，定定地看着他的脸。

"我要是没记错的话，你老板明天不是要打离婚官司吗？"小刀指尖夹着烟，对她吹了口烟气，"看结果就知道了，要是他的财产莫名转移或者蒸发了，那估计就没错了……"

婚前财产转移！

电光石火之间，卷卷回想起自己穿进老板娘身体里的那天。

想起了她偷偷请的那堆律师。

想起了那群律师为她草拟的方案……其中一条就是恶意财产转移调查！

如果里头的调查内容全部属实的话，那么毫无疑问，老板名下的大笔资金和财产早就去了别人那里！而那个"别人"搞不好就是伍倩！

卷卷二话不说，冲回自己房间打电话，铃声响了很久，但对方都没有接听，或许是调了静音睡觉了。卷卷没办法，只好给他发了条信息，将伍倩可能是诈骗犯、老板的钱已经被她骗走的事情写在了短信里头。

这一夜实在是太过折腾，第二天她又是精神不振地上班。

大约上午十点的时候，她接到了暮照白的电话。

"你还真是消息灵通。"暮照白的笑声传来，笑声跟他这个人一样明亮清澈。

"哪里哪里，都是些小道消息，听来的，听来的。"卷卷小心翼翼地回道。

怕什么来什么，对方下一句就问她："这些消息你是从哪儿得来的？"

卷卷总不能说自己是亲眼看见的吧，于是她神秘兮兮地回道："警察大叔，你相信托梦吗？"

暮照白："……"

对面传来一阵嘈杂声响，人声还有警车声混在一起。

"我现在在你老板家。"暮照白的声音再次响起，"他家只有保姆在，据保姆说，他已经出差三天了，现在没人知道他在哪儿，你那儿有消息吗？"

"暂时没有。"卷卷想了想，回道，"我等人托梦吧。"

暮照白："……"

卷卷被挂了电话，再打过去却没人接，她怀疑自己已经被拉黑了。

不过她刚刚说得算是半个实话。

人力无法做到的事情，或许她能在梦中做到。

夜里，她将老板的照片放枕头底下，睡下之后，再次睁眼，发现自己躺在一个旅馆里，从窗口往外看下去，来来往往的都是外国人，翻开手边的皮箱子，她找到一些换洗的衣物、几张卡、一叠美钞，还有护照和身份证，上面都不是老板自己的名字，大概是花钱办的假货。

卷卷提起皮箱往外走，靠着自己蹩脚的英语，好不容易来到了飞机场，满脸兴奋地对售票人员喊："给我一张去中国A市的票！"

　　她操纵着老板的身体，准备带他回国自首，可惜……美国到A市实在太远了，十三小时的飞机，她路上就睡着了……

　　她一睡，老板就醒了过来，将盖在脸上的报纸拿下来，满脸迷茫地看看四周，喃喃道："这是什么地方？我怎么会在这里？"

　　以至于第二天晚上，卷卷再次穿进他身体里的时候，怒不可遏，这家伙居然买了当天的机票又回来了！但没关系！她已经有经验了，这一次花了比昨天还少的时间就买上了飞机票，坐上飞机之后，卷卷面无表情地拿出两根牙签，试图撑在眼皮上防止自己睡着，但被空姐给阻止了。虽然听不懂她在说什么，但看附近人诡异的眼神，她估摸着自己被人当成了邪教分子，正试图以牙签进行诡异的宗教仪式……

　　不靠外力，卷卷只好靠自己的毅力硬撑，好不容易撑到下飞机，见路边有个鬼鬼祟祟疑似小偷的人，她二话不说地走过去，在对方惊疑不定的眼神中，将自己的皮箱子递过去，打着呵欠道："儿子！你来接机啊！"

　　对方："大哥你谁啊？"

　　"我是你爸啊！"卷卷一脸沉痛地把皮箱子塞他怀里，深情款款地看着他，"美国的医生说了，爸的老年痴呆没救了，你赶紧把箱子里的存折还有房产证给你妈，省得爸回头连自己的老婆孩子是谁都忘记了。"

　　"爸！你放心地交给我吧！"对这种自己送上门来的肥羊，哪有不吃的道理，对方立刻亲亲热热地喊了声爸，然后抱着皮箱子跑得无影无踪，留下卷卷站在原地，冷哼一声，从口袋里抽出最后一张票子，打了一辆的士，对司机说："送我去警察局自首，我是个杀人犯。"

　　司机满脸惊恐地看着她，看样子很想拒载，可惜卷卷已经抢先一步进了车，司机没办法，只好战战兢兢地把车往警察局开。

路上，卷卷疲惫地闭上眼睛，心想没钱没卡没护照，这下子你无路可退了吧。

她闭上眼，老板就睁开了眼，看了眼窗外的风景，他浑身一个激灵，冷汗立刻冒出来，声音打着抖问："师傅，这是要去哪儿啊？"

司机警惕地回头看他一眼："你不是要去警察局自首吗？"

"我刚刚睡糊涂了，乱说的。"老板擦了擦脑门上的汗水，"麻烦送我去机场。"

没等回机场，他就郁闷地发现，护照身份证还有卡都不见了。他忍不住俯身，两手插进凌乱的头发里，喃喃自语："我居然会梦游……"

另一边，卷卷醒过来，因为连续几天都没休息过，她的精神极度萎靡，看什么都觉得在摇晃，但还是挣扎着拿起枕边放着的手机，有气无力地给暮照白打了个电话："喂，刚刚林永夜给我托梦了，车牌号××××，司机名字叫王大炮。"

暮照白："……"

交代完"遗言"以后，卷卷拎着手机，趴床上挺尸。

她不知道暮照白会不会信她的话，也不知道醒来以后，老板会不会被缉拿归案，不过她这个人没有半途而废的习惯，既然插手了这件事，那么除非老板以后不睡觉，否则睡必被她上身！直到将他送到警察局为止！

手机啪嗒一声，从她手里落在地上。

卷卷趴在床上，一条手臂垂下床沿，进入梦乡。

墙上的时钟不停地走动，窗外的流云不断变色，最终晚霞遍布大地，静静落在一辆警车上。渐渐拉起的车窗内，露出老板颓然的脸，他佝偻着背，看起来又害怕又迷茫，低着头不停地喃喃自语："我他妈居然会梦游……"

暮照白将车窗拉上之后，转过身来，看着他的脸，笑着问："周先生，你相信这个世界上……会有死者托梦吗？"

老板愣了愣，抬头看着他。

而暮照白已经转头看向窗外，晚霞落进他的眼睛里，将他的双眼染成血红色。

『第十二章』幕后真凶

真相终于大白。

老板在法庭上供认不讳，承认是他杀了伍倩。

"她骗了我很多钱，这些钱现在都不知道去哪里了。"老板垂头丧气地道，"我几次让她还钱，她都不理我，我怕她拿着这笔钱跟别的男人跑了，就找人泼了她硫酸，然后跟她说可以不计较她破相，跟她一辈子好，可……可她还是不肯把钱拿回来，还说要到外国整容，然后再也不回来了……我听了这话，也是一时气晕了头，等反应过来，已经失手把她打死了……"

开庭时，卷卷没有到场。

正义有时候是要付出代价的……她之前为了控制老板的身体，已经连续迟到几次，现在再也拿不出理由请假，只能每天勤勤恳恳地工作，免得被老板娘辞退。

事情的经过她是听暮照白说的，为了感谢卷卷提供重要线索，暮照白请她到烤肉店吃饭。

"他在杀了伍倩之后，本来想让林永夜顶罪，事后会给他家人一百万，但被林永夜拒绝了。"暮照白一边给卷卷倒酸梅汁，一边说，"他心里惶恐，怕林永夜告发他，或者拿这件事不断威胁他，把他当成提款机，索性就把林永夜杀了。"

卷卷喝了口酸梅汁，被酸得皱了皱眉："我有一件事不明白。"

暮照白温和地说："你说。"

"伍倩的照片到底是怎么回事？"卷卷百思不得其解。

"在出事之前，林永夜一直受你老板委托，帮他监视和偷拍伍倩。"暮照白回答，"你老板一开始估计是想拿这些照片威胁伍倩，但杀了人之后，他灵机一动，决定拿这些照片伪造一个畏罪自杀的现场。"

"可这不对啊。"卷卷更加疑惑，"林永夜不是已经跟偷拍事业说再见了吗，怎么又跑去接受老板的委托了？难道是为了讨好老板，谋求升职加薪？"

"为了你啊。"暮照白明亮的双眼凝视着她。

卷卷愕然，叼到嘴边的肉都忘了吃。

"你公司法务部是不是有一个叫杨越的人？经过我们的调查，他之前还追过你。"暮照白笑道，"不过他可不是什么好人，他经常约人去宾馆，然后偷偷拍下视频拿到黄网去卖……事情很巧，林永夜之前一直在那家黄网工作。"

卷卷不由得想起了前段时间，公司里的谣言。

谣言里说林永夜找杨越大吵一架，还让他不许再接近自己。她知道这个消息以后，还有点嫌他管太多，但现在看来……

"我们侧写过林永夜，他这个人有点胆小怯弱，容易屈服，但只要拿他重要的人威胁他，他就什么都肯做。"暮照白眼中流露出一丝怜悯，"在这件事上，他为你挺身而出，不但吓跑了杨越，还帮你料理了一个背后说你坏话的女同事，可惜动静太大，最终被怀恨在心的杨越和女同事告到你老板那儿，你老板那段时间刚好在为伍倩的事情焦头烂额，所以他没有辞退林永夜，而是以公布他的过去作为威胁，让他帮自己监视和窃听伍倩的消息。"

故事有点长，暮照白说完之后，端着酸梅汁喝了一口。

卷卷坐在对面，久久不语，最后啧了一声："他真是个白痴。"

暮照白皱了皱眉，放下酸梅汁，不赞同地看着她："他为你做了这么多，就换来你这么一句评价？"

"杨越那种人，我单手就能把他揎出汁来。"卷卷抬起右手，手指收拢打开，发出骨头嘎吱嘎吱作响的声音。

暮照白："……"

"老板那里如果推不掉，那么虚与委蛇就好。"卷卷嘿嘿冷笑，

"能在伍倩身上安监视器，为什么不能在老板身上安，等收集了足够的证据就去告他，或者拿这件事不断威胁他，把他当成提款机！"

暮照白："……"

"总而言之，我不需要他为我牺牲。"卷卷收敛起脸上的笑容，认真地道，"他也不该为任何人牺牲。"

卷卷感激林永夜为她做的一切，但并不赞同他的做法。

譬如在大姐的问题上，他其实不需要当牺牲品，只需要给大姐拟一份离婚合同，或者给她找个律师就行了。而在她的问题上，他也不需要牺牲，只要告诉她一声杨越是个什么样的人就行了，是非曲直她自己会有判断。

每个人都要为自己的人生、自己的选择负责。

她如此，大姐如此，林永夜也是如此……

"不过我也是个白痴。"卷卷叹了口气，右手撑着额头，有些颓然地说，"如果我能多给他一点信任，如果我能多给他一个机会……如果那天在烤肉店里，我能开口挽留他一句……他或许就不会死了。"

暮照白一言不发，温柔又怜悯地看着她。

犹如白玉神像居于烟雾缭绕之后，居高临下俯视世人。

"老板会得到报应的，对不对？"卷卷用手掌按了按眼睛，然后移开掌心，盯着暮照白道，"死刑还是无期？"

"他在法庭上坚持自己患了人格分裂症。"暮照白道，"现在正在市精神病院接受司法精神鉴定。"

A市精神病院门口，一辆警车缓缓停靠，车门打开，手上戴着镣铐、身上穿着黄背心的老板走下车来，两名警察左右架着他，朝鉴定中心走去。

走廊上，小刀与他们擦肩而过，朝着会客厅的方向走去。

打开会客厅的大门，干净的白瓷砖地，白色墙壁，白荧光灯，就像雪地。

一个穿着蓝色病号服的少年坐在桌子对面，就像雪地里开出的玫瑰花，纤细的身体是玫瑰的根茎，瑰丽的面庞是玫瑰的花瓣。

他低着头，正在折一朵纸花。

小刀拉开椅子，在他对面坐下："这三个月里，她几乎每天晚上都在做同一件事。"

少年停下手头的动作，抬头看着他，用眼神示意他继续说下去。

"每天晚上，她都会把不同人的照片压在枕头底下。"小刀将香烟盒递到嘴边，叼了一根烟在嘴里，"少则十分钟、多则十几个小时之后，再将照片拿出来烧掉。"

"照片有什么变化？"少年问道，声音十分动听，就像流动的湖水。

"照片上的风景建筑都还在。"小刀拨动着手里的打火机，但一直没有点燃嘴里的烟，只是叼着解馋，"但里面的人没了。"

"照片里都是什么人？"少年问。

"没有规律。"小刀回答，"男人、女人、老人、孩子，认识的人、不认识的人……她手里有几本相册，里面全是不同人的照片。"

"这些人现在什么情况？"少年追问道。

"都好好的，一点事也没有。"小刀想了想，"不对，有两个例外。"

少年似乎很感兴趣的样子，他身体微微前倾，盯着他道："给我仔细说说。"

"这两个例外，其实是一个案子里的人。"小刀说，"一个是被害者，叫林永夜，另一个是凶手，姓周，现在就在这家医院里接受精神鉴定。"

他将整件事详细说给少年听，如果新闻记者在这里，一定会给他跪，因为报纸上报道的内容他知道、报纸上没报道的内容他也知道，包括老板试图买通医生造假未果，以及伍倩可能是诈骗集团的一员等等……

听着听着，少年忽然笑了起来，那笑容中带着一丝小小得意，就像是发现一个秘密的天真孩童。

"挺有意思的不是吗？"他笑着说，"一个本来已经成功逃到国外的杀人犯，居然会自己乖乖坐飞机回来认罪，而且还不止一次，而是连续两次飞回来，甚至还把随身携带的护照和钱都送给了路人，以防自己再次逃跑……你觉得那位周先生真有这么高的道德情操吗？"

"我只知道他在法庭上哭着喊着说自己人格分裂。"小刀不以为然地说。

"哈哈，如果他真的人格分裂……"少年双手叉在唇前，眯眼笑道，"那么他分裂出来的这个人格，大概叫作熊卷卷。"

一直心不在焉的小刀听了这话，慢慢眯起眼睛，目光变得锐利起来。

"我现在要重复我三年前说过的话。"少年眯着细长的眉眼，笑着对小刀道，"小刀，你相不相信，这个世界上有一个人，能够远程操纵另一个人的身体？"

小刀紧紧地盯着对方。

三年前听到这句话的时候，他和别人一样，都以为少年已经疯了。

但今天再听见这句话，他心里却不确定起来。

因为在这三个月的监听生活中，他在卷卷身上看见了许多不可思议的东西，譬如那些人物会自动消失的照片、譬如行为反常的周老板、譬如她给暮照白打的那几通电话，以及电话里难以解释的消息来源……

"小刀，继续跟着她吧。"少年将一朵折好的花推给他，笑着说，"帮我证明一下，她就是我要找的那个人。"

02

法庭上的芙丽涅

『第十三章』有偿服务

小刀回到家里，正遇上卷卷在打包行李。

仔细一想，明天就是国庆了，小刀摘下嘴里的烟，问道："去哪儿旅游？"

小刀既不喜欢旅游，也不喜欢跟踪和监视一个小姑娘，特别是一个夏天喜欢光着膀子打电脑的小姑娘……这让他觉得自己像个变态！

但工作就是工作，拿人钱财替人消灾，卷卷去哪儿，他就得去哪儿。

"我回家啊。"卷卷随口回道，"我妈让我国庆回家过，我就不去外面看人海了。"

"你老家哪儿的？"小刀问。

千万别是黄土高坡青藏高原等快递都到不了的地方啊……

"就本市啊。"卷卷回道。

"那你怎么不回家住？"小刀松了口气，把烟重新叼上。

"因为我家离公司有半天的地铁车程……"卷卷眨了眨眼睛，"早上我想多睡会儿。"

小刀觉得这话半真半假，想睡懒觉是真的，但更大的原因是想掩盖自己身上的秘密，毕竟每天晚上起来烧照片的行径也太诡异了点……

"咱们打个商量吧。"小刀吐了口烟，"我今天不想吃外卖，你去给我炒碗蛋炒饭，我晚上开车送你回家。"

于是刀爷晚上不但吃到了香喷喷的蛋炒饭，还大摇大摆地走正门进了卷卷家，思索着要将监视器安在什么地方……

卷卷家是个老式公寓，三室两厅，看布置还是几十年前的风格，看来家里二老都是老派人士，并不怎么赶新潮。家里除了父母之外，还有一位客人，但从双亲的眼神来看，这一位显然是不速之客，并不受欢迎。

那是个微微有些发福的中年妇女，一看见她就喊得亲热："卷卷，你回来了啊，我刚还跟你爸说起你呢。"

卷卷皱了皱眉，看了眼老爸。

"咳咳。"老爸咳嗽一声，对她说，"你陈阿姨想让你帮个忙……"

"对对。"不等他说完，中年妇女就接口了，"你慧慧妹妹毕业以后，一直找不到一份正经工作，我又不想让她跟我一样当保姆，听说你那个公司不错，能不能把她塞进去？"

"我们公司最近在招保洁阿姨。"卷卷说。

陈阿姨立刻就不高兴了："你这是看不起人啊？慧慧她好歹是高职毕业，怎么能去扫地呢？你给她找个坐办公室的工作，要求不高，一个月给个五千块，再有个五险一金就可以了。"

月薪只有一千五、转正也不过三千的卷卷看了她好久，才说：

"我要是王思聪，我就给她开这份工资。"

陈阿姨立刻就垂下头来，唉声叹气地道："世态炎凉啊，老爷子一走，你们就不把我当回事了，一个个都忘了老爷子临终前的嘱咐，忘了自己答应过的事……"

"陈阿姨，"卷卷年轻气盛，忍不住打断她的话，"我谢谢你照顾我爷爷的饮食起居，不过你要搞清楚一点，我们请你当保姆是花了钱的，你照顾我爷爷那不叫做善事，而叫有偿服务！"

陈阿姨执拗地朝她喊道："可你们答应过的！你们答应过老爷子，以后要关照我的！"

"是，我们是答应过。"卷卷嘿了一声，"但我们答应的是关照你，不是给你做牛做马啊！现在你缺钱就问我家借，借了还没得还，不借就是狼心狗肺。亲戚朋友进城办事，不住旅店全往我家塞，让进就抢床睡，不让进又是狼心狗肺。现在还让我给你女儿找工作……这世上要是有份工作，不要工作经验，职高就能上，还月薪五千，我自己先上了，还能轮到她？"

陈阿姨的脸涨得通红，分不清是羞愧还是恼羞成怒，她转头看向卷卷的爸爸，带着哭腔喊："我不跟你们说了，我现在就去老爷子坟上哭！让他知道你们有多狼心狗肺！"

卷卷的爸阻拦不住，回头朝卷卷吹胡子瞪眼："你平时在外面就是这么跟人说话的？陈阿姨好歹照顾了你爷爷三年，你怎么就不能对她客气一点？"

卷卷气得眼一瞪，刚要跟他吵，老妈就笑呵呵地出来打圆场："他也就是嘴上说说，其实心里爽得很呢……不信你去他书房看看，他这两天光练四个字了。"

"哪四个字？"卷卷愣道，"以德服人？"

"不，"卷妈笑眯眯地说，"忍无可忍。"

卷卷："……"

"咳咳咳！"卷爸剧烈咳嗽两声，忽然话锋一转，"哎呀！你带男朋友回来了啊！"

一直作壁上观的小刀眼角抽搐了一下。

爸爸上上下下地打量着小刀，胡须一翘，笑着说："小伙子你很有眼光，居然透过外在，看到了我女儿的内在美。"

小刀："……"

卷卷："爸爸，你这是在暗示我没有外在美吗？"

爸爸："你曾经有过？"

于是一顿饭吃得鸡飞狗跳，这父女两个就像两串爆竹一样，炸得四面八方硝烟飞起。饭后，卷卷的父母催她出门，带小刀到边上的旅馆去住。

夜幕低垂，两人并肩走在路上。

卷卷出门的时候忘记穿外套，一道冷风夹着一捧雨水吹来，她忍不住缩了缩肩膀。

"过来。"小刀的声音在耳边响起。

她转头，见小刀抬起一条胳膊，朝她抬抬下巴，示意她躲到自己大衣下面，那一角大衣在风中微微扬起，仿佛黑色的羽翼。

见卷卷脸上闪过一丝犹豫，小刀侧着脸看她，不耐烦地补了一句："有偿服务，明天早上我想吃蛋炒饭。"

"行行，我给你带。"卷卷钻他大衣底下，忽然抬头问道，"你一日三餐都是蛋炒饭了，不怕胆固醇升高吗？"

"没事。"小刀嘴角叼着烟，漫不经心地说道，"吸烟能中和鸡蛋的毒素。"

"你哪来的歪理邪说？"卷卷嘴角抽搐。

旅馆离卷卷家里很近，不用开车，走几步路就到了。

就在小刀办理入住手续的时候，外面的雨声越来越大。

"要不开个双人间？"小刀回头问道，"省得你冒雨回去。"

也省得他开监视器监听器……

"夜不归宿，我会被我爸打断腿。"卷卷摇摇头，给家里打了个电话，然后回他，"我妈给我送伞来了，我就在大厅等她。"

小刀啧了一声，走到卷卷身后，手指绕过她的脖子，一条带着坠子的项链从他指尖抖落，戴在卷卷的脖子上。

"国庆快乐。"小刀的声音从她身后传来，陌生的手指摩擦在她的颈后，慢慢地将项链扣好。

卷卷低下头，摸了摸坠在自己胸口的那颗明亮的珠子，小声说："这也是有偿服务？"

把监视器戴人家大姑娘胸口，这事小刀做得有些心虚，他支吾半天，最后单手揉了揉头发，恶狠狠地道："送你的，如果你肯一直戴着的话……回头我请你吃蛋炒饭。"

说完，不等卷卷回话，他就把大衣搭在右肩上，快速朝电梯走去，用嘴型不断地重复着，破工作，破工作，破工作。

他走后，卷卷一个人坐在大厅的沙发上，捏着那颗珠子玩来玩去，直到卷妈打着伞过来接她回家。

卷卷回家冲了个热水澡，穿着小熊睡衣扑床上，然后从包里掏出一本红色笔记本，从里面抽出三张照片来。

国庆三天假，所以她带了三张照片回家。

"选哪张好呢？"她举着三张照片，胸口的珠子坠下来，在三张照片前摇摇曳曳，闪烁微光。

旅馆内，透过珠子，小刀将这一切收归眼底。

卷卷大约不知道照片里的人是谁，但他知道。

昨天让卷卷给他做蛋炒饭的时候，他就顺手翻看了红色笔记本里的三张照片，然后查清楚了这三个人的姓名年龄住址。

当卷卷最终选定其中一张照片时，小刀关上电脑，以最快的速度收拾好行李，一边朝外面走，一边打手机："喂，是我……我大概一小时后到。"

雨幕如同歌剧开始前的幕布，黑压压一片，从天空直垂地面。

小刀冒雨来到停车场内，拉开路虎车门，低头钻进车内。车子很快发动起来，在滂沱的大雨中发出一声野兽般的怒吼，电光石火间已经冲了出去。

目的地，A市著名画家李青云家。

『第十四章』魔性之女

　　晚上九点十分，李家别墅。

　　"气死我了！"短发少女一拳砸在桌上，汤水连着盘子一起跳了起来，"爸爸居然把别墅送给那个保姆！"

　　"呵呵，什么保姆！"长发女子用餐巾优雅地擦了擦嘴，冷笑道，"我估计过几天，我们就该改口叫她妈了。"

　　"妈什么妈，简直是妈的！"短发女子气冲冲地说，"所以我早就跟你说了，不要请保姆，不要请保姆……现在的保姆跟以前不一样了，一个个精通老年心理学还有继承法，明着就是来抢遗产的！"

　　"是哦！"长发女子幽幽叹息，"干上三年，就能得到价值千万的房子跟画，我还工作什么啊，干脆转行当保姆得了，用不了几年我就是新的中国女首富了！"

　　短发少女气得从椅子上跳起来："不行！我们才是爸爸的亲生儿女，我们还没死呢，凭什么东西要给一个外人，我要去找爸爸说说！"

　　她一边说，一边风风火火地往楼上冲。

　　"几十年过去了，小妹还是老样子。"在座唯一的男子一边摇着手里的高脚杯，一边对长发女子笑道，"老是被你忽悠着当出头鸟，有坏事她先上，有好处大家分享。"

　　"自己脑子傻，还能怪谁？"长发女子舀起一勺玉米羹，递到唇边。

　　下一秒，楼上忽然传来一声尖叫，紧接着就是匆忙的脚步声，刚刚爬上楼去的短发少女从楼梯上滚下来，哭喊道："来、来人啊……爸爸他……爸爸他出事了！"

　　餐桌上的两人对视一眼，一同站了起来，朝楼上跑去。

书房的大门敞开着，三人冲到书房门口，朝里面看去。

天花板上垂下枝形吊灯，每根枝头上都立着一根白蜡烛。

吊灯下面，是一张银色轮椅，一名老人坐于其上，膝盖上搭着一条毛毯，头靠在椅背上，眼睛看着墙壁上的那幅油画——

昏暗的法庭上，一名美丽少女伸展躯体，身后的蓝衣辩护人掀开她身上的衣服，将她赤裸的身体展现给对面的红衣法官们看。

他望着画上的少女，眼珠子一动不动，鼻子里已经没了呼吸。

永远静止的他，与永远静止的油画，构建成一幅诡异的、充满美感的画面。

三人站在门口，谁也不敢过去。

最后，男子发着抖说："叫……叫警察。"

"好……好……"两女哆哆嗦嗦地摸出手机，慌慌张张地拨打了110。

二十分钟后，警车开到李家别墅门口，呜呜的鸣叫声响彻雨夜，将保姆房内的卷卷惊醒。

她翻身从床上下来，赤足落在红木地板上，用脚从床底下勾出拖鞋，然后踩着拖鞋在房间内寻找电灯开关，路过落地镜的时候，她转头看了眼镜面。

昏暗的镜子里，站着一个十八九岁的少女，面容模糊，黑发长垂，身上穿着一件白色的真丝睡衣，料子的质地十分轻薄，就像一层薄薄的雾气环绕在她身上，而她纤细的腰肢和丰盈的肉体在雾气背后若隐若现，充满一股令人战栗的魅力。

仿佛在这魅力之前，无论什么年龄的男人、什么职业的男人，都会单膝点地，跪下臣服。

"原来一觉醒来变成大美女，就是这种感觉啊。"卷卷在镜子前喃喃自语。

很多女孩子都梦想着不喝减肥茶、不整容、不拼命运动，一觉醒来忽然变成受人追捧的大美人。

对大部分人来说，实现这梦想的方法就是——闭上眼……做梦！

但对卷卷来说，实现梦想的方式很简单——拿一张大美人的照片压在枕头底下！

她手里有很多照片，其中不乏俊男美女，以及一些明星的街拍，但眼前的少女无疑是当中最特别的一个。照片里的她只有侧脸，大大的墨镜几乎遮去了半张脸，只露出丰盈的嘴唇，涂着时下最流行的大红色，黑色的长发和白色的风衣一块在风中扬起。

但饶是如此，她依旧是世界的中心。

其他美人在她面前，都沦为塑料制成的赝品，唯有她货真价实，光芒万丈。

卷卷不知道男人看到这张照片会是什么样的反应，但同为女性的她在看到这张照片的时候，目光就已经被照片里的少女牢牢锁定了，就像咬住钩子的鱼似的，无法挣脱，无法逃离。

卷卷在镜子面前站了一会儿，正想开灯欣赏下美少女的正面，咚咚咚，房门忽然被人敲响，声音急促，仿佛越来越急的风雨。

"来了来了！"卷卷回了一声，走到门前，拉开房门。

门前站着两名警察，原本凶神恶煞，但在看到她的那一瞬间，表情忽然就变了，年轻的那个甚至连站姿都变了，从一开始的吊儿郎当变成了标准的军姿，微红着脸颊似乎在等待她的检阅。年纪大一些的倒没表现得这么明显，但也露出一个笑容，对她说："沈小姐，别墅里刚刚发生了一起命案，请你跟我们来一下。"

……那一刻，卷卷真的好想跟他们说，请你们稍等片刻，让我回去睡一觉，换正主来！

可惜这一切只是她的奢望，对方说是这么说，却牢牢地锁定她身体两侧，几乎是押运犯人一样将她押出房间，送往命案现场。

出门的时候忘记换外套，卷卷就这么套着一件单薄的睡衣，一路走到书房内。走到半路的时候，她已经开始觉得冷，等到进门的时候，她双手抱着胳膊，低声说了一句："哎……好冷啊。"

房间里几乎所有男人都做了同样一个动作——脱下外套。

"咳咳！"有人实在看不下去了，咳嗽两声，提醒大家注意一下场合、注意一下形象。

卷卷循声望去，啊了一声，脸上流露出人在异乡、忽逢故人的喜悦笑容。

暮照白一身警服，显得清爽又干练，目光就像神庙里的火焰，明亮而温暖。

在场这么多男人里，他是唯一一个不受卷卷此刻容貌影响的人，但饶是如此，在卷卷朝他微笑的时候，他也呆愣了一下。

"请到那里坐一下。"他很快回过神来，对她温和有礼地说，"配合我们做一份口供，谢谢。"

卷卷点点头，走到沙发边坐下。

她还是觉得冷，双手抱着胳膊，用渴望的眼神看向火炉，想要过去烤火，可是视线转到旁边的死人身上后，她又不敢过去了。

沙发上还坐了两个女人，一个长发一个短发，双双挤在沙发的另一头，在做笔录的时候，毫不掩饰对她的恶意，一边斜视她，一边说："我爸出事的时候，我们三个都在楼下吃饭，只有她一个人不在场。而且饭都是她做的，我爸那份还是她特制……我建议你们查一下，看看饭菜有没有问题。"

卷卷沉默不语，闭目假寐，打算尽快入睡，以便从这件麻烦事里脱身。

但她不说话，却有人替她说话。

"话也不能这么说。"三兄妹里的哥哥站在卷卷身后，居高临下，俯视着她纤细白皙的脖子，以及绕过脖子，从右肩流泻而下的黑色秀发，眼珠子一动不动，只有嘴唇在动，"比起我们，绿瓷应该更希望爸活着，要是爸现在还活着，估计已经喊律师来，拟合同把房子和画都送她了。"

亲生老爹想将财产都送给保姆……两姐妹原想让这件事随着李青云一起进棺材的，但没想到自家哥哥居然会当场说出来，于是立刻用眼神质问他：你到底是站哪边的？

卷卷缓缓回头，看着身后那个男人。

对方立刻喜形于色，目光灼灼地看着她，像只叼着球的小狗，等着她的称赞、等着她的奖励。

他的目光，以及他们的目光，都在告诉卷卷一件事。

她现在这具身体，拥有一种魔性的魅力，能让任何男人对她卑躬屈膝。

『第十五章』最后的晚餐

法医初步检测出老人的死因。

死亡时间九点左右，死因是心脏病突发。

"这应该是一起意外事故。"法医这句话，是看着卷卷说的，"并不是谋杀案。"

他灼热的目光让卷卷有点坐立不安，也令身旁的两名女子感到愤怒。

"现在说这样的话，是不是太早了？"短发女人不满地开口道，"这些饭菜你们检验过了吗？你们能打包票说里面没毒吗？"

老人身旁放着一张小桌，上面摆放着四道菜，以及一小碗粥，每样菜都动过一点，粥也喝了小半碗，虽然已经没了热气，但仍然精致得令人食指大动，由此可见做菜人的手艺之高。

法医看了短发女子一眼，对她说："死者没有中毒迹象。"

短发女子咬了咬嘴唇，看起来十分失望。

卷卷冷眼旁观，一言不发，身后的李家长子却趁机大献殷勤："我就知道绿瓷是不会杀害爸爸的，对了，绿瓷你还冷不冷，这件衣服借你穿。"

他脱下外套，往卷卷身上盖去。

因为太冷，所以卷卷没有拒绝他，她拉过外套，将自己裹好。

李家长子惊喜地看着她，自家老爹的尸体就在对面，他却看也不看一眼，目光始终凝在卷卷身上，连一刻也不舍得移开。

房间里的其他男人看着他，目光就像一把把燃烧的柴火，朝他身上丢去。

唯有暮照白单手摸着下巴，目光始终盯着桌上的那堆残羹冷炙。

"能问你一个问题吗？"他忽然转过头，目光笔直地看向卷卷。

"你问……"卷卷心想，你问了我也不一定答得出来。

"这些菜都是你做的吗？"暮照白问。

卷卷犹豫了一下，点了点头。

她刚刚旁听了两个女人说话，大致了解了现在的情况，知道自己现在的身份是大画家李青云身边的小保姆——沈绿瓷，负责照顾他的饮食起居，也不知道是因为照顾得特别好，还是背地里使了什么手段，所以李青云打算将房子给她，而不是给自己的儿子女儿，而是以赠送的方式给她。

……但因为自家也出过类似的人物，所以卷卷对沈绿瓷天生反感，她本来打算坚定地站在李家儿女一边，可惜我本将心照明月，奈何明月照沟渠啊！无论她怎么示好，怎么表现自己是无害的，李家姐妹都一副看生死仇敌的眼神看着她！

"是晚饭，还是消夜？"对面，暮照白看了眼桌子上的菜，"这些是死者平时吃的菜式，还是你今天特别准备的菜式？"

不等卷卷开口，她背后的李家长子就已经嚷嚷起来。

"你到底想说什么啊？"他站在沙发背后，双手撑在卷卷的脑袋两侧，一副维护者的姿态，死死地盯着暮照白道，"法医刚刚不是说了吗，我爸是心脏病突发死的，不是中毒死的，你怎么还怀疑绿瓷？"

与他不同，长发女子和短发女子对视一眼，短发女子抢先开口："是晚饭，今天我爸叫我们过来讨论遗产分配的事情，因为产生了一些争执，所以耽搁了一些时间，等吃饭的时候已经是九点左右了。"

长发女子则干脆摸出了手机："我们几个平时不常来，不过我爸有几个学生经常会过来，每次来都会留下来吃饭，我现在就打电话问他们。"

她们很快就从几个学生那里得到了确切答复。

短发女子的神色从极度雀跃变成极度失望。

因为根据学生的答复，今天晚上的菜并不是什么特别的菜式，沈绿瓷平时就做这些，老人平时也吃这些。

但是暮照白听了这个答案，却面色一沉。

"沈小姐，"他望向卷卷，目光没有了平日的温柔，而是一种近乎拷问的审视，"你想杀了李青云吗？"

惊讶在卷卷脸上一闪而过，她望着暮照白，眼睛里没有躲闪也没有害怕，仅仅只有一种孩童般单纯的好奇："你为什么这么说？"

她的容貌配合着她这副表情，散发出一种可怕的魅力。

那一瞬间，在场所有男人都觉得暮照白面目可憎，李家长子甚至已经冲了过来，想捂住他的嘴，以免他将接下来的话说出来伤害到她。

但暮照白不为所动，甩开李家长子之后，他仍旧将那句话说了出来。

"因为天天吃这样的东西，是会死的。"他盯着卷卷，一字一句地说。

房间里的人悚然一惊，只有卷卷依然是那副天真无辜的模样。

这次带队的队长走过来，对暮照白道："你是不是看出了点什么？"

"糖醋里脊、东坡肉、樱桃肉、烤鸡，还有蟹黄粥。"暮照白引他看向桌子上的饭菜，"全部都是高热量高脂肪的东西，年轻人的话倒还好，但一个患有心脏病的老人，怎么能天天吃这样的东西？"

轮椅上的老人不但有心脏病，而且身体发福得严重，下巴和肚子上都堆着一层厚厚的肉，像几层的芝士汉堡……还是豪华套餐版的。

听了暮照白的话，再看这样的李青云，众人再看卷卷的时候，目光就变得微妙起来。

面对如此严重的指控，卷卷依旧是之前那副天真无辜的样子，就像一个小女孩一样，坐在火炉边上听大人讲故事。

这副表情、这张面孔，让在场所有人都心中战栗，觉得她又可爱又可怕。

爱的是她举世无双的美丽面孔，怕的是即便是杀人罪，也无法污损她的美貌，无法让她露出天真单纯之外的表情。

如果李青云真是被她蓄意谋杀的话。

那么……她无疑是这世界上最美丽的杀人魔。

"你还有什么要说的吗？"暮照白一步一步来到卷卷面前，就像手提天平审判善恶的神祇，居高临下地俯视着她。

众人原以为会在这少女脸上看到恐惧、躲闪、后悔、怨恨……

但人又不是卷卷杀的，饭也不是卷卷做的，她怎么可能会露出这样的表情呢？

众人等到最后，等来的是一个烂漫无比，仿佛桃花盛开般的笑容。

"你真厉害。"卷卷发自内心地赞叹道，甚至伸出两只纤细洁白的小手，轻轻拍起来，"简直是真人版名侦探柯南。"

暮照白："……"

慢慢地，清脆的掌声在书房内响起，她就像一个台下观众，目光中的由衷喝彩，将暮照白定在舞台上，露出不知如何是好的苦笑。

"不，不，这不可能啊！"反倒是卷卷身后的李家长子，不停地晃动着两条胳膊，歇斯底里地喊道，"绿瓷为什么要杀了我爸？没有理由啊！我爸活着才会送她一堆财产，我爸死了她可什么都得不到啊！她没有动机！也没有下毒……对！饭菜里没有毒，只是热量高一点，你不能拿这点指控她！"

"你够了没有？"他的两个妹妹觉得他简直是丧心病狂了，跳起来指责他，"这还不算毒药？这叫慢性毒药！爸就是她害死的，她就是杀人凶手！"

话音刚落，房门忽然被人猛然推开。

外套随意地搭在右边肩膀上，浑身湿透的小刀站在门口，雨水沿着他的头发，以及肌理分明的手臂往下掉，他微微昂起头，单手将湿漉漉的头发梳向脑后，俊朗的脸上，又冷又凶的目光往屋内一扫，最后落在卷卷身上。

『第十六章』无辜者

"你是什么人？"暮照白望向小刀，"无关人士请离开。"

"我可不是什么无关人士，"小刀掏出香烟盒递到唇边，从里面叼出一根烟来，眉头蹙成一个川字，一副高利贷上门讨债的样子，"我是李青云请来的律师。"

众人看着他，眼睛里明白地写着：你他妈是在逗我呢！

"怎么，不相信啊？"小刀把烟点上，然后两只手从上衣口袋摸到裤子口袋，最后摸出一本湿漉漉、皱巴巴的小册子丢过去，"我的律师证。"

众人看着那本惨不忍睹的小册子，眼睛里明白地写着：你他妈这是假证吧！

暮照白接过了律师证，低头看了眼里面的头像，又抬头看了看小刀。

"李青云半年前委托我帮他处理了一份赠送合同，受赠人是沈绿瓷。"小刀一边说话，一边来到卷卷身边，居高临下地俯视她，淡淡地道，"既然他现在已经死了，那么按照法律程序……沈小姐，你愿意接受李先生的馈赠吗？"

卷卷缓缓地抬头看向他。

那令人战栗，令人窒息、令人着魔的美丽面孔，倒映在他漆黑的瞳孔内。

然而他看她的眼神却一点不变，就仿佛她只是一块路边的石头、一棵石头缝里窜出来的小草、一滴草尖垂落的露珠，随处可见，不值一提。

……刀哥，如此定力，不去当和尚有点可惜啊！

"她没有资格继承我爸的遗产！"短发女子尖叫道，她又厌恶又恐惧地看着卷卷，生怕继警察，以及自家大哥之后，连律师也被她给迷惑过去，急忙说，"她是杀害我爸的凶手！对，就是桌上那些吃的，我爸有三高，还有心脏病，她却每天给我爸吃这样的东西，这都是慢性毒药！是她杀了我爸爸！"

"慢性毒药？"小刀重复了一声，斜眼朝桌上一瞥，然后大步流星地走过去。

糖醋里脊、东坡肉、樱桃肉、烤鸡，还有蟹黄粥。

李青云的最后一餐依旧摆放在桌上，虽然色香俱全，精致美丽，但在众人眼中，却散发出一股淡淡的杀意。

小刀的目光在几道菜上一扫而过，忽然伸手拿起一块樱桃肉。

"你想干什么？"

"这可是证物！孽畜你快放下！"

"住手……不！住口！"

警察阻止不及，小刀已经把那块樱桃肉丢进了嘴里，咀嚼两下之后，浑不在意地吞了下去。

在众人的怒视之下，他微微低下头，用大拇指抹掉唇角的残汁，轻描淡写地问道："慢性毒药的说法是谁提出来的？"

众人没回他，但当中有好几个人，听到这个问题的时候，眼神不由自主地瞥向暮照白。

"朋友，"小刀笑着看向暮照白，"你知道什么叫作素斋吗？"

"素斋？"暮照白微微一愣，然后忽然回头，盯着桌上那堆食物。没过多久，忽然也跟小刀一样，他伸手拿起一块樱桃肉放进嘴里。

细细咀嚼着那块樱桃肉，暮照白的眉头越皱越紧。

"这樱桃肉是素樱桃，主料是红薯。"小刀姿态懒散地站在他身旁，将每个盘子里的菜都尝了一小口，然后优哉游哉地说道，"其他也一样，看着是肉，其实都是素食。这糖醋里脊是豆腐和番茄做的，东坡肉是冬瓜和香菇做的，鸡是豆腐皮做的……呵呵，这些东西怎么杀人？"

众人目瞪口呆。

李家两姐妹则垂死挣扎，长发女子说："这些都是你的一面之词，你说是就是啊？"

"为了证明沈小姐的清白，这些东西当然要拿去化验，看里面是不是有毒。"小刀随口回道，"如果不是……麻烦你把今天说过的话，拿到法庭上再说一遍，我好告你诽谤。"

长发女子被他噎得半天说不出话来，最后狠狠地道："这一顿是素斋，但不能证明平时她给我爸吃的也是素斋啊！你自己看看，我爸他都胖成什么样子了，一个人要是每天吃素，能胖成这个样子？"

"那你拿出证据来啊。"小刀三两下舔干净手指上的汁水，冷笑道，"法庭上是看证据的，你拿不出证据来，说再多都是废话。"

这话虽是对李家两姐妹说的，但更像是说给暮照白听的。

暮照白沉默地盯了他半晌，然后转头跟队长说了几句话，对方点点头，说："小张小刘，你们两个跟照白一起去厨房看看。"

做菜总要用到材料，冰箱、垃圾桶、砧板、烤箱……这些地方会留下大量证据，证明沈绿瓷今晚究竟是做了一顿充满杀意的盛宴，还是一顿充满善意的素斋。

"我们也去！"李家姐妹也从沙发上站起来，事情已经到了最关键的时刻，如果不能证明沈绿瓷是个杀人凶手，那么她就是李青云庞大遗产的馈赠对象。她们怎能容忍这样的事情发生？两人出了书房之后，就开始给自己熟悉的律师打电话，询问馈赠和遗产继承的事情……

书房内只剩下寥寥数人。

"太好了，绿瓷！"李家长子就像一条忠诚的狗一样，寸步不离卷卷身边，此时此刻正激动得手舞足蹈，"我就知道你是无辜的！"

无辜？

卷卷安静地坐在沙发上，抬眼看向对面站着的小刀。

沙发对面是一排排红木书架，平地而起，耸入天花板，里面密密麻麻地排列着各种各样的书籍。小刀背靠在上头，颓然阴郁的气质使他看起来就像一棵巨型爬山虎，遮天蔽日覆盖了整个书架，他两指抵在唇前，指尖夹着一根烟，火星微亮，他站在那渺茫的火光背后，一言不发地注视着卷卷。

"律师先生，"卷卷装作不认识他的样子，问道，"你刚刚为什么要帮我呢？"

别人不知道沈绿瓷的底细。

但是小刀是知道的。

沈绿瓷的照片并不是卷卷自己拍到的，而是从林永夜留下来的那个U盘里洗出来的，所在文件夹名为2015九月上旬……不错，就是那个放着伍倩、萨丁等等以富翁为对象，进行爱情欺诈的诈骗犯照片的文件夹。

文件夹是小刀帮忙找出来的，照片是他们两个一起看的。

所以小刀应该跟她一样，心里明白这位沈绿瓷——这个忽然获得大笔遗产的小保姆究竟是个什么样的人……

然而在这件事上，他却毫不犹豫地站在了她这边。

这是为什么？

"我帮你，是因为李青云已经提前付过钱了。"小刀吐了一口烟，表情平淡得接近冷酷，"人是你杀的也好，不是你杀的也好，我都会站在你这边，让你成为这笔遗产的继承人。"

他的眼神本就凶恶，说这话的时候更显得十恶不赦。

简直就像一头为金钱卖命的魔鬼。

这才是他的真面目吗？

卷卷静静地看着他，觉得自己看到了他的另一面……又或者是真实的一面。

"你确定?"她凝视对方的眼睛,"哪怕人的确是我杀的,你也会站在我这一边?"

"我会。"小刀神色淡淡、斩钉截铁地答道。

卷卷微微感到有些不舒服,但又觉得这么做无可厚非。收人钱财,替人办事——工作不就是这么一回事吗?

"我也会的。"一个男人的声音从卷卷身后传来。

卷卷转过头,大红色的沙发、雪白的真丝睡衣,以及笔直的黑色长发,尽数倒映在李家长子的瞳孔内。

他望着她,目眩神迷、神魂颠倒,对她痴痴地道:"我也会站在你这边的。"

"律师先生帮我,是为了职业操守。"卷卷问,"你帮我是为了什么啊?"

李家长子似乎早就在等这句话,他深吸一口气,一字一句发自肺腑地道:"因为我爱你。"

他说这话的时候,老人的尸体就在他身后的轮椅里坐着,壁炉里的火光照在他身上,却再也暖不热他冰冷的躯体。

失去温度的老人,与他眼中的灼热形成强烈对比,就像一幅色彩鲜明的油画,让卷卷有点不寒而栗。

"你要知道……我搞不好就是杀你爸的凶手。"卷卷决定提醒一下对方,"就算我不是杀人犯,也有可能是个诈骗犯,装成保姆的样子接近你爸,然后趁你们这群儿女不在家,用一堆肥肉把你爸喂成老年痴呆,最后诓他在赠送合同上签字。"

顿了顿,卷卷盯着他说:"我能这么对你爸,也能这么对你……你就一点都不怕吗?"

"我不怕。"李家长子对她的警告视而不见,反而满脸宠溺地对她说,"我不要房子也不要钱,你想要什么我都给你。"

……这家伙怎么还不快去参加花样作死大赛?他一定能拿冠军啊!

卷卷眼角抽搐地看着他,觉得以他这副德行,下一个躺轮椅上死的人就是他了。

李家长子根本看不懂她的神色，他依旧沉醉在她的美色里、沉醉在自己的爱情里，对她絮絮叨叨："除了房子和钱，我还可以给你更多，你有什么想要的吗？鞋子包包、珠宝首饰，我全都买给你……"

"我现在只需要你为我做一件事。"卷卷和蔼可亲地对他说，"你可以闭嘴吗？"

说完，她不再理会他，转过头来跟小刀搭话。

小刀从刚刚开始就一直靠在书架上，锲而不舍地打着电话，然而嘟嘟声不断响着，电话那头却一直没人接听。

"律师先生，"卷卷好奇地问，"你在给谁打电话啊？"

"我的合租人。"小刀头也不抬地说，"我喊她起床吃消夜。"

卷卷想了三秒钟，才想起他说的是谁……

不就是她自己吗？

住手啊孽畜！卷卷在心里哀号！

要知道现在这个时间段，她的身体就是一植物人，怎么喊也喊不醒的。

但是喊不醒她，却能喊醒睡隔壁的老爸老妈……

卷卷可不想一觉醒来，发现她两边脸都被打肿了。老妈撸着袖子准备对她进行下一轮暴击，而身为佛教徒的老爸则放三个手机在她床头，整齐地对她播放波罗密多心经……

"都这个点了，人家估计已经睡了，就不要扰人清梦了吧。"卷卷决定不惜一切手段阻止他。

"没事。"小刀轻描淡写地说，"她也经常半夜喊我起来一起上厕所。"

"……"卷卷简直无言以对。

出来混，总是要还的。

"可是远水救不了近火啊……我的意思是说，不要舍近求远啊。"卷卷朝着他挤出一个笑容，"我陪你吃吧。"

"什么？"没等小刀反应过来，李家长子先不干了，他狠狠地瞪了小刀一眼，仿佛他就是本案凶手，杀了他爹几十次的凶手一样，怒气冲冲地道，"绿瓷，我听错了吧？你要陪他吃饭？"

"我要吃蛋炒饭。"小刀顺势提出要求，一双漆黑的眼睛盯向卷卷，"你会做吗？"

"当然……"卷卷顿了顿，"不会。"

她临时改口，是因为一个人的厨艺和笔迹一样，是很难模仿的。所以才有那么多人，对妈妈菜、对家乡菜、对自己曾经吃过的一道菜念念不忘，因为哪怕是同样的菜式同样的材料，换个地方、换个人做，就是全然不同的味道。

这种不同，有时候是天差地别，有时候是极为微小的差距。

如果小刀味蕾迟钝倒还没什么，问题是，他的味蕾非常敏感……至少卷卷是吃不出肉跟素斋之间的区别的。

卷卷晚上才给他做过蛋炒饭，消夜必须做点别的，于是她提议道："要不我给你做蜜汁烤鱼、粉蒸肉，或者土豆烧肉吃吃？"

如果她没记错的话，小刀是个彻头彻尾的肉食动物，除了蛋炒饭，他只吃各种各样的肉。

小刀用探究的目光看着她，也不知想透过她看见什么，最后回答："今天我只想吃蛋炒饭。"

……你上辈子是被姓蛋名炒饭的人杀的吧！

卷卷在心里诽谤不已，李家长子则嗤笑一声，干脆将心里话说出来："你收钱办事，还想要别人供着你不成？绿瓷，你别理他！"

小刀瞥了他一眼，拿起手机，继续拨号……

"我虽然不会做，不过可以学嘛！走，我们一起去厨房。"卷卷从沙发上站起来，快步朝他走去，因为步伐太过匆忙，肩膀上披着的外套掉下来，落在她身后。

那件外套是李家长子的。

他从沙发后面绕过来，弯腰捡起地上的外套，抬头看向卷卷。

她头也不回，半推半扯，同小刀一起出了房间。

留下李家长子在他们身后，眼中燃起幽暗的火光。

"我对你这么好……"他望着卷卷的背影，失魂落魄地道，"为了你，连我爹的死活都不管，而你看都不看我一眼，却要对那个男人献媚……"

身后传来一声嗤笑。

他缓缓回头，几个法医依然在工作，看不出刚刚是谁嗤笑他。

李家长子的视线从他们身上移开，慢慢上抬，望着墙上挂着的那幅画。

轮椅上，老人的尸体一直看着那幅画。

轮椅后，有着相似面孔的李家长子也用同样的表情看着那幅画。

《法庭上的芙丽涅》。

昏暗的法庭中，名为芙丽涅的少女因裸浴被判亵神罪。

蓝衣的辩护师在众目睽睽之下掀开她身上的衣服，露出她美丽的躯体，质问在场的五百零一名陪审员，能让这样的美丽消失吗？

红衣的法官们露出惊愕的、贪婪的、失措的、呆滞的、怜悯的目光。

最终芙丽涅被判无罪。

美丽被判无罪。

"绿瓷啊……我的芙丽涅啊……"李家长子痴痴地看着那幅画，面色变幻莫测，爱慕与占有欲、自怨自艾与厌恶鄙夷，各种各样的情绪仿佛斑斓油彩，将他的面孔涂抹得扭曲，他低声喃喃道，"你知不知道，只有我才能证明你是无罪的……也只有我才能证明你是有罪的……你应该依赖的人是我，我才是你的蓝衣辩护官啊……"

李家别墅，厨房。

暮照白蹲在垃圾桶旁边，手上戴着手套，仔细翻找里面的东西。这工作跟他的气质格格不入，让他看起来像两只爪子不停地刨垃圾桶的雪白波斯猫。

垃圾桶里有刚刚削下来的红薯皮，今天晚上至少有一道菜是用红薯做的。拨开红薯皮，下面是一堆零散的鸡蛋壳，壳里滚动着金黄的蛋液。

他还要继续，身后忽然传来一个声音："找到证据了吗？"

暮照白愣了一下，回过头，一道白色光晕宛若绮丽月光，照进他的眼内。

卷卷双手扶着膝盖，弯腰看着他。

因为这个动作的关系，她睡衣的领口松垮垮地落下，露出里面的丰盈来，就像水面上微微浮动的两座岸尖。

"你！"暮照白夯毛一样跳起来，条件反射地就想脱掉外套罩过去。

"现在的警察都这么下流吗？"一道很不友好的声音从卷卷身后传来，小刀嘴里叼着根烟，嘴角扬起一个嘲讽的笑容，"怎么看见女孩子就想脱衣服？"

暮照白衣服都脱一半了，现在脱也不是，不脱也不是，只能无奈地看着他。

不知为何，眼前这个律师对他表现得相当不友好。

与之相反……他旁边的犯罪嫌疑人却对他表现得过于友好。

"人家这叫绅士风度啦！"卷卷驳斥了小刀一句，然后友善地看着暮照白，"怎么不脱了？是不是戴着手套不方便，要不要我来帮你？"

她一向是个动手能力比动嘴能力强的女子！话还没说完，她的手已经朝对方伸过去，打算帮他宽衣解带。

暮照白被她的主动吓得倒退一步，耳廓有点红了，支支吾吾地说："我自己来……"

卷卷身后传来毫不掩饰的嗤笑声。

两人一起看过去，小刀依然勾着唇，胸腔里鼓动着笑声，嘴角叼着烟，对他们说："不好意思，被你们两个逗笑了……继续啊，不要停。"

被他这么嘲笑！谁还继续得下去啊？

"不继续的话，可以请你出去吗？"小刀对暮照白说，然后目光瞥向另外两个警察，"哦，还有你们。"

"该出去的人是你。"暮照白皱起眉头，"请你不要妨碍我们收集证物。"

对方三番五次向他散发恶意，他也不可能像个菩萨一样无动于衷。

"呵呵，证物？"小刀脸上的嘲讽更盛，用脚踢了踢旁边的垃圾桶，"你是指红薯皮还是鸡蛋壳？"

"……"

"况且你也是知道的吧，就算你能在厨房里找出一吨肉，又能怎样呢？只要肉里没下毒，那么我的当事人就是无罪的。"烟气袅袅，小刀收敛起笑容，摆出一副男主人的傲慢姿态，"出去。"

他的态度太过嚣张，以至于激怒了在场的警察。

有一个人高马大的警察撸着袖子走过来，看起来很想给他点颜色看看。

小刀咬着烟，朝对方呵呵直笑，简直是一只唯恐天下不乱的魔鬼。

"好了！"关键时刻，暮照白挡在他们中间，对同僚说，"这里也查得差不多了，我们先去别的地方看看。"

"怕他做什么啊？"同僚心有不甘，被他推着离开时，还不停地骂骂咧咧，一会儿指责小刀态度恶劣，一会儿埋怨暮照白胆小怕事。

等他们的骂声和脚步声远去之后，小刀将自己湿漉漉的外套丢在椅背上，手里的烟指了指旁边那堆厨具，对卷卷说："开始吧。"

卷卷："你先做个示范呗。"

小刀呵呵一笑，将烟叼回嘴里，然后慢条斯理地卷起袖子，露出两只肌理分明的小臂。

三分钟后。

"蛋在哪里？"小刀咆哮。

在这个关键时刻，在这个历史性的时刻，他却发现一个悲剧的事实——没有蛋了！

小刀就像一头地狱三头犬一样，在厨房里翻箱倒柜了大半天，最后两眼冒火地看着卷卷。

"我们有蛋啊。"卷卷嘿嘿笑着，扫了眼他的胯部。

"……"

小刀上前一步，单手捏住她的脸，那张又凶恶又俊美的脸与她的近在咫尺，他恶狠狠地笑道："怎么？原来你想吃我的蛋啊？"

在卷卷惊恐的目光中，他松开手，呵呵笑着退后一步，靠在冰箱上慢慢抽烟。

"想吃就用自己的嘴。"他抽了口烟，"不要用别人的。"

卷卷的第一反应是你他妈要流氓啊！但她很快打了个激灵……什么叫用自己的嘴，不要用别人的，他什么意思？

在卷卷探究的目光中，小刀呵呵一笑，笑容又狡诈又美丽："其实我有一个特别的技能。"

"什么技能？"卷卷问。

小刀一步步朝她走过去，也不知是故意还是无意，他走得很慢，每一步都充满压迫感，像是猎犬一步步接近自己的猎物。

卷卷无路可退，被他抵在料理台前。

"你大概不知道吧，我的舌头是很敏感的。"他低头看着卷卷，笑道，"红酒也好、水果也好，只要我尝上一口，产地年份就都知道了。"

说完，他抓住卷卷的手，放进嘴里咬了一口，尖尖的牙齿磨着她的手指，含糊不清地说："产地A市，年份二十一，生肖虎，血型O。月薪一千五，喜欢吃荷包蛋和孜然烤羊肉，夏天光膀子打游戏，秋天光膀子吃麻辣米粉……"

卷卷的眼睛慢慢瞪大，大吼一声："这不可能！"

小刀心想这当然不可能，他这个纯种人类哪来这种诡异的技能？

这些资料都是他花钱花精力收集来的！

心里这么想，手却还抓着卷卷的手，他松开牙，牙齿在她手上留下浅浅的牙印，他的唇向一边勾起："有什么不可能的？"

这话可把卷卷给问住了，是啊，有什么不可能的？

她都能拥有特殊的睡觉技能，凭什么别人不能拥有特殊的泡妞技巧啊？

这种舔一口就能知道对方性别年龄家庭住址甚至有没有整容的技能……实在是太流氓太恶霸了！

……不，还是不对！

"你说的人不是我！"卷卷摇头道。

她跟沈绿瓷又不是孪生姐妹，哪可能一个地方出生、一个地方长大，岁数一样、血型一样，甚至连工资都一样？即便是孪生姐妹，也不至于都喜欢光膀子跑来跑去吧！

想到这里，卷卷忍不住盯着小刀的嘴。

莫非这条舌头，真能尝出真伪？

而小刀也盯着她，右手慢慢地捏住她的下巴，漆黑的眼眸犹如利剑，直插她心底，他问："那么你是谁？"

卷卷的处境不大乐观，而暮照白也是如此。

出了厨房之后，他跟同僚去了一趟保姆房，说是搜查证据，可是某个不争气的同僚却像是闯进偶像房间的追星族一样，恨不得连垃圾桶里的纸团都藏口袋里带走。

"这样不太好吧。"暮照白试图阻止。

"这些都是重要证物。"那名同僚义正词严，顺手从衣柜里抓了一条内裤塞口袋里。

暮照白叹了口气，走过去，把他的口袋掏空，将杂七杂八一堆东西全部堆在桌子上。

这个举动让同僚又难堪又愤怒，他抬脚朝门外走去："嫌我手脚不干净，那你自己干吧！"

另一个同僚夹在两人中间很是尴尬。

他在暮照白肩上拍了一下："我去劝劝他，你别放在心上。"

说完，也转身出了门。

屋子里就留了暮照白一个人。

一个人就一个人吧，他早就已经习惯了。

暮照白深吸一口气，开始进行搜查，十几分钟之后，他终于在一个行李箱内发现了自己想要的东西。

将那件东西收进口袋里，他转身出了房间。

门外空荡荡的，两名同僚不知所终。

他径自回到书房内，进门的时候，发现两名同僚已经提前回来，他们回头看了他一眼，其中一个哼了一声，回过头去，继续跟队长告状。

暮照白没有过去为自己辩解，他来到李家长子身旁，顺着他的目光，抬头看向墙壁上挂着的那幅油画。

"《法庭上的芙丽涅》。"暮照白问，"这是真品还是仿品？"

"仿品。"李家长子——李成海笑道，"虽然是仿品，不过从今晚开始，价钱就会直线上升……因为他的作者已经死了。"

暮照白看着他："你的意思是……"

"这画是我爸画的。"李成海指着画里的芙丽涅说，"看见没？这个女人跟真正的芙丽涅是不同的。"

暮照白不是美术系毕业的，对油画的涉猎也不深，于是他掏出手机，百度了名画《法庭上的芙丽涅》，然后放大图片，举起手机，对比墙上的油画。

这两幅画果然是不同的。

百度图片里的芙丽涅是个金发美人。

而眼前的这位芙丽涅，虽然拥有同样雪白的肌肤和婀娜的躯体，可是她的头发是黑色的。

放下手机，暮照白若有所思："画里的人是谁？"

"谁知道呢。"李成海顿了顿，笑着说，"我爸是个艺术家，艺术家身边总是不缺女人，尤其是漂亮女人。"

直觉告诉暮照白，李成海在隐瞒着什么。

他没急着撬开李成海的嘴，想了想，他百度了李青云和《法庭上的芙丽涅》，翻了几页，发现并没有什么有用的消息，就删掉后面几个字，直接百度李青云。

唰的一下，出现几百页的消息。

"油画家李青云先生凭油画《月下美人》，获美国亚历山大卢奇绘画奖！"

"噩耗！大画家李青云宣布金盆洗手。"

"油画大师李青云任教××大学。"

"近距离接触大神！今天在雕塑老师家里遇到了李教授了！李教授也开始学雕塑了！"

暮照白点开李青云赖以成名的那幅《月下美人》。

那也是一个黑发女人。

窗户开着，露出一轮明月，她侧身坐在床上，身上不着片缕，一头黑发缎子似的披在身上，手里捏着一柄木梳，梳齿插入发内，由上而下，梳理着一头黑发，也梳理着黑发上的绮丽月光。

暮照白觉得这个女人有点眼熟，过了一会儿，他脱口而出："沈绿瓷？"

李成海立刻转头看着他，又看了他手机里的图片一眼。

"《月下美人》是我爸二十多年前的作品。"他立刻辩解说，"那时候绿瓷还不知道在哪里玩泥巴呢。"

"你真是时刻都在为她说话。"暮照白抬头看着他，"值得吗？"

"呵呵，你肯定没有谈过恋爱。"李成海表情狂热，"当你爱上一个人的时候，你就会跟我一样，包容她的一切、接受她的一切……"

暮照白一句话打断这文艺老青年："可她已经结婚了。"

轰隆轰隆轰隆……

李成海耳边响起了世界崩溃的声音。

"这不可能！"他气急败坏，表情就像是被人徒手摘了个肾似的，"你胡说八道！你这是污蔑！"

事实胜于雄辩，暮照白将之前找到的那样东西出示给他看。

小红本子，里面贴着一张合照。

轰隆轰隆轰隆……

李成海似乎听见了自己的躯体瓦解崩溃的声音。

"我不相信！"他夺过那本结婚证，目光就像看仇人似的，仿佛下一刻就会一口把本子扯碎吃下去。

可照片里的人的确是沈绿瓷。

暮照白对他说："当你爱上一个人的时候，你就会包容她的一切、接受她的一切，对不对？"

"我怎么接受得了？"李成海抬头向他怒吼。

愤怒会使人失去理智，愤怒会打开一张紧闭的口。

从李家二女的口供中可以知道，她们两个住在外地，很少回家，只有李成海三天两头往别墅跑，然而并不是为了看望自己的老父亲，而是为了向沈绿瓷献殷勤，她做过什么，她是什么样的人，或许只能从他嘴里知道答案。

然而一个男人怎么会诋毁自己心目中的女神？

但反过来说，当女神不再是女神……那么一粉顶十黑。

"我觉得你没资格说这话。"暮照白说，"她既不是你的妻子，你也不是她什么人。你没资格对她指手画脚，也没资格指责她什么，她要嫁给谁、生几个孩子，婚后是不是会变胖变丑，那都是她自己的事情，与你无关。"

"与我无关？"李成海重复一声，笑声凄凉，"与我无关……"

他忽然转身朝门外跑去，脚步踉跄，几乎一路从楼梯上滚下来。

"绿瓷！"李成海站在厨房门口，看见一幅快要让他发疯的画面。

厨房里，身材高大的男人背对着他，将他心目中的女神抵在料理台前。

"你们在干什么？"李成海发出一声尖叫，"你们想背着我做什么？"

他冲过去，想把小刀从卷卷身上撕开……但没撕动。

小刀缓缓转过头来，脸上的表情比他还要愤怒，就好像做到关键时刻被人打断了似的，低沉地吼道："滚出去！"

他怀里的卷卷倒是松了口气，觉得对方来得正是时候啊，于是对他露出一个善意的笑容。

这个笑容崩断了李成海脑子里的最后一根弦。

"你这个荡妇！"李成海简直像被人徒手摘了个肾似的，又痛苦又愤恨地朝她吼道，"我对你这么好，卑躬屈膝求你喜欢，放低身份讨你欢心，你连手都没给我摸一下，回头却让一个又一个男人上你！"

一边说，他一边操起桌上的菜刀。

卷卷的反应十分迅速。

她半蹲抱头护脑躲刀，顺便还刨了下蹄子，准备给他肚子上来一下，然后趁对方捂着肚子的时候给他后脑勺来一肘！

但是刀哥的反应比她还要迅速。

他几乎是立刻扑过去，握住对方提菜刀的手，咔嚓！再拿起对方另一只手，咔嚓！

"……"忽然发现自己失去用武之地的卷卷看着他，"为什么要把另一条胳膊也拗断？"

"人砍我一刀，我断他两臂。"小刀说完，松开手。

菜刀落在地上，哐当一声。

李成海也随之跪在地上，耷拉着两条手臂，然后……他哭了。

暮照白等人正好冲进房门，看见这一幕，李家姐妹冲过来，一边搀扶他，一边愤怒地朝卷卷二人喊道："你们为什么欺负弱小？"

卷卷："……"

李成海被两个妹妹扶起来，涕泗横流十分可怜。

连暮照白看见这一幕，都忍不住朝卷卷皱皱眉，似乎怪她过分残忍。

"我是正当防卫！"卷卷才不肯背这个锅，立刻指控道，"看见地上的菜刀没有！他刚刚想用刀砍我！"

"我不是没砍成吗？"李成海充满怨恨地看着她，"你不同，你成功地杀了我爸！"

暮照白立刻看着他，面无表情地说："这事你没有证据。"

李成海看了他一眼，又转头看向卷卷，唇角慢慢向两边勾起，阴恻恻地笑道："不，我有！"

『第十七章』魔女审判

"在来我家之前，她还给五个人当过保姆。"李成海看着卷卷，咧嘴笑道，"现在我问你，这五个人在哪里？"

"……"卷卷怎么答得出来。

"哈哈，我可是一直帮你守着这个秘密……"李成海转头看着暮照白，"告诉你吧，那五个人全部失踪了，生不见人、死不见尸。"

说完，他急忙看向卷卷，生怕错过她脸上的后悔、惊恐、心虚。

少女的面容倒映在他瞳孔中，她笑了起来。

她露出轻快的，甚至可以说是欣喜的笑容，对他说："我早提醒过你了，我不是什么好人。"

那一刻，别说李成海了，连他旁边的人都感到一阵寒意。

小刀忽然转头，朝卷卷脸上喷了口烟，呛得她泪眼涟涟咳嗽不已。

"又是这种毫无根据的指控。"小刀回过头，双手插在裤子口袋里，头微微低着，两眼向上，阴沉沉地看着李成海："有证据吗？"

李成海笑了起来："我当然有。"

几分钟后，众人重新回到书房内。

篝火在壁炉里燃烧，照亮墙上的《法庭上的芙丽涅》。

"这个女人的名字叫沈瑛。"李成海指着画上的女人说，"二十年前，她在我家当过保姆，后来成了我爸的模特。"

"模特？"暮照白皱皱眉，他看了看墙上的画，又回忆了一下《月下美人》，忽然福至心灵，"你是说……裸模？"

"是啊。"李成海装模作样地感叹一声，"你不知道，我爸曾经为了这个女人神魂颠倒，他是画人物油画出名的，但他这辈子没给我妈，也没给我和妹妹画过一幅画……直到他封笔为止，他只画一个人，那就是沈瑛。"

一个男人，以及一个不穿衣服的女人。

两个人从早到晚待在一个房间里，甚至不是一天，而是两天三天地不出来。

谁知道他们在里面做了什么？

后来李青云凭借《月下美人》，在美国获得亚历山大卢奇绘画奖的消息传回国，但那也与沈瑛无关！

在李成海母亲的刻意宣传下，她成了一个不知羞耻、出卖自己身体，以便博人眼球的女人，只比真正的婊子好上那么一点。

之后她将沈瑛赶出家门，三个月后，声名狼藉的沈瑛在自己家里上吊自杀。

"其实她不是自杀。"李成海慢吞吞地说，"我妈事后在家里说起过这事，事情的真相是，有三个男人找沈瑛买春，可是沈瑛没答应，他们就轮了她……呵呵，听说她死了以后，大伙才发现她还是个处女呢。"

沈瑛之死，五人有份。

罪最重的三个人在法庭上是这么为自己辩解的："其实我们没想

杀人的，是她勾引我们的，那天她穿得那么少，我们几个血气方刚的男人，怎么把持得住啊？"

而李成海的母亲则出庭作证，表示沈瑛一直是个放浪不堪的女人，在她家当保姆的时候，就三番五次地想要勾引男主人，甚至唆使男主人将财产全部转移到她名下。

就这么一句毫无逻辑可言的话，还有一堆充满私心的证词，居然打动了当时的法官，给予犯人轻判。

这哪里是给受害者准备的法庭，这根本是一场对魔女的审判。

犯罪者安然无恙，受害者却得忍气吞声，对外宣称自家大女儿是上吊自杀的，然后带着小女儿灰头土脸地搬家。

等到李青云回国之后，眼前只剩下人去楼空。

他在弄明白事情的前因后果之后，决绝地跟妻子离了婚，但又能怎样呢？死掉的人活不过来，毁掉的名声也洗刷不过来。

"直到三年前，沈绿瓷出现在保姆市场。"李成海说，"先是那三个男人，接着是法官，然后是我妈，最后是我爸……沈绿瓷，你是为复仇而来的！"

"胡说八道什么呢。"卷卷面无表情地道，"我可是个良民。"

"……"李成海气结，"你刚刚还说过你不是什么好人呢！"

"我说过这样的话吗？没有吧？"卷卷皮笑肉不笑。

她本来是想体验一下超级美女的感觉，顺便看看这位大美人是不是诈骗团伙的一员，不过现在一看，就算她是诈骗犯又怎样？双方根本就是半斤八两啊！

想到这里，她转头看向小刀："律师，掩护我！"

她先撤了！

这已经不是家庭伦理剧了，而是复仇剧，卷爷才不插手！

这事是原身自己的问题，卷卷擅自替代她决定才是不好的决定，万一沈绿瓷想亲自解决呢？换了卷卷，也会想亲自手刃仇人的。

小刀对她呵了一声，眼睛瞥向前方众人，脑袋微微昂起，漫不经心地吐了口烟："嗯，交给我。"

轮回二十年，又是一次对魔女的审判。

只不过这一次的魔女跟一只真正的魔鬼签订了契约，小刀大摇大摆地来到李成海面前，问他："再问你一次吧，你真的要拿这事指控她吗？"

李成海笑了起来，他一直在卷卷面前卑若尘埃，这是第一次，他觉得自己已经掌控了卷卷的命运。既然得不到她，那么亲手毁灭她也不错，于是他回答："不错，她就是个连环杀人魔。"

"行。"小刀从口袋里摸出录音笔，"既然你这么说了，那就听听第二份遗嘱吧。"

说完，他打开录音笔。

一个老人的声音回荡在书房内。

"我是李青云。"那个声音说，"当你听见这段话，我的儿子或者女儿，应该已经把当年发生在沈瑛身上的真相说出来了。"

李成海脸上的肉抖了一下。

而他的两个妹妹也面色难看，一同看着小刀手里的录音笔。

"沈绿瓷是沈瑛妹妹的事情，我早就已经知道了。"老人的声音十分缓慢。

"这不可能！"李成海几乎脱口而出。

"沈瑛的死，我们一家脱不了干系，所以这些年，我一直试图对她家里的人做出补偿，只可惜他们不肯接受。"老人又说，"因此沈绿瓷的童年过得很清苦，没有接受很好的教育，也没有嫁很好的人，所以她小小年纪就出现在保姆市场上，这让我感到十分遗憾……"

"哈，爸真是晕了头了！"李成海嘲讽一声，不停地对周围的人说，"她明显是来报仇的！"

"更让我感到遗憾的是，我的儿子被色欲蒙蔽了眼睛，他如果得不到沈绿瓷，一定会用当年的事情来污蔑她！"老人的声音忽然拔高一分，"当年我无法拯救沈瑛，但是这一次，我一定要拯救她的妹妹！沈绿瓷是无罪的，她的姐姐也是无罪的！从始至终，她们的美丽都是无罪的。有罪的，是用这个当作借口伤害她们的人！"

『第十八章』法庭上的芙丽涅

众人觉得奇了。

以前只见过儿子坑爹的。

但没见过爹这么坑儿子的。

"明明可以靠脸活，偏偏要当保姆，还是给仇家当保姆，这还不叫别有用心？"李成海怒了，"那三个强奸犯根本就没钱请保姆，她还是免费上门服务的。"

"何律师。"录音笔里传出老人的声音。

"他们三个是前年春节失踪的，那时候沈绿瓷刚好回老家祭祖了。"小刀的声音不急不缓，"街坊邻居几百人，都能证明这件事。"

"那法官呢？"李成海十分激动，"法官退休在家，儿女都不在身边，老伴也先一步去了，就沈绿瓷在他身边，他的失踪总不可能跟她无关吧？"

"何律师。"录音笔里传出老人的声音。

"法官是跟团去参观雕塑工作室的时候失踪的。"小刀说，"这事是旅行团的责任，跟沈绿瓷无关，那一天她人在异地，还在银行里取了一次钱，监控拍到了她。"

李成海气得要死："那我妈呢？"

"何律师。"录音笔又传出老人的声音，不多不少，还是那么三个字。

众人忍不住怀疑……这是卡带了吧？

又或者该说是知子莫若父，明明一个死了，一个还活着，但他们的对话偏偏还对得上，李青云偏偏就知道自己儿子会锲而不舍到这一步。

所以他提前找好了律师，也提前找好了证据。

"你妈如果没失踪，现在估计已经坐牢了。"小刀淡淡地道，"她殴打辱骂沈绿瓷，这事不少邻居都看见了。今年三月，沈绿瓷被她打得送医院了，她怕警察抓她，连夜带着证件跑路了，这事儿她邻居都瞅见了，你是她儿子，你知道她现在跑哪儿去了吗？"

李成海简直气得呕血。

白白说出真相。

白白跟沈绿瓷撕破脸。

最后却什么都没得到。

"好了。"小刀关了录音笔，目光在他与李家两姐妹身上扫过，"现在听听第二份遗嘱吧。"

李家两姐妹几乎不抱希望。

"李先生将财产分为两份，一份是这栋别墅还有他的银行存款，还有一份是墙上这幅《法庭上的芙丽涅》。"小刀微微一笑，"并且，如果你们愿意将当年的真相公之于众的话，那遗产你们三位可以先挑。"

这还用得着考虑吗？

"我们愿意！"李家姐妹异口同声地喊道，心里喊着我们要房子和钱！

"你呢？"小刀看了眼李成海。

得不到女人，能得到点钱也好啊，李成海没有迟疑太久，也点了头。

小刀指挥他们把墙上的油画拆下来，夹在腋下，转头对卷卷说："送送我。"

卷卷惴惴不安地将他送到门口。

夜幕低垂，雨声停歇，小刀站在门口，朝天空吐了口烟："李青云其实是自杀的。"

"什么？"卷卷愣了。

小刀看着她，又像是透过她看着另一个人，淡淡地道："李成海说得没错，你找上那五个人，就是为了复仇，只不过巧合的是，在你复仇之前，他们五个人都失踪了。"

世上哪有这样的巧合？

"最后你来到李青云身边。"小刀缓缓地道，"他知道你要杀他，不过他没反抗，你给他做什么，他就吃什么，哪怕他明知道这些东西对他而言是慢性毒药。"

乌云散开了，月光照在小刀脸上，他眯起眼睛，侧着脸对她笑。

"你是法庭上的芙丽涅。"他似笑非笑，"但你的蓝衣辩护官可不是我，使你无罪的人不是我……而是李青云。"

说完，他重新将烟叼在嘴里，拉开车门，钻进车里。

引擎发动，路虎绝尘而去。

卷卷目送他离开，脸色一点一点地阴沉下来。

她转身往屋子里跑去，跟出来找她的短发女子撞到一起。

"你去哪儿？"短发女子拉住她。

"我想睡觉。"卷卷回答。

小刀给了她一种很不妙的预感，她觉得自己还是尽快回到自己身体里比较好。

"都这个时候了，你还睡什么睡啊？"短发女子扯着她往书房里走，"爸的遗体你帮忙收拾一下啊，你保姆合同还没到期吧，这些事还得你来做。"

卷卷只恨这具身体空有美貌，却没自己百分之一的战斗力！

否则别说是个人了，来头熊也拉不住她！

但美貌也有美貌的好处，卷卷拉住对方，对她勾唇一笑。

就像骤然看见烟花绽放，短发女子顿住了脚步。

"何律师似乎很喜欢我。"卷卷凑过去，在她耳边轻轻说，"你说我要是跟他吹吹枕边风，他会不会拿出第三份遗嘱来，把所有东西都给我？"

说完，卷卷推开短发女子，对她说："我想回房睡觉。"

短发女子张了张嘴，却发现自己说不出阻止的话来，万一惹恼了这女人，让她兴风作浪起来怎么办？要知道美貌之前，连她家那个坐轮椅的老头子都枯木逢春了！

她只能目送卷卷离开，然后自己回到书房里，因为愤怒，抬脚踢了房里放着的雕塑一下，结果那尊雕塑摇晃两下，轰然倒下。

暮照白正好站在旁边，伸手扶了一把。

雕塑扭曲怪诞的面孔映入他的瞳孔内，他愣了一下。

"噩耗！大画家李青云宣布金盆洗手。"

"近距离接触大神！今天在雕塑老师家里遇到了李教授了！李教授也开始学雕塑了！"

"法官是跟团去参观雕塑工作室的时候失踪的。"

队长回头："照白，你怎么了？"

"没什么。"暮照白轻轻松开手，"突然想起一些东西。"

雕像轰然倒地，石膏碎裂，一地雪白，雪白的不只是雕像的碎块，还有人的骨头。

"啊！"短发女子尖叫起来，因为一个头骨正好落在她脚边，空无一物的眼眶向上看着她。

她晕了过去。

暮照白扶住她，目光扫过房间里的另外几个雕像。

李青云是个很好的画家，但并不是个很好的雕塑家。

每个进入书房的人，都会被墙上挂着的《法庭上的芙丽涅》吸引眼球，鲜少有人注意到角落里放着的五尊石膏像。

高矮不一的，并列跪着的，五尊雕像。

暮照白看了队长一眼，队长也看了他一眼。

"把这几尊石像打碎。"队长狠狠地将手里的烟丢在地上，抬脚踩灭。

警察们立刻一拥而上，或摔或敲，将剩下的四尊雕像敲开。

露出里面的干尸来。

法医抖擞精神，围了过来，有一个经验丰富的，很快判断出："脱水脱得很好，一个女的、四个男的。"

虽然还没得到确切的答案，但是李家兄妹却已经哭了出来。

"妈！"长发女子趴在哥哥的胸口，哭号道。

失踪的五个人，跪在《法庭上的芙丽涅》前的五尊雕像。

壁火虽暖，书房里的人却脊背发寒。

伴随着长发女子的哭号，以及李成海的低泣声，众人齐齐将目光投向银色轮椅中坐着的那个老人。

他背对着众人，静静地坐在炉火前。

墙上已经空了，他依旧保持着仰望的姿态。

这几年来，他最喜欢做的事情，就是一个人在房间里欣赏那幅《法庭上的芙丽涅》，他不止自己欣赏，还让五个人陪他一起欣赏。

这五个人里，说不定有他的前妻——那个替他生了儿子女儿的女人。

"你以为自己是芙丽涅的蓝衣辩护官吗？"暮照白感到心中一股怒火、一股寒意，他忍不住朝那个背影说，"你不过是个蓝衣的杀人魔！"

噼啪一声，炉火在壁炉内扭曲。

明明已经是个已经死掉的老头，明明背对着众人一言不发，但镀上那层扭曲的火光之后，却似乎重新活过来一样，志得意满，好整以暇地坐在轮椅内，火光摇曳在他苍白指尖，犹如一杯红色葡萄酒。

仿佛在对众人说。

嘘，一切已经尘埃落定了。

『第十九章』察觉

一切已经尘埃落定了。

至少对死人来说如此。

活人可没那么好打发，几个受害者家属找上门来，要李家兄妹进行赔偿。

遗产刚刚到手，还没捂热就想叫他们送出去？这可真是岂有此理，李家兄妹合计了一下，觉得钱比脸面重要，于是将二十年前的案子翻出来，公之于众。

又因为李青云的名人效应，这件事终于闹得人尽皆知。

涉事的五人究竟该不该死？李青云究竟算是蓝衣辩护官，还是蓝衣杀人魔？

双方对簿公堂。

"跟他们相比，你可真是清闲啊。"手机里传来一个男人的声音，成熟、醇厚，就像舌尖滑动的红酒，令人回味无穷，"恐怕他们谁也没想到，李青云最贵重的遗产其实在你手里。"

沈绿瓷靠在窗口，玻璃窗上倒映着半张美丽的面孔，她一手举着手机，另一只手抚过腿上放着的那幅画。

有谁知道呢？赝作《法庭上的芙丽涅》里头，藏着另外一幅画。

画上是一个黑发女人。

窗户开着，露出一轮明月，她侧身坐在床上，身上不着片缕，一头黑发缎子似的披在身上，手里捏着一柄木梳，梳齿插入发内，由上而下，梳理着一头黑发，也梳理着黑发上的绮丽月光。

李青云的成名之作，也是最后之作——《月下美人》。

"李家兄妹手里的别墅藏过尸体，只会不断贬值。"男人笑道，"而你手里的《月下美人》则刚好相反，随着李青云的死，随着事情的闹大，它的价值将不断攀升……"

"这幅画我是不会给你的。"沈绿瓷忽然开口道。

不等对方开口，她又接着说："还有，我不干了。"

"亲爱的，你这样是不行的。"男人依旧在笑，笑声里却带着明显的冷意，"这个世界上可没有白吃的午饭，我帮了你的忙，你就该听我的话……"

"你帮了我什么忙？"沈绿瓷冷冷地打断他，"李青云是自杀的，其他人都是他杀掉的，你做了什么？"

"我把你送进他的视线。"男人回答，"否则的话，人海茫茫，失散多年，他哪可能那么快找到你，又怎么会第一时间发现你的复仇计划？"

沈绿瓷拿着手机，觉得一股凉气顺着手机，弥漫到她的指尖，然后渗进骨髓里。她沉默良久，然后问道："你当初找上我……究竟是为了帮我复仇，还是为了得到李青云的《月下美人》？"

男人呵呵笑着，笑声醇厚甜蜜。

可沈绿瓷却觉得身上阵阵发冷，因为以她对他的了解，搞不好后者才是真相。

"一切都已经尘埃落定了，还想那么多做什么呢？"男人说，"现在这个结局不是很好吗？你给你姐姐报了仇，坏人得到了报应，李青云洗刷了心里的内疚，而我也拿到了应有的报酬……无论是《月下美人》还是你。"

"我不想干了！"沈绿瓷尖叫一句，"你要是再逼我，我就去警察局告你！告诉他们诈骗犯萨丁就在这里！"

"告我？"男人笑了起来，"你可别忘了，你也是共犯！"

"那我们就一起去坐牢！"沈绿瓷眼中带着一股狠戾。

萨丁终于沉默下来。

寂静的房间里，沈绿瓷只能听见自己起伏不定的呼吸声。

过了几分钟，对方的声音才再次响起，他淡淡地道："总不能让我血本无归吧，这样吧……沈绿瓷，你再替我做一件事，这件事做完，你想去哪里就去哪里，想做什么就做什么，我绝不干涉。"

沈绿瓷向后躺进沙发里，头发乌云般散在身后，深吸一口气，问道："什么事？"

萨丁很快发了一条信息过来，上面是一个度假村的介绍。

沈绿瓷接下来的任务，是同自己的丈夫一起参加度假村的情侣周末游，然后伺机勾引同来参加活动的一个姓何的隐形富翁。

而她的丈夫其实就是萨丁，两个人是假结婚，这一次他们结伴而行，沈绿瓷负责勾引富翁，而他会伺机勾引富翁身边的白富美。

关掉手机之后，沈绿瓷一动不动地躺在沙发里，将手按在脸上，喃喃道："我都已经不想杀你了，你死什么？"

一个人是真的对她好，还是单纯觊觎她的身体，她其实看得出来。

所以她换掉了食谱，将各种三高食品换成了素斋。

但李青云还是死了。

她的埋怨、她的憎恨、她的后悔、她的这些话，又能跟谁说呢？

一切都已经尘埃落定了。

在沈绿瓷的呜咽声中，夜幕渐渐低垂，街上的车辆来来往往，一个红灯，就堵下数条长龙。

《法庭上的芙丽涅》：二十年前的凶案——卷卷坐在路虎的副驾上，滚动手机屏幕，看着这一条头条新闻。

小刀坐在她身边，嘴里叼着烟，手放在方向盘上。

两人之间，寂静无语。

不是卷卷不想说话，而是她想说的话实在太多了。刀哥，你这个死宅青年什么时候考的律师证？李家这案子到底怎么结的？你是不是真有特殊的泡妞技巧？

但这话她能说吗？说出来不就穿帮了吗？

所以卷卷只能选择沉默，直到这条新闻出来，她才有了开口的机会，把新闻简略地跟他说了一下，然后问："刀哥，你怎么看？"

小刀抬手摘下烟，看着前方道："你怎么对这件事这么感兴趣？"

卷卷心中一跳，然后耸耸肩道："今日头条嘛，谁不感兴趣啊？"

"是吗？"小刀斜了她一眼，探究的目光落在卷卷脸上。

卷卷目不斜视地看着前方："绿灯了。"

小刀这才回过脸去，踩下油门，继续开车。

就在卷卷松了口气的时候，他的声音从旁边响起。

"我爸跟李青云的交情不错。"小刀淡淡地道，"所以他家那堆陈芝麻烂谷子的事情，我早就知道了。"

卷卷转头看着他。

"别看这群人争财产争得凶，其实李青云最大的一笔遗产，压根就不在他们手里。"小刀道。

一个答案闪过卷卷心头，但表面上，她还是装作一无所知的样子，问道："那在哪里？"

"在他们家的保姆，沈绿瓷手里啊。"小刀摘下烟，在窗口抖了抖，"她得到的可不只是赝品《法庭上的芙丽涅》，还有赝品里面藏着的那幅画。"

"《月下美人》。"卷卷脱口而出。

小刀立刻眯起眼看她："你怎么知道？"

"我猜的。"卷卷坦然道，"大画家李青云的成名之作、最后之作，还有比这更值钱的吗？"

更何况是送给沈绿瓷的东西。

还有比送她姐姐的遗像更好的选择吗？

"你说得没错。"小刀笑了一声，"李青云的成名之作、最后之作，如果仅仅只是这样，它还值不了这么多钱。但现在不同了，它的画者死了，它还背上了这么一个又唯美又血腥的爱情故事……"

说到这里，小刀的声音忽然一低，他喃喃道："简直就好像有人在背后故意推动这一切，人为制造出这样的高价似的……"

说完，他将指尖夹着的烟重新递回嘴里，然后阴沉着脸继续开车。

气氛这么糟糕，卷卷连讲冷笑话的心情都没有，只好一路假寐，直到车子开到公寓楼下。

因为路上塞车，回来时，时间已经很晚了，互相道了晚安之后，卷卷回到自己房间内，关上房门，狠狠地将自己甩在床上。

小刀在门外喊了一声："浴室我先用，待会儿叫你。"

"知道了！"卷卷抱着枕头回道，"那我先躺一会儿，你洗完喊我。"

小刀随口应了一声，随后，浴室里传来哗啦啦的声音。

卷卷躺平在床上，拿起手机开始玩游戏。

越玩越烦躁，索性关掉游戏，然后打开通信簿。

上上下下翻了好几页，她发现自己居然没有一个可以谈心的人。

朋友分很多种，一起吃饭的朋友、一起买衣服的朋友、一起打游戏的朋友、一起八卦聊天的朋友、一起谈婚论嫁的朋友……而她现在需要的是，是可以分享秘密的朋友。

但秘密这种东西，又岂是能随便分享的。

"要是你还在就好了……"卷卷忍不住喃喃一句。

她关闭通信簿，插上耳麦，塞进耳里，然后打开虾米音乐，开始播放轻音乐。

《天空之城》熟悉的调子在她耳边响起，这曲子还是林姑娘推荐给她的，听着听着，她渐渐有点昏昏欲睡，脑海里不断闪过两人相处时的场景。

"讨厌啦，人家还没补妆呢，你不要拍啦！"

"看在我对你这么好的分儿上……你能帮我扛这两袋大米上楼吗？"

"你喜欢拍照吗？"

"听说跟一个人相处久了，会变得跟那个人越来越像。你看，我是不是越来越像你了？"

"我只安了一个……其他的监视器不是我放的。"

卷卷唰一下睁开了眼。

明明窗户紧闭，她却觉得有一股冷风从四面八方吹了进来，钉子似的敲进她的四肢内，将她死死地钉在床上。

卷卷一动不动地在床上躺平了一会儿，直到咚咚咚的敲门声响起。

隔着门，小刀低沉的声音在夜里响起："我洗完了，轮到你了。"

03

情人劫

『第二十章』违和感

卷卷打开门，小刀不在门口，她转头看去，发现他站在桶装水前面，头上搭着一条毛巾，一边擦着湿漉漉的头发，一边用水杯接水。

卷卷抱着内裤睡衣，从他身后走过，走进浴室之后，她反手关上浴室的门。

因为小刀刚刚洗过的关系，所以浴室里的热气还没散出去，白茫茫一片雾气弥漫在卷卷面前，地上还有没冲干净的泡泡。

卷卷脱掉衣服，打开蓬蓬头，任凭热水冲刷自己的身体，可双手抱着胳膊，却觉得怎么也暖和不起来。

以前她一直不相信林永夜说的那句话。

但如果他说的是真的呢？

如果林姑娘真的只安了一个监视器，那么其他的是谁放的呢？

忍着骨子里的寒意，卷卷表面上却一点也不急，她慢吞吞地洗着澡，甚至还唱起歌来，号了三遍《法海你不懂爱》之后，外面传来小刀的敲门声，他严肃地说："你再扰民，我就跟你拼命。"

卷卷这才偃旗息鼓，擦干净身体，穿好睡衣，回到房间后还给自己做了个面膜。做面膜的时候她把相册放在腿上，不断地翻阅挑选着，似乎有点犹豫不决，所以选了好几张放在床上。

时间到了以后，她去外面把面膜洗掉，回来做了个护理，顺手关了灯。

关灯的时候，她心里闪过林永夜曾经无意间提到过的话："监视器这种东西，其实也没有多厉害，一般是要在有灯光的情况下才能工作的，否则拍出来的东西会很模糊，当然这都是一般货，贵的我就不知道了……干吗用这种眼神看着我！我也是在百度上看到的啊！你信我！嘤嘤嘤嘤！"

食指按下开关，房间里漆黑一片。

卷卷一边打呵欠一边走回床边，床上散落着一堆照片，都是她刚刚挑出来的。

但这些都不是她今天晚上的选择。

她挑来挑去是做给别人看的。

今天晚上她真正要使用的照片，其实在小刀敲门喊她洗澡的那一瞬间，就已经被她塞到了枕头底下。

现在时间是十二点半。

卷卷在床上躺下，被子盖过胸口。

考虑到对方是个彻头彻尾的夜猫子，她把耳麦塞进耳朵里，足足听了两个小时的音乐，然后才摘掉耳麦开始睡觉。

墙上的时钟慢慢走动，卷卷的意识逐渐开始模糊。

然后，她在另一具躯体内睁开眼睛。

掀开身上的被子，她忍不住靠了一声。

穿了那么多次身体，今天是她最尴尬的一次。

"小贱人！居然裸睡！"卷卷一边骂娘，一边到处找裤子穿。

还好衣服裤子都丢在床边的椅子上，不难找，她手忙脚乱地套上内裤，穿长裤的时候，风将窗帘掀起一角，漏进来的光打在她身上，也打在对面墙上挂着的镜子上。

镜子里倒映着一个男人的身影。

裤子堪堪提到腰际，腰线很美，拉裤链的时候，手不小心碰到腹肌，还以为会是传说中的"犹如岩石一般坚硬"，但是摸上去以后才知道，硬么是有点硬，但还是挺有弹性的。

一闪而过的光照在他脸上，原本又凶又俊美的面孔，因为身体里换了个人的关系，所以眉眼柔和了不少，只剩下俊美了。

风停了，光消失了。

卷卷穿好裤子，走到窗户边上，把窗帘拉开。

回头看着眼前的房间，她突然觉得熟悉而又陌生。

这是小刀的房间。

她不是第一次进这个房间，但是每次进来的时候，小刀都守在房间里，导致她一度以为他是个家里蹲死宅男。

这还是她第一次单独站在这个房间里。

环顾四周，她忽然觉得有点茫然。

因为太过熟悉，反而不知道该从什么地方了解起。

线索会在电脑里吗？卷卷打开电脑，熟悉的桌面出现在她面前，我的电脑、我的文档、回收站，还有个撸啊撸，除此之外都是些卷卷不认识或者不知道用途的图标……哦，她认出了一个数据修复工具，上一次小刀就是用它修复了林永夜的U盘文件夹。

卷卷也不是什么电脑高手，只能一个个文件夹、一个个网页历史记录地看过去，但不出所料，刀哥的电脑干净得很，历史记录也全部都删除了，简直像是台新买的电脑，别说是线索了，连个毛片都没有，完全不符合他宅男的身份啊！

卷卷又试着去开抽屉，电脑桌有三层抽屉，第一个抽屉里空荡荡的，第二个也是，第三个塞了许多疑似监视器的东西，卷卷眼前一亮，等看清楚了又感到失望，那些监视器都是上次从她房间里搜过去的，她没敢留着，让小刀帮忙处理，不知道他怎么想的，是偷懒还是忘记了，居然全部塞抽屉里了。

衣柜里放了一些换洗的衣服裤子。

床头柜上放着他的车钥匙。

垃圾桶里是吃完没丢的外卖盒，以及一次性筷子。

除此之外，就什么都没有了。

背后是门，卷卷靠在门上，微微皱起眉头。

不知道为什么，眼前的一切给她一种强烈的违和感。

有点怪，却说不上怪在哪里。

"好干净。"卷卷喃喃道，"跟住旅馆似的。"

她被自己这句话点醒了。

是的，太干净了。

不像个打算长期租住的房子，而像个随时准备离开的旅馆，所以除了换洗衣服和车钥匙，什么都没带进来，什么痕迹都不肯留下。

吱呀吱呀！

身后忽然传来一个声音，吓得卷卷蹦离了门。

她转身看去，眼睛慢慢瞪圆。

小刀的门上是一个圆形门把，隔着门，传来扭动门把的声音。

这都凌晨两点了，会是谁？

吱呀吱呀！

门把扭动得更加厉害，像是随时要从门上掉下来似的。

家里进贼了？还如此嚣张？卷卷回头想找把武器，可找来找去也找不到个像样的东西，最后只好把键盘给拆下来，盾牌似的举在手里，随时准备跟对方拼命。

……不拼命不行啊，万一对方打不开这边的门，回头去踹她的房门怎么办？她得保护柔弱无力的自己啊！她今天貌似忘记锁门了！

想到这里，卷卷赶紧把门打开，大吼一声："别动隔壁的娇花，有事冲着我来！"

然后举着键盘，生生愣在门前。

一个女人站在门口。

上下两件的小熊睡衣，款式一点也不性感，可她胸大，硬生生撑出了性感。

海藻一样的卷发，乱糟糟地披在身上，虽然已经大学毕业参加工作了，但是一张脸还是稚嫩得像高中生。

卷卷一言不发地看着对方。

眼前站着的这个人……

是她自己。

『第二十一章』黑历史

有人能对自己下毒手吗？

也许世界上有这样的狠人，但绝不是卷卷。

看着自己这张沉鱼落雁、闭月羞花的脸，卷卷举着键盘，根本砸不下去啊！

反倒是对方，定定地看了她一会儿之后，忽然扑了过来，抬脚在她后膝关节处一踹，迫使她跪在地上，然后反剪着她的双手，冷冷地道："换回来。"

这脾气、这语气，卷卷侧着头，有点不确定地问："刀哥？"

对方嘴角抽搐了一下，不情不愿地嗯了一声。

卷卷顿时觉得三花聚顶、五气朝元啊，用一种梦呓般的语气对他说："你怎么在我身体里？"

"我还想问你呢！"小刀阴沉沉地问道，"你怎么在我身体里？"

你问她，她问谁啊？

两人大眼瞪小眼一阵，卷卷缓缓开口道："刀哥你先放开我……"

"不行。"小刀冷冷地道，"你先换回来！"

"可我要尿了。"卷卷说。

"……"小刀。

"你半夜三更不敲门，把门把扭得差点飞起来，知不知道这样有多吓人？"卷卷叹气道，"我刚刚还以为门口站着个鬼呢！差点吓尿啊！"

"……"小刀。

"总之快让我上个厕所。"卷卷说，"要不憋坏了……算你的？"

"……"小刀无语半天，终于放开她的手，"快去快回！"

卷卷箭一样冲进洗手间，一边拿冷水泼脸，一边对自己说："我要冷静，我要冷静。"

但一抬头，看着镜子里的那张脸，她就忍不住在心里咆哮：我他妈怎么冷静得下来？

到底是哪里出了错？到底是哪个环节出了问题？她穿了那么多个人，男的女的、老的小的，虽然也出过一些意外，但从没出过今天这样的意外！刀哥怎么会跑她身体里去的？

以后还换得回来不？

想到这里，卷卷忍不住打了个冷战。

本来不想上厕所的，但她被自己的猜想吓得想上了。

可走到马桶边，脱了裤子，低头一看，卷卷沉默片刻，忽然抓狂："这玩意怎么用的！"

她在马桶上坐了一会儿，又站起来一会儿，跟热锅上的蚂蚁似的，围着马桶团团转，直到外面传来小刀的声音："你怎么这么久？"

"遇上一点麻烦！"卷卷不耐烦地回道。

厕所的门被人打开，小刀扫了她一眼，然后面无表情地走过来，伸手去扶她下面那玩意。

"你想干什么？"卷卷直接抓狂，"我冰清玉洁的手啊！你怎么能用我的手摸这玩意？"

小刀依旧面无表情地看着她："大家都是男人，怕什么。"

"……"卷卷。

她一直以为小刀很冷静，原来只是表面上冷静，实际上他的脑子已经跟她一样糊糊了，连大家都是男人这样的话都说得出口……

最后两人各退一步，小刀在卷卷的以死相逼之下，终于打消了手动指导的念头，改为口头指导。

在他的指导之下，卷卷好不容易解决了生理问题，不知为何，她好想流泪，觉得这件事简直难以启齿，不堪回首，可以荣登她人生十大黑历史之榜首了！

不过刀哥看起来也好不到哪里去。

卷卷是下面多了一团肉，他是上面多了两团肉，以至于他走路的时候都不能很好地掌握平衡，于是两手一抬，握住……

"放开你的魔爪！"卷卷像一只脱缰野狗似的冲过去，准备跟他拼命。

刀哥身手敏捷地避开她，人往沙发上一坐，看起来似乎终于从巨大的打击中清醒了过来，双手环在胸下，将两个球托起，翘起一边嘴角对卷卷笑道："你知道了我的长短，我掌握了你的大小，很公平嘛。"

"这样的公平我才不想要！"卷卷想飙泪。

"那就赶紧换回来！"小刀说。

"这个技术难度比较高，容我闭目想想。"卷卷开始冥思苦想，十分钟后，她对小刀说，"我想明白了，其实我们是在做梦。"

"……"

"不信你看啊！"卷卷说完，一巴掌甩自己脸上，然后龇牙咧嘴地对他笑道，"一点也不疼，这果然是在做梦！"

反正她是死也不可能说出真相的，那不是逼她承认自己在怀疑他吗？还不如一口咬定是在做梦，反正她估摸着一觉醒来，他们两个就会恢复原形。

"呵呵，是吗？"小刀一边冷笑，一边重拳捶在自己胸上，力道之大，简直像是要把半边胸给捶扁，"我怎么觉得还挺疼的？感觉半个胸凹下去了。"

"孽畜！"卷卷扑了过去，把他按倒在沙发上，可接下来怎么办？她能拿自己的身体怎么办？

小刀的脸色也很难看，要是换个人敢这么压他身上，他能徒手把对方的肾摘下来，可现在怎么办？他能拿自己的身体怎么办？

两人又是一阵大眼瞪小眼，不敢拿对方怎样，也不敢拿自己现在的这具躯体怎样……毕竟对方手里有"人质"啊！对方随时可以打击报复啊！

最后还是只能各退一步。

"你确定这是做梦？"小刀沉声问道，重点是下一句，"你确定睡一觉就能好？"

"嗯。"卷卷回道。

"那我们回去睡觉吧。"小刀提议道，"有话明天再说。"

"好！"卷卷立刻跳起来。

两人立刻各回各房，各睡各床。

但今夜注定是不平凡的一夜，是折腾人的一夜，是黑历史的一夜。

卷卷在床上挺尸了两个小时，一连换了七八个姿势，但还是睡不着。

"怎么办啊！"卷卷捂着脸，觉得自己快要哭出来了，"我失眠了啊！"

或许是因为受到小刀的惊吓，又或许是因为上厕所的刺激，反正她今天晚上翻来覆去睡不着，一晃眼，墙上的时钟都走到八点半了，接着就是上班时间了！

卷卷翻身坐起，茫然地看着墙上的时钟。

她这个样子，还怎么去上班？

总监你好，我是卷卷她亲哥，今天就由我来代替卷妹做牛做马？

还没等她想出个章法呢，外面就冲进一头发狂的野兽。

"为什么？"小刀看起来也是一晚上没睡好，眼睛都布满血丝了，他揪着卷卷怒吼，"为什么还没换回来？"

"因为我昨天晚上没睡着啊。"卷卷茫然地喃喃道。

"这样啊。"小刀听了她的解释之后，缓缓松开手，下一秒以迅雷不及掩耳之势，一个手刀劈在她脖子上。

卷卷眼睛一闭，直挺挺地倒回床上。

小刀冷哼一声，摸了根烟叼嘴里，刚点上就呛得咳嗽不止，只好把烟按熄了，叼着解馋，然后一边揉着满头海藻似的卷发，一边骂骂咧咧地往自己房间走去。

人刚走到客厅，就听见门铃响。

他转头看着门，这么早，谁啊？

小刀走过去把门打开，叼着烟，满脸不耐烦地问道："谁？啊……妈你怎么来了？"

门口站着一个面容温和的中年妇女，似乎是才下飞机的样子，身后拖着个行李箱，手肘上挂个早餐袋子，听到小刀的称呼，整个人愣了一下。

"呸！"小刀赶紧把嘴里的烟吐了，让到一边，"我刚刚说梦话，伯母你别放在心上，请进请进。"

中年妇女——也就是小刀的妈哦了两声，拖着箱子走进门，眼角余光一直在打量小刀，脸上笑得温和："你是小刀的合租对象啊？起得很早嘛，小刀还在睡吗？"

"是啊。"小刀急忙回答，"还在房里睡呢。"

刀妈嗯了一声，把箱子放一边，然后跑小刀房间里转了一圈，出来的时候，有些疑惑地问："他怎么没在房里？"

"在那边。"小刀理所当然地指了下卷卷的房间。

等指完了，他才觉得好像有哪里不对……

刀妈站在卷卷房间门口，看了看床上只穿一条裤子，赤着膀子呼呼大睡的"小刀"，又看了看房间里的装饰摆设，最后慢慢回过头来，对小刀笑得有点诡异："我儿子……怎么睡在你房里啊？"

『第二十二章』男女关系

刀哥是见过大世面的人，心慌脸不慌，面色平静地道："哦，他昨天晚上喝醉了酒，回来以后走错了房间，我叫他叫不醒，就跟他换房间睡了。"

刀妈哦了一声："这样啊，那可真是麻烦你了……对了，你吃早饭没有？没吃的话一起吃吧。"

刀哥沉默了一下，缓缓开口："这不是给小刀买的吗？"

"他是个男人嘛，早饭不吃不会死的，你别管他。"刀妈亲热地挽着小刀的手，把他往儿子房间里拖。

这是亲妈？

小刀木然地跟在对方身后，进了房间之后，很自觉地帮她拉开椅子，然后将袋子里的豆浆油条拿出来，又将唯一一杯咖啡放在她面前，打开盖子之后，倒了两颗糖进去。

"你怎么知道我喜欢早上喝咖啡？"刀妈接过咖啡，有些惊讶地看着他。

刀哥回过神来，回道："是小刀告诉我的。"

"他连这种事都告诉你了啊。"刀妈呵呵笑着，一边喝咖啡，一边招呼刀哥坐下，然后上上下下地打量着他。

这目光让小刀浑身不自在。

她接下来的问题，他更是一个都不想回答。

"你是哪儿的人啊？"

"今年多大了？"

"在哪儿工作啊？"

"什么时候开始跟小刀合租的啊？"

"你觉得他这个人怎么样？模样还凑合吧、身材挺不错的吧、人还挺耐用的吧？我的意思是说，修电脑啊扛大米啊这类的活，他都有帮你干吧？"

刀哥艰难地回答着这些问题，回到一半，房门忽然被人拉开。

"你胆子被佛祖开光了？居然敢打我！"卷卷单手捏着脖子，怒气冲冲地站在门口，刚要跟刀哥撕逼，目光忽然落在刀妈身上，"嗯？你有客人啊？阿姨你好！"

刀妈："……"

小刀从椅子上跳起，冲过去，抓住人，拖进厕所里，几个动作一气呵成，远远传来一声："他没睡醒！我帮他清醒一下！"

厕所里传来哗哗的水声。

过了一会儿，两人重新回到房间，满脸是水的卷卷看着刀妈，嘴角抽搐一下，艰难地喊了一声："妈……"

这一顿早饭，简直是酷刑。

三人重新落座之后，刀哥刚喝了口豆浆，就听见刀妈在对面悠悠地道："我这次过来，本来是想喊你回去相亲的……"

"噗！"刀哥一口豆浆喷出来。

哈哈，你也有今天！卷卷拿起油条，刚咬一口，就看见刀妈转头对她笑："不过现在看来是不需要我操心了，你们打算什么时候结婚？"

"噗！"卷卷一口油条喷出来。

"慢点吃，慢点吃。"刀妈给他们两个递了纸巾。卷卷接过纸巾，一边颤抖着擦嘴，一边说："妈，实话跟你说吧……我配不上卷卷啊！我这么丑、性格这么古怪！每天除了抽烟就是吃蛋炒饭，我觉得我跟蛋炒饭结婚就好了！"

小刀冷冷地看了她一眼，然后对刀妈说："不，是我配不上刀哥才对，我浑身上下除了胸，根本就没别的优点……"

"抱歉，你这说法我无法苟同啊！"卷卷不高兴地看着他，"你看看你，闭月羞花沉鱼落雁宜喜宜嗔……"

"哪里比得上你啊，有车有房收入高，年轻英俊身体好……"小刀冷笑道。

两人可谓是棋逢对手，当着自己的面，开始疯狂地赞美自己。

刀妈坐在对面，看看小刀，又看看卷卷，满眼的欣慰。

"你们能这么欣赏对方，妈就放心了。"刀妈像是放下了一桩心事一样，面色轻松地对卷卷说，"本来你爸也要一起来看你的，但有事耽搁了。"

卷卷还没什么反应，旁边的小刀脸都绿了。

"他来干什么？"小刀看起来有点紧张。

"没事没事，你别紧张。"刀妈立刻安抚道，"本来呢，他是看小刀一直不肯结婚，也不肯回家里做份安安稳稳的工作，所以带了几个朋友的女儿过来，想让他从里面挑一个，先把婚结了，婚后再慢慢培养感情……不过我不大赞同他这种做法，所以先过来看看……还好我来了啊。"

"是啊……"小刀忽然面露笑容，亲昵地抱住卷卷的胳膊，"还好你来了。"

卷卷侧过脸，跟看鬼似的看他。

"哦对了。"刀妈忽然想起什么，从行李箱里翻出两张纸，塞卷卷手里，"这次我和你爸本来是要参加一个度假村的情侣活动的，不过他有事来不了，我一个人也不好去，现在正好，你们两个去玩吧！"

说完，对卷卷做了个加油的手势，然后拖着箱子跑了。

小刀一路把她送出门，房门一关，他立刻转过头来，对卷卷露出一个极其温柔的笑容。

卷卷觉得浑身鸡皮疙瘩都起来了，忍不住抱着胳膊不停抖："你干吗？笑得跟黄鼠狼拜年似的。"

……这是在讽刺他是鸡吗？

小刀深吸一口气，迅速别过脸去，又迅速转过脸来，还是刚刚那副温柔笑容，对卷卷说："卷卷，帮个忙吧。"

"你可千万别说让我假扮你女朋友。"卷卷严肃地道，"我告诉你，我可不是这样的人，为了个度假村……等等，度假村？"

卷卷举起手里那两张纸。

这是两度假村的宣传页，上面还夹了票。

宣传页上写了两个大大的字——情人，下面是一系列活动，比如骑马、烧烤、林间漫友、温泉疗养……

小刀在一旁苦口婆心地劝："这事不麻烦的，你就陪我去个度假村，拍几张照片应付一下我爸妈，出来我们就分手……"

"不用说了。"卷卷抬头，"我答应！"

"……"

顶着他怀疑的目光，卷卷坦荡荡地说："为了度假村，临时要个男朋友没什么！啊不，其实我只是不忍心看你陷于水火之中，所以才挺身而出救苦救难啊！"

度假村而已，很稀罕吗？

小刀觉得她肯定是在骗他，真正理由肯定不是这个。

于是试探道："你还有别的要求吗？"

"那我再附加一个条件好了。"卷卷想了想，说，"你电脑技术这么好，给我当个竞技场队友吧，最近队友老不上线，我上了游戏连个任务都做不了。"

小刀："……"

他觉得自己真是多心了，这姑娘就是个傻白甜啊！

卷卷满意地拍拍他的肩，觉得自己现在在他眼里肯定是个傻白甜，所有恩恩怨怨只要一张度假村票就能解决……但有道是心急吃不上热豆腐嘛！现在跟他翻脸有什么用？翻脸能查出真相吗？

和真相比，还是隐藏能力比较重要。

毕竟这可是说出去就会被研究所拉去切片的事情……

再说了！真相可以找机会再查！她这种穷逼，度假村可能就只有这一次啊！

"好吧。"小刀终于点头，"回头我去下游戏，你上线喊我。"

"我们还是好朋友！"卷卷恬不知耻地说了一句，然后和蔼可亲地对他说，"看在大家是好朋友的分儿上，我就不告诉别人……其实你有跟人互换身体的特殊技巧了。"

小刀："你说什么？"

"难道不是吗？"卷卷满脸无辜，然后拼命往他身上泼污水，"我长这么大，从来没站着上过厕所，我要是因此产生什么心理障碍，那全是你的错！谁让你跟我互换身体的！"

"……"

你有栽赃陷害的特殊技能啊！

卷卷对小刀挤眉弄眼了一阵，然后回到自己房间里，关上房门之后，慢慢收敛起脸上的怪笑。

想把自己从这件事里撇干净，没点作为是不行的。

想到这里，卷卷再次举起手里的度假村宣传单，心里有了个计划。

『第二十三章』消失的车子

十月二十三日，星期五。

卷卷调休一天，加上周六周日，刚好可以在度假村待上三天。

度假村派车来接他们，卷卷提了个大旅行袋上车，小刀顺手接过去，两人坐下以后把袋子还她，顺便问："里面装什么了？"

卷卷打开袋子，掏出几根火腿肠："你吃不吃？"

小刀："有蛋炒饭味的吗？"

……看来在吃的问题上，他们这辈子也别想达成一致了。

卷卷把火腿肠重新塞回袋子里，身旁，小刀忽然问："怎么还带这个？"

旅行袋拉开的缝隙内，露出一个荞麦枕头来。

"枕头我只认荞麦味。"卷卷不动声色地拉上拉链，顺口说，"没有这个荞麦枕头，我去哪儿都睡不着。"

其实，重要的不是枕头，而是枕头里塞着的照片。

自打上次跟小刀互换身体，当天又交换回来之后，卷卷就做了一件事——她回了老家一趟，把小时候用的荞麦枕头找出来，然后把手头收集到的，所有的小刀的照片都塞进了枕头里。

之后，小刀再没一天好日子过。

每隔几天，早上醒来，他都发现自己变成了一个女孩子……

然后隔壁跑来一条大汉，哭着喊着对他说："你怎么又跑到我身体里来了？我不管，你要对我负责，赶紧把衣服穿上，替我去上班！"

卷卷的公司内，刀哥一边替她上班，一边陷入深沉的思考……究竟是哪里不对？究竟是哪个环节出了问题？到底是卷卷出了问题，还是他出了问题？难不成真像她说的那样，他有了一个特殊技能……不，变成熊卷卷算什么特殊技能？这是病啊！得治啊！

焦头烂额了差不多半个月之后，终于迎来了旅行的日子。

卷卷刚把旅行袋放好，旁边就伸出一条胳膊来，绕过她的脖子，把她揽进怀里。卷卷转头一看，小刀的脸颊靠在她脑袋边上，一只手环着她，另一只手举着手机："来，茄子。"

"茄你妹啊！"卷卷挣扎了一下。

"帮个忙啊卷卷。"当多了女孩子，小刀心情很不好，说话都是阴沉沉的，"情侣之间，怎么能连个合照都没有，来，跟我一起——茄子。"

咔嚓一声。

两人一起看着手机里的合照。

卷卷笑得狰狞，小刀笑得比她还要狰狞……

找具尸体丢他们俩脚底下，妥妥就是两个变态杀人魔，谁看见都想直接枪毙掉的那种。

卷卷默默地转头看着小刀："你真要把这照片发给你妈看？"

小刀一言不发，手动删除了这张照片。

而这个时候，其他几对情侣也陆陆续续上了车。

有一些自己找座位坐了，但有一对直接跟司机吵了起来。

"不是说私家车接送吗？"那对打扮新潮的情侣怒气冲冲地道，"怎么忽然换成个大巴啊？"

"这我怎么知道啊？这都是公司的安排啊！"司机是个戴着白口罩，只露出一双眼睛的男人，脾气看起来也不好。

"我不管，现在要么换车，要么就退钱！"情侣的火气也被他激起来了。

眼看着双方就要撕破脸皮，忽然车门口传来一个男人的声音，声线优美，醇如美酒，笑着说："让一让好吗？"

堵在门口的情侣一同回过头去，满脸的怒气像是遇到春风的冬雪一样，瞬间融化得无影无踪。

一个金发男子走上车来，身材挺拔、气度不凡，他转头对车内的人笑笑，墨绿色的眼珠子熠熠生辉，将一车的女人都吸进一个翡翠色的迷梦里，让她们险些忘记呼吸。

只有卷卷心中一跳，迅速跟小刀对视了一眼。

怎么会是他？

对方也许不认识卷卷，但卷卷却认识他。

她见过对方两次，第一次是在老板娘的床上，第二次是在林永夜的U盘里。

在逃的诈骗犯，亲手组建了一个诈骗团伙，专门针对富翁富婆下手的男人——萨丁。

卷卷在手机上打了一行字，给小刀看："报警不？"

小刀看完，附着她的耳朵说："先看看。"

这时候大巴上传来一片吸气声，卷卷抬眼看去，看见萨丁侧着身体，牵着一个女人的手走上车来。

那个女人穿着一件白色的长风衣，黑发笔直地垂落在身上，摘下墨镜，露出一张巴掌大的小脸，神色很忧郁，但这种忧郁反而把她的美丽烘托到极致，就像一个从古典油画里走下来的美人，透出一种与整个时代都格格不入的……近乎魔性的魅力。

小刀轻轻推了推卷卷，然后拿手机给她看，手机上面写了三个字："沈绿瓷。"

原来这就是沈绿瓷啊。

卷卷又看了眼对方，觉得自己能够理解李成海的疯狂，以及那天晚上警察们的怪异举动了，就连她这个女人，看见她的一瞬间，都恨不得把包里的火腿肠全掏出来，剥好了送给她吃啊！

沈绿瓷一言不发地走上车，找了个座位坐下之后，就开始闭目养神。

萨丁紧随其后，在她身旁坐下，温情款款地看着她。

俊男美女的效应本就大，更何况他们两个都不是一般的俊男美女，一定要找个词形容的话……那恐怕只能是妖男妖女了。

之前还嚷嚷着非豪车不坐的那对情侣，现在也不嚷嚷了，里面那个男的惊喜地看着沈绿瓷："你是沈绿瓷吧？我在新闻里看到过你，听说案子发生的时候你就在现场，你跟我说说吧，李青云真杀了人？还把人都封在雕塑里？"

沈绿瓷根本不理他，他一个人在旁边叽叽喳喳，而他的小女朋友则尴尬地站在一旁，眼神看起来想要杀了他，然后把他封到雕塑里。

车子缓缓开动了。

车上一共七对情侣，朝着名为孤镇的度假村驶去。

路上渐渐起了一层白雾，将车子吞进朦胧雾气里。

而在车子开走的第二天，一个老式公寓里，冲进了一群警察。

暮照白首当其冲，缓步走进卧室门前。

他低下头，门缝底下流着血，颜色黑褐，已经凝固成块。

房东躲在他背后，哆哆嗦嗦地说："他已经几天没出过房间了，最近这几天房间里还散发出一股臭气，大伙都说那是，是尸臭……"

暮照白慢慢抬头，推开了卧室大门。

卧室里开着暖气，一股热浪混合着臭气，朝众人汹涌扑来。

一具黑色尸体趴在地上，闯进众人视野内。

黑色不是他的肤色，也不是他的衣服颜色，而是密密麻麻覆满他一身的虫子的颜色。

在他身边的床头柜上，手机插着电源线，铃声不停地响。

暮照白套上手套，接通了电话。

对面立刻传来咆哮声："老王！你死哪儿去了！为什么不接电话啊，急死我了！度假村的人都给我打好几通电话了，问我们怎么还不把人送过去，你倒是说啊，你把车开哪儿去了？你把人都送哪儿去了？"

『第二十四章』你爱她吗？

卷卷睁开眼，看着头顶上闪烁不定的白炽灯，眼神有些茫然。

这是一个久未住人的小房间，墙上布着蜘蛛网，桌面上蒙着一层厚厚的灰，空气中弥漫着一股阴冷的、发霉的味道。

她坐在一张椅子上，双手被反捆在椅子后面，两条腿也被绑在椅子腿上。

正对面的桌子上放着一台老式电视机，虽然开着，但只是滋滋滋响着，画面一片空白。

"这是什么地方，我怎么会在这里……"卷卷喃喃自语道，然后发现自己喉咙里发出的是男人的声音。

卷卷愣了一下，低头看了眼自己身上的衣服鞋子，都很眼熟，是刀哥今天穿的那款，看来她又跟刀哥对调了身体。

这是怎么回事？

卷卷摇了摇脑袋，觉得还有点晕乎乎的。

但是记忆渐渐回到了脑袋里。

她正在跟刀哥参加度假村活动，上了大巴，然后陆陆续续上来六对人，其中包括了沈绿瓷和萨丁。人到齐以后，大巴开动了，一路把他们往偏僻无人的地方带，有人提出质疑，但是司机硬说是捷径……

然后发生了什么事？

对了，下午了，大家肚子都饿了，但附近偏僻得连个饭店都看不见，一阵骂骂咧咧声中，司机拿出早先准备好的一堆盒饭给他们吃，卷卷配着自己带的火腿肠，一个人就吃了三盒……

然后，就没有然后了……

再睁开眼，她已经穿成了刀哥，坐在了这个废弃的房间里面。

现在能够确定的事情只有两件：第一，她晕过去的时候，很可能直接栽倒在了旅行袋上，然后头枕着里面的荞麦枕头睡了过去；第二，刀哥也晕过去了，否则她不可能跟他对调身体。

"滋滋滋……晚上好。"对面的电视机里忽然传来一个男人的声音。

卷卷吓了一跳，眼睛看向电视机。

电视机里出现两个人。

一个披着一头海藻似的卷发，面孔稚嫩，但身材姣好的女孩子被反绑在座位上，脑袋低垂着，看起来还在沉睡中。

椅子旁边站着一个穿着大风衣的男人，脸上蒙着白口罩，看着屏幕道："欢迎来到我的度假村，接下来，由我来主持下面的活动。"

"度假村你妹啊！"卷卷连人带椅子地跳起来，然后蹬蹬蹬蹦到电视机前面，两眼圆瞪，化作一头咆哮马，对里面的人狂吼一声，"你别伤害她！要杀要剐冲我来啊！"

对面的"女孩子"皱了皱眉，缓缓睁开眼睛，"她"直直地看了眼卷卷，又低头看了眼自己，然后转头看着身边的绑架犯，平静地说："算了，你还是杀了我吧。"

"不要啊！"卷卷又是一声惨叫，"生命只有一次，你不要随随便便就放弃啊……当然，如果你一定要放弃的话，我也绝不会一个人独活！"

对面的"女孩子"——也就是刀哥——听了这话，眼神一凶："你这是在威胁我？"

"你好我也好，你不好我更不好！"卷卷马上回道，"虽然我们不能同年同月同日生，但你放心，我一定跟你同年同月同日死！"

　　旁边的绑架犯被他们感动得热泪盈眶，他居然真的用手掌擦了擦眼泪，叹气道："人间自有真情在，我好感动……"

　　卷卷："……"

　　刀哥："……"

　　你感动个毛线啊！

　　信不信现在把他们两个丢一个房间，他们能打得天翻地覆啊？

　　"说吧，要多少钱你才肯放人？"卷卷看向那个口罩男，"我女朋友家里三代贫民，她那份钱我付了，账单你拿来给我签字，或者寄我家里去。"

　　"不不不，我不要钱。"口罩男放下手，油腻腻的，好几天没洗的头发下面，一双爬着血丝的眼睛看向卷卷，看起来又肮脏又疯狂，但态度却出奇的温和，他对卷卷笑道，"钱对我来说，一点也不重要，我只希望两位能够在这里玩得开心……也让我玩得开心。"

　　卷卷定了定神："你想玩什么？"

　　"在活动开始之前，我想先问你一个问题。"口罩男盯着卷卷，"你爱她吗？"

　　"爱！"卷卷愣了一下，坚定地说。

　　她一向是个自尊自爱的人！怎么可能不爱自己呢？

　　"那么你呢？"口罩男转头看着小刀，"你爱他吗？"

　　小刀实在做不到卷卷那样自恋，只能慢慢地点点头。

　　口罩男立刻抬起头，手指按住眼睛，看起来又要被他们感动哭了。

　　"你们两位的感情真好。"他一边按着眼睛，一边咧开嘴，病态地笑了起来，"可这样的感情究竟是真是假呢？"

　　他嘻嘻笑了起来，两边肩膀在笑声中不停抖动，病态得令人浑身战栗，最终他放下手，两眼瞪得大大的，疯狂的眼神几乎要从电视机里飞出来，射到卷卷眼前，他一字一句地说："就让我们拭目以待吧！"

说完，图像啪一下消失了。

电视机又恢复了最初的模样，只有一片雪花。

卷卷盯了屏幕很久，最后吐出一口气，连人带椅，艰难地站起身来，在房间里来回蹦跳，试图寻找能够解开绳子的东西，又或者可以逃出去的路。

这是个封闭的房间，没有窗户，只有一扇门。

门也已经很老旧了，上面有几道铁栏杆，锈迹斑斑，颜色像干涸的血。

卷卷透过栏杆望出去，发现外面还有个一样的门。

有一个人，站在门后面，透过门上的铁栏杆，朝他望来。

没等卷卷看清楚他是谁，对方已经先一步跟她打了声招呼，声音醇厚美丽，像舌尖滚动的美酒。

"你好。"他说，"我是萨丁。"

卷卷定定地看着对方，从这个声音、从这个名字，认出了他是谁。

行不改名，坐不改姓，这是一种豪爽，还是一种愚蠢，抑或说是从骨子里透出来的自信？自信根本没人认识他，也没人能抓住他？

"你好。"卷卷缓缓开口，"我是小刀。"

那么接下来，他会说什么呢？提出合作，还是交换讯息？身为一个国际闻名的诈骗犯，对付区区一个绑架犯应该不在话下吧？

"小刀。"萨丁的语气非常轻松，好似两个人不是隔着个牢门，而是在高档俱乐部里，互相拿着一个葡萄酒杯一样，对卷卷说，"虽然刚认识就提出这个要求，稍微有点冒昧，不过……你有吃的吗？能分点吗？"

『第二十五章』分享

枉费我对你抱有那么大的期望，你竟然跟我说这个？

Q *117*

"不好意思。"卷卷面无表情地回答："地主家也没有余粮了。"

萨丁轻叹一声，带着三分伤感七分遗憾说："这个时候真想来点姜糖吐司、焗蜗牛、煎牛小排、乳酪蛋糕、苹果派、樱桃派、葡萄酒啊……"

……这人是来报复社会的吧？

"是啊！"卷卷隔着铁栅栏，不甘示弱地说，"这个时候真想来一锅大米饭！还有酸笋小黄鱼、鱼香肉丝、金丝虾球、农家豆腐、红烧狮子头、酸辣土豆丝，以及一罐老干妈啊！"

对面沉默一会儿，然后传来一声幽幽的叹息。

"人类为什么要互相伤害呢？"萨丁说，"我们还是说点别的吧。"

卷卷单刀直入："你有办法逃出去吗？"

"没有。"萨丁的语气很真诚，"不过我相信，警察一定会来救我们的。"

……你这个在逃诈骗犯，好意思说出这样的话吗？

"万一在警察找到我们之前，绑架犯先把我们撕票了怎么办？"卷卷对他有些无语，要不是提前知道了他的身份，凭他现在的表现，她会误以为对方是个傻白甜二世祖，实在是没别人可以商量，所以才接着跟他说话，"你房间里有电视机吗？你见过那个绑架犯没有？他那个人看起来神经兮兮的，感觉什么事都做得出来啊。"

"呵呵，这点倒是不用担心。"轻快的笑声透过铁栅栏传来，"他不会撕票的。"

卷卷皱皱眉："你这么肯定？"

"杀人犯分很多种类型，有人为了钱，有人为了欲，有人出于嫉妒，有人为了报复，有人为了宗教仪式，还有纯粹是为了快乐而杀人的。"萨丁像个老教授一样，温和地回答了卷卷的问题，"我的第一印象，这位绑架犯先生不属于以上任何一种……"

那他是哪一种？

卷卷刚要开口询问，就听见他啊了一声。

"抱歉。"萨丁说，"绑架犯先生来找我了，咱们回头再说。"

说完，他的身影就消失在铁栅栏后面。

卷卷在门前等了一会儿，但一直没等到他回来，反倒是身后滋滋一声，传来了一首钢琴曲——《致爱丽丝》。

卷卷回头，看着房间里的那台老式电视机。

原先一片雪花的屏幕，不知不觉间又重新出现了图案。

卷卷咬咬牙，连人带椅子，蹦蹦跳跳地回到电视机前，然后跟里面的刀哥大眼瞪小眼。

"晚上好，何先生。"口罩男从电视边缘走进来，右手一个托盘，盘子里有一个面包、一杯清水。

咕噜——卷卷听到了自己吞咽口水的声音。

"距离上次进餐，差不多有十二个小时了吧。"口罩男端着托盘，站在刀哥身后，"你们都饿了吧？"

"是啊。"卷卷让椅子落地，然后坐在椅子里，就像个赴宴的客人似的，看着口罩男说，"什么时候可以开饭？"

身体是革命的本钱，无论是逃跑还是救人，都得吃饱了再说。

"在吃饭之前，我们先来玩一个情侣游戏吧。"口罩男也像个宴会主人那样，笑着招待着在座的客人。

卷卷盯着他，知道自己根本没有拒绝的余地，只好配合地说："什么游戏？"

"爱是神圣的……两个人在一起，不但要分享对方的快乐，还要分享对方的痛苦。"口罩男一边说，一边将盘子放在面前的桌子上，打开旁边的草莓酱，将浓稠的、带着艳丽果粒的酱汁倒在面包上，然后用勺子均匀地涂开。

咕噜——卷卷再次听到了自己吞咽口水的声音。

"我们的第一个游戏，就叫作分享。"将残留着草莓酱的勺子轻轻放在盘子边，口罩男缓缓抬起眼，充满血丝的眼睛看向卷卷，"这块面包，还有这杯水，就是你们接下来十二小时的食物，现在由你来选择……你愿意分出多少，给你的女朋友？"

"不必说了！"卷卷想也不想就说道，"全给她！"

口罩男愣了一下，他透过电视机，抑或是透过房间里装饰的摄像头，紧紧盯着卷卷的脸，试图从他脸上找出一丝虚伪和勉强。

这时候，他身后传来呵呵一声，被反捆在椅子上的刀哥冷笑道："你就死了这条心吧，我一口都不会吃的。"

"别啊！你的身体这么虚弱，不好好吃饭怎么行啊！"卷卷急忙劝道，"我一个男人，壮实得跟牛似的，一顿不吃不会死的！"

"男人也是人。"小刀淡淡地道，"牛不吃草都会死，更何况是人呢？"

两个人撕到最后，还是只能各退一步。

卷卷舔了舔嘴，有些疲惫地对口罩男说："平分吧，我们一人一半。"

"真让人感动！"口罩男看看小刀，又转头看看卷卷，眼睛里居然有股狂热，星星点灯的泪光在他眼睛里闪烁，他拿起勺子，整齐地将面包切成两半，嘴里轻轻哼着歌，"无私奉献的爱，真是令人感动……"

他的歌还没唱完，电视画面就啪一下消失了，留下一片雪花。

过了一阵子，走廊上传来沉重的脚步声，伴着送餐车的轮子在地面上滚动的声音。

卷卷立刻带着椅子蹦过去，面对大门坐着。

脚步声越来越近，隔着铁栅栏，一个女人的身影出现在外头。

钥匙声响起，她拉开门下的一块铁皮，露出一个可容猫狗出入的小门，一只餐盘从门外送了进来，里面放着半个涂满草莓酱的面包，还有半杯水。

然后，铁皮重新合上，她在门外直起身来。

"喂！帮忙松个绑啊！没手怎么吃饭啊！"卷卷看她要走，急忙喊道。

可对方压根就不理他，将另一个托盘送进萨丁的门内，然后就推着送餐车，吱吱呀呀地离开了。

卷卷无奈地看着地上的面包和水，试着弯腰，张嘴去叼，可怎么也叼不到，最后只好退后几步，重重地往地上一倒，然后使劲挪到餐盘边上，一口口把面包吃了，然后叼着杯沿，艰难地喝着里面的水。

这点东西根本填不饱肚子，卷卷半躺在地上，听到门外传来萨丁的叹息："好想来点水果沙拉、小羊排、白葡萄酒啊……"

你怎么又开始了！

卷卷主动转移话题："你也玩了那个游戏吗？"

"玩了啊。"萨丁轻快地回道。

因为刚刚那个女人是背对着她给萨丁送的食物，所以卷卷没有看清楚盘子里到底放了多少食物，但是想到沈绿瓷颠倒众生的美貌，她叹息一声："我能理解你，如果我有一个那么漂亮的女朋友，我也宁可自己饿着，也要把吃的都留给她的。"

"你在说什么啊？"萨丁哑然失笑，"我可是一口吃的都没留给她的。"

卷卷愣了一下，脱口而出："不可能！她长那么漂亮……"

"她是很漂亮。"萨丁笑道，"不过我也不赖啊。"

卷卷："……"

把门打开，她要去打死这个自恋狂。

"继续我们之前的话题。"萨丁收起笑声，慢悠悠地说，"我觉得这位绑架犯先生，是在寻找同伴。"

"同伴？"卷卷问。

"是的。"萨丁嗤了一声，"看他的样子就知道了，油头垢面、满眼血丝，看起来最近经济方面出了很大问题，但是举手投足间又明显受过良好的礼仪训练……所以我猜测，他曾经富有过，但因为女人的关系落到了现在这副田地。"

卷卷觉得自己无法反驳他。

在这方面，萨丁可是个过来人。

因为他的关系而穷困潦倒，甚至锒铛入狱的人不知道有多少。

所以他见过无数个这种类型的人。

"巨大的生活变故，会导致巨大的心理落差。"萨丁继续说，"有些人甚至会因此心理变态，比如这位绑架犯先生吧……我猜他是想用一系列活动，逼迫这次参加活动的情侣分手，甚至反目成仇，然后从中获得一种病态的快感。"

事情真的是这样吗？

卷卷回忆着那个口罩男眼中的狂热，一边觉得萨丁说得很有道理，一边又觉得好像有哪里不对……

萨丁似乎误会了她的沉默，开口解释道："我可不是心狠，其实我很喜欢我的女朋友的，但如果两个人当中只能活一个……那当然还是让自己活下来比较好，你说是不是？"

卷卷听得一阵心寒。

连沈绿瓷那种绝代佳人的男朋友都这样，可见肯定还有别人做出类似的选择。

毕竟人不为己，天诛地灭。

卷卷现在只能庆幸，还好自己跟刀哥交换了身体。

否则的话，连真正的男女朋友都能互相抛弃，就更别提他们这样的假货了。

正庆幸间，卷卷忽然感到一阵头晕。

这种头晕，她似曾相识，之前在大巴上吃了口罩男送来的盒饭之后，她就是这么晕过去的。

"我不能睡……"卷卷半躺在地上，拼命撑着眼皮。

如果她现在睡过去，那么很有可能就会回到自己的身体里。

然而荞麦枕头不在身边，她换回去之后，就再也没办法回到刀哥的身体里来。

到那时，回到自己身体里来的刀哥，会怎么对她呢？

"我不能换回去……"卷卷喃喃道，"我不想……被抛弃……"

药效发作，她最终闭上了眼睛。

『第二十六章』双人间

卷卷深吸一口气，从昏睡中醒来。

一个男人的脸忽然出现在她面前，吓得她手脚并用倒退几步，整个背都贴在床内侧的墙壁上。

"别紧张，别紧张！"对方高举双手，一脸无害地看着她，安抚道，"你是安全的，没有人会伤害你。"

"……"卷卷沉默地看了他一眼，然后环顾四周。

她换了个房间。

一个双人间。

房间里有床，有沙发，有电视机，还带了一个卫生间。虽然依旧破破烂烂、蛛网密布，但比之前那个房间好多了……至少不用担心尿裤子的问题啊！

视线又移到那个男人脸上。

……换了房间，却没换邻居。

"我跟你一样，都是被绑架犯抓来的。"萨丁屈膝半蹲在床边，由下而上地看着她，相较于居高临下的俯视，这样的姿势更容易让人放松警惕，他唇角扬着温柔的笑，对卷卷说，"先自我介绍一下，我叫萨丁，你呢？"

卷卷刚想说你睡糊涂了吗，哪有人一天之内自我介绍两次的？

话未出口，先行顿住，她缓缓低头，看着自己的大胸，眼中闪过一丝懊恼。

还是换回来了啊……

这下糟糕了……

以她和刀哥这两天的结怨程度……刀哥肯定不会给她饭吃！

卷卷不禁忧心忡忡，一时间连话都忘记回。

可怜萨丁一直蹲地上，半天没人搭理他，他只好自己站起来，然后坐到卷卷身边，一只手不动声色地搭她肩膀上，将她揽进怀里，声音低沉温柔："别害怕，我会保护……噗！"

卷卷正烦着呢，反手就是一肘子顶在他的肺上，完了才一副如梦初醒的样子，转头看他："我叫熊卷卷，你没事吧？"

"我没事。"萨丁捂着肚子，苦笑着看她。

"没事就好。"卷卷对他和颜悦色地笑道，心里却闪过一个念头……

要是接下来的日子里，刀哥真的不肯分吃的给她。

她就抢萨丁的东西吃……

反正他自己也说了，如果两个人当中只能活一个，那当然还是让自己活下来比较好……不过她也没那么心狠手辣，抢三分之二，剩下的三分之一留给他活命就好。

主意刚刚打定，外面的走廊上就传来车轮滚动的声音。

车轮声骤然停住，不一会儿响来钥匙转动的声音，紧接着门下掀开一个小门，一个托盘从外面递进来。

托盘里依旧是一个面包一杯水，分量少得可怜。

两人同时朝托盘走了过去，又同时顿住脚步，转头看着对方。

那一刻，卷卷忍不住握紧拳头，做好了与对方厮杀到底的准备……

"请吧。"萨丁站在原地，优雅地躬了躬身，谦让道，"女士优先。"

"……"卷卷反而不敢过去了。

他在打什么鬼主意？是不是想趁着她弯腰拿食物的时候，从背后偷袭她？

卷卷站着不敢动，直到萨丁走过去，弯腰把托盘端起来，回到她面前。

"东西有点少。"他遗憾地扫了眼盘子里的食物，然后抬起墨绿色的眼，温柔地看着卷卷，"一起吃吧。"

卷卷："……"

一个连一口水都不肯分给自己女朋友的人，居然肯跟她分享食物。

此事必有蹊跷啊！

"好啊！"卷卷拿起面包，迅速咬掉一大半，剩下的放回盘子里，"我吃完了，剩下的给你。"

说完，她紧紧盯着萨丁的脸，观察他脸上的表情。

"只吃这些够吗？"萨丁似乎一点也不生气，他拿起剩下的半块面包，递到卷卷嘴巴边，笑着说，"来，再吃一口。"

"……"卷卷没夺路而逃就不错了，哪里还吃得下去啊？

伸手把那半块面包推回去，卷卷对他摇摇头道："我够了，你吃吧。"

卷卷回到床上，抱着膝盖坐着，海藻似的卷发披散在身上，像只警惕的小动物一样，眼睛时不时地看向萨丁。

萨丁显然也饿了，他就着那杯清水，慢条斯理地吃着面包，每一口都咀嚼得很细致，时不时对卷卷笑一笑。

要不是提前知道了他的真面目，她真的会被他现在的表现骗过去。

温柔，体贴，谦让，可靠，彬彬有礼。

在一个陌生、危险的环境下，这种类型的男人很容易博取女人的好感。

可卷卷知道，真正的他才不是这样的人。

"你为什么会在这儿？"卷卷的下巴尖支在膝盖上，问他，"绑架犯为什么要把我们两个关在一起？"

"我不知道。"萨丁咽下一口水，歪着头思索片刻，苦笑道，"我很少跟这种犯罪分子打交道，这种人脑子里在想什么，我实在是揣摩不到。"

这个骗子。

"你见过我男朋友吗？"卷卷又问，"他叫小刀，个子高高的，眼神很凶，穿一件黑色外套，下面是迷彩服裤子……对了，还成天嚷嚷着要抽烟要吃蛋炒饭。"

萨丁想了想，然后满脸遗憾地对她说："抱歉，没见过。"

卷卷哦了一声，低下头去，心里再次确定，这就是个满口谎话的骗子。

"你别担心。"萨丁放下手里的水杯，走过来，坐在卷卷身边，这次没敢直接伸手搂她，只是温情款款地对她说，"吉人自有天相，他会没事的。"

卷卷低低地嗯了一声。

她现在不担心刀哥，她担心她自己啊！

跟这么个居心叵测的东西同处一室，她觉得压力好大！

"就算他出了什么事，你也不用担心。"萨丁墨绿色的眼眸凝视着她，那种绿就像密林中的蔓藤一样，喜欢温柔缠绵、不动声色地勒紧猎物，他怜惜地摸了摸卷卷那一头卷毛，轻轻道，"我会想办法救你出去的。"

卷卷抖了抖毛，把他的手甩开，然后侧着脸看他。

言不由衷，句句谎言。

"我要是没记错的话，你女朋友也被抓了吧？"卷卷盯着他道，"你有空救我，怎么不去救她？"

"我当然会救她。"萨丁的脸上忽然浮现出一丝绝望，"我希望……我来得及救她……"

说完，他深深叹了口气，交错双手，按在额头上，整个人散发着又颓然又可怜的气息，让人忍不住想要过去安慰他。

五分钟过去了……

十分钟过去了……

萨丁松开手，面无表情地转过头。

卷卷跟个大老爷们似的，侧躺在床内侧，拿手捏了捏背，背对着他说："床好硬啊，骨头都酸了，帮我捏捏吧。"

萨丁墨绿色的眼睛里闪过一丝冷光，然后缓缓将手放在她的肩膀上。

卷卷背对着他，眼睛瞥向他伸手而来的方向，眼睛里闪过一丝冷然。

她不是沈绿瓷那样的绝代佳人，也没什么钱，能让一个无利不起早的诈骗犯对她言听计从，那么只有一个解释了……

『第二十七章』不公平游戏

这又是一个游戏。

游戏的名字叫作信任与背叛。

萨丁一边给卷卷揉着背，一边回忆起那张纸上的内容。

他比卷卷醒得早，在卷卷苏醒前一个小时，他就已经在双人间的床上睁开眼，一转头，就看见卷卷躺在他身边。

卷卷本来就长着一张娃娃脸，睡着以后更显得天真稚嫩，有一种甜蜜的、不谙世事的美感。

但对见惯了各色美女的萨丁来说，她的吸引力还是比不上桌子上的那张纸。

他无声无息地从床上下来，走到桌子边，拿起桌上那张纸。

纸上字迹潦草，写着一个游戏名称，以及几条游戏规则。

游戏名称叫作信任与背叛。

规则很简单，男方要想尽办法勾引女方变心，如果成功，就能获得自由，得到绑架犯的释放，如果失败，则要接受相应的惩罚。

相比之下，女方无论变心还是不变心，都不会受到惩罚。

"这可真是不公平。"萨丁挑了挑眉。

但仔细想想，却又很公平。

上一次的分享游戏，选择权在男人手里，女人能吃到多少东西，取决于男人。

所以这一次的背叛游戏，选择权在女人手里，男人是否能获得自由，取决于女人。

想清楚这点之后，萨丁做了一件事。

他收拢修长的手指，将那张纸在掌心里揉成团。

然后抬脚走到洗手间内，将那团纸丢进马桶里，打开水阀将它冲走。

纸团在水中旋转，随着水声的停歇，最后消失无终。

萨丁看着这一幕，嘴角浮现一丝笑容。

之后他回到房间内，拉了张椅子在床边坐下，双手交错在膝头，静静等待卷卷苏醒。在她睁眼的那一刻，他关切又温柔地对她说："别紧张，你是安全的，没有人会伤害你。"

这是一场不公平的游戏。

因为只有一方知道游戏规则，另一方却被蒙在鼓里。

萨丁并不觉得自己无耻，因为更无耻的事情他都做过。

他更不觉得自己会失败，打从十三岁那年，从一个寡妇手里骗到她的遗产开始，他就知道自己在恋爱方面有着异于常人的天赋，他能说出女人想听的话、他能做出让女人感动的事，他能让一个女人迅速陷入热恋当中，然后任他予取予求。

而卷卷，看起来并不是什么难以攻陷的类型。

……直到他手都按酸了，卷卷还不让他停，萨丁才开始感到有些不对。

"卷卷。"他抬手擦了一下汗，轻轻问道，"你睡了吗？"

"还没呢！"卷卷翻了个身，大老爷似的把腿伸过去，"抽筋了，你给按。"

萨丁只好把她的腿放在自己腿上，丫鬟似的给她按腿，直到卷卷打了个呵欠，他急忙问："困了吗？我守着你，你睡一会儿吧。"

卷卷嗯了一声："你去打水给我洗脚。"

萨丁愣了一下，然后对她微微一笑，起身去洗手间打水。

一盆水打来，卷卷坐在床上，脚趾头在里面沾了沾，然后立刻收脚道："太冷了！"

"稍微忍耐一下吧。"萨丁安抚道，"这里没有热水。"

哪知道卷卷根本不领情，朝他翻了个白眼："你可真没用！算了不洗了！"

说完，她翻了个身躺下了。

萨丁在背后看着她，墨绿色的眼睛里闪过一丝冷光。

真是个骄纵又无知的女孩子，他想，要拿下这样一个肤浅的女人，用不了多少时间。

然而他很快发现，对方不仅仅是骄纵无知那么简单。

现在天气很冷，而囚禁他们的地方更冷，卷卷背对着萨丁躺着，但是一直没有睡着，他能听见她牙齿打战的声音，咯咯咯地响个不停。

萨丁不动声色地注视着她，等她开口喊自己过去，然后抱着他取暖，但走廊上忽然响起推车的声音，声音停在他们门口，然后小门打开，一床毯子从外面塞进来。

萨丁走过去，把毯子抱起来，在卷卷的注视之下，走到她面前。

"天气太冷了。"萨丁温柔地说，"我们一起裹着取暖吧。"

"我不。"卷卷对他微微一笑，劈手夺过毯子，披在自己肩上，"全是我的！"

萨丁被她这个举动惊呆了。

一个人居然能自私自利到这个地步……

萨丁忍着打死她的冲动，深吸一口气，哀伤苦闷地看着她："可这样，我会生病的……"

"那跟我有什么关系？"卷卷整个人裹在毯子里，只露出个头，满头卷发在外面，歪着脑袋，天真无邪地看着她。

萨丁无言以对。

骄纵，自私自利，冷血无情，利用别人的好意来成全自己……

这个女人，简直就是世界上的另一个他啊！

但他有美貌，她凭什么呢？

萨丁觉得自己真是看错她了，不，应该是他的眼光出了很大的问题，他之前居然会以为对方是个吃软不吃硬、性格直爽的女孩子……

错了，他真的错了……

收敛起脸上的笑容，萨丁脸上的温柔体贴被冷酷与不耐烦取代。

对毒妇没必要太好，因为对这种人再好，她都会当作理所当然，萨丁粗鲁地扯开卷卷身上的毯子，对她扬起一边嘴角："既然你不管我的死活，那就别怪我对你不客气了……"

说完，他伸手去抱卷卷，反正毒妇都是吃软怕硬的，料想对方也不敢拒绝……

"阿达！"卷卷挥舞起能够提两袋大米的拳头，打在他的胃上。

萨丁疼得弯下腰去。

"阿达阿达阿达——"卷卷乘胜追击，挥舞双拳，在他身上打了一整套北斗神拳，最后意犹未尽，又加了一整套降龙十八掌。

如果这是个游戏的话，那么萨丁头上的血条此刻就在不停地减一、减二、减三、暴击……挂了。

"哼！还敢不敢！"卷卷收功之后，气沉丹田，居高临下地看向萨丁。

萨丁蜷在墙角，抱头护脸，不停地摇头。

他刚刚不知道卷卷为什么能那么有恃无恐、骄纵冷血，现在他懂了。

他有美貌……她有力量啊！

"哼唧什么呢！"卷卷两眼一瞪，"还不快滚过来睡觉！"

萨丁一言不发地滚了过去，在床上平躺，等待接下来的凌辱。

不过卷卷可没兴趣凌辱他，她抱着双臂，冷冷观察他一阵子，确定他已经失去反抗能力以及反抗意志之后，她捡起刚刚打斗中掉在地上的毯子，躺平在他身边，然后施舍给他一角盖肚子。

萨丁立刻睁开眼睛，身体朝她移了过去，明显想要顺着杆子向上爬。

卷卷头也不回，背对着他，冷冷地道："还想挨打吗？"

本来要放她腰上的手，又缓缓地收了回去。

萨丁可怜兮兮地摸了摸肚子上那一角毯子，身上脸上疼得要命，心里恶狠狠地想着各种报复方法……

卷卷瞥了他一眼，闭上眼睛。

她现在基本可以确定了。

这又是个游戏。

虽然她不知道游戏的具体内容，但她猜测，这个游戏是让萨丁来讨好她。

否则的话，很难解释这么一个国际诈骗犯为什么会突然对她这种普通老百姓感兴趣，叫他端茶他就端茶，叫他倒洗脚水他就倒洗脚水，简直是打不还手骂不还口……哦不，还手是还手了，可惜完全不是她的对手。

但不管怎样，只要是游戏，就有规则，也有胜负。

卷卷不知道游戏规则，也不知道怎么才能胜出。

但没关系，她不能胜出……也不会让萨丁胜出。

想清楚这件事之后，卷卷缓缓地闭上眼睛。

十分钟后。

她重新睁开眼睛，发现自己平躺在一个小巷子里，身边滚动着一个酒瓶，地上不远处还有一堆呕吐物。

捏着鼻子站起来，她看了看自己身上的一片狼藉，确定了自己的身份。

她这次穿成了一个不知名的醉鬼，喝着喝着醉倒在了巷子里。

抬头看了眼夹在高楼间的夜空，呼吸了一口巷子里污浊的空气，卷卷微微一笑："我出来了。"

说完，她转身跑出巷子。

时间已经很晚了，加上又下了雨的缘故，街上一个人都没有，只有卷卷的脚步声不断响起。

她抱着胳膊，在风雨中瑟瑟发抖，直到发现一个处在监控死角的电话亭，才小跑着钻进去，然后拨打了110。

"喂，警察局吗。"她压低声音，对电话里的人说，"前几天是不是有辆载着一队情侣的大巴失踪了？我有他们的消息……"

『第二十八章』错位情侣

等到暮照白等人抵达电话亭的时候，发现里面只有一个醉鬼。

一名警察将他摇醒，问他："刚刚是不是你报警？"

醉鬼张口吐了他一身，然后在他的骂骂咧咧声中，再次醉倒过去。

满身狼藉的警察从电话亭里走出来，风一吹，同僚们齐齐退了一步，有人直言不讳："你比尸体还难闻。"

"这个醉鬼！"警察骂道，"不用说了，肯定是报假警！"

有人觉得事情就是这样，有人却觉得事情没这么简单。

"这件事还没见报，他怎么知道失踪了十四个人，还能报出其中一部分人的名字？"暮照白问。

失踪了十四个人，而且还是落在一个杀人犯手里。

这十四人的身份各不一样，有电竞比赛的冠军，有在校女大学生，有无业游民，甚至还有千万富翁和退休官员。

时间已经过去四天了，各方面的压力越来越大，而他们却毫无头绪。

唯一的线索就是刚刚的那通电话。

电话里传来一个男人的声音，有些亢奋，但也很冷静。

"我知道他们被关在什么地方。"

"不，我说不出具体的地名，但我可以描述一下环境。"

"那地方挺大，也挺旧的，里面有很多很多个小房间，每个人都各自关一个房间里，里面有电，也有水……"

"绑架犯是大巴司机。"

"我没有报假警。这样吧，我给你说说其中几个肉票的名字？何小刀、熊卷卷、萨丁、沈绿瓷……"

想到这里，暮照白看了眼电话亭里的醉汉，沉声道："带他回去吧，等他醒了，我们好好问问他，刚刚打电话的人到底是他，还是别人。"

将醉汉塞进警车内，警车一路呜呜呜呜地回去了。

可怜醉汉一觉醒来，看着眼前密密麻麻的警察，差点捂着嘴哭出来，哽咽道："我不就偷了一百块吗，犯得着派一局子的人来抓我吗？"

同一时间，封闭的双人间内，盛着面包和清水的餐盘送到卷卷面前，卷卷看了眼端盘子的萨丁，然后拿起面包，咬了一口。

"天天吃这个，我已经腻了。"卷卷叹息一声，"我好想吃肉。"

"出去以后，我带你去吃神户牛肉。"萨丁温柔地说。

"可我现在就想吃肉！"卷卷骄纵地喊，"你太没用了！要是我家小刀在就好了，他肯定会割大腿肉给我烤着吃！"

……你家小刀是佛祖啊！他这是割肉饲熊呢！

萨丁好不容易才把这句话咽进肚子里，为了赢，他得忍。

卷卷三两下把面包啃掉三分之二，剩下一点丢给他，然后平躺在床上，喃喃自语："好饿，好想挖个洞冬眠啊。"

萨丁吃着她剩下的那点残渣，笑笑没说话，心里很想挖个坑把她给埋掉。

"啊好无聊好无聊。"卷卷又唠叨了两声，然后转头看他，"你跳个舞给我看吧。"

萨丁将最后一小口面包塞嘴里，然后对她微微一笑："好啊。"

他用手指在杯子里沾了点水，忽然从椅子上站起来，一只手扶着椅子，另一只手将金发向脑后梳去，下巴昂起，微眯着眼睛俯视她，一股慵懒魅惑的气息从他身上弥漫出来，铺满了屋子里的每个角落。

无声的魅惑，微带喘息的舞蹈。

曾经当过一阵子脱衣舞男，并且靠这个身份勾引到一个身价不菲的寂寞寡妇的萨丁，非常清楚如何展现自己的肢体魅力。

他的舞蹈，动作不大，但每一个动作都带着一股强烈的性暗示，引诱着卷卷触摸他，又或者接受他的触摸……

"你这跳的是啥？"卷卷说，"传说中的跳大神？"

萨丁脚一崴，差点摔倒在地。

这是钢管舞啊你这个土鳖！

"你不喜欢这套舞吗？"他咬牙切齿地笑道，"那我换一个……拉丁舞怎么样？"

"那是什么？"卷卷不屑地道，"你就不能换个接地气点儿的吗？"

"比如呢？"萨丁微微喘气，顺便解开领口的扣子，露出性感的锁骨来，"要不你也一起跳吧，顺便教教我。"

"哼，好吧！"卷卷翻身下床，"那我就勉为其难给你示范一下，你可要用心学啊！"

萨丁笑着迎上去，心想无论是交谊舞也好，拉丁舞也好，舞蹈这玩意就跟恋爱一样，你进我退，你退我进，是最适合培养暧昧的东西了……

可是卷卷压根没让他近身。

"看好了！"卷卷气沉丹田，然后大喝一声，"苍茫的天涯是我的爱！"

萨丁被她吓得倒退一步，然后瞪大眼睛看着她。

"绵绵的青山脚下花正开，什么样的节奏是最呀最摇摆！"卷卷一边吼，一边跳起广场舞来，跳一半，转头看着萨丁，"快跟我摇摆起来啊！"

萨丁："……"

臣妾做不到啊！

"扭起来！扭起来！"卷卷一边扭臀，一边催促他，"跟着我电臀小王子一起来！"

萨丁："……"

老天爷啊！怎么还不快打道雷下来劈死她啊！

"哎，真没意思。"卷卷偃旗息鼓，又重新爬回床上挺尸，眼睛看着头顶上的天花板，满脸忧伤地喃喃，"要是我家小刀在就好了，他跟我组队，可以称霸广场舞天下……"

萨丁："……"

这一刻，萨丁觉得自己遇到了人生中最大的对手。

他竟不知该如何胜过那个叫小刀的男人！

能伺候得了这样的女人，小刀你不是人，你简直是个神啊！

萨丁在椅子上坐下，双手叉在唇前，眉头紧蹙，心烦不已。

在爱情诈骗这条路上，他一直无往不利，无论什么职业、什么类型、什么年纪的女人，都逃不过他的手掌心，虽然偶尔也会失败几次，但就算失败了，对方也不会太过为难他，可以说他的自恋自私很大程度上是被女人给宠出来的。

他已经很久很久没有遇到过这样的挫折了。

换个时间换个地点，他或许会认赌服输，耸耸肩，戴上墨镜，然后转身离开。

但现在的他，别无选择。

那张纸上写得清清楚楚，如果他能勾引到卷卷变心，他就能获得自由，如果不能，他就要受到惩罚。

无论是肉体的惩罚还是精神的惩罚，他都不愿意承受。

所以他必须获得卷卷的心。

"真羡慕你男朋友，你一直在想着他。"萨丁决定先从她的喜好下手，"说说你男朋友的事情吧。"

卷卷瞥了他一眼："他是我的奴隶。"

萨丁："……"

"我叫他往东，他就不敢往西，我叫他抓鸡，他就不敢抓狗。"卷卷单手支着脑袋，满头卷发朝一边披下来，对萨丁笑道，"我平时什么都不需要做，洗衣服洗袜子的活全都他干，我只负责吃饭和淘宝……哦，有一句话说得好，他负责赚钱养家，我负责貌美如花。"

"你觉得这叫爱吗？"萨丁用沉痛的目光看着她，"在我看来，你一点也不爱他。"

"可他爱我！"卷卷挑了挑眉，挑衅一样地看着他，"我们在一起，我得到了方便，他也得到了自己想要的人，这不是皆大欢喜吗？"

萨丁盯着她，竟无言以对。

……因为他觉得卷卷说得一点都没错。

爱又不是政治，只有政治才会互相妥协。爱从来不懂得妥协，只是一方的攻城略地，一方的跪地投降，最后胜利者获得一切，输家一无所有。

"你真是个自私自利的女人。"萨丁收敛起沉痛的神色，散漫地、慵懒地笑了起来，心想，你真是世界上的另一个我。

"滋滋滋……"

两人同时别过头去，看着房间里放着的那台老式电视机。

就像之前那个房间一样，老式电视机一直开着，里面一直没有图像。

虽然睡觉的时候，它的声音会显得有些吵，但是谁都不敢关电视，生怕错过了绑架犯出现的时间。

嗞嗞声过去，口罩男的身影再次出现在屏幕里。

两天不见，他的头发又油腻了不少，看起来好像能滴下油水来，眼睛里的血丝更多了，看起来又可怕又疯狂。

"游戏时间结束。"他笑着宣布，"现在让我们来看几个精彩画面。"

话音刚落，屏幕一跳，出现了另一个房间的场景。

床沿上坐着一男一女，两人依偎在一起，不知道在说些什么，但双方的脸上都浮现着一丝安详宁静，场面温馨得像画一样。

画面再一跳，又换了个房间，女人趴在床上流泪，男人坐在一旁不停地安慰她，不停地跟她说着话。

画面再一跳，卷卷啊了一声，赶紧拿手遮住脸，却从指缝间偷看画面，只见一张大床上，两具雪白的身体纠缠在一起，可惜才看两眼，又跳到了下个房间。

七对错位的情侣，七个房间、七个画面，轮流在电视里出现。

最后，定格在一个画面上。

电视里，双人间，一个俊美非凡的金发男子坐在椅子上，一名卷发少女盘腿坐在床上，一起昂着脸，朝萨丁和卷卷看来。

就像镜子的正反面。

啪的一声，画面消失，口罩男再次出现在电视机里。

"这是一场好游戏。"他用带着血丝的眼睛看向电视外面的人，充满恶意地笑道，"让你们看清了自己的另一半，对不对？"

『第二十九章』奖励时间

"爱是忠诚。"口罩男问，"当你发现你的爱人对你不忠的时候，你会怎么办？"

七个房间里的男女看着电视屏幕，脸上的表情变换各异。

"当然，你们可以找很多借口。"口罩男又说，"情势所逼，受人威胁，又或者仅仅只是因为太寂寞了，所以想找个胸口靠一靠……"

说到这里，他呵呵笑了起来。

"我衷心地希望……你们能够说服自己的另一半。"口罩男两肩颤抖，又压抑又兴奋地笑道，"我衷心地希望……你们能跨越这道难关，给予对方信任。"

滋滋一声，画面重新变为灰白。

卷卷看着电视屏幕，耳边传来萨丁嘲讽的笑声："信任？"

卷卷转头看着他。

"不管什么理由，亲眼看见自己的男朋友或者女朋友跟别人滚床单，还能无动于衷的人那是人吗？那是圣人。"萨丁没再装出那副温柔可靠的样子，他慵懒地靠在椅子内，歪着头，额前一点碎碎金发落下，正好撩拨在他眼角的泪痣旁边，他对卷卷笑道，"可惜这个世界上终究是普通人多，圣人少，大多数人碰到这种事，都会说：哦，我知道这不是你的错，但我接受不了，我们分手吧……对了，你看见你家小刀了吗？"

"看见了啊。"卷卷说，"他一个人霸着一张床呢，我都没看见另一个妹子在哪儿，该不会是被他当储备粮吃了吧。"

萨丁愣了一下，然后哈哈一声，走过去，牵起她的手，在她手背上印下一吻。

"我输了。"他看着卷卷，笑着承认了自己的失败。

"……"卷卷面无表情地看着他，心想他又在整什么幺蛾子。

"这场游戏的名字叫作信任和背叛，由男方来勾引女方出轨。"萨丁坦言道，"抱歉，我之前看轻你了，早知道你是个这么……奇特的女孩子，我会更加用心一点的。"

"你还是别在我身上浪费时间了。"卷卷觉得他的态度挺让人毛骨悚然的，一点也不想被这个诈骗犯缠上，于是冷冷地道，"是不是觉得只有左边眼睛被打肿了不够对称，想要我把你另一边眼睛也打肿啊？"

萨丁笑着松开她的手，缓缓起身之时，身体前倾过去，嘴唇贴在她耳边，朝她的耳廓里轻轻吐了一口气，说了一句话。

"下次见面，"他低沉沙哑，带着无尽魅惑道，"我会让你移情别恋的。"

卷卷转动眼珠子，定定地看着他。

墨绿色的眼睛凝视着她，目光十分动人，像是水面上浮动的绿光，又像森林中流淌出的晨曦，但更像是一个男人，在看着自己热恋的人，哪怕不说一句话，胸膛中的热烈情感也能透过这目光传递过去。

与之前的勉强为之、敷衍了事不同，当他用这样的目光看人的时候，几乎没有女人能够抵抗他的魅力，也几乎没有女人能够拒绝他的感情，他的要求……

但只是几乎，并不是所有。

卷卷面无表情地看了他一会儿，然后将胳膊在空中抡了一圈，带着加速度的拳头，砸在他另一边眼睛上……

萨丁呜咽一声，捂着眼睛，倒退几步，跌坐进椅子里。

卷卷收回拳头，叹着气对他说："不是我喜欢暴力，而是有些人不打不长记性！"

她知道他想干什么，不过就是因为在自己最得意的方面输给了她，所以心有不甘，想要报复回来罢了。

就像她知道绑架犯送来的下一餐八成放了安眠药一样！

可她能不吃吗？她不吃不就便宜了萨丁？再说就算她不吃，饿了这么好几天，浑身上下没力气，就算醒着也打不赢绑架犯啊！

所以下一餐送来的时候，卷卷还是抢在萨丁前面吃了。

吃完，一阵无力感蔓向四肢，卷卷闭上眼睛，躺平在地。

之后，她穿成了一个家庭主妇。

她卷起袖子跑进厨房，扫空了半个冰箱，给自己做了一桌子菜，香气弥漫，馋得已经睡觉的两个小孩还有孩子他爹都爬了起来，一群人围在桌子前面，呼哧呼哧地吃了一顿消夜。

直到肚子鼓起来，再也吃不进一粒饭，卷卷才捧着肚子回去睡觉。

醒来时，她摸摸扁扁的肚子，依旧饥肠辘辘，舔了舔嘴，她忍不住开始回忆刚刚吃过的那些东西。

她懒洋洋地躺着，身旁一片嘈杂，男人声、女人声、哭声、骂声响成一片，跟菜市场一样。

这是一间很大的房间。

被绑架来的情侣们大部分都汇聚在这个房间内。

但是彼此之间，完全没有劫后重逢的喜悦。

"贱人！"一个男人狠狠地往女朋友脸上甩了一巴掌，骂骂咧咧地道，"老子哪里亏待了你，你说啊？你要我买的那些包包鞋子，我哪次没买给你？你说没房子不能结婚，我爹妈就拿养老本出来给我们买房，房产证上还写你的名字，结果呢？你居然背着我跟别的男人上床！"

"是他威胁我的啊！"那个穿貂皮大衣的女人捂着脸哭道，"他说如果我不跟他上床，他就死定了，既然要死，那就大家一起死……我、我也是没办法嘛！"

两人一骂一哭，激烈争吵起来。

除此之外，其余几对情侣也各有争执，只是程度不同罢了。

卷卷环顾四周，在人群中寻找刀哥的身影。

结果却发现，七个女人都在这里，但是男人却不齐，不仅刀哥不在，连萨丁那个贱人也不在这里。

他们去哪儿了？

"滋滋滋……恭喜你们。"电视机里，忽然传出一个男人的声音。

原本还在争吵不休的男男女女们忽然一起噤声，齐齐看向电视机的方向。

"在座的诸位男士，都是上一场游戏的胜利者。"口罩男站在电视机里，对众人彬彬有礼地笑道，"奖品已经准备好了，就放在门口，请诸位尽情享用。"

众人一起朝门口看去，但门口什么都没有，直到卷卷走过去绕了几圈，然后对着门边的柜子嗅了嗅，然后拉开柜子，露出里面的一堆托盘来。

托盘有大有小，有中餐有西餐，有点心也有水果，热腾腾的煎牛排和颜色鲜艳的辣子鸡丁，有刚出炉没多久的虾饺、滑嫩嫩的芒果布丁、切成片的苹果，以及涂着沙拉酱的水果拼盘，甚至还有一瓶红酒。

一群饿了好久的人吸溜了一下口水，然后轰隆隆，十几双脚一起朝食物冲了过去。

有一个踩着红色高跟鞋的女人蹲下来，刚要伸手去拿一个鸡腿，就被身边一个男人伸手推开了。

"走开啊！"他迅速把鸡腿塞自己嘴里，恶狠狠地朝对方喊，"这都我们赢来的！你有什么资格吃啊！"

女人跌坐在地上，捂着嘴哭了起来，她的男朋友赶紧跑过来扶她起来，拿起一盘子芒果布丁，刚要哄她喂她，就受到其他男人的奚落："你这个人还真是一点脾气都没有，女朋友给你戴绿帽子，你还一点都不放在心上。"

那个男人端着芒果布丁，脸上青一阵白一阵，身旁的女人听到众人的奚落，也涨红了脸，捂着嘴哭得更加可怜。

其他人也好不到哪里去，一群人围着吃的喝的，彼此之间大吵大闹，不停地翻着旧账，谩骂不休。

卷卷抢了一个鸡腿回来，一边啃着，一边看着眼前的电视。

"小刀在哪里？"她问。

房间里果然安了窃听器和监视器，口罩男听了她的问题，回答道："他和另外一个失败者在一起。"

萨丁失败了，卷卷是知道的，但是小刀是怎么失败的，她稍微有点好奇，也不想闷在心里，直接问他："小刀之前跟谁关在一起？他是怎么失败的？"

"是沈绿瓷。"口罩男眼神温和地看着她，似乎在她身上有什么特别的品质，能够让他另眼相看，"他很好，跟你一样好，你没有背叛他，他也没有背叛你，你从头到尾都在戏弄萨丁，而他从头到尾都没搭理沈绿瓷。"

卷卷愣了一下，回头看了眼沈绿瓷。

沈绿瓷也淡淡地回望她一眼，脸色有些憔悴……多半是被小刀给饿出来的。她披散长发，靠在墙上，姿态孤高而又美丽，像只被关在笼子里的白天鹅。

"但是很可惜……输了就是输了。"电视里传来口罩男遗憾的声音，"在下一个游戏开始之前，他们得先受到惩罚……"

话未说完，旁边忽然传来一声冷笑："你说要惩罚谁？"

口罩男瞪大眼睛，转过头去。

一只手迎面而来，抓住他的头发，将他脸朝下狠狠地按在地上。

然后，手的主人抬起头来，将嘴里那根烟摘下来，朝电视机前的卷卷吐了一口烟："嗨！"

『第三十章』最后的游戏

这是什么情况？

屋子里的人都惊呆了，饭也不吃了，酒也不抢了，冲过来朝小刀喊："你怎么做到的！我们是不是得救了？"

小刀看也不看其他人，只朝卷卷抬抬下巴："去门口等我，我来找你。"

没等卷卷作答，一道阴沉扭曲的笑声就从电视里传出来。

面罩男趴在地上，半张脸埋在地上，半张脸朝上，被一只靴子紧紧踩着，他呵呵笑道："如果我是你们，我就哪里都不去。"

小刀俯视他一眼，踩在他脸颊上的皮靴微微用力，碾得他头盖骨一阵嘎吱响。

"啊啊啊！"面罩男发出尖利的叫声，叫声到最后，变成了疯狂的笑声，"听好了！最后一个游戏的名字叫作捉迷藏！你们可得藏好了，千万别让他找到你们，否则你们一个都活不了！"

说完，画面一阵动荡，也不知道是电线被拉脱了，还是放电视机的椅子被他拉翻了，最后画面倾斜，对面传来一阵巨响，滋滋几声，空白一片。

卷卷等人站在电视机前，十数双眼睛齐齐盯着眼前的屏幕。

有人喃喃一句，说到每个人的心坎里，他说："游戏还没结束吗？"

他们究竟是得救了，还是进入了下一场游戏？

"这还用说吗？"穿着貂皮大衣的女人愤愤然道，"肯定又是在玩我们！"

"我觉得不大像。"有人持反对意见，"你看他们像一伙的吗？要不是杀人犯法，我估计他刚刚那一脚都能把绑架犯的脑子踩出来。"

"你能肯定？"他的女朋友马上冷笑一声，"你跟绑架犯也不是一伙的，怎么上场游戏就照着他说的做了？想想都觉得恶心，平常看你还像个人，一转头就看见你跟条狗似的追着女人摇尾巴。"

"你又好得到哪里去？"那人怒气冲冲地反驳，"你不也一样，平常装得跟个贞洁烈女似的，结果别人随便跟你说两句甜言蜜语，你就又开腿了。"

刚刚才熄火的一群人，又重新炸开来了。

最后一个家庭妇女打扮的女人做了总结。

"我看啊，我们还是先别出去了。反正这里有吃的有喝的，有床还有水，而且我们失踪这么多天了，警察肯定快要找到我们了，干脆我们就在这里按兵不动，等到东西吃完了，要是警察还没来，我们再出去求救也不迟啊。"家庭妇女说完，转头看向卷卷，"大妹子，你觉得呢？"

一群人齐齐看着卷卷，还有少部分人看向沈绿瓷。

他们这群胜利者里，就属她们两个最格格不入。

男人就不要提了，这里所有的男人全部都在上一次的游戏里选择了出轨。

而女人里面，则只有卷卷和沈绿瓷两个人还是清白的，其他人多多少少都有肉体出轨，或者精神出轨的迹象。

现在她们两个的男朋友，都在电视机的另一边。

谁也不知道在这场捉迷藏游戏里，他们两个将扮演什么样的角色，又会有什么样的举动……也不知道他们两个的女朋友，会在这场游戏里站在哪一边。

卷卷一时之间也得不到答案。

就在她犹豫不决的时候，滋滋滋几声，电视机居然又重新亮了起来。

小刀一手扶着电视机，另一只手在上面拍了几下，然后手不动了，就这么保持着扶着电视机的姿势，定定地朝卷卷看过来。

"机子太烂，修不好了，我长话短说。"小刀说，"你尽快从那里出来，我会来找你……至于其他人，想跟过来的话也可以跟过来。"

"谁要出去啊！"家庭妇女马上喊道，"鬼知道你是不是东西不够吃了，想骗我们出去，然后抢我们的吃的！"

"谁说东西不够吃。"小刀叼着烟，瞥了眼身旁站着的萨丁，"我这儿有储备粮呢。"

萨丁本来是事不关己，高高挂起，结果被他拿眼睛这么一瞄，觉得浑身寒毛都竖了起来，心想卷卷已经够可怕了，你比她还要可怕啊！你是不是想粮食不够拿人肉凑啊！不行，我得先走……

小刀收回目光，重新看向卷卷。

卷卷夹在两伙人中间，一副犹豫不决的样子。

她是真不知道自己应该信他，还是不信他。

"卷卷。"小刀忽然对她说，"你知道我的人生准则是什么吗？"

"是什么？"卷卷条件反射地问道。

小刀唇角扬起一个略显痞气的笑容，轻佻地说："自己约的炮，跪着也要打完。"

卷卷："……"

"我开玩笑的。"小刀似乎觉得她的表情挺有趣，哈哈笑了一声，"我重新说过……我约出来的女孩子，我自己没命了也会保护她。"

面对卷卷怀疑猜忌的目光，他收敛起脸上吊儿郎当的笑容，用真挚的、坦诚的、毫不避让的目光迎上去。

"相信我一次。"他郑重其事地说，"我绝不会伤害你。"

滋滋滋……白色的线条在电视机里滚动，像涌上岸的白色海浪，渐渐淹没了小刀的面孔和声音。

卷卷站在电视机面前，耳边已经没有了他的声音，心里却响起自己的声音。

我到底应该相信他，还是相信自己？

卷卷自己是不大相信小刀的，她怀疑他在自己房间里安了监视器，怀疑他把七八个监视器的锅丢给了林姑娘，怀疑他在刺探自己身上的秘密，怀疑他知道自己身上的秘密之后，会对她做一些不好的事情……

但扪心自问，他真的伤害过她吗？他真的是个不择手段的坏人吗？

是，他看起来是个坏人，无恶不作满嘴荤话，但是从没对她动过真格的。虽然嘴上骂骂咧咧的，但是求到他头上的事情，他几乎没有拒绝过，所以卷卷可以夜里逼他陪自己上厕所，可以借他的吹风机吹内衣，可以在交换身体的时候，让他代替自己去打卡上班，回来还要给她带饭……他真的是个坏人吗？

卷卷忍不住想起了林姑娘。

从前她也是这么怀疑林姑娘的。

现在回想起来，如果那个时候她能多给他一点信任就好了，如果她肯听完他的解释就好了，如果她……能接到他最后的电话就好了。

"林姑娘，帮我个忙吧。"卷卷喃喃一声，从口袋里摸出一枚硬币，硬币向上，躺在她的掌心里，银灿灿地反射着灯光。

"我抛一下硬币，如果花色向下，我就坐等警察来救；如果花色向上，我就相信他一次。"卷卷对掌心里的硬币说，"这道选择题实在太难了，你帮我选吧。"

说完，她收拢手指，将硬币在掌心里握了握。

然后，将硬币翻到指尖，叮的一声，向上一抛。

硬币朝天空飞了上去，灯光照在上面，反射出的光芒就像照相机咔嚓一声，乍起的光芒，正面、反面、正面、反面，在那光芒中选择变更，最后，落回卷卷掌心。

咔嚓，画面定格。

『第三十一章』我相信你

花色朝下。

"……"卷卷慢慢收紧拳头，"热身完毕，开始抛硬币。"

硬币抛起落下，打开掌心一看。

花色朝下。

"……"卷卷再度握紧拳头，"刚刚抛硬币的姿势不对，我再来一次。"

丢起硬币，挥手在空中一抓，将下坠中的硬币抓在手里。

花色朝下。

"……我不信邪！"卷卷低吼一声，"事不过三，最后一次！"

然而这一次，花色还是朝下。

卷卷靠了一声，觉得有点害怕，连续抛三次，次次都朝下，该不会是天国之中的林姑娘真的显灵了吧，以及……林姑娘你到底跟小刀有什么仇什么怨，要如此不遗余力地黑他啊……

卷卷一脸郁闷，上上下下地拿硬币抛着玩，结果一不小心玩脱了，硬币从她指尖滑了出去，骨碌碌一路滚走，她一路追过去，看着那枚硬币停在一双长靴前，一只涂着鲜红指甲油的手垂下来，捡起那枚硬币，递还给她。

这一次，花色朝上。

"多谢！"卷卷朝她伸出手去。

沈绿瓷懒懒地靠在墙上，本来以为卷卷伸手过来，是要拿走那枚硬币的，哪知道卷卷硬币也要，人也要，直截了当地握住她的手，就把她往门外拖。

"……"沈绿瓷有点蒙，等到快要被她拖出门的时候，才猛然反应过来，一边挣扎一边喊，"你要带我去哪儿？"

"一起走啊。"卷卷说，"我去找我男朋友，顺便带你去找你男朋友。"

沈绿瓷简直风中凌乱，她的男朋友？谁？萨丁？

萨丁这个冷酷无情无理取闹的狗东西，他对她的威胁性可比房间里这群男人大多了……

沈绿瓷想要挣脱卷卷的手，但是她哪里是对手，因为对方根本是一只熊掌啊！沈绿瓷都原地扎马步了，依旧拿卷卷没办法，被她一条直线拖出房门。

房内的女人无动于衷，男人倒是一脸遗憾，不过遗憾归遗憾，秀色终究不可餐，这个时候谁开口挽留沈绿瓷，谁就得把自己的食物分她吃了，在这个艰难时刻，谁肯做出这样的牺牲？

卷卷出门的时候，已经听到不少男人在怂恿："你怎么不走啊，留在这里，也没人分你吃的啊……"

关上房门的那一瞬间，卷卷回过头来，抬手按住沈绿瓷的嘴，将她埋怨不休的话语塞回嘴里。

"闭嘴！"卷卷压低声音说，"我是在救你！"

沈绿瓷惊疑不定地看着她。

"你真以为我是抛硬币决定跑不跑啊？"卷卷对她说，"我那是说给旁边的人听的！"

卷卷说完，松开手，拉着她朝走廊另一头走去。

这里看起来像是废弃的地下室，以前卷卷看到过类似的建筑，屋主为了将地下室废物利用起来，于是在地下室里打通了很多小房间，一间间租给别人住，环境方面十分简陋，有时候是十几个房间的人共用一个洗手池和厕所。

走廊有点长，两边都是房门，就是卷卷一开始被关的那种带铁栅栏的房门，乍一看去，锈迹斑斑，一扇连着一扇，很像监狱。

"我一开始也没明白过来。"卷卷拉着沈绿瓷的手，边走边说，"但既然小刀说要来找我，为什么又一定要我去门口等他？外面多冷啊，连个坐的地方都没有。"

沈绿瓷没有说话，只有高跟鞋踩在地上的声音，一声一声在卷卷身后响起。

　　"后来他一直在提醒我，让我尽快出来，还说其他人要是想跟来，也可以跟来。"卷卷继续说，"这话是不是能反过来听？房间里有一个人不想出来，所以我必须尽快离开。"

　　沈绿瓷听到这里，脚步顿了一下。

　　"明白了吗？我们不能留在里面。"卷卷也停下脚步，回头看着她，"因为打从一开始，房间里就混了个绑架犯。"

　　沈绿瓷听得背上有点发凉。

　　总觉得飘在脖子后面的不是头发丝，而是别人的呼吸。

　　"不过这都是我猜的。"卷卷说完，又哈哈一声，"也有可能是我猜错了呢。"

　　沈绿瓷无语，这姑娘反复无常，她都不知道对方说的是真话还是假话了。

　　她的视线落在两人相握的手上，略略皱了皱眉，轻轻抽了抽手："为什么要救我？"

　　卷卷把她的手握得很紧，这么亲密的动作让她很不习惯。

　　依稀记得上一次跟女孩子握手，还是小学三年级的事情呢，那时候她也是有女性朋友的人，两个人也一度亲密到能手拉手一起上厕所，但这份友谊终结在四年级时，对方暗恋的学习委员跑来跟她表白，从那以后，她就只能自己一个人上厕所了……

　　卷卷眨眨眼睛，对她说："我对你一见如故。"

　　沈绿瓷："……"

　　这么老土的搭讪话，她听无数男人说过，但还是头一次有女人跟她这么说……感觉有点新鲜……

　　卷卷总不好跟她说，你虽然不知道我，我却知道你，你这个明明可以靠脸复仇，却偏偏要靠技术复仇的姑娘，我内心十分欣赏！

　　"总之我看好你！"卷卷的熊掌在她肩膀上拍了拍，然后眼角余光扫向长廊一角，"咦，那里有个洗手间，要不要一起去？"

"好吧。"沈绿瓷说。

于是时隔多年，卷卷又有了可以一起手牵手上厕所的女性朋友。

洗手间同样荒废许久，镜子上裂开了一条长长的裂缝，看过去的时候，镜子里的人有点失真，就好像被人用刀子狠狠地在脖子上割开了一条口子。

卷卷还好，沈绿瓷有点小洁癖，第一个格子间太脏了，她不肯进去，于是打开第二间、第三间，到第四间的时候，她忽然站着不敢再动，因为透过下面的缝隙，她看见了两只脚。

沈绿瓷背上有点寒气上涌，正盯着那脚不敢动，身旁忽然响起卷卷的声音："怎么了？"

沈绿瓷吓得叫一声，然后一只手紧紧捂着嘴，另一只手指着格子间下面。

卷卷扫了一眼："谁在里面？"

里面的人不说话，沈绿瓷有些毛了，抓住卷卷说："咱们还是走吧。"

两人互相抓住对方的胳膊，一边看着格子间下面的脚，一边倒退，生怕一转身，就听见格子间的门打开的声音。

"你们两个在干吗？"身后忽然响起一个男人的声音。

两人吓得哇了一声，卷卷转过头，一脸惊喜："刀哥……呜！"

小刀单手掐住她的脸，对她微笑道："好久不见啊，主人。"

"……"卷卷眨巴眨巴眼不敢说话。

"我是你奴隶是吧？"小刀呵呵笑道，"叫我往东我不敢往西，叫我割大腿肉我不敢割小腿肉，叫我侍寝我不敢穿衣？"

卷卷忍不住瞪向他身后的萨丁，这个贱人居然敢在背后造谣！

"这次就算了。"小刀忽然松开手，"下次注意一点啊。"

卷卷退后几步，两手揉着自己的脸，惊疑不定地看着他。

她还以为自己这次死定了呢，起码要做三年的蛋炒饭才能平息他的怒火，他怎么就轻轻放过了？

"刀哥，你开心不？"满脸是伤的萨丁凑过来，一脸讨好地对小刀说，"你还说她不会听你的话，她这不是很听话吗？"

小刀愣了愣，急忙朝他使眼色。

但大概是眼睛被打肿了的缘故，萨丁没看清他的眼色，继续说：
"卷卷你知道不？刀哥一开始跟我说，你肯定不会相信他的话，所以
已经做好准备，要一间一间地找你，找到就立刻按住，然后扛起来
跑……嗷！"

小刀一拳打在他肚子上，然后面色如常地看向卷卷，开始转移话
题："里面有什么，你们怕成这样？"

这个话题转移得有些生硬，卷卷说："里面好像有个死人。"

"是吗？"小刀皱皱眉，朝里面走去，没走几步，身后忽然传来
卷卷的声音："他说得没错，刀哥，我相信你。"

小刀脚步顿了顿，头也不回，低喊一声："啰唆！"

"真的啊。"卷卷眨眨眼睛，觉得自己似乎发现了不得了的东
西，于是又朝他喊了句，"我相信你不会伤害我的。"

小刀突然开始烦躁起来，一只手不停地抓着自己的头发，背对着
她喊道："行了行了！我知道了！"

卷卷："刀哥……"

砰！

小刀反手把洗手间的门给关上了。

可还没几秒钟，他就打开门冲出来，烟都不抽了，朝旁边呸掉，
然后单手抱住卷卷，跟抱小孩子似的抱在怀里，二话不说就开始奔跑
起来。

卷卷条件反射地抱住他的脖子，抬头一看，沈绿瓷和萨丁都变成
远方的两个小点了……

"绿瓷！"卷卷马上喊，"跑起来！"

沈绿瓷和萨丁对视一眼，虽然不知道发生了什么事，但是看前面
的人一副夺命狂奔的样子……还是跟着跑吧。

可惜小刀脚程太快，跑着跑着就没影了，沈绿瓷咬牙在背后追，
萨丁这贱人则不要脸地大喊大叫："刀哥！等等我，等等我啊！"

脚步声、喊叫声，朝着小刀一路追过去。

等到声音渐远，走廊再度恢复平静的时候，一个古怪的声音忽然响起，顺着管道，嗡鸣着朝其他人所在的房间移去……

『第三十二章』成全

今日周末，一辆的士驶过公路，朝着度假别墅的方向跑去。

暮照白坐在副座上，低头看着手里的那叠画。

根据那天的电话，他勾画出了相关的场景示意图。

第一张画上，是一条长长走廊，长廊上嵌满了房门，密集地排列在一起。

第二张画上，是一个封闭的房间，灰尘满满，墙角布着蜘蛛网，一个男人被反绑在椅子上，对面放着一台老式电视机。

第三张画上，老式电视机里出现一个戴面罩的男人，头发油腻腻的，好多天都没有洗过，眼睛里布满血丝。

第四张画上，打开的小门后伸进来一个托盘——托盘是很普通的那种餐厅防滑托盘，淘宝上几块钱一个——盘子里放了一块面包、一杯清水，杯子和面包也都是淘宝款，很难从这上面寻找到线索。

再加上那个醉鬼醒来以后，忽然得了突发性失忆症，对自己昨天晚上打过的电话，以及在电话里说过的事，一点印象都没有，所有很多人倾向于认为这是一场恶作剧，破案重点还是应该放在那个死掉的司机身上。

暮照白是个新人，加上性格原因，同事关系处得并不是很好，所以大家明知道重点在司机身上，却分配他去查画上的线索。

"看见没，前面就是了。"司机在旁边开口，"孤山别墅小区……其实就是一鬼屋，里面房子卖不出去，都荒在那儿呢。"

"为什么卖不出去？"暮照白问道。

"这个就不大清楚了。"司机回忆了一下，"听人说，好像是开发商忽然发疯，在别墅里砍死了自己老婆吧。"

暮照白若有所思地点点头。

的士停在小区门前，暮照白付钱下车，看着眼前荒草丛生的别墅小区。

同事的排挤，他不是感受不到，队长私底下也叫他不要那么认真，有些事情睁一只眼闭一只眼也就过去了。

也许队长是对的，但是暮照白并不打算这么做。

"这个世界上，睁一只眼闭一只眼的人太多了。"暮照白在心里对自己说，"就让我来做那个过分认真的人吧。"

过分的认真，促使他根据现有的线索，一个地方一个地方地找过来，废弃的卡拉ok厅、挖了很深地下室的别墅，以及住户老是失踪的破旧旅馆，有些地方他进去了，有些地方却进不去……就这样，他一路磕磕碰碰，最后来到孤山别墅小区前。

他抬起脚，刚刚往里面走了几步，就看见对面冲过来四个不明物体！

越来越近了……越来越近了……

暮照白终于看清了对方是谁，愣了愣，他喊道："熊小姐？"

喊人的时候，他抬手一拦，挡住了小刀的去路。

小刀仍旧单手抱着卷卷，退后一步，略略昂起下巴，冷冷地俯视他。

这时候，沈绿瓷和萨丁也追了上来。萨丁累得跟条狗似的，一直想将手搭在沈绿瓷身上，但是每一次都被沈绿瓷无情地甩开。抬头看见穿着警服的暮照白，他感动得眼泪都要喷出来了，急忙朝他伸出手，虚弱无力地喊道："救命！快救救我！"

暮照白看他一副身受重伤俨然快死的样子，急忙伸手扶住他："坚持住！我马上叫医生！"

暮照白拿起手机，叫了救护车之后，又给大队长打了个电话，说已经找到了那几对失踪的情侣了。

没过多久，呜呜呜的警车声由远至近，大队长带着人冲进别墅小区。

萨丁看见这么多警察，二话不说，在担架上躺平，让人把他抬走了，留下沈绿瓷、小刀和卷卷在原地接受询问。

"我们已经很累了。"小刀帮卷卷拒绝了询问，"我们现在需要热饮、吃的，最好再来条毯子。"

队长上次在芙丽涅的案子里见过他，知道这个人很难缠，于是给身边的人使使眼色，于是没过多久，众人就凑了一堆吃的喝的送到他们手里。

"两个女孩子就留在这里吧。"暮照白趁机说，"你能给我们带一下路吗？"

小区里别墅太多了，一栋栋搜起来还不知道要多久，还是直接让人带路比较快。

小刀剥了根巧克力棒，将细长的棒子叼在嘴里，其他吃的喝的都丢给卷卷，然后对他随意地点点头："跟我来。"

"我也去！"卷卷刚要从警车里出来，就被小刀一把推了回去。

"女孩子家，少看点血腥场面。"小刀瞥着她道。

其他人听了这话，忍不住心头一跳。

血腥场面？

什么意思？

难不成除了他们四个以外，其他人都遭了不测？

一群人跟在小刀背后，忧心忡忡地往小区里走去。

小刀很快就把他们带进一幢别墅，然后顺着楼梯一路向下，走进地下室的长廊内。看到眼前的环境，有些人忽然反应过来，说："这不是那个醉鬼说的地方吗？"

就跟那醉鬼话里所描述的一样。

就像暮照白纸上所画的一样。

长长的走廊上嵌满房门，密集地排列在一起。

有几扇门打开着，里面的房间布满灰尘，蛛网密布，放着椅子和老式电视机。

有一间屋子里的盘子没收走，是很普通的餐厅防滑托盘。

一群人忍不住窃窃私语，暮照白则皱着眉头，看着前方带路的小刀。

"到了。"小刀站在一扇门的门口，转头对他们说，"其他被绑架的人都在这里，我就不进去了。"

说完，他直截了当地丢下众人，头也不回地离开了。

他这行为，让众人更加紧张起来，生怕一开门就看到一地的碎尸。

"准备好。"队长沉声下令，以防他们再继续自己吓自己。

准备妥当之后，一群人破门而入。

"举起手来……"暮照白的喊声戛然而止。

跟他想象中不同，跟众人想象中不同。

房间里并没有多少血……但也没有活人。

地上横七竖八，到处都是尸体，每一具尸体的死法都似曾相识。

他们都像那个司机一样，身上密密麻麻地趴着一堆虫子。这种虫子叫作杀人蜂，致命物资是心脏毒素，毒素对心脏损害很大，一只的话还好，一群的话足以杀人。

经调查，司机身上的杀人蜂来自一份快递，那么这里的杀人蜂来自什么地方呢？

空中传来若有若无的嗡鸣声，众人缓缓抬起头，看着墙角的一条管道，管道上面不知被谁切开了几道口子，里面时不时漏出一两只杀人蜂。

就像毒蛇张开的嘴，时不时滴下一两滴有毒的涎水。

"先退出去。"队长下令道。

死在这种东西手里划不来，都不知道算是因公殉职还是意外事故，所以他当机立断，让大伙先退出去，然后慢慢地关上房门。

然后，队长给白蚁预防公司打了电话。

且不提白蚁预防公司的人跑来以后有多崩溃，总之一阵鸡飞狗跳之后，警察套上紧急借来的蜂农装备，顶着残存的嗡鸣声，冲进了屋子，用手里一份被绑架者名单，一个个对比过去，最后惊讶地喊道："这人是谁？"

除去卷卷四人之外，还有十个人被绑架。

警察在厕所找到了一具女尸，然后在房间里发现了十具尸体。

加起来……居然有十一具尸体。

多出来的那个人是谁？

就在众人疑惑不解的时候，小刀去而复返，把一个五花大绑的面罩男丢在他们脚下，叼着巧克力棒，淡淡地道："这个问题，你们问他不就行了吗？"

警察们对视一眼。

对付蜜蜂他们不行，但是对付犯人他们是专业的！

于是面罩男一抬头，就看见十几双手一起朝他伸过来……

其中一只手来自暮照白，他抓住面罩男脸上的那个面罩，一用力，就把面罩扯了下来，露出一张国字脸。

看着眼前这张曾经叱咤风云、在本市报纸上多次出现过的脸，他忍不住愣了一下。

"呵呵。"面罩男被人按在地上，看着暮照白笑道，"想不到，还有人认得我这张老脸啊。"

"你是……梁国栋？"暮照白不确定地问。

其他人听了这个名字，再看看地上的面罩男，一起露出见了鬼的表情。

本市有名的房地产开发商，曾经一度在中国富翁榜上出现过的人，但这几年忽然之间销声匿迹，谁也不知道他去哪里了，有人说他已经死了……

"外面的人是不是都以为我死了？"梁国栋呵呵笑道，"我没有死，我只是去了精神病院。"

众人心头一突，心想不会又是一个急性短暂性精神病吧？

"放心，我没有疯。"梁国栋努力别过脸，看向旁边放着的某具女尸，"疯的是我老婆，就为了一点钱，她就自己拿刀砍伤自己，然后说是我砍伤的，接着就把我送进了精神病院。"

暮照白听完，脑海里不禁闪过自己跟司机之间的对话。

"为什么卖不出去？"

"听人说，好像是开发商忽然发疯，在别墅里砍死了自己老婆吧。"

"那我就成全她！"梁国栋忽然哈哈大笑起来，身体被一群人压着，还拼命伸手去抓那具女尸，状若疯狂地喊道，"你要什么，我就给你买什么，哪怕明知道你外遇，我都选择相信你，给你改过自新的机会……可你说我想杀你，说我是个疯子……宝贝，我怎么忍心拒绝你呢？我就当个疯子，我就亲手杀了你吧！"

『第三十三章』吻

之后，无论警察再问什么，梁国栋都像听不见一样，只是一个人笑个不停。

没办法，警方只好先把他押回去。

两名警察一左一右，提着他的胳膊朝外走，走到半路，他忽然开口："我有几句话，想跟熊小姐说。"

队长就让暮照白出面，跟卷卷说了一声，征得卷卷的同意之后，将梁国栋带到她面前，但没敢让他靠得太近，两人之间差着将近半米的距离。

"恭喜你，熊小姐。"梁国栋的语气极为温和，"你是这场情侣活动的胜利者。"

卷卷抱着胳膊，靠在一辆警车上，看着他道："有奖励吗？"

梁国栋愣了一下："你想要什么奖励？"

他叹了口气，表情有些遗憾："可惜我现在一无所有，如果早几年的话，我一定送一套地段最好的公寓楼给你们，祝你们两个永远像今天这样，信任彼此、爱护彼此。"

"我不要公寓。"卷卷哼唧一声，"你直接告诉我，房间里的人是怎么死的？"

"你说这件事啊！"梁国栋笑了起来，"你还记得平时给你们送饭的那个阿姨吗？"

卷卷点点头。

"我跟她是在同一家精神病院认识的。"梁国栋说，"她跟我的遭遇差不多，都是被自己的枕边人送进精神病院的，我们两个联手从精神病院里逃出来，然后联手复仇……"

事情很巧，梁国栋的妻子，以及陈阿姨的丈夫，都已经另结新欢，并且参加了同一个度假村的活动。

陈阿姨家里是世代养蜂的，而且养的是杀人蜂，活动开始之前，她先寄了个包裹给司机，包裹一打开，里面全是杀人蜂，司机死后，梁国栋假冒他的身份，开车将那七对情侣送到了废弃的别墅小区。

复仇正式开始。

梁国栋首先得偿所愿。

他接过陈阿姨递过来的刷子，将刷子上的蜜均匀地刷在自己老婆身上。

然后退出去，关上房门。

管道里传来嗡鸣声，朝着房间内流了过去，没过多久，他就听见房间里传来凄厉的惨叫，紧接着就是用头撞门的声音，门后传来女子的哭声："我知道错了！你再给我一次机会吧！求求你，救救我！"

"你送我进精神病院的时候，我也是这么求你的。"梁国栋看着那扇门，喃喃道，"你为什么不放过我？"

惨叫声渐渐平息，他打开门，把尸体拖出来，丢进厕所隔间。

陈阿姨则拿扫把扫干净地，然后擦拭了一下管道，顺便把上面几个口子割得更大一些，更方便杀人蜂飞入。

"你已经报仇雪恨了。"她回头说，"现在轮到我了。"

因为少了一个女人，所以陈阿姨取代了对方的身份，加入了游戏当中。

第三场游戏——捉迷藏。

梁国栋对众人说："你们可得藏好了，千万别让他找到你们，否则你们一个都活不了！"

电视机前的人，以为他说的那个人是小刀。

实际上，他们要躲的那个杀人犯，就站在他们背后，对他们笑。

"慢着！"卷卷觉得有个地方有些奇怪，忍不住问他，"管道里的蜜蜂是谁放的？"

梁国栋回答："是她自己。"

"你骗人。"卷卷死死地盯着他，"如果是她自己，那她为什么还要待在那个房间里，她不怕死吗？"

"她当然怕死，但更怕她前夫不死。"梁国栋说，"为了近距离观赏她前夫死掉的样子，所以她留了下来"

"她就不怕被认出来吗？"卷卷问，"她老公也在那个房间里吧？"

"你以为她在精神病院里关了多少年了？"梁国栋笑了，"你以为这些年，她的老公去看过她几次？"

说完，他自己恍然大悟地噢了一声，然后乐不可支地笑起来："原来如此，原来如此，她不是怕死，也不是怕他不死，而是想要跟他死在一起……呵呵，好蠢，活的时候都没法好好在一起，死了以后就能好好在一起吗？"

"你们太过分了。"暮照白已经忍受不了，他冷冷地道，"你们复仇归复仇，为什么要牵连其他无辜的人？"

"那个房间里，哪有无辜的人？"梁国栋瞥了他一眼，面露嘲讽，"里面的每个人都自私自利，对自己的爱人不忠，他们死了活该。"

一边说，他一边将视线转到卷卷身上，表情重新变得和善起来："能够活下来的人，应该是熊小姐和何先生……噢，还有沈小姐这样的人，对自己的伴侣无条件地信任，忠诚、爱护，不离不弃……"

"不好意思哦。"卷卷挖挖耳朵，面无表情地跟他说，"我跟刀哥不是情侣啊。"

梁国栋的笑容僵在脸上。

"我就是馋他手里的度假村券，所以临时假扮一下他的女朋友，出了度假村就要分手的。"卷卷继续朝他心口插刀子，"所以事情的真相是……真情侣都死光了，假情侣都逃出来了。"

梁国栋摇摇头："这不可能。"

"她说得没错。"卷卷身后，沈绿瓷摇下车窗，对他冷冷地道，"我跟萨丁也不是情侣关系，只是一起团的度假券。"

梁国栋朝她大吼一声："这不可能！"

"杀人就是杀人，干吗给自己披个救世主的皮？"卷卷看着他，"你要复仇是你的事情，你要爱情至上是你的事情，我们只是想来旅个游、吃个饭，然后回家去，工作的工作、吃喝的吃喝、玩乐的玩乐……大家都忙得很呢！谁有空陪你玩游戏？我无故旷工这么久，回头要是被老板辞退了，那全是你的错！"

梁国栋讷讷地说不出话来，直到警察把他押走。走了很长一段路之后，他忽然回过头来，朝卷卷喊道："至少我帮你测出了他的真心，不是吗？"

卷卷和小刀对视一眼，无语。

真心？要不是因为意外交换了身体，他们早就真心诚意地打起来了。

录完口供之后，两人一同打车回了家。

小刀先进屋，打开灯，随手将手里的外卖袋子放桌上，身后忽然传来卷卷的声音："刀哥，我相信你。"

"你怎么又说这话？"小刀头也不回地说，"腻了，换一句。"

"你有没有什么话想对我说？"一只手从背后伸过来，抓住他背后的衣服。

小刀垂下头，睫毛垂下阴影："我没什么可说的。"

"真的没有吗？"身后的声音犹豫一下，不依不饶地问。

"闭嘴。"小刀回她。

"你现在不想说的话，就等以后想说的时候再说。"那个声音又说，"我本来想这么说的，可想起林姑娘，我就觉得还是现在说清楚比较好……对了，你还记得林姑娘林永夜是谁吗？"

小刀不想继续这个话题，他挣了一下，结果没能挣脱对方的手。

为了留住他，身后的人直接使出熊抱。

两只纤细的手臂从背后伸出来，环住他的腰，把他留在原地。

"林永夜是我的朋友。"卷卷靠在他背上说，"我跟他之间，有过一场误会。当时我觉得……反正以后有的是时间，现在不说清楚，以后还有机会……可惜，我跟他再也没有机会了……"

"放手。"小刀有些烦躁。

卷卷反而把他抱得更紧了一些，因为是来自背后的拥抱，所以不用担心被他看见自己现在的表情，只是她的声音有些低、有些脆弱，"这样的事，发生一次就行了，不想再发生第二次了……"

"……"小刀喃喃一声，"放手啊，我又不是他。"

他抓住卷卷的手，把她换了个方向。

两人面对面站着，小刀居高临下地看着她，眼睛黑沉沉的，嘴唇抿成一线，表情十分凶恶，对她冷冷地道："我不是他，我没有苦衷，也没什么需要解释的，你别把我当成他……也别在我身上浪费感情。"

卷卷抬头看着他，满头卷发在背后披下，在他的衬托之下，显得又娇小又可爱，像独自一人走在森林里，结果被魔鬼俘获的小女孩。

"你跟林姑娘很像的。"她看着他，"你们都对我很好啊。"

"……"小刀眉头紧蹙，宛若刀刻，"这是你的错觉，我不是好人。"

卷卷歪着头，眼睛从上到下扫了他一下："那你是什么人？坏人吗？"

小刀微微一笑，然后迅速露出一副国际摘肾者的表情。

"你只是表情凶而已。"卷卷毫不留情地说，"我家里养的哈士奇看起来也凶，可不许它在家上厕所，它会以为一辈子不许上厕所。"

小刀："……"

"所以你不用凶我。"卷卷对他说，"我知道你是什么样的人，你喜欢把所有缺点都表现在外面，一副我本恶人、人性本恶的样子，可你又不坏……"

"闭嘴。"小刀龇了龇牙，像野兽示威一样，露出锋利的牙齿，"信不信我坏给你看……"

卷卷完全没把他这话放心上，对他微微一笑，像天真无邪的，对魔鬼露出笑容的小女孩。

小刀凝视这笑容片刻，忽然伸手按住她的后脑勺，低下头，吻住她的唇。

这是一个充满肉食性的、侵略性的吻，与其说是吻，倒不如说是某种大型动物伸出舌头，在她唇齿间舔了一圈。

他低头俯视她的脸，黑沉沉的眼睛近在咫尺，低沉地问："现在还觉得我是好人吗？"

04

七个灰姑娘

『第三十四章』喜欢的类型

卷卷睁大眼，小刀的面孔倒映在她瞳孔中，她问："我们这样算是男女朋友吗？"

小刀："……"

那一刻，小刀的内心就像一页文档，上面飞速地打出很多字，又飞速退格全部删除，最后他咳了一声，轻描淡写地说："不算。"

"你也知道不算啊……"卷卷对他甜美一笑，笑完，两个巴掌一起拍在他脸上，然后啪啪啪拍个不停，"不算你还亲！这可是老子的初吻啊！这可是我未来男朋友的啊！你敢抢我未来男朋友的东西！我帮他教训你！"

卷卷也不知道自己啪了他多少下，最后手麻了，她冷哼一声，转身拿衣服去洗澡了。

小刀龇牙咧嘴，一边摸着自己的脸，一边回了自己房间。

人在床上躺平，还没躺两分钟，就听见手机铃声响起。

他翻了个身，看着床头柜上放着的那只新手机。

之前的旧手机被绑架犯搞丢了，眼前这个是他回家的路上买的，用的还是原来的卡号，才刚刚充电开机，就有人找他。

小刀伸手拿起手机，看了眼号码，然后按了接听键，把手机放在耳边："喂，妈，我没事……她也没事。"

沉默片刻，他说："我们分手了。"

刀妈的声音在手机那头响个不停，他时不时嗯嗯几句，最后开口道："其实我更喜欢个子高点的类型，她这个身高，接吻都不方便。"

"而且脾气很大……力气也很大，打人专打脸。"

"天天素颜，出门连个眼线都不画。"

……

挂了电话之后，小刀长出一口气，把手机丢回床头柜，继续躺平在床。

门没关，哗啦啦的水声从浴室的方向传来。

他又不是第一天跟她同居，也不是第一次听她洗澡的声音，可今天晚上不知道怎么回事，他脑子里忽然就借着这水声，描绘出她身体的样子。身高一米五八，踮起脚都亲不到他的下巴，还得他抱起来才能亲。皮肤很白，眼睛很黑，像个小孩子一样，但身材可不像个小孩子，上次交换身体的时候他确认过了，该瘦的地方瘦，该有肉的地方有肉……

"想什么呢？"小刀睁开眼睛，房间里没有开灯，他的眼睛在黑夜里发着光，他喃喃着，"她又不是你喜欢的类型……"

说这话的时候，他脑子里忽然就闪过卷卷的笑容。

她昂头看着他，在他毫无防备的时候，对他露出一个天真无邪的笑容，像被魔鬼俘虏，却对他微笑的小女孩。

小刀抬手捂了捂脸，忽然翻身下床，走到门前，伸手将门关上。

砰。

一夜过去，太阳再度升起之时，众人重新回到了自己的生活中。

卷卷却遇到了一个大麻烦。

回到公司以后，她愕然发现，自己的座位上已经坐了另外一个人。

顶头上司把她叫过去，跟她说："你之前就老是迟到，三天两头请假不说，这一次还连续失踪七八天，公司里请不动你这样的佛，你去结一下上个月的工资吧。"

卷卷领了上个月的薪水，垂头丧气地从公司里走出来。

眼看着就要年底了，一时之间找不到地方工作，她在街头站了一会儿，走到花坛边上坐下，慢慢地从包里摸出手机，先翻到老妈的号码，想了想又换成老爸的，过了一会儿又换成大学室友，但想起她现在估计在带孩子，又换成高中同学，可这个点人家应该还在工作呢，没空听她诉苦……

盯着小刀的号码看了一会儿，她将名单下拉，然后给沈绿瓷发了个讯息："我是卷卷，你现在有空吗？"

某高档美容院内，沈绿瓷正躺在躺椅上，接受面部护理。

短信铃声响起，她将手机举到面前一看，愣了下。

"谁啊？"另一张躺椅上，正敷着面膜、让人给他修指甲的萨丁问。

"一个认识的人。"沈绿瓷回了一声，然后回了三字：什么事？

短信发过去，很快就得到回复，卷卷在短信里写："刚被老板辞退了，心好痛，好难过，求安慰，求亲亲！"

沈绿瓷："……"

这自来熟的口气是怎么回事？她们有这么熟吗？还求安慰求亲亲？如果是个男人跟她这么说，她早就一巴掌把人打死了，可换成女孩子的话……

沈绿瓷："么么。"

卷卷："啊啊啊！绿绿你好可爱！晚上要是有空的话，我们一起出来玩吧？"

沈绿瓷看完，先是合上手机，闭上眼睛回味了一下绿绿这个称呼，然后睁开眼，面不改色地对萨丁说："今天我身体有点不舒服，晚上的活动你自己去吧，我就不参加了。"

"你哪儿不舒服？趁着现在还有点时间，我带你去医院看一下。"萨丁的声音中带着一丝威胁，"上一次的活动黄了，所以不算数，晚上的这场活动我已经安排好了，你可不能临阵脱逃。"

沈绿瓷冷冷地瞥了他一眼，然后手指如飞，给卷卷回了条短信："卷卷，我晚上有事，不能陪你了，我们下次再约吧。"

卷卷："呜呜呜……"

沈绿瓷摘下脸上的面膜摔在地上："这什么破面膜？敷得我脸痒痒！不行我要毁容了！"

美容院的人急忙跑过来问怎么回事，一阵鸡飞狗跳声中，沈绿瓷坚持要走，说是要去医院看脸。她这一走，萨丁也不好一个人留下了，匆匆洗掉脸上的面膜之后，他抬手将金发梳到脑后，从后面追上沈绿瓷，拉着她的手臂，低笑着问："刚刚到底是谁的信息？"

"跟你有什么关系？"沈绿瓷偏了偏头，长长的黑色发丝在风中飞起，犹如黑色的雨丝，斜睨而来的目光，则似雨丝背后横斜而出的明媚桃花。

"你要交男朋友也好，过正常的生活也好，都要放在这次的任务之后。"萨丁俯首看她，金发碧眼，璀璨美丽，他伸手缠住一缕她的发丝，拉到唇边亲了亲，对她笑道，"在此之前，我是不会放过你的。"

"沾上了你这种人，我这辈子也别想过正常的生活。"沈绿瓷冷冷地道，"我没想过交男朋友，也没想过要嫁人，我现在只想要一个普通朋友。"

一辈子只有女朋友、女朋友和女朋友的萨丁闻言，失笑一声："普通朋友？那是什么？"

"可以一起逛街、一起做头发、一起吃东西、一起闲话家常的朋友。"沈绿瓷说。

萨丁想了想，对她笑道："我刚刚不就是在陪你做脸吗？接下来我也可以陪你逛街、做头发、吃东西、闲话家常啊。"

沈绿瓷冷冷地看了他一会儿，问："那你能跟我一起去洗手间吗？"

萨丁投降了……

"好吧好吧，我明白了，你想要同性朋友。"萨丁耸耸肩，"那我给你介绍几个怎么样？"

"呵呵，你手底下那些女骗子吗？"沈绿瓷不屑地撇撇嘴角，"除了撕逼撕逼和撕逼，她们还会别的吗？"

说完，她垂下头，握紧手里的手机，喃喃道："我想要的，不是这样的朋友。"

萨丁歪着头，斜睨她片刻，忽然笑着说："要不这样，你邀请她一起参加晚上的活动吧。"

沈绿瓷猛然抬头，警惕地看着他："你在打什么主意？"

"反正这是个富翁相亲活动，去的人很多。"萨丁笑道，"我们这边多一个人也没什么，当然，如果是个漂亮女孩子的话就更好了。"

"别随便打她的主意，你有我就够了。"沈绿瓷瞪了他一眼，但心里有些被说动了，挣脱萨丁的手之后，她走到一旁，避开萨丁之后，给卷卷打了个电话："喂，卷卷，晚上我要参加个相亲会，你要不要陪我一起去？"

卷卷接到她的电话还挺开心，但听到相亲两个字就有点胸闷气短了。

"不是外面那些乱七八糟的相亲会。"沈绿瓷听出她话里的犹豫，急忙劝道，"是高档会所组织的相亲会，很正规的，来的人也都是在社会上有点成就、有些地位的成功人士……噢对了，还请了一个五星级的大厨，专门给相亲会提供各种各样的甜品。"

"这样啊……"卷卷有点心动了。

"你就当散散心吧。"沈绿瓷低声说，"顺便陪陪我。"

卷卷愣了愣，觉得她话里似乎有点难言之隐，忽然想起她的身份，想起那个已经从医院逃走的萨丁，想要开口问她这件事，又怕萨丁就站在她边上，于是笑着说："那行啊，你给我个时间地点，我到时候去找你啊。"

挂断电话之后，沈绿瓷很快就将时间地点发给了她。

时间是晚上八点，地点是莱茵河国际高级会所，主题是富翁相亲会。

『第三十五章』相似的声音

晚上八点，卷卷依约来到了会所门口。

沈绿瓷已经在门口等她，身边站着一个陌生的男人。

"你好，是熊小姐吧，我姓李，这是我的名片。"对方笑着递来一张名片，目光在卷卷身上一扫而过，像商人在迅速品鉴商品。

卷卷低头看了一下名片，猎头公司，高级猎头。

"李先生是一位婚姻猎头。"沈绿瓷走过来，握住了卷卷的手，带着她往门内走，而那位李先生则被她当随从似的留在背后。沈绿瓷跟卷卷解释李先生的身份："这次参加相亲会的女孩子，大多数是被婚姻猎头猎来的，有女大学生，有空姐，还有公司职员，不过你不用管她们，陪我玩就行了。"

沈绿瓷是个自带聚光灯效果的女人，一走进会所大厅，几乎所有人的眼睛都投向了她，尤其是男人，就像被钩子钩住喉咙的鱼一样，身不由己地朝她靠近。

唯有一人例外。

萨丁默默地举起手里的高脚杯，挡住脸，不动声色地朝相反方向走去。

走到一半，忽然看见一个男人从对面走过来，身上穿着黑色西装，一只手正在拉松领带，另一只手将手机举到耳边，满脸不耐烦地说："死老头，我能参加相亲会已经很给你面子了……嗯？"

男人忽然顿住脚步，抬起眼，目光直直地朝萨丁的方向看来。

"刀哥。"萨丁无可奈何地放下高脚杯，苦笑道，"好久不见了……"

面前空荡荡一片，刚刚在他对面打电话的小刀，已经失去踪迹。

会所洗手间，一个蓝色隔间内。

小刀坐在马桶上，双手交叉，抵在额头上，一副沉思者状。

沉思片刻之后，他拿出手机，打开自己的微博，在上面发了条新微博："相亲会上遇到女朋友怎么办？在线等，急。"

回复来得很快。

网络游侠："你要是想黑进五角大楼，我可以帮你，但这事我真不知道怎么帮你啊，兄弟！"

图样图森破："你要是想破解苹果新系统，我可以帮你，但这事我真不知道怎么帮你啊，兄弟！"

武器砖家："你要是想空运一架战斗直升机，我可以帮你，但这事我真不知道怎么帮你啊，兄弟！"

小刀："你们这群没用的单身狗！"

网络游侠："汪汪汪！"

图样图森破："汪汪汪！"

武器砖家："汪汪汪！"

耳边忽然响起洗手间大门被人打开的声音，一个脚步声由远至近，紧接着萨丁的身影出现在洗手台前。

他拧开水龙头，手指沾了一些清水，然后对着镜子，梳理自己的满头金发。

一只古铜色的手从他背后伸出，啪的一声按在他的肩膀上。

萨丁梳头的手僵住了，镜子里照出他和小刀的身影，他看见小刀脸上浮现出一个令人毛骨悚然的笑容，对他说："兄弟，帮个忙吧。"

萨丁心中怒吼，你用得着我的时候就喊我兄弟，用不着的时候打我如打狗！

"嗯？"小刀从鼻子里哼了一声，按在萨丁肩膀上的手稍微加重了一点力道，发出嘎吱嘎吱的响声。

"没问题！"萨丁转过头来，笑容亲切，充满魅力，"兄弟的事，就是我的事，想要我帮什么忙？尽管说！"

十几分钟之后，萨丁带着使命走出洗手间大门。

目标就在前方，可他没胆过去，别说过去了，远远看着对方，他就觉得自己浑身上下隐隐作痛。于是他掏出手机，给沈绿瓷发了条消息。

大厅内，男男女女，来来往往，一角的黑色钢琴后，钢琴师飞舞着手指，正在弹奏一曲《水边的阿狄丽娜》。

一张红色的欧风沙发上，沈绿瓷挨着卷卷坐着，以她为中心，附近或站或坐，围了很多男人。

这些男人穿着得体，风度翩翩，一边向沈绿瓷介绍自己，一边想方设法地踩低竞争者。

餐桌旁，一群人围观这荒唐的一幕，一个猎头用胳膊肘撞了撞李先生，低声问："你从哪儿找来这样的高档货？"

李先生嘿嘿直笑，享受着同行的羡慕嫉妒恨。

美女虽然是稀缺资源，但是高帅富是更加稀缺的资源，所以现在的相亲会上，多半是美女围着富翁转，很少出现相反的状况。

但是沈绿瓷却硬生生达成了逆袭。

因为若以资源论的话，她可以说是几百年才出现一个的战略级资源，搁古代，估计用处跟西施、貂蝉差不多，都是美人计的上上人选。

但是沈绿瓷本身对此兴趣缺缺，她切了一小块点心，正要分给卷卷，忽然微信铃声响起，她放下小银刀，拿出手机一看，眉头轻轻蹙起。

萨丁："我改变主意了，今天晚上的活动取消，你带着你的新朋友出去玩吧。"

……这贱人又在整什么幺蛾子？

沈绿瓷拿着手机，没等她想好怎么回话，对方又发了条信息过来。

萨丁："快去吧，一起逛逛夜市，顺便做个头发，再吃个消夜……回头我给你报销。"

……这贱人是不是吃错药了？

沈绿瓷合上手机，转头对卷卷说："我去打个电话。"

"嗯，去吧。"卷卷说。

沈绿瓷站起身，目光在大厅内搜寻一圈，没找到萨丁的身影，于是一边走，一边打他手机。

她离开之后，卷卷身边立刻清净了很多，刚刚绕沙发一圈的成功人士们瞬间消失无踪，有的追着沈绿瓷去了，有的犹豫了一下，转换了新的目标。

卷卷倒也乐得自在，她端起盘子，继续吃着五星级大厨做的点心。

一个穿着灰色西装的男人走过来，坐在她的身边。

她一开始没太在意，直到十几分钟之后，一道醇厚的声音在身旁响起，笑着问她："好吃吗？"

卷卷愣了愣，转过头来，看着对方。

那是个年纪有些大的男人，三十来岁，但并不显老。

岁月洗练了他的容颜，让他的笑容看起来就像一杯清茶一样。他穿着一件老派的灰色西装，黑色头发朝脑后梳去，长相并不十分英俊，但是看着令人心里很舒服，五官虽然不如萨丁那样的混血儿深邃精致，却也令人过目难忘，含笑的眼睛，以及含笑的嘴角，看起来十分动人。

但卷卷在意的不是这个，她盯着对方，问他："你刚刚说什么？"

男人笑容不减，对她笑道："你吃东西的样子很可爱。"

卷卷沉默不语。

"抱歉。"男人很快道歉，目光真诚，"冒犯到你了吗？"

"没有。"卷卷摇摇头说，"只是突然发现你的声音，有点像我一个朋友。"

"男朋友？"男人出言试探。

"不是。"卷卷垂下眼眸。

她怎么好意思跟人家说，你的声音很像我一个死去的朋友——林永夜。

一开始她没反应过来，是因为林永夜的声音总是明快的、娇气的，但一旦他伤心起来，降低音调，就跟眼前这人的声音一样了。

有些低沉、有些忧郁，缓缓响起，就像手指慢慢敲过钢琴键。寂寞的琴声，在空旷无人的舞台上响起，带着无人欣赏的寂寞……

男人微笑看她，用林永夜的声音对她说："你很喜欢我的声音吗？"

卷卷朝他抿抿嘴，唇角还沾着一点奶油，不说好，也不说不好，只是用一双孩子般乌亮的眼睛看着他。

男人笑意更深，眼角浮现淡淡的细纹，他侧头看着她，温柔地说："那我多说几句话给你听，好不好？"

然后，不等卷卷拒绝，他就笑着对她说："我姓顾，家里是做药材生意的，今年三十三，未婚，喜欢读书和运动。没什么不良嗜好，就是偶尔喜欢喝喝小酒，但是绝对不酗酒。会做几个小菜，特别擅长做肉骨茶……"

"肉骨茶是什么？"卷卷问。

"没吃过吗？那你可得尝尝。"说起肉骨茶，顾先生的兴致来了，声音都高了一些，于是更加像林永夜的声音了，他说，"肉骨茶分两个派系，一个是新加坡的海南派，一个是马来西亚的福建派，我比较擅长的是海南派，药味没那么重，味道比较鲜……"

不远处，沈绿瓷和萨丁双双归来，看见的就是顾先生和卷卷相谈甚欢的这一幕。

两人对视一眼，都从对方眼中看到了惊愕。

卷卷或许不认识对方，但他们两个却认得。

顾余墨，新加坡知名的药材大亨，这次从国外回老家定居，是一个非常低调的隐形富翁，同时……也是他们这一次的诈骗对象。

『第三十六章』七个灰姑娘

"你快过去。"萨丁一边拿高脚杯挡脸，一边催促道。

"不，我不过去。"沈绿瓷坚定拒绝，"我第一次约她出来，就跟她抢男人，那我成什么人了？"

"你这么想就错了。"萨丁微微一笑，以多年练就的诈骗犯之舌诡辩道，"你要知道，会来这种地方、参加这种活动的男人，没几个好人。你当他们真是来找老婆的吗？不，能找你当女朋友都算是良心发现，大多数人都是来找情人甚至炮友的。"

沈绿瓷转头盯着他瞧。

这时，背后传来喊声，她回头看去，见卷卷朝她招手："绿绿，你回来了！"

沈绿瓷咬了咬唇，朝她走了过去。

萨丁松了口气，这个时候才有空把手机掏出来，低头一看，八个未接电话，全是来自小刀的。

"不祥。"萨丁慢慢抬头，面色严肃地看着天花板，"不祥之兆啊。"

他脚步沉重地朝洗手间的方向走。

洗手间内，小刀背靠隔间门，两指微蜷，夹着一根香烟，朝萨丁的方向偏了偏头："走了没？"

萨丁怎么敢跟他说实话，赶紧抽根烟压压惊。

"我已经让沈绿瓷陪着她了。"萨丁目光深沉，再次用多年练就的诈骗犯之舌诡辩道，"沈绿瓷是什么样的人，你是知道的。有她在，保证再也没有一个男人肯看她一眼，所以你尽管放心吧，绝对不会有男人相中她的！"

大厅内，钢琴师换了一首轻快的调子，明亮的乐声，犹如阳光跳跃在鲜绿色的叶片间。

"吃肉骨茶的时候，还可以配点娘惹菜。"顾余墨笑着说，"我特别喜欢吃

叻沙面线和香辣蟹……对了，你能吃辣吗？"

"只要好吃，我什么都吃。"卷卷回道。

"那真是太好了。"顾余墨看起来十分高兴，"我很喜欢做菜，最怕的事情就是做出来的菜没人吃。"

"下次叫我。"卷卷拍胸，"我外号扫盘小能手！"

沈绿瓷一口茶差点喷出来，刚想阻止她，却已经来不及了。

顾余墨就跟对上暗号似的，顺着她的话往下说："可以吗？那明天来我家好不好？我刚回大陆，这边都没什么朋友，做出来的菜都不知道给谁吃……想喂家里的猫，可它只喜欢吃罐头。"

"没事，交给我！"卷卷继续拍胸，"我饿起来，连猫罐头都不放过！"

眼看着是阻止不了他们两个约会了，沈绿瓷咬牙切齿，最后拧出一个笑容来："我也可以去吗？其实我也是个扫盘小能手……"

"行啊。"顾余墨笑容满面，"人多热闹，那我明天多做点菜，你们想吃什么？"

大约二十分钟之后，在洗手间抽第二根烟的萨丁接到沈绿瓷发来的短信。

低头一看，短信上写："顾余墨邀请卷卷明天去他家吃饭，我陪同。"

"不祥。"萨丁慢慢抬头，面色严肃地看着天花板，内心深处发出沧桑的叹息，"不祥之兆啊。"

身后，一只胳膊搭在他肩上，小刀侧着脸，朝他吐了口烟："情况怎样？"

萨丁慢慢转头看着他，这时候该说什么？天涯何处无芳草？英雄饶命？为了自己英俊的脸蛋着想，萨丁再一次鼓动他那条诈骗犯之舌，对小刀微笑道："她们已经离开会所了。"

但不只是她们，还带了一个顾余墨。

萨丁信口开河："会所没什么主食，都是小点心之类，卷卷没吃晚饭，现在绿瓷陪她吃晚饭去了。"

吃完以后，大概是顾余墨买单。

萨丁："吃完以后估计还会一起逛逛街，今天晚上大概会晚点回家吧。"

你不必担心，顾余墨会开车送她们回家的。

萨丁："女孩子在一起就是这么黏黏糊糊的，这两天估计她们还会腻在一起。"

……比如一起参加顾余墨家里的茶会之类的。

萨丁："兄弟，你可以放心了。"

小刀满脸狐疑，叼着烟问："真的？"

萨丁使出这辈子的演技，满脸真诚地看着他："真的，你信我！"

小刀看了他好一会儿，松开勒住他脖子的那条手臂，一边抽烟，一边朝门外走去，走到一半，他转头，黑沉沉的眼睛直直地盯着萨丁："姑且信你一次。"

萨丁含笑点头，心里已经开始策划逃跑路线，琢磨着相亲会一结束就去买出国的机票，最近一个月都不回来了……

第二天，卷卷七点就醒了，刚要下床，忽然想起来自己已经被辞退了，于是又回被窝里睡了个回笼觉，等到九点钟才从床上爬起来，刷完牙，正对着客厅的镜子梳头，忽然听到小刀的声音在背后响起。

"去哪儿呢？"小刀问。

"去朋友家玩。"卷卷头也不回地说。

小刀正好站在窗口，一边喝水，一边拉开一点窗帘，一辆红色跑车停在楼下，沈绿瓷靠在车上，低头刷着手机。

重新关上窗帘，他随口嗯了一声，然后回房间去了。

卷卷梳好头之后，下楼上了沈绿瓷的车，中饭时间，两人一起抵达顾余墨家。

他家是个园林式小别墅，进门就有亭台楼阁，看起来古色古香的。

顾余墨亲自过来给她们开了门，腰上还系着一条围裙，身上带着一股油烟味，笑着对她们说："你们来得好早，先坐，我还两个菜没炒完。"

卷卷和沈绿瓷就先在客厅里坐好，保姆给她们送了茶水过来，还问要不要开电视看，卷卷正要拒绝，忽然听见门铃响声。

"今天还有别的客人吗？"卷卷好奇地问。

保姆摇摇头，满脸茫然："这我不知道，我去看一下。"

她离开不久，就领着五个女人进来。

她们看见卷卷和沈绿瓷，吃了一惊。

卷卷跟沈绿瓷看见她们，同样也吃了一惊。

顾余墨听到人声，从厨房里走出来，看见这么多人，先是愣了愣，然后开口问道："你们是谁？怎么进来的？"

保姆走过来，手里捧着个手机。

顾余墨抬手接过，扫了眼卷卷的方向，然后按了免提。

里面传来一个老太婆的声音，一边咳嗽一边说："儿子啊，这五个姑娘是我让她们来的。你一个人回大陆打拼，身边没个女人怎么行呢？她们五个我都看过了，模样好，性格也好，而且个个都会做娘惹菜，能把你的胃伺候好……你就从她们里面挑一个吧。"

"妈。"顾余墨委婉地拒绝，"我今天已经有客人了。"

"哦？男客人还是女客人啊？"老太婆问道。

"是两位年轻女性。"顾余墨说。

"那好啊！"老太婆笑了起来，"既然都来了，就一起留下嘛，七这个数字好，七这个数字吉利，你就从这七个姑娘里面，选一个当媳妇吧！"

『第三十七章』杀人笔记

老太婆的话一说完，那五个女人就一起看着卷卷和沈绿瓷，有的笑着点头，有的面带挑衅，有的似笑非笑，俨然打开了宫斗模式！

好可怕，我得走！

等顾余墨挂了电话，卷卷马上咳了一声："要不今天就算了吧，我们两个先过去了。"

"吃了饭再走吧。"顾余墨人高马大，身上还系着个桃红色围裙，朝她眨眼睛的样子，居然有点可怜兮兮的，"我八点就起来做饭了，再过几分钟就做好了……"

卷卷其实还挺想尝尝娘惹菜的，但她不愿意宫斗啊，于是委婉拒绝："饭不够吧！我一个人就能吃三碗，你看这里这么多人……"

"没关系的。"五位候补中，一个衣着朴素，头发盘在脑后，颇有良家妇女气质的女人笑着说，"余墨，菜要是不够，我来帮忙炒几个吧？总不能让客人一直等着。"

"你说谁是客人啊？"另一个身材火爆、耳朵上垂着两个大耳环的美女立刻回嘴，她笑着拢了拢头发，斜睨着她，"她们两个是顾先生请来的，我们几个是太太请来的，都能叫作客。你这个不请自来、赶都赶不走的算什么？"

对方愣了愣，然后咬唇低头，满脸委屈。

另外三人冷眼旁观，她们三个分别是戴着眼镜的知性美女、气质高贵的长发女子，以及一个娃娃脸大眼睛，看起来娇俏可爱的少女，无论哪一个，都对那个中途横插进来的良家女子不大友好。

"好了，来者都是客。"最后是顾余墨好脾气地劝道，"你们想吃什么，可以叫外卖，不想吃外卖的，厨房里什么都有，你们想吃什么可以自己做。"

五个女人对视一眼，然后一起围到他身边，七嘴八舌地问："阿墨，你今天想吃什么？""顾先生，我给你做肉骨茶好不好？""余墨……"

顾余墨脱下身上的围裙，交给保姆，然后从她手里接过车钥匙。

"我先送两个朋友回家。"他对五个女人说，"你们做点拿手的菜吧，我回来会吃的。"

几个女人看起来有点不甘心，身材火爆的美女直接拿起沙发上放着的皮草，看起来想要跟着一起去，但是顾余墨笑着阻止道："回头等我尝过了，会跟我妈打个电话，告诉她谁做得比较好吃的。"

这是要考验她们的手艺吗？五个女人都忍不住生出这样的想法。

就在她们犹豫不决的时候，顾余墨已经送卷卷和沈绿瓷出了家门。

然而沈绿瓷并不打算让他送她们回家。

"就送到这里吧。"红色跑车前，沈绿瓷牢牢地抱着卷卷的手臂，跟护崽子的老母鸡一样，冷淡地对他说，"我会送她回去的。"

顾余墨还想说些什么，但是卷卷黑白分明的眼睛盯着他，忽然说："那五个女孩子都是你的旧识吧？"

虽然是疑问句的句式，却是肯定的语气。

顾先生还好说，但余墨、阿墨这样的称呼怎么都不像是称呼陌生人的，而且她们这样叫了他，他也没什么反应，一副习以为常的样子，可见她们从前就是这样叫的，而他也都习惯了。

顾余墨愣了一下，无奈地笑道："她们五个，我的确都认识，但我跟她们只是普通朋友。"

卷卷笑了笑：“可她们并没把你当普通朋友啊。”

她眼睛不瞎，更不会对眼前已发生的事情视而不见。

姑且不论顾余墨是怎么想的，但那五个女人看着他的目光，都是充满感情的，这种感情或多或少，但都已经超越了普通朋友。

顾余墨在追求她，她也是知道的……甚至因为他的声音的关系，她对他也有一丝好感。

然而结果不尽人意。

声音再像，他也不是林永夜，这个世界上，也不会有第二个林永夜了。

顾余墨深吸一口气，然后缓缓吐出来：“我请你们吃个饭吧，然后……我想跟你仔细解释一下这件事。”

“不用了。”卷卷摇摇头，上了沈绿瓷的车，然后关上车窗对他说，“顾先生，你还是赶紧回去吧，她们都在等你一起吃饭呢。”

说完，车子发动，开出了停车库，将顾余墨远远抛在了背后。

路上，沈绿瓷手按方向盘，用一副过来人的沧桑语气道：“男人很多都是这个样子的，第一眼觉得很好，那是因为他们把所有缺点都藏起来了，等缺点一个个暴露出来，你就会觉得他们越来越不好……”

车子开到小区楼下，卷卷下了车，爬回家里。

打开门的时候，小刀手里端着一碗蛋炒饭，嘴里叼着一双筷子，转头看着她。

卷卷看到他手里的饭，才喉咙咕噜一声，想起自己还没吃午饭呢。

“……”小刀把筷子拿下来，插饭上，然后整只碗递过去。

卷卷抬头看着他：“干吗？”

“拿去吃。”小刀说。

卷卷一脸惶恐：“无事献殷勤非奸即盗，你……是不是想跟我借钱？”

小刀嘴角一撇，嗤笑一声，显然是没把她那每个月1500的工资放在眼里。

在卷卷的注视之下，他转身去了一趟厨房，回来的时候，手里多了一只空碗和勺子。他坐在客厅凳子上，将碗放在桌子上，然后端起蛋炒饭，用筷子拨了一半到小碗里。

"买多了，分你一点吧。"小刀慢腾腾地说。

卷卷像只被香气吸引而来的流浪猫一样，无声无息地来到桌子前，拉开椅子，坐下。

"你要记住哥的大恩大德，以后做牛做马回报我。"小刀端起小碗，刚想递过去，就看见她伸出手，把他面前的大碗抱走了。

小刀："……"

"刀哥，谢谢。"卷卷舀起一勺蛋炒饭，一边吃，一边眯起眼睛，满脸幸福地对他笑。

"……"小刀盯了她好一会儿，然后默默地将小碗端到嘴边，一脸郁闷地扒饭。

也不是每个男人都一个样，至少刀哥第一眼看过去像个在逃杀人犯，努力把所有缺点都贴在脸上，但等把这些伪装用的缺点扯下来之后，你就会发现他刻意藏在里面的萌点……

比如他吃完饭之后，趴在小碗后面，看着她发呆的样子……好像一只守着饭盆，等主人投食的哈士奇啊！

卷卷就着小刀这副蠢脸下饭，不知不觉就吃完了一大碗，半点也没给他留，然后老规矩，谁最后一个吃完谁洗碗筷，她收了他面前的小碗，哼着小曲去了厨房。

晚饭是她请客。

公司辞退她的时候发了一笔钱，刚好拿来买了两大碗蛋炒饭。

投喂完家里的野生哈士奇之后，卷卷就回房间歇着了，准备早睡早起，明天去外面找个工作，也不求工资有多高，但求应付最后几个月的房租水电，等到过完年，她再去找个正式工作好了。

睡前她还接了两条短信。

一条是沈绿瓷的。

"刚刚回家的时候，路过一家服装店，看到一条很适合你的裙子，我已经买下来了，顺便买了点配套用的首饰，明天带给你。"

另一条是顾余墨的。

"今天真是对不起，我会尽快把这件事处理好的。到时候，还能请你吃肉骨茶吗？"

沈绿瓷的短信，卷卷很快就回了，但是顾余墨的短信她不知道该怎么回，半天之后才敷衍了句："下次再说吧。"

大概是因为被这两条短信分了神的关系吧，卷卷上床睡觉的时候，忘记拿照片放枕头下面了……

晚上两点，卷卷睁开眼睛。

夜风从窗外吹过，窗户没关，蓝色的窗帘在风中翻滚如浪。

她没有睡在床上，而是趴在临窗放着的红木书桌上，手里还握着一支笔，似乎是东西写到一半就困得睡着了。

桌子上立着一盏台灯，洒下温暖的、橘黄色的光，照亮了她的面庞，还有桌子上放着的那本笔记本。

笔记本敞开着，但是卷卷看不清上面的字。

她揉揉眼睛，眼前依旧模糊一片，看起来这具身体的视力非常不好。

她只好眯起眼睛，两只手在桌子上摸索了一圈，总算是摸索到了眼镜。

卷卷急忙戴起眼镜，世界再一次在她面前清晰起来。

然后，她低下头，看见笔记本上写着："我一定要杀了他……"

在这句话下面，无数个字重叠在一起。

但是仔细分辨的话，其实是一个人的名字。

红色水笔，将这个人的名字重重地写在纸上，一次、两次、三次、四次……无数次写下的名字重叠在一起，构成了一幅鲜红色的、扭曲的图画。

繁乱的红色线条倒映在卷卷眼睛里，她盯着眼前这幅画，看了许久许久，才终于看清楚这个名字……

顾余墨。

『第三十八章』猫的报恩

卷卷往后翻了几页，后面一片空白，她就往前翻过去，一张张图画映入眼帘。

潦草几根线条，却勾勒出栩栩如生的画面。

第一幅画上，绳子吊死了一只猫。

第二幅画上，血泊之中的两枚眼珠。

第三幅画上，十根手指缤纷落下。

第四幅画上，一个女人喝下穿肠毒药。

第五幅画上，千刀万剐容颜不再。

第六幅画上，胜利者掩唇而笑。

就在卷卷打算翻到下一页的时候，背后忽然响起一个声音——滴答。

夜晚太静，衬得这个声音无比清晰。

卷卷转头，看向洗手间的方向。

滴答，滴答，滴答……滴水的声音。

卷卷朝洗手间走过去，人站在洗手间门口，觉得脚板有点凉，低头一看，发现有水从门缝底下漫出来，沾湿了红木地板。

她抬起头，伸手扭动门把手，推了几下没推开，反手一拉，终于开了……

一只黑猫吊在门口，两只绿眼睛直直地盯着她。

卷卷吓得倒退一步，脚底一滑，身体失重，后脑勺先着地。

砰的一声，她的视线顿时模糊起来。

再睁开眼，她已经躺在自己的床上，脑袋下是熟悉的枕头，身上盖的是熟悉的被子，整个房间散发着自己最熟悉的味道，然而眼前，那只猫的身影依旧挥之不去。

一根女式红腰带，将那只黑猫吊死在门下，轻轻摇曳，尾巴长垂。

它睁大眼睛，张开嘴巴，似乎要从喉咙里发出凄厉的猫叫。

可腰带勒得太紧，它实在是发不出声音来。

于是水顺着它的尾巴，一滴，一滴，一滴落在地上，流出门缝……趁着凶手睡着的时候，将暂时取代她身体的，另外一个人召唤过去……

"喵——"

窗户外面忽然划过一声猫叫。

卷卷猛然拿被子蒙住头，换了方向继续睡，过了几分钟，被子里传出低低的祈祷声："阿弥陀佛上帝观音妈祖春哥保佑……"

一夜过去。

窗外漏进明媚的阳光，光照在床头柜上，手机嗡嗡嗡响个不停。

被窝里伸出一只手，抓住手机之后，又立刻缩了回去。

看清手机上的时间之后，卷卷蓬头垢面地坐起身，下床之后，以最快的速度洗漱完毕，然后拿下唇间叼着的橡皮筋，将满头卷发在脑后扎了个马尾辫。

之后她出门找工作。这两天投递的简历大多数石沉大海，不过也有几家叫她过去面试，一家是咖啡店，一家是培训机构，虽然专业不怎么对口，但反正有工资就先干着呗，再说了，她这样的人才到哪儿都能混得开，就算去网吧当网管，也能压制得住那群叛逆小青年，分分钟教会他们怎么做人！

从培训机构里出来，卷卷拿出手机，看了眼时间。

马路对面，红灯时间很长，她站在人群之中，低头看着手机，拇指在顾余墨的联系方式上轻轻划过。

要给他提个醒吗？

红灯闪烁，人群开始移动，卷卷握紧手机，混在人流之中，朝马路对面走去，走到一半，一道黑影忽然从她脚边上蹿过，毛茸茸的，绊了她一脚，远远跑开以后，传来一声喵叫。

之后，是一片嘀嘀嘀的喇叭声……

卷卷站在马路正中间，前后左右都是车，对她按着喇叭。

卷卷急忙加快脚步，朝着马路对面走去，走到一半，手机铃声忽然响起，她没看是谁，一边走路，一边接了电话："喂？"

"转头。"对面传来温柔低沉的声音。

卷卷愣了愣，转头看去，一辆辉腾落下车窗，顾余墨从里面探出头来，朝她笑着挥挥手。

伸手难打笑脸人，十分钟后，卷卷坐在副驾上。

顾余墨一边开车，一边问她："想去哪儿？"

"往前直走。"卷卷说完，视线被他车上的一个相框吸引，她指着相框问："这是你的猫吗？"

顾余墨眼角余光扫过相框，目光又温柔又担忧。

"它叫阿布，今年十岁，已经是只老猫了。"他用充满回忆的语调说，"我开始养它的时候，它还没我手掌大呢，一转眼都抱不动了。"

卷卷盯着相框里的那只黑猫。

它也从相框里盯着她。

一如昨天夜里，吊在门下，用绿色的眼睛盯着她。

"我怕它年纪太大，受不了长途跋涉，本想留它在新加坡养老的……但最后还是舍不得。"顾余墨说，"它过来以后，有点水土不服，好多东西都不肯吃，我每天都得绞尽脑汁地给它做吃的……它有时候为了安慰我，哪怕不想吃，也会尽力吃一两口。"

"上次去你家，怎么没看见它？"卷卷问，"下次去能看见吗？"

顾余墨忽然沉默了下来。

"它昨天失踪了。"他的声音低了下来，愁容满面。

"怎么会失踪呢？"卷卷立刻追问道，"是不是被谁抱去玩了啊？"

"我也这么猜测。"顾余墨说，"阿布每天吃完饭，会出去散一会儿步，但是散完步就会回来，而且它的警惕心很强，不会乱吃陌生人给的吃的，也不会让陌生人摸它……如果有人抱走了它，那只能是它认识的人了……"

卷卷本来想问认识的人是谁，但忽然之间，五个女人的面孔闪过她的眼前。

这还用问吗？

五个旧相识，五个各有一段渊源的女人，她们既然认识顾余墨，自然而然也就认识他的爱猫。

"就在前面停吧。"卷卷决定还是不掺和这件事了。

感情债也是债，欠债必须还啊！

就让顾余墨自己跟那几个女人周旋去吧！

前面刚好是一家餐厅，顾余墨把车停了下来，很有绅士风度地帮她开了车门，然后颇为抱歉地说："本来想请你吃饭的，但是今天我得去找阿布，下次吧，下次一定好好请你。"

"下次再说吧。"卷卷笑着敷衍一句，抬脚刚要走，背后忽然响起一个声音——滴答。

路上人来人往，车辆声混杂着人声，衬得那个声音模糊不清。

"小心！"顾余墨忽然伸出手，把她抱进怀里。

一个花盆落在卷卷刚刚站过的地方，花盆碎裂，里面的土壤和水一起渗透出来，在地上晕开一片。

卷卷趴在顾余墨的胸口，心有余悸地抬起头。

一户人家的窗栏杆上整齐地摆放着几个花盆，有一个位置空了出来，一个黑色身影在花盆后面一闪而过，只留一条长长的尾巴扫过栏杆。

"谁家的猫啊！管管好！伤到人怎么办？"顾余墨不满地喊了一声，低头看了眼卷卷的脸色，关切地问，"没事吧？"

卷卷的脸色有点发白，看着楼上，半天说不出话，估计自己一张嘴，就能从里面流出一串"阿弥陀佛上帝观音妈祖春哥"来。

旁边车门还是打开的，她一转头，就看见了一只黑色的猫，它伏在相框之内，用一双幽绿色的眼睛，静静地凝视着它。

四目相对，那一刻，卷卷心中不禁闪过一个念头。

你召唤我而来，纠缠我不放，是为了让我救你，还是让我守护他？

『第三十九章』灰姑娘基金会

顾余墨见卷卷脸色难看，以为她被吓坏了，于是柔声安慰："你先到车里坐一下，我去给你买杯热饮。"

下面这半句话还没说完，就听见卷卷冷哼一声，抬手推开他，然后风驰电掣地冲上了楼。

顾余墨愣了一下，急忙追了上去。

刚上一层楼梯，就听见卷卷的咆哮声从上面传来："开门啊！小区送温暖，我是社区主任派来送水的！快开门！"

顾余墨嘴角抽搐了一下，继续爬楼梯。

等他爬上三楼，就看见一户贴着对联的人家门口，卷卷正挥舞双拳，擂鼓似的敲门。

里面的人哪里敢开门啊，这明显是查水表请喝茶的节奏啊，急忙抵着门喊："大妹子，我真不是故意的，是家里的猫太调皮，我回头就揍它！"

"好啊你承认了吧！真凶果然在你这里！"卷卷马上喊，"开门！我要跟它当面对质！"

对方怕开了门不是当面对质，而是当面捅三刀啊，于是苦苦劝道："我说大妹子，一只猫你还能抓它上法庭不成？再说了，花盆掉下去，又没砸到你，你干吗就要揪着不放呢？"

卷卷冷哼一声。

如果是平时，这种事她就当偶然事故，躲开拍拍胸脯就过去了。

但现在是什么情况？她不去找事，事却一直来找她！

反正都拿花盆砸她了，在这种敏感时期，比起被动，她还是主动找上门探清楚情况比较好！至于对方不开门……你要是个银行防盗门就算了，你一扇年久失修锁都不牢靠的老木门，居然妄想挡住她熊卷卷？

卷卷冷笑一声，开始释放奥义，徒手拆门神技。

对方听到房门发出濒死的声音，怕她了，只好把门打开。

那是个秃顶中年人，怀里抱着一只黑猫，脑门上都是虚汗，本来想把罪魁祸首递给卷卷，想想又觉得舍不得，就从裤子口袋里摸出一张皱巴巴的五十块钱，递给卷卷："大妹子，我替咪咪向你赔礼道歉，这些钱你拿去买杯咖啡，压压惊，可以不？"

卷卷没接钱，一直盯着那只黑猫瞧。

这不是阿布。

阿布是只体型很大的老猫，眼睛幽绿幽绿的，跟鬼火似的。

眼前这一只却是一只岁数不大的小猫，胆子很小，有外人在，就一直抱着主人的脖子，偶尔转头看卷卷一眼，有一双水汪汪的棕色大眼睛。

秃顶中年人像抱着自家闯祸的孩子一样，胆战心惊地看着卷卷，忽然一把将钱塞她手里，然后砰的一声关上门，隔着门跟她说："那就这样啦，拜拜！"

卷卷站在门口，看看门，又看看手里的钱，想了想，觉得还是不要浪费人家的一片心意了，把钱揣口袋里。

"卷卷。"顾余墨眼见此幕，神色有点复杂，"你……很缺钱吗？"

"那是当然！"卷卷说，"我刚被公司开了，现在正穷得吃土呢！"

"女孩子怎么能吃土呢？"顾余墨微笑道，"这样吧，我这几天要找阿布，你这个本地人要不要给我当个向导？待遇从优。"

卷卷眯起眼看着他。

这倒是个两全其美的法子。

无偿奉献自己、不求回报不求夸的时代已经过去了，没见《雷锋》上映全市只卖了一张票？现在大家都那么忙，养家糊口的压力那么大，凭什么要她牺牲自己来造福其他人啊？大家又不是很熟……当然，如果对方肯付钱的话，那就另当别论了。

"可以！"卷卷点头之后，顺便把自己放在道德制高点上，"不瞒你说，我这个人的心肠十分柔软，最喜欢毛茸茸的小动物了！特别是那些肉质比较鲜美的……咳咳，我开玩笑的，总而言之，找猫的事情交给我吧！话又说回来，你刚刚说阿布只会跟熟人走，这熟人是谁，你心里有数没有？"

她说这话的时候，似笑非笑地盯着他看。

顾余墨沉默半晌，吐出一个名字："应该在乔乔那里吧。"

十分钟后，大马路上，人来车往，顾余墨手按方向盘，一边开车，一边说："乔乔是一家猫咪咖啡馆的店员，我从前忙得没空照顾阿布的时候，就把它寄放在咖啡店里。她一直把阿布照顾得很好，所以阿布很喜欢她。"

卷卷点着头："你们宠物情缘啊？"

"不，我跟她并不是这种关系。"顾余墨笑了起来。

阳光从窗外掠过，在他的侧脸上打下光影。

"我年轻的时候很喜欢钱。"他看着前方，笑着说，"工作，工作，工作，那时候我为了工作，经常忘记吃饭，甚至会忘记给家里的宠物喂食……所以我养死了很多乌龟、小鸟，还有金鱼之类。"

"那阿布是怎么活下来的？"卷卷惊讶地问。

"噢，有一次我胃疼得起不来床，它就叼了一只蟑螂过来，嘴对嘴地喂给我。"顾余墨失笑道，"从那天开始，我再也不敢不吃饭了，每天照顾自己，也照顾它……当然，最重要的是把它的胃口养刁一点，别没事就吃蟑螂。"

画面感太强，卷卷忍不住笑了起来。

"在我决定自己照顾阿布之后，就很少送它去猫咪咖啡馆了。"顾余墨见她笑，自己也笑了起来，"至于另外四个女孩子，都曾受惠于我的基金会，有人借此得到出国深造的机会，有的借此得到改善生活的资金，还有人获得了一份体面的工作……这种人太多了，我每年都会收到很多受惠者的来信，偶尔间也会跟其中一些人见见面。因为文化水平不同，所以有人尊称我为顾先生，有的直呼其名，也有人为表亲切，叫我名字甚至昵称的……不过，我没有跟其中任何一位女性交往过。"

红灯出现，顾余墨的车子停了下来。

红灯下面的数字开始倒计时，他转过头，用那双总是微弯的，带着温柔笑意的眼睛看着卷卷。

"我是个很笨的男人。"顾余墨说。

倒数六十、五十九、五十八……

"我不是很懂如何讨好女孩子，也不知道说什么样的话才算浪漫，但至少，我不会乱搞暧昧，也不会让我未来的妻子面对一群小三小四。"顾余墨说。

倒数四十、三十九、三十八……

"所以这五位女性，我会自己应付，这一次的事情，我会自己解决。"顾余墨说，"我不会把这事推到我未来的妻子身上，更不会让她陷入这种毫无意义的争斗之中。"

倒数二十、十九、十八……

"等到这一次的事情都解决以后，我会对我未来的妻子赔礼道歉。"顾余墨深深凝视着卷卷，眼角虽然带着细纹，目光却如孩子般纯净，他认真地说，"然后告诉她……我已经做好了全心全意爱一个人的准备。"

红灯结束，绿灯出现。

顾余墨转过头去，重新开车。

卷卷也回过头来，眼神发直地看着前方。

这话是对她说的吗？

感觉是，又感觉不是……

算了，还是不要自作多情了，万一弄错了多尴尬啊，人心不要太大，与其想着嫁富翁，还是想着赚他一笔导游费比较实在。

车子开到一家旅馆门口，这时候卷卷才知道，顾余墨那天并没留宿她们五个，吃过饭之后，就客客气气地把人请了出去，安排了旅馆给她们住。

不过来得不是很巧，对方已经出去了。

顾余墨打了她的电话，但是一直没人接听。

"你来之前，没给她打电话吗？"卷卷好奇地问。

"我打过了。"顾余墨回答，"约好了是这个时间见面，可电话突然打不通。"

在电话打不通的情况下，想要找一个大活人可就很难了。

两人在旅馆里等了将近一个小时，人还是没回来，期间顾余墨接了几通电话，都是工作上的事情，他打电话的时候，卷卷就只能刷微博，刷一半的时候，顾余墨关了手机，走回来："算了，不等她了，我们先去吃午饭。"

早已饥肠辘辘的卷卷立刻说："臣附议。"

然而直到午饭结束，那位名叫乔乔的候补新娘依旧没回电话。

下午顾余墨还有事，不能再继续闲逛下去，于是他开车送卷卷回家，顺便交换了一下彼此的微信号，然后把阿布的照片发给她。

"你是本地人，人面比较广。"顾余墨笑道，"帮我在朋友圈里转发一下，如果有人可以提供阿布的消息，我可以出一笔奖金。"

"好啊。"卷卷笑着说，但低头看着阿布的照片时，却觉得最好一辈子都没人找到阿布，没人告诉他真相……

写好一条寻猫启事，转发到朋友圈，卷卷顺手刷了一下朋友圈，然后愣了愣。

几分钟前，有人发了一条新微信，上面写着："我家的猫叼了一颗眼珠子回来，求鉴定！"

然后带了一张图，一只黑猫正在窗台上舔爪子，边上放着一个盘子，里面盛着一只犹带血丝的眼珠子。

下面一堆人回复："好吓人！"

"我正在吃饭啊！"

"看起来不错，炸脆鸡肉味。"

"人眼，鉴定完毕。"

"建议楼主到楼底下看看，百米之内，必有尸体，没有的话我直播吃屎！"

发帖人本来还想下楼买包泡面的，看了这个回帖都不敢下楼了，决定跟自家的猫分一包猫粮吃。

卷卷又刷新了一下，发现留言更多了，有几个人开始就眼珠子是人的还是动物的，展开激烈的讨论。

"怎么了？一直不说话。"顾余墨的声音忽然在耳边响起。

卷卷转头，发现他的脸凑得很近，吓得她不敢动，生怕擦在一起。

"开车的时候，不要看微信！"卷卷伸手把他的脸推回去，"我念给你听！"

顾余墨面带微笑，看着前方，但随着卷卷把微信里的事情说完，他的笑容就渐渐消失了。

"没想到最近这么危险。"他眉头微蹙，沉声道，"你最近晚上不要出门了，自己小心点……对了，你是一个人住吗？"

"不是。"卷卷说，"我跟人合租。"

说这话的时候，车子刚好开到她家楼底下。

她的合租对象施施然从楼上走下来，手里提着一个垃圾袋。

车子停下，顾余墨打开车门，从里面走出来。

小刀停在车子旁边，嘴里叼着一根烟，目光越过顾余墨，落在卷卷身上："嗨。"

"嗨。"卷卷从车里下来。

"这位是？"顾余墨笑着看向小刀。

"我的合租人。"卷卷介绍道。

小刀摘下嘴里的烟，歪着头看向顾余墨："不给我介绍一下？"

"我现在的老板。"卷卷说。

"我是卷卷的朋友。"顾余墨说。

说完，两人同时看着对方，顾余墨率先对卷卷露出和气温柔的笑容，卷卷也只好跟着笑了笑。

这幅相视一笑，一切尽在不言中的画面落在小刀眼里，他表面上虽然不动声色，但不知为何心里非常不舒服。

"你什么时候认识的朋友啊？"小刀哦了一声，状似随意地问道，"怎么之前没听你说过？"

"我说过的啊。"卷卷眨眨眼睛，"上次不是说去朋友家吃饭吗？就是他家。"

小刀的记忆迅速回溯了一遍，上次，朋友家，吃饭，沈绿瓷，萨丁，相亲会……

"好，我明白了。"小刀对她笑笑，提着垃圾袋走向不远处的垃圾桶，丢完垃圾之后，伸手从口袋里摸出手机，趁着四下无人，给萨丁打了个电话。

铃声响了很久，萨丁才接了电话，但一直沉默着没敢开口。

小刀平静地道："你觉得你能逃得了？"

对面是一个室内游泳池，萨丁浑身湿漉漉地坐在泳池边，身上的汗水和泳池的水混在一起，他抬手抹了把脸，说："咳，刀哥……你听我解释。"

"你知道我是做什么的，我家里是做什么的。"小刀根本不想听任何解释，他异常平静地说，"你应该很清楚，警察要找你的麻烦很难，但我要找你麻烦却很容易。"

"别这样……"萨丁发出一声呻吟，"天涯何处无芳草，我给你介绍一打美妞？"

"永别了。"小刀冷冷地道，看起来下一秒就会挂他的电话。

"等等！"萨丁这一次不说废话了，他机关枪一样地说，"事情是这样的，上次的相亲会，我跟沈绿瓷是冲着一个新加坡回来的富商来的，不过中途出了点意外，对方的审美观跟普罗大众有着极大的差异……已经达到了刀哥您的崇高境界，沈绿瓷看不中，偏偏看中了您的熊卷卷！"

也不知道是哪句话打动了小刀，他沉默片刻，淡淡地道："说下去。"

"这个富商的名字叫作顾余墨，是新加坡出名的药材大亨。"萨丁急忙将功补过，"这一次好像是因为姐姐跟外甥出了什么事，所以才移居国内……有可靠消息说，他似乎有定居国内、娶妻生子的念头，所以我才带人过去试一试……"

也不知道是哪句话戳到了小刀的怒点，他冷笑："呵呵。"

"当然啦，这种小人物的生平事迹，根本就不值一提。"萨丁马上转换口风，"说起来，这个顾余墨做人做事都很低调，不喜欢上电视也不喜欢上报刊，你没听过他也是理所当然的，但他有一样东西很出名……"

小刀吹了口烟："是什么？"

"他是个大善人，名下有几个基金会，其中最出名的一个，专门给生活遇到巨大变故的女性提供帮助。"萨丁笑道，"比如家道中落的大小姐，比如因为双亲破产，导致失学的少女，又比如年轻时候挥霍无度，老无所依的过气女星。"

小刀长长地哦了一声，已经猜到了其中的门门道道。

"谁能保证自己现在风光，以后也能一直风光下去呢？为了家里的女儿甚至老婆着想，有很多富人支持这个基金会，还在里面投了不少钱。顾余墨这个人也的确够厚道，将基金会做得公开透明，这些年以来，救助了不少女人……"萨丁继续说，"这些女人里面，绝大多数都曾经生活富裕，甚至生在显赫家庭，但因为各种各样的关系，落魄到现在这副田地……"

说到这里，萨丁笑了一声，颇为嘲讽地说："也因此，很多人私底下，把这个基金会叫作"灰姑娘基金会"。"

曾经显赫一时，但因为继母的到来，只好换下华丽的裙子，穿上女仆的衣服，一天到晚挨饿受冻的落魄千金，她们的名字叫作灰姑娘。

然而，灰姑娘有很多，王子却只有一个。

『第四十章』铲屎官末日

这一夜，号称铲屎官的末日。

顾余墨离开之后，卷卷回到家里，打开电脑，处理了几份招聘公司的回信之后，又顺便投了几份简历出去，之后刷了刷微博。

一刷新，就跳出来一条新微博。

笑笑："有什么办法可以让它冷静下来？"

下面附一条视频，视频里，画面动荡，呼吸急喘，手机主人一边夺命狂奔，一边回头，只见黑暗之中，一只三花猫从拐角处走出，扭头看着他，嘴里叼着一只眼珠子。

然后，它撒腿冲了过来，把手机主人一路逼到墙角之后，讨好地把眼珠子吐他鞋子对面，还伸出爪子朝他推了推："喵。"

视频在一声凄厉的惨叫声中结束。

下面评论转发无数。

"惨绝人寰。"

"人间悲剧。"

"这猫今天晚上没有猫粮吃。"

"鉴定完毕，楼主是穷逼。家里的猫是看你天天吃了上顿没下顿，才会出去狩猎小鸟、老鼠、小强、眼珠子之类的东西回来喂养你的。想要避免类似的事情发生？好办，这是我的QQ号，人人贷款，帮你一夜致富。"

卷卷点开那视频，又重新看了一次。

然后翻了一下对方的资料，发现对方也是本地人。

再打开手机，刷了一下朋友圈，发现朋友圈里已经炸了。

好多人跑到最开始发消息的那个人帖子下面留言。

"楼主……另一颗眼珠子找到了。"

"我只想问楼主的家庭住址，以后我会绕开那条路的。"

"天啊！眼珠找到了，其他的身体组织还会远吗？"

"我好害怕啊，我家大花也喜欢从外面叼东西回来，要是明天早上我一睁眼，看见床边上放着条人腿怎么办？"

"叼只腿还好，最怕它把头给叼回来了……"

一时间人心惶惶，尤其是本市的铲屎官们，差点给自家的猫跪下来了，一个个苦口婆心地劝："咱家不穷，真的，所以你千万别乱叼东西回家！尤其别叼人头！"

但也有人艺高人胆大，抱着自家的猫，下楼巡视了一番，然后拍了个疑似尸体的图上传。

眼睛还好，在不知真假的情况下，还可以当成是恶搞。

但是尸体图都出来了，警方就难以保持沉默了。

卷卷把那张尸体图右键保存到桌面，因为画面有些模糊，所以滚动鼠标将之放大。

一个女人趴在垃圾堆里，身上穿着一件粉红色的羽绒服，头发披在脸上，下面漫出血。这个垃圾堆大概是流浪猫平时觅食的地方吧，所以附近有不少猫咪，黑的白的、纯的花的都有。

卷卷把这张图连同之前那两条信息一起拍下来，发给了顾余墨。

顾余墨很快回了信息："我收到了，谢谢。"

卷卷想了想，还是忍不住发了条微信问道："认识她吗？"

对面沉默了一会儿，顾余墨回道："认得，她就是乔乔。"

卷卷忍不住呼出一口气。

竟然有种意料之中的感觉。

她闭上眼，脑袋向后，靠在椅子上，当脑子一片空白时，有支笔就在她脑子里作画，潦草的几根线条，勾勒出栩栩如生的画面。

第一幅画上，绳子吊死了一只猫。

第二幅画上，血泊之中的两枚眼珠。

第三幅画上，十根手指缤纷落下。

第四幅画上，一个女人喝下穿肠毒药。

第五幅画上，千刀万剐容颜不再。

第六幅画上，胜利者掩唇而笑。

卷卷猛然睁开眼睛。

"第一幅第二幅已经出现了。"她后脑勺靠着椅子，眼睛看着头顶上的天花板，"第三幅画还会远吗？"

十根手指缤纷落下……这一次遭殃的是谁？

第二天，卷卷洗漱完毕，一边给顾余墨发消息，一边准备出门。

卷卷："你在哪儿？我过来上班。"

顾余墨："暂时不用。"

卷卷："怎么了？"

顾余墨："我在警察局录口供。"

卷卷："出什么事了？"

但顾余墨一直没有回话。

大约两个小时之后，他才打了个电话过来，声音有些疲惫，对卷卷说："我没事。"

"你那边是什么情况？"卷卷问。

"乔乔已经找到了，她的状况不大好……两颗眼珠子都被人给挖掉了，流了很多血，现在还在医院里急救，没有脱离危险期。"顾余墨说，"警察找到了她的手机，发现最后跟她发短信的人是我。"

顿了顿，他说："应该说，是有人盗用我的号码跟她发短信，把她给约了出去。"

这么高科技的事情卷卷不大懂，挂了电话之后，她顺口问正在洗手间刷牙的小刀："刀哥，你能盗用我的号码，给别人发短信不？"

"……"小刀对着镜子刷牙。

"能不能啊？"卷卷追问。

小刀喝了口水，在嘴里咕噜噜转了一圈，低头吐掉，然后慢吞吞地说："上网百度伪基站。"

手机就在手里，卷卷就百度了一下伪基站，一目十行地扫过，原来还真有，而且需要的设备极其简单，主机和笔记本电脑，外加短信群发器、短信发信机，即可组成一个站点，伪装成运营商，冒用他人的手机号码发送信息。

第一反应，不明觉厉。

第二反应，迅速给顾余墨打了个电话，现学现用，借花献佛："顾老板，你上网百度一下伪基站。"

顾余墨："……"

轻轻咳嗽了一声，顾余墨笑着对她说："我真的没事，乔乔出事的时候，我都跟你在一起，车子上也有记录，所以我的嫌疑已经洗脱了。"

"那就好。"卷卷说完，忽然追问一句，"其他人……我是说另外四个候选人现在怎么样了？"

"她们几个情绪不是很好。"顾余墨说，"应该是吓到了吧，老实说我也有点吓到，真是搞不懂，世界上怎么会有人能对柔弱的女人和小孩下毒手呢？"

卷卷对此只能呵呵，心想下毒手的人就是个柔弱的女人。

还没等她呵呵完，就听见顾余墨说："我把她们接到别墅里住了。"

"你刚刚说什么？"卷卷脱口而出。

似乎被她突然发出的高音震了一下，顾余墨沉默了一下，才向她解释道："我已经说服了她们，她们四位都同意回新加坡了，但都表示现在外面太乱太危险，希望在回国事宜办妥之前，能够暂时住在我的别墅里。"

"可、可是……"卷卷支支吾吾了半天，也没说出后面的话来。

可是凶手就在她们当中？

你凭什么说这样的话，就凭你做的那个梦吗？

可你又凭什么放着不管？顾余墨是个好人，接济你，你也收了他的钱，你知道他接下来会遭遇什么，也只有你能帮助他……

卷卷心里挣扎了多久，顾余墨就在手机那头等了多久，似乎无论如何都不想当那个先挂断电话的人。

最后，卷卷叹了口气，对手机那头的人说："我也觉得外面挺乱挺危险的，还有空房不？加我一个怎么样？"

自打她打电话开始，就一直在刷牙，似乎她不挂断电话，就永不停止刷牙的小刀，听见这句话之后，慢慢转过头来，带着满嘴的白色泡沫，用黑沉沉的眼睛盯着卷卷："你刚刚说什么？"

『第四十一章』女人战争

卷卷暂时没回他，跟顾余墨打完电话之后，她才转头看着他："我最近要出门一趟，过段时间再回来。"

这句话在小刀脑子里过了一遍，不知为何就变成了"我出门外遇一下，你在家独守空房吧"。

小刀放下水杯，走到卷卷面前，张嘴说了一个字，一个泡泡从他嘴里飘出来。

卷卷倒退一步，一根手指指向他背后的洗手间："刷完牙再说话。"

小刀只好重新走回去，拧开水龙头，用嘴巴接了一口水，咕噜噜吐掉泡泡之后，顺便伸出两只手，接水擦了把脸。

再次回来时，干净清爽，一滴水珠挂在他古铜色的下巴尖，欲滴未滴。

他揉了一下头发，顺便斟酌了一下言辞："我不建议你搬到顾余墨家里去。"

"为什么？"卷卷看着他，"说说看，我听着呢。"

"第一，生命安全得不到保障。"小刀冷静分析道，"他是个大富翁，出入都有专车保镖，你有吗？外面的人绑架不到他，又看见你住在他家，觉得你们可能有什么特殊关系，就会转而绑架你……但你觉得顾余墨会为了一个陌生人支付巨额赎金吗？"

"第二，对外不安全，对内也不安全。"小刀继续说，"顾余墨是个男人啊，非亲非故地住在他家，吃他的用他的，万一他对你提出不妥的要求，你是答应还是不答应呢？"

……

一二三四五条列下来，小刀歇了一口气，正准备说第六条，就看见卷卷低头看了眼手机，然后抬头对他说："说完了吗？时候不早了，我先走了，拜拜。"

说完，卷卷越过他，走到门口，弯腰穿上挂着两个毛茸茸小球的皮靴，开门出去了。

……还真只是听听！听完就走啊！

小刀看着她的背影，想说些什么，可发现自己没有立场说心里想说的话。

房门关上，他重重地啐了一声，迅速跑回房间里，拿起手机拨了一个人的电话。嘟嘟几声之后，电话接通。

小刀冷冷地道："到你将功补过的时候了。"

电话那头，一张宽大的水床上，萨丁左右各搂一个美女，右边脸颊上还留着一个口红印，原本睡眼惺忪的脸，在听见小刀声音的那一刻，猛然清醒过来，那副表情就跟听见医生在对面说："对不起，你癌症晚期，准备后事吧。"

十五分钟后。

正在厨房里切番茄的沈绿瓷忽然口袋震动，她掏出手机，看了眼来电显示，露出一脸嫌恶。

按下接听键，她冷冷地道："干什么？"

一个半小时之后。

卷卷从公交车上下来，又步行了一段时间，终于看见了顾余墨家的别墅，再走近一些，看见别墅门口停了一辆颇为眼熟的红色跑车，等她再走近一些，车窗拉下来，沈绿瓷对她说："你来了啊。"

"绿绿！"卷卷惊讶地道，"你怎么在这里？"

沈绿瓷趴在窗口看她，笑容温柔，明媚的桃花眼内仿佛揉进了万千星光。心里面，却回忆起刚刚接到的那通电话，萨丁在电话里对她说："你听说了没？顾余墨在家里开了个后宫，把他那堆未婚妻候补全接进去住了。"

"哦。"沈绿瓷一手握着手机，另一只手还在切番茄。

"对了。"萨丁说，"你的朋友也住进去了。"

切番茄的刀子忽然停住，沈绿瓷握紧刀柄，冷冷地问："你说什么？"

"收集各种各样的美人，是每个男人的梦想，你的那位新朋友……嗯，虽然算不上什么超级大美女，但她童颜巨乳啊，算是一个很特别，也很受老男人欢迎的类型。"萨丁笑道，"你说对不对？"

沈绿瓷不切番茄了，握着菜刀，面色阴郁地在厨房里走来走去。

"你把这件事的前因后果，仔仔细细地说给我听。"她对萨丁说。

萨丁说那么多，就是为了引诱她说出这句话，于是他立刻鼓动他的诈骗犯之舌，把真相完全扭曲一遍，再以最恐怖的方式告诉她，最后沉痛地说："顾余墨这个人，就是个彻头彻尾的伪君子，以基金会为借口，收养一堆小姑娘供自己取乐的人渣。论人品，跟我半斤八两，比颜值，他还不如我，我不知道你的朋友为什么会信了他的话……"

说到这里，他愉悦地笑了起来，以一种非常人渣的口吻问道："怎么办？绿瓷，你要放着她不管吗？"

沈绿瓷立刻挂了电话，扯掉围裙丢桌上，然后抓起车钥匙，蹬蹬蹬地奔出门。

卷卷是坐公交，她是开车，所以她比卷卷早到了将近半个小时。

到了以后，她把车停门口，哪里都没去，就坐在车子里发呆，一开始希望卷卷快点来，接着又希望她不要来，宁可是自己小题大做，宁可是萨丁开了个恶劣的玩笑，而她一不小心上当受骗。

但卷卷还是来了。

拉下车窗之后，沈绿瓷既没有责怪卷卷的不小心，也没有告诉她自己已经等了她好久，她只是温柔又平静地撒了个小谎："我是来拜访顾老板的，刚刚远远看见你，所以停下来等你一起。"

卷卷被她的小谎话骗过去了，笑着说："这么巧，我也是来找他的，那咱们一起吧。"

于是车子开进去，两人一起敲开了顾余墨家的门。

房门打开，门后的顾余墨看见沈绿瓷，微微一愣，以为是卷卷带来的朋友，所以也没多说什么，笑着说："你们来了，进来吧。"

卷卷看他没什么反应，以为他之前跟沈绿瓷约好了，也没多说什么，就拉着沈绿瓷一起进去了。两人在顾余墨的带领下，朝会客厅走去，随着客厅越来越近，卷卷只觉一股香水味如花绽放。

四个女人，四种不同的香水味在空气中猛烈碰撞，像四把无形的兵器。

等他们走进客厅，四张美丽的面孔就展现在他们面前。

卷卷站在客厅门口，没有急着进去，目光缓缓流过那四张面孔，心想，究竟是哪个呢？

她最先怀疑的是正在落地窗边弹钢琴的知性女人，她面容清秀，但能把白衬衫与黑色西装裤穿出一股特别的女人味来，钢琴弹得非常好，就连她这个外行人都不禁沉醉在她的小夜曲当中。

卷卷注意到，她是在场这么多人里，唯一一个戴眼镜的人。

真凶有高度近视，所以她难免多看对方一眼。

但也不能完全排除其他人的嫌疑，万一真凶只是在卧房里戴眼镜，出门的时候就换隐形眼镜呢？想到这里，卷卷又看了另外三人一眼。

一个是身材火爆的红衣美人，她站在篝火边上，轻轻摇晃手里的葡萄酒杯，两串大大的金色耳环垂在耳下，随着她转头的动作，晃出点点金光，看起来放浪又美丽，像流浪的吉普赛舞娘一样，充满诱惑力。

一个是气质高贵，一看就知道教养良好、生活优越的女人，从衣服到首饰都是订制品，一身行头价值不菲，可以说是在场所有的人里，财力方面与顾余墨最接近的人，而且卷卷发现她跟沈绿瓷长得有点像……至少那头笔直的黑色长发特别像，从侧面看很像同一个人。

最后一个人……似乎受到另外三人的排挤。那是个良家妇女气质的女人，才华无法与第一位比，容貌无法与第二位比，气质无法与第三位比，所以只能安静地坐在沙发一角，静静地削苹果，苹果皮一直连在苹果上，没有断过。

这三位长相气质都不同的女人，却有一个相同的特点。

她们……全都戴着大眼利器美瞳啊！

卷卷好尴尬，美瞳也分有度数的和没度数的，这要她怎么分辨她们是不是近视眼啊？

而在她打量她们的时候，她们也在打量她……身边的沈绿瓷。

"顾先生一大清早坐立不安，就是为了等这一位吧？"黑色长发的气质美人走过来，笑着打量了沈绿瓷一会儿，然后伸出手，"你好，我是安娜，很高兴认识你。"

明知道她认错人了，但沈绿瓷却完全不打算为自己辩解，相反，她淡淡一笑，默认了下来，而且对对方伸出来的手视而不见，仿佛胜利者不屑于跟失败者握手言和一样。

伸出去的手握不回来，气质美人的处境立刻变得很尴尬。

"咳。"顾余墨在边上咳嗽一声，打破了眼前的僵局，对卷卷和沈绿瓷笑道，"我先带你们俩去挑房间吧……来，房间在楼上。"

说完，他还朝卷卷使了个眼色。

卷卷会意，拉着沈绿瓷正要上楼，身后却忽然传来沈绿瓷的声音。

"你挑吧，挑个大点的房间，我们一起住。"沈绿瓷笑着挣开她的手，"我就不去了，留在这里等你。"

态度坚定地驱赶走卷卷之后，沈绿瓷脸上的笑容一点点散去，她转过头，环顾客厅里坐着的那四个女人。

笑容同样从四个女人脸上散去，她们冷冷地看向沈绿瓷，目光警惕又锐利，像是手握兵器的战士，正在寻找对方的破绽，以便进行致命一击。

沈绿瓷走到沙发边上，刚要坐下，身边正在削水果的女人忽然失手将刀子抛了过来，差点割到她的脸。

"不好意思啊。"良家妇女歉意地笑笑，走过来，弯下腰，从地毯上捡起刀子，起身的时候，嘴唇贴在她耳边，轻轻地说，"小狐狸精，别以为长得一张好脸就能勾引余墨，当心一觉醒来，整张脸皮都被人给割下来！"

说完，她直起身，依然是那副纯良的面孔，笑着说："没伤到就好，我切个苹果给你吃吧，算是赔礼道歉。"

这拙劣的伎俩落在另外三个女人眼里，她们冷冷笑着，既不帮腔，也不阻止，就在一旁静观其变。

沈绿瓷的目光从她们四个脸上一一看过去，然后，慢慢勾起唇。

随着她的微笑，一股令人战栗不安的魔性魅力，从她身上弥漫开来，仿佛一种低调如夜色的香水味，一旦弥漫开来，就是铺天盖地。

四个女人看着她，脸上渐渐流露出嫉妒憎恨，以及深深的不安。

沈绿瓷安静地坐在沙发上，眼睛盯着她们，心里有个声音在冷笑："撕逼是吧！冲着我来！绿绿跟你们战个痛快！绝不让你们伤害我卷！"

『第四十二章』双脚

如果撕逼算一门技术，那沈绿瓷已经可以拿八级技工证了。

她一开始没搭理良家妇女，等顾余墨和卷卷从楼上下来，良家妇女端起切成片的苹果，走过去大献殷勤的时候，她才忽然说："不是说要切个苹果给我赔罪吗？"

良家妇女都快走到顾余墨面前了，中途脚步一转，把苹果递给沈绿瓷，笑容温柔，抢先一步解释道："对不起，但我刚刚真不是故意的，实在是刀鞘有点松，一不留神刀子就飞出去了，不过还好没伤到你。"

这事放别人身上，卷卷大概还会认为是单纯的意外，但发生在此时此刻、这群人身上，她就觉得耍手段的可能性更大，于是转头看向沈绿瓷，只要沈绿瓷这个时候掉两滴眼泪，她就会过去打断对方的腿。

但沈绿瓷一滴眼泪都没流，苹果被削成可爱的心形，她拿起一片看了看，状似无意地问道："说起来，几位都是做什么的？都是请了假来参加这次的相亲的吗？"

长发气质美人矜持一笑："我是做古董生意的，没什么放假不放假的。"

性感美女摇了摇红酒杯，给顾余墨抛了个暧昧的笑容："我是个流浪画家，爱情在哪儿，我就在哪儿。"

相比前者的中规中矩和后者的放浪轻浮，知性美人扶扶眼镜，笑着说："我在乐队工作，这一次是请假过来的，走之前，老板还问过我，男人和工作哪一个比较重要……我的答案是，工作没有了可以再找，但错过了顾先生，我会后悔一生的。"

良家妇女看起来有些紧张，她似乎很想说一个完美的答案，压过在场所有人，奈何没有这份机智，最后只能选择露骨地示弱："我没有固定工作，一直在四处打零工，靠微博的薪水勉强维持生计，这一次我是借钱过来的……如果不成，我大概还会回去做兼职，想办法还掉这笔钱。"

说完，她可怜兮兮地看向顾余墨，希望他能施舍一点同情，却听见沈绿瓷叹了口气："这么可怜啊。那要不这样？我看你做饭的手艺还不错，不如到我家里来当保姆吧，我给你工资开高一点，怎么样？"

顾余墨笑着点头："这个提议很不错。"

良家妇女的脸色立刻变得很难看，尤其是性感美女完全不给她面子，直接嗤笑出声，而其他人的目光也将良家妇女隔离开来，就像一群大家闺秀在看一个用人。

"这件事以后再说吧。"良家妇女低着头，嘟囔一声，"我身体有些不舒服，先上楼休息了。"

"那好，等吃午饭的时候我让人叫你下来。"顾余墨并未挽留，他看了眼石英钟上的时间，然后转头对卷卷笑得温柔，"今天我亲自下厨，你想吃什么，我做给你吃。"

末了，他才忽然想起还有其他女人在场，为免她们太过针对卷卷，他又转而看向沈绿瓷，笑着问："你也一样，想吃什么，尽管跟我说。"

于是继良家妇女之后，另外三位的脸色也变得难看起来，虽然顾余墨事后也问了她们喜欢吃什么，但并不打算亲手去做，而是吩咐保姆去做。

等顾余墨进了厨房以后，她们纷纷用冷淡的目光看向卷卷……身边坐着的沈绿瓷。

顾余墨，你以为你的障眼法能瞒过我们的眼睛吗？你让小狐狸精带个挡箭牌过来，然后先问挡箭牌想吃什么，分明是想把我们的仇恨吸引到她身上去！然而我们是不会上当的！

沈绿瓷对她们露出胜利者的微笑，将所有人的仇恨吸引到自己身上之后，她就开始跟卷卷有一搭没一搭地说话，直到吃过午饭，然后一起上楼休息。

顾余墨家的别墅有五层高，每一层都有卧房，他本人睡最顶楼，四楼是长发气质美女和知性美人，三楼是良家妇女和性感美人，都不住一间房，卷卷选了二楼，跟沈绿瓷一起住，一楼是保姆房。

关上房门，沈绿瓷靠在门上，看着卷卷的背影说："你觉得顾余墨这个人怎么样？"

她可没忘记自己的使命，她最大的敌人根本不是那四个女人，而是顾余墨这个花花老爷！

"他？"卷卷回头，随口说，"一般般啦。"

沈绿瓷："你具体点。"

"只是性格温和一点，其他没啥特别啊。"卷卷吃完人家做的饭，放下碗就开始翻脸不认人了，"跟大部分有钱帅哥是一样的啊。"

沈绿瓷无言以对，她觉得自己搞不好是白来一次，还白白背了一次锅。

"可他看起来超爱你。"这句话刚说完，沈绿瓷就觉得有些后悔。

"谢谢，哥也爱自己……等他能达到我心坎再说吧。"卷卷挠挠脸。

沈绿瓷哑然半天，忽然问道："那……你为什么要来呢？"

这个问题把卷卷给问住了，她想了半天，最后走过去，伸手抱住沈绿瓷的脖子，嘴巴凑到她耳朵边，悄悄对她说："我怀疑这里藏了个杀人凶手。"

沈绿瓷闻言一愣。

卷卷本来是不想告诉她这件事的，但是她既然已经掺和进来了，那么一无所知，就很可能把自己陷入危险境地，于是卷卷花了一点时间，跟沈绿瓷说了下现在的情况，但隐瞒了自己的特殊技能，只说顾余墨的猫给自己托了个梦，然后梦里面的事接连不断地发生在现实里。

"听起来是不是有点诡异？"卷卷环着沈绿瓷的脖子，笑着问，"别说你了，我自己都有点不信。"

沈绿瓷本想附和她一句，但视线透过她的肩膀，看向她背后的窗户。

"不过凡事不怕一万，只怕万一。"卷卷继续说，"万一这事是真的呢？万一杀人犯真在这屋子里头，准备对其他人下手呢？"

沈绿瓷想要喊，却发现自己喊不出口，她直直地盯着对面的窗户，冬天太阳落山得早，现在外面天已经全黑了，但有一个比黑夜还要黑的东西，慢慢从窗户上面爬下来，一缕一缕的、一束一束的，像是女人的头发。

"如果没有，那就皆大欢喜。"卷卷还在说，"就算有也没关系，有我这样的定海神针在，一个打十个没有问题！"

窗户外面，头发一缕缕爬下来，接下来就是额头，额头下来以后，就是两只眼睛……有个人头倒挂在窗口，从外向内，盯着沈绿瓷。

拥有撕逼八级证书的沈绿瓷，也敌不过这么恐怖的对手啊！

她抽了一口凉气，然后两眼一闭，晕了过去……

"嗯？绿绿你怎么了？"卷卷抱着她，摇了两下没摇醒，急忙把人打横抱起，一路公主抱地送到床上，正要出门找顾余墨要清凉油呢，忽然脚步一顿，站在窗前，面孔缓缓移向窗口的方向，一双黑白分明的眼睛，盯着窗子上方缓缓爬下来的头发。

然后，她一言不发地走到门边，举起撑衣杆朝窗口走过去。

"楼上的神经病！半夜洗什么假发啊！"她把撑衣杆伸出去，捅捅捅。

外面那顶假发被她捅得掉了下去，留下一个塑料做的半身模型，卷卷现在房间里的衣帽间里也有个一样的模型，是用来戴假发和首饰用的。

三楼有个阳台，良家妇女站在阳台上，手里不知是根绳子还是布条，系在半身模型上面，垂掉下来，在卷卷和沈绿瓷窗前晃悠。

"不好意思啊。"她俯视卷卷，满脸歉意地笑道，"刚刚洗了一下假发，拿出来晾干一下，想不到会吓到人，呵呵。"

"你把脑袋摘下来晾一下！"卷卷愤怒道，"里面进水了！"

把窗户狠狠关上，顺便拉上窗帘，虽然有点不大人道，但卷卷心里忍不住想："世上居然有这么欠揍的人，现在不被杀，以后也会被人套麻袋打死吧！"

　　她走到洗手间内，里面有干净的毛巾，她随手拿了一条，放热水泡软之后，拿去给沈绿瓷擦了擦脸，擦到一半，沈绿瓷睁开眼睛，漂亮的桃花眼内汪着泪水，跟受了欺负的猫一样，抓住她的手说："你快跑……外面有鬼！"

　　"嗯，一个讨厌鬼。"卷卷一边给她擦脸，一边说，"没事啦！是楼上住的傻女人半夜洗假发，还拿绳子吊下来吓唬人。"

　　听到是人，沈绿瓷安心了不少，然后冷冷地说："世上居然有这么欠揍的人，现在不被杀，以后也会被人套麻袋打死吧。"

　　英雄所见略同，难怪一见如故，继而睡一床被子。

　　晚上两个人睡一张床，沈绿瓷还有点怕，所以把她抱得很紧，卷卷这个人体温比较高，半夜被她热得睡不着觉，大约熬到了两点，她才终于有了一点睡意，刚刚闭上眼睛，却听到奇怪的声音——咚咚。

　　卷卷皱皱眉，睁开眼睛，循声望去。

　　窗户关得很紧，垂着米色窗帘。

　　米色窗帘有些透明，月光从外面照进来，映入卷卷的眼帘。

　　同时映入她眼帘的，还有另外一样东西。

　　卷卷已经有些迷糊了，看了眼那东西，嘟囔了一声："又来了。"

　　她继续闭上眼睛睡觉，睡一半，猛然睁开眼睛，从床上坐了起来。

　　窗外已经空无一物，然而那个轮廓却还映在她的脑海里。

　　那不是头。

　　而是一双脚。

　　从窗口上面吊下，脚尖磕在窗户上——咚咚。

『第四十三章』手指

　　卷卷看着空无一物的窗外，直到心情平复下来，才从床上爬下来，走到窗户边，拉开窗户，慢慢伸出头去，俯视楼下。

楼下是花园，天太黑了，她花了一点时间才确认下面没有人。

又抬头看了眼楼上，夜深人静，其他住户也都静悄悄的，似乎只有她发神经跑来看个究竟。

卷卷关上窗户，爬回床上，继续搂着沈绿瓷睡觉，因为刚刚出了被窝，进来的时候身体变得有点冷，沈绿瓷睡眼惺忪地睁开眼看了她一眼，然后伸手把她抱在怀里，两个人像小猫小狗一样抱在一起睡觉。

一觉睡到天亮，两人起床洗漱之后，面对面坐着，互相扎着辫子。

辫子扎一半，沈绿瓷的手机先响了一声，她单手从口袋里摸出手机，低头一看，是萨丁的微信，上头写着："汇报一下情况。"

沈绿瓷单手打字回复他："梳头呢，没空，待会儿说。"

她把手机调了个静音，刚要放回口袋，对面也响起手机铃声。

卷卷身体一歪，伸手把正放在床头柜上充电的手机拿过来，低头一看，是小刀的微信："起来了没？"

卷卷装作没起来，把手机丢掉，继续给沈绿瓷编辫子。

两个人梳了个一样的头出门，走到一楼的餐厅里等吃饭，长餐桌上已经摆放好了皮蛋粥和油条，总共七副餐具。

"昨晚睡得还好吗？"顾余墨的声音从她们身后传来，一回头，穿着白色休闲服的顾余墨笑着走来，为她们两人拉开椅子。

他不提还好，他一提卷卷就气不打一处来，认真地看着他："待会儿我要跟楼上那谁谈谈人生！"

顾余墨愣了愣，等听完卷卷对良家妇女的控诉，忍不住用手指摸了摸额头，一副懊恼的样子。

"她这样太过分了。"顾余墨说，"我本来以为过了这么久，她已经稍微改过了，没想到还是这样。"

有八卦！卷卷和沈绿瓷立刻竖起耳朵。

"别这样。"顾余墨看着她们火热的目光，忍不住苦笑一声，

"背后说人坏话，有违我的原则。"

之后无论卷卷和沈绿瓷如何叽叽喳喳，他就是笑而不答，将绅士风度贯彻到底，绝不在背后说任何一位女性的坏话。

他这么坚持，卷卷也不好继续逼他了，于是她转头看了眼门外，转移话题道："其他人怎么还不来，这个天气东西冷得快，再过几分钟粥就要凉了。"

餐厅离厨房很近，顾余墨直接喊道："周姨，去叫一下她们。"

保姆停下手头的动作，上楼喊人去了，之后，楼上陆陆续续下来两个人，一个是气质长发美人，衣服穿得很有品味，脸上的妆容也十分精致、另一个是大耳环的性感美女，随便穿了一件红色毛衣、包臀裙，一边打着呵欠，一边从楼上下来，头发披在身上，没怎么化妆，就扫了两道腮红，然后涂着大红色的口红。

顾余墨看了眼她们身后，然后问保姆："还有两个人呢？"

"不知道。"保姆摇摇头，"她们两个不在房间里。"

顾余墨皱了皱眉："那你再到处找找……对了，去会客厅看一下，看何小姐是不是在那儿弹钢琴。"

保姆点头离开，之后顾余墨对在座的人笑道："好了，你们先吃吧，不要再等了，再等粥就凉了。"

卷卷本来就不愿意跟良家妇女坐一张桌子上吃饭，于是埋头苦吃，希望在她回来之前，把桌上能吃的东西都吃光。

她对面坐的是性感美女，别人都在吃饭，她老人家在拍照，举着一个手机，把眼前的每个盘子、杯子、筷子、勺子、碗都拍了一遍，然后又来一遍，那一丝不苟的样子，哪里是在拍照，根本是在三百六十五度无死角消毒。

"能好好吃饭吗？"卷卷被她的闪光灯闪得眼睛都要瞎了。

"不能。"性感美女握着手机，对她歪头一笑，胳膊肘不小心撞了身边的气质美女一下，对方手里的调羹应声落地。

气质美女弯腰去捡，目光不经意间扫了眼餐桌下面。

"啊——"

一声惨叫划破早上的宁静。

卷卷喷了一口粥，一边拿餐巾纸捂着嘴咳嗽，一边看向气质美女。

对方简直是连滚带爬地离开了长餐桌，背贴在墙壁上，面色惊恐地盯着桌子下方，结结巴巴地说："下面……下面……下面有……"

恐惧是会传染的。

虽然不知道桌子下面是什么，但是所有人都忍不住站起身，慢慢远离了这张桌子，然后警惕地盯着餐桌下方。

这是一张漂亮的红木长餐桌，上面罩着白色桌布，桌布有点长，迤逦而下，几乎拖到地板上。

顾余墨问："桌子下面有什么？"

气质美女似乎被吓傻了，双手捂着脸，不停地摇头。

卷卷看了他们一眼，自己趴到地上，抬手掀开了白色桌布。

虽然心里已经有了预感，但是真正看到这幅画面时，她心里还是一片发凉。

这是一个似曾相识的、可怕的画面。

那个钢琴弹得很好的女人平静地躺在桌子下面，双目紧闭，面色惨白，看起来就像是刚刚盛上桌的一道新鲜祭品。

在她胸口放着一只餐盘，样式跟卷卷等人早上用来放油条的陶瓷盘一样。

但她的盘子里放的却不是油条。

而是十根浸泡在血水中的手指头。

这幅画面倒映在卷卷的瞳孔内，渐渐与她脑海中的那幅画重合在一起。

第三幅画……十根手指缤纷落下。

慢慢放下桌布，卷卷回过头，严肃地看着顾余墨："家里有止血绷带不？"

卷卷没有一眼分辨出活人和尸体的能力，但她心里琢磨着，切个手指的出血量应该不至于死吧？不管怎样，先抢救了再说！抢救不过来就算顾余墨的……谁让这件事因他而起呢……

顾余墨这个时候也单膝跪地，掀起桌布看了一眼，瞳孔一收，急忙将人从桌子底下抱出来，那只放手指的白瓷盘从她胸口滑落，里面的手指一路滚出来，惊得在场的女士们惨叫不已，跟见了一窝会到处爬的蟑螂一样，差点就跳桌上去了。

等那个钢琴弹得很好的知性美女被抱出来以后，卷卷才发现她胸口还插着一把水果刀，因为刚刚手指的视觉冲击太大了，所以她忽略掉了边上还插着一把刀。

顾余墨握着她的手，按了一会儿脉搏，眉宇间渐渐浮上一丝哀伤。

"报警吧。"他说。

『第四十四章』穿肠毒药

报完警，大家一起坐在客厅里不说话。

知性美女的尸体就搁在边上，上面罩着顾余墨的外套。

前去寻找良家妇女的保姆到现在都没回来，卷卷觉得按照恐怖电影的节奏……她怕是永远回不来了。

顾余墨显然也有这样的忧虑，他给自己的保镖打了个电话，两名保镖迅速来到餐厅，他留了一个保护众女，另一个拿着电棍，跟他一起去找保姆了。

某种程度上来说，他就像小学班主任一样，他在的时候，大家都规规矩矩，轻易不开口说话，他一走，就是课间休息时间，反而有很多话可以说，有很多话可以问。

"你们觉得凶手是谁？"卷卷率先开口，试探众人的反应。

"还能是谁，不就是你们楼上住的那个嘛。"性感美女冷笑一声，"那就是个贱人，之前我跟她搭同一班飞机，你猜她怎么着？她往我水杯里吐口水，还在我椅子上偷偷放针啊！被我发现以后，还死不认账，霸占厕所不出来，一个人在里面边哭边打电话，跟顾先生告状，说是我欺负她！"

"居然有这样的事情啊！"卷卷马上为对方抱不平，"这简直是坏了一锅粥的老鼠屎啊！究竟是怎么蒙混过关，成了顾先生的未婚妻候补的？"

"谁让顾先生顾念旧情呢。"性感美女顿时有点泄气，"那贱人的老爸在出车祸之前，一直在顾家当厨子，顾太太就不用说了，顾先生自己就是吃他做的菜长大的……可那又怎么样呢？人又不是顾先生撞死的，凭什么帮他照顾这个小的？又不是什么好东西，基金会每年都给她钱，她还能过得这么穷困潦倒，真不知道钱都花哪里去了！"

也不知道是憋气憋太久，还是她本身就是个话痨，这一张嘴就再也停不下来，把良家妇女骂了个狗血淋头。

卷卷一开始还能认真听，听着听着就开始走神，因为她一开始用中文骂，然后换成方言，现在直接变成了英语，而卷卷，她的英语从来不及格……

"咳咳。"卷卷强行转移话题，"对了，之前我就想问了，你的美瞳哪里买的，有我这个度数的没？"

性感美女意犹未尽地舔舔嘴，瞥了她一眼："你多少度啊？"

卷卷的视力其实很好，不用望远镜都能看清楼对面的小哥换了什么颜色的内裤，但此刻她笑着说："八百。"

"噢，你这度数有点高哦。"性感美女看了眼旁边坐着的气质美人，"我这款是没度数的，不知道有没有你能用的，你问问她吧，她是有度数的。"

气质美人闻言抬头，对卷卷露出礼貌而疏离的笑容。

卷卷也看着她笑，笑到一半，觉得右手边沙发一沉，转头一看，跳起来："哇！"

"哇！"保姆也被她吓得跳起来。

"你……"卷卷本来想说你不是已经挂了吗，话到嘴边急忙改口，"你没事啊？"

"差点被你吓出事来了。"保姆擦了把冷汗，继续坐在沙发上，看起来面色有些忧虑，两条腿还在不断地颤抖。

其他人也以为她已经遇害了，一时半会都不敢跟她搭话，最后还是卷卷问："人找着了吗？"

"找着了。"保姆条件反射地回答，"死了，死酒窖里了。"

一群人面面相觑，刚刚还信誓旦旦地说人家是凶手呢，现在人就死了？

卷卷二话不说，起身朝楼梯走去，没走两步，就听见身后有脚步声，转头一看，发现沈绿瓷追了上来，卷卷就在楼梯口等了她一下。等沈绿瓷过来，她伸手过去，握住对方伸过来的手，然后一起往楼梯下面走。

越往下，光线越暗，跟楼上就仿佛是两个世界一样。

石砌的墙壁，橙黄色的灯光，长方形的酒窖里，两边放着酒桶，中间是一张酒桌，酒桌边上坐着一个女人，背对着卷卷和沈绿瓷，上半身趴在桌子上面，手边放着一只高脚杯，高脚杯内，是没喝完的半杯葡萄酒。

顾余墨和保镖就站在旁边，注意到卷卷下来了，他急忙阻止："不要过来！"

可卷卷已经绕到了对方身旁，看见了对方的脸。

那真是一张会让人做噩梦的脸。

跟知性美人的安详睡脸不一样，良家妇女的死相非常狰狞，瞪大的眼睛里布满血丝，嘴唇紧紧抿着，黑红色的血液沿着她的嘴角一路流到桌上，汇成了一小团干涸的血迹。

沈绿瓷看起来有点受不了啦，她转过身，抱住卷卷，把头埋在她脖子边。

"都说不要过来了。"顾余墨走过来，抬起一只手，蒙住了卷卷的眼睛。

卷卷眼前漆黑一片，脑子里却出现一张白纸。

白纸上，一个血红的轮廓渐渐浮现出来。

第四幅画——一个女人喝下穿肠毒药。

卷卷一只手抱着沈绿瓷，另一只手抓住顾余墨的手，把他的手从自己眼睛上掰下来，又看了眼良家妇女，然后慢慢转头看向顾余墨："我有话跟你说……单独说。"

酒窖里还有一个品酒房，把门关上以后，就是个独立的小房间，上面有漂亮的穹顶，四面围绕着酒架，酒架里放着一瓶瓶红酒。

顾余墨把人带进品酒房里，温声道："先说话……还是先抱一下？"

看起来他有所误会，以为卷卷在外面不好意思撒娇示弱。

然而卷卷并没像他想象中那样，扑进他怀里嘤嘤哭，她表现得非常淡定，简直就像见惯生死的殡仪馆工作人员一样，就这么平静地问他："怎么，你也怕？"

顾余墨愣了一下，她这个反应有点不对啊……他脑子里蒙了一下，嘴里不知不觉地说出了实话："老实说，是有点怕……"

家里连续死了两个人，还是两个认识的人，就算他是个男人，心里也难免有些毛毛的，尤其是那个凶手似乎还藏在别墅里……

"这样啊……"卷卷沉吟一番，然后上前一步，跟抱沈绿瓷一样，伸手抱抱他，"那先抱一下吧。"

顾余墨愣了一下，继而露出温柔的笑容，闭上眼睛，任由她抱着自己的腰，而他也轻轻地、珍惜地抱住她。

穹顶的彩色琉璃上是小天使的图案，洒下光辉，照耀在他们身上。

"好了。"几秒钟后，卷卷结束了这个安抚的拥抱，满脸严肃地看着他，"冷静下来没有？冷静下来咱们就谈正事吧。"

顾余墨留恋怀中的温暖，但尊重她的意思，于是轻轻松开手，用温柔的目光看着她，等待她接下来的话。

"顾先生。"卷卷盯着他，"有人想杀你。"

顾余墨皱了一下眉："你继续说。"

"事情是这样的，阿布之前给我托了个梦。"卷卷拿出之前说服沈绿瓷的那套，对顾余墨说，"梦里它给我看了五张画，每一张都对应一起命案，第一张是绳子吊死一只猫，第二张是血泊之中的两枚眼珠，第三张是十根手指缤纷落下，第四张是一个女人喝下穿肠毒药，第五张是千刀万剐容颜不再……现在前面四张都变成现实了，我看第五张也不远了。"

这话能说服沈绿瓷，却很难说服顾余墨。

他温柔地笑笑："这只是个梦罢了。"

"我可不会拿这种事开玩笑。"卷卷认真地看着他，却觉得很头疼，每次都是这样，她明明知道真相，却拿不出理由说服对方，很多时候只能眼睁睁地看着事情发生。

顾余墨看起来并不大相信这话，但他也不想让卷卷难堪，想了想，他温言道："人的记忆是有偏差的，就好像你小时候喜欢一个红色的东西，但在你的记忆里它一直是蓝色的，很多心理学著作里都已经证实过了……像你的梦，有可能并不是在案子发生前做的，而是看到案子后才做的，又或者说你根本没做过这样的梦，只是因为案子给你的冲击太强烈，所以导致你发生了记忆偏差。"

有理有据！难以反驳！

要不是卷卷意志坚定，估计都要被他说服了！

这厮真是一个干传销的好苗子啊！

"好了，我们出去吧。"顾余墨拍了一下卷卷的肩，"算算时间，警察也该来了。"

卷卷只好跟在他身后，走出门去。

沈绿瓷在外面走来走去，一见他们出来，立刻指挥身边的保镖："快，拿给他们看！"

顾余墨愣了一下，不懂为什么自己才走开了那么一小会儿，自己的保镖就成了别人的保镖，言听计从还一脸甘之若饴……

保镖捧着一张纸走过来，对他说："老板，这是刚刚从死人嘴里找到的。"

所以上面又是口水，又是血水，似乎之前一直是揉成团含着，所以展开之后皱皱巴巴的，有些地方已经看不大清楚了，但大体轮廓还是看得清楚的。

顾余墨低头看着他手里的那幅画。

红色的笔，就仿佛是蘸着血勾勒出的线条，在上面勾勒出一个栩栩如生的画面——一个女人喝下穿肠毒药。

顾余墨把画看了很久，然后缓缓转头，看向卷卷。

『第四十五章』一个骗局

"干吗这么看着我？"卷卷摸了把脸，"你该不会以为凶手是我吧？"

"怎么会呢。"顾余墨错开话题，看了眼楼上，脚步声、人声嘈嘈杂杂地传来，他说，"警察来了，我们过去吧。"

他一边说，一边退后两步，来到卷卷身旁，凑在她耳边，低声嘱咐："这件事对我说说就好，别告诉其他人。"

这时候，警察已经从楼上下来了，目光一瞥，落在他们两个身上。

顾余墨微微一笑，在卷卷肩膀上拍了两下。

可卷卷一转头，却发现他把那张画给塞口袋里了，怎么回事？他不打算交给警察吗？

顾余墨果然没将那张画交给警察，他把画藏口袋里之后，面色如常地接受警察的询问，卷卷就在他旁边接受询问，眼睛时不时看他一眼，可他一直没把画拿出来交给警察。

卷卷心里忍不住有点焦躁，他到底想干什么？

"不好意思，我去一下洗手间。"顾余墨中途对警察说。

"不好意思，我也去一下洗手间。"卷卷赶紧追了过去。

她朝顾余墨追过去，顾余墨不知为何脚步有点快，看起来急着去做什么。

两人一前一后上了楼梯，来到洗手间外面，顾余墨听到她的脚步声，回过头来，对她笑了笑。

卷卷也对他笑了笑，心想为了祖国为了人民为了社会安定，她就是蒙冤一次当回变态又如何！待会儿她就跟着他一起进去！要是他敢当她面毁灭证据，她就扑过去一招抓乌龙爪手……就算污了这冰清玉洁的手，也一定要把证据抢救下来！

可她暂时没这机会了。

因为一声惨叫从洗手间内传出，紧接着一个女人跌跌撞撞地冲出来，扑进顾余墨怀里。

"好痛！"她右手捂着脸，发着抖说，"我的脸好痛啊！"

卷卷走过去，透过她的指缝看着她的右脸，那里像是被烫过一样，红得异常，但是没有起水泡。

这画面让她忍不住想起第五幅画，千刀万剐容颜不再。

而第五幅画出现了，第六幅画还会远吗？

"出什么事了？"一道慵懒的声音从不远处响起，三人循声望去，两枚金色大耳环随着主人的步伐摇来晃去，涂着大红色口红的性感美女不紧不慢地从客厅方向走来，目光落到气质美人身上，不屑地撇撇嘴，露出一个嘲讽的笑容。

第六幅画上，胜利者掩唇而笑。

气质美人的惨叫声惊动了警察，很快，警察就赶了过来，有人询问发生了什么事，气质美人边哭边说："我本来想去洗手间补个妆，但不知道怎么回事，粉底液一涂脸上，脸就疼得不得了……"

警察对视一眼，其中一个走进洗手间，拿着一个粉底液瓶子出来，对她说："我们先拿去化验一下。"

气质美人点点头，然后让顾余墨扶着，回到客厅里坐下。

卷卷挨着她坐下，眼睛一直盯着她的脸看，过了一会儿，她笑着对气质美人说："你的运气真好。"

气质美人闻言一愣，转头看着她。

"同样都是遭遇意外，另外两个人命都没了，但你只是伤了脸。"卷卷笑道。

沈绿瓷正好走过来，听了她的话，往气质美人脸上扫了一眼，然后淡淡地道："什么伤？不过是护肤品过敏罢了。"

气质美人仍旧捂着右脸，与其说是捂着伤口，但不如说是在遮掩什么，她对两人说："我以前一直用这个牌子，今天还是第一次出现这种反应。"

卷卷哦了一声，然后不再关注她，拉着沈绿瓷讨论化妆品去了。卷卷对这行不大熟悉，但是沈绿瓷却相当在行，跟她推荐了几个牌子货，顺便又说了说过敏会是什么反应。

轻则发痒，皮肤紧绷，刺痛，异常发红或是严重的红肿，反复长红疹子红斑。

气质美人这只能算是最轻微的反应。

这不是很奇怪吗？

从阿布、乔乔，到后来的知性美人、良家妇女，他们出事时完全不打折扣，画里怎么画，他们就怎么死，再不济也是被生生挖出眼珠子，没有像气质美人这样的，简直是本人与画像严重不符，完全可以打12315投诉了。

为什么其他人就非死不可，轮到她就轻轻放过？

卷卷盯着她看了一会儿，目光缓缓移向另一边，落地窗前，顾余墨侧身而立，避开众人，不知道在给谁打电话，那张画依旧藏在他口袋里，既不交给警察，也不想办法毁尸灭迹，不知道他想干什么，姑且静观其变。

正思索间，警察从楼上下来了，目光往众人身上一扫，手里举着一本笔记本，朗声问道："这本子是谁的？"

包括卷卷在内，客厅内所有人都朝他手里的本子看去。

笔记本翻开到第一页，上面用红笔勾勒出线条，画着一只吊死的猫。

客厅里静悄悄的，没人说话，更没人上前认领。

手机铃声响起，他抬手接了电话，一边听，一边盯着客厅里的人瞧，目光又明亮，又锐利，放下手机时，他开口道："刚刚医院来了消息……虞莎莎是哪位？"

性感美女抬眼看着他："是我。"

"之前被挖了眼睛的那位乔女士已经醒了。"警察盯着她道，"她告诉警方，她是被人从背后袭击的，凶手用注射性药物致她昏迷，之后在车上挖了她的眼睛。眼睛被挖的时候，她疼得醒过来了一阵子，也因此闻到了凶手的香水味……"

虞莎莎听到这里，呵呵一笑打断他，一边玩着自己的右耳耳环，一边说："你想说什么？就因为凶手跟我用了一样的香水，所以我就是凶手？"

"她手里还有一枚耳环，是她在后车座里摸到之后，拼命藏起来的。"警察看着虞莎莎的耳朵，"说起来，你这两个耳环，款式有点不一样啊……"

"这种大路货到处都是吧！"虞莎莎气冲冲地喊。

"可这画怎么说呢？"警察朝她扬了扬手里的笔记本，"这本子是从你房间里搜出来的，根本就是个死亡预告，几个人的死法全在上头了，你还狡辩什么？"

"你当我是傻瓜啊！"虞莎莎气得浑身发抖，"如果我真的是凶手的话，我为什么要画这玩意？画完还不丢掉，就为了被你们找到，变成罪证啊？"

卷卷闻言一愣。

一道光线闪过她的脑海，就像一条长线将零散的珠子串联起来。

她之前一直觉得奇怪，如果凶手换成她的话，杀人不过捅三刀，哪用得着这么麻烦，提前画好画，然后严格按照画里的顺序，一个一个杀下来？与其说是为了杀人，倒不如倒过来想……

凶手，并不是按照画来杀人。

而是想要通过杀人，来让那本笔记本变成杀人日记！

『第四十六章』赝品

虞莎莎还在跟警察争吵，这警察不知道是脾气不好还是故意的，开口就把人当犯人审，他问："命案发生时间是晚上一点到两点之间，这段时间你在哪里？在做什么？"

"我刚从美国回来，时差还没倒过来，昨天晚上睡不着，凌晨一点到四点之间，我都在三楼走廊上看挂画。"虞莎莎解释道。

"两名死者，一个住你楼上，一个跟你住同一层楼，她们出来的时候，你看见了吗？"警察问，"还有，什么挂画能让你连续看上几个小时，又不是电视剧？"

"我是个艺术家，别说是几个小时了，在卢浮宫我可以几天不出来。"虞莎莎用看无知凡人的眼神看着他，"陈琴我没看见，跟我一层楼的贱人我看见了，一点多钟的时候，她下楼去了，我问她要去干吗，她说她睡不着，想喝点酒。"

所以知性美人是在一点之前下的楼，良家妇女则是一点左右。

警察又问："之后她没回来，你就没起疑心吗？"

"谁知道她会死啊，我还以为她喝醉了，直接在酒窖里睡过去了呢！"虞莎莎有些急了，她左右四顾，然后指着卷卷和沈绿瓷说，"总而言之三楼以上这段时间都没人走动，二楼就不一定了，你不要一个劲问我，你问问她们做了什么啊！"

卷卷看了她一眼，然后说："我们在房间里睡觉。"

不等其他人开口，她接着说："然后凌晨两点左右，我在窗户外面看见了一双脚。"

有些胆小一点的人，闻言倒抽一口凉气，但也有人怀疑地看着她："你这是睡糊涂了吧？"

卷卷对他们摇摇头。

"在这之前，我楼上的那位跟我开了个玩笑，她拿一个半身像倒吊在我窗户外面，把我吓了一跳，后来看见那双脚的时候，我就以为跟先前一样，是有人从楼上吊下来。"卷卷说道，"但后来仔细想想，我觉得我是被误导了，也许窗户外面那个人，她并不是想下去……而是想上来。"

警察愣了一下，不用人说，分别去了几个人，往楼上和院子里查看痕迹。

"顾先生，"卷卷看向顾余墨，"之前你跟我说过，人的记忆是有偏差的，只要一点点误导，就能在脑子里形成错误的记忆，而且自己还深信不疑。"

顾余墨隔着钢琴看向她，手里握着手机，笑着说："不错。"

"那可不可能，乔乔也受了误导呢？"卷卷问，"你看，她的眼睛被挖掉了，没办法辨认凶手的脸，只能记住对方身上的香水味……凶手既然怕被她看到脸，为什么还要用她熟悉的香水味？"

"失去视觉之后，就只能依靠嗅觉。"顾余墨笑道，"嗅觉被误导之后，再加上凶手特意放在后车座的耳环，一段错误的记忆就在她的脑袋里成型了。"

"还有这些画。"卷卷看向警察手里拿着的那本笔记本，"这些画，真的是杀人预告吗？"

从正面来看，这是一件很不合理的事情，为什么要偷走并且杀死顾余墨的猫，为什么要挖人眼睛，为什么要杀人……而且还杀出了行为艺术，每个人都死得跟画似的。但如果反过来看，却有了另外一个解释。

"也许凶手并不是要按照画的顺序来杀人。"卷卷说，"而是想让死人的顺序来对应画，从而误导我们，让我们以为世界上真的有一本杀人日记……你说对不对？"

她转头，看着身旁坐着的气质美人。

气质美人安静地坐在沙发上，右手依旧捂着脸。

"这可真奇怪。"卷卷歪着脑袋看她，"如果按照笔记本上画的，你现在应该已经被千刀万剐毁容了才对，可你只是化妆品过敏而已……你说凶手是不是突然良心发现？对别人心狠手辣，轮到你的时候就轻轻放过？"

气质美人气定神闲地笑道："都是你的猜测，你又没有证据。"

"长官！"警察从楼上下来，一边走近，一边说，"线索找到了，四楼有攀爬过的痕迹。"

气质美人放在腿上的手紧紧握了一下，继续笑道："那又怎样？要说证据的话，那本笔记本不是你们从虞莎莎的房间里找到的吗？比起什么攀爬的痕迹，那才是铁证不是吗？"

虞莎莎这个时候也已经反应过来了，她冲过来扯住对方的领子，扬手就要打她耳光，嘴里大骂道："安娜！都这个时候了，你还想诬赖我！是你杀的人，是你！你杀完人想回卧室，但我一直在三楼看挂画，你回不去，所以才爬楼上去的对不对？"

"你说是就是吗？"安娜讥讽一笑，"攀爬的痕迹可以是我的，也可以是别人的，反正那个谁说了，她只看见了一双脚，又没看见人的脸。但笔记本上的画可造不了假，是不是你这个大画家画的，验验就知道了啊！"

虞莎莎的脸色很难看。

越是成熟厉害的艺术家，创作出来的作品越是个性鲜明。

外行人或许看不出区别，但是内行人看来，那笔记本上的画多半就是她画的，跟她在画廊里展示的几幅画是一样的风格、一样的笔法。

安娜瞅着她，微笑起来。

"我如果没猜错的话，那些画是你伪造的吧。"

笑容僵在她脸上，她慢慢转过头，看向钢琴背后的顾余墨。

钢琴上放着一张血迹斑斑的画，上面压着他的手机，他靠在钢琴上，对安娜淡淡地道："我刚刚已经拍照给一个老朋友看了，他是书画鉴定方面的权威，现在正在来的路上，相信他会给我们一个准确的答案。"

"你怀疑我？"安娜朝他微笑，笑容又悲哀又愤怒。

顾余墨淡淡一笑："你所谓的古董生意，其实是赝画制造生意，不是吗？"

安娜沉默不语。

警察朝她走过来，她却一把将虞莎莎推向他们，然后从口袋里掏出一管口红，单手旋开，转出一截小刀，横在沈绿瓷脖子上。

"别过来。"她看着众人，"不然我杀了她。"

众人顿时不敢动，顾余墨急忙劝道："你别冲动。"

"是你逼我的。"安娜凄凉笑道，"我要死，也要带着你最爱的女人一起死。"

"你搞错了！"卷卷急忙朝她喊，"顾先生最爱的人是我啊！你抓错人了，我现在就过去交换人质！"

顾先生刚点头又摇头，双手死死地抓住她的肩膀："你不能过去！"

安娜用看神经病的眼神看着他们，小刀紧紧抵在沈绿瓷脖子上，冷笑道："你们以为这么拙劣的一出戏，能够骗过我的眼睛？"

"不！"卷卷就差掏出心来证明自己了，"我没有演戏啊！我真的是顾先生最爱的女人！"

顾余墨这个时候反而什么都不说了，双手按着她的肩膀，眼睛却看向沈绿瓷的方向，眉头深深蹙起，似乎内心担忧不已。这个举动有点卑鄙，他自己都唾弃自己，但是他真的宁可事后被卷卷责骂唾弃，也不愿意她落进对方手里。

"你果然爱的是她。"安娜凄凉一笑，然后挟持沈绿瓷，朝门口退了出去。

不知道是因为太过紧张，还是小刀太过锋利，刀子在沈绿瓷脖子上刺出了一个血点，鲜血沿着刀尖流下来，从沈绿瓷的脖子一路流进领子里，红得触目惊心。

沈绿瓷抿着嘴，不喊疼，也不喊救命，直接默认自己就是顾余墨的爱人，但是眼睛却没看向他，而是看向卷卷，大大的眼睛里，渐渐蓄满泪水。

反手打开门，安娜押着沈绿瓷冲了出去，卷卷瞬间跟熊瞎子下山一样，化作一道黑旋风朝她们冲了过去，连接受过体能训练的警察都没她跑得快，有一个忍不住惊叹："这是练过的吧？"

然而两条腿哪里跑得过四个轮子，门外停着几辆警车，安娜逼其中一个下车，然后自己同沈绿瓷上了车，一踩油门，冲了出去。

卷卷也想抢车，但是人刚上去，就被一警察给扯下来了，然后站在外面，眼睁睁看着一堆警车绝尘而去，一路发出尖利的鸣叫声。

"顾先生！"她跳脚，"你的车呢？"

"我马上开过来！"顾余墨急忙回去拿车钥匙。看着他的背影，卷卷觉得自己要疯，等他把车钥匙找来，她估计得开微博询问同城好友们，有没有看到一队狂奔中的警车了！

就在她快抓狂的时候，身旁忽然传来一声车喇叭声，她转头，看见路虎的车窗落下来，小刀胳膊肘放在车窗上，嘴角向上一撇，颇显痞气地笑道："小妞，搭车不？"

卷卷没空问他为什么会在这里，飞速拉开车门，上了车。

"快追前面的警车。"她坐在副驾驶，匆匆指挥道。

"行。"小刀一踩油门，路虎发出一声咆哮，追了上去。

路越跑越偏僻，沿途还有不少转弯的电线杆，以及倒在路边呻吟不已的路人，卷卷看得心惊肉跳，远远看着前方车队里冒起的黑烟，她忍不住喃喃道："安娜是不是不想活了？"

"难说。"小刀淡淡地道，"不过像这种穷途末路，最后选择一死了之的人，我见过太多了。"

卷卷听完，忍不住喷泪，哇哇哭起来："绿绿，我的绿绿啊……"

小刀嘴角抽搐一下，这才多久，就绿绿绿绿地喊上了，两个人在一起乐不思蜀，连他电话都不接！

卷卷在他边上号啕，哭的样子绝对算不上好看，如果换个人，小刀估计能立刻踩刹车，然后拉开车门，对她冷冷地道："下去。"

下一秒，他一踩刹车，在放杂物的储物箱里翻了包纸巾出来，抽了一张，一脸嫌弃地擦她脸："人死不能复生，你别哭了啊。"

"闭上你的乌鸦嘴！"卷卷转过脸，朝他怒吼，"开车！"

如果换个人，敢当面这么吼他，小刀估计自己能立刻把车速飙到最高，然后打开车门，把丫从车上踢下去……

可就在他要发火的时候，她突然抱住他的胳膊，脸靠在他胳膊上呜呜哭。

就这么一瞬间，小刀忽然觉得，别说是车了，就算这是一辆行驶中的火车，她打开车门，用这张脸哭着让他跳，他估计也会毫不犹豫地跳下去。

"别哭了。"他犹豫了一下，忽然伸手抱住她，对她说，"我去救沈绿瓷，还不行吗？"

"怎么救啊？"卷卷抽泣道，"我们又追不上，追上了估计也来不及了，呜呜……她那么手无缚鸡之力，打又打不赢，跳车肯定也不敢跳，说不定那个杀人犯怕她反抗，已经把她给打晕了……嗯？打晕？"

卷卷愣了一下，忽然抱着小刀的胳膊喊："哪里有打印店，或者照相馆也行，快带我去！"

顾余墨家的地段很好，四通八达，各种商店应有尽有，小刀又开着车，很快就在路边找到一家照相馆，卷卷拿出自己跟沈绿瓷的合照，让老板迅速给打印了几张照片出来。

照片到手，她才忽然想起什么，扭头看向小刀。

小刀抽了口烟，然后把烟一丢，伸手拉开车门，把她往里面一塞。

"睡吧。"他坐到她身边，关上车门，淡淡地道，"你去救沈绿瓷，我来救你。"

他这句话包含了太多意思，让卷卷心跳如鼓，不知道该做出什么样的回应。

但现在，最紧要的事情是救沈绿瓷。

于是她深吸一口气，换了几个方向，换了几个姿势，最后侧躺在小刀腿上，脑袋枕着沈绿瓷的照片，闭上眼睛。

一分钟后。

卷卷："刀哥，我睡不着，给我来一下狠的。"

小刀："ok。"

一记手刀劈在她脖子上，卷卷顿时两眼一黑，晕了过去。

再次睁开眼时，身体摇来晃去，车子动荡不安，警车的鸣叫声在四面八方响起，安娜就坐在她身边，手按在方向盘上，两眼发红，面色狰狞。

『第四十七章』女朋友

在后面追击的警察感到十分诧异："前面怎么了？"

前方的逃犯原本坚定地往东湖的方向开，一副一言不合，就要投湖自尽的样子，可刚刚车子忽然调了个头，朝沃尔玛的方向开去……

这是打算在投湖之前，先买点零食吃个痛快吗？

逃犯的思想难以揣测，警车们急忙跟着调了个头，朝对方追去。

还没过两秒，逃犯又犯病了。

车子开始原地打转，跟追着自己尾巴跑的狗一样，在打转过程中，警察透过车窗，隐约间看见两个厮打在一起的身影……

"人质在反抗！"警察们回过神来，"快去救人质！"

一边是穷凶极恶的杀人犯，从她的资料来看，她不但是个国际古董商，还是个业余攀岩爱好者，热衷于运动，除了攀岩，还喜欢骑马、射箭、跑步等等。

另一边则是个手无缚鸡之力的普通市民，从资料看来……似乎特别热衷于当保姆……总而言之，怎么看都不像是逃犯的对手，估计反抗个一分钟就要被镇压。

警察急匆匆地去救援。

车子朝一个方向笔直地开去，里面的人光顾着打架，没人管方向盘，更没空去管红绿灯，以至于红绿灯闪过，前方一辆大卡车开过来，它也迎面开过去。

"停车！"警察从车窗里伸出脑袋来，焦急地喊，"快停车！"

车子开太快，一时间难以停下来，眼看着就要车毁人亡，一辆路虎从旁边冲过来，轰的一声撞到警车上，马力开到最大，硬生生地把警车挤到路边，避开了对面那辆大卡车。

路虎车门打开，小刀从车上下来，几步走到已经有点变形的警车旁，伸手拉开车门，一个女人立刻从里面滚出来，落在他的脚下。

小刀缓缓低头，看着对方。

安娜现在的样子看起来有些狼狈，头发凌乱不堪，脸颊上还有一个牙印，两只眼睛又红又肿，看起来刚刚被人拿手指戳过，于是不停地掉眼泪。

她刚往外面爬了几步，身后的车子里，似有一只熊瞎子抑或是异形之类的生物，以迅雷不及掩耳之势伸出手，抓住她的脚，嗖的一声把她给拖了进去。

小刀看了眼车子里的状况，然后退后一步，随手关上车门。

车子开始颠簸动荡，他背靠在车门上，掏出一根香烟，叼在嘴里，然后啪的一声打开打火机，一朵火焰靠近烟头。

警车呼啸而来，把他背后的车子围在正中央，车门一扇接一扇打开，一个个警察从里面跑下来，朝车子走了过来。

小刀吐了口烟，对迎面走来的警察说："里面的情况不大好，先叫救护车。"

警察吓一跳，是人质出事了吗？一边打电话叫救护车，一边掏出手枪来，指着车门说："不许动，你已经被包围了，手放头上，立刻出来！还有你……快点过来！"

小刀嘴角向上一扬，反手拉开车门。

他的举动让警察们感到十分紧张，手里的枪指着打开的车门。

一个女人狼狈不堪地从里面滚出来，一开始他们以为是人质，等对方抬起脸来，才看清楚是在逃的那个杀人犯……

"救我！"她脸上到处都是牙印，跟刚刚"熊"口逃生一样，朝警察伸出手，声音哽咽了，"我自首！快让这个疯女人离我远点！"

不久，救护车赶到，医护人员原本以为自己是来抢救受害者的，结果到了才发现，需要他们抢救的是犯人啊……

几小时后，市医院内。

已经换回自己身体的卷卷坐在病床边，心痛地看着床上的沈绿瓷。

沈绿瓷睡得很安详，跟隔壁的安娜相比，她的情况已经算不错了，只是指甲断了几根，身上有几处淤青，至于嘴角残留的那点血迹……那是咬人留下来的血迹。卷卷一边帮她擦擦嘴角，一边忧愁地说："那个安娜脸上涂那么多化妆品，会不会有毒？我得让医生给绿绿做个检查，别过几天发现铅中毒了。"

旁人无语。

姗姗来迟的顾余墨咳嗽一声，最危急的时刻他没赶上，这个时候怎好意思继续保持沉默，于是温声道："应该的，医药费就算在我身上吧，毕竟沈小姐会遇到这样的事……跟我也脱不了干系。"

卷卷也觉得是应该的，要不是他硬按着她不放，她早过去交换人质了，那不就什么事都没有了吗？绿绿身体娇弱，压根就不是个能打仗的人，而她就不同了，把她放抗战时期，她都能直接去前线当双枪老太婆，区区一个安娜算什么？

"嗯。"于是她淡淡地道，"那你先去缴个费吧，中午了……顺便帮绿绿带点吃的回来啊。"

顾余墨离开病房，与从外面进来的小刀擦肩而过。

小刀丢了盒蛋炒饭给卷卷，自己靠在墙上吃另一碗，顺便问道："你对他挺冷淡的啊。"

卷卷扒了两口饭，抬头看着他："难道我要对他很热情吗？"

"你都搬到他家里住了。"小刀瞥了她一眼，淡淡地道，"我还以为你对他有点意思呢。"

卷卷翻了个白眼："他只是我的临时雇主罢了，等发完工资，我们就可以分道扬镳了。"

虽然没能帮他找回阿布，但好歹帮他解决了这次的案子，于情于理他都该给他一点补贴吧？

等补贴完毕，这人……卷卷就不打算留着过年了。

听说他手底下有个灰姑娘基金会，里面全是受过他恩惠，想要知恩图报的姑娘，谁知道里面还有没有安娜这样的人？

世界上有许多灰姑娘，她们生在富裕家庭，曾经衣食无忧过，但因为各种各样的意外，而变得穷困潦倒，不复当初。为了重新回到过去的生活，为了重新登上上流阶级，有些灰姑娘……将不择手段。

小刀吃完了蛋炒饭，拉着卷卷出去一起丢盒子。

丢完盒子，却不让人走，一路带她往没人的地方走。

"到底什么事啊？"卷卷不满地说，"有事快说啊，我还赶着回去看绿绿呢。"

小刀心里一阵不爽，回头瞥着她："才认识多久，就绿绿绿绿地喊上了，我跟你认识这么久，怎么不见你喊一声刀刀。"

……他是不是被车子撞出脑震荡了？卷卷嘴角抽搐地看着他："刀刀？"

小刀浑身抖了一下，看起来起了一身的鸡皮疙瘩，半天才道："算了，你还是喊我刀哥吧。"

还好他没硬逼着她喊他刀刀，不然卷卷真要押着他去看脑科了。

小刀本来想点根烟抽，但扫了卷卷一眼，忽然把掏出来的打火机又重新塞回口袋里去，烟叼在嘴里，像根棒棒糖一样，支吾不清地说："有件事……我得跟你说清楚。"

卷卷愣了愣，她隐约能猜到他知道了什么，但猜不到他要对她说什么，于是定睛看着他，等待他接下来的话。

小刀黑黝黝的眼睛凝视她半晌，对她说："我知道你的秘密。"

卷卷的心咚咚咚跳起来。

"你睡着以后，会进入另一个人的身体。"他神色平静，一点一点揭开她隐藏已久的秘密，"如果不放照片，你就会随机变成某个人，但如果放了某个人的照片，那么等你们两个同时入睡，你就能进入这个人的身体里。"

他们站在走廊尽头，外面有风，有雀鸟的声音飞过。

卷卷看着他，她原以为秘密被揭开的那天，她会感到恐惧、震怒、歇斯底里，甚至产生杀人灭口之类的念头云云，但奇妙的是，这一天、这一刻，看着他的眼睛，她居然并不觉得害怕……因为，他看起来比她还要害怕。

沉默半晌，卷卷面无表情地问道："你想怎么样？"

"我不会告诉别人。"小刀靠近一步，轻轻对她说，"你不用害怕……也不用搬走。"

"先问一下，"卷卷开口道，"我可以拒绝吗？"

"不可以。"小刀面无表情地道。

"可我已经答应绿绿了。"卷卷一摊手，"她说自己一个人住太寂寞，想要有个伴。"

小刀冷冷地道："我一个人住也很寂寞。"

卷卷一脸为难："但绿绿比较美丽可爱，而且还做得一手好菜。"

小刀扯扯嘴角，他也很美丽可爱啊……至少五岁以前是很可爱的，至于做饭……他妹的，他压根就不会做饭啊！

"所以你换个要求吧。"卷卷看着他，慢慢笑起来，"我不会留下的。"

他的坦白，反而显示出更多的问题。他一个开路虎的，为什么要跑来跟她这个穷屌丝合租？他为什么要监视她，刺探她的秘密？之前她房间里那么多的监视器是不是他安的，还把锅丢给林姑娘背？以及……究竟是谁派他来的？

在他真正坦白之前，在她彻底心里有数之前，她是不会留下的。

唯有远离他，她才会觉得脖子上的那根绳子松开了，可以自由呼吸，可以喘一口气，可以安稳地睡一觉。

小刀居高临下地俯视着她，表情阴沉得有些可怕。

"行啊，那就换个要求吧。"他伸手按住卷卷的后脑勺，把她压向自己胸口，不让她看见自己的表情，只有声音在她脑袋上面响起，他说，"当我女朋友吧。"

『第四十八章』厚颜无耻之人

"……"卷卷脸埋在小刀胸口，问，"你妈又逼你结婚了？"

"不。"小刀说，"这次是我自己想这么干。"

"我能说不吗？"卷卷问。

"不可以。"小刀凶狠地拒绝了她，为了补救，下一句话又说得很温柔，"又不是立刻要你怎样，先当我女朋友，接吻上床之类的事情以后再说。"

卷卷一把推开他，可算被她抓到话里的破绽了，她立刻满脸愤怒地道："朕把你当兄弟，你却想上朕！"

小刀看她想跑，急忙使出肉食动物的本能，扑过去按住，两只手按住她两边的脸颊，表情跟高利贷债主逼人还钱一样，对她说："我说过了！这些事以后再说，现在先当我女朋友啊！"

"什么啊！"卷卷嘴都被挤得嘟起来，"结果还不是要上我！"

睡自己喜欢的女人有什么不对？他还想把人丢床上舔一遍呢！

但这事现在只能心里想想，说出来肯定要挨耳刮子，总之先把关系定下来，故而小刀笑着对她说："答应我吧，答应我只有好处没有坏处……一定不会让你后悔的。"

卷卷现在就后悔跟他出来了。

跟着他能有什么好处啊？最多就是每天吃蛋炒饭的时候分她一半……过不了一年，她就会因为胆固醇超标而驾崩了！

幸好关键时刻，一个医护人员从旁边走过来，对她们说："病人已经醒了，现在正在找你们。"

绿绿！不愧是我的好绿绿啊，关键时刻总有你！卷卷一把推开小刀，一边喊着"绿绿绿绿"，一边朝着病房的方向狂奔而去。

看着她的背影，小刀觉得一嘴的苦水，吐不出来也咽不下去。

事情变成这个样子，有一个人要负全责。

他拿出手机，给萨丁发了个微信过去，上面写着："你死定了。"

萨丁看到这条消息的时候，内心是崩溃的，觉得此生从未见过如此厚颜无耻无理取闹之人，他都已经这么听话了，叫他干吗就干吗，一毛钱不要全是做白工啊，为什么还要这么对他？

卷卷回到病房内，发现沈绿瓷已经醒了，看起来似乎受到了很大惊吓，脸色苍白，坐立不安。旁边站着顾余墨，似乎刚刚缴费回来，还带了吃的回来，一个塑料袋放在床头柜上，里面有几个饭盒，其中一个放在沈绿瓷腿上，但她一口都没动。

听到脚步声，她转头看向卷卷，忽然间眼泪汪汪，像受委屈的小猫似的，等着主人过去摸摸她的毛。

卷卷马上走过去，两个人抱在一起呜呜哭起来。

沈绿瓷那是劫后余生的喜悦，而卷卷……她大概是被对方萌哭了。

顾余墨站在一旁，怜爱地看着她们，忽然上前几步，伸出手，似乎想要将她们抱在怀里，但一只手忽然按在他肩膀上，一个又冷酷又阴沉的声音在他耳边响起，低声警告他："你想都别想。"

说完，他又在顾余墨肩膀上捏了几下，才松开手，然后从他身边走过去，从背后抱住卷卷。

顾余墨："……"

忽然间被男人抱在怀里，卷卷觉得自己浑身的寒毛都竖起来了，沈绿瓷更是气得都快炸开了，朝她身后喊："你要什么流氓啊？"

小刀一只手绕过卷卷的脖子，护食一样把她圈在怀里，黑沉沉的眼睛瞥了沈绿瓷一眼，淡淡地问："你这是对救命恩人的态度？"

沈绿瓷："……"

虽然她已经从旁人嘴里得知，她所乘的警车差点就撞上大卡车，多亏了小刀奋不顾身，开车把警车挤到路边，她才能得救，但她还是想说……她此生从未见过如此厚颜无耻无理取闹之人！

"喂！"卷卷愤怒地瞪着他，虽然嘴巴不好说，但是用眼神控诉他：有你这么抢功劳的不？救了绿绿的英雄是我！

"不过你也不用太感激我。"小刀对沈绿瓷说完，转头对卷卷一笑，不等她反应过来，突然把脸凑过去，在她额头上亲了一下，然后宣布道，"女朋友的事，就是我的事。"

卷卷反手一肘打他肚子上，面色狰狞地道："厚颜无耻啊！"

这之后，不管卷卷怎么拒绝怎么反对，小刀都不听，卷卷不肯当他女朋友，他可以先默认自己是她的男朋友嘛！这般无耻行径，沈绿瓷是看不下去了，十句话里有八句，是让卷卷快点搬家跟她一起住，离这个死变态远一点。

顾余墨也在事后找到她，问要不要帮忙，他可以找人教训一下小刀。卷卷想了想，拒绝了他。人情这东西有欠就有还，她今天欠了顾余墨人情，明天拿什么还他？两个人比较起来……她觉得还是小刀更好应付一点。

之后，她向顾余墨提出结束这次的雇佣。

顾余墨看起来颇为遗憾，他站在医院内的大树下。寒风中，树叶萧萧落下，他脖子上围着一条米色围巾，看起来颇为温暖，他低头俯视卷卷，对她温声道："这次多亏有你，才能这么快抓到凶手，我替阿布、替被害者谢谢你。"

卷卷不敢说不用谢，怕说完，他就拍拍屁股走人，不给出工费了。

"说起来，一开始请你，是想让你当个向导，带我好好观赏一下这座城市的风光，谁知道后面发生了那么多事。"顾余墨颇为惋惜地说，"对了，你能陪我去个地方吗？"

出工费没到手，卷卷还真不好一口拒绝他，于是问："去哪儿啊？"

"我这次回国，其实最主要的目的，是为了照顾我外甥。"顾余墨说，"他出了点事……现在在市精神病院里。"

这等小事，卷卷还真没拒绝的借口，于是点头道："好吧，你什么时候要去，把我带上。"

"就明天，星期天，怎么样？"顾余墨笑道。

卷卷犹豫一下，点点头。

这个时候，她并不知道自己明天将与谁重逢。

然而，并非每个重逢都能让人感动，并非每个重逢都是缘分。

有种重逢，叫作他乡遇故人——债主。

有种缘分，叫作孽缘。

『第四十九章』重逢

第二天，去医院的路上。

卷卷本来想刷刷微博，但是总有个小号找她聊天，她有点强迫症，看到有新评论就一定要回复，直到对方问她："今天晚上一起吃蛋炒饭不？"

卷卷顿时死的心都有。

她的微博充满槽点，昨天新发的微博内容就是："听说妹子直播睡觉，被国民老公打赏了七万块，不知道我去直播刮腿毛，他会不会赏我一包干脆面？"

那个小号，又或者说是小刀，居然在下面点了个赞。

耻辱，黑历史，不能忍！

卷卷退出微博，满面沧桑地看着窗外，一副看破红尘的世外高人脸，引得顾余墨在旁边问："怎么了？"

"没什么。"卷卷才不肯说实话，于是反过来问他，"对了，之前一直想问你，你是不是早就猜到凶手是谁了？"

在看到从良家妇女嘴里掏出来的画时，他没有怀疑虞莎莎，而是直截了当地把画截下来，然后打电话找鉴定人员过来。当时卷卷没反应过来，事后想起，她忍不住怀疑，难道他第一时间就确定凶手是安娜了？

前方的绿灯开始闪烁，车速开始慢下来，最后缓缓一停。

"她的前男友是我死党。"顾余墨往后一靠，侧首看着卷卷，"他是个艺术品商人，三年前因为贩卖赝品，被罚了一大笔钱，还判了刑、坐了牢……进去之前，他委托我替他照顾他女朋友……我就是在那个时候认识安娜的。"

卷卷侧首看着他。

一个是前途无量，几年甚至十几年内都出不来的前男友，一个是前程似锦、温柔沉稳的药材大亨，想必安娜就是在那个时候做出选择的吧？

"我死党对她爱得很深，我一直怀疑赝品的事情，安娜也参与其中，但是他死不承认，把罪一个人全扛了下来。"顾余墨说，"不仅如此，他之前还在我的灰姑娘基金会里投了很多钱，希望他出事之后，这笔钱能用在安娜身上……所以于情于理，我都没法拒绝他。"

"安娜跑来参加你的相亲会，你朋友知道吗？"卷卷问，"这种头顶冒绿光的事，他能忍？"

"当然忍不了。"顾余墨苦笑一声："实际上，我们早就没来往了，大约是两年前吧，安娜追求我的事情，不知怎么传到他耳里，我去看望他的时候，被他臭骂一顿，说我勾引朋友妻，之后就跟我绝交了。"

这位朋友的三观也是奇特，跟时下一些已婚妇女一样，老公出轨，就去厮打小三，老公招小姐，就去厮打小姐，可罪魁祸首难道不是老公吗，想要杜绝此类事件，当然要从源头打起……

不过现在不是讨论这事的时候，卷卷在意的是另外一件事："这么说起来，她追你追了好几年了吧，这么几年下来，你是不是……已经知道她是个什么样的人了？"

顾余墨沉默了一下，然后说："是，我知道。"

难怪了。卷卷心里想，难怪他看到画的一瞬间，立马就能联想到赝画制造，只怕他早几年就找人调查过安娜了吧。

气氛有些沉闷，两个人一起看着前面的红绿灯。

在车子发动之前，卷卷问了他最后一个问题，她说："那你觉得安娜是个什么样的人？"

"一个以自我为中心的女人。"绿灯了，顾余墨发动车子，"为了达到目的，可以不择手段。知道阿布为什么会跟她走吗？因为有段时间，她买通我身边的人给阿布下毒，等阿布进了宠物医院，她就一直在边上照顾它陪伴它，阿布是只猫，它不懂太复杂的事情，就觉得她是个好人。"

"它不懂，但你懂啊。"卷卷盯着他，"你既然知道她是个什么样的人，为什么还让她住进你家，跟其他候选人住一起？"

"可她毕竟没杀过人啊。"顾余墨苦笑，"我总不能因为心里怀疑她，就把她当杀人犯看吧？"

卷卷无言以对。

坏人会干坏事，好人会干坏事吗？答案是，有可能。

顾余墨是个好人，他名下有好几个基金会，愿意帮助生活艰难的女性，而且一诺千金，哪怕是已经绝交的朋友，承诺过对方的事情也一定会做到。

可在这件事上，卷卷觉得他并不无辜。

"我记得我以前看过这样一则资料。"卷卷淡淡地说，"1348年夏天，欧洲黑死病正在蔓延，有一个热那亚人来到意大利皮亚察城外，要求进去找亲戚，城里人一开始不敢放他进去，他只好在外面淋着雨，一边哭泣一边恳求。他的亲戚觉得他太可怜了，于是半夜偷偷把门打开，放他进城。几周后，皮亚琴察全城死于黑死病。"

说完，她转头对他笑道："你觉得安娜跟这个热那亚人比，谁比较可怜？"

这之后，一直到车开进神经病院内，顾余墨都没回答她的问题。

也许他一时之间找不到答案，也许他心里已经有了答案，但就像皮亚察城的无辜百姓都活不过来了一样，这次的事件中，死掉的人也活不过来，瞎掉的那个也再也看不见光明……

一念之仁，造就这一切。

对魔鬼，何必同情？

"到了。"顾余墨脸色黯然，下车之后，又为卷卷拉开车门。

两人并肩走进精神病院内，说句实在话，卷卷不喜欢医院这种地方，药味伴随着病痛哭泣的声音，总是让她感到特别难受。

他们来早了，现在离预定的时间还有十几分钟。两个人来到会客室内，一个人坐在沙发上，另一个坐在桌子对面，静静等待顾余墨外甥的到来。

顾余墨时不时看卷卷一眼，似乎很想开口跟她说些什么，却一直说不出口。卷卷被他这副欲言又止的样子弄得挺不自在的，忍不住对他说："你有话就说。"

"不知道之前有没有跟你提过我外甥。"顾余墨咳嗽两声，似乎想找一个柔和一点的话题，"他叫林馥，因为一个事故的关系，所以才住在这里，但他本人很好相处，又聪明又温柔，见过的人，都说他像个天使一样……"

卷卷打断他的话："你说他叫什么？"

顾余墨笑着看着她，重复一遍自己外甥的名字："林馥，意思是草木香气、芬芳馥郁……"

卷卷看着他的嘴，张张合合、开开闭闭，但他在说些什么，卷卷一个字也没听进去，脑海里不停地回响着那个名字。

林馥林馥林馥林馥……

"也许是同名同姓吧。"卷卷心想，"世界这么大，我不可能总踩到同一坨屎……"

右手边，传来开门的声音。

卷卷想要转头去看，却突然发现自己的脖子僵硬了，像生了锈的机器一样，怎么转也转不动。

她不愿面对，门外那人却不同。

他一步一步朝她走来，脚步轻盈无声，像漫步在林间的精灵，伸出的手纤细雪白，就像白玫瑰的花瓣。

"卷卷。"一个蓝色病号服的少年来到卷卷面前，瑰丽的面孔倒映在她的瞳孔内，他伸手抱住她，粉红色的嘴唇贴在她的耳朵边，少年的嗓音清丽美丽，低声对她道，"我说过，我们一定会再见的……"

卷卷一把将他推开。

跟卷卷相比，对方的身体显得太过羸弱，他踉跄着退了几步，险些坐倒在地，还好有医院工作人员在后面扶住他。

工作人员扶稳他之后，目光投向卷卷，里面充满了不满，刚要出口责备，林馥就转过头，对她笑道："我没关系。"

他又转头看向卷卷，对她露出天使一般的笑容："是我的错，忘记我们太久没见面，所以感情不像以前那么亲密了。"

顾余墨这个时候已经从桌子后面走过来，看看他，又看看卷卷，眼中闪过一丝疑惑，他问道："你们两个认识？"

"不认识。"卷卷冷冷地道，"对不起，我身体有点不舒服，先回去了。"

说完，她拎起包，飞快地离开了会客室。

"这人怎么回事？"工作人员忍不住说，"推了人，还这么大脾气。"

顾余墨看起来有点左右为难，一边想去追卷卷，一边想留下来看外甥，身旁，林馥很温柔地对他说："舅舅，你先去追卷卷吧，我在这里等你们。"

"好。"顾余墨松了口气，然后抬脚朝卷卷追去。

林馥笑着目送他离开，然后转头对工作人员说："他们不会回来了，安排下一个拜访者跟我见面吧。"

工作人员疑惑地道："可刚刚那位顾先生说，他很快就会回来。"

"回不来的。"林馥歪着头，有些顽皮地眨眨眼，"我舅舅一向很难拒绝女孩子的要求，而卷卷……她决定的事情，十头牛都拉不回来。"

十几分钟过去，顾余墨和卷卷果然没有回来。

工作人员就离开了片刻，把下一个拜访者叫了进来。

暮照白进来的时候，顺着长桌看过去，桌子对面，一个玫瑰花一样美丽的少年背光而坐，手里折着五颜六色的纸花，看起来心情非常好，抬头对他笑道："下午好，暮警官。"

暮照白反手将门关上，在他对面坐下，双手交叉放在桌上，对他爽朗一笑："下午好，林馥，你今天看起来心情不错。"

"是啊。"林馥将一朵纸花递给他，笑着说，"也祝你心情愉快，对了，你今天来找我，还是为了上次那个案子吗？"

05

天使的礼物

『第五十章』小天使

　　"上次的'情人劫'案子虽然已经结了，但是余波未消。"暮照白说，"死掉的那几对情侣，都是有身份有地位，或者爹妈有身份有地位的人，接到他们的死讯，有好几个受害者家属当场晕了过去，事后醒来，发誓一定要凶手血债血偿。"

　　"可是陈阿姨已经死了。"林馥低着头，折着一朵绿色纸花，"还有梁叔叔，他是个精神病人，都已经确诊了很多年了，他们怎么把他送上法庭？怎么让他血债血偿？"

　　"所以，现在这些受害者家属已经联合在一起。"暮照白微微倾身，盯着他道，"他们打算帮梁国栋翻案，证明他其实是误诊，实际上他是个有完全刑事行为能力的正常人。"

倾身的动作意味着倾听，但是林馥似乎并不想接他的话，他依旧低头折着纸花，翻飞的手指纤长而灵巧，一朵惟妙惟肖的绿玫瑰渐渐在他手里成型。

暮照白又盯了他一会儿，然后开口问道："你能回答我一个问题吗，小馥？"

林馥头也不抬地说："在我回答这个问题之前，你能先回答我一个问题吗，暮警官？"

暮照白："你问吧。"

林馥："你觉得梁叔叔应该死吗？"

"当然。"暮照白毫不犹豫地说，"犯罪者必须受到法律的制裁。"

"但杀人的是陈阿姨，并不是他，不是吗？"林馥问，"难道为了平息受害者家属的愤怒，法律就能随便制裁另一个受害人吗？"

暮照白皱皱眉，无法苟同他的说法："梁国栋可算不上什么受害人，就算不是主犯，也是从犯，而且他明明可以制止这一次的杀人事件，可他什么都没说，也什么都没做……"

林馥翘起嘴唇，抬起漂亮的棕色眼睛看着他。

"这不是很可笑吗？"他对暮照白笑道，"梁叔叔当年被他妻子强行送到精神病院的时候，那群受害者及其家属也什么都没说、什么都没做，凭什么现在就要求他什么都说、什么都做？"

暮照白眉头皱得紧，他觉得这孩子有点强词夺理。

"你觉得我在强词夺理吗，暮警官？"林馥盯着他的眼睛，目光似乎穿过他的皮肤，伸进了他的心底，他唇角上扬，笑容带着一丝小小的狡黠，"在这之前，你是不是先查一下这些受害人，还有受害人家属，当年跟梁叔叔是什么关系？"

暮照白愣了愣。

"需要我给你一点提示吗？"林馥目光明亮地看着他，朝他勾勾手，示意他靠近一些。

暮照白看了眼旁边的工作人员，本来以为对方会阻止，毕竟他以前因为案子的关系，接触一些精神上有问题的人的时候，都会被严格禁止身体方面的接触，不许靠太近，也不许说会刺激对方的话，但是工作人员却笑着对他点头，说："你别担心，小馥是个很温柔的好孩子。"

"是啊，你别担心。"林馥也笑了起来，"我不会咬人的。"

暮照白迟疑了一下，走过去，弯下腰。

林馥双手合在嘴前，朝他耳朵里轻轻说："他们都是梁叔叔的朋友……至少曾经是朋友。"

说完，林馥笑眯眯地放下手，棕色眼睛看着他，目光诚恳："我能跟你成为朋友吗，暮警官？"

暮照白眨了一下眼睛，问道："为什么突然想跟我当朋友？"

"因为你很像我舅舅，你们都是好人。"林馥歪着头想了想，又笑道，"但还是有一点不同，我舅舅是个很容易心软的人，在他心里，人情是大于法律的，不过在你这里，这点似乎刚好反过来。"

说完，他深深凝视着暮照白，棕色的眼睛微微弯着，阳光从窗外照进来，打在他的身上，让他整个人散发一层朦胧金光，仿佛油画中的天使。

"我很喜欢你，暮警官。"他对暮照白露出一个无垢的笑容，缓缓道，"我相信……我们一定会成为很好很好的朋友的。"

直到拜访时间过去，暮照白独自一人走出精神病院，然后抬起手，从大衣前面的胸袋里掏出一朵精致的绿色纸花。

他慢慢地将纸花拆开，露出里面的指甲痕迹来。

暮照白从口袋里掏出一支圆珠笔，轻轻在上面扫了十几下，扫出了四个字。

那四个字是——

"救我出去。"

暮照白转头看了眼精神病院的方向，来来往往的行人，以及里面忽然传出的叫声，让他忽然回忆起队长之前说的那番话，他说："这事还真够讽刺的，梁国栋被他老婆强行送进精神病院的时候，还是个正常人，等现在终于有人肯帮他翻案的时候，他却已经真的疯了……"

将手里的纸张连同圆珠笔一同塞进口袋里，暮照白又看了眼精神病院的方向，然后转身离去。

枯叶萧萧，在他身后落了一地。

同样萧条的景色，也在卷卷的窗外出现，虽然还没下雪，但是窗外那棵树的叶子已经快要掉光了，她把手里的包包随手丢在床上，然后一边脱外套，一边走到窗户边，拉开抽屉，拿出相册，放在桌上一页一页地翻。

翻到一半，一盘蛋炒饭忽然压在她的相册上，一抬头，就看见小刀满脸不爽地看着她："刚给你热过了，吃吧。"

"可我已经吃过了啊。"卷卷的样子有点为难……虽说晚上她只吃了八分饱，但是看见蛋炒饭这玩意……她觉得自己突然就十二分饱了。

小刀盯了她一会儿，抬手举起盘子，自己拿着筷子扒拉着吃起来，与其说是吃饭，倒不如说是在泄愤吧。

这时候，卷卷的手机铃声响了，她接了电话："啥事啊，绿绿？"

"我今天买了很多菜。"沈绿瓷耳朵夹着手机，打开冰箱门，一边把手里的东西往里面塞，一边温柔地问，"你明天想吃什么啊？糖醋里脊还是东坡肉？或者直接做个火锅吃？"

"我吃我吃，你做什么我都吃！"卷卷一副垂涎欲滴脸。

小刀扒饭的手顿住了，从蛋炒饭里抬起头来，一直盯着她看。

"那我干脆全做吧。"沈绿瓷笑道，"就当庆祝你乔迁。"

心里加了句，也庆祝你远离小刀那个变态。

两人通完电话，卷卷关上手机，转头看了眼小刀，惊愕地发现他只吃了半碗饭，剩下半碗居然放着不吃了，整个人散发出低沉颓废的气息，跟耷拉着耳朵和尾巴的哈士奇一样，站那儿半天不说话。

"你怎么了？"卷卷问。

"没什么。"小刀看起来很想努力竖起耳朵尾巴，可努力半天，还是竖不起来。他又用筷子夹了一筷子蛋炒饭，可吃进嘴里，味同嚼蜡，感觉怎么也咽不下去……

盐放多了，米还有点生，这盘蛋炒饭看起来卖相不咋地，吃起来味道更不咋地，这也是理所当然的事情……毕竟是他自己炒的嘛。

小刀端着盘子走出去，来到厨房，一言不发地将剩下的那半碗蛋炒饭倒进垃圾桶里。

然后掏出手机给该死的萨丁打电话，厨房的灯没开，他发出地狱三头犬一样的低哮："你干的好事！"

萨丁这时候正跟一个混血妹子开房呢，裤子都脱了，突然接到这么一通电话，直接就萎了，差点哭出来："我又做什么了？"

"说什么要抓住女孩子的心，先要抓住她的胃……"小刀气得面容扭曲，"人家吃都不肯吃，我怎么抓住她的胃？"

"不可能啊！"拥有四星级厨师执照的萨丁满脸惊讶，"我给妹子做香煎鹅肝、马卡龙、法式松饼、松茸饭的时候，她们都表示很感动很开心啊！话又说回来，你给妹子做了什么？"

小刀："……"

小刀："给你两个选择，过来让我揍一顿，或者蹲监狱。"

另一边，卷卷完全不知道刀哥的苦心还有萨丁的悲剧，她洗漱完毕，抱着相册躺床上，一边哼歌一边选照片。

因为绿绿的关系，林馥造成的糟糕心情稍微缓解了一些。

"绿绿，绿绿，我的小天使绿绿……"她一边五音不全地哼着歌，一边坐起身，盘腿坐在床上，相册放在膝盖上，看着一张照片笑道，"决定了，今天晚上，我也要当一次小天使。"

她抽出一张照片。

照片里，是一个七八岁左右的萌萝莉。

她穿着一条玉米黄色的公主裙，手里拖着一条小熊玩偶，在路边转过头来，对着镜头露齿一笑，似乎正在换牙，所以有一颗牙齿不见了，像个缺了牙的天使，露出天真无邪的笑容。

卷卷将这照片压在枕头下面，然后关掉台灯，在枕头上面躺好。

她闭上眼睛，习惯性地对自己说："天黑了，请闭眼……"

『第五十一章』小恶魔

卷卷睁开眼睛。

她躺在一张床上，身上穿着一件粉红色的睡衣，怀里抱着一只小熊布偶，呼吸的时候牙齿都在打战，低头一看，发现身上没有盖被子。

小孩子半夜踢被子，这家人也不管管？卷卷一边咳嗽，一边翻身坐起，把地上的被子捡起来，重新丢床上，然后抬手摸了摸自己的额头，不烫，但是喉咙又渴又痒，于是她一边咳嗽，一边到处找水喝。

找了一圈没找到水，她只好推门而出，朝客厅走去。

去客厅的路上路过另一个房间，房门虚掩着，里面还亮着灯，卷卷停在门口，透过门缝朝里面看去。

一个男人背对着她，站在床边，将手里的输液瓶挂在床头边立着的挂衣架上，挂到一半，他忽然转过头来，国字脸上，戴着一副厚厚的眼镜，对她露出有点憔悴，又有点憨厚的笑容。

卷卷掩上房门，然后手摸在墙壁上，一路朝客厅走去。

她在客厅没找到水壶，但在桌上找到了开水瓶，开水瓶里面的水注得满满的，一个七八岁的小女孩勉强够得着，却拿不动。

就在卷卷为难的时候，一个声音从她背后响起："怎么了？"

卷卷吃了一惊，回过头来，看见刚刚那个男人不知何时来到他身后，低头对她笑，于是她也对他笑，然后用清脆如小鸟般的声音恳求："我口渴了，帮我倒杯水吧。"

男人摸了摸她的脑袋，然后去了趟厨房，回来时拿了一个小熊图案的杯子放桌上，单手拿起开水瓶，往杯子里倒了半杯热水。

"喝吧。"他把杯子递给她，温柔笑道，"喝完早点去睡。"

卷卷从他手里接过杯子，一言不发地喝完。

杯子放回桌上，一抬头，就看见对方朝她伸出手，她看着那只手，犹豫一下，把手放在他手心，然后大手牵着小手，一起回到她的房间。男人拿起小熊布偶放她怀里，然后掀起被子，轻轻盖在她身上，对她说："爸爸去陪妈妈了，熊熊陪着你。"

接着，俯身朝她额头上亲去："晚安，宝宝。"

卷卷赶紧拿起小熊，挡在自己脸上，男人亲在小熊上面，她隔着小熊对他说："晚安……"

一个并不富裕的家庭、一个卧病在床的母亲，还有一个旧得打了两个补丁的小熊玩偶，小天使的处境看起来并不怎么好，所幸有一个温柔可靠的老爸，也算是上帝关了扇门，但好歹给了个烟囱吧。

卷卷抱着小熊玩偶，慢慢闭上眼睛。

本来以为再次睁开眼，她会在自己房间里醒来，然后起来上个厕所，闭上眼睛继续睡，天亮以后，收拾收拾不多的行李，然后去绿绿家里吃早饭午饭晚饭。当然她堂堂卷爷可不是干吃饭不干活的小白脸，碗她全洗，地她全扫，而且她是个暖炉体质，绿绿冬天抱着她睡觉，就像抱个大型熊玩偶一样，绝对又暖和又舒服……必要时刻她还能跳起来吊打小偷。

然而理想是丰满的，现实是骨感的。

卷卷是被一片嘈杂声给吵醒的。

天已经亮透了，她抱着小熊玩偶，站在人群中，身上的小熊睡衣早就已经换下了，换成了一件白色的冬季小学校服。

两个白大褂抬着一只担架从她面前走过，担架上，躺着一个穿白色睡衣的女人，脸色十分痛苦，身体不停地抽搐。

他们快步将她送进救护车内，不一会儿，小天使的爸爸也跟着从楼上跑了下来，眼泪滚滚，脚步不停地朝救护车跑去，跑到中途，他忽然转头对卷卷说："宝宝，饭做好了，你自己记得吃。"

说完，便登上救护车，同里面的妻子一起匆匆离去。

他一走，卷卷耳边的议论声就大了起来。

"这可真是造孽啊。"

"张阿姨，出了什么事啊？"

"你不晓得啊，老李他老婆突然得了病，躺床上起不来，两口子为了省点钱，都是拿着吊瓶自己回家吊的，哪知道他们家那个捣蛋鬼哦，居然拿肥皂水倒进吊瓶里面吹泡泡，吹完了也不管，就随便放那儿，结果老李回来，直接拿肥皂水给他老婆吊上了……这不，进医院了吧？"

"又是这捣蛋鬼惹的祸啊？"

"可不是，她就没一天消停的，前段时间还拿过期饮料给我儿子喝，喝得我儿子上吐下泻的。"

"还老跑到我家蹭饭吃呢，她自己家又不是没有饭吃……"

卷卷在他们的议论声中，一言不发地上了楼，打开书包，从里面翻出家里的钥匙，然后开门进去。

进门就是客厅，客厅的墙上挂着钟，她抬头看了一眼，下午四点。

敢情她已经在这个小女孩的身体里待了差不多一天了。

提着手里的小熊，卷卷心事重重地回到自己的房间里，坐在床上，咬着手指，喃喃道："我怎么又被困在别人的身体里了？"

同样的事情，只发生过一次。

三年前那次。

那一次的经历让卷卷永生难忘，但时间会掩埋一切，随着日子一天天过去，她渐渐将那一次的事情尘封在心底，重新开始新生活。然而今天，相同的处境、相似的人，让她重新回忆起了过去。

"长得像小天使的人，不一定真的是小天使。"卷卷忍不住抱紧怀里的小熊布偶，"也有可能是长着天使面孔的小恶魔。"

她将怀里的小熊勒得很紧，以至于一样东西硌着她的手。

卷卷低头，看着小熊布偶，然后手在它腹部摸了摸，渐渐在丰厚的皮毛下面找到了一条拉链。她将拉链拉下来，里面是一本绿皮小本子。

卷卷掏出小本子，打开一看，第一页是老师的赠语，写着："赠期中考试第一名，李宝宝，祝再接再厉。"

翻过一页，才是小孩子的笔迹。

蓝色圆珠笔，在纸上一笔一画地写着："你好，我身体里的另一个我。"

同一时间，市精神病院。

暮照白推开会客室的大门，目光顺着桌子上五颜六色的纸花，看向桌子后面坐着的林馥。

"又见面了，暮警官。"林馥抬头看了他一眼，然后继续低头折着纸花。

"是啊，又见面了。"暮照白反手关上大门，坐到他对面，盯了他半晌，才缓缓道，"我昨晚调查了你的事。"

"调查到什么了？"林馥将手里的红色纸花放一边，换了一张绿色的纸。

"你之所以会住在精神病院里，是因为三年前，你杀了人。"暮照白双手交叉，放在桌子上，一丝不苟的目光盯着他，不放过他脸上任何一丝表情、任何一处破绽，"不是一个，而是一共五个人，另外还有一个人重伤，这个人就是你的亲生母亲。"

林馥折纸花的手微微停顿了一下。

负责在一旁监督的医护人员走过来，面色有些不满："暮警官，请你不要刺激病人。"

"我没事的。"林馥抬起头，湿漉漉的眼睛看着对方，就像一头无辜的小鹿，之后，他转过头来，满脸认真地看着暮照白，一字一句地对他说："我没有杀人。"

"有证人、有证据，包括你的亲生母亲在内，两个幸存者都作证是你杀的人。"暮照白冷静地说，"你之所以没有被判死刑，是因为同时还有大量证据证明，你是个人格分裂患者，作案的与其说是你，倒不如说是你的第二人格。"

死罪难免，活罪难逃，从那以后，林馥就一直住在这座精神病院内疗养，屈指一数，已经过去了三年之久。

"你把这件案子查得很清楚。"面对暮照白的指控，林馥没有动怒也没有愧疚，他依旧保持刚刚的神色，极为认真地看着他，"那么你应该查过，我的第二人格是什么样的吧？"

"据资料记载……是个女孩子。"说到这里，暮照白自己都有片刻的疑惑，"有关她的描述，分歧很大，包括你母亲和另一个幸存者在内，似乎每个人的描述都不大一样，但共同点是，这是个脾气非常暴躁、斗志非常昂扬，而且极其护短的女性人格，而且是为了守护你而诞生的人格……为了守护你，她不惜杀人。"

林馥喜悦地笑了起来。

他的笑容十分美丽，简直像是圣子降临，让世间充满光辉和赞美诗。

"守护？"他笑着说，"我喜欢这个形容词。"

"她现在还在你身体里吗？"暮照白有点好奇，"她还在守护你吗？"

这个人格虽然是女性，但可不是什么好惹的货色。

林馥在这里一关三年，与其说是关他，倒不如说是关他身体里的那个女性人格，那个潜藏在他身体里面的……真正的杀人魔。

"不在了。"林馥的表情十分遗憾，他长长地叹了口气，像是失去了世上最珍贵的宝物，连眼神都变得黯淡起来，不过他很快翘起嘴唇，抬眼看向暮照白，对他笑道，"不过我很快就会把她找回来的。"

暮照白还是头一次听说，第二人格还会失踪的……

像是知道暮照白在想什么似的，林馥笑着说："还有，她不是我的第二人格，她是一个人，一个真真正正的人。"

暮照白皱起眉头，他开始怀疑，眼前这孩子说不定在这儿待久了，被传染上了妄想症……

"暮警官，"林馥歪着头，打断他的思绪，一双明亮的眼睛看着他，笑着问，"你想不想知道，三年前究竟发生了什么？"

"你肯说？"暮照白问。

要知道，三年前那件案子轰动一时，不知道有多少报纸还有专栏杂志记者试图从他嘴里挖出独家新闻，但是没有任何一个人成功。少年林馥拒绝对任何一个人说话，警察也不、律师也不，如果不是有一个人脉广阔、财力非凡的舅舅，以及那么多的铁证，估计他早就被判无期徒刑了。

"你是我的朋友，跟你，我没什么不可以说的。"林馥眨眨眼睛，然后垂了垂眼眸，似乎在回忆什么，过了几分钟，他缓缓开口，用一种充满回忆的口吻道，"事情发生在三年前的夏天，那一年，我刚好十五岁……"

『第五十二章』第二人格

十五岁的林馥，曾经是上帝的宠儿。

肖邦青少年国际钢琴比赛第一名，才华出众、容貌俊美，父亲林文藻是大学教授，手里握着几项发明专利，母亲顾芙是家庭妇女，在家照顾老公孩子，一家人吃喝不愁，日子过得和和美美的。

直到顾芙决定跟网上认识的男人私奔，并且听信对方的花言巧语，私奔的时候把林馥也给捎带上了。

"小馥，你放心吧。"后车座上，她摸着林馥的脸，温柔地说，"你曹叔叔说了，以后会对你视若己出，把你当亲生儿子养的。"

林馥嘴巴上贴着一张透明胶布，一言不发地看着她。

姓曹的男子坐在前面开车，开车过程中，顾芙把林馥抱在怀里，不断地絮絮叨叨，跟他说曹叔叔的好，跟他描述美好的未来，跟他诉说对新生活的憧憬。

可最终，他们被曹叔叔带到了一个农家出租屋。

院子里出来四个人，三男一女，帮着曹叔叔把母子两人押下车，关进房间里。

顾芙惊恐不安地叫起来："你们想干什么？曹哥，曹哥！"

曹叔叔压根看都不看她一眼，他站在院子门口，拿着手机，不知道在跟谁说话，说到一半，转身走过来，拿手机凑到顾芙面前。

手机里传来林文藻焦急的声音："老婆，小馥，你们都还好吗？"

顾芙哭了起来："老公……"

曹叔叔把手机放到耳边，对林文藻说："准备五百万，还有专利赠送文件，我就把你老婆孩子给放了，记住，不要报警，不然你就等着收尸吧！"

林馥静静地站在一旁，眼睛缓缓瞥向一个方向。

"说是拿到钱就放人，实际上，他们压根就没打算让我们活着。"精神病院内，十八岁的林馥坐在长桌对面，笑着对暮照白说，"来的路上我已经看见了，院子里面，已经建好了焚尸炉。"

暮照白看着他，不知道是不是因为一直住在精神病院内，与世隔绝的关系，十八岁的林馥，跟他三年前的照片并没什么分别，最多就是个子抽高了一些。时光催人老，却偏偏放过了他，或许正如某些人所说，他是上帝的宠儿。

"你的女性人格就是在这个时候产生的吗？"暮照白盯着他，问，"是不是因为你母亲的做法让你感到反感，所以你潜意识里塑造出了另外一个完美的、可以保护你的母亲人格？"

林馥似乎被他的说法逗乐了，他哈哈笑道："不不，她的年纪可没那么大。"

"那在你心里，她是什么样子的？"暮照白觉得自己快要接触到关键点了，"还有，她是什么时间出现的？"

"她是个在校大学生，年纪比我大一些，但最多比我大四岁。她个子不高，但是力气很大，在学校似乎没什么男人缘，但很有女人缘，大家要打老鼠啊修电脑啊或者搬书啊，都会找她。"林馥似乎很喜欢这个话题，他声音雀跃，甚至放下了手里的纸花，专心致志地回答这个问题，"不过她也不是什么人都肯帮的，通常来说，不熟的人想让她帮忙办事，就得喂她好吃的东西。"

暮照白感觉有点怪怪的，这已经不像是在描述自己的某一个人格的语气了，而像是讨论恋人的语气……

"我非常非常喜欢她。"林馥闭上眼睛，在胸口画了个十字，然后睁开眼，棕色的眼睛里闪动着动人的光辉，像是小孩子站在教堂里，抬头看着彩色琉璃花窗，光芒穿过窗户，打在他的眼睛里，他憧憬而又痴迷地说，"她是上帝赐予我的天使，在我最痛苦的时候，来到我的身边……"

同一时间，某个小区公寓内。

卷卷看着手里的那本绿皮本子，看着上面写着的那行字。

"你好，我身体里的另一个我。"

卷卷看了一会儿本子之后，重新把本子塞回小熊布偶里，拉上拉链，丢到床头柜上，然后自己在床上躺好，拉上被子睡觉。

她真的很希望这次的事情只是一个意外，希望一觉醒来，她已经回到了自己的熊窝里，然而当她再次睁开眼，发现自己坐在一张电脑桌前，电脑里正在放一部外国电影，外语原声、中文字幕，她怀里抱着小熊布偶，肚子饿得咕噜噜直叫，看看墙上的时钟，已经是六点半了。

卷卷先去厨房里盛了碗饭，就着几道中午留下来的剩菜吃，吃完以后，她回到客厅里，抱起小熊布偶，拉开拉链，将绿皮本子拿出来，然后重新翻开。

"我知道你看见我的留言了，还知道你刚刚跑去睡懒觉了，为什么不回答我？告诉我你叫什么名字啊，我叫李宝宝，你以后叫我宝宝就好了。"

这一次她还挺贴心，怕卷卷找不到笔，所以连笔都准备好了，一并夹在绿皮本子里。

卷卷把那支圆珠笔拿起来，转了转笔，然后随便写了个名字：

"我叫红领巾。"

有了林馥的前车之鉴，她绝不会再将自己的真名透露给任何一个附体对象……小刀属于一个意外，她在他面前已经没有秘密了，他连她的血型和罩杯都知道。

写完这行字之后，卷卷觉得脑袋一震，眼神恍惚了一下，等视线再次清晰时，本子上已经多了一行字，小女孩的稚嫩字体，在她的留言下接着写道："身为我的第二人格，你怎么可以叫这个名字？太没格调了！我给你重新起一个，就叫安琪儿吧！"

安琪儿？天使？

卷卷嘴角抽搐，这个称呼又让她想起了某些不好的回忆。

不过算了，反正就是一代号而已，红领巾和安琪儿也没什么区别，都是给社区人民送温暖的劳模啊！只不过后者多了一对鸡翅膀！

"行啊，你就叫我安琪儿吧。"卷卷在本子上写道，"宝宝，你知道什么叫作第二人格吗？"

两人短暂交换了一下身体的控制权，小女孩在本子上留下来的话充满鄙视："你当我傻啊？《黑天鹅》《美丽心灵》《变相怪杰》我都看过了，我当然知道第二人格是什么样的！"

……这个年纪的小女孩不是应该看《巴拉巴拉小魔仙》或者《熊出没》吗？看那么多精神分裂电影干啥！

而且卷卷觉得她并不是真的懂什么叫作第二人格，只是受到电影影响，想当然地把自己当成了所谓的第二人格。

跟她解释起来也麻烦，卷卷干脆就默认了这个设定。

对她而言，最紧要的事情，是弄清楚她为什么会被困在这具身体里，然后找到办法回去。

在这件事上，卷卷觉得最有参考价值的就是林馥，他们两个人有很多相同点，当然也有很多不同点……比如林馥跟她说话的时候，就不需要通过纸笔，他们直接就能在身体内进行交流，简直就像真正的主人格和第二人格一样。

虽然很不愿意回忆当初的事情，但是为了回去，卷卷还是忍住难受，尽力回忆了一下当时的情况，回忆了一下当年的林馥，然后在本子上写道："你为什么会想要我……想要一个第二人格呢？"

小女孩的回复是："因为我在电影里看到过，第二人格都是很厉害的，我做不到的事情，你肯定能做到！"

卷卷回道："那你还是赶紧分裂第三人格吧，因为我擅长吃啊！你吃不完的剩饭剩菜我一个人全能吃完！"

小女孩："……"

卷卷："无话可说，你就不必特地打这么多点了，浪费纸啊！"

小女孩简直是要崩溃，接下来的每一笔都写得又重又深，字里行间透出一股极大的怨念："为什么啊！别人家的第二人格就那么厉害，要么会跳芭蕾舞，要么有超能力，轮到我的第二人格就只会吃吃吃！"

卷卷："怪我咯？"

之后连续四小时，小女孩都拒绝跟她交流。

等到她上床睡觉以后，卷卷才再次取代她，在这具身体内苏醒过来。

房间里没有开灯，卷卷平躺在床，看着黑洞洞的天花板，在心里对自己说："你得有点耐心。"

如果这次发生的事情，是三年前那件事的翻版的话，如果这个小女孩是另外一个林馥的话，那么他们可以困住她，也只有他们可以放走她。

她得有点耐心，让这小女孩讨厌她、厌倦她，继而把她从身体里驱逐出去。

忽然吱呀一声，房门被人推开，有人轻手轻脚地走了进来。

卷卷急忙闭上眼睛，装成一副已经睡着的样子。

过了很久，耳边一点声音都没有，卷卷以为人已经离开了，就慢慢睁开眼睛。黑漆漆的房间里，没有开灯，她看见一个人坐在床边，眼睛在黑暗里闪闪发光，一言不发地注视着她。

卷卷吓了一跳，过了一会儿，才看清楚是眼镜的反光。

"怎么还没睡啊？"他见卷卷醒来，笑着伸出手，摸了摸她的脑袋，对她说，"早点睡吧，明天还要上课呢。"

说完，他站起身来，一只手背在身后，也不转身，就这么一步步倒退着走到门外，人站在门口，对卷卷笑道："晚安，宝宝。"

『第五十三章』礼物

房门关上，他又在门口站了好一会儿，脚步声才渐渐远去。

卷卷看着房门的方向，花了很长时间才睡着，梦中，那男人诡异的笑容挥之不去……

等到她再次睁开眼睛时，她穿着一身蓝色校服，站在一间光亮的办公室内，窗户外面响着体育老师的"一二一"声，一个年纪不大的女老师坐在她面前，扶了一下眼镜，问她："李宝宝，你知道错了吗？"

卷卷满脸迷茫，一时之间根本没反应过来她在喊谁。

"这已经不是你第一次抢其他同学的零食了。"女老师责怪道，"以前你还知道收敛一点，现在人家不给，你就打人？你就硬抢？"

卷卷这才注意到女老师桌子上放着的那堆零食，什么奥利奥、巧克力之类，堆了一座小山包，敢情都是李宝宝的战利品啊……没想到啊，这人小小年纪，就已经具备了上梁山当好汉的潜质啊！

"听到我说话没？"女老师狠狠地拍了一下桌子，"你下节课不要上了，就坐在这里写检讨，写满八百字才许走，不然我就叫你家长来了！"

卷卷哦了一声，接过她递过来的纸跟笔，找了个没人的位置坐下。

笔尖落在纸上，写下的并不是检讨，而是一句："贼子好胆！自己闯的祸，叫我来写检讨？"

她眼神恍惚了一下，清醒过来之后，下面多了一行回复："养你这么久，这点小事都干不好？"

卷卷简直要气乐了："你养我什么了？给我煮过饭，还是给我烧过菜啊？还不都是老爸做的……"

李宝宝的回复非常急促，她几乎是立刻夺回了身体的控制权，在纸上写道："你吃了他做的饭？你这个大傻瓜！他做的饭能吃？你不许吃听见没有！"

卷卷以为是这熊孩子挑食不肯吃主食呢，于是好言相劝："我跟你说啊，小孩子是不可以挑食的，家里的饭菜干净有营养，外面的零食虽然好吃，但也不能每顿都吃啊，你没见前几天新闻里演，一小孩拿可乐当水喝，结果一口牙烂得跟八十岁老太太似的……"

身体控制权再次被李宝宝夺过，等到卷卷拿回控制权，她看见纸上写着大大的一行字："你懂什么！他想杀了我们啊！"

卷卷愣了愣，还没等她写下回复，身后忽然伸出一只手，把她面前的纸给夺走了。

"我看看你写了多少。"女老师低头看着手里的"检讨书"，只略微扫了一眼，两只眼睛就忍不住瞪得老大。

卷卷转过头来，面无表情地盯着她。

女老师也同样看着她，眼神惊疑不定，甚至带了一丝害怕，像在看一个随时会发病的精神病人。

卷卷忽然整个转过身来，像只敏捷的小熊一样，朝她扑了过去。

女老师惊叫一声，倒退几步，等她反应过来，手里的那份检讨书早被她抢了回去，在掌心里揉了几下，然后啊呜一口吞进嘴里，随便嚼了两口就咽下去了。

李宝宝这熊孩子吞纸的时候不出来，等她吞完了，就重新抢回身体控制权，见女老师还在目瞪口呆地看着她时，她慢慢咧开嘴，露出一个小恶魔般的笑脸，两只手举到脸颊边，张牙舞爪地朝女老师喊了一声："哇！"

"哇！"女老师风一样地冲出办公室，高跟鞋声在走廊上一路响起，随之一同响起的，还有打电话的声音，她声音颤抖地说："喂喂，是李宝宝的父亲吗……"

二十分钟后，李宝宝的父亲李志鹏匆匆赶到学校，从办公室的其他老师手里把李宝宝给领回去了。之前那位女老师吓得不轻，要不是有人陪同，她连办公室都不敢回了。面对李志鹏的道歉，她嫌恶地看了眼李宝宝，说："你这个女儿，脑子可能有点不大正常，你早点带她去医院看看吧！"

李宝宝低着头不说话。

他们几个现在站在走廊上面，又是下课时间，旁边人来人往的，不知道有多少老师多少学生听见了女老师的话，于是看李宝宝的眼神变得有些诡异。

李宝宝左看看，右看看，然后两眼一闭，又把卷卷给放了出来。

卷卷也是倒霉，坏事都是李宝宝做的，背黑锅的都是她。

"看什么看？没见过美少女啊？"她朝旁边的小孩子们吼了一句，然后看向女老师，"东西可以乱吃，话不可以乱说，你凭什么说我脑子不正常？"

这话完全可以私底下说，而不是放在台面上，放在这么多人面前。身为一个老师，她的言行举止会影响到所带班级的每个小孩，如果现在不说清楚，那么很长一段时间里，甚至从现在直到李宝宝毕业，"脑子不正常"这句评语都会一直跟着李宝宝。

"你还狡辩？"女老师扶了一下眼镜，对身边的人说，"我跟你们说，刚刚我让这小孩在我办公室里写检讨书，你们知道她写了什么吗？吓死我了啊！她跟个精神分裂似的，自己跟自己对话啊！"

卷卷面无表情地问："检讨书呢？"

女老师冷笑："被你自己吃了！"

"那就是查无此物了？"卷卷看向她身边的老师，点头致意，"各位老师、各位校领导，蒙受这样的不白之冤，我幼小的心灵受到了极大的伤害……所以我决定做一件事。"

老师和路过围观的一名校领导面面相觑。

"我会照她所说的去做，到医院里看看脑袋，顺便开一份精神鉴定。"卷卷一脸悲痛，"之后我会继续回来读书，但不会回班上读，因为老师和同学们冷漠的目光，会再次刺伤我幼小的心灵……我选择效仿古人，跪学校门口自学，如果有好心的同学路过，请借我笔记本抄一下，如果有好心的老师路过，麻烦给我批下作业，我李宝宝感激不尽！"

老师和校领导倒抽一口冷气。

他们眼前似乎浮现出了明天的报纸头条——"××小学门口，女童跪地不起为哪般？""斯巴达教育？女童跪解数学题！""体罚！竟如此嚣张！""一线直击——校园冷暴力！"

校领导上前一步，按住卷卷的肩膀："同学！有话好好说！"

"领导！"卷卷虎目含泪，"您就别拦着我了！我要用行动来证明我的清白！"

校领导内心是崩溃的，你这是要用行动来让我早点下台啊……

"孩子！"校领导也虎目含泪，"爷爷就是要拦着你！只要爷爷还站着，就不许你跪着！我们××小学建立的宗旨，是为了将像你这样的孩子培养成顶天立地的栋梁，而不是跪在地上的奴隶！崔老师，整件事的来龙去脉，麻烦你重新解释一下……嗯哼！"

最终，女老师仿佛经历过一场梦游一样，猛然回想起来，原来李宝宝刚刚在检讨书上写的不是什么精神分裂症的自我对话，而是小说啊！李宝宝这孩子真是了不起，小小年纪就展露了创作才华……

放学铃声响起，卷卷在众多小屁孩惊叹艳羡的目光中，带着满身荣耀走出校园，留给众人一个事了拂衣去，深藏功与名的背影……

回到家里，李宝宝接替身体，激动得小脸发红，迫不及待地在本子上写着："不愧是我的第二人格，干得很不错嘛！已经有我一成的风范了！"

这个臭不要脸的！

卷卷挥笔在本子上写道："我帮你应付那个女老师，是因为我不爽她，但我更不爽你！"

李宝宝接替身体，她看了看本子上的留言，歪着脑袋想了想，忽然跑柜子边上，拉开柜子，里面是一堆衣服内裤，她把内裤扒拉开，露出里面藏的一个小包来，然后把拉链打开，里面全是各种各样的零食。

她拿了几包出来，然后把柜子重新关好，回到床边坐下，在本子上豪气一挥："好啦！这些东西你拿去吃啦！以后你好好帮我，应付老师你上，欺负同学我来，抢来的好吃的，咱们两个一人一半啦！"

卷卷接替身体，看了这句话想吐血，自打十二岁那年看了《水浒传》的结局，她就已经绝了落草为寇的念头了，这小鬼小小年纪表现得比宋江还奸猾，她才不要上贼船……

她慢条斯理地扯开一袋饼干，一片一片吃起来，一边吃，一边瞥了眼柜子的方向……刚刚那个包里的零食很多，有饼干有糖果，品种类型很多，绝不是一天之内收集的，应该是花了几天甚至几个星期收集来的。

一个小孩存那么多零食干什么？又不是逃难。

卷卷一边吃饼干，一边在本子上写："你存这么多吃的干吗？不怕坏？"

李宝宝回复她："这都是要在逃跑路上吃的干粮。"

卷卷奇了："你要离家出走？"

李宝宝纠正她："是逃命！爸爸想杀了妈妈……他还想杀了我！"

卷卷皱了皱眉头，在上面写："你怎么会有这样的想法？"

"爸爸不是我的亲爸爸，是妈妈离婚后找的男人。"李宝宝在纸上解释，"妈妈原来身体一直很好，但是嫁给他之后，吃了他做的饭之后，就开始生病，而且一直都好不起来，我叫她不要吃，她还骂我！"

卷卷拿着笔，笔尖轻点纸面，却不知道写什么才好。

因为她必须根据这段话做出判断，这个小女孩说的究竟是真的，还是一场恶作剧，她究竟是处在一场巨大的危机之中，还是在撒一场弥天大谎。

三年前的她，或许会毫不犹豫地站在弱者一边。

但是林馥教给她一件事，并不是每个看起来像弱者的人，就是弱者；也并不是每个弱者，都是受害者。

这个李宝宝固然性格恶劣，不过她老爹看起来也挺可疑。

卷卷到现在还记得，他昨天晚上突如其来地出现，背在身后的手，还有离去时诡异的笑容……

咚咚咚！

耳边忽然传来敲门声，卷卷转过头去，看见门被推开一半，李志鹏站在门口，脸上挂着昨天晚上的笑容，一只手藏在身后，另一只手朝她招了招："宝宝，过来啊，爸爸有东西要送你。"

『第五十四章』保护你自己

没等卷卷做出反应，李宝宝已经先一步夺回身体控制权，她从床上跳下来，蹬蹬蹬跑到窗户边，奋力拉开窗户，然后扯着嗓子喊："林大妈！你晒的内裤掉下来了！"

这栋公寓楼已经很旧了，隔音效果相当差，加上又是饭点，所以家家户户都有人，被她这么一喊，楼上的住户立刻从窗户后面探出头来，朝她怒吼："小骗子，老娘已经七天没洗过内裤了！"

李宝宝十分尴尬，林大妈也反应过来自己说了什么，她愣了愣，然后老脸涨得通红，咚咚咚地从楼上冲下来，不停地敲他们家的门。

"来了来了！"李志鹏只好过去开门。

李宝宝在原地站了一会儿，忽然间冲出门去，趁着李志鹏跟林大妈点头哈腰道歉的机会，想从他们身边挤出去，却被李志鹏眼疾手快地抓住衣服后领，把她给拖了回来。

"放开我！"李宝宝立刻挣扎起来，"你这个杀人犯！放开我！"

"太不像话了！"林大妈鼻孔里喷着粗气，对李志鹏说，"你家这个熊孩子，可得好好管管！你不知道吧，你不在的时候，这小丫头见人就说你的坏话，说你是个杀人犯，想要杀老婆，还想杀她！"

"是是是。"李志鹏笑了起来，眼镜反射着光，令人看不清他的眼睛，他死拽着李宝宝，笑着对林大妈说，"你放心吧，这次我一定好好管教她，让她乖乖听话……"

说完，他转头看着李宝宝，缓缓笑道："你会听话的，对不对？"

李宝宝看着他的笑容，吞了吞口水。

送走林大妈之后，李志鹏伸手把门关上。

李宝宝拼命挣扎，两只圆溜溜的眼睛一直盯着房门的方向，像屠宰场里的小狗，想要从笼子的缝隙挤出去。光线透过门的缝隙，打在她脸上，那光线越来越细、越来越少，当门关上，光线在她脸上完全消失的那一刻……李宝宝两眼一闭，把卷卷从身体里放了出来。

卷卷刚接替身体，就看见李志鹏弯下腰，两只手捧起她的脸。

"你知道吗？"李志鹏黑漆漆的眼珠子透过镜片盯着她，压低声音对她说，"就算你现在大哭、大叫、大喊救命，外面的人都不会理你，林大妈会告诉他们，你又撒谎了，而爸爸在打你、教育你。"

说完，他摸摸她的脸，对她笑出一口微微有些发黄的牙。

"不过你放心，爸爸怎么会真的打你呢？"李志鹏强拉着卷卷朝卧室的方向走去，"来，爸爸给你看样好东西。"

卷卷压根就不想看，可惜她小胳膊小腿的，拧不过他，被他一路拖去了卧室。

这是她第一天穿来时就看见过的那间卧室，里面摆放着一张双人床，床头立着一个挂衣架，上面的吊瓶已经不见了，屋子里头弥漫着一股诡异的药味，似乎是从床褥上、被子上、枕头上散发出来的，但是之前躺在床上的病女人不见了。

取而代之的是另外一样东西，用花被子压着，看不见是什么。

李志鹏拉着卷卷走过去，转头对她笑笑，然后伸手掀开被子。

被子下面压着一只圆滚滚的小狗，闭着眼睛正在睡觉，身体是雪白的，但眼睛上有一块黑色斑点，看起来跟黑眼圈似的。或许是感觉有人来了吧，它睁开一只眼睛，看见两个人高马大的人类，吓得在床上滚了两圈，躲进被子里，发出呜呜的叫声。

李志鹏伸手把它从被子里拎出来，双手捧着送到卷卷面前。

"这只狗狗送给你。"他一边说，一边蹲下来，"如果爸爸晚上不在家，要去医院看你妈妈，它就代替爸爸陪着你，好不好？"

卷卷看了看小狗，还是只小奶狗呢，看起来不是很喜欢李志鹏，两只前爪抱住李志鹏的手指，啊呜啊呜地啃着，但牙齿看起来不够锋利，只在他手指头上留下了一堆口水，还有几个白印子。

"我知道你一直很讨厌我，这个我能理解，毕竟我不是你的亲生父亲。"李志鹏温柔笑道，"但我一直把你当我的亲生女儿，无论我回来得多晚，都要看一眼你才能睡好，比如昨天晚上……不小心吵醒你了吧？"

卷卷抬起眼，看着他，一言不发，听他说话。

李志鹏将手里的小白狗朝她递过去，很诚恳地看着她，对她说："别再跟外面的人说爸爸的坏话了，好不好？爸爸跟你保证，妈妈一定会好起来的，等她回来，你、我、她，还有这个小家伙，咱们四个一起快快乐乐地过日子，好不好？"

他说着说着，声音里带着一丝哽咽，而卷卷听着听着，眼前渐渐开始模糊，这感觉很熟悉，是李宝宝拿回身体控制权的前兆。

等卷卷再次获得这具身体的控制权，已经是六小时之后了。

墙上的时钟指向十点，李志鹏已经不在了，大概像他说的那样，他已经去医院里看老婆了。家里十分安静，卷卷坐在沙发上，脚边放着一个小碗，碗里面盛着一些稀饭，那只小白狗趴在碗边，呜呜地吃着。

卷卷将视线从它身上收回，看着自己腿上放着的那本绿皮本子。

上面写着李宝宝的留言："困死了！我睡了！你帮我陪着小狗！它一看不见我，就汪汪汪乱叫！"

卷卷扯了扯嘴角，啧啧一笑："昨天还说人家是杀人犯呢，今天一条狗就把你给收买了啊……"

小狗听见她说话的声音，抬起头来看着她，舔了舔嘴上的稀饭，然后迈着小短腿，摇摇晃晃地跟在她脚边，跟着她一路从客厅走进卧房。

卷卷打开卧房里的灯，然后在电脑桌前坐下，打开电脑之后，接着打开微博，输入账号密码，最后按下登录。

她不是什么微博达人，关注的人多，被关注的少，两天没更新，只有寥寥几人在下面询问情况，这几个人里有绿绿，有顾余墨，还有他……

看着他的名字，卷卷迟疑了一下，终于将鼠标移了过去，给他发了一条私信。

熊窝里的猫卷："刀哥，帮帮我。"

小刀："在哪儿？"

同一时间，暮照白家中。

他双腿交叉坐在床上，腿上摊着一本笔记本，上面寥寥草草地记载着一些东西，他左手撑在脑袋边，里头握着一支录音笔，录音笔内，放出林馥的声音。

"他们轮奸了我的母亲……"少年的声音停顿了一下，"当着我的面。"

暮照白闭着眼睛，但是眉头微微蹙起。

"我试过反抗，但是打不过他们，反而被他们打得很惨。他们下手太狠了，压根就不打算给人活路，有一个抓住我的脑袋，不停地往椅子上磕，我记得自己流了很多血，视线越来越模糊，之后渐渐失去知觉。"林馥缓缓地道，"等我再次醒过来的时候，我手里握着一根椅子腿，上面有几根钉子，钉子上还有血跟头发。"

暮照白按了一下暂停，然后提笔在笔记本上留下记录。

记录写完，他才重新按了播放键。

"我看见一个绑匪，光着身体趴在地上，脑袋后面咕噜咕噜流着血。"林馥的声音再次响起，"我把视线从他身上移开，移到我母亲身上，她也没穿衣服，缩在角落里面，蓬头垢面地看着我，眼神非常惊恐，一个劲地说，你杀人了，你杀人了……"

暮照白又按了暂停，继续做笔记，笔记做完，再次播放。

"我当时脑子里一片空白，心里不停地想，我杀人了吗？我真的杀人了吗？这个男人是我杀的吗？"林馥说到这里，忽然笑着问，"暮警官，你知道下一秒发生了什么事吗？"

暮照白听见自己的声音在录音笔内响起："我只负责倾听，在听完事情的全部始末之前，我不会发表任何意见。"

"真是个无趣的人。"林馥叹了口气，继续对他诉说三年前的故事，他轻轻道，"下一秒……我嘴里忽然发出一串笑声，又高兴，又痛快，又天真，又无邪。"

明明是第二次听到这段描述了，但是暮照白背上仍旧起了一片寒意。

"我当时被吓坏了，不停地左右四顾，询问是怎么回事。"林馥道，"我的举动把我母亲也吓坏了，她开始抱着脑袋，一边哭，一边喊救命。然后，让我意想不到的事情发生了，我的脑袋忽然不受控制地转过去，眼睛看着她，嘴巴却像是被人控制了一样，对她喊：'住口！你想把其他绑匪也引过来吗？'"

说到这里，他沉默了一下，似乎陷入了当年的回忆当中。

"我母亲吓得捂住嘴，哆哆嗦嗦的，不敢说话。我也一样，站在原地，手脚都在发抖，以为自己被魔鬼附体。"林馥重新开口，缓缓道，"因为手抖得太过厉害，导致手里的椅子腿都掉在地上，然后，我的身体再次不受控制了，我看见自己弯下腰，将那根带血的椅子腿捡起来，紧紧握在手里。"

听到这里，暮照白缓缓睁开眼睛，与此同时，一句话从录音笔内飘出，钻进他的耳朵里。

"然后，我的嘴巴开始动了。"林馥说，"有一个人，透过我的嘴，对我说——拿好它！保护你自己！"

『第五十五章』逃亡

三年前，某个偏僻的农家小院。

尸体横陈一边，后脑勺还在咕噜咕噜冒着血，沾湿了他的头发、沾湿了地面。

林馥双手握着椅子腿，浑身上下都在发抖，嘴巴却开开合合，说着十分冷静的话，他问："这里总共有多少人？"

"一共有七个人。"林馥条件反射地回答，目光扫过地上的尸体，很快又收了回去，颤声道，"不，死了一个，还剩下六个了……四个绑匪，还有我和妈妈。"

顿了顿，他轻轻问："你是谁？你……在我的身体里吗？"

林馥出身书香门第，从小就读过许多书，包括一些心理学上的书，他知道一个人遇到创伤性事件，则有可能诞生第二人格，甚至多重人格。然而大多数时候，两个人格之间是相对独立的，不能看见对方的记忆，也意识不到对方的存在，但也有一些特例……比如他现在这样？

他问完这句话之后，对方沉默了许久，过了好一会儿，才借助他的嘴巴说："你就叫我红领巾吧！"

林馥："……"

另一个人格并不是主人格的复制，通常而言，他或她，会有自己的性别、年龄、职业、观点、技能、喜好，甚至梦想与爱情观。

所以他的第二人格的梦想……是成为一个活雷锋吗？

"公平点，轮到你了。"第二人格说，"你叫什么名字？还有现在是什么情况，你仔细说给我听。"

林馥抬手擦了把脸上的汗……或许还有溅射到脸上的血水，轻声说："我叫林馥，旁边是我妈妈，我们两个被人绑架了……"

花了一点时间，把事情的始末，还有他们现在的处境描述了一遍，林馥有些疲惫地坐靠在墙边，抱着椅子腿，有些无助地问道："我们现在该怎么办呢？"

另一个人格似乎在思考。

在等回复的时间里，林馥转头看了眼顾芙的方向，两人之间隔得非常远，顾芙宁可跟地上那具尸体挤在角落里，也不敢多靠近他一点，发现林馥在看她，她吓得低下头去，紧紧闭着眼睛，嘴里无声念叨着"救命，救命"……

林馥从地上爬起来，朝她走过去。不知道是为了方便自己亵玩，还是怕她逃走，所以绑匪把她身上的衣服裤子都剥走了，林馥把自己身上的外套脱下来，单手朝她递过去，可是顾芙手脚并用，朝另外一个方向爬去。

林馥的目光追过去，看见她用恐惧和厌恶的眼神看着自己，说："别过来。"

那一刻，林馥觉得浑身发冷，在妈妈心里，他比绑匪更可怕吗？

"先把地上那具尸体处理一下。"他的第二人格忽然开口，打断了他的忧思。

不知为何，林馥心里松了一口气，遍布全身的寒意退去了一些，至少他不是孤单一人，至少还有第二人格陪着他。

在第二人格的指导之下，林馥将那具尸体搬到床上，换了个姿势，然后盖上薄毯子，如果不走近看的话，会以为他是玩女人玩得筋疲力尽，然后累得睡着了。之后他又用尸体的衣服擦拭地上的血迹，也不用擦得太干净，反正这个农家小院又脏又乱，到处都是常年未清洗的污垢。

把带血的衣服塞进毯子里之后，第二人格说："还剩四个。"

林馥吃了一惊，问："什么四个？"

"你不是说他们已经把焚化炉都建好了？"第二人格淡定地说，

"既然人家没打算给你留活路，你就先下手为强吧。"

林馥震惊得说不出话来，他怕自己误解了对方的意思，小心翼翼地问："你的意思是说……杀了他们吗？"

"不然还留着他们过年吗？"第二人格似乎有些不耐烦了。

"可你不是红领巾吗？"林馥觉得脑子有点混乱，"红领巾也会杀人？"

"上帝都能降下硫黄和火，毁掉索多玛和蛾摩拉，红领巾为什么不能杀人？"第二人格笑了起来，"你要是做不到，就把身体让给我，我来杀！"

场景一换，暮照白家中。

他双腿交叉坐在床上，手中的录音笔里传出林馥的声音："时候已经不早了，今天就说到这里吧……暮警官，你下次还会过来，听我把故事说完吗？"

伴随着少年的一声轻笑，暮照白关掉了手里的录音笔。

"喵！"一只雪白的波斯猫从床下跳上来，被他抱在怀里，轻轻挠着下巴。

"早点睡吧。"他拿自己的鼻子跟猫鼻子蹭了一下，然后抱着它一同往被窝里钻，"明天还得抽空去精神病院呢……"

啪的一声，他把台灯关掉。

卷卷按下回车键，把一条新回复发出去。

熊窝里的猫卷："刀哥，我现在被困在一个小孩子的身体里出不来，我的身体怎么样了？"

小刀："挺好的，为了不让你肌肉萎缩，我每天都有定时按摩。"

熊窝里的猫卷："……"

这一刻卷卷不知道自己应该谢谢他，还是撕了他……

小刀："不必担心，我的手法很专业。"

谁担心这个了！

小刀："还用了精油，特地让人从国外代购的，对身体很有好处。"

熊窝里的猫卷："算了，这个问题咱们以后再说，你先帮我一个忙吧。"

小刀："你说。"

熊窝里的猫卷："我现在被困在一个叫李宝宝的小女孩身体里，她在××小学读书，今年二年级，感觉有点被害妄想症，一直觉得她继父要杀她。不过具体情况我也不大清楚，你帮我查查她，再查查她继父李志鹏。"

小刀："明白了，那就先从你这台电脑查起吧。"

电脑给予人方便，但在方便的同时，也在泄露许多秘密。

卷卷不知道小刀是自己动手，还是请了黑客动手，不过是几分钟的时间，她已经失去了对这台电脑的控制权，只能看见屏幕里的信息不停变幻，大概是因为李志鹏这样的小市民，本身也不具备什么很好的隐藏消息的能力吧，大约半个小时之后，屏幕里鼠标移动，忽然创建了一个文本文档，有人在里边飞快地打字。

卷卷将脸凑过去，看着那行字。

"快逃出去。"

短短四个字，让卷卷心跳如鼓。

"你在看什么？"一个男人的声音忽然从她身后响起。

卷卷头都不回，飞快地移动鼠标，想要关掉那个文档，但是一只手从她背后伸出来，紧紧地按在她的手背上。

卷卷慢慢回过头，电脑屏幕的蓝光铺在李志鹏的脸上，他对她咧嘴一笑。

过了一会儿，忽然听见滋的一声，电脑黑屏，然后自动重启了，重启之后，桌面一片空白，无论是微博还是刚刚那个文档，全部消失无踪，不留痕迹。

李志鹏将目光移到屏幕上，皱皱眉，低头俯视卷卷，笑着问："这么晚了，怎么还玩电脑？刚刚看了什么不好的网站，怎么把电脑都搞坏了？"

"我不知道。"卷卷一脸无辜地看着他，"我就随便点了一个人发过来的网址，上面写什么'你想知道生命的意义吗？你想真正地活着吗？'结果一点完就这样了。"

"下次不认识的人发来的东西，可不要随便点开。"李志鹏似乎是信了她的鬼话，轻轻捏了捏她的脸以示惩罚，然后拍拍她的后背，"去吧，回房睡觉。"

卷卷立刻从椅子上跳下来，朝卧房方向跑去，人到门口的时候，她忽然回头问："你不是说今天晚上要去医院陪妈妈，不会回来了吗？"

李志鹏沉默了一下，然后笑着说："妈妈肚子饿了，想吃爸爸亲手做的粥，所以爸爸回来一趟。"

卷卷哦了一声，却完全不相信他的话。

比起他、比起李宝宝，她更信任刀哥。

既然刀哥觉得这个家不能待，觉得这个家里的人有问题，觉得她应该逃出去，那么她有理由相信……眼前这个男人绝不像他表面上看起来那么憨厚老实。

也许李宝宝说得是真的，他真的想毒死自己的老婆。

于是李志鹏刚刚走进厨房，卷卷就跟着进来，站在一旁监督他，脸上却笑道："爸爸，我陪你一起做饭。"

李志鹏皱皱眉，似乎并不想要她留在这儿，他板着脸说："你明天还要上学呢。"

"反正弄个粥而已，用不了多久。"卷卷信口开河，抱着自己怀里的小狗道，"而且我和它都饿了，你把我们两个的份也一块做了吧！"

如果一夜之间，家里的老婆孩子和狗都一起中毒而死，那他就别想脱身。

李志鹏盯了她一会儿，摇摇头，无可奈何地说："好吧好吧，吃完一定要睡哦！"

他动作很快，手艺也不错，一锅子菜粥很快就做好了，卷卷跟小白狗分吃一碗，剩下的被他拿保温盒装起来，带去了医院。

他走后，卷卷立刻丢下手里的粥，跑去开门，但试了好几下，门都打不开，很显然是被反锁了。

她又试着回去开电脑，但电脑已经损坏了，上面空无一物，连个浏览器都没有，她都不知道去哪里下微博。

卷卷没有放弃挣扎，她给李宝宝写了一份留言，塞进她的书包内，以便她明天一早就能看到。李宝宝也的确是看到了，早上课间操的时间，她借口肚子疼没去，一个人坐在教室里面。

视线短暂模糊之后，卷卷取代了李宝宝，从身体里苏醒过来。

绿皮本子摊在桌上，上面写着李宝宝的回复。

卷卷："从学校里逃出去。"

李宝宝："我们逃不出去的。"

卷卷觉得很奇怪，她继续留言："为什么逃不出去？"

李宝宝："不信，你自己试试。"

卷卷不信这个邪，她果断地拎起书包，朝学校大门口跑去，被门口的门卫大爷给拦下来，她立刻按着肚子哎哟哎哟地叫唤："我肚子疼，要去看医生。"

"学校有保健室。"门卫大爷不为所动。

卷卷愣了一下，默默离开大门，走到后门的墙边，朝手心里呸呸两下，准备翻墙，但人还没翻出去，两个胳膊上戴红袖章的小学生就冲了过来，一个扯左脚，一个扯右脚："下来！你哪个班的！叫什么名字！"

卷卷被他们拉得四仰八叉地趴在地上，为了尽快逃出去，她立刻跳起来，想把他们两个打跑，哪知道越打人越多，最后几十个戴红袖章的小学生围着她，十面埋伏，毫无胜算，卷卷崩溃地喊："这破小学搞什么鬼？和平时期，囤这么多兵是想造反啊！"

最后卷卷又被叫了家长。

李志鹏今天有事，所以来得很晚，卷卷坐在教室里面，看着身边的同学一个一个被家长接走，最后日头西落，天色渐晚，教室里只留了她跟班主任两个。

班主任看了一眼手表，带着卷卷走出学校大门。

大门在他们身后关闭，卷卷满怀希望地转头看着她："曹老师，咱们就在这里告别吧？"

班主任一把拉住她，责怪地说："那不行，最近出了好几起儿童拐卖案，学校已经下了死命令，每一个学生都必须让家长接走……哎！看看，那是不是你爸？"

卷卷顺着她手指的方向看去，马路对面，李志鹏朝她笑着招手。

他很快从马路对面过来，谢过班主任之后，握住卷卷的手，笑道："咱们回家。"

卷卷抽了抽手，却抽不出去。

她面无表情地走在他身后，眼睛看着他的背，心里可算是明白了李宝宝那番话的意思。

在家出不去，在学校逃不掉，说出去的每一句话，都被人当作谎话，身边的每一个人，都在帮李志鹏看着她……这种时候，你叫她逃哪儿去？怎么逃？

却在此时，她脚步一顿，紧接着，她抓起李志鹏的手，在上面重重地咬了一口。

李志鹏疼得松开了手，而她借机冲了出去。

"宝宝！"李志鹏吃了一惊，大步流星地追了上去。

街上车水马龙，人来人往，卷卷从一对情侣中间挤了过去。

路边的商店在放歌："有一种爱，叫作天意。"

李志鹏在后面伸出手，差一点就抓住了卷卷的辫子，但被她险险地一低头，躲了过去。

另一家商店也在放歌："有一种缘分，叫作转角遇到爱。"

卷卷用尽全力扑过去，抱着小刀的大腿，然后泪眼朦胧地抬头喊："爸爸！"

小刀："……"

『第五十六章』地狱的火光

小刀面无表情地看着卷卷，缓缓地朝她伸出一只手。

卷卷生怕他随手把自己丢出去，急忙发挥出身体里的全部潜能，跟只猴子一样，顺着他的大腿向上爬："有坏人在追卷卷，卷卷好害怕，爸爸快抱紧我！"

小刀伸出去的手顿了顿，然后飞快地把她拨到身后，另一只手朝迎面走来的李志鹏胸口一推，嘴角叼着烟，满脸阴沉地质问："干什么？"

李志鹏被他推得连连倒退，好不容易才重新站稳，眼神不善地看着他："我还想问你呢！你想对我女儿做什么？快把她还给我！"

路人纷纷停下脚步，开始围观。

小刀抱着胳膊，呵呵一阵冷笑，卷卷抱着他的后腿，发出狐假虎威的冷笑。

"七八岁的小孩了，你当她白痴啊。"小刀叼着烟，转头俯视卷卷，"说，我是你什么人？"

"是我最英明神武的老爸！"卷卷扬起一张萝莉脸，天真无邪地笑道。

"乖。"小刀唇角向上一撇，露出满意的笑容，"你也是爸爸最美丽可爱的女儿。"

然后两人一起看向目瞪口呆的李志鹏，小刀淡淡地问："你自己走，还是我开车送你一程？"

他生来一副穷凶极恶脸，嘴里说开车送你一程，但众人听完，脑补出的却是他在公路上开车，车子后面用一条麻绳拖着李志鹏，沿途留下一道长长的、蜿蜒着血痕的可怕画面……

李志鹏擦了把冷汗，他不敢跟小刀硬碰硬，转而看向卷卷，脸上露出哀求之色："宝宝，你别这样，爸爸有什么不对的地方，你跟爸爸说，爸爸会改。你有什么想要的东西，爸爸节衣缩食给你买……你别离开爸爸，跟爸爸一起回家，好不好？"

卷卷看着他，情真意切，十分动人，要知道身体里的李宝宝是醒着的，正透过卷卷的双眼看着眼前这一幕，如果她愿意的话，现在立刻就能夺回身体跟他走，但是她没有，由始至终她都躲藏在身体深处，冷眼旁观，无动于衷。

最后，小刀转身道："走吧。"

他牵着卷卷朝停车场走去，李志鹏一直跟在他们背后，直到小刀的新车从里面开出来，他还在后面追了几步。直到实在追不上了，他才愣愣地站在原地，看着离去的车子出神。

外人看来，这副模样实在是有点可怜。但是副驾上，李宝宝夺回身体的控制权，转头看着他渐渐远去的身影，却拳头一挥，高兴地耶了一声。

然后她像多动症发作一样，在副座上扭来扭去，突然发现小刀座位边上放了一袋零食，立刻趴他腿上，伸手去拿，但被小刀一巴掌按在脸上，把她推了回去。

"干什么啊？丑八怪！"李宝宝的恶霸脾气立刻显现出来，"还说我是你最美丽可爱的女儿呢，连块蛋糕都不给我吃！"

小刀瞥都没瞥她一眼，直接伸手从袋子里拿出一块起司蛋糕。

小孩子就是小孩子，哪怕是套着恶霸皮的小孩子，对甜食照样没有抵抗能力，李宝宝的眼睛盯着起司蛋糕，一副幼鸟等投喂状。

然而刀哥直接把蛋糕塞自己嘴里，三口两口吃掉了。

李宝宝愣了几秒钟，然后发出刺耳的尖叫。

"住口，臭小鬼。"小刀冷冷地道。

"啊啊啊啊！"李宝宝反而叫得更大声了，"啊啊啊啊！"

小刀忽然踩了刹车，然后扭动方向盘，开始一点点转弯。

"你、你在干什么？"李宝宝的眼睛里闪过一丝慌乱，"干什么突然倒车啊？"

"你太吵了。"小刀一边转弯，一边淡淡地道，"我要把你还回去。"

李宝宝这下是真怕了，眼泪汪汪地看着他："我是个小孩子啊，你真要对我生这么大气，对我见死不救吗？"

"别人家的小孩子，又不是我的……现在，"小刀一手握着方向盘，另一只手指着她，冷冷地道，"立刻把她给我放出来。"

李宝宝抽了抽鼻子，眼睛一闭，把卷卷从身体里放了出来。

卷卷睁眼之后，茫然四顾片刻，然后目光定格在小刀身上，有些惊讶地说："你哄小孩子很有一套嘛，我还以为今天再也出不来了呢。"

"小屁孩就是不能惯，越惯越捣蛋。"面对她，小刀立刻换了一副嘴脸，笑着问，"饿了没？"

然后随手把身边放的零食袋拎她怀里。

卷卷拉开零食袋一看，草莓蛋糕、猪脯肉、袋装鸡翅、肉松面包等等，卷卷拿了一包猪脯肉，剥开包装吃起来，顺口说道："想不到你还会吃蛋炒饭之外的东西。"

"我是不喜欢吃蛋炒饭之外的东西。"小刀叼着烟，慢吞吞地说，"但我可以看你吃。"

他没法改变自己的食谱，也不会强迫卷卷改变她喜欢的食谱，两个人不能一起吃蛋炒饭，但是可以一起吃饭……各自吃各自喜欢的东西就行了。

卷卷吃了个半饱，舔舔嘴，从书包里掏出作业本，拿笔在上面留言："宝宝，吃点东西吧。"

李宝宝接替身体，然后哇的一声哭出来。

"你对我一点也不好。"她一边哭，一边拿着草莓蛋糕往嘴里塞，"还是安琪儿对我好，呜呜呜呜呜……"

"闭嘴。"小刀毫不客气地说，"吃完快走！"

卡宴开到小区楼下，小刀打开车门，领着泪痕未干的卷卷回到家里。

卷卷一进家门，直接奔进自己房间。

她的身体平躺在床，面色红嫩，呼吸平缓，凑近了，还闻到一股淡淡的柑橘精油的香味……看来被照顾得很好，每天的精油按摩少不了。

卷卷转头看向身后站着的小刀，心情十分复杂。

"这到底是怎么回事？"小刀俯视她，"你怎么会在别人的身体里出不来？"

"我也不知道。"卷卷围着自己的身体转了好几圈，头碰头、脸碰脸，最后整个人趴在自己身体上，唉声叹气道，"唉，现在回不去了，怎么办？"

小刀："唉。"

卷卷："你唉什么？"

小刀在她身边坐下，黑沉沉的眼睛看着她，表情很淡然，说出来的话却不那么让人淡定，他说："好不容易交了个女朋友，本来以为可以这样那样……现在连舔一口都算犯罪。"

"闭嘴！"卷卷急忙喊道，"这里还有小朋友呢！"

"李宝宝你给我堵住耳朵。"小刀面无表情地下令。

"好好好我什么都听不见，我已经睡了。"李宝宝瞬间夺取身体，说完这句话，又把身体还给了卷卷。

卷卷拿回身体以后，忽然之间无法直视小刀的脸，她拿头埋进自己身体的胸口，不知为何，心里生出一股夫妻圆房，却被小孩子撞见的尴尬感。

过了一会儿，心情终于平复下来，卷卷深吸一口气，转头看着小刀，满脸严肃地问他："之前你叫我快逃出去……为什么？"

同一时间，警察局门口。

结束了一天的工作，大多数人都赶着回家吃饭，少部分人留下来加班。

暮照白正要走，一只手突然搭他肩膀上，他转过头去，问道："队长，还有事吗？"

"走，一起吃个饭。"队长揽着他的肩往外走，然后开车带他去了个路边小店，店面破旧油腻，但是东西味道不错。队长用牙咬开啤酒盖，往玻璃杯里倒酒，橙黄色的啤酒慢慢注满杯子，在杯沿漫出雪白的泡泡，他低头吸了一口泡沫，然后吧唧了一下嘴，漫不经心地问道："你最近是不是在查林馥的案子？"

暮照白愣了愣，然后点点头："是。"

"你怎么会对他的事情感兴趣？"队长示意他将杯子递过来。

暮照白将杯子举过去，看着杯子里慢慢多起来的啤酒，嘴里说："没什么……就是觉得这件事有点蹊跷，感觉案子里还有案子。"

队长嗤笑一声。

"你知道吗？"他盯着暮照白，说，"当年处理这个案子的人，是我。"

暮照白抬眼看着他。

"你知道我到现场的时候，看见什么了吗？"队长的眼睛一动不动地盯着他，两边嘴角上扬，笑出一口白森森的牙齿，"我看见那小鬼在焚尸。"

店内装修简陋，他们头顶上挂着的是一盏老旧的白炽灯，有一只飞虫围着白炽灯飞舞，时不时拿翅膀在上面撞一下，发出滋滋的疑似烧焦的声音。

"不，不能叫焚尸。"队长笑道，"我们赶到的时候，焚尸炉里的人还没死，他还在惨叫，叫得特别惨、特别凄厉……我一辈子都忘不掉那叫声。"

顿了顿，他低低补了一句："还有那小鬼的笑容。"

草草搭成的焚尸炉旁，散落一地黑炭，站着一名白衣少年。

天色很晚，月光照在他身上，他整个人在微微发光，像人间升起的一轮雪白月亮，听见外面的动静，他转过头来，对赶来救他的警察们露出一个笑容，一个天真无邪、宛若天使般纯净无垢的笑容。

在他身后，焚尸炉里伸出一只被烧得焦黑脱皮的手，火光与滚滚浓烟中，凄厉的叫声连绵不绝，简直要刺穿人的耳膜。

包括队长在内，所有人都在门口愣了一下。

……以为自己误入了地狱。

"照白，听我一句话。"队长喝了一口啤酒，压下心中的战栗，然后语重心长地对暮照白说，"千万别相信他。"

『第五十七章』怀疑

电脑屏幕上，鼠标慢慢移动，点开一份文档，白纸黑字映入卷卷瞳孔内。

这是一份人身意外保险单，保险对象为付雪，受益人为李志鹏。

鼠标依次点开另外几份文档，不同的保险公司，同样的保险对象，同样的受益人，几份保额加起来一共四百万。

卷卷有所明悟，但心里还是有点不敢确定，她坐在小刀腿上，一边滑动鼠标，一边头也不回地问道："李志鹏想要杀妻骗保？"

"我打电话问过保险公司的人了，付雪出事之后，李志鹏立刻找到保险公司的人，要他们理赔。"小刀嘴里叼着一根巧克力棒，龇牙道，"不过他们拒绝了。"

理由很简单，这一次的事情怎么也算不上意外事故，而是人为造成的。

这一点李志鹏的邻居，还有医院的医生全都可以作证，毕竟是李志鹏亲口跟他们说的，是家里的小孩贪玩，往吊瓶里装肥皂水，才造成了如今的局面。

"现在的保险公司哪有那么好骗。"卷卷嘿嘿一笑，"都精明着呢，之前就有人在微博爆料，说他在外地出了车祸，保险公司不肯理赔，理由是他的保险是在A市买的，必须回A市出车祸，否则不算数……之后怎么样了？"

"之后，李志鹏又给李宝宝买了一份保险。"小刀淡淡地道，"这才是我叫你赶紧跑的原因。"

卷卷沉默了一下，然后转头看他："我们可以告他吗？"

"很难。"小刀说，"我们没有足够的证据。"

每年投保的人太多了，仅凭这几份保单，没法指控李志鹏。

更何况他一直伪装得很好，在邻居眼里、在老师眼里、在医生眼里，他都是一个憨厚老实的好男人，对重病缠身的妻子不离不弃，对性格顽劣的继女千依百顺，就算偶尔出了一点意外，那也与他无关，全都是李宝宝惹的祸。

"真的一点办法都没有了吗？"卷卷有些懊恼。

"有啊。"小刀把嘴里的巧克力棒拿下来，舌头在唇上舔了一圈，"你亲我一下，我就帮你把这事解决了。"

卷卷瞬间从他腿上跳下来，离他一米远，满脸鄙夷地喊道："你这个变态萝莉控！"

"又没让你现在亲。"小刀将椅子转了个方向，手里的巧克力棒指着她，"事后付款，或者分期付款，你自己选一个。"

"有什么区别？"卷卷问。

"事后付款的话，就是我亲你……我想亲你哪里，就亲哪里。"小刀嘿嘿一笑，笑容在卷卷看来十分欠揍，"分期付款的话，就是你亲我……你每天亲我一下，想亲哪里就亲哪里。"

"这还用得着说吗，我当然选……"卷卷刚想选事后付款，但目光扫过小刀的脸，他一边嘴角向上翘起，不动声色地笑着，又英俊又狡猾，像摇着尾巴，等人上当受骗，签下不平等合约的魔鬼。

卷卷立刻闭上嘴，然后高速搅动脑汁。

她原本觉得分期付款太麻烦，想选事后付款，但现在琢磨来琢磨去，觉得这一条选项暗藏杀机……谁知道他会亲哪里、亲多久，亲着亲着会不会停下来啊？

"我选分期付款。"卷卷说完，忽然拿手一拍脑袋，"不对，我哪个都不选！"

她还是中计了，选来选去，两条都是她吃亏啊！

"OK，那就分期付款。"小刀选择性无视了她的最后一句话，他动作利落地从椅子上站起来，拎起椅背上的外套，随手搭在右肩上，路过卷卷的时候，随手把刚刚叼着玩的巧克力棒塞她嘴里，对她露出一个极为得意的笑容，"报酬我回头来拿。"

说完，他吹着口哨，心情愉悦地出门去了。

卷卷瞪着他的背影，半天说不出一句话来，等人走后，她气鼓鼓地回到自己房间，拿起手机来翻看，除了前同事给她发过几条短信，剩下的都是沈绿瓷发的，一条条翻下来，她的语气从关心变得幽怨，一直在问她："卷卷你怎么了？""不是说要搬过来一起住？怎么突然不来了？""为什么不回我电话？""我……哪里惹你不高兴了吗？""昨天做的菜都冷掉了，今天……我做了一桌新的，有你最喜欢吃的孜然羊肉。""回一条短信吧，我……好难过……"

卷卷急忙给她回了一条短信："没事，前几天手机掉了，今天刚买新的。"

沈绿瓷秒回了一通电话，卷卷捧着手机，焦头烂额了好一会儿，才硬着头皮接了电话，对她说："你好，我是卷卷的侄女……她最近身体不舒服，刚刚吃了药已经睡了……好，好……等她醒了，我会让她回你电话的。"

好不容易安抚完受伤的沈绿瓷，卷卷抛下手机，然后缩进被子里，紧紧抱住自己的身体，嘴里喃喃道："真希望明天早上能换回来。"

这一夜，她睡得十分不安稳。

一连做了好几场噩梦，梦里，伤心的沈绿瓷被坏男人乘虚而入，导致卷卷不停地喊梦话。

"不！"

"我的绿绿啊！！"

"不要走啊！！！"

"那盘孜然羊肉不是做给我吃的吗！不要给别人啊呜呜呜呜！"

卷卷被自己的噩梦吓得翻身坐起，抬手擦了把冷汗，又拿起手机看了眼时间。

凌晨三点。

屋子里静悄悄的，小刀没有回来，她一转头，身边躺着自己沉睡的身体。

虽然是自己的身体，但是从旁观者的角度来看，越看越诡异，总担心下一刻对方就会睁开眼睛，转头看着她笑。

于是卷卷收回目光，拿起手机，给小刀编辑短信。

"你别光顾着查李志鹏。"卷卷犹豫了一下，终究还是不放心，于是拇指继续敲打出下面一行字，"顺便也查查李宝宝的事……"

短信编辑完，拇指放在发送键上，尚未发送出去，她的眼前忽然一片恍惚。

等卷卷再次清醒过来的时候，天早就已经亮透了。

她没有坐在自己房间里，而是坐在小刀的电脑桌前。

桌子上放着一盒没喝完的酸奶，还有一个已经吃空的蛋糕盒，地上，还有她的衣服裤子，上面都落了一点白色的蛋糕渣。

眼前的电脑已经开机了，上面放着一个文档，文档里打了一行字。

李宝宝："呵呵，你怀疑我什么？"

图书在版编目（ＣＩＰ）数据

我有特殊的侦探技巧：全2册 / 梦魇殿下著. －－ 南京：江苏凤凰文艺出版社，2017.4
ISBN 978-7-5399-9909-8

Ⅰ. ①我… Ⅱ. ①梦… Ⅲ. ①推理小说－中国－当代 Ⅳ. ①I247.7

中国版本图书馆CIP数据核字(2017)第017272号

书　　　名　我有特殊的侦探技巧（全二册）
作　　　者　梦魇殿下
出 版 统 筹　黄小初　　沈浛颖
选 题 策 划　北京记忆坊文化
责 任 编 辑　姚　丽
特 约 策 划　张才曰
特 约 编 辑　虾　球
责 任 监 制　刘　巍　江伟明
封 面 绘 图　三　乖
封 面 设 计　80零·小贾
出 版 发 行　江苏凤凰文艺出版社
出版社地址　南京市中央路165号，邮编：210009
出版社网址　http://www.jswenyi.com
印　　　刷　北京市通州运河印刷厂
开　　　本　880×1230毫米　1/32
字　　　数　450千字
印　　　张　18
版　　　次　2017年4月第1版，2017年4月第1次印刷
标 准 书 号　ISBN 978-7-5399-9909-8
定　　　价　52.00元（全二册）

影视版权抢订热线　　　010-57194853
江苏凤凰文艺版图书凡印刷、装订错误可随时向承印厂调换

梦魇殿下

著

我有特殊的侦探技巧

I Have Special Detective Skills

（下）

江苏凤凰文艺出版社
JIANGSU PHOENIX LITERATURE AND
ART PUBLISHING, LTD

『第五十八章』惩罚

　　会客室内，暮照白猛然眨了一下眼睛，看着桌子对面坐着的那个少年。

　　林馥依然是老样子，身前堆满五颜六色的纸花，他坐在花后，双手放在膝盖上，目光穿过长桌望向暮照白，一字一句，缓慢问道："你怀疑我什么？"

　　"没什么。"暮照白捏了捏手里的录音笔，"我们继续吧。"

　　但林馥似乎并不打算继续下去，他的身体慢慢向椅背靠去，眯着眼睛对暮照白笑。

　　"一直是我在说我的事情，似乎不大公平。"过了一会儿，林馥清亮的眼眸凝视着他，"暮警官，说说你的事情吧。"

"我？"暮照白愣了一下，接着不动声色地说，"我的生活很枯燥，没什么可说的。"

林馥歪了歪头："那就说说暮照柔的事情，怎么样？"

暮照白猛然握紧手里的录音笔，眼睛紧紧盯着他："你认识我姐姐？"

"你们的名字很像。"林馥想了想，"性格也很像。"

他的目光落在暮照白脸上，似乎在探究些什么，似乎在怀念着什么，又似乎在透过相似的轮廓哀悼着什么。

"三年前，一群警察赶到农家小院，其中就有你的姐姐。"林馥缅怀道，"在几乎所有人都把我当成变态杀人狂的时候，只有她肯陪我说话，给我解释的机会……对了，她现在怎么样了？"

"她已经死了。"暮照白面无表情地说，"因公殉职。"

"真可惜……"林馥叹了口气，拿起一朵红色的纸花在指尖转悠，"我还以为她已经跟周瀚结婚了呢。"

暮照白怎么也没想到，自己居然会在这个场合、这个故事里听到自己小队长的名字，他忍不住追问："什么周瀚？什么结婚？"

"你不知道吗？"林馥惊讶地看着他，"三年前，她就在跟同队的一个叫周瀚的人交往啊，她还给我看了她的戒指，告诉我，年底的时候他们就会结婚。"

暮照白觉得脑子里一片混乱，队长的确是三年前结的婚，而姐姐……则刚好死在他结婚前。

在一次任务里，因为一个很小的意外，就这么毫无声息地死了。

林馥将红色纸花放在鼻翼下，仿佛在轻嗅它的芬芳，棕色的眼睛却一直看着暮照白的方向，像在欣赏一朵开在圣地中的光辉之花，他笑道："好了，闲聊了这么久，该回到正题了，我继续跟你说我的故事吧……"

"不。"暮照白忽然抬起头，目光灼灼地盯着他，"关于我姐姐的事情，麻烦你继续说下去。"

那一刻，林馥看着他，两边唇角缓缓向上翘起，露出一个美丽得近乎莫测的笑容。

"别急，暮警官，别急……"他用一张孩子的面孔，说着成年人般沉稳的话，"这两件事其实是一件事……让我慢慢说给你听……"

同一时间，卷卷家中。

卷卷看着眼前的电脑，上面不但打开了文档，还有昨天看过的那几份保险单。她的第一反应是，小孩子看得懂这些吗？紧接着就想起李宝宝平时看的那些电影，《禁闭岛》《黑天鹅》等惊悚片。

少年早慧，或许说的就是李宝宝这样的人。

卷卷关掉另外几份文档，目光重新回到最初那份文档，回到文档上的那行字上："呵呵，你怀疑我什么？"

卷卷的手放在键盘上，半天没有敲出一个字。

视线忽然一阵模糊，等她再次睁开眼，发现文档里多了几行字。

"比起我，你不是更可疑吗？"

"你有名字，你的名字不叫安琪儿，也不叫红领巾……你叫熊卷卷。"

"你手机里记录了很多名字，我们来看看都有谁……爸爸、妈妈、绿绿、小刀、前同事……"

"很丰富多彩不是吗？"

"你不是我的第二人格。"

"你是个活生生的人。"

"你欺骗了我……跟其他人一样，不，你比其他人更过分，我那么相信你，你却骗我还怀疑我！"

"我生气了！我要报复你！"

看完最后一句话，卷卷的第一反应就是抓起桌上放的手机，给小刀拨了个电话，铃声只响了一下，没等小刀接电话，李宝宝就急忙夺回身体控制权，然后飞快地把手机挂断了，嘴里还不停地骂着："该死，该死，该死……"

叮咚……

门铃声忽然响起，吓得她捂着嘴不敢说话。

害怕是小刀回来了，她心里有点胆怯，脚步一点一点地挪到门边，透过猫眼看出去，发现门口站的不是小刀，这才松了口气，大大咧咧地喊："谁啊！大人不在家，我是不会开门的！"

刀妈站在门口，听了这话微微愣了一下，然后问道："你家大人去哪儿了？"

李宝宝虽然不认识她，但这并不妨碍她进行报复性的恶作剧，她嘿嘿一笑道："爸爸出门了，妈妈在家睡觉。"

刀妈忍不住倒退一步，看了眼门牌号码……她觉得自己可能走错了地方。

但是楼层没错，门牌号码也没错，她从包里拿出手机来，给小刀打了个电话，可惜一直占线，这时候，门内就传出小孩子的声音："你是谁啊，你找谁呀？"

"我找小刀。"刀妈柔声道，"我是他妈妈。"

门内，李宝宝捏着下巴想了想，忽然唇角向上一扬，露出一个小恶魔似的笑容，没等刀妈打通电话，她突然打开门，飞扑过去，抱住刀妈的大腿，然后扬起一张稚嫩可爱、带点婴儿肥的小脸，泪眼蒙眬地喊道："奶奶！"

刀妈听了这称呼，胸口一窒，急忙伸手扶住门。

这是送子观音显灵了吗？刚从观音庙回来的刀妈忍不住定定神，问道："小朋友，你爸爸是……"

"我爸爸叫小刀。"李宝宝满脸天真，"我妈妈是熊卷卷。"

一边说，她一边拉着刀妈进了门，两人走到卷卷房门口，她伸手将门拉开一条缝隙，然后一根指头竖在唇前，嘘了一声，压低声音道："看，这就是我妈，她昨天晚上跟爸爸打架打累了，今天早上一直起不来床。"

刀妈缓缓点点头，貌似懂了什么。

两人把门关上，然后轻手轻脚地来到小刀房间。

刀妈迫不及待地想要知道内情，于是一坐下就问："你说你是小刀的女儿？可我怎么从来没听他提过你？"

李宝宝的眼眶顿时红了起来，垂下脑袋，小声说："爸爸他一直不想跟妈妈结婚……也不愿意跟其他人提起我们。"

刀妈愣了一下，这么不负责任！

"不过妈妈不在乎这些。"李宝宝接着说，"听外公外婆说，他们劝了几次，妈妈都不肯把我打掉，说要把我养大，然后等爸爸回心转意……"

刀妈又愣了一下，这么犯贱！

"这些年，妈妈过得可艰难了，老是有人对她和我指指点点……"李宝宝擦了把泪，"不过还好，苦尽甘来，爸爸在外面浪够了，终于想起妈妈的好了……"

刀妈听到这里已经无语，这剧情、这扑面而来的狗血味……怎么那么像她这几天看的脑残偶像剧啊？

就在李宝宝还要继续往下说的时候，一只手忽然按在她肩上。

"妈，给你买的咖啡。"小刀把手里装咖啡的袋子递给刀妈，然后俯首看着已经浑身僵硬的李宝宝，面无表情地说："还有你，你订的三百六十度无死角男女混合双打套餐到了。"

口口声声说要报复卷卷、报复刀哥的李宝宝抬起头，露出谄媚的笑容："刀叔叔……我刚刚是开玩笑的。"

"我不是开玩笑的。"小刀淡淡地道。

是夜，李宝宝没有菜吃。

摆在她面前的只有一碗白米饭，上面插两根筷子。

李宝宝看看自己面前的白米饭，再看看小刀面前摆的四菜一汤，伸出筷子想要夹一块猪蹄，但被小刀中途拦截，夺下猪蹄放到自己碗里去了。

李宝宝吞了吞口水，筷子转了个方向去夹豆腐，但又被拦了下来。

几次之后，她摔筷子喊："我不吃了！"

"那就不要吃。"小刀根本不给她好脸色看。

李宝宝歪歪嘴，哭了起来。

小刀咔嚓咔嚓咬着猪蹄，一块猪蹄被他啃得干干净净，他舔了舔嘴，随手将骨头往桌上一丢，斜坐在椅子上，跷着二郎腿，冰冷的目光斜睨着她道："你想说谎是你的事情，我不能阻止你，但我事后一定会惩罚你，你给我好好记住……我不管你几岁，做错事就给老子咬紧牙关，做好受罚的准备！"

他的目光又可怕，又冰冷，简直像断头台上悬挂的斧头，流淌着骇人的光。

李宝宝明显没有做好受罚的准备，她又怕，又不愿服软，更不愿意道歉，于是眼一闭，躲了起来，把卷卷给放了出来。

卷卷简直是怒不可遏："这熊孩子不打不行了！朕义愤填膺！快点拿个猪蹄给朕消消火气！"

"你说得没错，这孩子不打不成了。"小刀用手拎了个猪蹄过来，喂给卷卷，"查过了，往她妈妈吊瓶里放肥皂水的人，就是她。"

『第五十九章』女儿

卷卷想起以前玩的一个心理测试，有一道题是——"如果你不幸穿越到一个恐怖片里，你会选择哪一部？A.午夜凶铃；B.电锯惊魂；C.生化危机；D.孤儿怨。"

当时包括卷卷在内，几乎有一半以上的人都避开了最后一个选项。

答案出来的时候，大家都觉得很奇怪。

有人就问了："明明前面三部电影比较恐怖啊，里面要么有鬼，要么有变态杀人魔，要么满世界都是流着口水的丧尸，为什么你们宁可跟他们拼命，也不选D呢？D里面只有一个熊孩子啊！"

因为那个熊孩子的学名叫作女儿啊！

就像那道测试题的答案：你内心最害怕的，是来自家人的攻击，最难防备也最难接受。

有谁愿意一觉醒来，发现自己女儿面无表情地站在床边，将肥皂水倒进你正在使用的吊瓶里，用一根牛奶吸管搅拌一下，然后将吸管对准你，笑着吹出一片彩虹色的泡泡？

"李宝宝。"卷卷沉声道，"出来解释一下。"

李宝宝没有反应。

"你之前跟我说，你爸想杀了你妈。"卷卷再次问，"现在你告诉我，到底是你爸爸想杀人，还是你想杀人？"

李宝宝依旧闭口不答。

这样的沉默在卷卷看来已经是一种心虚了。

"你要是什么都不懂，我也不好说你什么。"卷卷冷笑一声，"可你什么都懂，你把一群大人玩弄在股掌之间啊！是不是觉得自己特牛逼、特厉害？可你再牛逼你也不是从石头缝里蹦出来的，而是你妈十月怀胎生下来的！她到底哪里得罪你了？没给你吃还是没给你喝，你要这么折腾她？"

卷卷一个人在那儿说了十多分钟，喉咙都快说干了，李宝宝就是不理。

期间小刀一直坐在旁边吃饭，他吃东西的速度很快，无声无息地就扫空了半桌子菜，然后放下筷子，把桌上放着的报纸抖开，低头看了一会儿，等到卷卷快要暴走的时候，他才合上报纸，右手摸向胸口的口袋，修长的手指从里面取出一张折叠成方块形的纸条，喂了一声，朝卷卷递了过去。

卷卷低头看了眼纸条，又抬眼看着他："这是什么？"

"这里有三户人家。"小刀说，"我已经跟他们谈妥了，只要支付他们一笔钱，他们愿意收留一个不听话的小女孩。"

卷卷愣了一下，伸手去接纸条，手指刚刚碰触到纸条，就跟被火烫了似的收回来，然后连连倒退，直到砰的一声，背靠在门上。

"你这是在拐卖儿童！"夺回了身体控制权的李宝宝瞪着小刀，大声尖叫。

"又不是一辈子把你关在那儿不出来。"对象一换，小刀的表情也跟着一换，变得相当冷酷淡漠，就像干惯了脏活的人贩子一样，"什么时候你把身上的坏毛病改了，什么时候接你回来。"

"你又不是我爸！"李宝宝尖叫道，"用不着你来管我！"

小刀笑了起来。

"我不是爸，也懒得管你。"他微微昂起头，居高临下地俯视着她，像巨大油画上的魔鬼在俯视看画人，"你要去的地方，也不会有人管你。"

说完，他补了一句："也没人会原谅你。

李宝宝有点不知所措地看着他。

"你去了那里以后，可以做你喜欢做的事情，任何事。比如撒谎、污蔑别人是杀人犯、欺负同学、利用别人的好意……"小刀淡淡地道，"你想做什么都可以，但要做好受罚的准备，要知道在那个地方，说对不起是没用的，你撒谎会挨骂，你污蔑人会挨打，你如果往别人的吊瓶里放肥皂水……呵呵。"

李宝宝打了一个冷战，忽然转身拉开房门，然后砰的一声把自己关在了里面。

小刀无动于衷地看着这一幕。

他又重新打开报纸看了一会儿，忽然觉得有点饿，这点东西果然不管饱，于是左顾右盼，目光落在桌上放着的那张纸条上。

他拿起那张折叠成方块形的纸条，拆开以后，出现一个号码。

刘记手工秘制蛋炒饭，五盒起送，电话×××××。

"喂。"小刀拿手机拨了个电话过去，"麻烦送五盒蛋炒饭过来……"

他报上地址，挂断电话，顺便存了一下号码，嘴里嘟囔了一声："正餐不吃蛋炒饭，果然跟没吃饭似的……"

随手将手里的纸条揉成团，扬手一抛，准确地抛进墙角的垃圾桶里。

小刀收回手，目光扫过卷卷的房门，无声一笑。

卷卷还在那小鬼身体里，他怎么可能真把人送去乡下，要是玩出什么乡村爱情故事，岂不是往自己头上戴绿帽子吗？

　　要是事情发展到最后，卷卷真的困在小鬼的身体里出不来的话，那他就忍痛牺牲一下，亲自把小老婆养成大老婆好了。

　　但在事情没坏到那一步之前，他愿意继续努力，毕竟卷卷不喜欢被困在别人身体里，他也不愿意当外人眼中的变态萝莉控……

　　"黑脸我已经唱完了。"小刀望着房门的方向，心想，"接下来看你的了，卷卷。"

　　房门内，李宝宝不知道自己被小刀摆了一道。

　　她对他刚刚说的话深信不疑，反锁房门之后，她快步跑到书桌边，从书包里翻出练习本和文具盒，然后握紧水笔，在练习本上飞快地写道："想杀妈妈的人是爸爸，不是我！"

　　写完，她眼一闭，将卷卷从身体里放出来。

　　卷卷一睁眼就看到这句话，忍不住冷笑三声，转身朝门外走去。

　　走了没两步，伸出去的脚又迅速收了回来，李宝宝扑在书桌前，一手抚额，一手写字，满脸的焦躁不安："你听我说！我不想伤害妈妈！可我不这么做的话，怎么把她从爸爸身边送走？"

　　卷卷会信她的话才有鬼，看完这句话，她又抬脚往外走。

　　李宝宝马上夺回身体控制权，继续扑回来写字："是真的！妈妈的身体越来越差了，还嫌贵不肯去医院，吃的药、用的吊瓶都是爸爸从外面带回来的，我得想办法让她去医院！把她放在医生眼皮底下！"

　　顿了顿，她又补上一句："放肥皂水的那天，我逃课了，就在家边上游荡，如果十分钟内看不到救护车，我就会自己打电话叫救护车的……"

　　她一句句在本子上写，卷卷一句句看，但也仅仅是看而已。

　　现在的情况跟刚刚完全反过来，先前是卷卷说干了口水，她一副我不听我不听我不听的样子，现在换成了李宝宝掏心挖肺，卷卷一副我不听我不听我不听的样子……

　　李宝宝渐渐开始手足无措起来，再早熟，她也只是个八岁的小女孩，别说小刀只是要送她去偏远山区了，就算小刀要把她连夜送去名字都叫不出来的非洲小国，她又能反抗不成？

这个时候，能够保护她的，能够让小刀改变主意的，只有卷卷。

可是卷卷明显不肯相信她。

或者说不敢相信。

"可我说的都是真的啊。"李宝宝放下笔，呆愣愣地坐在椅子上，目光看向窗户外面的蒙蒙细雨，喃喃道，"至少这件事是真的……我亲眼看见的，爸爸他想要杀了妈妈……"

冬雨又湿又冷，雨水像是黑色的，所过之处，无论是天空还是高楼都被染得漆黑。

付雪带李志鹏回家的那天，也是这样一个鬼天气。

李宝宝抱着怀里的小熊布偶，冷冷地打量着眼前的男子。

他看起来很憨厚、很老实，但也很朴素、很不起眼，就像学校沙坑里一抓一大把的沙子。

李宝宝不知道这个世界上有眼缘这种说法，但是她打从第一次见面开始，就很讨厌这个继父。妈妈以为她是小孩子脾气发作，觉得继父从她这里分走了她的爱，但事实并非如此。

李宝宝最讨厌他的一点，是他那永无止境的道歉。

最典型的一次就是，有几个邻居家的小孩嘲讽她妈妈是破鞋，被她追着打了一顿，四个人脸上都挂了彩，哭声引来了双方家长。李志鹏来了以后，问都不问一句为什么，就按着她的头，逼她给邻居鞠躬道歉。

"对不起，对不起，都是我管教无方，回头我会好好管教这孩子的。"

这句话……就是李志鹏的口头禅。

所以他是邻居眼里、老师眼里，甚至妈妈眼里的好父亲，但绝不是李宝宝心里的好父亲。

她甚至恨他。

在她一次次被人欺负、一次次被人辱骂的时候，没有人保护她、没有人帮她，伴随她的只有一句句对不起……可明明不是她的错！

既然她做什么都是错的，那她为什么还要做对的？

李宝宝的脾气越来越坏，做事也越来越没有分寸，以至于李志鹏跑来帮她道歉的次数越来越多，多到妈妈都对她颇有微词。

后来有一天，妈妈病了。

所有人都说，妈妈是被她气病的。

李宝宝自己也这么认为，所以那段时间她的脾气收敛了很多，被人欺负也默不作声，就是希望自己的委曲求全，能让妈妈早点好起来。

可她看见了什么？

大约是一个月之前，周四下午，学校因为要做考场的关系，提前放学了。这事李宝宝没跟家里人提，妈妈卧病在床，而爸爸……她很长一段时间没理过他了。李宝宝慢腾腾地上了楼，用钥匙打开门，她蹬掉鞋子，连拖鞋都不穿，直接踩在红木地板上，朝自己房间走去，路过爸妈房间的时候，她的脚步忽然一停。

透过房间的缝隙，她看见正在挂吊瓶的母亲。

她的脸色好苍白、好可怜……

李宝宝推开房门，想要走过去亲亲她的脸。

耳边忽然嘀的一声，李宝宝脚步一顿，转头看向桌上的电脑，电脑是开着的，上面开着几个文档，右下角挂着QQ，正在嘀嘀作响。

鬼使神差地，李宝宝走了过去，移动鼠标，点出了一个聊天框。

小美："老公，你什么时候回我身边？"

鹏："快了，我很快就会有一大笔钱，等拿到这笔钱，咱们就能过上衣食无忧的日子了。"

李宝宝感觉手脚一冷。

身后忽然伸出一只手来，粗暴地关掉电脑。

她转头看着李志鹏发怒的脸，冷冷地道："我什么都看见了！"

说完，李宝宝直接从椅子上跳下来，哇哇大叫着冲出门去，一边往楼下跑，一边对沿途看见的每一个人喊："爸爸要杀妈妈！爸爸在外面有了别的女人！"

李志鹏从后面追了上来，把她提在手里，狠狠地打了两下屁股，然后满脸憨厚地对邻居们说："没给她买游戏机，她就满地打滚，还到处乱说话，唉……"

邻居笑着从他们身边走过，留下一句："这种熊孩子，就是要打。"

看着他们的笑容，李宝宝知道自己是指望不上他们了。第二天上学的时候，她急急忙忙跑去告诉老师，但是老师还没听完，就伸手让她打住，满脸冷漠地看着她："昨天晚上，你爸爸就打电话跟我提过这事，李宝宝，你不觉得四处散播这样的谣言，对你爸爸，还有你妈妈是一种很大的伤害吗？"

李宝宝愣住了。

谁都指望不上。

大人靠不住，她只能靠自己。

夜里趁李志鹏睡着的时候，她偷偷爬到床边，双手合拢，朝妈妈耳朵里轻轻喊："妈妈，快醒醒。"

妈妈一直醒不过来，反倒是时常喊醒李志鹏，他在床上转个身，朝李宝宝咧嘴一笑，眼睛在黑夜里闪闪发光，就像贪婪的豺狗一样，仿佛在对她说，你们母女两个，谁也逃不掉。

"我很想跑，可是我不能丢下妈妈一个人。"李宝宝在纸上写道，"爸爸看得很紧，又没有人肯相信我的话，而我自己又小又弱又蠢，除了往吊瓶里放肥皂水，我想不出别的办法把妈妈送走……"

字写到这里，练习本也差不多被眼泪给浸湿了。

"求求你了，求求你了。"李宝宝死死地咬着嘴唇，喉咙里带着小小的哽咽声，在纸上写道，"别让他把我送走……除了我，没人能救妈妈了。"

看了这么久、听了这么多，卷卷终于回了她一句话。

她在纸上写道："你想怎么救你妈妈？"

李宝宝抬手擦了把眼泪，放下手的时候，一道雷光从窗外划过，照亮她苍白稚嫩的脸，以及她缓缓写下的那行字。

"我要杀了李志鹏。"

卷卷看了眼练习本上的字，一耸肩："哪里需要这么麻烦？"

『第六十章』大人

第二天中午，李志鹏提着食盒，来到医院看望妻子。

推开病房大门，他愣了一下："宝宝？"

病榻旁，穿着蓝白色校服的小女孩转过头来，颇为冷漠地看着他。

随她一起转头看来的，还有许多张陌生的面孔。

身高不同、服装不同、长相不同、岁数不同，但是表情相同，都带着一股冰冷淡漠的敌意。

在他们的逼视之下，李志鹏不由得低下头，心里一阵懊恼。这女人哪来这么多的亲朋好友？这……这简直是欺诈啊！就是因为她性子孤僻，除了一个女儿，身边几乎没有别的亲人，他才选择跟她结婚的好不好？

抱紧怀里的食盒，李志鹏抬起头来，满脸担忧地朝李宝宝走过去，屈膝在她面前蹲下来，眼泪都差点掉下来："宝宝，你昨天去哪儿了，爸爸好担心你……"

说完，他不满地看了她身后的那群人一眼："你们是什么人？为什么要拐走我家小孩？"

"李先生你好。"西装革履的刀哥递上了自己的名片，"鄙姓何，是美满保险的保险理赔员。"

李志鹏蹲在地上，目光落在他递来的名片上，眼皮跳了一下。

卷卷也转头看了刀哥一眼，上次还是律师，这次就变成保险理赔员了……所以刀哥你的真实职业果然是办假证的吧！

与此同时，另外几个人也递上了自己的名片，职业都是理赔员，但分别来自不同的保险公司，而这些保险公司的名字，李志鹏都很熟悉……

他慢慢从地上站起来，盯着他们几个："你们这群吸血鬼过来干什么？叫我投保的时候说得天花乱坠，等到我老婆病了，真的需要钱的时候，你们就推三阻四！现在是不是看我老婆快不行了，怕要赔钱，所以干脆过来找我解除合同啊？"

他声色俱厉，喊得整个病房的人都看着他们。

不明真相的群众受其影响，看几个理赔员的眼神有些不善。

"事情是这样的，"小刀单手放在卷卷肩上，扶了扶眼前的金边眼镜，"我们昨天晚上接到这位小朋友的电话，她在电话里控诉……你，李志鹏……"

他伸出一根手指，点向李志鹏，笑容狡猾又冷酷："想要杀妻骗保。"

李志鹏愣了一下，手一松，手里的食盒失手落地，雪白的粥混着剁碎的青菜撒了一地，像坟头的白雪和青草。

"宝宝……"他眨了眨眼睛，泪珠滚滚而下，"你怎么能这么污蔑爸爸呢？"

"是不是污蔑，查一查不就清楚了吗？"卷卷对他说。

这话不仅是对他说的，也是对她身体内的李宝宝说的。

既然分不清谁的话是真、谁的话是假，那干脆就用事实说话。

"他们有什么资格查我？"李志鹏似乎有些发怒，指着小刀等人喊。

"他们当然有。"卷卷面色平静，"他们都是收了钱的。"

成年人大多都是利益动物，会为了利益而展开一系列行动。

既然在保险公司投了保，被保险人写的是付雪，那他们当然要对付雪负责、对钱负责。

所以在卷卷看来，要解决李志鹏，哪需要杀人那么麻烦，一通电话足矣。

接下来她跟李宝宝只需要淡定围观就行，保险公司的人会把事情查个水落石出的。

李志鹏瞪着卷卷，刚要开口说些什么，身后就有人敲了两下门。

"检查结果出来了。"一个理赔员站在门口，手里拿着一叠化验单，"亚硝酸钠中毒。"

李志鹏转过头，快步朝他走过去，想要夺走他手里的化验单，但对方手一抬，就避了过去，李志鹏还想继续抢，身后忽然伸出一只手来，铁钳似的钳住了他的手，他痛叫一声，一扭头，小刀冷酷俊美的面孔映入眼帘。

"我只是……只是想看一眼化验单。"李志鹏面容扭曲地笑道，"我女儿她太调皮了，路上捡到什么……都喜欢往家里带……"

"你想说什么？"小刀笑着俯视他。

"她妈妈这次住院，就是因为她往吊瓶里放了肥皂水。"李志鹏瞥了卷卷一眼，咧嘴一笑，满口黄牙，"说不定这一次……也是她回家路上捡了些乱七八糟的东西，然后喂给她妈吃了……"

小刀依然在笑，他笑着问："你当我们是白痴吗？"

其他理赔调查员也纷纷摇头，掏出手机来报警。

既然医院已经拿出证据，证据是慢性中毒事件，那么接下来的时间他们就可以淡定围观了，警察会把这件事查个水落石出的……否则他们每年交那么多税是为了什么？

看看正在打电话报警的理赔员们，再看看附近窃窃私语的病患，以及匆匆从门外走进来的医生，李志鹏手冷脚冷，面色苍白如纸。

角落里，卷卷远远地看着他，小声对身体内的李宝宝说："大人其实还是可以依赖的……对不对？"

茫然四顾的李志鹏终于看见了角落里的她，将目光定格在她身上。

手被小刀扭在背后，他呼哧呼哧喘着气，勉强朝卷卷露出一个怪异的笑容："宝宝，你过来，爸爸要跟你说几句话。"

卷卷："我没耳背，你就站在那儿说吧。"

李志鹏又咧嘴笑了笑，说："你妈妈不会跟我离婚的。"

卷卷闻言一愣。

"我也不会跟她离婚的。"李志鹏笑着说，"现在市场上的有毒食品那么多，地沟油啊毒奶粉啊应有尽有，就算不小心食物中毒……

那也只是因为我不小心买到了假货，我跟她这么说，她一定会原谅我的。"

卷卷眨了眨眼睛，眼前渐渐开始模糊，她心叫不好，这是臭小鬼开始夺回身体控制权的前兆。

"所以你喊他们来是没用的。"李志鹏环顾众人，目光从一个个理赔员脸上滑过，最后落回卷卷身上，带着胜利者的嘲讽，"他们拆散不了我们，我们永远都是一家人……爸爸永远都不会离开你们。"

他脸上忽然拧出一个诡异的笑容，盯着卷卷道："除非我死了。"

卷卷的睫毛颤动得更加厉害。

身体里，李宝宝不断尖叫着，让我出去，让我杀了他！

"这话等你从牢里出来了再说吧。"卷卷不屑地道，"你以为自己是潘安吴彦祖，还是比尔·盖茨啊？既没长相又没钱，浑身上下只有一块腹肌的男人，还指望我妈不改嫁等你出狱？你醒醒吧你！我估计到那时候，我弟弟都出生了！"

旁边有人扑哧一声，低声笑道："什么叫一块腹肌，合着就一块肥肉是吧……"

李志鹏紧紧地盯着卷卷，脸上的笑容没有了。

不知道是不是卷卷的错觉，她觉得他的眼神似乎有些焦急。

"我不会跟你妈妈离婚的。"他盯着卷卷道，"就算离婚了，我也会找上她，缠着她，缠到她离婚为止……呵呵，宝宝你还小，你不知道，没有几个男人能容忍自己老婆跟别的男人拉拉扯扯、纠葛不清，所以你妈是离不开我的，除了我，没有别的男人会要她了。"

他似乎还嫌刺激不够，眼中闪过一丝阴鸷，咧嘴笑道："到那时候，我们两个的年纪估计已经很大了，估计很难找到营生，就靠你来养活我们了……你一定要找份很好的工作，或者找个很好的男人，然后把钱给爸爸……要不然妈妈就只能出去卖了……"

话音未落，卷卷就听见叮的一声，像是某根弦断掉的声音。

她的眼前一片模糊，就像雨水模糊了镜片。

世界在她眼前扭曲一片，她看见李宝宝抓起桌子上的水果刀，尖叫着朝李志鹏冲过去，看见屋子里的人乱成一团，看见李志鹏脸上又挂上那种诡异的笑容。

"又是这样……"卷卷皱起眉头，沉声道。

眼前这一幕，让她回忆起了三年前。

三年前的那一天，她也像今天这样。

只能眼睁睁地看着事情在她眼前发生，想要伸出援手，手指却被挡在了一片透明的玻璃前，任凭她拳头敲出了血，玻璃依旧纹丝不动。

三年之后的今天，相似的事情，在她面前重演一次。

她的选择依然跟三年前一样。

双手握成拳头，狠狠地砸在看不见的玻璃上，一下又一下，捶得鲜血飞溅，骨头碎裂，可她抿着嘴就是不肯停下来，直到透明的玻璃被她敲出一个拳头大的裂缝，她嘴唇向上一抿，然后毫不犹豫地将自己伤痕累累的手伸进裂缝中……

嘴里还配了一首小调，是《小兔子乖乖》的调子，像哄小孩一样，轻轻唱着："不杀不杀就不杀……"

病房内，众人的目光定格在一只手上。

李宝宝人已经站在了李志鹏面前，右手的刀子几乎就要插进他的腹部。

然而千钧一发之时，她的左手忽然伸出来，义无反顾地握住自己的右手，不让她将这一刀刺下去。

"为什么……"李宝宝努力好久，都没能将左手移开，身边的大人已经回过神来，冲过来按住她，夺走她手里的刀子，她呜呜大哭道，"为什么不让我杀他？"

众人丈二的和尚摸不着头脑，不知道她在说些什么。

只有小刀看着她，眼中微光一闪。

"你在干什么啊？"出乎众人意料之外的是，死里逃生的李志鹏沉默过后，居然大吼一声，"连杀个人都不会，你还有什么用啊？快点把刀捡起来啊，快点杀了我啊！"

李宝宝被他突如其来的尖叫吓住了，抬起头愣愣地看着他。

其他人也都看着他，不懂他这是在发什么疯。

直到病房的门被人轻轻推开，一个面有菜色的女人走进来，眼睛寻到李志鹏的一瞬间，她哭着跑过来，抱住他的腿说："老公！贝贝快不行了！"

李志鹏听了这话，整个人愣了一下，然后眼泪大滴大滴落下来，不是先前那种虚伪的眼泪，而是发自内心的痛苦泪水。

他忽然转过头来，声嘶力竭，甚至是带着丝祈求地对李宝宝喊："快啊！快点杀了我啊！杀了我啊呜呜呜……不然就来不及了！"

事情到了这个地步，谁都看出来有些不对劲。

小刀走到角落里打了个电话，然后转头看着李志鹏："你给自己也保了险？"

李志鹏抬起头，抽泣着看着他。

小刀毫不留情地戳破他内心最大的秘密："杀人骗保……你想杀掉的人里，也包括你自己？"

『第六十一章』爱情病毒

警察来得很快，他们推门而入，有两个走过来，一左一右拘住李志鹏。

"不，不，你们别抓他！"面有菜色的女人抱住警察的腿不放，哭着说，"是我怂恿他这么干的！家里穷，孩子病了没钱看病，是我逼他跟我离婚，再另外找个女人结婚，好杀人骗保的！"

"闭嘴吧你！"李志鹏呵斥她一声，"我一个人进去不够，你也想进去啊？"

在女人的号啕声中，警察在他背上推了一把，李志鹏继续朝门外走去，走到半路，忽然脚步一顿，转头看向李宝宝。

"真不公平。"他眼中充满怨恨不甘，低声喃喃道，"贝贝那么乖巧懂事，像个小天使一样，凭什么得病的是她而不是你？像你这样尖酸刻薄、一肚子坏水的小孩，迟早是要杀人的……你为什么现在不杀了我？"

"你想得美！"李宝宝可不是什么好惹的货色，立刻破口大骂，"想死你不会自己去死啊！凭什么拉上我和妈妈？"

李志鹏恼羞成怒："要是自杀能拿到赔偿金，我早就自杀了！"

听起来似乎很感人，但身旁却传来嗤笑一声。

"想要救你女儿，办法不是很多吗？"小刀斜睨着李志鹏，并着两根手指，指缝间夹着的烟，像一柄冰冷的手术刀指向李志鹏的胸前，"心、肝、脾、脏、眼角膜、血液，这些统统都可以拿出来卖嘛……呵呵。"

李志鹏背上一凉，像上了手术台的人一样，动弹不得地看着他。

"一个人想活很难，想死还不容易？"小刀轻描淡写地道，"搞这么复杂，不就一个原因——你不想牺牲自己，所以想要不相干的人替你牺牲。"

"不是这样的！"李志鹏喊完这一句，却说不出更多的解释来。

就像小刀说得那样，想活很艰难，想死还不简单？他可以假装失足从火车站台上掉下去，可以不关煤气直接睡觉，甚至可以给自己下毒……就他给付雪吃的工业亚硝酸钠，每天放进水里或者饭里零点一克，吃上几个月，就能慢性中毒死掉了。

"我舍不得啊。"李志鹏喃喃道，"我舍不得孩子，舍不得老婆……"

也舍不得他自己。

李宝宝冷冷地看着他，直到他被警察押走，她才长出一口气，浑身上下都松懈下来，像一只伪装成刺猬的兔子，把身上带刺的铠甲脱下来。

转身回到病榻前，她把下巴黏在枕头上，看着妈妈的睡脸，轻轻地说："妈妈，没事了，你可以安心睡觉了……"

阳光折入窗栏，落在付雪的脸上，也不知她是不是因为听见了女儿的话，她的睡相十分安详。

小刀在床边站了一会儿，吐了口烟，说："把她放出来。"

李宝宝哦了一声，闭上眼，然后惊讶地转头看着他："她不在了。"

小刀抽烟的动作顿了顿，接着二话不说，转身就走。

卡宴开出停车场的时候，正好跟警车打了个照面，透过车窗，小刀看见李志鹏在警车外面下跪，求他们让自己见女儿最后一面。

他只看了一眼，就无动于衷地回过头，将车从他们身边开了过去。

叮咚叮咚——短信铃声响起。

小刀拿起手机看了一眼，上面是一条垃圾讯息，写着："我爱你，号码××××××等你回复。"

爱？

小刀弯起唇角。

他突然想起了2000年那个肆虐全球的病毒，它以邮件方式发往全球，造成了全世界近55亿美元的损失，最后得到了史上最强蠕虫的称号。

为什么会有那么多人中招？甚至时至今日，依然还有人中招？

因为它有一个动听的名字，叫作我爱你。

当冠以这三个字的邮件出现在你的邮箱里、手机里，你会否点开它？

身后，李志鹏声嘶力竭地哭道："我只是一时鬼迷心窍，我只是……太爱我的老婆孩子了！"

小刀随手将手机往旁边的副座上一抛，然后一踩油门，车子冲了出去。

二十分钟后，三步两步跨上楼梯的声音响起，一扇老旧的公寓大门被人打开。

小刀反手关上房门，鞋子都来不及脱，就跑进卷卷房间里。

脚步顿在门口，他单手扶着门，静静地看着床上躺着的那个少女，蓬乱的卷发枕在脑后，像一个厚厚的、塞满海藻的枕头。她双眼紧闭，躺在米色的被子下面，胸口微微鼓动，像一头冬眠中的小熊……

忍不住叹了口气，他走过去，坐在床上，黑沉沉的眼睛看了她一会儿之后，伸手捏住她的鼻子。

一二三四五……一分钟后，卷卷破功，张大嘴巴开始呼吸新鲜空气。

"呵呵。"小刀脑门上炸开一道青筋，冷笑道，"以为装死就能逃过去？事情已经办完了，快点付我报酬！"

卷卷嘿嘿嘿笑："刀哥，咱们再商量商量吧……"

"没什么好商量的。"小刀也嘿嘿嘿笑起来，一边笑，还一边抬手扯松了自己的领带，露出性感漂亮的锁骨，"就两个选择，你上我，或者我上你。"

卷卷要抓狂了，"不是让我亲你吗？怎么变成让我上你了？"

"也行啊。"小刀索性在她身边斜躺下来，一只手撑着脑袋，另一只手掀开被子，在她身上游走抚摸，慢条斯理地问，"想好了吗？要亲哪里啊……嗯？"

他忽然皱皱眉，盯着卷卷的脸。

卷卷的表情像是要把他的腰子掏出来做烧烤，可手也好、脚也好，都安安分分地任由他摆布，乖巧得不得了。

小刀若有所思，略显粗糙的手指放在她腿上，顺着她身体的线条，一路从大腿抚上她的脸颊，声音略低，笑着问："你是不是动不了？"

太过侵略性的抚摸，把卷卷身上的鸡皮疙瘩都摸起来了，她咬牙切齿地瞪着小刀："我嘴能动！你信不信我开始唱好汉歌！大河向东流啊！天上的星星参北斗啊……呜呜……"

小刀把自己的蓝色领带从脖子上抽下来，然后笑着塞进她的嘴里。

领带上残留着他脖子上的温度，带着他身上的气息，咬在嘴里像咬在他古铜色的肌肉上。

"别破坏气氛嘛。"他笑着摸摸她的脸颊，眼睛因为兴奋的原因，看起来比平时还要明亮，"难得你今天这么乖。"

"呜呜呜！"卷卷怒道。

小刀笑了笑，去而复返，手里拿着一瓶橘子精油。

他坐回床上，扶起卷卷，让她背靠在自己怀里，然后从背后抱住她，将精油倒在掌心里，双手一握，掌心的温度将精油的气息挥发出来，他低头含着卷卷的耳朵："估计是在床上躺太久了，所以肌肉萎缩了……我来帮你按摩一下吧。"

他握住卷卷的手，然后从指间开始，一点一点向上揉按抚摸，动作时而轻，时而重。

卷卷总算把嘴里的领带吐了出来，她低低喘息道："朕……才不会屈服于印度神油之下！"

小刀在她身后弯起唇，无声地笑了笑。

他按摩的方式其实一点问题都没有，动作十分规范，力道也无可挑剔，唯一的问题就是速度太慢，反反复复简直是一种酷刑，还要时不时咬着她的耳朵笑："舒服吗？""热起来了吗？""我的技术怎么样？""喜欢吗？""屈服吗？""要我停下来吗？"

"住口啊！"卷卷眼冒金星，"我要报警了！"

小刀在她身后笑了出来，她靠在他胸口，能够感觉到他胸口的鼓动。

其实他的技术真的很好，卷卷真的感到被他按摩过的地方热了起来，这种感觉挺舒服的……不过她死也不会承认的。

按摩完手脚之后，小刀将手伸向卷卷的腰，但被她挥手打开。

"够了！"卷卷身上直冒汗，挣扎着从他怀里爬出来，"朕已经满血复活了！"

小刀啧了一声，像玩游戏玩到兴起，却被人打断的孩子，露出极为不悦的神色，但很快就恢复了猎食者的本色，笑着往床上一靠，衣领敞开着，露出锁骨和一小片胸肌，手指朝她勾了勾："我的报酬。"

"分期付款是吧？"卷卷头疼地看着他，"我想亲哪里就亲哪里，对吧？"

"只要是我身上的一部分。"小刀指着她，纠正她的语病。

卷卷哼了一声，朝他爬近了一点。

小刀不由得坐直了一点身体，等待她的接近。

可在他的注视之下，卷卷捡起了床上丢着的那条蓝色领带，抓到唇边，抬眼看了他一眼，然后在上面轻轻亲了一下，发出湿润的声音。

"还你。"卷卷将领带朝他丢回去，脸上露出胜利者的笑容，"衣服也算你身上的一部分，对不？"

小刀抬手接过领带，又好气又好笑地看了她一眼。

"算了。"他拿起领带，在她刚刚亲过的地方亲了一下，眼睛直直地盯着她，志在必得，充满侵略性，"咱们来日方长。"

卷卷皱皱眉头，她不喜欢这样的笑容，也不喜欢这样的眼神，更不喜欢这种被玩弄的感觉，于是她看着小刀，打了个直拳。

"刀哥。"卷卷跪坐在床边，认真地看着他，"你爱我吗？"

小刀被这记直拳打得脑袋空白了一下，他呆呆地看着卷卷，刚刚叼进嘴里的烟，直直地掉落下来。

『第六十二章』天使的礼物

烟掉下来的时候，被一只手接住。

"别在我床上乱丢垃圾。"卷卷慢慢收回右手，眼睛看了一下掌心里的烟，手指动了动，把它送到嘴边叼住，然后脑袋一昂，满脸凶恶地看向小刀，五根手指头在他面前缓缓收拢，"不然我把你的肾摘下来！"

小刀觉得自己胸口被撞了一下。

觉得她学他的样子很可爱。

如果让她穿上自己换下来的白色衬衫，娇小的身体包裹在宽大的衣服里，宽大的袖子在纤细的手腕上卷起，然后再对他做出这样的表情……一定会更加可爱。

如果她肯满足他这个愿望的话……无论是让他说"我爱你"，还是其他什么甜言蜜语，那都没问题。

但卷卷玩了一下就失去了兴趣，她把烟从嘴里摘下来，丢还给小刀。

小刀抬手接住，递到唇边，张嘴咬住她刚刚含过的位置，没有点火，但一种暧昧的气息却从烟头上弥漫而出，无形无色地弥漫在两人之间。

"卷卷。"他叼着烟，深深凝视着卷卷，脸上带着一丝惑人的坏笑，"我爱你。"

"是吗？"卷卷也跟着笑了起来，她朝他爬近一些，蓬松的卷发披在身后，有几根散落在脸颊旁，像一头冬眠过后，想要捕获猎物的小熊一样，小心翼翼地接近猎物，用可爱的笑容迷惑对方，"爱人之间是没有秘密的吧？"

小刀眨了一下眼睛，目光警觉起来，"每个人身上都有一点小秘密。"

"我没有。"卷卷坦然道，"我在你面前，完全没有秘密，身高体重年龄血型……甚至你连我夏天喜欢光膀子打电脑都知道！"

小刀皱起眉头，重重喷了一声。

"我身高一米八三，体重一百六，今年二十九岁，O型血，无论冬天夏天都喜欢吃蛋炒饭。"他瞅着卷卷，认真地问她，"还有吗？你还想知道什么？"

怎么这么配合？

卷卷觉得自己的进攻节奏都被他打断了。

盯着他看了一会儿，卷卷朝他爬过去。

小刀张开一条胳膊，像是要迎接她扑到自己怀里来，但是卷卷的手却伸向了床头柜，拉开柜子以后，从里面拉出一条项链来。

长长的细链从她手心垂落，坠子部分在灯光下摇曳，折射出冰冷明亮的光芒。

"还记得它吗？"卷卷问。

小刀顺着坠子看向她，他怎么会忘记？这是他送她的项链……这是他亲手戴在她脖子上的监视器。

"这玩意掉到地上，被我不小心踩了一脚。"卷卷说，"我怕把它给踩坏了，就拿到珠宝店里去看，店里人看过以后，指着对面的电脑行，说我应该去那边……"

小刀一言不发地看着她。

他知道她拿项链去电脑行的原因，肯定不是因为不小心。

他也知道市面上那些电脑行，不一定认得这种型号的监视器，如果暴力拆开的话，技术不过关，东西有很大可能性会报废掉。

不过这事有解释的必要吗？

有掩饰的必要吗？

怀疑……已经产生了。

"告诉我，为什么要送这玩意儿给我？"卷卷将那条项链举到他面前，银色的坠子在他眼前左右摇曳，晃出银色的弧度，"还有，之前在我房间里安监视器的人是不是你？你为什么要监视我……是谁让你来监视我的？"

她的目光在坠子后面看着他，眼中的光芒比坠子还要刺眼。

"告诉我真相。"她盯着他，一字一句地道，"我就相信你是爱我的。"

小刀看着她的眼睛。

无论干哪行，都有哪一行的规矩、哪一行的忌讳。

他这行的规矩比较松散，严格算起来也就三条。

第一，不可以爱上雇主或者目标。

第二，保护雇主的隐私，任何情况下都不能暴露他的身份和情报。

第三，收钱办事，没钱不办事。

三条规矩而已，大多数人能够遵守，但也有少部分人遵守不了，不过这种人很快就会被业界除名，一个无法控制自己感情、无法保护客户隐私，而且还个人英雄主义的人，在任何行当里都是待不长的。

所以小刀很为难。

接下来的选择将关系到他的一生。

是选择自己喜欢的女人，然后提前退休。

还是继续隐瞒下去，当个无可挑剔的业界精英。

"女人真麻烦。"他喷了一声，忽然伸出手，将晃动在他眼前的那枚坠子紧紧握在掌心。

逃不掉，避不开。

那就二选一，做出抉择！

窗外正是黄昏，依旧是那家熟悉的小店，依旧是那张破旧油腻的桌子，连点的食物都没变，依旧是一盘螺丝、一大碗猪肝粉，还有一盆花甲跟两瓶啤酒。

队长坐在桌子对面，用牙齿咬开啤酒盖，一边呸掉嘴里的盖子，一边漫不经心地问："你又去找林馥了？"

暮照白嗯了一声，看着他将橙黄色的啤酒倒进自己杯子里。

"他跟你说什么了？"队长说，"说来听听。"

"说了三年前的那桩案子。"暮照白回道，"说人不是他杀的，是他身体里的那个女人杀的。"

队长嘿了一声，笑声极为不屑："又是这套……"

说完，他看了看暮照白的表情，收敛起笑容，表情变得严肃起来："你该不会是信了吧？"

暮照白笑着摇摇头。

"那就好。"队长将杯子递到唇边，一边抿着啤酒，一边观察他的神色，"还有吗？"

暮照白看起来欲言又止，他举起酒杯又放下，最后低声道："队长，你能帮我一个忙吗？"

队长皱了皱眉，但还是说："什么忙？"

"我想探望一个人。"暮照白说。

"谁？"队长边喝酒边问。

“秦琴。”暮照白说，“三年前那件案子的幸存者之一。”

喝酒的动作凝固住，队长从酒杯后抬起眼，盯着他。

秦琴，还有林馥的母亲顾芙，都是三年前那件案子里的幸存者，两个人都受到了一定程度上的刺激，但是彼此的结局不同——顾芙现在被丈夫送到国外的疗养机构去了，与世隔绝，不见他人；而秦琴则因为受刺激的程度较轻，加上又是绑架犯之一，所以受到了法律制裁，现在正在监狱里坐牢。

需要注意的一点是，这两个幸存者在法庭上的证词是不同的。

因为顾芙的精神出了极大的问题，所以法庭最后采用的是秦琴的证词。

根据这份证词，判定林馥患有人格分裂症，杀死另外几个绑架犯的是他的第二人格，他本人无罪。

“你为什么想见她？”队长皱起眉头。

“只是有一些问题实在想不明白。”暮照白坦然道，“与其自己瞎想，我觉得还不如问问当时在场的人。”

但是队长明显不这么想。

他皱眉看着暮照白，一口喝干杯子里的酒，然后将杯子重重地捶在桌上，引得整张桌子都震动了一下。

“你不觉得自己最近太不务正业了吗？”队长盯着暮照白，表情有些冷漠，“分给你的事情那么多，你都做完了吗？手头的案子都办不完，你怎么就有空管三年前的陈年旧案？”

“队长，”暮照白认真地看着他，“我只是想知道真相而已。”

“真相？”队长不耐烦地撇撇嘴，露出一个不怎么友好的笑容，“这是我办的案子，已经判决完的案子，现在你要找真相？你是想说这是一桩冤案吗？你是想说法院判错了案子，还是想说我抓错了人？”

暮照白惊讶地看着他。

打从他入职开始，队长就一直对他十分照顾，什么事都关照他，甚至连人际关系都手把手地指导他，从来没有像今天这样，对他发这么大的火。

"我不是这个意思。"暮照白觉得自己应该解释一下，以免影响两人之间的关系，可是这件事很不好解释，他犹豫了一下，最后决定跟他说实话，"这件案子，我觉得并没什么太大问题，我想见秦琴，是因为林馥跟我说……秦琴从被抓，直到判刑的那段时间，一直是由我姐姐照顾的。"

他顿了顿，继续说道："她判刑没多久，我姐也跟着出事了。所以我想见见她，看她是不是知道些什么……"

对面的队长一直没说话。

所以暮照白抬眼看向他。

他没有错过对方脸上一闪而过的惊慌，就像挂在墙上的人物画像，忽然被人拿刀子斜划一刀，留下一道长长痕迹。

暮照白感到内心一阵动荡不安。

为什么？

他内心回荡着一个声音。

你为什么要感到惊慌？

"她能知道什么啊？"惊慌一闪而过，队长很快就平静下来，痕迹从他脸上消失，他又变成了墙上挂着的庄严画像，"你姐一向喜欢照顾人，被她照顾的犯人多了去，你还指望照顾着照顾着，能照顾出友情来啊？行了行了，这事你不要瞎猜了，吃菜吃菜！这个天气不趁热吃，很快会凉掉的！"

暮照白勉强一笑，举起杯子，跟他碰了碰杯。

两个盛着啤酒的酒杯撞在一起，橙黄色的酒液飞溅而出。

之后两人就像什么都没发生过一样，聊天吃菜。

吃到一半的时候，队长接了个电话，似乎有紧急状况发生，于是他跟暮照白告了个罪，然后急急忙忙开车走了。

暮照白坐在原地，看着剩下的半桌菜，搁下筷子，没有半点食欲。

菜上冒出的白烟越来越淡，直到一点热乎气都冒不出来之后，他缓缓抬起手，从大衣口袋里摸出一朵红色纸花。

这是他拜访完林馥，从会客室离开之前，对方伸手递过来的。

"送你一个小小的礼物。"林馥明亮清澈的眼睛看着他，宛若唱诗班的孩子，"预祝你圣诞快乐。"

十二月了，圣诞节快到了。

暮照白伸手接过纸花，放进口袋里，对他笑着说："也提前祝你圣诞快乐。"

听了他的祝福，林馥笑了起来，弯弯眼角，波光四溢，像一名微笑的天使。

暮照白打开纸花，用随身携带的圆珠笔横扫而过，看着纸花上面显现出来的字迹："七十三号事件幸存者，鹿露，白花街××号××栋×单元×××室……"

暮照白握纸的手在微微发抖。

他不知道林馥一个小孩、一个住在精神病院出不来的小孩，是怎么得到这个消息的，靠他舅舅？还是靠其他什么人？

他现在只关心一件事。

七十三号事件——是死了二十多个人，包括他姐姐的那次事件。

居然还有幸存者？

『第六十三章』修罗场

车停下，人从车内出来。

看着眼前郁郁葱葱的树林，还有建在林间的精神病院，小刀摘下嘴里的烟，朝着天空吐了一口白气。

没有多做停留，他朝会客室的方向走去。

打开房门的一瞬间，长桌后的少年正低头折着纸花，阳光透过窗户，落在他右边的肩膀上，像一只金色的鸽子。

小刀走过去，拉开他对面的椅子坐下。

然后，掏出手机放在桌上，朝对面的少年推了过去。

手机笔直地滑过长桌，速度由快变慢，最终停在少年面前，他低头看了眼手机，停下了手头的动作。

手机上是一条转账通知，显示小刀刚刚将一百万转到了他的账户上。

小刀用手指点了点桌面："预付款加上赔偿金，全部打到你账上了。"

"我从前拜托你做的事情，你全都做得很好，从来没有失败过。"林馥抬起头，满脸困惑地看着他，"更何况这次的事情，对你来说应该是小菜一碟，你怎么会失败呢？"

"我没有失败。"小刀淡淡地道，"我只是不想干了。"

"为什么？"林馥像个好学的学生，向老师虚心请教着答案。

小刀闭上眼睛，将烟放在嘴里，抽了一口："因为一百万不够。"

"两百万。"林馥立刻说。

小刀掀起眼皮子看了他一眼："不够。"

"三百万。"林馥眼皮子都不动一下，笑着对他说。

小刀淡漠地看着他："不够。"

数字一变再变，最后变成了一个天文数字，负责监督他们的医护人员坐在旁边，脸色也一变再变，最后看他们的眼神，俨然是看一对正儿八经胡说八道的精神病人了……

"你说个价吧。"林馥似乎已经厌倦这样不断重复的加价游戏，他诚恳地看着小刀，"到底要多少钱才够？"

"多少都不够。"小刀想也不想就回道。

林馥饶有兴致地哦了一声，眨了眨棕色的眼睛，对他露出天真无邪的笑容，宛若教堂穹顶上雕花的小天使。

他轻轻笑道："你爱上她了？"

小刀没承认，但也没反驳。

"老实说，我很担心你。"林馥叹了口气，纤长的十指交叉在面前，看着小刀的目光里充满担忧，"你是真的爱上她了？还是被她的花言巧语给迷惑住了？"

他忽然翘起唇角，低声笑道："就像我当初一样……"

小刀面无表情地看着他。

"小刀，你记住，"林馥看着他，轻声细语，像在低诉一个秘密，"她……可是一个有着天使面孔的杀人魔。"

"林馥，你也记住，"小刀摘下嘴边的香烟指着他，一副铁石心肠、无动于衷的样子，"我帮你，不是因为相信你的鬼话，也不是为了什么公理和正义……只是为了一百万。"

说完，他将香烟按在桌子上，左右扭了两下，熄灭了烟火。

然后在林馥的注视之下，走到他身边，拿起桌子上的手机，头也不回地离去。

林馥望着他离去的背影，慢慢低下头，略长的刘海在脸上投下淡淡阴影，使得他的笑容都蒙上了一层阴霾。

他忽然伸手打乱桌上的纸花，红的、绿的、白的、黑的，五颜六色的纸花铺了一桌，像被突如其来的暴风打散的落花。

黑色的纸花滚过桌子边缘，坠落在地。

林馥斜视了它一眼，然后收回目光，纤长的手指捡起一朵白色纸花，缓缓举到眼前，纯净的白色倒映在他的瞳孔内，他慢慢勾起唇角，低声笑道："没关系……还有替代品。"

这世上没有独一无二的花，也不会有无法取代的人。

小刀从精神病院里走出来，拉开车门，重新上了车。

他上车之后的第一件事，就是给卷卷打了个电话。

嘟嘟两声之后，卷卷接了电话，声音不冷不热："干什么？"

小刀："我刚刚辞职了。"

卷卷："……"

小刀趴在方向盘上，笑着问："中饭没着落了，你能请我吃饭不？"

卷卷："你是故意的吧！我今天刚到烤肉店工作，你就要我请你吃饭？"

小刀："店里还收人不？"

对面传来托盘落地的声音，一阵鸡飞狗跳之后，卷卷气急败坏地说："忙！没空陪你扯淡，再见！"

嘟嘟嘟一片忙音，小刀笑着挂断电话。

双手按着头上，掌心将头发往脑后梳去，小刀现在感觉挺不可思议的。

因为爱上目标人物，从而放弃任务——这件事在业界传开之后，会严重影响他的风评，说不定会导致他提前退休。

他本来以为自己会非常懊恼，但他没有。

放弃任务以后，他居然觉得浑身舒坦，跟吃了十碗秘制蛋炒饭一样……

"都这个年纪了。"将手放回方向盘上，小刀看了眼后视镜里的自己，"是该考虑一下退休转行的事情了。"

他这行赚得虽多，但属于灰色领域，风险大，不稳定，名声也不大好听。

为另一半和孩子考虑的话，他应该换一个稳定体面，有一定社会地位的工作，并且要有足够的时间陪伴妻子孩子……也许他应该重操旧业当个作家，或者发挥特长办个安保公司……又或者应老爸老妈的要求，回家里的公司工作？

想来想去，小刀觉得这样的终身大事，最好还是跟卷卷商量一下。

卷卷不肯接他电话，这点难不倒他。

他迅速打开微博刷了一下。

卷卷最新一条微博是："终于再就业了！从今天开始，我要活在肉的海洋里！"

下面还附了一张烤肉店的图。

小刀用眼睛迅速扫描了一下那张照片，从卷卷身后的落地窗外，找到了一个标志性建筑，从而确定了她的位置。

二十分钟后，烤肉店的大门打开。

"欢迎光临！"卷卷穿着烤肉店制服迎过去。

小刀大步流星地走进来，对她微微一笑。

卷卷的热情马上冷却下来，不冷不热地说："不好意思啊，店里没座位了。"

"没关系。"小刀迅速扫视了一下店内，然后朝一个角落的位置走去，"我可以跟人拼一下桌。"

他在角落的情侣桌旁坐下，对面，穿着白色羊绒短衫、黑色短裙的女子放下手里的杂志，抬头看向他。

沈绿瓷："……"

小刀："……"

在他们的对视中，烤肉店里的温度迅速冷却下来。

"你走。"沈绿瓷很快低下头，重新看着手里的杂志，冷冷地道，"我先来的，我不想跟你拼桌。"

小刀没理她，他转头看着卷卷："什么时候下班？你昨天问我的问题，我可以给你解释了。"

沈绿瓷立刻放下手里的杂志，警惕地看着他："卷卷已经答应了我，下班以后要陪我一起做头发看电影。"

卷卷顿时觉得头大。

她看看这个，又看看那个，两个人谁都没有让步的打算，都恨不得拿起桌上放着的刀叉，把对方戳出几个洞来。

正好同事在背后喊她端盘子，卷卷忙回头应了一声，然后转过头来，对他们两个说："我先去端菜，你们两个先看下菜单。"

留下菜单之后，卷卷匆匆离开。

小刀和沈绿瓷沉默地看着手里的菜单。

几分钟后，小刀率先去了一趟洗手间。

洗手池旁，他拿出手机，迅速给萨丁打了个电话。

电话接通之后，他冷冷道："萨丁，你最近到底在做什么？"

"……"萨丁犹犹豫豫地回答，"在、在玩啊，最近完全没有从事不法行动，一直在休养生息，怎么了刀哥？"

"玩？休养生息？不工作？"小刀大怒，声调一声高过一声，"年纪轻轻不好好工作，天天混吃等死？"

萨丁觉得他简直莫名其妙！诈骗团体的首脑又不是他，他激动个什么劲啊，但嘴上还是乖巧地奉承："是是是，刀哥您教训的是，我过完年马上就开始工作……"

　　"还等过年？"小刀不耐烦地打断他，"你休息得够多了，现在就开始工作吧，对了，你身边那个沈绿瓷呢，那个女人放着不用简直是浪费资源……你懂我的意思了吧？"

　　又狠狠地敲打了萨丁几句之后，小刀关上手机，回到情侣座旁坐下，双手交叉在唇前，等着沈绿瓷的手机铃声响起。

　　萨丁没有辜负他的期望……又或者说不敢辜负他的期望。

　　沈绿瓷的手机铃声很快就响了，她低头看了眼号码，秀气的眉微微一皱，起身去了洗手间。

　　"绿瓷啊，"手机对面，萨丁的声音听起来有气无力的，"休息得够久了，该回来工作了。"

　　沈绿瓷挑了挑眉，涂抹着粉色指甲油的手指举着手机，美艳绝伦的侧面倒映在洗手池前的椭圆形梳妆镜内，笑着对他说："那我给你推荐一个对象吧。"

　　"什么对象？"萨丁问。

　　"我这里有个男人，年纪轻轻就开卡宴，不是中了六合彩就是家里有钱。"沈绿瓷看着自己的手指甲，眼中闪过一道冷光，"而且长得丑陋不堪、猪脑肥肠，性格还恶劣无比，估计这辈子都没什么女人缘……你要不要派两个人来，从他身上下手？"

　　萨丁完全没意识到她说的是小刀，毕竟他上次看见小刀的时候，他还开着路虎，而且光从外形上看，小刀的长相还是无可挑剔的，算得上身材挺拔容颜俊美，也只有性格恶劣这点对得上号……

　　他就奇怪一点："既然这么好上手，你怎么不上？"

　　沈绿瓷冷笑一声："这种货色，也配让我上？"

　　萨丁想想也是，这女人眼光奇高，连他都看不上，更别提丑胖子了。

　　"行吧。"他也不舍得把最珍贵的资源浪费在这种货色身上，于是说，"正好有个新人在那边，我叫她过去，你介绍他们认识一下吧。"

沈绿瓷笑着答应下来，然后挂断电话，回到情侣座前，将杂志摊在腿上，一边漫不经心地看着，一边等待修罗场的出现……

『第六十四章』爱情与友情

卷卷提着茶壶回来的时候，发现座位上多了一个人。

一个标准网红脸的妹子。

她坐在沈绿瓷身边，正朝对面的小刀大献殷勤，声音又娇又腻："你真不记得我啦？讨厌啦，你再仔细想一下嘛……"

小刀掀起眼皮子看了对面一眼，然后将手机放在茶杯边上，一根手指在上面点了点。

卷卷一边往茶杯里倒水，一边扫了手机一眼。

"警察抓外围女，误以为是四胞胎——揭露整形流水线。"

"喂，你怎么做事的？"网红脸喊道，"水都漫出来了！"

卷卷急忙把茶壶转了个方向，但视线忍不住落到对方脸上……这鼻子、这眼、这嘴，完全是图里这几个人失散多年的五胞胎姐妹啊！

拿起杯子喝了口水，网红脸皱了一下眉头，歪着脑袋对小刀说："这里的茶味道好差哦，我那里有几包很好的茶叶，要不你跟我来，我亲手沏茶给你喝啊。"

"不好意思。"小刀说，"我要等我女朋友下班。"

网红脸大惊，转头看了沈绿瓷一眼。

"右边。"小刀提醒她。

网红脸慢慢转过脸，跟卷卷四目相对。

"是她啊？"网红脸明显松了口气，不客气地打量了卷卷一番，然后嘟嘟嘴看向小刀，"大哥，你这眼光实在不咋地啊……"

小刀还没来得及做出反应，沈绿瓷已经啪的一声合上杂志，面无表情地对她说："我觉得她长得挺好看的……至少不会引发我体内的脸盲病。"

网红脸："……"

喂，你到底站哪边的？

网红脸对沈绿瓷非常不满，沈绿瓷对她也相当不满，她开始低头给萨丁发微信："你怎么派了个网红脸过来？这种流水线产品也想泡到卡宴？"

"话不能这么说。"萨丁很快回复，"国民老公也喜欢这种款式啊，有钱人的品味你不懂的。"

但小刀明显不喜欢这款。

他开始无视对方的存在，并在某个男服务生路过时，叫住对方，然后指着网红脸说："这个人一直在跟我推销美容院产品，太烦人，麻烦你把她请到别桌去。"

"我推销了什么美容院产品啊？"网红脸怒道。

小刀拿眼睛从上而下扫了她一道："你咯。"

临近的几桌人传来笑声，气得网红脸从座位上站了起来，转身就走。

卷卷正在给另外一桌人倒水呢，转身的时候不小心跟她撞一起，茶水溅在了她的裙子上。

网红脸大怒，顺手从旁边的座位上拿起一杯水，往卷卷脸上一浇。

"这条裙子一千块啊，你赔得起吗？"喊完，她正要走，身后却猛然伸出一只手，抓住她的脑袋，往下狠狠一按。

"道歉。"小刀按着她的脑袋，本来就凶恶的面孔，现在显得更为恐怖，"否则我把你脑袋拧下来！"

"你干什么啊？"网红脸一边挣扎，一边哭起来，"救命啊！非礼啊！"

红色高跟鞋朝她走近，沈绿瓷一手拿着大红色的钱包，另一只手慢悠悠地从里面抽出一把钞票，慢慢在手里展开，姿态优雅，犹如宫廷贵妇慢慢展开一把小扇子一般。

然后，她用这柄钱做的扇子抬起网红脸的下巴。

"一千块是吧？"沈绿瓷又冷漠又傲慢地俯视她，"我帮她付了。"

网红脸尖叫一声："沈绿瓷，你这个贱货……"

话还没喊完，她就被一只手抓住领口，从地上提起来。

网红脸瞪大眼睛，惊恐地看着眼前这个长一张娃娃脸的女服务生。

"客人，冷静一点。"卷卷单手把她提在空中，脸上滴着水，由下而上地盯着她，笑出一口雪白的牙，"或者我帮你冷静一下？"

于是卷卷被辞退了。

回家路上，沈绿瓷和小刀互相指责对方。

小刀冷冷地道："那人是你朋友吧？要不怎么一来就坐你边上？"

"我怎么觉得是你的老相好呢？"沈绿瓷讥讽道，"你看她一直喊你去她家玩……或许不是第一次去了？"

卷卷无语地看了他们一眼，然后继续低头刷手机里的招聘信息。

"别看了。"沈绿瓷走过来，抢过她的手机藏身后，笑得像个顽皮的小女孩，"这个时间段工作不好找，过完年再去找工作吧。"

"那我就要被房东扫地出门了。"卷卷没好气地说，然后上前一步抱住她，两手在她身后摸索着手机。

"那就搬来我家住吧。"沈绿瓷眨了一下眼睛，温顺地松开手，把手机还给她，然后用一双潋滟横波的眼眸凝视着她，柔柔地说，"我什么都准备好了，一直在等你过来。"

卷卷摸了摸后脑勺。

要是换了个男人，被沈绿瓷用这样的眼神注视着期待着，估计就算是断了两条腿，双手倒立走路也要走她家去。

"她不会去的。"男人的声音从背后传来，然后一条胳膊横过卷卷的脖子，将她拉进一个硬实的胸膛里，小刀居高临下地俯视着沈绿瓷，"她得留在我身边，只有我才能照顾好她。"

他意有所指。

卷卷听懂了他的意思。

如果再发生困在别人身体里出不来的事情，他会照顾她，也会帮她保守秘密。

沈绿瓷看看小刀，又看看卷卷，见她没有拒绝的意思，心里忽然很不舒服。

"我明白了。"她的笑容渐渐失去温度，变得十分敷衍寡淡，"恭喜你，交了男朋友。"

"他不是我男朋友。"卷卷挣脱小刀的怀抱，拉住她的手，"我只是有点事，暂时走不开……"

"什么事？"沈绿瓷凝视着她，认真地问道，"有什么事，是他能做，我却做不到的？"

"这个……"卷卷面露犹豫，她实在是没法把自己最大的秘密说出口。

沈绿瓷等了一阵子，渐渐心灰意冷。

"今天就到这里吧。"她松开两人紧握的手，淡淡地道，"我还有点事，先走了。"

其实她哪有什么事啊，接到卷卷的短信之后，她整个下午都为卷卷空出来了，准备跟她一起做头发、一起吃饭，然后一起缩被窝里看看脑残偶像剧。

转身离去的时候，沈绿瓷忍不住抱住自己的胳膊。

明明天气不是很冷，她却无端端觉得浑身发寒，冬日暖阳照在身上，却填补不了心中的空虚……她总觉得有一样很重要的东西，被人生生从胸口挖走了，让她忍不住想要落泪，用温热的泪水来温暖冰冷的自己。

与此同时，卷卷也不大好受。

她连晚饭都吃不下，整个晚上都坐在床上，抱着手里的相册发呆。

小刀推门进来，坐在她对面，手里的托盘举过去，里面盛着卷卷最喜欢吃的孜然羊肉。

"吃掉。"他说，"不然我倒掉。"

卷卷最不喜欢浪费食物了，于是伸手拿了一块羊肉放嘴里，明明是最喜欢吃的东西，但今天却觉得没滋没味的，跟啃干草似的。

"唉。"她放下手里的羊肉，盯着小刀看，眼神有点忧郁，"两个人之间想要完全没有秘密……真的好难。"

她昨天还能大义凛然地逼小刀说出他的秘密。

轮到自己，才发现有多么艰难。

秘密永远是越少人知道越好，毕竟她这个能力并不怎么讨人喜欢，谁希望自己睡觉的时候被另外一个人占据身体啊？所以她连父母亲戚都没告诉……也只有小刀靠着卑鄙手段知道了她的秘密。

结果有些话、有些心事，只能跟这个卑鄙的家伙倾诉。

"其实我知道绿绿在担心什么。"她抱着相册，对眼前的男人说，"我以前也有好多女性朋友，交了男朋友，特别是结婚生孩子以后立刻就消失无踪了，她估计担心我也这样吧。"

"可你总要结婚生孩子的啊。"小刀拿起一块羊肉吃。

"我就算结婚生孩子了，我也不会离开绿绿的。"卷卷气鼓鼓地说。

小刀狠狠咬碎嘴里的肉骨头："既然不会分开，那你们还一副生离死别的样子干吗啊……咔嚓咔嚓咔嚓……"

卷卷气急，伸手把剩下的羊肉全部抢走，一边往嘴里塞，一边没好气地说："你这种抠脚大汉不懂少女的心事的！咔嚓咔嚓咔嚓……"

小刀瞥了她一眼，其实他是懂的。

沈绿瓷的身份和经历，他都了如指掌，他知道这女人因为容貌的关系，得到了许多，也失去了许多，男人她从来不缺，女性朋友却一个都没有……直到遇见卷卷。

不因她的倾国容颜而来，也就不会因她年老色衰而去。

不互相攀比，不明争暗斗，也不抢对方男朋友，不用防火防盗防闺密，而是高山流水遇知音……好吧，沈绿瓷也许会弹琴，但卷卷绝对没这么高的艺术修养，她们两个凑一起，有八成的可能性是沈绿瓷做菜，卷卷吃；沈绿瓷做点心，卷卷吃；沈绿瓷煲汤，卷卷吃……

想到这里，刀哥觉得沈绿瓷这个女人实在太可怕了。

她的存在严重影响他和卷卷谈恋爱。

时间都用来陪闺密了！哪有时间陪他？

就像沈绿瓷嫉妒他一样，他也嫉妒沈绿瓷，爱情和友情这两样东西果然是没法共存的。

各怀心事的两人，很快分食完了盘子里的羊肉。

"睡吧。"小刀说，"睡觉前让我看下照片，你要是又出意外，我也好提前做个准备。"

卷卷点点头，忽然抬头看他："你不是说要告诉我真相？不说了？"

小刀失笑一声，伸手摸了下她的脑袋，颇为无奈："我就算跟你说……现在的你也没心思听。"

卷卷没有反驳。

友情危机，已经让她觉得有点精疲力尽了。

"今天就这样吧。"小刀说，"早点睡，明天再告诉你真相。"

"嗯，好吧。"卷卷说完，打开相册，也没心思挑选，随便抽出一张照片来，反转给小刀看，"就她了。"

照片上，是一个朝气蓬勃的女高中生，脑袋后面梳着一条马尾，站在学校的操场上，身上穿着T恤短裤，右手抱着一个篮球，对着镜头咧嘴微笑着。

这张照片，摄于两年前的夏天。

06

最后的目击者

『第六十五章』网络募捐

　　时钟在卷卷耳边走动，她耳边渐渐浮现两个男人的声音。

　　"她动了！"

　　"你看错了。"

　　"我没看错！她刚刚眼皮子动了一下……她、她在看我们！"

　　卷卷睁开眼，只见床对面站着一老一小两个男人，举着手机朝她大呼小叫。

　　被她拿眼睛盯着的那一刹，少年惊叫一声，手机脱手落地，他急忙弯腰去捡，身边的老男人则不断埋怨："怎么这么不小心啊……哎呀！你怎么发出去了？快删掉快删掉！"

　　少年拼命点着手机，嘴里不停骂道："又不是淘宝秒杀活动，这群人手速这么快干吗……来不及了，被人截图转发了……"

在他们吵吵嚷嚷的时候，卷卷正在打量四周的环境。

照片摄于两年前，原以为两年之后，照片里的小姑娘应该已经上大学了，可惜没有。

她现在躺的地方不是大学宿舍，而是一张简陋的木板床，肚子上盖着一床老旧的大花棉被，手跟腿都露在外面，那是手腿吗？不，只是四条笔直细长的棍子罢了，耷拉在床上，动弹不得。

卷卷起初有些惊讶，但很快就释然了。

这种事，她也不是头一回遇见。

并不是每个小孩都能平安无事地长大，并不是每个人都能一辈子无病无灾。

照片里的人，是会出意外的。

比如她现在穿的这具身体，原本是多漂亮一个小姑娘，现在都快萎缩成刚出土的人干了，也不知道她这两年来遭遇了什么。

对面忽然戳了一个手机过来，少年举着手机对她说："姐，你快哭。"

卷卷看着他："我为什么要哭？"

"你不哭，我发什么去网上啊？"少年皱眉说，"记得哭惨一点，现在的人都铁石心肠，你不聋不瞎不残废，他们都不肯捐钱的。"

身边的老男人拉了他一下。

他的小动作没有逃过卷卷的眼睛。

卷卷收回目光，望着他们，慢条斯理地问："现在收到多少捐款了？"

少年刚要开口，老男人在他后脑勺上拍了一下，笑呵呵地说："不多啊，也就几百块，还不够你吃饭的呢，其他暖气费护工费之类，都是叔自掏腰包。"

说到这里，他叹了口气，拉着少年到她身边坐下，少年看了眼又黑又脏的被褥，甩开他的手，一个人走到旁边玩手机游戏去了。

"你堂弟两年没跟你说过话了，有点认生，你别怪他。"老男人瞪了少年一眼，然后回过头来，对卷卷直掉眼泪，"叔的家境你是知道的，一个月就那千把块钱，想吃口肉都艰难，要供你弟上大学，现在还要接济你，日子越来越难过了……还好你弟见多识广，在微博上搞了个募捐号，虽然一个月只有几百块，但多多少少能补贴一下生活，让你们两个多块肉吃，你说是不？"

说着，他抬手将少年招过来。

"露啊，你配合一下你弟，他让你干吗就干吗，咱们早点把今天的照片拍完。"老男人和颜悦色地说，"等这次的募捐到手了，叔给你买点好吃的好喝的，庆祝你昏迷这么久，今天终于醒过来了。"

"是啊，姐，你赶紧的。"少年接口道，语气快得像机关枪，"我明天还要上学呢，没空一直耗在这儿。"

卷卷扫了眼他手里的手机，说："拿来给我看一下。"

父子俩都愣了下，少年脱口而出："有什么好看的？"

卷卷笑起来："既然是以我的名义进行的募捐，我看一眼都不行吗？"

少年斜眼看着她，身边的老男人又拉了他一下，他才不情不愿地把手机伸过去。屏幕在卷卷面前晃了一下，就快速收了回来，少年满脸不耐烦地问："看够了吗？"

卷卷已经拿到了自己想要的东西，于是笑着对他说："够了。"

之后，她配合对方拍了几张照片，造型参考荒年饿死的炮灰、抗日剧里被敌寇打死的炮灰，以及拔光毛即将送入烤箱的烤鸭等等……

照片拍完，父子俩心满意足地离开了。

卷卷孤零零一个人躺在床上，慢慢合上眼睛。

时钟的声音在卷卷的耳朵里走动，越来越远、越来越轻，当声音完全消失的那一刻，卷卷睁开眼，回到了熟悉的房间，回到了自己的身躯里。

她翻身下床，被被子外面的冷气冻得龇了一下牙，随手抄起被子披自己身上，然后坐到电脑桌前，盘腿蜷成一只球，球里伸出一只手，打开了电脑。

蓝光扑打在她脸上，卷卷打开微博，输入了一个名字。

幸存者鹿露。

点击搜索，出来一个微博账户。

认证信息是，七十三号事件唯一幸存者。

卷卷点开它，嘴角忍不住向上一翘，眼睛里写着：找到了。

她在少年手机里看到的就是这个号，当时匆匆一瞥只看清个名字，现在鼠标一路下滑，不但看到了她刚刚拍的照片，还看到了许多东西，比如上个月晒出来的感谢名单，放大名单以后，可以看见一长串捐献者，最低捐了五十，最多的一个捐了一万，林林总总加起来，数目远不止老男人说的几百块。

这才是一个月的捐款呢。

"骗捐啊。"卷卷喃喃一声，顺手百度了一下七十三号事件。

这件事她稍微有点印象，但是时隔太久，记得不大清楚了。

还好论坛里讨论这件事的帖子尚在，来龙去脉乃至于几个死者的身份，全都扒得清清楚楚。

事情发生在两年前的七月十三号。

有个男人出门旅行，临行前把自家别墅租给了一群人开派对，等他旅行回来，开门一看，大厅里吊着一个死人，吓得他屁滚尿流地逃出去，然后哆嗦着报警，警察来了以后，又在别墅里找到了另外几具尸体。

以及唯一一个重伤未死者——鹿露。

鹿露连夜被送去急救，警察本来指望能从她嘴里知道犯人是谁，以及究竟发生了什么事，但很可惜，鹿露虽然抢救回来了，却变成了植物人，无法提供任何有用的讯息。

帖子里有人扒了鹿露的身世，这个女孩子很可怜，父母在她高考前离婚，导致她高考失利，差点患上抑郁症，等到她变成植物人以后，父母双方更是直接失踪，谁都不肯养她，还是她奶奶看不过去了，把人接到自己家照顾。

半年前老人去世了，临死前把房子卖了，让小儿子用这笔钱给鹿露治病。小儿子收了钱，没过多久，就在网上开了个募捐号，说治病钱不够，请大家帮忙凑一凑。

而且不是一时不够，而是一直不够。

从他们今天晚上的表现来看，他们压根就不打算把鹿露治好，而是要利用她的病和她的悲惨身世，源源不断地从善良网民手里骗钱。

难怪鹿露瘦得像个人干似的，他们两个却一身名牌，满面红光，连手机都是刚出的新款。

路见不平一声吼！

对付这种网骗，卷卷最有办法了！

小熊："博主你当我们傻啊！这照片明显是PS的！原图是前天新闻里那个清朝出土人干！你以为把人像贴上去，哥就看不出来啊！"

大熊："我给大家分析一下吧，我家亲戚是在医院工作的，我见过肌肉萎缩的人，说实话，如果真像博主自己说的那样，每天都按照医生的指示，对鹿露妹子进行了全身肌肉按摩和热帕敷身，她不会萎缩得这么厉害的……这已经比半年前还惨了啊！"

北极熊："支持楼上，我来发个对比图，左边是半年前的鹿露，右边是现在的鹿露……我只想问，博主按摩时用了吸星大法吗？"

熊窝里的猫卷："细节说明真相，博主你把自己的手表也拍进去了，啧啧啧，欧米茄啊，听说博主家里穷哦，年收入不足五万哦，吃不饱穿不暖哦，请问这个表是你用水笔画上去的吗？"

风起云涌，群熊围攻！

"哼哼哼。"啪嗒啪嗒的敲键盘声中，卷卷将北极熊号切换成狗熊号，一边冷笑道，"你这个网骗，今天就让你见识一下网络喷子的厉害！"

成也网络，败也网络。

在利用网民的善良时，也要做好准备承受被骗网民的怒火。

父子俩终于按捺不住，跳出来辟谣了。

幸存者鹿露："喷子是一个人！"

幸存者鹿露："说我们骗捐，你有证据吗？你没有就不要瞎嚷嚷！"

幸存者鹿露："照片里那个欧米茄不是我的，是一个好心捐献者的，他特地到我家里来探望了我堂姐，我给堂姐拍照的时候不小心拍到他了而已。"

幸存者鹿露："喷子你的心怎么这么毒啊！你不肯捐钱给我姐看病就算了，还不让别人捐，我祝你跟我姐一样变植物人，这样你就能知道我姐多苦了！"

随着他们两个的对喷，越来越多的围观群众也卷入战火。

双拳难敌四手，厮杀久了，卷卷渐渐感到有些吃力。

就在此时，一个人加入了战斗。

菜刀："你不心虚，你删什么照片？"

军刀："手快，刚保存下来的截图，还在追捧博主的人自己看看吧。"

唐刀："合着博主说了那么多废话，正主一句话没说啊？"

小刀："废话少说，既然人已经醒过来了，让她录一段视频上来，不就真相大白了？"

蛋炒饭："让正主出来说话。"

卷卷："……"

这一堆刀子外加一碗蛋炒饭，莫非是……

"刀哥？"卷卷盯着屏幕，忍不住低声唤了句。

两人的房间隔着一堵墙，她脱口而出的唤声，没有得到回应。

但在那对父子的微博下头，瑞士军刀、昆吾刀、苗刀、大马士革刀……越来越多的刀子参战。

此情此景，无不在向世人昭示一件事。

一个专业的网络喷子来了。

『第六十六章』温暖我

专业人士一登场，业余人士很快就被挤到角落里，沦为围观群众。

只有博主还在苦苦挣扎。

幸存者鹿露："你胡说……"

大刀小刀指甲刀扑上去将他淹没。

幸存者鹿露："你这马甲一看就是同一个人……"

番茄蛋炒饭玉米蛋炒饭香肠蛋炒饭扑上去将他淹没。

博主开始还疯狂删帖，后来发现越删越多，这才颓然地停下手，呆呆地看着微博下面越来越多的刀子和蛋炒饭。

他觉得自己错了，对方根本不是一个人，而是一个团体！一群专业的喷子！

对方有组织有纪律！平均一秒一帖，分析帖八卦帖内幕帖水帖交替出现，在黑他的同时，还不断@大V号和官博，这种拖人下水的做法简直可耻！更可耻的是有些大V居然失心疯一样，随手点赞转发了！

他们这是中降头了吧！父子两个拼命联系这几个大V，要求他们删除转发的那条微博，但被无情拒绝，于是恼羞成怒地骂道："你们的降头是团购的吧！"

卷卷也被这场面震撼到了。

她横行网络这么多年，一直以为自己是个不错的喷子，现在才知道人外有人天外有天，在喷子的世界里，刀哥才是一座巍峨的珠穆朗玛峰……他到底是怎么做到的？

卷卷跳下椅子，裹着身上厚厚的被子，像头皮毛丰厚的北极熊般，迈着臃肿的步伐来到刀哥门前，伸手敲了下，门没关，一敲就开，门缝里漏出一声低沉沙哑的"进来"。

卷卷推门而入，对面椅子一转，小刀姿态慵懒地躺在椅子上，左边身体沉在黑暗里，右边身体被电脑屏幕照出来的白光照亮，像个正在堕落的天使，又像个向往光明的魔鬼。

在他右手边，电脑静静地亮着，那对父子的微博下面，刀号和蛋炒饭号一起偃旗息鼓，退出战场，然而战斗还在继续，不断有新人加入战斗，不断有新的评论被刷起。

喷子的最高境界，就是哥不在江湖，江湖依然有人喷你。

"你怎么谢我？"小刀双手交叉在腹部，懒洋洋地看着她。

卷卷想了想，走到电脑前，伸手滑动一下鼠标，数了一下那对父子微博下面的回帖数，然后转头对他说："你今天帮我水的帖，改天我帮你水回来……网络水军，我一个顶十！"

万人敌小刀闻言，笑而不语。

半明半暗的房间里，一只修长有力的手伸向卷卷，拉起她的手。

"你的手好冷啊……"伴随着一声好听的呢喃，小刀将她的手牵到脸颊边贴着，像男人在温暖自己的女人，又像犬类在向家里的女主人撒娇。

卷卷忍不住哆嗦了一下——凉的。

"胡扯吧！"她觉得自己听见了上下牙齿一起打战的声音，"明明是你的脸比较冷！"

"那就温暖我一下吧。"小刀捧着她的手，依旧拿脸贴着她的手背，也许是卷卷的错觉吧，她觉得他刚刚好像轻轻在她手背上蹭了一下，然后眼睛定定地看着她，电脑的白光倒映在他眼睛里，像苍白的火焰，燃烧着他的瞳孔，也燃烧着她的倒影。

卷卷愣了愣，然后静静地看着他，良久良久。

忽然，她像掀开一条披风一样，将裹在身上的被子掀下来，盖在刀哥身上。

"你冷，是因为被子太薄了。"她说完，抄起他床上那条薄一点的被子，单手提在腋下，转身朝门外走去，脚步在门口停了停，转头看着他，"趁着被子还有点热乎气，早点上床睡觉吧。"

说完，她反手拉上房门。

她走后，房间里寂静无声。

小刀一言不发地坐在椅子里，身上盖着卷卷的被子。

依旧半边身子沉在黑暗里，半边身子浸在光明中，被光照亮的那半张侧脸……微微有些泛红。

右手边，电脑依旧亮着，网络骂战在继续，大规模转发也仍在持续。

半小时后，一条微博转发到一家破旧网吧里，一台嗡嗡作响的电脑里，一个佝偻着背、满脸阴沉的男人面前。

他盯着屏幕，慢慢瞪大眼睛。

"不可能……"泛黄的牙齿里，漏风一样漏出颤抖的声音。

他用发抖的手放大微博里的那张图。

图片放大以后，里面那个骨瘦如柴的少女几乎就站在他面前，睁着一双黑白分明的大眼睛，面无表情地看着他，目光就像两道无所遁形的光，透过屏幕，穿进他心底……照亮了他内心隐藏的秘密。

"不……"男人慢慢捏扁了手机的啤酒罐，橙黄色的酒水从里面涌出来，喷得桌子键盘屏幕到处都是，他盯着图里的少女，近乎绝望地喃喃，"不……你不可以醒……你怎么能醒？"

"大爷，你注意一点。"网管来到他身后，皱眉道，"机子进水会坏掉的！"

男人慢慢回头看了他一眼。

网管立刻住了嘴，哆哆嗦嗦地去了前台，不断跟前台收银的老板娘说着什么，视线时不时地朝男人的方向瞟。

男人没空搭理他们，一双充血的眼睛盯着屏幕。

男人满是啤酒泡的手不断滑动鼠标，翻看微博下面的评论，一条一条又一条，每一条都看得十分认真。

之后，他在微博里翻出父子两个给出的联系方式，掏出手机，打了个电话过去。电话一直占线，但他很有耐心，一次次地重拨过去，直到手机接通，对面传来一个气急败坏的声音："要我说几次才行？我不是骗子！你不要因为网上喷子的几句话就来质疑我行不行？"

"你误会了。"男人举着手机，笑道，"我是想咨询捐款的事情的。"

对面的声音静止一下，再次开口时，语气缓和了不少："是这样啊……先生贵姓啊？"

"我姓仇。"男人依旧笑着，"之前我就有关注鹿小姐的事情，觉得她年纪轻轻遇到这样的事情，实在是太可怜了，现在还要遭受网络暴力，我心里真是又愤慨又难过……"

对面嗯嗯嗯应付了几句之后，直接切入正题："对，那群网络暴民实在是太可恨了！幸亏世界上还有仇先生你这样的人，我家鹿露才有一线生机……对了，仇先生您是用淘宝转账，还是银行转账的？"

"我手里没有现钱。"男人说完，不等对方开口，话音一转道，"但有几根祖上留下来的金条……"

对面本来想喷他的，听了后面这句话，连忙咳嗽两声，和颜悦色地问："那仇先生您的意思是？"

"你看什么时候有空吧。"男人说，"我直接过去一趟，把金条给你，顺便探望一下鹿小姐。"

"这样啊……"对面犹豫了一下，终究抵抗不了金钱的诱惑，"那就……明天中午？"

"中午我有事。"男人说，"晚上八点吧，无论是上班上学，这个时候都忙完了，对不对？"

忙完了，正好一家团聚，男的女的、老的小的，都聚在一块了。

放下手机，男人笑了起来。

跟之前的假笑不同，他现在的笑容，才是真正发自真心的，直达眼底。

他起身离去，临行前，最后看了眼电脑屏幕。

幸存者鹿露几个字映入他眼中，他脸上渐渐浮现出一个怪异的笑容，伸出舌头舔了舔嘴唇："最后的幸存者……呵呵……"

『第六十七章』求生之路

关注这场骂战的还有一个人——暮照白。

他一开始并不知道这件事，是中午跟同事一起吃饭的时候，对方忽然提道："最近网络诈捐的事情越来越多了，我那儿刚接到一拨群众举报，叫我赶紧处理一个叫幸存者鹿露的微博名人……"

"鹿露？"暮照白愣了下。

"怎么，你也关注她了啊？"同事点了点手机，然后反转屏幕给他看，"看，最新消息——植物人写真。"

暮照白看了眼上面的内容，心头忍不住涌起一片愤怒。

转发量和评论量很大，看得出来有很多人在攻击博主。

有人质疑对方骗捐，有人直接叫他们还钱。

而博主的应对手段，既不是跟对方据理力争，也不是寻求法律援助，而是又往上面丢了几组照片。

大冬天的，照片里的少女只穿了内衣裤，就像拍写真集似的。

但是完全没有写真集的美感。

瘦骨嶙峋的身躯、棍子一样的手脚，就像还没有完全脱水的干尸，完全没有女性的性感，反而像是凶杀片的剧照，或者凶杀案中拍下的证物。

博主一边发照片，一边在微博上卖惨："我没钱！所有钱都用在给我姐姐治病上面了，给你们看看她现在的样子，你们睁大眼睛看看！还要骂吗？还要落井下石吗？一定要弄死她才甘心吗？"

一个人怎能厚颜无耻到这个地步。

暮照白捂着嘴唇，皱眉问："这算网上传播淫秽照片了吧？"

"这我就不清楚了，得问扫黄打非办。"同事收回手机，调侃一笑，"怎么，你又想拯救世界了？"

暮照白笑而不语。

虽然才刚入职不久，不过他喜欢多管闲事的名声早就已经传开了，有人付之一笑，有人不屑一顾，有人冷眼旁观，但也有人会适当地给予帮助。

不过严格来说，这件事并不是闲事。

吃完饭后，他继续回去工作，直到七点下班，但没有立即回家，而是坐车去了白花街，付完钱后，他推门下车，来到一间公寓楼底下，低头看了看手里的红色彩纸，又抬头看了看眼前的高楼。

就是这里了。

林馥在纸花里给他留下的地址。

暮照白走进电梯，上了八楼，叮的一声，电梯门打开，他径自走到一扇门前，抬手敲了敲，不久，里面传出一个男人的声音："谁啊？"

暮照白问："请问鹿露小姐住在这里吗？"

房门推开，露出一个笑容满面的老男人，握住他的手使劲晃了晃："你一定是仇先生吧？还没到八点呢，您来得真早啊……"

暮照白被他拉进门，家里除他之外，还有一个女人和一个少年，正围在桌子前面吃饭，那个少年扫了暮照白一眼，咬着筷子说："爸，今天来捐款的不是一个中年商人吗？这个看起来不大像啊，你别什么人都往家里带啊！"

"怎么说话的！"老男人训斥了他一句，但眼神不由自主地瞥到暮照白身上。

"我姓暮，是一名警察。"暮照白只得自我介绍道，"今天过来，是想探望一下鹿露小姐的。"

话音刚落，饭桌前坐着的两人就一起放下筷子。

"不好意思，请你出去。"老男人的面色一下子就冷淡下来，手朝门外，做了个请的姿势。

年轻力壮的儿子走到他身边，而妻子则走进里屋，把一扇门轻轻掩上。

暮照白将他们的动作神色都看在眼里，眨了眨眼睛，礼貌地说："我只是想询问她几个问题……"

"有什么可问的？"老男人满脸不耐烦，给儿子使了个眼色，两人一起将人往门外推，"我侄女是个植物人，别说开口跟人说话了，这两年她连眼睛都没睁开过，你找错人了！"

大门狠狠一关，暮照白有些狼狈地站在门外。

再敲门，里面一直无人回应。

暮照白皱眉看着眼前的房门。

就这么走，他实在不甘心，想起对方刚刚提到的仇姓捐款人，暮照白决定曲线救国，从这位仇先生身上下手。

本以为对方八点就来，但直到八点半都没出现。

暮照白晚上没吃饭就赶过来了，这个点，他的肚子已经饿得咕噜噜直叫，又想起家里的猫也没吃饭，于是匆匆下楼，找了家最近的面铺，随便点了碗拉面，一边吃一边给房东打电话，请她帮忙喂一下猫。

电话打到一半，忽然听见人喊："起火了！"

暮照白转头看去。

稍微愣了一下，他就丢下筷子冲了出去，留下老板在背后大喊："抓住那个吃霸王餐的小子！"

"老板！面留着，我回来再吃！"暮照白头也不回地喊道，然后飞快地冲到着火的公寓楼下，只见里面涌下来一大群住户，有的抱着孩子，有的背着老人，有的横冲直撞，把暮照白撞得跟跄了几步，连连退后。

他站定身子，抬头看着眼前着火的楼层。

八楼，鹿露家。

没有多想，他逆流而上，从逃难住户中间挤了进去，一楼的电梯门开着，很多人从里面跑出来，还有少数人直接从楼梯上跑下来。

暮照白朝楼梯上跑去，路上看还有人在等电梯，就顺口朝他们喊一句："火灾不要坐电梯，有危险，走楼梯吧。"

喊完也不停留，继续朝楼上跑去。

抵达六楼时，他的脚步顿了顿，停在楼梯口，俯视脚下的那具尸体。

少年头在地上，身体还在台阶上，脖子扭曲成一个诡异的角度，眼睛瞪得老大，看起来像是逃生过程中不小心摔下楼梯，拗断了脖子。

暮照白俯身看了他一眼，然后避开他的尸体，继续朝楼上跑去。

到了八楼，房门是开着的。

暮照白没有多想，直接压低身体，掩住口鼻，正要冲进去救人，就听见里面响起一声怒吼。

他冲进去的脚步为之一顿。

明亮的眼眸望向门内。

只见大门之内，一片火海，一个披头散发的少女坐在一张轮椅里，轮椅两个轮子都着火了，她跟驾驶着俩风火轮似的，从里面冲了出来，面色极其狰狞，嘴里撕心裂肺地吼道："朕不会轻易死的！！！"

"……"暮照白。

眼前的场景太魔性了，暮照白呆立原地忘记躲，被迎面而来的风火轮椅撞飞。

两人摔成一团，一个在上一个在下，都哼唧着起不来。

她手里有三张鹿露的照片，今天晚上施然而来，是因为微博上有人说，今天晚上会有观光团去这对父子家，观光团的成员包括捐了钱的人、记者、路见不平上门吆喝的汉子，以及闲得无聊的围观群众。

所以她今天晚上是来接受采访的，不是来玩逃生之路的！

但她睁眼就是一片火海，观光团的人一个也没看见，卷卷骂完网友骂自己，朝着自己两条棍子似的腿大吼道："动啊！"

或许是她的求生意志太过强烈，又或者是烧上被子的火太过可怕，总之在她嘶吼了一分钟之后，两根脚趾头真的动了两下。

卷卷艰难地丢开身上着火的被子，像个锈了好多年的机器人一样，挣扎着爬向床边放着的轮椅，一点一点把自己挪上去，精疲力尽，大汗淋漓，然后操纵着轮椅朝门外逃去。一路走来，轮子被烧成了风火轮，她的脸也烫的厉害，只得一路逃生一路咆哮："朕不会轻易死的！"

然后，她撞进暮照白怀里。

两人在地上哼唧了一会儿，暮照白一手撑地，一手抱着她，从地上坐起，满脸关怀地问道："你没事吧？"

怀中少女慢慢抬起头，消瘦的脸颊，衬得一双眼睛又黑又大，里面带着点点泪光，充满信任地看着他，就仿佛沉睡多年的公主，只为见他而苏醒。

等看清他的脸之后，卷卷像是松了口气一样，重新趴回他怀里，低声说道："保护我……"

卷卷内心：朕已经不行了……

"我会的。"暮照白眨了眨眼睛，温柔地道，"等我一会儿，我去把另外两个人救出来。"

他很快就冲进火海，又很快冲了出来，咳嗽两声，面色有些难看。

"走吧。"他弯腰，将卷卷打横抱起，"我送你去医院。"

"我叔叔和婶婶呢？"卷卷靠在他胸口，问道。

"节哀顺变。"暮照白说。

听到这个噩耗，卷卷的表现十分平淡，她哦了一声："我会的。"

换一个人，暮照白可能会谴责她，但是看着她这副瘦骨嶙峋的样子，身体轻得还不如他家的猫，再回想起网上流传的那堆写真照……他忽然发现，自己一句谴责的话都说不出口了。

于是他就一言不发地抱着她，朝楼梯走去。

一路上，一个人都没有，整层楼、整栋楼的住户，都已经逃到楼下去了。

就在暮照白要走下楼梯的时候，叮的一声，对面的电梯打开了。

慢慢分开的电梯门后，站着一个身材高大的中年男人，穿着一件破旧的黑色大衣，脸上戴着一只白色口罩，他一动不动地站在那里，右腿边放着一个黑色手提袋，看起来十分安静，安静得像蜡像馆的蜡人。

他静静地站在电梯里，朝外面的暮照白招招手，示意他进来。

『第六十八章』地下交易

暮照白愣了一下。

"现在坐电梯很危险的。"暮照白好心提醒道，"你还是跟我们一起走楼梯吧。"

然后对方并没有出来的打算，仍旧静静地站在电梯里，朝暮照白招手。

两人对峙片刻，暮照白发现自己无法说服他，就摇摇头，继续朝楼下跑去。

七楼，叮……

电梯门又开了，中年男人依旧沉默地站在门后，朝他招手。

暮照白一边下楼梯一边跟他科普："先生，火灾容易引起断电，到时候困在里面就不好了。"

六楼，叮……

老样子，电梯门后，中年男子锲而不舍地朝他招手。

"电梯卡壳还不是最可怕的。"暮照白继续科普，"电梯竖井是个垂直通道，一旦困住就是个烟囱，人在里面会熏死的。"

五楼，叮……

暮照白从他面前跑过，匆匆丢下一句："还有揽线烧断、高空坠落的危险……"

四楼，门没开。

三楼，暮照白停下脚步，好奇地看着身旁的电梯。

卷卷："这玩意是不是卡住了？"

暮照白："好像是吧。"

中年人："……"

过了一会儿，电梯里传来锐器击打声，里面的人似乎在用手头的工具捶门，试图将电梯门打开，从里面逃出来。

"冷静！"暮照白满脸严肃地喊，"电梯故障的时候，门的回路也会跟着出问题！你从里面强行扒门会遇到危险的！"

"住口！你这个乌鸦嘴，咳咳咳！"一直沉默不语的中年人，此刻再也忍受不住，在门内发出一声愤怒的咆哮。

这是断电之后，又被烟熏了吧……

想到这里，卷卷忍不住抬起头，用敬畏的目光看着暮照白。

这么久都没事，他一说就出事，而且是接连不断地出事……中年人怕是没说错，这人有点乌鸦嘴，以后可不能得罪他。

"救命啊！救命啊！"电梯里的中年人开始扯着嗓子喊救命。

"冷静一点！"暮照白本来想掏手机打电话，可他现在两只手都抱着卷卷呢，只好低下头来，对她说，"麻烦你，帮我拿下手机好吗？"

"没问题。"卷卷说。

然后，她照着自己放手机的习惯，伸手去摸他的裤子口袋，掏了两下，什么都没掏出来，小手自然而然地朝他臀部摸去，摸了两下，没找到另外的口袋，只觉得手指下面的肌肉忽然收紧了一下。

"你手机放哪儿了？"卷卷收回手，用小鹿一样无辜的眼睛看着他。

"咳……"暮照白尴尬地咳嗽了一声，耳郭微微有些泛红，颤着长长的睫毛道，"可能是之前吃面的时候，一不小心忘在面铺里了吧。"

"救命啊！救命啊！"电梯里的中年人号得更加撕心裂肺。

也许是他命不该绝吧，消防队的人从楼下冲了上来，之后电梯维修公司的人也匆匆赶到，一群人合力把中年人从里面救了出来，之后送上救护车。

这时候，中年人已经晕过去了。

为了核实他的身份，医护人员打开了他身边那个黑色手提袋，试图从里面找出手机、身份证、驾照之类的东西。

拉链拉开，看着袋子里面的东西，救护车上的医护人员面面相觑。

一件刚换下来的外衣、一双手套，上面都沾着斑斑血迹。

医护人员们对视一眼，然后迅速报警。

兵荒马乱的警察局内，队长举着手机，满脸不耐烦地等人接电话。

一只白色手机，在面铺的桌子上响着，旁边是一碗没吃完的汤面，雪白的面条上撒着绿色的葱花，汤已经干得差不多了，上面一点热乎气也没有。

手机的主人现在正在医院里，他走不开，因为手一直被卷卷握住。

冰冷的手指、信任的目光，犹如一根带着夜露的蔓藤一样纠缠着他不放。

"我有点头晕。"卷卷在轮椅上眯起眼睛，又强撑着睁开眼睛。

"那就睡吧。"暮照白坐到她身边，右手被她握在手里。

"可我还不能睡。"卷卷抬头看着他，因为太累太困，她眼睛里淌下泪水，晶莹剔透。泪珠慢慢滚下脸颊，她的声音变得又细小又微弱，听在旁人耳里，很是怯弱可怜："我还有话想对你说。"

"我又不会走远。"暮照白将她脸颊边的碎发拢到耳后，温柔地说，"等你醒过来，我就回你身边，随便你说什么，我都听。"

轮椅上的瘦弱少女这才露出一副松了口气的样子，对他微微一笑，闭上眼睛。

暮照白目送她进了手术室，然后就像自己答应的那样，一个人在外面等，过了一阵子，他觉得有点犯困，于是去了一趟洗手间，想要洗把脸清醒一下，却在洗手间门口碰到了自己的同事。

两人同时愣了一下。

"你怎么在这儿？"对方走过来，将手搭在他肩膀上，"队长找你好久了，你赶紧过去见他吧……"

"队长也来了？"暮照白看着他，"是发生什么案子了吗？"

"是啊。"同事说，"刚发生一起火灾，从火灾现场救回来一个人，结果发现他包里放了一件带血迹的衣服，后来又找到了一个带血的扳手。"

暮照白心头一动，隐约猜到他在说谁。

他的感觉没有错，同事带着他来到一间病房门口，透过大门，可以看见队长背对着他们，站在一张病床前，而病床上头，躺着电梯中的中年人。

同事刚要开口喊人，就被暮照白拉了一下。

他盯着队长，看他弯下腰，与中年人小声说着什么，过了一会儿，中年人忽然转头看向房门的方向，然后抬手指了指。

队长慢慢直起身，回过头来，充满力量的目光穿透两人之间的距离，直接撞进暮照白眼中。

"你跑哪儿去了？"他对暮照白皱皱眉，态度有些冷淡，"怎么电话都不接？"

"手机掉了。"暮照白走过去，态度谦逊地问，"需要我做什么？"

队长喷了一下嘴，指了指他，又指了指他身边的同事："这里有我一个够了，你们两个去现场帮忙吧。"

两人接到命令，很快就离开了病房，临行之前，暮照白回头看了他们两个一眼，然后沉默地转身离去。

他走后，队长慢慢转身，居高临下地俯视着床上的中年人，目光犹如铡刀般冰冷，透出一股浓浓杀气。

可床上的中年人却并不怕他，他朝队长咧嘴一笑，伸手抓住他的胳膊，逼他朝自己弯下腰来，然后用那双泛着黄光的眼珠子盯着队长，压低声音，发出沙哑的邪恶的声音："想办法放了我，不然我把你做的事情公之于众。"

队长将嘴唇抿成一线，冷冷地看着他。

"看什么？鹿露知道的事情，我也知道。"中年人桀桀笑道，"我跟她一样，都是七十三号事件的幸存者……我们……知道你做了什么。"

『第六十九章』封口费

"醒了？"

卷卷睁开眼，小刀背对着她坐在床沿，手里握着手机，里面正放着一条新闻："今天晚上九点，我市白花街发生一起火灾……"

房间里没有开灯，到处黑漆漆的，只有手机射出白光，将他照亮。

"如果你这个时候死了会怎样？"他背对着她，问。

"我不知道。"卷卷看向他宽阔的背，"从来没试过。"

但作为一个求生小能手，她从不轻易死去。

哪怕是穿成了泰坦尼克号里的遇难者，她也要徒手游过大西洋！

小刀忽然转身，将手里的东西递向她。

卷卷看了他一眼，抬手接过他递来的那堆照片，一张一张抽着看，照片上分别是正面的小刀、正面的小刀，和正面的小刀……

卷卷实在是猜不透他送这些东西的用意，于是放下照片，抬眼看着他。

他已经侧着身子，在她身边斜躺下来，手背滑过她的脸颊，声音带着他身上特有的阴郁和冷酷："与其睡外面那群乱七八糟、不知底细的人……不如睡我吧。"

"刁民闭嘴！"卷卷抬手抓住他那只不规矩的手，皱眉道，"你不觉得自己刚刚说的话有歧义吗？"

小刀微微一笑，这笑容非但没有冲淡他身上的阴郁感，反而加重了他身上的阴沉与戾气。

他忽然翻身骑在卷卷身上，将她两只手重重地按在脑袋两侧。过了一会儿，他慢慢地将她的右手拉到唇边，冰冷的嘴唇在她手背上亲了一下，幽暗的眼眸俯视她："没有歧义，你想的，就是我想的。"

卷卷一动不动地盯着他，过了好一会儿，才慢吞吞地说："大哥你配合下，不要对一个柔弱的火灾幸存者耍流氓！"

小刀呵了一声，调侃道："你也有未战先降的一天啊。"

卷卷实在是没力气跟他争辩，她忽然伸手抱住他，像抱被子一样紧紧地抱在怀里，嘴里喊道："好好好！那我就不客气了！"

小刀被这突如其来的变故弄愣了。

"你……"他反应很迅速，被她抱紧的一瞬间，身上的每块肌肉都绷紧如石块，只要一秒就能挣脱她的怀抱。

"闭嘴！"卷卷怒吼，"不是说可以睡你吗？"

……于是他身上的每一块肌肉都投降了，每一根神经都在摇动白旗，迎接王师到来。

他俯首称臣，任凭处置。

十分钟后。

他觉得自己上当了。

因为王师已经一动不动地在他怀里睡着了……

小刀很想残忍地拍醒她，然后恶狠狠地教她各种睡觉姿势，但是看她脸靠在他肩窝处，又信赖又安心地沉睡的样子，他伸向她的手最终收了回来，拍在自己脸上，喃喃道："这叫我怎么睡得着……"

他睡不着，也不会让别人睡。

立刻登录手机微博，在上面发了一条消息。

小刀："有人对我要流氓，怎么办，在线等。"

他那堆还没睡觉的狐朋狗友冒了出来。

网络游侠："谁这么大胆？"

图样图森破："这是个真正的英雄，他死后，我一定要烧个勋章给他。"

武器砖家："你居然搞不定？对方多少人啊？"

小刀觉得自己这一条发得可能有些歧义，于是删除重新发。

小刀："女朋友对我要流氓，怎么办，在线等。"

网络游侠："畜生！"

图样图森破："禽兽！"

武器砖家："禽兽不如！"

虐待完自己的单身狗朋友们之后，小刀心满意足，自己惨的时候，看看比自己更惨的人，果然能够心情愉悦。

他闭上眼睛，心满意足地抱着卷卷睡了。

一夜无话。

第二天，两人互道早安，彼此看起来都很镇定自若，只是刀哥刷牙的时候忘记挤牙膏，卷卷出门的时候穿了两只不同款式的鞋……

今天打工的地点是咖啡店。

工资不多，工作也很清闲，或许是因为地处偏僻，而且咖啡还特别难喝的关系，所以一天下来只有一个客人，店主用了一天时间唉声叹气，卷卷则刷了一天手机，刷到刀哥那条微博的时候，她真是醉得不行。

下班的时候，店主表示她明天不用再来了，卷卷表示能理解。

之后店主又表示手边没有余钱，所以今天的工资给一半，另外一半用上好的咖啡豆代替。

卷卷其实不喜欢喝咖啡，也不喜欢吃苦味的东西，所以回去之后，她自然而然地把咖啡豆递到刀哥面前："送你的。"

刀哥深深地看了她一眼，接过咖啡豆走了。

晚上十点半，他热气腾腾地敲开她的房门，头上搭着一条白色毛巾，头发湿漉漉地往下滴着水。

卷卷："……"

她刚刚是不是忘记说不用谢，或者不用肉谢了？

好在刀哥不是来豆债肉偿的，他抬手指了指床头柜方向，提醒她道："别忘记用。"

卷卷转头看了眼床头柜方向，小刀的照片整整齐齐地摞在上头，或许是因为不喜欢照相的关系，里面的他个个眉头紧蹙、眼神冰冷，看起来比平时还要凶神恶煞，简直可以贴门上辟邪、贴床头避孕。

"今天晚上不行。"卷卷回过头来，对他说，"我今天晚上有别的计划。"

"什么计划？"小刀单手按着头上的毛巾，一边擦头发一边问。

卷卷坚定地说："我要再当一次鹿露。"

小刀直截了当地伸出手，按了按她的额头："被烤傻了吗？"

"做人要有始有终嘛！"卷卷反驳道，"我只是想去安排一下后事……呸，是找个人品坚挺的人接手这姑娘的微博，免得以后有人给她捐款，又莫名其妙地变成别人身上的名表名包。"

"有人选了不？"小刀问。

"有了。"卷卷笑道。

手里有三张鹿露的照片，之前已经用掉了两张，现在还剩最后一张。

照片里的女高中生神采飞扬，跳起投篮，手里的篮球划出一条漂亮的抛物线，朝着阳光下的篮筐飞去。

卷卷将这张照片压在枕头底下，然后躺上去，默念一声："天黑了，请闭眼……"

晚上八点，她在医院病房内醒来。

这个点，警察局应该已经下班了，卷卷抓住身边的护士，对她说："能帮我联系一个人不？"

"好的。"护士问她，"你想联系谁？"

"昨天送我进医院的那位警察，暮照白。"卷卷回答。

护士走后，她躺在病房里，闭目养神。

一个沉重的脚步声由远至近，来到她身边，卷卷有些惊讶地睁开眼睛，来得这么快？

她转过头，整个人被一道阴影所覆盖。

一个陌生的男人站在床边，身体又高又大，看起来像一堵墙一样，瞬间遮挡了房间里所有的光，一双鹰一样的眼睛俯视着她，眼神十分不友好。

卷卷不认识他。

但他看起来似乎认识卷卷。

"听着……"趁着旁边人不注意，他压低声音对卷卷说，"我会给你一笔钱，确保你以后的生活，但你要保证，对七月十三号那天发生的事情守口如瓶。"

卷卷莫名其妙。

七月十三号？

封口费？

她骤然之间想到了鹿露的身份——七十三号事件幸存者。

"别跟任何人说实话，尤其是……"男人忽然住了口，因为暮照白匆匆从门外走进来，看见他的一瞬间，愣了一下，张口问道："队长，你怎么在这里？"

"在询问凶杀现场的事情。"男人轻描淡写地说完，转头看向卷卷，似笑非笑道，"这个小姑娘运气真好啊，两次都是最后的幸存者。"

"是啊。"暮照白走过来，略略弯腰，温和的目光看着她，"鹿露，你感觉怎么样？"

卷卷轻轻摇摇头："我没事了。"

"那就好。"暮照白回头看着队长："队长，还要继续录口供吗？"

"今天就到这里吧。"队长满脸轻松地说，"反正人犯已经抓到了，口供什么时候录都可以……对了，机会难得，你要不要问问她七十三号事件？"

暮照白愣了一下，似乎有些心动，但很快就按捺住心头的渴望，笑着说："不急这一时，她刚刚从火场里逃生，现在最需要的是休息……"

队长对他微微一笑，眼睛瞥向卷卷，仍是那副似笑非笑的样子："你怎么想？要不要帮你的救命恩人一个忙？"

卷卷瞥了他一眼。

如果没有封口费的事情，她会误以为他是个关心晚辈的好上司。

现在却只能感叹，人人都是个好演员。

卷卷慢慢将眼珠子瞥向暮照白，慢吞吞地问道："我能帮你什么忙？"

暮照白犹豫了一下，他虽然很想让她多休息，但是他太想知道真相了，尤其是知道姐姐的死可能并不单纯之后，他就更加迫切地想知道当年究竟发生了什么，所以犹豫片刻之后，他满脸歉意地问："你能告诉我，两年前的七月十三号，到底发生了什么吗？"

那一刻，队长站在他身后，眼睛像枪口似的瞄准卷卷，等着她开口，等着她泄密，等着将枪子射进她的嘴里，让她永远保持沉默。

卷卷将目光从队长身上，移回暮照白脸上。

然后，对他说了一句话。

『第七十章』七十三号事件

"我失忆了。"卷卷说。

"失忆？"暮照白愣了愣。

"是啊。"卷卷满脸忧愁地看着他，"别说两年前的事了，我连自己的父母是谁、自己初恋的男孩子长什么样、自己是个猫派还是狗派都忘记了。"

旁边两个男人，一个深吸一口气，一个松了一口气。

"我去叫医生。"暮照白满脸严肃地说。

医生进来以后，对卷卷进行了一系列诊断，诊断结果没有当着卷卷的面说，而是拉着暮照白出去说了。

队长没有走，他留在病房内，墙壁一样的身体堵在卷卷面前，一张不近人情的脸上，目光锐利冰冷，不断探究和打量着她。

"我做得怎样？"卷卷朝他眨眨眼睛。

"干得不错。"队长愣了一下，飞快地看了眼大门方向，然后转过头来，压低声音对她说，"继续保持，钱少不了你的。"

卷卷含笑点头。

她改变主意了。

与其麻烦月薪只有两千多的暮照白，不如让有钱的敌人来照顾她，养活她！

无论七十三号事件发生了什么，无论他与鹿露之间发生了什么，但只要两人之间有一个不能说的秘密，那他就得持续不断地付封口费，这笔钱将用在治疗鹿露身上，如果老天开眼、医生给力，那么总有一天，真正的鹿露会苏醒过来。

之后说与不说，就看她自己的了。

两人忽然一起住嘴，胶着在一起的目光狠狠撕开，分别看向两个不同方向，从刚刚的密谋者变成了现在的陌生人，因为暮照白已经从门外走进来了，他回到床边，温柔怜惜地看着卷卷，对她说："你别担心，医生说了，失忆有可能只是暂时的，过段时间你会好起来的……我会帮你的。"

卷卷忍不住看了眼队长。

队长站在暮照白背后，用警告的眼神盯着她。

"不用了。"卷卷朝他笑了起来，笑容是极其刻意的柔情蜜意，

"大叔已经同意接管我的募捐账号，帮我筹钱看病了，还答应会我经常抽空来看我，照顾我关心我……"

暮照白越听面色越古怪。

他僵硬地坐在床沿，很想回头，但又不敢回头，怕看到同样柔情蜜意的眼神。

但实际上，队长的两只拳头已经握出了青筋，看卷卷的眼神就像看苹果里的虫子，还是只剩半条的那种。

"虽然不记得我初恋的男孩子长什么样了，不过他长大以后，肯定就是大叔这个样子吧。"此刻的卷卷就是那只剩半条，依然能张牙舞爪地恶心人的虫子，她极尽谄媚地笑着，眼睛里流露出毫不掩饰的仰慕和依赖，"又可靠，又体贴，又温柔……还很有钱，我的后半辈子就指望你了大叔……"

暮照白听得目瞪口呆。

这、这实在是太不像话了！在他离开的这段时间里，他们之间到底发生了什么啊！队长啊！这孩子还是个高中生啊……

"咳咳咳！"队长剧烈咳嗽起来，经历过那么多场凶杀案件，他没有吐，但是面对这个小姑娘，他觉得自己快要吐了，于是他拍了拍暮照白的肩，面无表情地说，"时候不早了，局里还有事，我们走。"

"好！"暮照白也觉得待不下去了，急忙跳起来跟他走。

两人匆匆忙忙地从医院里逃出来，到了停车场，四下无人，暮照白犹豫一下，就凑到对方身边，委婉地劝诫道："队长，你是个有家室的人，稍微注意一下吧……"

队长："……"

他放在车门上的手上，又暴出一条青筋，关上车门时，更是轰隆一声，地动山摇。

暮照白还在旁边气他："这女孩子年纪还小，加上又失忆了，基本上就是一张白纸，什么都不懂，她不知道自己在说什么做什么……但我们这样的成年人，得知道自己在说什么在做什么。"

"用不着你来教。"队长生硬地打断他。

车子开出医院大门的时候，他瞥了眼楼上。

亮堂的窗户内，那个不该醒来、更不该活着的女孩子坐在轮椅上，透过窗户俯视他们，脑袋随着车子离开的方向转动。

目送他们离开之后，她转动轮椅回到床边，在护士的搀扶下，重新躺回床上。

病床上骨瘦如柴的她闭上眼睛，小区公寓里身体健康的她睁开眼睛。

拿起身边的手机看了眼，时间还早，卷卷不打算这么早就睡，索性一只手拿着手机，另一只手在上面飞快地打出六个字——七十三号事件。

两年前的事情，讨论的人已经不多，但是当年的帖子都还在。

帖子已经很久没人关注，也很久没人回复了，就像荒草萋萋的坟冢，一切都已经被时间所掩埋。

卷卷拨开荒草，把一座座旧坟挖开，露出里面的白骨来。

七十三号事件，原先应该是一起自杀事件。

网络之大，无奇不有，有九个不同年龄、不同职业、不同阶层、遭受过不同挫折的男男女女，他们通过一个叫作自杀吧的地方，互相认识，互相倾诉生活中的痛苦，互相讨论怎么没有痛苦地自杀。

直到有一天，一个人发出一个帖子，帖子的内容是："准备用三天的时间，花光身上所有的积蓄，然后自杀。有人一起不？有意向的人请留下QQ号码。"

响应的人不少，但是最终被发起人加进群里的就只有这九个人。

他们根据发起人提供的地址，汇聚到一栋别墅内。

并且按照发起人的要求，每个人都带了一样礼物过去，有退休员工带了一瓶劣质白酒，有家庭妇女带了一篮子菜，还有无业游民带了一盒子没抽完的烟等等。

林林总总，各不相同。

最后每个人死的方式，也各不相同。

有被吊死的，有被按进水池里淹死的，有被刀捅死的……但就是没有一个人是自杀的。

这场自杀事件，最终以他杀为结局。

参与自杀的十个人，除了鹿露之外，其余九人全部被人为杀害。

于是自杀事件，最终演变为连环杀人案。

卷卷看着这十个人的照片，有男有女，有老有少，她在里面找到了鹿露，那个时候的她完全不是现在这种干尸的样子，她青春年少，貌美如花……

卷卷咦了一声，看着最后一个遇难者。

照片里的是一个女警。

看起来二十多岁的样子，长相秀丽，眉目温婉，笑容十分温柔。

但卷卷注意到的是她的名字。

"暮照柔？"她念出这个遇难者的名字，又想起暮照白对这件事情的特别关注，心里忍不住想，这两人之间有什么联系吗？

她查了一下对方的资料。

百度百科里简单提到了一下她的家庭背景，但没有提到具体的人名。

履历很简单，就是个普普通通的女警。

但生得平凡，死得伟大，按照履历所说，她是被派去卧底这件事的，在被人发现，并且被重伤的情况下，她没有选择就地等待救援，而是拼死保护了鹿露，然后与杀人犯同归于尽，所以她是个因公殉职的英雄。

卷卷想了想，喃喃道："跟暮照白还挺像的……"

他也是一副迟早要因公殉职的烈士长相……

咚咚咚——

外面忽然有人敲门，小刀的声音隔着门传来："吃消夜不？"

消夜分别是番茄蛋炒饭和香肠蛋炒饭。

卷卷看着桌上这两碗蛋炒饭，面无表情地问："我可以只吃番茄跟香肠不？"

小刀一言不发地将一个袋子提到桌上，然后从里面掏出几盒布丁，放她面前，顺口问道："事情解决了？"

"解决了……一半吧。"卷卷拿了一盒香草布丁过来，顺便把在医院里碰到的事情跟他说了，然后问，"你说，那个队长是不是有问题？"

"这不是明摆着的事情吗？"小刀笑了起来，手撑在桌上，上半身朝她倾斜过去，笑着问她，"怎样，想要我帮忙不？"

卷卷瞥了他一眼。

刀哥只提供有偿服务，要他帮忙，代价可是很高的。

"不用了。"卷卷把嘴里的布丁吞下去，然后咬着塑料勺子对他说，"作为一个好心的路人，我能做的都已经做了，接下来的事情不归我管了。"

人生在世，有许多的烦恼，最大的烦恼就是自寻烦恼。

她可以路见不平，给鹿露提供力所能及的帮助，但不会一直照顾她……因为她只是个卡里只剩两千块，吃饭全靠刀哥接济的无业游民啊！连饭都吃不起的人，还谈什么拯救世界啊，先拯救自己吧！

于是卷卷一边祈祷鹿露早点苏醒，一边出门找工作。

这一次她的运气很好，在一家私企找到了一份专业对口的工作，虽然工资依然不高，但胜在是一份长期工作，而不是朝不保夕的短工。

回家的路上，卷卷开心地给沈绿瓷发了条短信："我找到新工作了。"

正在家里舔伤口，感叹友情易碎的沈绿瓷，看到这条短信的时候，本来是不想回的，但是卷卷的下一条短信是："圣诞节一起过吗？"

沈绿瓷秒回："你不陪你男朋友了？"

卷卷本来想解释一下，小刀不是她男朋友的，不过仔细想想，她就算解释了沈绿瓷也不会听啊，这事还是得慢慢来，先把人约出来再说，于是她回道："不陪，你比较重要。"

沈绿瓷再次秒回："那好吧。时间你选，到时候我去接你。"

　　约定好时间之后，沈绿瓷马上小鸟似的飞出门，为圣诞节约会采购新衣服、新首饰，顺便吹个新发型去了。

　　卷卷则在回家路上买了一大瓶可乐，抱回家之后，倒了两大杯，向小刀举杯道："我找到新工作了，当浮一大可乐！"

　　刀哥随手拿起另一只杯子，跟她碰了一下。

　　卷卷喝了一口可乐，顺便抄起筷子，从他的蛋炒饭里捡了两块香肠吃。

　　"刀哥，你怎么老在家里，不出去工作？"她一边吃一边问，"你这样什么时候才能攒够老婆本？"

　　小刀瞥了她一眼，慢吞吞地从口袋里拿出一张皮夹子，用两根手指头夹出一张黑卡，问她："要看老婆本不？"

　　"不看。"卷卷一看是黑卡，立刻悍然拒绝，"我怕看完以后，会怒从心头起、恶向胆边生，生出打土豪分田地的念头啊。"

　　"有什么关系呢？"小刀轻飘飘地说，"你又打不赢我。"

　　卷卷一口把可乐喝干："你等着！"

　　晚上她洗漱完毕，回到床上，从床头那厚厚一叠小刀的照片里抽出一张，打算压在枕头底下。

　　"哼哼，等我穿到你身上，我想怎么着你，就怎么着你……"卷卷阴笑完，忽然想起不对啊，小刀的体质跟别人不一样，她穿到他身上的时候，他也会穿到她身体里来，到时候他肯定是要以牙还牙、以眼还眼，她在他脸上画乌龟，他就在她胸上画王八……

　　好处也有，从此不必害怕穿到火灾现场或者泰坦尼克号上面。

　　小刀的身体就像一个保险箱一样，会妥善地保护好她。

　　卷卷犹豫一下，最终还是把他的照片放了回去。

　　人情债总是越欠越多，她暂时还没想好，是否要接受他这番好意，特别是他还没跟她坦白幕后主使者的事情……

　　"今天就算了吧。"卷卷喃喃一声，翻出相册，从里面抽出另一个人的照片。

照片上，一个年轻男子容貌俊秀，眼睛里充满光芒与正义感。

他的名字是——暮照白。

『第七十一章』不能说的秘密

"坚持住！"

怎么回事？卷卷艰难地睁开眼睛，觉得视线一片恍惚，胸口火烧火燎的。

她现在穿进了暮照白身体里，但不是在他的房间，而是在一辆车子的后车座。

开车的人声音很是焦躁，他不停地喊着："马上就到了，你撑着点啊！"

卷卷觉得自己心都凉了，她挣扎了一下，但是没能爬起来，只能颤巍巍地抬起一只手，放在难过不已的胸口，喃喃道："我中弹了？"

一股苦涩的滋味顿时在嘴里弥漫开来。

虽然她早看出暮照白长了一张要因公殉职的脸……

但她实在没想到，这一天会来得这样快……

"咳咳……"卷卷翻了个身，嘴巴对着地面，喉头一甜，觉得自己要吐出一口烈士血了。

"不要！"前座的队长大吼一声，"算我求你了！下车再吐！"

卷卷："呕……"

车子停在暮照白家楼下，队长冲下来拉开车门，然后被里面的秽物气息熏得倒退两步。

"造孽啊！"他一边将人从里面拽出来，一边骂骂咧咧道，"你不能喝就别喝啊……"

一对老夫妻急急忙忙跑下楼，从他手里接过卷卷，然后不停地道歉道谢。

卷卷晕乎乎的，连再见都不会说，她搭着两人的肩，脚步踉跄地上了楼，钥匙打开房门的那一刻，一只体态优美的白色波斯猫走过来，鼻子朝她嗅了两下，就嫌弃地跑远了。

两人扶着卷卷回了房，房间不大，还被一面书柜占去了大半，书柜上满满当当的都是书，各种材质的封皮、各种颜色的花纹、各种样式的字体，隔着玻璃柜，依然散发出书本特有的气味，不是草木的芬芳，而是一种更加陈旧的、令人怀念的气味。

受这气味吸引，卷卷从书柜边走过的时候，转头看了眼书柜。

玻璃柜内，各类书籍分门别类，除了书以外，还放了一排排笔记本，有一排标记着时间，像是日记本，还有一排标记着姓名——陈知朝、暮照柔、鹿露……林馥。

卷卷觉得自己酒醒了。

她站在书柜前，定定地看着玻璃柜里的那个名字，看着那本黑色笔记本。

"别看了。"一只手在她脑后温柔地拍了拍，身边的老妇人温情款款地对她说，"什么时候不能工作？先把身体养好再说。"

卷卷晃了晃脑袋，被人这么一拍，她觉得自己又想吐了……

遗憾地看了眼玻璃柜里的笔记本，卷卷慢慢转过头，顺从地躺到床上，闭上了眼睛。

这一夜，就这么平静地过去了。

第二天，卷卷下班回来的路上，走进一家照相馆，将手机连同数据线一起递过去："帮我洗十张照片。"

老板很快帮她洗出十张照片，低头看了眼照片里的男人，然后抬头对她笑道："你男朋友啊？长得挺帅的。"

照片里，是低头吃烤肉的暮照白。

林永夜的事情结束之后，他们曾约在烤肉店一起吃饭，当时习惯使然，她随手给对方拍了一张照，没想到时隔多日，居然派上了大用场。

夜里回家之后，卷卷将这叠照片放在床头柜上，跟小刀的照片并列排放在一起。灯光和她的影子一起落在照片上面，一边是光明的，一边是黑暗的。

身后忽然传来一个声音："你喜欢的人？"

卷卷回头，发现小刀不知何时来到她身后，目光慢慢从照片上收回，平静地看着她。

"小伙子别想太多。"她回答，"我喜欢的不是人。"

说完，她从枕头底下摸出一个大圣手办，朝他摇了摇："这才是我老公，齐天大圣孙悟空！"

小刀抱着胳膊，面无表情地看着她。

卷卷摇动手办的动作渐渐停下来，她把大圣抱在怀里，看着他道："找我什么事？"

"圣诞节有安排吗？"小刀问。

"我有约了。"卷卷回道。

"推了吧。"小刀说，"我请你吃烤肉自助餐。"

卷卷嘴角开始分泌液体，心里浮现一柄杆秤，左边是绿绿，右边是烤肉，摇摆不定，最后擦擦口水，拿出手机："你等等，我问问。"

下一刻，正在做睡前面膜的沈绿瓷接到卷卷的短信。

短信上写："刀哥说圣诞节请我们吃烤肉，同意吗？"

沈绿瓷大怒，撕掉脸上的面膜，两只爪子一起打字，秒回了一条短信。

短信上写："叫他走！我请你吃！"

卷卷放下手机，遗憾地对刀哥说："绿绿不同意啊！我先约的她，得尊重她的意见……刀哥你自己过圣诞节吧。"

小刀一听这名字，眉头就蹙了起来，他啐了一声，低头从烟盒里叼出一根烟来，一边朝门外走去，一边嘟囔着什么，但是卷卷没听清楚，她的心思已经完全放在另外一件事上面了。

虽然中间发生了一点小意外，但并不能妨碍卷卷今天晚上的计划。

她将手伸向床头柜，手指落在暮照白的那叠照片上头，取走了最上面那张。

台灯熄灭，卷卷枕着他的照片，闭上眼睛。

十几分钟之后，她在暮照白的身体里醒来，打开台灯，翻身坐起，然后快步朝对面的书柜走去，手指在一排笔记本里点出林馥那本，一边抱在怀里翻动，一边坐回台灯边。

橘黄色的灯光，照亮了笔记本上工整的字迹。

上面详细记载着暮照白与林馥会面的始末。

也记载着林馥的口供。

尤其是关于他体内那个美丽的、凶恶的、杀人如麻的女性人格的口供。

卷卷无声地翻阅着笔记本，表情看起来很平静，但是嘴唇却越抿越紧，翻动纸张的声音也越来越响。

响声忽然止住，因为下面一页是空白的。

但不会永远空白。

只要他们的会面再继续下去，笔记本上就会添加新的记录。

卷卷抓过床头柜上放着的笔，按出笔芯，想要在笔记本上写下什么，可是笔尖落在白纸上，最终只留下一个墨点，就缓缓收了回去。

她什么都不能写。

她什么都不能说。

她写下的每个字、说出的每句话，最后都只能证明一件事——林馥是对的，他身体里真的有另外一个人，而不是另外一个人格。

沉默片刻之后，卷卷将笔放回原处，笔记本塞回原处，然后关掉台灯，静静地躺回床上。

"我什么都不能说。"她慢慢闭上眼睛，喃喃道，"那就换个人说。"

几天后，暮照白来到病院，看望再次陷入昏迷、变成植物人的鹿露。

"嗨。"窗外浮着一轮雪白的月亮，病床上，骨瘦如柴的少女转过脸来，一双小鹿一样无辜而又明亮的大眼睛看着他，用一种等待多时般的语气对他说，"你来了。"

『第七十二章』故事会

卷卷穿着白色病号服，看起来就像裹尸布里的木乃伊一样。

"今天的月色好美啊。"她先是看了眼窗外的月亮，然后慢慢转头看着暮照白，笑着对他说，"最适合说恐怖故事了。"

于是百无聊赖的夜晚，病房内开起了故事会。

隔壁病床的司机大叔和家庭主妇踊跃参加，讲了两轮之后，剩下的那个高中生手机玩没电了，也跑来参加了故事会。

几轮之后，家庭妇女首先词穷，只能跟卷卷坐一起旁听。

高中生贡献完七个学校怪谈之后，也跟着词穷，加入到她们当中去。

只留下司机大叔和暮照白一个接一个地说恐怖故事。

司机大叔："我走南闯北多年，什么样的鬼没见过，接下来我要讲的这个故事，就发生在上周，是我亲身经历的事情！你们看看我……"

他指了指自己脑门上裹了一圈又一圈的带血绷带，问众人："知道我为什么这么惨不？"

众人齐齐摇头。

"不瞒你们说……我见鬼了！"他忽然大叫一声，把家庭妇女和高中生吓得一起尖叫之后，才放低声音，神秘兮兮地对他们说，"上周五，我晚上开车走胜利路过，大半夜的，街上一个人都没有，我开着开着，就有点打瞌睡了，就在我开车拐弯的时候……身边忽然出现一道白光，我转头一看，发现是一个白衣服的女人，披头散发，直勾勾地看着我！"

家庭妇女挨着高中生，两个人一起哆嗦了一下。

"我吓得头都不敢回，飞快地把车开走，结果你们猜怎么着？我在下一个路口拐弯的时候，一模一样的人站在路边，长发白裙子，直勾勾地看我，吓得我一个哆嗦……"司机大叔叹了口气，"就躺这里了。"

他说完以后，轮到暮照白。

"我说的故事，也发生在上周五晚上。"他扫了司机大叔一眼，慢吞吞地道，"听我一个同事说，胜利路那边发生了一起交通事故，事故原因有点神奇，据说是因为路边新换了一组广告牌，广告牌清一色是三米高的白衣女模特，大概是因为晚上光线不大好吧，有个的士司机晚上走广告牌边上过，以为自己见了鬼，一头撞进了绿化带里……"

司机大叔："……"

家庭妇女："哈哈哈！"

高中生："哈哈哈！"

好好一个鬼故事会，最后以搞笑故事会收场，在众人的笑声中，司机大叔涨红了脸，为了解除尴尬，他急忙指着卷卷说："到你了到你了，一个晚上了，就你一个故事没说过。"

暮照白愣了一下，抬手按住他的手说："她有特殊原因，我来替她说吧。"

家庭妇女也帮腔："是啊，我之前听医生说过了，这个妹子得了失忆症，以前的事情都不记得了，哪讲得出什么故事。"

司机大叔愣了一下，刚要跟卷卷道歉，却被她抢了先。

"不用。"卷卷坐在被子里，笑着说，"我这里有一个鬼故事。"

"真的？"司机大叔哈哈笑道，"你编的啊？"

"不。"卷卷说完，黑幽幽的眼睛看向暮照白，"是我梦见的。"

几个病人心肠都很好，哪怕明知道她的故事可能并不怎么好听，但都给予了热烈的掌声，暮照白也一样，他对她微微笑着，两只手轻轻地拍在一起。

下一刻，他拍手的声音戛然而止。

因为卷卷轻轻道："我梦见自己被人追杀……有一个女人救了我。"

众人等了好一会儿，最后司机大叔最先按捺不住地问道："然后呢？"

卷卷："然后就没有然后了。"

众人晕倒……

司机大叔朝她竖起大拇指："今夜最佳冷笑话诞生。"

家庭妇女和高中生善意地笑了起来。

但是暮照白没有笑，他盯着卷卷，忽然问："你还记得那个女人长什么样子吗？"

"记得啊。"卷卷笑着回答，"二十多岁，长得很温婉，笑起来特别特别温柔……对了，她嘴巴边上还有一颗小痣。"

暮照白脸上虽然没有什么表示，但是放在膝盖上的双手却忽然握紧了。

"你能给我详细说说这个故事吗？"他紧盯着卷卷道，"谁在追杀你们，她又是怎么救下你的？"

包括司机大叔在内，其他人都有些莫名其妙地看着他。

卷卷也一言不发地看着他，过了一会儿，她才慢腾腾道："我在梦里受伤了，后脑勺被人打了一下，躺在地上动都动不了，只能看见两个人在打斗……凶手是什么样子，我没看清楚，但保护我的那个女人，我看得很清楚，我还记得她穿着一条波西米亚长裙，裙子上面有很多很多绿色的碎花……对了，她右手还套着很多很多细镯子，打斗的时候，镯子撞在一起，叮叮当当的。"

说完这些，她又不说话了。

这次不等司机大叔开口，暮照白自己就紧张地追问起来："还有吗？你还记得什么？"

"你说什么呢？"卷卷失笑起来，"什么记得什么？这只是个梦啊。"

暮照白望着眼前瘦弱苍白的面孔，心想，这不是梦。

她梦里的那个女人，就是他的姐姐暮照柔。

她梦里追杀他们的人，就是七十三号事件里的那个杀人魔。

"这是怎么了？"司机大叔看看卷卷，又看看他，脸上嬉皮笑脸的，试图打破两人之间越发僵硬的气氛，"这个故事不好听，那就换一个吧，我来……"

"这不是故事。"暮照白的表情很严肃，他环顾病房里的几个病人，对他们说，"鹿小妹是一个重大案件的幸存者，我现在想问的是，在座的几位，有没有人跟她提过这个案子？"

被他身上透出的气势所慑，几个病人的神色都有些紧张起来，他们互相对视一番，然后一同向他摇头，司机大叔更是连连摆手："没有啊！这妹子之前一直在睡觉，今天才见她醒过来，你不说，我连她姓什么都不知道啊。"

"那这就不是故事了。"暮照白轻吐一口气，望着卷卷的目光里有喜悦、有担忧、有期望，也有忐忑不安，他对卷卷重复一声，"这不是故事……是你的记忆。"

卷卷静静地看着他。

这不是故事。

但也不是记忆。

是她从网络上，从一大堆陈年旧帖里，一点一点挖出来的信息。

包括七十三号事件的始末，包括不幸在此案中丧生的人民英雄暮照柔，她的外貌、她的穿着、她所做的事、她救下来的人……这些信息不是别人主动告诉她的，而是她主动搜集来的。

为了今天晚上的故事会。

"鹿露，"暮照白原本靠在椅子上的背慢慢前倾，对卷卷做出倾听的姿态，眼神十分认真诚恳，"再多回忆一下当时的事情，好吗？"

"啊，我知道你是谁了。"旁边的高中生忽然啊了一声，指着鹿露说。

家庭妇女压低声音，小声问道："她是谁啊？"

"微博红人啊！"高中生开始显摆自己的知识，"最近在微博上面很火的，我还参加过前几天的骂战呢……"

他一边得意扬扬地宣扬了一下自己的战绩，一边把鹿露的身份说给病房里的其他人听。这个故事可比什么"我梦见自己被人追杀……有一个女人救了我"好听多了，家庭妇女和司机大叔听得津津有味，特别是司机大叔，听到最后，使劲一拍腿："七十三号事件！这事我知道啊！我那天还载客从那条路上过呢……"

三人攀谈间，看鹿露的眼神已经十分不同。

现代人的精神生活十分丰富，有电视在、有电脑在、有手机在，各种各样的杀人案件、伦理故事、恐怖电影，只要动动手指头就能看到一大堆。但是隔着屏幕看被害人，跟亲眼看见一个被害人，那种感觉根本就是两回事。

尤其是暮照白还在边上不停追问着："你再仔细想想，想想当天还发生了什么事？"

家庭妇女已经觉得有点害怕了，她小心翼翼地问："这件案子不是已经破了吗？怎么……里面还有什么隐情吗？"

"是不是……杀人犯逃逸了？跑来找她灭口？"高中生思想活跃，想出来的东西不但把自己吓个半死，还把家庭妇女给吓个半死。

暮照白看他们两个苍白的脸色，还有那副仿佛随时都要夺门而逃的样子，无语半响，最后无奈地说："你们想太多了，那案子的杀人犯已经死了。我问她这件事……"

他停顿了一下，才继续开口："是为了帮她早点恢复记忆。"

"你早说啊！"高中生翻了个白眼，"吓死我了。"

家庭妇女在边上拍着胸脯，阿弥托福，而司机大叔则朝卷卷和暮照白两个举起大拇指，感叹道："高，实在是高，本夜最佳恐怖故事诞生。"

家庭妇女和高中生表示同意。

鬼故事再可怕，哪有发生在现实里的恐怖故事可怕？

虚幻的鬼再可怕，哪有拿着刀子、满怀恶意的人可怕？

"我的故事讲完了。"卷卷望着暮照白，身后的窗户没关，窗外的夜晚比平时更黑，窗外的月光比平时更亮，薄薄的雾气从月亮前飘过，月色既清又冷，就像她的面孔，她对他说，"该你了。"

"好吧，那我就来讲个故事吧。"暮照白看着她，声音低沉缥缈，犹如浮过月亮的白雾一样，"一个女人的故事。"

他盯着卷卷的双眼，一字一句地说："七十三号事件里，死去的女警的故事。"

『第七十三章』圣诞树

雪白的病房内，故事会还在继续。

"她的名字叫作暮照柔，是个很适合当动物饲养员的女人，而不是警察。"暮照白坦白地说，"因为跟动物相比，人实在太复杂了……"

听他这么说，卷卷感到有些惊讶。

虽然有些人会感叹跟人在一起久了，会越来越喜欢狗，但暮照白怎么也不像是会说出这种话的人，相反，卷卷觉得他分分钟会从嘴里蹦出一句："人类，由我来守护！"

"她很喜欢照顾动物，也很喜欢照顾人，不单单是亲戚朋友，还包括路上看到的乞丐、卖鞋垫的老人，甚至自己经手的案子里的受害者。"暮照白说，"受她照顾的流浪猫现在成了她家的家猫，作为回报会帮忙抓老鼠蟑螂，但是回报她的人却寥寥无几……"

他皱了皱眉，总是光辉灿烂的眼眸里窜过一丝阴影。

"也不是一定要人回报。"他低沉道，"但不回报就算了，怎么能出言诋毁？"

"是谁在诋毁她？"卷卷问。

"一些社会上的人、一些网上的键盘侠、一些专家……还有她自己的同事。"暮照白冷笑一声，"他们列出一大堆疑点，然后提出质疑：杀人犯只有一个，你一个警校出身的人，背后还有七八个群众帮忙，你为什么制服不了他？你为什么不干脆提前制服他？如果对方真的十项全能，能扛能打，你为什么不赶紧通知警察？最后他们得出结论……我姐是个不知自己几斤几两，却妄想成为孤胆英雄的人，结果不但害死了别人，还害死了自己。"

顿了顿，他的声音越发低沉可怕："他们说……她配不上这个英雄的称号。"

病房里的人看着他，不知道怎么安慰才好。

高中生还脑抽地蹦出一句："其实他们说得也有道理啊……"

话没说完，旁边的家庭妇女就拿手肘撞了他一下，把他接下来的话给撞回嘴里。

暮照白没有对他发火，所有人都在听他讲故事，但他的注意力始终都在一个人身上。

"其实称号不称号的，我一点也不在乎。"暮照白慢慢地抬眼看着卷卷，这么近的距离，卷卷能够看见他眼下的淡淡青痕，以及因为愤怒而捏紧的拳头。月光下，这个年轻的警察褪去了白天神性的光辉，流露出了普通人的一面，他用压抑的声音对卷卷说："我只想知道，我姐到底是怎么死的？"

"怎么？"卷卷问，"不是像新闻里说的那样，跟杀人犯同归于尽的吗？"

"我姐是个刑警，杀人犯只是个普通人。"暮照白面无表情地道，"而且她那天过去的时候，裙子底下穿了打底裤，裤子上是别了电棍的，结果她死的时候，电棍在别人手里……她是被她自己的武器杀掉的。"

说到这里，他又是一声冷笑。

"事后的说法是意外。"双拳在膝头越握越紧，他低声喃喃道，"可一个出任务的刑警，怎么会出这样的意外……她怎么会丢了自己的武器？"

司机大叔等人齐刷刷地看向卷卷。

这个问题，估计只有当事人才能回答。

卷卷垂下眼眸，似乎在思考些什么，半晌之后，她才缓缓抬头。

"再多说些故事吧。"她看着暮照白，说，"关于她的故事……包括她从前照顾过的那些犯人的故事。"

等到护士进来催人睡觉，时间已经过去了两小时了。

暮照白明天还有工作，他不得不结束眼前的故事会，跟众人道别离开。

临行前，他忍不住再次问道："还是什么都没想起来吗？"

卷卷躺在病床上，侧首看着他："抱歉。"

暮照白眼中流露出一丝遗憾，但没有责怪的意思，植物人能够苏醒是第一个奇迹，失忆后能够重新回忆起当年的事情是第二个奇迹，他渴望能有第三个奇迹发生，但就算没有奇迹，他也不会怪罪他人。

"晚安。"他温柔地说，"明天有时间的话，我继续过来给你讲故事。"

"晚安。"卷卷也对他微笑，之后缓缓闭上眼睛。

暮照白又深深地看了她一眼，这才转身离开。

从医院出来的时候，时间已经很晚了，路上行人稀少，四周没有人声，只有树叶摇晃的声音，远远近近、高高低低，像在交头接耳说着什么。

他抬头，朝天空吐出一片薄薄雾气。

月光照在他眼睛里，将他的眼睛染成冰冷的银色，透出一股不近人情的美丽。

其实还有一个问题，他没有跟卷卷说。

"这种任务可不归刑警管。"他看着夜空，喃喃道，"是谁让我姐出的任务？"

月亮在薄雾后若隐若现，就像一颗藏在阴谋背后的冷酷眼睛，居高临下地俯视着暮照白。

另一边，卷卷并不打算赴她明天的约。

圣诞节快到了，她还没给沈绿瓷准备礼物。

本来打算拿双十二买的美味面包送她的，可她今天吃的时候，觉得味道有点不对，看看时间，已经过期两天了……

她皮糙肉厚的，吃过期一两天的面包没事，可绿绿那么柔弱、那么美，她怎么能吃过期的东西啊？可打开支付宝一看……余额一百。

她从床上下来，敲开小刀的房门。

"刀哥，"卷卷搓着手，露出特别谄媚的脸，"能借我点钱不，发了工资还你。"

小刀转动椅子，朝她慢悠悠地吐出一句："长夜漫漫……"

卷卷义正词严地拒绝："抱歉我卖艺不卖身。"

小刀抬起古铜色的手，朝她招了招："过来卖艺。"

长夜漫漫，小刀找她玩抢答游戏。

"我问你答。"他将一把钞票拍在桌上，卷卷的视线从毛爷爷上面，慢慢移到小刀脸上，他单手支着脸颊，对她说，"三秒钟内做出回答，超出时间，我就拿走一张票子，等我把所有问题问完，剩下多少借你多少。"

卷卷深吸一口气，吐出舌头又收回去，来回十次之后，严肃地对他说："我准备好了。"

小刀的第一个问题是："我留胡子比较帅，还是不留胡子比较帅？"

这什么鬼问题，卷卷愣了一下。

"时间到。"小刀抽了一张票子，塞回裤子口袋里。

就在卷卷懊恼不已的时候，他再次开口，还是刚刚那个问题："我留胡子比较帅，还是不留胡子比较帅？"

"不留胡子！"卷卷拿出抢答的气势。

"我穿什么比较帅？"他又问，"风衣、休闲装、皮衣，还是不穿？"

"皮衣吧。"卷卷不大确定地说，她对男人的装扮其实没什么研究，但是风衣版本的刀哥和休闲服版本的刀哥，她都已经见过了，对没见过的两种都有点好奇……但总不能让她选不穿吧？

"你喜欢我戴眼镜，还是不戴眼镜？"

"你又没近视，戴什么眼镜啊？"卷卷说完后悔了。真是反派死于话多，等她说完这番话，早就已经超过三秒了，只能眼睁睁地看着小刀又抽走了一张毛爷爷。

虽然抽走了一张票子，但他下一个问题还是这个。

这次卷卷回答得很快："戴眼镜吧。"

心想鬼畜都是戴眼镜的。

接下来，小刀又陆陆续续问了很多问题。

在卷卷看来，这些问题都奇奇怪怪的，不过看在钱的分儿上，她都老老实实地回答了他。

游戏结束的时候，她顺利地从他手里借到了五百块钱。

"为什么突然跟我借钱？"小刀一边把钞票递给她，一边问。

"我要给绿绿买圣诞礼物啊。"卷卷回答。

"借钱也要买？"小刀似笑非笑，"打肿脸充胖子，可不大像你的风格。"

"第一次的圣诞节，当然要留下点特别的回忆。"卷卷耸耸肩，"你呢刀哥，你问我这么多怪问题干吗？"

"这个啊……"小刀沉吟片刻，然后神秘兮兮地对她笑道，"回头你就知道了。"

当小刀想对一件事守口如瓶时，没有任何人能撬开他的嘴。

卷卷旁敲侧击无果，只好拿着钱回去了。

她走后，小刀转过椅子，在电脑桌面上打开一个文档，在里面写下一份清单，清单内容分别是：皮衣、黑超墨镜、马丁靴、银色十字架项链……

有人喜欢在圣诞节送圣诞树。

刀哥也打算送个圣诞树。

清单里的东西都是树上的配件，他自己就是那棵圣诞树。

"第一次的圣诞节，当然想留下点特别的回忆。"他双手交叉，放在颌下，眼睛里有些期待，但嘴上却颇为遗憾地说，"真麻烦，为什么不选不穿……"

满脸遗憾的小刀点了点鼠标，将清单保存关闭。

之后，他的目光忽然锐利起来。

几个被他处理到一半，放着不管的文件再次回到桌面上，文件首页，标记着七十三号事件。

卷卷最近在做什么，他一清二楚。

卷卷最近在见什么人，他也一清二楚。

"圣诞节之前把你处理掉。"他低头叼了一根烟在嘴里，然后掰了掰手指头，冷冰冰的目光看着眼前的文件，"怎么能让你来打扰我和卷卷的夜晚……"

『第七十四章』笑

街上到处都是圣诞节的广告，身边，到处都是讨论着圣诞节怎么过的人。

而暮照白却在加班。

说加班并不确切，应该说他正以加班为借口，四处搜寻着姐姐死亡的线索。

但没有，什么都没有。报纸上是怎么报道的，档案里就是怎么记录的，太干净了，也太简单了，包括姐姐的出警记录，虽然格式毫无问题，时间地点包括报警电话都很详细，但当他打过去的时候，却发现这个号码是个空号。

"最后只能靠她了吗？"暮照白心想。

他叹了口气，伸手关闭电脑，正准备回家，一转身，却发现一个男人站在他身后，无声地看着他。

暮照白愣了一下，开口道："队长，你还没回去啊？"

"你不也没回去吗？"队长右手勾着大衣，将大衣搭在肩膀上，笑着对他说，"走吧，送你一程。"

车子开出警局，在路上静静行驶着，一路上两人都没开口，直到车子拐过一个路口，暮照白忽然皱皱眉，转头说："走错了，我家不是这个方向。"

"你不是要去医院看望鹿露吗？"队长慢条斯理地道。

暮照白沉默下来，心里琢磨着是谁在背后偷偷告密。

车子开进医院停车场，两人一起从车子里下来，走进了病房。

病房里还是那几个人，司机大叔一看见暮照白，就喊："来得刚好，我们正在跟鹿露小妹讲故事呢。"

队长笑了一下，快步走过去，在卷卷面前坐下，问道："讲什么故事呢？"

"当然是七十三号事件的故事咯。"司机大叔一副热心肠的样子，完全没注意到暮照白和卷卷两人的脸色都有些不自然，他举着手里的一张纸道，"看，我特地让我老婆送来的。"

纸上是一张人物表，一共十个人。

十个名字，九个都用红笔打着叉叉，只留下一个鹿露。

"怎么样？有了这张表，死了几个人、怎么死的，是不是就一目了然了？"司机大叔一手举着人物表，另一只手指着上面的一个名字说，"比如这个，帅丹，小学老师，是被人按进浴缸里溺死的……"

除了鹿露之外，另外九个人的名字下面，都详详细细地用红笔记录着各自的履历和死法，有的长有的短，寂静的夜晚，被司机大叔一个个念出来，让众人觉得自己正在参加一场葬礼，正在听一份冗长的讣告。

"写得挺详细的。"队长忽然打断他，目光从人物表上，慢慢移到卷卷脸上，问，"怎么样？看到这份表格，你想起什么了没有？"

"没有。"卷卷回答。

"也许我可以帮帮你。"队长笑道，"毕竟是我处理的案子，由我来说，应该会比别人说得更清楚一些。"

"不需要。"卷卷说，"司机大叔每天跟我说十遍，我知道得已经够清楚了。"

说完，为了转移压力，她将目光投向暮照白："还是跟我说点别的吧，比如……你姐姐的故事？"

暮照白微微一笑，在她身边坐下，落座的一瞬间，目光在队长脸上一扫而过。

　　"我姐姐经手过很多案子。"目光转回卷卷脸上，他说，"今天跟你讲个绑架案的故事吧。"

　　卷卷和队长的眼睛齐齐望向他。

　　"这个故事大约发生在三年前，有一对母子被绑架了。"暮照白笑着说，"结局有点出人意料，当时只有十五岁的那个小孩，把绑匪全杀了，就留了一个活口。"

　　卷卷眼中闪过一丝微光。

　　"最后经过鉴定，发现这个小孩是个人格分裂患者，杀人的不是他，而是他体内的第二人格，所以他没被送去少改所，而是被他家里人送去了精神病院。"暮照白接着说，"我前段时间去精神病院拜访过他，说实话，不发病的时候，他是个非常谦逊温和的少年，比现在社会上大多数人都要有教养得多……巧的是，他还记得我姐姐。"

　　暮照白的眼睛虽然看着卷卷，但是眼角余光却看着队长。

　　"聊到最后，他跟我提了一件事。"暮照白脸上的笑容像一张扣在脸上的面具，"一件我本来不知道的事。"

　　"什么事？"卷卷好奇地问道。

　　"他说，我姐姐正跟队伍里的一个人谈恋爱。"暮照白忽然转过脸，笑着问，"这个人是你吗？"

　　忽然被他问到，队长条件反射地张了张嘴，之后是一秒钟的停顿，停顿之后，他忽然笑了起来，盯着暮照白说："是。"

　　暮照白的笑容渐渐消失在脸上。

　　"是又怎么样呢？"队长拿出一根烟，叼着点燃，"这是我跟你姐的私事吧。"

　　暮照白表情僵硬，一言不发。

　　"和就在一起，不和就分手，男女关系嘛，有时候就是这么简单。"队长抽了口烟，然后朝暮照白笑道，"怎么，你该不会是觉得我跟你姐分手了，所以就借故杀了她吧？"

他的目光忽然阴沉了下来，蝮蛇一样盯着暮照白，一字一句地问道："你拿得出证据吗？"

半小时后，卷卷在自己身体内苏醒。

一睁眼，就看见小刀坐在旁边，一只手拿着暮照白的那叠照片，另一只手玩着打火机，火焰在照片底下啪的一声冒出，又啪的一声消失。

小刀脸上，一副"好想烧烧烧烧烧"的表情。

卷卷："刀哥，你在干吗？"

小刀又啪的一声打出一朵火焰，淡淡地问道："跟小警察的约会结束了？"

他用词怎么就这么怪呢？卷卷决定纠正他："哪是约会啊，我是去看热闹的。"

"什么热闹？"小刀问道。

卷卷把夜里发生的事情跟他说了，然后感叹："我一开始以为是警匪剧，结果发现是家庭伦理剧，我一开始以为自己发现了一桩不可告人的秘密，结果发现只是一盆不可告人的狗血……"

还有一句话，她没有说。

一开始她以为暮照白受了林馥的蛊惑，现在看来，蛊惑是蛊惑了，却不是来对付她，而是来对付队长的。

"现在队长已经全招了。"她耸耸肩，"看来我是拿不到封口费了。"

"谁说拿不到？"小刀笑了起来。

卷卷疑惑地看着他。

"我这两天翻了一下以前那个帖子。"小刀说，"就是自杀事件发起人的那个帖子。"

"发起人的账号是从淘宝买来的。"卷卷也查过这个人了，现在将得出的结论说给他听，"而且登录的IP地址很乱，一看就是用了转换器的。"

"所以我没查这个发起人的IP。"小刀淡淡地道，"我查了另外九个人的IP。"

卷卷眨了眨眼睛，没想到还有这种办法，她忙问："有什么收获没有？"

"涉及七十三号事件的一共有十个人，去掉发起人，其他九个人里，有八个人的IP地址是固定的，要么在家上网要么在公司上网，又或者用手机登录，他们的身份也因此可以固定下来。"小刀说，"没法确定IP地址的，只有两个人。"

"是谁？"卷卷问。

小刀又啪的一声打响了打火机，这一次跳出的火焰特别大，一不小心就点燃了照片的边角，将边角烧得弯曲起来。

火焰后，小刀面无表情地吐出两个名字："暮照柔，还有鹿露。"

卷卷愣住了。

"还没明白吗？"小刀笑了起来，火焰之后，笑容如魔鬼般可怖，"七十三号事件的主谋，自杀活动的发起人，要么是暮照柔，要么是鹿露。"

呼啦啦——

窗外风吹雨打，夜雨又急又冷，冲刷着医院的窗户，像一道道黑色血液。

最靠窗户的那张病床上，忽然一声叹息，像棺材里的人忽然吸了口气。

一道惊雷闪过，床上的少女忽然睁开眼睛，两只眼睛在黑夜里幽幽发亮。

然后，她笑了。

『第七十五章』幸运女孩

公安局，上午十点半。

暮照白接到一个电话，听完对方的话，他愣了愣，回答："好，我明白了。"

中午下班的时候，他饭都来不及吃，就匆匆忙忙赶到医院，走进病房的那一刹那，鹿露扭过头来，笑着对他说："听说你是我现在的监护人，你叫什么名字？是做什么的啊？"

暮照白脚步一顿，心中满是疑惑，但还是老老实实地回答了她的问题。

听到他只是个普普通通的警察，鹿露脸上浮现出不加掩饰的失望，接着跟他提出要求："你能给我买台笔记本电脑吗？最好是惠普的。"

暮照白是个职场新人，基本过着月光族的生活，突然之间叫他买台惠普电脑，他一时之间实在是拿不出这么多钱，犹豫了一下，他实诚地对她说："我手里暂时没那么多钱，你要是想玩电脑的话，我可以把我家里那台先借你用……"

鹿露的脸色越发冷淡，她打断暮照白的话，冷冰冰地说："我的微博公众号不是你在打理吗？听说有不少人捐款给我，怎么连个笔记本的钱都凑不出来？"

"以前的钱，基本上被你叔叔一家花完了。"暮照白回答，"最近捐款的人少了，而且你住院看病还要花钱……"

"这群贱人！"鹿露没听到最后，已经破口大骂。

暮照白皱起了眉头。

他觉得眼前的女孩子很陌生。

简直像是相同的壳子里，换了另外一个灵魂。

鹿露不知道暮照白在观察她，她低着头，眼珠子乱转了一会儿，忽然眼前一亮，抬头对暮照白说："我有办法来钱了。"

"什么办法？"暮照白问道。

"你家里有笔记本电脑吧？带来给我。"鹿露神秘兮兮地笑道，"我叔叔他们怎么对我，我就怎么对他们。"

暮照白眉头皱得更紧："你说具体一点。"

这时候护士进来给人换药，鹿露大声把她叫过来，让她帮忙找来纸笔，低头在纸上写了四个字，然后将纸举到嘴边，牙齿一咬，抬起头来。

在抬头的那一刹那，一双又大又黑的眼睛，笔直地流下两行眼泪来。

她嘴里咬着一张白纸，上面用红笔写着四个字：杀人偿命。

咔嚓——

这幅形象，被定格在一张照片里。

不久之后，这张照片通过网络，传递到无数网民眼前，有很多颗心脏被她的表情和泪水打动了，于是双手放在键盘上，打下一行字，按下回车，这行字通过络又重新传递回去，传到她的微博下面。

"太可怜了，鹿露你一定要坚强啊，我永远支持你。"

"警察跟法院的人都在干什么啊？那么凶残的杀人犯啊，直接跑别人家里，灭人满门啊，不赶紧把他枪毙，难道要留着过年吗？"

"楼上你先翻翻以前的帖子，等你知道这家人是什么德行之后，你就会觉得这杀人犯是来学雷锋做好事的……"

"话也不能这么说，他们再人渣，也是鹿露的亲人啊。"

卷卷坐在屏幕前，慢慢滑动鼠标，看着鹿露微博下面的评论。

一只手从她脸颊边伸过来，按在电脑桌上。

卷卷转过脸，刀哥的侧脸近在咫尺，连瞳孔的颜色和睫毛都看得很清楚。

"这小姑娘在搞钱吧。"他弯腰看着屏幕，淡淡地道。

"搞钱？"卷卷愣了。

小刀转过脸，笑着看着她："你不觉得眼前这事，看起来挺眼熟吗？"

卷卷思索片刻，然后露出恍然大悟的表情。

可不是吗？

之前鹿露的叔叔一家，不就是用这种手段搞钱的吗？

只不过之前是他们利用鹿露的身体，以及鹿露的悲惨遭遇来搞钱。

现在换成鹿露利用他们的死，以及自己的眼泪来博取同情还有捐款。

效果很不错，因为入室杀人案就发生在最近，热度还没有下去，所以她作为被害人家属跳出来之后，很快就有人打赏她，还有人在咨询捐款的方式，甚至还有一个自称记者的人跳出来，说要采访她，让更多人来支持她。

她居然不是骗子，过了几天，鹿露的身影出现在新闻频道。

"谢谢，谢谢大家。"镜头里的少女骨瘦如柴、脸色苍白，眼睛里不停淌下泪水，看起来十分可怜，她满脸渴望地对镜头前的观众说，"如果没有大家的支持，我估计连医药费都凑不齐，说不定现在已经被医院赶出去了……"

摄影师将镜头瞄准她的脸，以便捕捉她脸上的泪水。

而在镜头没有摄到的位置，三张病床上空荡荡的，司机大叔等人已经搬去别的病房了，因为来采访、来探望鹿露的人实在太多了，鹿露几乎将这间病房变成了她专用的舞台，一场一场的悲情戏吵得他们不得安宁，根本没有办法养病。

"你们没有放弃我，我又怎么能放弃我自己？"鹿露艰难地举起手，对镜头做了个剪刀手的动作，这个动作换来了记者的惊叹和掌声，她腼腆地笑笑，说，"我现在已经能自己吃饭了，就是吃饭不能用碗，要用盆，否则饭会洒得满床都是……还有就是……"

记者在一边鼓励她："你有什么心愿，说出来啊，大家都在听呢。"

鹿露迟疑片刻，慢慢抬起头来，用渴望的眼神望向镜头。

"我……很想有个家。"她一副不好意思的样子，"我孤苦伶仃，身边一个亲人都没有了，每次看到别的病人有家属来探望的时候，我心里都羡慕得不得了，我好想好想有个爸爸、有个妈妈啊……"

摄影师将镜头瞄准她怀里的小熊，还有她床上放着的那些毛绒玩具，那都是好心人送来的，在它们的包围之下，鹿露看起来就像个还没长大的，需要人同情、需要人照顾的孩子。

而在镜头没有摄到的位置，几只黑色垃圾袋丢进垃圾箱里，垃圾袋松开了，露出里面的贺卡来，贺卡上用稚嫩的笔调写着：鹿露姐姐，祝你早日康复。许许多多贺卡、许许多多不值钱的礼物被统一丢弃在这里，很快，又一只垃圾袋丢了进来，里面的垃圾将贺卡掩埋。

"这是一个可怜的女孩，这也是一个幸运的女孩。"记者在病房内，举着话筒，对镜头总结道，"两次遇难，但她两次都幸存了下来，但是在失去亲人、失去容身之地之后，她又该怎么活下来呢？谁又能给她一个家、给她温暖的拥抱呢？后续情况，请关注××晚报……"

公安局内，一名同事拿胳膊肘捅了捅暮照白的胳膊，把电脑里正在播放的新闻指给他看，然后问："你不是这女孩子的指定监护人吗？"

暮照白扫了屏幕一眼，面色复杂地说："现在不是了。"

"怎么回事？"同事愣了愣。

"她说我是个外人，让我管理她的微博公众号以及银行账户，她感到不放心。"暮照白苦笑道，"她让我把账号密码还给她，她自己会照顾自己。"

"靠。"同事高喊一声，"这不是过河拆桥吗？"

何止是过河拆桥，对方借走的笔记本电脑，到现在还没还给他呢。暮照白慢慢转过脸，看着新闻里那个泪流满面、渴望亲情的少女，不知为何，心里闪过一个念头——这真的是鹿露吗？

卷卷看着新闻里的这张脸，心情同样复杂。

她将背靠在椅子上，轻轻问道："自杀活动的发起人，要么是暮照柔，要么是鹿露对吗？"

小刀伸手暂停她手机里的视频，然后手指点了点桌子："吃饭。"

桌子上放了雪菜肉丝米线，还有几碗烤串，都是买给卷卷吃的，他自己面前照旧放着蛋炒饭和啤酒。卷卷用筷子拨弄了一下米线，但觉得没有胃口，又重新把筷子放下了。

"有什么关系呢？"小刀坐在餐桌前，歪着头看她，"就算她是个坏人吧，骗捐是她的事，被骗是别人的事，跟你无关吧？"

"怎么能跟我无关呢？"卷卷看着自己的手，不知道想起了谁，脸上闪过一丝厌恶，"我可以不去帮一个好人，但我绝不会帮一个坏人……尤其是一个杀人犯。"

七十三号事件的凶手是谁，一直众说纷纭。

但自杀活动是发起人举办的，地方是发起人选的，参加者也是发起人从网上挑的，活动规则也是发起人定的，无论如何，这个发起人的嫌疑是最大的。

"我要查明真相。"卷卷缓缓握紧手指，目光望向手机屏幕，最后定格在鹿露微笑的脸上，冷冷地道，"我要知道，这究竟是个幸运女孩，还是个杀人凶手。"

小刀舀起一勺蛋炒饭，吃了一口，然后问："我有办法让你知道真相。"

卷卷转头看着他。

小刀微微一笑，从口袋里拿出一张照片，两指夹着，递向她。

『第七十六章』最后的目击者

周末上午。

洗手间的镜子里，倒映着小刀的脸，他郁闷地看着手里那柄小熊牙刷，过了一会儿，又重新把牙刷塞回嘴里刷了起来。

刷牙洗脸完毕，他从洗手间里出来。

前方立刻走过来一个卷发女孩，左手搭着一件西装外套，右手一条领带，用最快的速度帮他换上外套，然后踮起脚替他系领带。

他一副浑身不自在的样子，为了让她能够轻松一点，于是稍微弯下点腰。

她双脚落回地面，小手一收，打好领带，转身拿起公文包塞他怀里。

看了看自己身上这副行头，他更加愁眉苦脸，抬头问："刀哥，一定要这样吗？"

她笑道："你不是要查明真相吗？这是最快的方法了。"

眼前的他不是他，她也不是她。

两人是对调完身体的小刀和卷卷。

卷卷的能力也并不是只有晚上能用的，早上也可以，但大好时光不用来上班赚钱，简直是有违她的人生宗旨，所以除非特殊情况，否则卷卷很少这么干。

眼前就是特殊情况。

小刀拿出律师证，交到她手里，对她说："你现在是嫌疑犯张云平的辩护律师，这是你的律师证，拿好别丢了。"

卷卷接过律师证，一边翻开来看，一边小声吐槽："这真不是假证吗？"

小刀劣迹斑斑，最令人诟病的一点就是他那里似乎什么证都有，律师证，还有李宝宝案子里出示的保险公司员工证，让卷卷一度怀疑他的真实职业就是个办假证的。

"至少这个律师证是真的。"小刀笑道。

卷卷瞥了他一眼，心里琢磨着，他的意思是不是说其他证件就不一定是真的了？

见面时间定在上午十点半，小刀开车送她去看守所。路上，卷卷一边翻动手里的文件，一边皱眉道："你为什么要给这个人渣辩护？"

文件里记录了张云平的生平事迹。

他可不是什么好人。

他是个惯偷，而且什么都偷，小到手机自行车，大到珠宝轿车，他都偷过，但跟现在的罪名相比，以前那点小偷小摸已经不算什么了。在之前发生的那起火灾事故中，张云平被指控为入室抢劫、入室杀人、杀人放火的元凶。

"我没打算给他辩护。"小刀一边开车一边说，"只是让你去听他说说真相。"

"真相？"卷卷疑惑地问。

"这个人当了一辈子惯偷，为什么轮到这次就要当杀人犯？"小刀问，"我怀疑他是冲着鹿露去的。"

卷卷想了想："也有可能是小偷业不景气，所以想要转行当杀手吧？"

小刀毫不留情地发出嘲笑声："你见过安全知识不过关，把自己困死在电梯里的杀手吗？"

卷卷回想起那个在电梯里朝她和暮照白不停地招手，试图把他们引进电梯里，最后却不幸遇难，在电梯里拳打脚踢大喊救命的中年人……忍不住嘴角抽了抽，差点笑出声来。

"你把资料翻到第四页看看。"小刀又说。

卷卷低头翻了下资料，第四页是一张表格，对照的是七十三号事件发生的时间、地点，以及张云平最后出现的时间、地点……最后她发现一件事。

"七十三号事件发生之后，他就失联了？"卷卷抬头问。

"而在鹿露醒过来之后，他又出现了。"小刀将车停在看守所门口，转头对她说，"去吧，听听他是怎么说的。"

上午十点半，看守所的会面室内。

卷卷在桌子前坐下，看着对面那个中年人。

看守所里早睡早起的规律生活，让他看起来干净清爽了点，不会一眼看过去就像个杀人犯的样子。

卷卷看着他的时候，他却没看着卷卷，一直在低头玩着自己的手指，一副有恃无恐的样子。

律师应该怎么跟人交流来着？毫无经验的卷卷咳嗽一声，对他说："你快被判死刑了。"

张云平总算是看了她一眼，扯了扯嘴角，喷了一点口水在桌子上："你胡说八道！"

卷卷也不跟他争，直接从公文包里拿出今天的报纸给他看，不是头条新闻，但也是颇为显眼的位置，映着一张铅灰色的图像，图像是这几天传遍网络的那张照片，照片里的鹿露用牙咬着一张纸，纸上写着"杀人偿命"。

张云平看到这张图，原本满不在乎的表情消失无踪，他暴跳如雷地喊道："这个贱人！"

"张先生，你现在的处境很不妙。"卷卷在对面说，"我希望你能配合一下我，把事情的经过详细地跟我说一遍……"

"我配合个蛋！"张云平大喷口水，"我要见荆越！"

"张先生，请你冷静一点……"卷卷试图保持一个律师的风度。

"我冷静个蛋！"张云平压身体，直接朝她脸上喷口水，"把荆越叫来啊！那个大垃圾，居然敢骗我！"

卷卷慢慢抬起右手，抹了抹脸上的口水。

下一秒，她暴跳而起，双拳轰隆一声砸在桌子上，双目圆睁，面色狰狞，对他吼道："给我坐下！不然我捏爆你的蛋蛋！"

张云平吓得坐下了，双手放在膝盖上，一副小偷看见杀人犯的表情。

卷卷这个时候也懒得再装衣冠禽兽的样子了，领带绑得有点紧，她伸手把领带扯下来，一边擦拭脸上的口水，一边冷冷地问："荆越是谁？"

"是公安局的大队长。"张云平老老实实地说，末了加了一句，"他说他会保我的。"

"怎么保你？"卷卷冷笑道，"这事见了报，你跟鹿露都已经是公众人物了，一堆眼睛盯着你们呢，除了我，谁敢在这个时候保你？"

"大哥！"张云平直接把他当道上的人，高喊一声大哥，然后哭丧着脸说，"我是无辜的啊！"

卷卷这个时候真想拿根烟点燃了，放嘴里抽一口，然后像个真正的带头大哥一样喷他一脸，但想想她又不会抽烟，万一呛吐了怎么办？于是此事作罢，她拿两根手指头在桌上那张报纸上点了点，冷冷问道："无辜？你让我怎么证明你是无辜的？"

报纸里面，鹿露嘴里，已经将他形容成一个穷凶极恶的罪犯。

他入室抢劫，遭到一家人的抵抗之后，就残忍地摸出扳手，将一家之主打死了，妻子为了掩护儿子逃跑，死死地抱住他的腿，结果也被他给打死了，最不幸的是，那个逃跑的儿子因为下楼的时候太过慌忙，结果摔下来拗断了脖子。

最后幸存下来的，只有当时躺在床上的植物人鹿露。

"胡说八道！"张云平瞪了眼报纸上的那张照片，然后对卷卷哭诉，"她这是在黑我啊！"

"你怎么证明她是在黑你？"卷卷问，"你要是证明不了，全社会都会帮她制裁你……"

卷卷低头看了眼报纸上的那张照片，然后抬头看着他，笑了起来。

"因为她是受害者。"她说，"而你是犯人。"

"她？受害者？"张云平扯了下嘴角，露出一个似嘲讽似愤怒似恐惧的笑容。

他也低头看着那张报纸，放在膝盖上的手指慢慢收紧，将裤子给抠皱了，脸上的神色变幻莫测，像是陷入了一场说与不说的挣扎当中。

卷卷一直在观察他，准备在他最犹豫不决的时候，伸手推他一下。

张云平一副欲言又止的样子，几次抬头，几次低头，几次开口，几次闭嘴，最后他终于长出一口气，抬起头来看着卷卷，刚要说些什么，房门忽然被人打开。

队长走了进来。

国字脸上，一双眼睛显得有些阴沉，他扫了卷卷一眼，目光落在张云平身上。

张云平有些坐立不安，刚刚还叫嚣着要队长来见他，现在却讨好地喊着："荆大哥，你来了啊……"

队长没理他，又看了卷卷一眼，然后丢下一句："你们先忙。"

说完，他就关门出去了。

张云平这下子更加坐不住了，他跟屁股上起火了一样，东边挪一下，西边挪一下，无论卷卷跟他说什么，他都答非所问，最后忽然起身道："我去一趟厕所。"

他匆匆离开之后，卷卷一个人坐在会客室里傻等。

等人的时候，时间总是过得特别慢。

一分钟过去了、两分钟过去了……十分钟过去了。

卷卷从椅子上站起来，决定去一趟厕所。

反正她现在是个男儿身！就算进了男厕所，也不会被人当变态打出来！

于是卷卷走出会客室的大门，沿着走廊走了一会儿，然后伸手抓住前方路过的一个小哥，问道："你知道荆越在哪个厕所吗？"

暮照白缓缓回过头来，神色复杂地看着她。

两人无语地对视了一会儿，暮照白淡淡地道："跟我来。"

卷卷一头冷汗地看着他的背影，过了一会儿，才硬着头皮追了上去。

暮照白一副心事重重的样子，他闷头走路，脚步越来越快，神态越来越急，唯一一次停下来的原因，是找人问厕所在哪儿……

用的还是卷卷刚刚用过的句式："你知道荆越在哪个厕所吗？"

对方神色复杂地给他指了路，然后两个大男人抱着不可告人的目的，一前一后地走进厕所。

进门的那一刹，两个人都愣了一下。

张云平跪在地上，队长站在他身后，用他身上脱下来的外衣勒住他的脖子。

"住手！"暮照白大叫一声，然后冲了过去。

队长为了应付他，只好松开了手。

死里逃生的张云平一边涕泪横流，一边手足并用地朝卷卷爬去。

队长试图抓住他，但被暮照白挡住了。

"队长！"暮照白面色复杂地看着他，"你知道你在做什么吗？"

队长似笑非笑地说："他想自杀，所以我助他一臂之力。"

张云平吓得连连摇头，他一点也不想死，一点也不想"被自杀"，于是他紧紧抱住卷卷的腿，语无伦次地对她喊道："救救我，救救我！我要戴罪立功，我要检举……我……那事发生的时候，我正好在那栋别墅里偷东西，我看见了，我真的全看见了……"

队长忽然朝他扑了过去，似乎想要拼了命阻止他说话。

但在暮照白的阻拦之下，张云平还是把那句话说了出来："我是七十三号事件……最后的目击者。"

『第七十七章』下一个是谁

张云平是个小偷。

有时候从别人身上偷手机，有时候看别人不在家，就直接进门去拿。

两年前的七月十一号也是这样，他发现别墅主人不在家，附近又没有监控，就偷偷潜了进去，打算偷点贵重物品出去换钱，结果东西翻到一半，忽然听见外面有脚步声和人声，顿时吓得魂飞天外，急忙打开手边的衣柜，然后钻了进去。

衣柜门刚刚关上，外面就进来了一堆男男女女。

这群人打牌、聊天、玩耍、讲故事，故事说到一半，又哭又笑。

张云平被他们堵在柜子里出不去，心里暗骂一句："这群疯子。"

疯子在房间里折腾到大半夜，鸡骨头吃得满地都是，红酒不要钱地乱洒，最后一个女高中生抹掉嘴上的油，还有脸上的泪，对他们说："时候不早了，从谁先开始？"

"我我我！""我先来！""必须是我先啊！"屋子里的人群情激扬，争先恐后，这幅场景透过衣柜上那条细缝，落在张云平眼中，他忍不住心想："这群人在争什么呢？"

"我是活得最没意思的一个，你们都别跟我争了！"一个卖菜大妈笑着说。

每个人进来的时候都带着一件礼物，她带的是一篮子煮鸡蛋，现在掀开上面的白布，鸡蛋已经吃完了，还剩下一瓶毒鼠强。

她一边拧开毒鼠强的盖子，一边笑着喃喃："女儿、女儿，全是女儿，老公打我、婆婆打我、公公也打我，我真恨啊，我这肚子怎么就生不出男孩子呢……"

她举起毒鼠强，朝嘴里灌进去。

之后的情景，张云平一辈子也忘不掉。

毒鼠强喝完之后，那女人没有立刻死，而是在地上翻来滚去，七窍流血，喊得撕心裂肺，吓得好几个人都捂住了耳朵，闭上了眼睛。

"杀了我！"她最后爬到一个人脚底下，拿手抱着对方的腿，哭着喊，"杀了我，求求你杀了我！"

对方看她实在太可怜，迫不得已，只好伸出手来，将她掐死了。

惨叫声终于平息下来，房间里再度恢复平静。

过了一会儿，还是刚刚那个女高中生开口问道："下一个是谁？"

房间里静悄悄的，无人回应。

屋子里的人已经被卖菜大妈的惨状给吓傻了，有一个胆子特别小的，瘫坐在地上，屁股下面是一团水渍。

"大家先把自杀用的道具拿出来吧。"女高中生再次打破沉默。

透过柜子上的缝隙，张云平看见他们拿出了一堆乱七八糟的东西，有人拿出了一条麻绳，有人拿出了一瓶子安眠药，有人拿出了一把瑞士军刀……最后是一个老头，他在众人的注视之下，犹犹豫豫地掏出一瓶毒鼠强，还没放到桌上，又快速收了回去。

"我不想死了。"他瞥了眼卖菜大妈的方向，哆嗦了一下，迅速收回目光道，"这么死太痛苦了……"

女高中生朝他点点头，忽然抓起桌子上的烟灰缸砸在他脑袋上。

老人应声倒地，她却完全没有放过他的意思，挥舞着手里的烟灰缸，一下又一下地砸在他脑袋上。

"鹿露！住手！"一个穿波西米亚长裙的女人冲过来，握住她举高的手。

女高中生鹿露回过头来，脸上还沾了一两滴血，对她笑道："暮照柔，我这是在帮他。"

老人躺在地上，已经不会动了，脑袋上鲜血淋漓，地板上渐渐也鲜血淋漓。

"魏老不是说了吗，他不想死得太痛苦，所以我帮了他一把啊。"鹿露笑着说，之后她缓缓转过头，看着其他人道，"作为这次自杀活动的发起人，我现在要跟大家提个建议，如果自己实在没有勇气自杀，那就请别人帮个忙吧。"

"那就不是自杀了！"暮照柔皱起了眉头，"是杀人啊！"

"有什么区别呢？"鹿露满不在乎地说，"反正大家最后都是要死的。"

衣柜内，张云平已经用手捂住了嘴，生怕自己叫出声来。

他原本以为外面是群疯子，现在看来，根本是一群丧心病狂的杀手。

他们商量了一番之后，居然很快就接受了鹿露的提议。

一只只手伸向桌子，争抢桌子上放着的麻绳、安眠药、瑞士军刀……

张云平吓得缩在衣柜里不敢动，耳边，传来那个女高中生的声音，她笑着问："下一个是谁？"

之后，这场自杀活动，就彻底变成了杀人活动。

"然后呢？"厕所内，卷卷问道。

"然后？"张云平笑得很苍白，连眼神都变得恍惚起来，"然后我就在衣柜里面藏了两天。"

两天之后，张云平拿耳朵贴在柜子上面，听见外面一点声音都没有了，才小心翼翼地推开柜子门，从里面爬出来。

因为两天两夜没有吃东西，他饿得头晕眼花、两脚发虚，看见桌子上面还有那群人吃剩下的鸡腿，赶紧拿起来塞进嘴里，因为天气太热，肉有点坏了，但他不敢吐出来，因为他有个同行就是这样，在犯罪现场啃了一口苹果，回头警察从苹果上提取了口水，验出了他的DNA，之后就把他捉拿归案了。

把肉跟骨头都细细嚼碎了，吞进肚子里以后，张云平长出一口气，走进洗手间，想要喝点自来水解渴。

进门第一眼，就看见一个女人趴在浴缸边上，浴缸里满满都是水，她的脑袋在水里面沉沉浮浮的，头发飘开，犹如水草。

张云平吓得腿又软了，他连水都忘记喝了，快步朝门外走去，只想快点离开这个恐怖的地方。

下楼的时候，他又撞见了一具尸体，一个大腹便便的中年人，靠墙坐在楼梯边上，脑袋上插着瑞士军刀，眼睛直直地看着下楼的人。

要不是怕跳楼会死，张云平真的宁可跳楼，也不想从他身边过。

他抱着扶梯，几乎是一路爬到了楼下，正要往门口走，忽然蹲下身来，把自己藏在扶梯后面。

客厅里吊死了一个人，脖子套在麻绳里，身体悬挂在半空中，张云平不知道是谁吊死的他，但总归不会是自己上吊的。

十个人最后只剩下两个，都站在客厅里，背景是那个吊死的男人。

这两个幸存者都是女人，一个是鹿露，还一个是暮照柔，她们互相看着对方，暮照柔赤手空拳，鹿露手里却有一把刀子。

"就剩我们两个了。"打破沉默的人是暮照柔，她慢慢拉起波西米亚长裙，大腿根部绑着一只武器套，她从里面拔出一根电棍来，模仿着鹿露的语气，讥讽地问道，"下一个是谁？"

"不，我不想死！"鹿露双手握紧手里的水果刀，手在发抖，她拼命摇头，"我要回家！我要复读！我明年还要考试！我要上大学！我不要死在这里！"

暮照柔脸上露出讥讽的神色："发起这项活动的人是你，劝别人自相残杀的也是你，现在你突然跟我说，你不想死了？"

"那又怎么样啊？"鹿露尖叫道，"反正自杀是死，被杀也是死，我不过是成全他们而已啊！"

张云平瘪瘪嘴，他是个积年惯偷，经常跟警察打交道，所以一看暮照柔拿电棍的样子就知道她八成是个便衣，敢跟她这么说话，这女的要完。

暮照柔沉默片刻，果然抬脚朝对方走过去。

鹿露眼中闪过一丝绝望，她转身就跑，但是被暮照柔扑过来抓住，鹿露回首想拿水果刀刺暮照柔，却被暮照柔拿手一劈，她手里的刀子就掉地上，然后被暮照柔一脚踢远了。

鹿露看了眼不远处的水果刀，再转头看看暮照柔，因为恐惧和绝望，她终于歇斯底里地叫了起来："放开我！放开我！救命啊！杀人了！"

死人不会救她，唯一的活人张云平当然更不可能救她。

他忧心的是待会儿他怎么自救！要是暮照柔杀完人以后，发现还有他这个目击者……他又开始腿脚发软。

"你这个小浑蛋。"暮照柔制住鹿露的手脚，把她按在地上，弯腰在她耳边说，"你压根就没有自杀的打算，还敢发起这个自杀活动？"

鹿露吓得浑身发抖，就在她、还有张云平都以为她死定了的时候，暮照柔脸上却浮现出一个古怪的笑容，像是厌恶又像是释怀，像是悲伤又像是认命，她喃喃道："不过这样也好，死在你这种人手里，我不用有任何心理负担……"

"够了！"厕所内，队长忽然大叫一声，打断了张云平的话。

但其实到了这个时候，无论打断不打断他，都没有意义了，因为卷卷也好、暮照白也好，其实都已经猜到结局了。

"我亲眼看见的啊，那个女警把电棍塞给了鹿露。"张云平还抱着卷卷的大腿，竹筒倒豆子似的什么都往外面倒，"我亲耳听见的啊，她叫鹿露杀了她！"

"这不可能……"暮照白听到这里，脸都白了，他喃喃道，"我姐怎么可能做出这种事情……"

"他是骗你的！"队长转头对他说，"你姐根本就不是自杀的，她是出任务的时候，被杀人犯给杀掉的，她是因公殉职，她是个英雄！"

暮照白忽然明白了什么。

他转过头，看着队长的脸。

『第七十八章』英雄

队长有一张国字脸，或许是因为见惯生死的关系，所以这张脸会大笑、会大怒，却几乎看不见悲伤。

但现在，暮照白在这张脸上，看见了深埋已久的、巨大的哀伤。

"你不相信你姐姐、不相信我吗？"队长问，"你姐姐那么好的一个人，看见流浪猫都要捡回局里养，她会眼睁睁地看着那群人自相残杀？还有我，我是你的队长也是你师父，你现在会的东西都是我手把手教给你的，我对你算尽心尽责吧？你觉得我会拿这种事情骗你吗？"

暮照白看着他。

他一直对他很好，是队长，是师父，更像是亲大哥，不但手把手地教他东西，还一点一点地教他处理人际关系，让他不至于因为性格和脾气的关系，被同事们排挤；看他工资少，怕他吃不好，队长还经常找各种借口请他一起吃饭，要是他喝醉了，队长还会开车送他回家。

"这人就是个大骗子！"张云平在边上，指着队长喊，"这事儿严格算起来，应该算是个连环杀人案吧？别墅里的那群人，除了第一个喝毒鼠强自杀的，其他全部都是凶手啊！尤其是那个叫鹿露的，她杀了人以后，还把凶器塞别的死者手里，想栽赃嫁祸给别人呢……"

卷卷忽然问他："她又是怎么受伤的？是不是你干的？"

张云平卡了一下壳，然后不情不愿地说："我那是正当防卫啊，她发现我之后，想要杀人灭口，我又不是参加活动的那群神经病，我怎么可能坐着让她杀呢，当然要反抗了……然后一不小心打破了她的头，当时看她头破血流地倒地上，我以为她死了，吓得我连夜逃到外地去了，有大半年的时间连网都不敢上……"

说到这里，他瞥了眼队长。

"后来一直没有逮捕我的消息，我就战战兢兢地上了次网，查了下这件事。嘿，不查不知道，一查吓一跳啊。"张云平说，"这事都扭曲成什么样子了，那群凶手全成了受害者，鹿露那个罪魁祸首成了最后的幸存者，还有那个女警察……居然成了英雄！"

"够了！"队长大吼一声，怒目圆睁地对张云平说，"她是个英雄！"

然后，队长转头看向暮照白，磐石般坚毅的面孔瞬间软弱了下来，他带着一丝哀求道："她是个英雄。"

暮照白难过得心脏都要裂开了。

他很想相信队长。

如果没有鹿露、如果没有张云平、如果没有亲眼看到队长刚刚对张云平的袭击就好了，那他就可以毫不犹豫地相信他了……

"队长。"暮照白艰涩地问，"你知道我姐她……为什么要自杀吗？"

队长慢慢闭上嘴巴，用一种又失望又难过的目光看着他。

这时候，被队长支开的看守觉得事情有点不对头，终于折返回来，跑进了厕所，看着眼前这群人，他疑惑地问："出什么事了？"

卷卷、张云平，还有队长一起看向暮照白。

厕所里没监控，所以队长才选择在这里下手，没有物证，但有人证，这个时候，暮照白的态度和说辞就变得十分重要了。

他低着头，过了一会儿，声音沙哑，抬头对看守说："我们刚刚制止了一起谋杀……荆越队长试图谋杀嫌疑犯张云平。"

张云平长出一口气，整个人都放松了下来。

相反，队长却紧紧盯着暮照白，过了好一会儿，直到看守叫人过来抓住他，他才似笑非笑地对暮照白说："你真是你姐的好弟弟。"

这句话就像刀子一样，割过暮照白的喉咙，让他一瞬间失去了呼吸。

等到队长和张云平都被看守带走的时候，卷卷走过来，拍了一下他的肩膀，想安慰他却不知道怎么安慰。

扪心自问，换成卷卷自己，她可做不到这么果断地大义灭亲。

卷卷最后只好说："事情还没水落石出呢，也许还有转机？"

事情很快就水落石出了。

因为涉及鹿露这个当红人物，加上媒体力量的推波助澜，上头很快就派人下来彻查此事，最后得出的结论是——暮照柔，她是个伪造的英雄。

她压根就不是什么卧底，她去参加自杀活动是出于自愿，而不是其他什么原因。她那份出勤记录也是后来补的，帮她补记录的人是队长荆越。

他不仅帮她补了这份出勤记录，他还在侦查此事的过程中，伪造现场、滥用职权，硬生生把这起事件里的杀人凶手们统统变成受害者，甚至在最后捏造出一个连环杀人犯，让暮照柔与其同归于尽，成了一名公众心目中的悲剧英雄。

他为什么要这么做呢？

一时间众说纷纭。

"他可能收了贿赂。"

"听说他跟那个女警之间有特殊关系。"

"女警一死，他就结婚了，我觉得这事有猫腻。"

暮照白来到看守所内。

过去的队长、现在的囚徒，静静地坐在桌子后头，垂下的双手，被铐在一起。

他们两个面对面坐着，就像坐在常去的那家路边小店里，油腻的桌子、便宜又好吃的螺丝，还有冒着泡沫的啤酒。

暮照白轻轻问："你还有什么要跟我说的吗？"

队长慢慢抬头看着天花板，过了一会儿，才淡淡地道："你姐做错了一件事。"

暮照白眨了一下眼睛，看着他。

"她太容易相信人了，也太喜欢照顾人了，尤其是那些受害者。"队长面无表情地说，"但就像七十三号事件一样，有些人，不过是看起来像受害者，实际上他可能就是凶手。"

暮照白没有打断他，静静听着。

"你姐就碰上了这么一个人。"队长淡淡地道，"她一直在帮他，帮他打官司，帮他胜诉，帮到最后发现他才是凶手，但到这个时候，事情已经无法挽回了，所以她一直后悔，一直想要弥补，一直在想方设法翻案，为此不惜动用了很多违规手段。"

说到这里，队长叹了口气，面色疲惫地垂下头，低声道："我怎么说，她都不肯听，没办法，我只好不停地给她善后……可这种事情做多了，我也是会累的。"

当一段感情无法带来温馨和喜悦，只能带来深深疲倦的时候……也就差不多走到了尽头。

暮照白发现自己没有办法责怪他。

因为队长只不过是做了大多数男人会做的选择，他在无法挽回自己的女朋友的时候，选择了分手，交了一个新女朋友，也许不是很爱她，但是两个人在一起至少不会那么辛苦、那么累。

"是我先提出的分手。"队长低着头，眼中闪过一丝懊悔，"我只顾自己，没顾及她的感受……等我赶到现场的时候，她已经死了。"

暮照白觉得自己也没有办法责怪姐姐。

她是个工作很认真的人，在发现自己做错了事，让真凶逍遥法外之后，她一定会想方设法地把对方抓捕归案。可她并不是超级英雄，她很认真、她很努力，可这个世界上有很多认真努力依然做不到的事情，最后她不得不采用违规手段，可到头来不但没能抓住罪犯，反而失去了自己心爱的人。

"我最后能为她做的，只有保护她的名誉了。"队长深吸一口气，盯着暮照白道，"那个张云平说七十三号事件里，每个人都是凶手，但我不信，至少你姐姐她绝对不会杀人，照白，你信我吗？你信她吗？"

暮照白心中闪过一丝痛楚，他沉沉地点点头，说："我信。"

队长这才长出一口气，笑了起来。

又扯了一些闲话之后，时间到了，看守过来带队长离开了。看着队长离开的背影，暮照白不知怎的，忽然朝他大喊一声："队长！"

队长顿了顿，然后继续走，没有回头。

同行一路，最后分道扬镳。

他进了看守所，而他最终回到了岗位上。

没有了队长之后，暮照白遭受到了前所未有的冷遇，一直看不惯他那种个性的人自然不必说了，就连入职以来交的朋友都突然对他冷淡下来，以至于中午吃饭的时候，他都找不到人一起吃——喧哗的食堂里，他孤零零一个人坐在桌子前吃饭。

下班回家的路上，他去超市买沐浴液，在沐浴液的架子前，跟队长的老婆不期而遇。对方是个二十多岁的女人，但现在看起来老得像三四十岁了，她伸手接过暮照白帮她拿下来的沐浴液，笑着问："最近日子不大好过吧？"

暮照白愣了愣。

"一头白眼狼，连一直照顾自己的师父都害，你说谁还敢跟他来往？就不怕下一个被坑的是他们吗？"女人将沐浴液放进购物篮里，笑着问他，"你说，我说得对不对？"

暮照白一言不发。

"他这辈子完了，我这辈子也完了。"女人看着他，脸上的假笑慢慢褪去，留下的只有刻骨的仇恨，"这就是你想要的吗？"

这就是我想要的吗？

暮照白离开超市的时候，什么都没有买，他双手插在风衣口袋里，失魂落魄地走在回家的路上。夜晚的街市十分热闹，他挤在人群中，前后左右都是人，却莫名地觉得又孤独，又冷。

他忍不住想，姐姐是不是也有过这样的感受呢？

她帮了那么多人，那群人却从来没帮过她。

如果在她选择自杀的时候，有一个人打电话给她，感谢她的付出，告诉她，他记得她的付出，她过去所做的一切都是有意义的，她是不是就能活下来……

口袋里，忽然响起手机震动声。

暮照白将手机掏出来，放在耳边，他的手指是冰冷的，呼出的气也是霜白的。

"喂。"他问。

"暮警官，是我，我是熊卷卷。"一道生机勃勃的声音从手机那头传来。

暮照白想了一会儿，才记起这是谁，他有些奇怪地问："找我有事吗？"

"我刚刚看了新闻，新闻里在说诈捐的事情。"卷卷说，"现在那个鹿露已经被抓起来了，被她骗走的那些钱也都一一退回来了，里面还有我的一百块呢，这都是你的功劳……暮警官，你在听吗？"

"嗯。"暮照白结束了漫无目的的漂泊，静静地站在人海中，垂下头，低低地回应她，"我在听。"

"我没有钱。"卷卷在手机那头说。

暮照白愣了一下，这是要找他借钱吗，他犹豫了一下，刚想问借多少，对方的声音已经再次响起："所以我没办法送你昂贵的圣诞礼物。"

原来是这样啊，暮照白嘴角向上翘起，温和地道："没关系。"

在这么寒冷的夜晚，能有一个人给他打电话，不是为了责怪他，也不是为了跟他借钱，他已经觉得很温暖了。

"所以我打算送你一句很肉麻的话。"卷卷问，"你准备好了没有？"

"嗯。"暮照白笑着说，"我已经准备好了。"

他身旁的一家店里忽然走出一个店员，蹲在门前的圣诞树边上捣鼓了几下，然后，那棵挂满灯泡的圣诞树忽然亮了起来，璀璨的光芒照亮了整个夜晚，也照亮了树下的暮照白。

小孩子、女人、男人，那么多人的欢呼雀跃声中，暮照白唯独听见了卷卷的声音。

"我们之所以看不见黑暗，是因为你把黑暗挡在身后。"卷卷说，"暮警官，暮照白，谢谢你一直照亮我们，我、林永夜，还有其他人，我们都谢谢你。"

暮照白忽然闭上眼睛，长长的睫毛，被泪水沾湿了。

『第七十九章』四人约会

卷卷放下手机。

身旁的电脑里，正在播放一则新闻。

记者同时采访了鹿露和张云平两个人，现在这两个人正隔着屏幕，谩骂不休。

张云平："你们全被骗了，鹿露就是罪魁祸首，是她发起的自杀活动，也是她教唆大家互相残杀，现在她还装出一副受害者的样子，从你们手里骗钱，要说该死，她这种人才最该死！"

鹿露："张云平？呵呵，如果真跟他说的那样，他从头到尾都在衣柜里旁观，那他事后跑什么？他又为什么要急着杀我灭口？少来了，实话跟你们说吧，他也参加了活动，虽然没在网上报名，但他跟成功报名的一个人是朋友，所以活动当天就跟着人家一起来了，呵呵，头一个杀人的就是他！"

卷卷端起桌上的水杯，喝了口水，看着这两人的表演。

视频下面的评论区里有很多评论，有人骂鹿露，有人骂张云平，有人在给鹿露脱罪，也有人在给张云平鸣不平。

但是没人提到暮照白，提到这个将真相带给他们的人。

她往下看，看到有人在骂暮照柔，他说："我算是看明白了，七十三号事件里压根就没一个好人，也没一个英雄，包括那个叫暮照柔的女警察！她说白了就是个参与者，既没有救人，也没有救己，她凭什么得一个英雄的称号？"

当虚假的桂冠被摘下时，过去被多少人赞美，今天就被多少人唾弃。

卷卷放下水杯，在评论区里回了一句："这个英雄的称号又不是她自封的，也不是她求来的，是别人硬塞给她的。"

之后，她换上小号，继续发："暮照柔虽然不算英雄，但有个英雄弟弟，要不是他大义灭亲，你们这群人现在还在追捧鹿露呢，说不定连压岁钱都要捐给她！"

一连换了十几个小号，在评论区里杀出一片腥风血雨之后，卷卷退出了这个网站，喝了两口茶之后，她又转战其他几个重要的网站论坛，大号小号齐上，各种帖子频发，被管理员封了几个小号，甚至有人忍不住跳出来，质问她是不是暮照白的小号。

把已经喝空的水杯放回电脑桌上，卷卷喃喃一声："我能做的也就这么多了。"

她可以为他上网发帖鸣不平，也能打电话鼓励他，告诉他，他的付出，并非毫无回报，他坚持的正义，并非孤芳自赏。

但他的选择，他得自己承担后果，他接下来的路，只能自己走下去，哪怕这一路，无人相伴。

卷卷叹了口气，耳朵没有听见走路的声音，却知道他已经走到了自己身后，于是自嘲地笑道："英雄注定孤独，所以我当不了英雄，我只能当熊。"

人生那么长，一人独行的话，会非常痛苦、非常寂寞，就像世界上最孤独的那只鲸鱼Alice，它没有朋友也没有亲戚，它唱歌没人听见，难过也没人理睬，因为它发出的频率比正常鲸鱼高一倍，所以在其他鲸鱼眼里，它是个哑巴。

暮照白就是一只人群中的Alice。

Alice的歌声无人回应，但它一直唱着、一直呐喊着，直到它的歌声和呐喊声消失在冰冷的北大西洋。

暮照白的未来会怎样呢？他所坚持的正义，最终会将他带往何方呢？

一双手从卷卷身后伸出，将她抱进怀里。

小刀的声音贴着她的耳朵响起，低沉而又柔和："那就当只熊吧，抱着比较暖和。"

卷卷的睫毛颤抖了一下，没有拒绝这个拥抱。

冬天的时候，天气太冷了，难免想要跟人抱成团，温暖别人，也被人温暖。

两人依偎了一会儿，小刀忽然说："明天跟我约会吧。"

卷卷刚要说好，忽然反应过来，拒绝道："明天是圣诞节啊！"

小刀淡定地说："我知道啊。"

卷卷一脸为难："我已经约了绿绿了啊。"

小刀笑了起来，一脸的胜券在握："她也去，我也去，我们来个四人约会吧。"

说完，他举起手机，拨通了一个人的号码，嘟嘟几声之后，电话接通，他将手机放在耳朵边上，慢条斯理地道："是我。"

萨丁："……"

小刀："明天有空不？"

萨丁："有。"

小刀："出来约会。"

萨丁："刀哥，我不搞基谢谢。"

小刀："我有女朋友了谢谢，我的意思是说，明天来场四人约会，我和卷卷，你和沈绿瓷。"

萨丁："我能拒绝吗？"

小刀："可以。"

萨丁大喜过望："那我明天有事不去了！"

小刀："行，今天晚上你写好遗嘱。"

强权之下无人权，不想英年早逝的萨丁只好忍痛答应了下来。

挂断电话之后，小刀收起手机，对卷卷笑道："行了，没问题了。"

"我不干！"卷卷马上端出一副丈母娘脸，"想给绿绿介绍男朋友，先过了我这关！叫他找个良辰吉日，穿戴整齐带上银行卡身份证良民证过来见朕！"

第二天，圣诞节。

卷卷最终还是撇开小刀，还有他那个不靠谱的四人约会计划，跑出来跟沈绿瓷过。

两人约在了新开的游乐园里，卷卷身上穿着沈绿瓷给她买的礼物——一件红色的小熊披风，远远看去跟个圣诞老人……的宠物熊似的。卷卷蹬蹬蹬跑到沈绿瓷面前，伸手把围在她身边搭讪的男人撕开，横七竖八丢一边，然后拉着她的手说："我来了，我们进去吧。"

冬日阳光十分温暖，照在沈绿瓷的身上，像给她披上了一层金色薄纱。

她对卷卷微笑起来，大红色的口红，优美的唇形，就像冬天盛开的玫瑰花。

相视一笑之后，卷卷提起手里的礼物袋，对她说："圣诞快乐，猜猜我给你买了什么？"

"你送我什么，我都喜欢。"风吹过，沈绿瓷用手拢了拢头发，温柔地看着她，"但如果你能把自己送给我就好了，我一定会把你带回家去，安置在采光最好的房间里，每天给你化妆打扮，做最好吃最有营养的东西给你吃，陪你做你喜欢的事情，陪你度过这世上的每一天。"

卷卷深吸一口气，伸手抱住她，高兴地说："绿绿你好可爱，让我亲亲你！"

沈绿瓷忽然被她抱住，表情吃惊了一下，听到卷卷接下来的话，她的表情变得又惊喜又羞涩，像被圣诞老人拥抱的小女孩。

这一刻，送的是什么礼物，真的已经不重要了。昂贵的礼物会贬值、时尚的礼物会过期、好吃的礼物会腐烂，什么都比不上朋友，尤其是能够相伴一生、一路同行的朋友。

卷卷在她脸上亲了一下，然后两人手拉手朝游乐园里走去。

前脚刚刚走进游乐园大门，身后就传来一个男人的声音："卷卷！"

卷卷回过头，以为自己出现了幻觉，急忙伸手擦擦眼，然后定睛看去，只见不远处，小刀朝她走来，黑色皮衣配着马丁靴，皮衣领口开着，露出一串银色十字架项链……这穿法、这气质，活脱脱就是一收保护费的！

"嗨！"小刀摘下墨镜，对她打招呼。

"……"卷卷内心：救命！刀哥你别过来！

小刀不是自己一个人来的，他身后还跟着一个萨丁，他的穿搭要比小刀时尚得多，但是整个人看起来有气无力的样子，只有在小刀转头瞥他一眼的时候，他才会精神抖擞笑容满面，这时候要是给他一面旗，估摸着他能摇旗呐喊："大王带我来巡山咯！"

"嗨！"萨丁戴着黑手套的手朝沈绿瓷晃了晃。

"……"沈绿瓷内心：救命！萨丁你别过来！

07

我杀了一个人

『第八十章』我杀了一个人

"这么巧啊。"小刀走过来,嘴里说着谁都不信的鬼话,"既然碰上了,那就一起玩吧。"

卷卷看向沈绿瓷,沈绿瓷则看向对面的萨丁。

萨丁的面孔依然那么英俊,但看在她眼里,只有面目可憎四个字能形容。

因为她知道,萨丁这个人是很忙的,他忙着享乐,忙着赚钱,忙着取悦自己,他不可能无端端出现在游乐场里,这里又没有他的猎物。

沈绿瓷看向小刀——这里只有他。

"好吧。"沈绿瓷面无表情地说,"那就一起吧。"

小刀瞥向她，目光里闪过一丝赞许。

沈绿瓷感到有些生气，却又无可奈何。

萨丁出现在这里，能够说明太多问题。

比如说，小刀是不是已经知道他的身份了？是不是已经通过他……知道她的身份，以及她做过的事了？

其实他们知不知道，他们唾不唾弃她，沈绿瓷一点也不在乎，但她在乎卷卷，在乎卷卷的看法。

所以她接受了四人约会，接受了小刀硬塞她手里的萨丁。

之后旋转木马、过山车、鬼屋……沈绿瓷全程生无可恋脸。

卷卷看出她有点不对劲，这个不对劲似乎是从萨丁出现开始的，她扯了扯身边的小刀，压低声音，有些不满地说："你怎么把那货给叫出来了？就算是要四人约会，你身边就没有更好的人选吗？"

小刀伸手按住一个工作人员扮成的鬼，把他塞回原处，右手掏出手机，打了几个字，然后让她看屏幕。

他刚刚发了条新微博："两女一男，四人约会三缺一，帮女友的闺密征集一日男友。"

然后附了张沈绿瓷的背影图。

评论区立刻炸开锅！

网络游侠："刀哥！你是我亲哥！"

图样图森破："把闺密给我，别说让我叫哥了，让我叫你爸爸都行！"

武器砖家："可怜可怜兄弟我吧，单身三十年，我的女友一直是我的右手！"

"都是我朋友。"小刀看着卷卷说，"选一个吧。"

"……"好污！卷卷觉得自己眼睛里被糊了一层黑泥，她怎么能把绿绿交给这么一群饥渴难耐的东西？

相比之下，还是萨丁安全点。

她抬眼看向前方，正好看见沈绿瓷站在萨丁身后，趁着他不注意，伸手在他背上一推，把他推进了鬼屋里的血池地狱里。

"啊啊啊啊！"萨丁居然很怕鬼，血池并不是真的血池，只是一个深坑里漂着许多骷髅头，骷髅头都是塑料做的，一看就知道是淘宝批发来的东西，但配上池子底下的红光，还有回荡在四周的可怕音效……就把萨丁吓得脸色发白大呼小叫，在血池里拼命挣扎，结果越挣扎越爬不出去，于是朝沈绿瓷颤巍巍地伸出一只手，"快，快拉我一把！"

沈绿瓷静静地站在血池边上，看着他的惨状，唇角向上一勾，露出残酷无情的微笑。

卷卷本来还担心沈绿瓷被萨丁骗走，现在她觉得没什么可担心的了……

他们两个果然只是纯洁的上下属关系。

又或者是……过去的上下属关系？

卷卷走到沈绿瓷身边，眼睛看着池子里的萨丁，试探地问道："哦……我想起来了，这个不是上次情侣度假村绑架案里，跟你一起被绑架的人吗？"

沈绿瓷心头一跳。

"感觉已经好久没见他了，也没听你提起过他。"卷卷转头看着她，"我还以为你们已经分手了。"

世界上的职业有很多，诈骗犯这个职业一点也不适合沈绿瓷，身为朋友，她希望她能选择更有价值、更加光明正大的职业。

"嗯……"沈绿瓷的神色有些恍惚，"我们已经分手了。"

她一点也不喜欢骗人，却不得不欺骗卷卷。在卷卷看来，她或许只是度假村绑架案里的一个受害者吧，但她心里知道，她不是。情侣度假村就算不发生绑架案，也会发生诈骗案，归根究底，她跟那个绑架犯没有区别，都是犯罪者。

"分手了就好。"卷卷意有所指，她指着眼眶已经湿润了的萨丁说，"我觉得他配不上你，你可以选一个更好的对象。"

虽然曾经跟诈骗犯合作过，但好在她迷途知返，没有犯下太大的错误，不像萨丁已经一头在诈骗犯的路上走到黑了……卷卷觉得沈绿瓷完全可以重新来过，离开萨丁之后，她可以有新的上司、新的圈子、新的朋友。

沈绿瓷沉默片刻，对卷卷笑道："如果我继续跟这个烂人交往，你会嫌弃我、跟我断绝关系吗？"

卷卷愣了愣，皱着眉头想了想，最后满脸为难地对她说："如果我把他打包送去南极喂企鹅，你会埋怨我、跟我断绝关系吗？"

沈绿瓷哈哈一笑，伸手抱住她，将她的脑袋按在自己肩膀上，不让她看见自己的表情，语气轻松地对她说："我跟你开玩笑的，我早就跟这个烂人分道扬镳了，你不用担心我……真的，不用担心我。"

你是我的朋友，是我每天腻在一起也不嫌烦的闺密，是危难之中保护我的姐姐，是海上的灯塔，光芒万丈刺穿雾霭，我是一条孤独漂泊的小船，在冰冷的夜里，在滂沱的大雨里，拼命朝你前进，奢望着自己能够突破重重黑暗，驶向光明……可船太沉了，我回过头，发现不是船太沉，而是船后拖着的过去太沉。

我的过去，正拉着我下沉，让我无法走向未来，让我无法走向你。

"沈绿瓷！"身旁传来萨丁的怒声。

沈绿瓷转头，看见萨丁终于从血池里爬了出来，他一只脚跨出血池，一只脚还埋在骷髅堆里，于是微微一笑，趁他还没站稳，伸手一推，把他又推了回去。

鬼屋里实在太暗了，她的笑容又实在是太具有欺骗性了，所以没人注意到她此刻的目光，里面充满多大的厌恶、多大的恐惧和多大的痛苦，她看着萨丁，倒下去的是他，他的面孔却赫然是她自己。

"我们走吧。"她深吸一口气，回身拉住卷卷的胳膊。

萨丁整个人埋在血池骷髅堆里，一只骷髅正好掉他怀里，黑洞洞的眼眶看着他，他双手抓住骷髅头，毫无形象地大叫道："啊啊啊啊啊！"

小刀路过，实在是看不下去了，摇摇头，伸手拉了他一把。

接下来的路，萨丁几乎是抱着小刀的腿走完的，从鬼屋里出来之后，已经差不多是晚上了，四人先是找地方坐下吃了顿饭，饭后，沈绿瓷指着远处流光四溢的摩天轮说："我们去坐摩天轮吧。"

不知道该说他们幸运还是不幸，刚刚买好摩天轮的票，就开始下雨了。

"我们赶紧进去吧。"卷卷提议道。

她本来想跟沈绿瓷一组的，但是沈绿瓷却率先一步，走到萨丁身边，然后转头对卷卷笑道："我跟他一组。"

卷卷愣了愣，本来想说些什么，但是雨开始变大了，摩天轮也快要开启了，于是只好说："那好吧。"

她跟小刀一起进了摩天轮，沈绿瓷和萨丁落在他们身后，在下一个座舱到来时，沈绿瓷率先一步走进去，回头对还站在原地的萨丁说："进来，我有话要对你说。"

萨丁刚从骷髅堆里爬出来，现在还有点小情绪，直到沈绿瓷伸手拉他，他才喷了一声，跟着她走进座舱。

摩天轮开始缓缓启动，像一个挂在天空的缓慢时钟。

沈绿瓷跟萨丁面对面坐一起，光从侧面来看，两个人都在熠熠生辉，简直像神话传说中走下来的日神和月神，美丽得令人窒息。

但沈绿瓷看着他的目光里只有冷漠和厌恶，她双手环抱在胸前，冷冷地问："给你多少钱，你才不会再来烦我？"

"他们两个在聊什么？"另一个座舱内，卷卷侧着脸，透过玻璃窗看向外面。

"在谈分手费的事吧。"小刀回答，"怎么，我说错了吗？像萨丁那种人，沾上容易甩掉难，特别是在他手底下做事的人，想要走，肯定是要被他咬下一块肉的。"

卷卷转过头来，对他说："你不能帮忙说句好话吗？"

四人约会的时间虽然不长，但是有眼睛的人都看得出来，萨丁很给小刀面子，甚至可以说很听小刀的话。

可是小刀却摇摇头，对她淡淡地道："我能要求他做一些事，但不能要求他做所有事。他们两个的问题，只能他们两个自己解决。"

意料之外，情理之中，卷卷哦了一声，有些失望地垂下头。

　　"他们有话要说，我也有话要问你。"小刀伸手抬起她的下巴，让她看着自己，他的墨镜早就已经摘下来了，露出那双漆黑如夜的眼，盯着她问，"你认识林馥吗？"

　　这个名字简直像是冬夜里的惊雷，划过卷卷的心口。

　　她看着他，觉得黑夜在四周绽放，充满阴暗的、危险的气息……

　　"花钱请我调查你的人，"小刀平静地对她说，"就是他。"

　　卷卷喉头滚动一下，不知不觉地咽下一口口水。

　　"不过现在我已经辞职不干了。"小刀的手从她的下巴，缓缓移到她的脸颊上，面孔冷酷得像冰，眼睛里却燃烧着火焰，"预付款和违约金都已经打给他了。"

　　说完，他浅浅一笑。

　　"这真是个亏本买卖……"他一边笑，一边煞有其事地抱怨道，"我失去了一大笔钱，失去了我在客户当中的信誉度，而且还在不断失去……"

　　卷卷迟疑片刻，眼珠子四下张望一下，觉得没人会注意到他们，于是将脸凑过去，在他唇角亲了一下。

　　这个吻又快又轻，就像花瓣吹过脸颊，忽来忽去，让人来不及品尝，只能回味余韵。

　　卷卷坐回去之后，转头看着窗外，居高临下地欣赏游乐园内的璀璨灯光，那光芒照在她脸上，又或者她本人就在发光。

　　"也不是什么都没得到吧？"她一边说，一边偷偷看了小刀一眼。

　　小刀轻轻抚摸唇角，抚摸刚刚被她吻过的位置。

　　游乐园那么美丽，他却只看着发光的她。

　　看着她，心中的诸多不满，忽然间就烟消云散了，他等待那么久、付出那么多，就是为了这个吻……

　　"你说得对。"小刀笑了起来，他伸出右手，按在卷卷身后的玻璃上，在她转过脸来的那一刻，凑过唇去吻住她，不是以前那种又狂野又贪婪、充满掠夺性的吻，而是更加温柔、更加珍惜的吻。

一吻结束，两人慢慢睁开眼睛，眼睛里倒映着对方的身影。

"告诉我。"小刀对她说，"你跟林馥之间究竟有什么恩怨？"

卷卷眨了眨眼睛，里面闪过一丝犹豫。

"只有千日做贼，没有千日防贼的，林馥这个人是防不住的。"小刀满脸严肃地道，"林馥虽然人在精神病院里，但他有个有钱有闲的舅舅，他这个舅舅没有小孩，一直把他当儿子，他住院的钱还有请我的钱，都是从他舅舅那儿划拨的。另外，他爸在国外，据说搞出了一项很厉害的发明，现在正四处被人拉拢，至少在最近这段时间里，他的话会非常有分量。"

将林馥的背景简单跟卷卷说了一遍之后，小刀语重心长地道："防不住，就只能想办法和解……"

"我没办法跟他和解。"卷卷冷冷地道。

"为什么？"小刀问。

卷卷垂下头，似乎在回忆过去，似乎在斟酌言辞。

摩天轮缓缓转动，小刀静静地等着她。

她终于抬起头。

"三年前，林馥被绑架的时候，我穿进了他身体里。"卷卷面无表情地看着他，"后来……我杀了一个人。"

『第八十一章』第一夜

三年前的一个夜晚，卷卷睁开眼睛。

地上趴着一个男人，身上什么都没穿，后脑勺咕噜噜冒着血，血流在地上，像一块不停变形的红布，不停变大变大再变大。

卷卷吓得退后一步，觉得手里握着什么东西，于是低头一看。

她看见自己右手握着一根带血的椅子腿，椅子腿上有一根长长的、略显弯曲的钉子，钉子上面全是黑红色的血。

这是什么情况？

卷卷简直以为自己在做梦。

直到一声惨叫声响起，魔音穿脑，吓得她手一抖，椅子腿掉在了地上。

她转头，看见一个蓬头垢面的女人缩在角落里，跟地上的男人一样，也没有穿衣服，裸露出来的部位，到处都是淤青，她双手环抱自己，可怜兮兮地看着卷卷，嘴里不停地发出悲鸣和哭号。

卷卷被她喊得脑仁有点疼。

她朝她走过去，路上弯了下腰，捡起地上那张灰扑扑的毛毯。

"别！别过来！"女人吓得不停地往墙里面缩，发着抖说，"不要杀我！"

卷卷把毛毯披她身上，打开嘴，想跟她说："别怕，哥是个良民。"

可是话从嘴里出来，却变成："住口！你想把其他人也引过来吗？"

女人吓得双手捂住嘴，卷卷也吓得抬手捂住嘴。

过了几秒钟，她才缓缓松开手，对女人扯出一个古怪的笑容，说："刚刚是口误，我现在重新说过……麻烦你用这块毯子把自己的嘴堵上，谢谢……啊……"

她大喊一声靠，然后面色狰狞，四处张望道："谁！是谁在装神弄鬼，出来！"

女人吓得噤若寒蝉，乖乖地把毛毯塞进嘴里，堵住了从自己嘴里发出的惨叫声。

她的样子很可怜，但卷卷这个时候没空安慰她，因为她自己身上的问题更加严重一些。

"出来啊！你说话啊！"卷卷喊了半天没人回应，最终她摸摸自己的喉咙，冷笑一声道，"你就不怕我把其他人给引来吗？救命啊！救命啊！救……"

最后一句救命戛然而止。

卷卷垂着眼睛，看着自己的嘴巴。

仿佛有一只手，在她嘴巴上一拉，就像拉拉链一样，把她的嘴慢慢合上了。

嘴巴被合上以后，卷卷一时间不敢说话。

大约一分钟后，她的嘴巴不受控制地打开了，问道："你是谁？"

卷卷控制住嘴巴，反问道："你又是谁？"

对方沉默片刻，回答道："我是这具身体的主人，林馥。你呢？你是谁？为什么会出现在我的身体里？"

这也是卷卷想知道的问题。

她今天跟往常一样，拿了一张照片压在枕头底下睡。

照片上的人，是十五岁的天之骄子，音乐神童，林馥。

卷卷不是对方的粉丝，这张照片不是她收集来的，而是室友送的。室友自打迷上了林馥，就拥有了纯熟的卖安利技巧，跟人说话，总能巧妙地把话题拐到林馥身上，然后说什么你不知道林馥？来来来这张照片给你，怎么样？是不是特别美丽高贵有气质？简直像天使落入人间……

不知道的人，还以为她在传教呢……

但平心而论，照片上的少年的确美如天使。

他侧坐在黑白琴键旁边，舞台上的光芒从他肩上滑过，犹如一片雪白的羽翼从他身后一直延伸出去，光芒万丈，璀璨夺目。

卷卷将照片压在枕头底下，本以为自己一觉醒来，就能变成这个美少年。她一辈子都没摸过钢琴，或许会趁着这个难得的机会摸一摸琴键，又或者拿面镜子对着照，一边照一边问："镜子镜子，谁是世界上最美丽的少年？"

结果一觉醒来，她手里握着个凶器，地上横着一具尸体。

可怕的是凶手还醒着，正在跟她说话，正在跟她共用一具身体。

"你在听我说话吗？"林馥问，"公平点，轮到你了，你叫什么名字？"

卷卷可不想让杀人凶手知道自己的名字，于是淡淡地回道："你就叫我红领巾吧。"

林馥："……"

同人互通姓名，但不等他们的对话继续下去，房间里忽然传来一个吱吱呀呀的声音。

卷卷转头看去，发现声音是从门外传来的。

似乎有人站在门外，正在开锁。

"糟了！"林馥的声音听起来有些惊慌，"坏人要进来了！"

"什么坏人？"卷卷一边问，一边迈出左脚，朝地上搁着的那条椅子腿跑去。

"快跑！"因为恐惧的关系，林馥迈出右脚，朝床底下跑去。

结果房门打开的那一刹那，一线白光透过打开的门缝，照了进来，门口站着个男人，他一抬头，就看见对面的少年摆了个极其凶残的一字马，隐约间，他似乎听见了骨头裂开的声音。

男人："……"

卷卷："……"

林馥："……"

卷卷维持着一字马的姿势，身体朝后一昂，缓缓倒在地面上，溅起一片飞灰，她一动不动地躺在灰尘当中，看起来已经死了，只有两腿偶尔间的抽动，证明她还有那么一口气在。

两行清泪从眼中滑落，卷卷一边抬手擦泪，一边艰难地爬向椅子腿。

"别哭了。"卷卷举着椅子腿，眼睛在落泪，"男儿有泪不轻弹。"

"可是好痛哦。"林馥的声音听起来有点委屈。

"……"男人站在门口，半天没进来。

卷卷的两条腿还在颤抖，她一边在心里大骂猪队友，一边警惕地看着对面站着的"坏人"。

那是个二十五六岁的男青年，穿着一件白衬衫，脖子上挂着一串项链，玫瑰色的珠子下面坠着一个银色的十字架。他透过黑框眼镜，看向地上的尸体，愣了愣，继而握紧胸口的十字架，在身上画了个十字，喃喃道："上帝啊！"

这是一个看起来像老师、像神父，唯独不像个坏人的男人。

他走进来，没有走向卷卷，而是走向地面上的那具尸体。

他屈膝跪在尸体旁边，伸手将尸体的眼睛合上，然后举起手中银白色的十字架，抵在唇边，低声念叨着什么，神态悲天悯人，像在为死者祷告。

这画面透着一股神性，又透着一股诡异。

有一股淡淡的香气从他身上氤氲而出，不是男士香水的气味，更像是玫瑰念珠上散发出来的香气，那香气冲淡了房间里的血腥味，他的声音也冲淡了房间里的紧张气氛。

过了一会儿，他站起身来，走向蜷在角落里的那名女人，伸手将塞在她嘴里的毯子拿出来，温声道："不要恐惧，不要害怕，主会保护你。"

女人看着他，忽然扑进他怀里，拽紧他胸口的衣服，哭了起来。

"这什么情况？"卷卷握着把滴血的凶器，嘴角抽搐道，"我怎么觉得我们才是坏人？"

"妈妈是个软弱的人，随便哪个男人都行，只要对方稍微对她温柔一点，她就会不顾一切地投怀送抱。"林馥的声音平静冷酷，"哪怕对象是绑架犯也一样。"

"别这么说话。"青年抬头看着他，"太伤人心了。"

女人又在他怀里缩了缩，看着卷卷的眼神，充满畏惧。

四人都沉默了下来，最后还是卷卷打破沉默。

"他是谁？"卷卷手里的椅子腿指着青年，这个动作又引起了他怀中女人的一阵惊叫。

"是坏人。"林馥面无表情地说，"就是他，把我和妈妈绑架到这里来的。"

"你可以叫我神父。"青年温文尔雅地回答。

卷卷忍不住呵呵一声，跟她一样，又一个使用假名的。不过这也是理所当然的事情，哪个绑架犯愿意把自己的真实姓名告诉受害者啊。

"这件事是个意外。"神父说，神态里带着一丝愧疚，"有朋友跟我借房子，说有用，我没有多想，就把房子借给他了，哪知道他们居然把你们绑架过来了。"

"你说谎。"林馥打断他，"你连焚化炉都建好了，根本就是想把我们毁尸灭迹。"

"焚化炉是我朋友要求建的。"神父说，"他说想烧点陶器，我才帮他建了这个小玩意。"

"你说谎！"林馥又是高叫一声，打断他的话，可之后他却拿不出证据来反驳他，只能皱着眉头、咬着嘴唇不说话。

神父一直用温柔的目光看着他，这样的目光简直能够融化铁块。

卷卷能够感到身体里的那个人放松了下来。

但她反而更加警惕起来。

因为在她看来，一个卖安利的，比一个绑架犯要可怕多了。

没见她之所以会陷入这场麻烦当中，就是因为接受了室友的安利吗？

"我是来帮你的。"神父望着卷卷，诚恳地说，"也请你帮帮我。"

顿了顿，他神色凝重地道："他就快回来了……"

卷卷身体颤抖了一下，她感到自己握着凶器的手开始颤抖，于是将另一只手放在那只手上，轻轻拍了拍。

林馥很识相，卷卷拿凶器的手不抖了，换另外一只手抖。

"他是谁？"卷卷问。

"你不知道？"神父看起来似乎比她还要惊讶，他仔细地打量了一下卷卷，过了一会儿，低声喃喃道，"原来如此……你是他身体里刚刚诞生的人格吗？"

他似乎把她误认为是这具身体内的第二重人格，卷卷没有承认，但也没有反驳，就这么直直地看着对方。

这样的表现反而让对方笃定了自己的想法，他温柔一笑，神态间又流露出那种悲悯："可怜的孩子，你诞生的时间不大好，注定要迎接世间诸多磨难。"

"没关系。"卷卷淡定地说，"如我这样的人中俊杰，注定是要劳其筋骨饿其体肤最终进化成一代伟人的。"

"呵呵，你能这么想，那真是太好了。"神父笑完，对她正色道，"那趁着现在还有点时间，我把我们现在的情况简单跟你说一下吧。"

卷卷点头："你说。"

"老实说。"神父严肃地看着她，"我们就快死了。"

『第八十二章』控制

"这房子里一共有七个人，其中一个叫作曹民，他跟其他人不一样，他杀过人，是个真正的罪犯。"神父说，"现在他去外面办事了，等他办完事回来，就会把我们都杀了。"

"为什么？"卷卷疑惑地问，"你们不是一伙的吗？他为什么要杀你们？"

神父叹了口气："因为他想独吞。"

原来如此，卷卷懂了，又是因为分赃不均引发的一场惨案。

"我们能报警吗？"卷卷问，虽然对这个提议并不抱什么希望。

"恐怕不行。"神父果然地拒绝了她，"这里离警察局太远了，等警察过来……嗯，大概可以开始尸检了。"

卷卷哦了一声，低头想了想，又抬头问道："你刚刚说有七个人？"

她伸出一根指头，点向他，点向他怀里的女人，点向自己，然后点向地上的尸体，最后问："除了曹民，还有两个人在哪儿？怎么不喊上他们一起？"

"很遗憾。"神父叹了口气，"一个已经死了，被曹民杀了，还一个吓得躲起来了，我找了很久也没找到他。"

卷卷啧了一声，一个神父、一个未成年人、一个大多数时间都在尖叫的女人、一具可以划掉的尸体，靠他们四个来迎战一个杀人犯，这个难度有点大，她想静静。

"正面上，是很难打赢他的，"神父说，"所以我有个计划，你们愿意听吗？"

半小时后，卷卷和女人躲在两面墙后。

墙和墙之间的距离不远，中间是一条走廊。

她们要做的事情很简单，在神父引来曹民之后，将手里的绳子拉直，绊曹民一跤。

"这计划真糙。"卷卷低声喃喃。

"嘘！"另一边的女人急忙嘘了一声，她握绳子的手都爆出了青筋，一副紧张到了极点的样子。

卷卷转头看着她，难以想象这是十五岁孩子的妈，看起来居然只有二十来岁的样子，是因为保养得好的关系吧。卷卷记得室友跟她科普过的，林馥的母亲嫁得很好，丈夫有钱，而且非常宠爱她，所以她一直过着养尊处优的生活。

但现在看来，简直惨不忍睹。

她脸上和手臂上，到处都是淤青，除此之外，还有一些烟头的烫印，甚至剃须刀留下来的割痕。让卷卷感到意外的是，有些伤痕并不是短时间内留下的，而是几个月前的伤愈合后，留下来的旧伤疤。这是怎么回事？不是说她一直过着养尊处优的生活吗？

没等卷卷想明白，远处就忽然传来急促的脚步声。

女人转头看着她，眼睛里写着：来了！

脚步声由远至近，纷纷乱乱的，伴随着大口的喘息声。

卷卷和女人握紧了手里的绳子，眼睛盯着地面，一二三……在神父从她们面前冲过去的那一瞬间，拉直了手里的绳子。

一个高速跑动的身影被绳子绊倒，重重地摔了出去。

在对方摔倒的一瞬间，神父折返回来，扬起手里的擀面杖，重重地敲在对方的后脑勺上。

对方闷哼一声，彻底趴在地上，没了动静。

卷卷从地上爬起来，走过来一看，咦了一声："怎么是个女人？"

地上趴着的是个女人，跟林馥的妈妈不一样，那是个浑身上下充满块状肌肉，看起来胳膊上能跑马，胸口能碎大石的女人。她身上受了很重的伤，一处在后脑勺，还有一处在腹部，面朝下趴在地上的时候，肚子不停地往外面淌血。

神父走过来，从卷卷手里接过绳子，回到地上的女人身边，一边反绑她的双手，一边说："我来处理一下这里的事情，你们先回去等我吧。"

林馥的妈妈对他言听计从，说什么就是什么，立刻扯了扯卷卷的手："我们先回去吧。"

卷卷无可无不可，被林馥的妈妈拉着离开。离开的时候，她转头看了眼地上的女人，女人已经被神父翻转过来，她腹部上是一个锐器留下的伤口，刺得很深，血把衣服染成了红色。

她又看了看神父，以及他腿边搁着的擀面杖，心里有点奇怪，擀面杖可刺不出这样的伤口，这个伤是谁留下的，是用什么东西留下的？

没等卷卷想明白，她已经被拉离了此地。

回到最开始的房间之后，林馥的妈妈马上缩到最远的角落里，盯着地上的那具男人的尸体发抖。

卷卷摇摇头，这又是何苦呢？

她没去安慰对方，找了另外一个角落坐下，然后闭上眼睛，开始睡觉。

紧张的神经松懈下来之后，人就困得特别厉害，卷卷的脑袋一点一点，最后终于垂下不动。

一段短暂的黑暗之后，她慢慢睁开眼睛。

原以为自己已经回到了宿舍，接下来应该出门买张新电话卡报警，可是一睁眼，一样东西映入眼帘。

那是一具男人的尸体，光着身体，什么都没有穿，后脑勺上不停地冒着血。

卷卷以为自己的眼睛出毛病了，抬起手使劲揉了揉。

但放下手，那具尸体依然静静地躺在那里。

她开始环顾四周，木制的房梁、布满灰尘的地面，还有那张单薄的木板床，以及床上的那张薄毯子……

最后，她的视线落在角落里。

林馥的妈妈依旧蜷缩在角落里……她身上都是血。

叮咚一声，一截椅子腿从卷卷手里掉下来，她低下头，看着自己张开的双手，上面全都是血，不是男人身上已经凝固发黑的血液，而是女人身上流淌的，还热乎着的血。

房门忽然在她身后推开，神父站在门口："我回来……"

他愣在门口，满脸惊讶地看着眼前这幅场景。

就像上次进门一样，他依然没有畏惧满手血腥的卷卷，而是飞快地冲过来，低头检查林馥妈妈的情况，检查完了以后，他松了口气："上帝保佑，她还活着。"

接着，他猛然抬头，盯着卷卷。

因为动作太大，导致他脖子上挂着的玫瑰十字架晃动不已，反射出亮银色的光芒。

"是谁下的手？"他透过黑框眼镜的镜片看着卷卷，沉声问，"是你，还是你的第二人格？"

林馥："不是我！"

卷卷："不是我！"

两人几乎是异口同声地回答。

"不是我干的！"林馥看起来十分慌乱，"我刚刚才醒，之前我太累了，所以睡了一觉，结果一睁眼就是这样了……噢，我明白了，红领巾！是你干的对不对？"

卷卷一开始没反应过来他在叫谁……

"不敢说话了是不是？"林馥接着喊，"你默认了是不是？"

卷卷这才反应过来，这玩意貌似是她的化名……

"胡说八道！"她马上反驳道，"我才是一觉醒来，莫名其妙就变成了杀人凶手呢！而且不是一次，是两次！"

两个人、一张嘴，你一句我一句地争吵起来。

吵到最后，甚至动起手来。

左手掐右手，右脚踩左脚，在不明真相的群众看来，跟跳大神似的。

"够了！"神父大喊一声。

打到最后，开始残忍的摆一字马，杀敌一千自损八百的两人一起看着他，因为疼得太厉害，两只眼睛正在不停掉眼泪。

"我不管是谁干的，也不管是因为什么理由下的手，"神父严肃地看着他们两个，"但同样的事情不能再发生，所以……"

他的眼睛里闪动着明亮的光芒，那光芒就像他胸口晃动的十字架，是银白色的、冷酷的、锐利的、严厉的、理性的。

他看着卷卷，语重心长地说："你要想办法控制住他。"

『第八十三章』人格迷宫

卷卷从房间里出来，房门在身后关上，她闷头朝前方走。

路上她回头看了眼房门，确定自己已经走得够远，房间里的人听不见自己说话以后，她才转过头来，低头问道："说说看，你有什么发现？"

林馥硬邦邦地说："我不想理你，杀人犯。"

"你不想说，那就听我说吧。"卷卷说，"你妈妈身上的伤看起来是椅子腿打出来的，但是这可不是密室。第一次神父进来时是开锁进来的，但是刚刚他进来是直接推门进来的，门没有锁，完全可以有第三人进来，杀人以后把凶器塞我们手里。"

林馥沉默了一下，问："你觉得是神父干的？"

"不是他，也有可能是别人。"卷卷说，"你忘记了吗？他自己说的，这个房子里有七个人，还有一个失踪了。"

她一边说，一边在房子里四处走动。

这是一栋老旧的农村砖房，上下有两层，里面有很多房间，有几扇门锁住了打不开，还有几扇没锁，卷卷打开房门探看，发现有的房间非常整洁，所有东西都放得井井有条，有的房间则非常脏乱，衣服袜子丢得到处都是，地上还有没来得及扫掉的烟蒂，看起来这些房间里似乎住着不同的人。

她走进一间房间，趴在窗口看了看，外面雾蒙蒙的，能见度非常低，只能看见窗外横斜而过的一根树枝，树枝光秃秃的，只留了一片枯黄的叶子。

最后，她在一楼的客厅内发现了一具男人的尸体。

这应该就是神父提到的那个，被曹民杀掉的那个人。他看起来像是刚刚进门，就遭受到忽然袭击的样子，血从门口蔓延到他所在的位置，他斜躺在地上，手边掉着一把匕首，半截匕首被血染红，让卷卷一下子想到曹民腹部那个锐器的伤口。

卷卷走过去，蹲在他身边，目光从他身上，慢慢转移到地上的匕首上。

"别乱动！"林馥喊道，"这可是证物！你要是把指纹留在上面就不好了，还是放在那儿，等警察来了再说吧！"

"警察来不了的。"卷卷捡起地上的匕首，然后反反复复，将上面的血迹擦在男人的衣服上，嘴里喃喃道，"警察永远也来不了的。"

林馥忽然闭上嘴巴，沉默了下来。

"我一直觉得这个地方有点不对劲。"卷卷抬头，环顾了一下四周，"房子的构造是南方的农村房，可窗户外面的雾霭起码是北方重工业区级别的，而且我记得现在是夏天吧，怎么外面的树都长出枯叶了？"

她又低下头，看着地上的尸体。

"最奇怪的是这两具尸体。"卷卷说，"你不觉得他们太干净了吗？"

"你什么意思？"林馥问。

"现在是夏天，这里还是农村，照理说各种飞虫应该不少啊。"卷卷扫了眼眼前的尸体，"苍蝇呢？为什么尸体上面一只苍蝇也看不见？要知道人死以后，会散发一股腐臭味，人自己是闻不到的，但是苍蝇千里之外都能闻到啊。"

"……"

"如果只有一个地方不对劲，我还不觉得什么，但这么多地方不对劲，我就忍不住开始怀疑……这里是真实的世界吗？"卷卷慢慢举起匕首，举到自己脸前，淡淡地问，"你……真的是林馥吗？"

一道雪亮的光照在卷卷脸上，匕首上面倒映着一张少年的面孔。

不是那个天使面孔的美少年，而是另外一张陌生的面孔。

"我是林馥。"匕首里的少年对卷卷说。

卷卷笑了起来，这话可没什么说服力，光从外表上来看，他们都不是同一个人，他跟林馥虽然差不多年纪，但是长相平凡，眼神飘忽不定，皮肤不大好，脸上长了很多青春痘。

"你不是林馥。"她看着他说，"又或者说，你只是林馥的一部分……你是他分裂出来的人格之一。"

"不，我是。"少年冷哼一声，"你们看到的林馥是假的，我才是真实的林馥。"

他的语气变得有些忿忿不平，对卷卷说："我一点也不喜欢弹钢琴，也不喜欢规规矩矩地在房间里一坐就是一天，我不喜欢上帝，更不喜欢我妈妈！她又软弱又轻浮，总是让我爸爸失望，也让我失望！"

卷卷静静地听他说话，直到他把话说完，才喃喃一声："原来如此。"

她抬头看了看眼前这栋建筑，说："这里不是农家小院，而是林馥的内心世界，房子里的七个人，是他的主人格和他分裂出来的六个人格，比如你，你是代表他内心叛逆的人格。还有你妈妈，是承担痛苦，谁都可以欺负她的人格。而那个被你打死的男人，应该是代表惩罚的人格……你说对不对，神父？"

卷卷转过身来，看着站在她身后的那个人。

神父站在她身后，温柔地笑着，雪白的衬衣胸口，垂着玫瑰十字架。

"你之前跟我说，有一个人失踪了，我猜那个失踪的就是主人格，他可能在现实里受到了什么伤害，因为太过悲伤或者恐惧，所以躲起来了，之后，你们六个人格就出来活动了。"卷卷看着他，"曹民想要独吞的不是赎金，而是这具身体，他想消灭其他人格，成为这具身体唯一的支配者。"

"你说得不错。"神父握着胸口的十字架，走了过来，"曹民是刚刚诞生的人格，是为了杀人而诞生的坏人格。"

"所以你说他在外面杀人，这个外面，应该是指现实世界吧。"卷卷思索片刻道，"杀完人以后，他就会回来，把你们全部杀掉，所以你们很害怕，为了自保，你们必须先下手为强？"

"是，我必须守护大家。"神父握着十字架，深深地凝视着她，眼睛里是殉道者的光芒，又明亮又纯粹，他缓缓对她说，"我必须阻止你。"

"阻止我？"卷卷挑了挑眉毛。

"你代表的不单单是叛逆。"神父认真地说，"还有憎恨。你憎恨当个乖小孩，憎恨家里人给你安排的一切，憎恨上帝，憎恨自己的母亲，也憎恨伤害你母亲的男人……所以你动手杀了他们。"

"你胡说！"少年怒吼一声，将手里的匕首对准了他。

但是另一只手伸过来，死死抓住他的右手手腕。

"但你最憎恨的，是林馥。"神父悲悯地看着他，"你憎恨他的麻木不仁，随随便便就接受了别人给他安排的人生，抛弃了自己的全部兴趣、爱好、梦想、追求……他抛弃了你。"

　　少年瞪着他，面孔变得狰狞起来，像一头暴露在人前的野兽，变得焦躁不安。

　　"所以你觉得自己应该取代他。"神父轻轻道，"你跟曹民一样，都想杀了我们、杀了林馥，成为这具身体唯一的支配者，对吗？"

　　"这不是理所应当的事情吗？"少年咧开嘴，笑了起来，神态间，带上一种少年人特有的自视甚高与傲慢，"你看看他都做了些什么？他小时候本来是想当个球星的，如果他坚持己见的话，他家里人不会不同意，但他连努力都不肯努力一下就放弃了！之后家里人叫他学钢琴他就学钢琴，叫他吃素他就吃素，叫他每天都十本书他就不敢只读九本，他这么逆来顺受的下场是什么？是他爸爸越来越少回家，他妈妈当着他的面跟别的男人卿卿我我，最后被情人绑架，连他自己的命都要搭进去了！"

　　说到这里，少年冷哼一声，说："如果让我来支配这具身体，这样的事情根本不会发生，这个可恨的家伙，浪费了我这么久的人生……现在他该把身体还给我了！"

　　最后一个字的声调猛然拔高，少年朝神父扑了过去，试图将匕首刺进对方的身体里，可是他迈出去左脚却迈不出右脚，他挥出右手，左手就不停地扇他耳光。

　　"你干什么啊？"少年怒吼，"你就是我，你为什么要阻止我？"

　　"我不是你。"卷卷冷冷地道。

　　"做得很好。"神父面带微笑，在一旁鼓励道，"就像这样，你要控制住他。"

　　他一边说，一边快步走来，右手扯下胸口的玫瑰十字架，刺进卷卷的脖子。

卷卷和少年的争斗戛然而止，缓缓转过头，瞪大眼睛看着他。

神父的目光依然是慈悲的，他左手抱住卷卷，右手拔出十字架，再次刺进卷卷的胸口，一下，一下，又一下，直到对方的眼睛完全失去光彩，他才缓缓松开手里的十字架。

叮当一声，染血的十字架落在地上，与散落一地的玫瑰珠子一起，在他们脚底下组成一幅瑰丽的、带着诡异宗教气息的画卷。

少年的脑袋靠在神父肩上，神父从口袋里掏出一块雪白的手帕，轻轻擦拭他嘴角流下的血，目光充满怜悯，像看着一只献祭给上帝的羔羊。

之后，他缓缓将少年放在地上，俯视他的面孔。

"这个身体里的确有个守护者人格。"神父将手帕慢慢盖在他脸上，笑着说，"但不幸的是，她已经被我们联手杀死了。"

雪白的手帕，蒙在少年脸上，遮去了他的五官，只留下几个凹陷。

神父从地上站起来，右手摘下脸上的黑框眼镜。然后闭上眼睛，抬起头，慢慢地扭动脖子，发出嘎吱嘎吱的声音。

被反绑在一根柱子上，死不瞑目的曹民；光着身体，面朝下趴在一片血泊中的男人；可怜兮兮蜷成一团，被人活活打死的妈妈；被曹民杀死的男人；脸上蒙着白手帕的少年——镜头从这五个人身上一一闪过，最后定格在神父身上。

六个人格的战斗，他是站到最后的人。

神父的脸上缓缓浮现出一抹笑容。

然后，他睁开眼。

地上趴着一个男人，身上什么都没穿，后脑勺咕噜噜地冒着血，血流在地上，像一块不停变形的红布，不停变大变大再变大。

墙角蜷缩着一个女人，她也没穿衣服，蓬头垢面地看着他，眼神非常惊恐，一个劲地喊："你杀人了，你杀人了……"

神父忍不住笑了起来。

这笑声，又高兴，又痛快，又纯粹，又无邪。

人格战争虽然持续了很长一段时间，但现实里却只过去了一秒钟。

这一秒钟，决定了这具身体的掌控权。

从现在开始，他不再是神父，而是林馥。

但这笑声没有持续多久，他就听见脑海里忽然响起一个少女的声音："呵呵。"

『第八十四章』诞生日

"你的意思是说，林馥是个精神分裂症患者？"摩天轮内，小刀问，"他早在三年前，就已经分裂出了六个人格？"

"就像24个比利。"卷卷说，"美国历史上第一个因为多重人格而被无罪释放的重罪犯，他身体里有二十四个人格，每个人格都有不同的性别、年龄、性格、爱好，甚至记忆……林馥的情况跟他很像不是吗？"

小刀摸了摸下巴，总结了一下刚刚听到的情报："也就是说，你当年睡觉没看皇历，穿进了一个精神分裂者体内，还不幸卷进了六个人格的内讧当中，其中一个人格杀了其他所有人格，然后占据了身体的掌控权……这个人格是个神父？"

卷卷冷笑一声，"现在他叫林馥了。"

三年前，人格战争结束之后。

神父……不，现在应该叫他林馥了。

他在原地沉默许久，那个少女的声音却再也没响起，像个错觉、像一次幻听，房间里，只有他母亲顾芙的抽泣声，时不时在耳边响起。

林馥垂着头，眼睛瞥向顾芙所在的方向，忽然松开手，沾血的椅子腿掉在地上，吓得顾芙肩膀一抖，抬头看向他。

"是谁？"林馥露出一副惊恐的表情，左右四顾道，"谁在跟我说话？"

刚刚目睹过一场杀人案，顾芙本来就很紧张，被他这种诡异的举动一吓，她脑子里的弦立刻就崩断了，她拽着自己的头发，发出歇斯底里的叫声。

"住口！"林馥忽然转头看向她，惊恐从脸上褪去，表情平静又冷酷，"你想把其他绑匪也引过来吗？"

不等顾芙做出反应，他自己就抬手捂住嘴，浑身上下一起哆嗦起来，眼睛里闪动着泪光，像一个不知所措的孩子，从指缝间漏出呜咽声："上帝，上帝，救救我……保护我……"

没过一会儿，他的表情又变了，虽然是非常细小的变化，却让他看起来完全像是另外一个人，他松开捂住嘴的手，俯下身，用那只手捡起地上的椅子腿，看着上面新鲜的血液，露出满意的笑容，对自己说："拿好它，保护你自己。"

他的举动把顾芙彻底吓住了。

她以为儿子发疯了，或者精神分裂了！

但她根本没想到儿子其实是在演戏。

惊慌失措的少年是他，杀人不眨眼的第二人格也是他。

一人饰两角，他在她眼前上演一出独角戏。

并且成功地把顾芙这个做母亲的给骗了过去。

当他张开手，流着眼泪，以一个寻求保护的儿子的姿态朝她走过去的时候，顾芙害怕了，她毫不犹豫地推开他，然后一边手忙脚乱地爬远，一边回头对他尖叫："别过来！"

林馥露出绝望至极的表情，内心却无动于衷，如果这是一场对手戏，那么他已经彻底掌握住了整场戏的节奏，他想怎么演就怎么演，想要顾芙做出什么反应，她就会做出什么反应。

他像是被顾芙的举动伤透了心一样，挨着木板床坐下，垂着脑袋，垂头丧气地问："你是谁？你……在我的身体里吗？"

正当他要继续自问自答的时候，一个少女的声音在他脑海里响起。

"是。"她淡淡地道，"我在你的身体里。"

林馥猛然瞪大眼睛。

他沉默了大约十几秒，没有恐惧慌乱，没有急着问对方是谁，更没有歇斯底里，而是以一种异常冷静的态度，继续演着他的独角戏。

地上的尸体虽然很可怕，但是一个精神明显不大正常的杀人犯更加可怕，他演到最后，顾芙已经不敢看他，她把自己缩在角落里，不敢动、不敢说话，甚至不敢呼吸，就像另一具尸体一样，紧紧闭着眼睛。

林馥很满意她现在的样子。

他相信，如果警察找她作证的话，她会毫不犹豫地做出一份证词……

"你这么吓唬她，是希望她帮你作证？"少女的声音再次在他脑海里响起，"证明你是个双重人格患者？"

一而再，再而三，既然第三次出现，那么林馥就无法再继续无视她了，但他没有急着回答她，他将椅子腿放在床上，自己交叉双手坐在床沿，静静等待着，等待着……

顾芙被两个绑架犯连续侵犯了四个小时，她的身体已经很疲倦了，只是因为目睹了杀人事件才吓得不敢睡。但是人的精神是无法长时间保持高度紧张的，在林馥故意保持安静的情况下，她渐渐支撑不住，睡了过去。

之后，林馥才开始解决自己身上的问题。

"我该怎么称呼你？"他温柔地问。

"……"少女没有回答他。

"不用害怕。"他将她当成了新诞生的人格，态度温和地道，"我没有杀人，我是在正当防卫，这个男人是个绑架犯，他绑架了我，还有我们的妈妈，还一直侮辱她，我忍无可忍才出手杀了他。"

说到这里，他看了眼顾芙，露出一副无可奈何的表情。

"你也看见了，妈妈是个又软弱又愚蠢的人，她保护不了我，也保护不了你。"林馥温情款款地说，"只有我能保护你。"

"怎么保护我？拿十字架戳我脖子吗？"少女冷笑起来，"我说你为什么总是握着十字架，敢情不是因为虔诚，是怕有人发现你的十字架只有上半部分是十字架……下半部分是把匕首啊！"

林馥抿紧嘴唇。

"是你啊。"过了好一会儿，他才慢条斯理地说，"你没死啊。"

"你都没死，我怎么可能会死？"死里逃生的卷卷，字里行间散发出一股浓郁的怨气……以怨报怨、以仇报仇嘛！

林馥立刻闭上眼睛。

他打算回去内心世界，把这个余孽给杀了。

接下来的几分钟，他不断地睁开眼睛闭上眼睛，最终遗憾地发现，他回不去了，或许是因为他已经取代了主人格的关系，又或许是因为他杀光了其他人格的关系，所以他再也回不去那个阴暗的、肮脏的、居住着六个人格的房子了。

既然不能杀死，那就想办法控制。

林馥很快就收敛起眼底的杀意，他轻轻叹了口气："其他人格都死了，只剩下我们两个，我觉得我们应该和平相处……比如说，你已经在我耳边抱怨了半个小时了，你能停一停吗？"

"不能。"卷卷拒绝道，"我打不死你，我烦死你。"

"你为什么想杀死我呢？"林馥满脸疑惑地问，"因为我杀了那个冒牌货吗？"

他轻轻笑了一声，笑声里充满大人对不懂事孩子的宽容。

"在这个身体里，前前后后一共诞生了六个人格。"他像个富有耐心的老师那样，向卷卷解释道，"第一个人格，诞生于林馥六岁那年，那年他父亲忙于专利的事情，一天二十四个小时，几乎有二十个小时在全国各地飞，根本没时间管教孩子，他的母亲则是个追求爱情胜过身边一切的女人，她宁可每天花二十个小时给老公打电话，也不愿花一个小时在孩子身上……"

所以他们把他送去了培训班，各种各样的培训班，并在发现林馥的钢琴天赋之后，痛快地把他寄养在钢琴老师家里。

对一个六岁的小孩来说，寄宿制生活是非常寂寞痛苦的，他经常给家里打电话，求爸爸妈妈把他带回去，可他们都用各种各样的理由搪塞他。

第一个人格就诞生在这个时候，他跟林馥一样大，并且在以后的岁月里陪着林馥一起长大，是最阴暗的人格，代表着林馥内心的憎恨。

"第二个人格诞生得比他晚一点。"林馥说，"林馥八岁那年，发现他的钢琴老师跟他妈妈偷情，他向父亲告密，钢琴老师因此被解雇，他内心狂喜，以为一家人能就此团聚，呵呵……你知道的，梦想跟现实是有很大差距的。"

林馥的父母早就因为聚少离多积累了很多怨气，这件事情成了战争的导火线。双方为此大吵一架，之后林馥的父亲更加醉心于工作，他的母亲则更加醉心于恋爱，两个人试图用工作和恋爱排解内心的痛苦，结果更加忽视林馥。在度过一个气氛紧张的暑假之后，林馥的父母把他送出国留学了。

第二个人格就诞生在这个时候，她是个女人，长得和林馥的母亲很像，是他内心最弱的人格，代表他内心的软弱和痛苦。

"第三个人格是跟第二个人格同时诞生的。"林馥说，"所以他们两个总是在一起。"

他们总是在一起，就像一对怨偶。第三个人格是个孔武有力的男人，他总是在发怒，总是在打骂第二人格，他代表的是林馥内心的自我谴责。

"之后林馥就去留学了，真是可怜，还不到十岁，就什么都要自己打理。"林馥啧啧两声，"不过他没有去太久，大概一年时间就回来了，因为他遇上了几个有种族歧视倾向的同学，遭受到了校园暴力。"

林馥是回国养伤的，那几个小孩打人不知轻重，直接打断了他的腿。

倒不至于变成残废，但是医生告诉他，他以后最好远离剧烈运动，能走就不要跑，能坐就不要走。自此林馥性格大变，他变得异常沉默起来，在他的内心深处，第四个人格渐渐成型。

"如果他的父母亲稍微关心他一些，就应该知道，这个时候他最需要的不是跌打大夫，而是心理医生，不过很可惜，他们依然很忙。"林馥耸了耸肩，"他的母亲最近恋爱了，对象是网上认识的，温柔又多金，不嫌弃她嫁过人，也不嫌弃她儿子都已经十五岁了，一心一意想要娶她，于是她满心欢喜地带着儿子去投奔对方……然后发现对方是个绑架犯。"

绑架犯将他们带到早就租好的农家小院里，之后对他们百般折磨。在痛苦和绝望之中，林馥的身体里最终诞生了第四个人格——杀人犯人格，这个人格出生的那一瞬间，就取代了主人格，控制了身体，杀掉了一个绑架犯。

他并不满足，为了彻底掌控这具身体，杀人犯人格打算杀掉其他所有人格——包括主人格。

"为了自保，第五个人格诞生了。"林馥微笑道。

第五个人格是曹民，守护者人格。她是为了保护主人格而诞生的，但在杀死杀人犯人格之后，被其他人格联手杀害。

原因是什么，眼前的这位林馥没有说明。

他只是一脸诚恳地问卷卷："你之前在第一人格身体里，他可是个彻头彻尾的小坏蛋，就算杀人犯人格不出手，他迟早也要杀光其他人格的，而且以他这种性格，在取代主人格之后，肯定会危害社会……你为什么要为这样一个人抱不平？为什么要给他报仇？"

他微微一笑，用一种动人的、优美的、蛊惑的语调说："忘记他吧，跟我在一起。"

时间一分一秒过去，就在他笑意渐深，胜券在握之时，卷卷的声音在他脑海中响起。

"你先回答我一个问题。"她冷静地问，"你是什么时候诞生的？"

一个人格代表憎恨，一个人格代表软弱，一个人格代表自我谴责，一个人格代表毁灭，一个人格代表守护，那么你呢？你代表着什么？

『第八十五章』诱导

林馥拒绝回答这个问题。

"现在不是讨论这个的时候吧。"他冠冕堂皇地说，"咱们还是先想想怎么逃出去吧。"

"交给我。"卷卷趁机提议，"我一个能打俩，你把身体让给我，我来杀出一条血路。"

借出去的身体就像借出去的钱，这辈子估摸着是别想讨回来了，所以林馥毫不犹豫地拒绝了："虽然死了一个，但还有四个绑架犯呢，就算你一个能打俩，剩下的两个怎么办？"

卷卷开了个玩笑："让你妈拖住他们？"

林馥抬起眼，看向顾芙。

不知道她是什么时候醒的，也不知道她看了多久、听了多久，四目相对的一瞬间，顾芙急忙低下头，牙齿开始颤抖。

"好主意。"林馥盯了她片刻，喃喃道，"就照你说的做吧。"

说完，他朝顾芙走过去。

顾芙就像只看见了杀虫剂的大型蟑螂一样，开始满地乱爬，可房间实在是太小了，她很快就被林馥逼到角落里，哆哆嗦嗦，进退维谷，一道影子从对面延伸过来，慢慢爬到她身上。

林馥站在她面前，慢慢蹲下来，伸手摸摸她的脸。

之后，卷卷就看见他传教一样，神神道道地对顾芙说："妈妈，你想活下去吗？"

顾芙点点头，又摇摇头，眼神慌乱地说："我做不到！我连矿泉水瓶盖都拧不开，我怎么杀得了人？"

"我没让你杀人。"林馥掏出一块雪白的手帕，动作优雅地替她擦脸，"我只希望你能谈场恋爱。"

顾芙愣了愣，没懂他的意思。

"绑架犯也是男人。"林馥提醒她，"男人总是无法拒绝女人的，尤其是漂亮女人。"

顾芙不知道他是在夸自己还是在损自己，但多半是后者，因为哪有儿子这么说母亲的？她感到一阵屈辱，又不敢骂他，于是低下头，眼睛里滚动着泪水。

"你应该发现了吧，曹叔叔只是个小白脸而已。"林馥笑道，"这群绑架犯的头头是那个光头男人，你应该去讨好他，而不是天天求曹叔叔放你走。"

顾芙握紧手指，压抑地说："等拿到了赎金，他要什么女人没有，凭什么要喜欢我，我……"

我年纪又大，又被那么多人糟蹋了……这些话她说不出口，只能用手捂住嘴，呜呜哭起来。

"那你就甘心被曹叔叔骗？"林馥认真地看着她，"你本来过得多好，生活无忧，每天不是美容就是旅游，就是因为相信他，所以才抛下一切跟他私奔，但他是怎么回报你的？他眼睁睁地看着同伙糟蹋你，你对他哭，他无动于衷，你流血，他不放在心上，他只想要你的钱……"

"够了！"顾芙尖叫一声。

"去谈个恋爱吧，妈妈。"林馥温柔笑着，用手帕擦了擦她脸上的泪水，"顺便告诉你的恋爱对象一件事……绑架加撕票是要全国通缉的，被抓到不是死就是无期徒刑，到时候有钱都没地方花，既然如此，为什么不选一个更加安全、更加光明正大的方法赚钱呢？"

"什么办法？"顾芙问。

"一个比方，我只是打个比方。"林馥竖起一根手指头，对她说，"爸爸真的同意了他们的要求，没有报警，自己一个人过来赎人，结果当然是被他们杀了灭口。之后他们又想杀了你，但一个路过的男人发现了，他冲过来，赶跑了绑架犯，救下了你，你感激他并爱上了他，决定带着前夫的遗产嫁给他。"

说完，他笑着看向顾芙。

这个笑容纯洁如天使，却让顾芙感到毛骨悚然。

"我试试看吧。"她发着抖说。

过了一会儿，有人过来换班，也许老天都站在林馥这边，推门而入的是个光头男人，正是这群绑架犯的头头。

他看见地上的尸体，先是勃然大怒："谁干的？"

顾芙迎了上去，这个时候她已经把自己简单收拾了一下，至少不是蓬头垢面，像个最廉价的站街女。她其实很好看，有一张姣好年轻的脸，有一副常年瑜伽练出来的好身材，有一种富裕生活养出来的雍容气质，就算伤痕累累，也比一般女人漂亮得多。

"你别生气。"她抬手抚摸他的脸，眼睛里闪动着一种细小的火焰，像一段感情即将开始前的征兆，"能给我一分钟吗，我来解释这件事。"

光头抓住她的手，满脸狐疑地看着她。

他们两个互相观察的时候，林馥也在观察他们，那种属于小孩子的、纯净的探究目光让光头很不自在，他扫了林馥一眼，然后对顾芙说："跟我来。"

他将顾芙拉到门外，然后随手将门关上。

两人在外面低声说着什么，而在昏暗的房间内，林馥慢慢弯起唇角。

"你还愣着干什么？"卷卷说，"趁你妈吸引了他的注意力，我们赶紧杀出去啊。"

"没那个必要。"林馥轻声说。

"为什么？"卷卷问。

"你太小看女人了。"林馥笑道。

林馥盯着门扉的方向，眼睛里闪动着一种诡异的、兴致盎然的光芒。

"我妈妈每年谈七八次恋爱，她喜欢谈恋爱而且擅长谈恋爱，所以我不要她杀人，我只要她发挥自己的长处。"他双手叉在膝前，低声说。

门扉被人推开，光头男搂着顾芙进来。

"这件事，让我考虑一下。"他对顾芙说，然后低头看了眼地上的尸体，脸上的愤怒早就消失无踪了，他噘了一下嘴，说，"这事我先帮你处理了，省得他们过来打你。"

说完，他用毯子将尸体一包，拖出去了。

他走后，顾芙在房间里来回走动，时不时扑哧一笑，那笑声又得意又快乐。

接下来的几天，光头男经常来找她，两个人当着林馥的面打情骂俏，但后来，光头男把她带回自己的房间去了，理由是受不了林馥的目光。

他的目光非常奇怪。

虽然被关起来的是他，但是他看人的目光，就像隔着水缸观察一尾尾游动的金鱼一样，让人感到浑身不自在。

"我真是服了你们了！"被迫看了几天郎情妾意的卷卷简直要崩溃，"好好一个绑匪片，都被你们演成肥皂剧了！"

林馥好奇地问她："你为什么这么焦躁？"

卷卷当然焦躁！她第一次碰到这种状况，她被困在这具身体里出不去了！她的身体怎么办？虽然她有时候颓废起来，能赖在宿舍一周不出门，可是中途也是要上厕所的啊！这三天不起床的……她怀疑下铺的兄弟半夜会被她滴醒……

"你管我？"卷卷怒气冲冲地道，"不管怎样先想办法杀出去啊！"

"没这个必要。"相比她的焦躁不安，林馥反而显得气定神闲，"妈妈不是做得很好吗？"

卷卷真是要被他气笑了："我以为你开玩笑的，结果你当真？你真当其他人是傻瓜啊！这事如果做成了，能得到好处的就光头一个人，到时候他功成名就抱得美人归，其他人全要背着通缉令逃到大兴安岭当野人，他们肯？"

"把不肯的杀了，不就行了？"林馥笑道。

卷卷愣了愣。

"你太小看女人了。"林馥双手交叉，慢慢抵在唇前，重复几天前说过的那句话，"女人的报复心可是很重的，尤其是一个自视甚高、自私自利，又没什么头脑的女人。"

顾芙的确是这样一个女人，她没什么头脑，所以会轻易相信网恋的对象；她自私自利，只顾自己享乐，对儿子就像对路边的小猫一样，偶尔间逗弄一下，大多数时间是不闻不问；她自视甚高而且报复心很强，所以丈夫忙于工作不陪她，作为报复，她就花着丈夫的钱，到处找人谈恋爱。

"她一定会报复曹叔叔的。"林馥笑道，"她一定会劝光头杀了他的。"

卷卷想了想这个场面。

竟产生了一种冲冠一怒为红颜的错觉……可光头他压根就没有头发！

"你别太乐观了。"卷卷说，"这么明显的挑破离间，我不信光头看不出来。"

"你也别太小看人类的贪婪了。"林馥笑了起来，他看向门扉，目光仿佛穿透了眼前封闭的铁门，看见了外面正在发生的事情，"其实每个人的内心都关着一个杀人犯……只要找到钥匙，打开那扇门，他就会从里面冲出来。"

话音刚落，大门就被人一把推开。

光头手里提着一把西瓜刀，浑身是血地站在门口，抬手抹了把脸上的血水，对他狰狞一笑："出来。"

『第八十六章』补刀

林馥顺从地走出门，然后目睹了一场争吵。

"你想干什么？"顾芙尖叫，"该不会是要杀他吧？"

"我为了你，把我亲弟弟都杀了。"光头一脸是血，目光凶狠，"轮到你的时候，连个前夫的儿子都舍不得了？"

顾芙被他一凶，顿时唯唯诺诺，不敢说话。

林馥在他们争吵的过程中，打量清楚了附近的情况。

房间里似乎刚刚经历了一场恶战，到处都是血，除光头之外的绑架犯都躺在血泊中，其中那个把顾芙骗来的小白脸死得最惨，脑袋像个西瓜，被光头手里的西瓜刀给开了瓢。

于是林馥转头看着光头："你不能杀我。"

光头回之以冷笑，完全不把他的话放在心上。

"法医会鉴定出死亡时间。"林馥认真地看着他，"你现在杀了我，那我的死亡时间就排在他们几个后面了。"

"那又怎样？"光头冷笑，"你妈会给我作证的，杀了你的人是绑匪，我……"

他说到这里，突然说不下去了。

"终于想明白了？"林馥笑了起来。

光头脸皮抽搐了一下，恶狠狠地盯着他。

下一秒，他一巴掌抽在林馥脸上，把他抽倒在地。

"小崽子！"光头抓住林馥的头发，把他从地上拖起来，"敢威胁爷爷我？"

在顾芙的大呼小叫声中，光头将林馥拖出房间，一路走到后院，然后将他的脸狠狠地按在焚化炉上。

"知道这是什么吗？"光头在他耳边说，"焚化炉啊！只要我把你丢进里面烧掉，烧成一堆骨头一把灰，回头法医把你从里面捡出来，能分辨得出你的死亡时间吗？"

林馥皱了皱眉，嘴唇抿成一线。

"你还等什么？"光头对身后站着的顾芙说，"快把炉子点着，帮我把他烧掉！"

顾芙双手捂着嘴，拼命摇头。

光头先将林馥的脑袋在炉子上使劲砸了几下，把人砸得头破血流，昏迷在地的时候，才转过身，快步朝顾芙走过去。

顾芙惊叫一声，转身要跑，但被他抓住头发扯回怀里。

"你要听我的话，明白吗？"他从背后抱着顾芙，低头对她说，"我为你杀了这么多人、付出了这么多……我是一定要得到回报的，否则的话，我不如现在就跟你同归于尽。"

顾芙吓得不停点头。

"明白就好。"他龇牙一笑，"来，帮我个忙……"

他抱着顾芙，转过身——

转身的那一瞬间，一个少年站在他身后，手一抛，一堆混杂着煤渣的沙子就丢进他眼睛里。

间不容发之际，光头拿顾芙挡了一下，顾芙两只眼睛都进了沙子，双手捂着眼睛，弯下腰哀号。

"兔崽子！"光头骂道，他右眼进了沙子，现在连睁都睁不开，只能闭着，里面不停地流出眼泪。

不过卷卷的情况更惨。

林馥被砸晕以后，自然而然就由她来接管这具身体。

她抬起手，用袖子擦掉脑门上的血，以免血流下来，流进眼睛里，把她变成对面那样的独眼龙。

就这样，她还不忘嘲笑林馥一句："装逼装成傻逼，说的就是你这种人！"

"你说什么？"光头以为她是在骂他呢，举着西瓜刀追过来。

卷卷马上使出多年抢购超市特价品练出来的身法，轻巧地闪避了过去，接着又拿出自己多年赶公交赶地铁练出的长跑技能，一边狂奔，一边朝身后的光头大吼："来啊来啊来追我啊！如果你追上我！我就让你……嘿嘿嘿！"

光头觉得自己受到了藐视……

他毫不犹豫地追了上去，决定把对方砍成个十七八段的，然后丢进焚化炉里当柴火烧！

卷卷一开始是想冲出院子，沿途找人求救的，但是发现院子大门给锁了，于是她呸了一声，换了个方向跑。两人一前一后，又重新冲回了楼房里，这一路上，卷卷看见什么抓什么，抓住什么丢什么，不一会儿，光头身上就挂满了冷掉的泡面、刚洗过的胸罩、不知道多久没洗过的黑色袜子……乍一眼望去，还挺像一棵圣诞树的，就是挂在树上的袜子稍微有点臭。

最后，他们回到最初的房间。

光头站在门口，反手把门关上，朝沙发对面的卷卷残酷一笑，嘴里还有半根泡面，被他转头呸掉。

"小子，你得罪我了，你彻底得罪我了。"他回过头，冷冷地道，"把你烧掉，实在是太便宜你了，我决定把你切成一片一片的，然后做成烤肉……"

卷卷手里握着把椅子，同样冷冷地道："你还等什么？留着他过年吗？"

房间里躺着三具尸体，卷卷话音刚落，光头脚边的那具女性尸体忽然睁开眼，伸手抱住他的脚。

光头失去平衡，身体朝一边倒去，在倒地的一瞬间，对面的卷卷双手举着椅子冲了过来，二话不说，先碾压他拿刀的手。

"嗷！"光头痛叫一声，松开了手。

这件事注定成为他一生之中最后悔的事。

因为下一秒，卷卷就丢了椅子，捡起了地上的西瓜刀。

光头倒抽一口凉气，地上侥幸没死的那个女人则松了一口气。

看看女人，再看看卷卷，光头眼中闪过一丝不甘，他的手悄悄向边上倒着的椅子摸过去，摸到一半，他却不敢动了，因为一把寒光闪闪的西瓜刀正指着他。他视线向上，发现卷卷朝他露出一个锋芒毕露、充满威胁意味的笑容。

"你动一下试试。"卷卷说，"你敢动，我就敢补刀！"

"你这个兔……"光头还没骂完，就被卷卷给打断了。

"你再喊句试试！"卷卷威胁他，"你敢喊，我就敢补刀！"

光头满脸都是憋屈，狠狠拿拳头捶了一下地面，然后认命地趴在地上。

"你。"卷卷这才来得及转头看那个女绑架犯，"赶紧报警。"

女绑架犯是光头手底下唯一的幸存者，卷卷刚刚被光头押着从房间里走出去的时候，不小心踩到了她的手，很明显地感到她的手指蜷缩了一下，所以知道她没有死，之后在逃跑的时候，她选择跑回这里，戳破这件事，逼得她帮自己一把。

"你看看我。"对方指指自己胸口的伤，那明显是一刀斜劈下来形成的一道长长的伤口，流了很多血，她有气无力地说，"我都这个样子了，你还让我报警？让我躺着好吗，我刚刚碰到了伤口，我觉得我要死了……"

说完，她真的躺平不动了。

卷卷总不能让这个半死不活的家伙爬出去报警吧，于是问："你手机在哪儿，我自己拿。"

"我帮你拿。"光头抱着一线希望，抬头说。

"你给我趴着不许动。"卷卷拿刀朝他戳了戳，威胁道。

下一秒，一个男人的声音在她耳边响起，轻轻一叹。

"想不到你说的都是真的。"林馥说，声音轻得就像两片嘴唇，贴着她的耳朵说话，"你真的能杀出一条血路啊。"

卷卷愣了愣，继而眼前一黑。

等她再次获得身体的掌控权，人已经站在了焚化炉前。

焚化炉里，一片黑烟滚滚，里面传出凄厉的惨叫声。

卷卷满脸茫然。

发生了什么事？

里面是谁？

一堆手电筒的光照进来，打在她的脸上，她眯起眼睛，看向光线照来的方向——

一堆凌乱的脚步声响起，接着一堆穿着警服的人冲了过来，将她团团围住。

有一个男警察看了眼焚化炉，脸颊抽搐一下，表情就像看见了人间地狱一样，他转过头看着她，问："是你杀的人吗？"

『第八十七章』囚徒

市第三医院里，正在进行一场司法鉴定。

"杀人的不是我。"林馥说，"是她。"

"她是谁？"医生问。

"一个女人。"林馥笑着，用一根手指了指自己的胸口，"她在这里。"

"她是个什么样的女人？"医生又问。

林馥看了看他，然后垂下头，像在跟什么人打商量一样，低声说："喂，有人想见你……"

然后，他狡猾地躲了起来，将身体的控制权暂时性交给了卷卷。

两个医生对视一眼，其中一个人将目光投向了身边的仪器。

卷卷也慢慢抬起头，看向仪器的方向，屏幕上是股票走势一样的曲线图，看起来像是测试脑心电图的仪器，这么高级的仪器她没玩过，不知道它能不能测出这具身体里其实有两个人。

医生转过头来，严肃地问："你是谁？"

卷卷："……"

"你是林馥？"医生又问，"还是他刚刚提到的'她'？"

卷卷："……"

"你刚刚可没这么沉默寡言。"医生笑了起来，"为什么突然间什么都不肯说了？"

卷卷安静地坐在椅子上，一言不发。

她沉默的理由很简单——因为她骗不过他们。

眼前的这些人这行做久了，什么样的人没见过，一个个都成了识人的专家，能从一个人的神态、行为举止，甚至别人都没注意到的小动作里，判断出对方是真的神经病，还是伪装的犯人。

所以以防万一，卷卷拒绝跟他们说话，以免暴露出自己的秘密。

长久的沉默之后，林馥从她那里拿回了身体控制权。

"抱歉。"他看着两名医生，彬彬有礼地说，"她看起来有点怕生。"

"你可以跟她对话吗？"医生问，"你知道她长什么样子吗？还有你们平时是怎么交流的？"

林馥歪着头，似乎在倾听某人说话，但其实卷卷一句话都没有跟他说，接着他满怀歉意地对医生说："对不起，她不让我说。"

"没关系。"医生笑着说，"如果你的身体里真的有这个人，我们就一定能知道她是什么样的人。"

而林馥则缓缓弯起唇角，笑容像天使一样，轻轻地说："真的吗？那可就太好了……"

听到这句话，卷卷忽然有种不祥的预感。

这个预感很快就灵验了。

在接下来的一个月里，她的衣食住行全在医生的眼皮底下，无论她想怎么掩饰自己，饿了总是要吃饭、渴了总是要喝水、肚子胀也总是要上厕所的，她以为这些都是无关紧要的小事，但是再次对上医生的时候，医生手里拿着一本笔记本，一本正经地看了眼上面的内容，然后抬眼看着她："你是个女人。"

将近一个月的僵持，让卷卷心里憋着一股火气，她终于忍不住开口，声音有些沙哑："要我脱衣服证明一下我的雄风吗？"

医生听完，立刻拿起笔，在笔记本上写字。

"你在写什么？"卷卷忍不住问。

"一位女性，年龄在十八到二十之间，聪明，但没什么耐心，性格有些暴躁。"医生一边低头写字，一边说。

"你凭什么这么说？"卷卷眯起眼睛。

"还记得你第一次去厕所吗？"医生抬起眼，对她笑道，"你直接冲进了女厕所……"

"一不小心走错了而已，多少人犯过这种错啊。"卷卷挑了挑眉，"再说我不是很快就出来了吗？"

医生用手里的笔指了指她的裤子。

卷卷低下头，看见自己裤子上湿答答一片。

"你是很快出来了，换到男洗手间。"医生说，"然后你洒裤子上了，因为你不会用小便器。"

卷卷："……"

你指望一个妙龄少女能熟练使用男人那玩意和小便器吗？

"怎么称呼啊？"医生将笔夹回本子里，抬头看着她，"小姑娘。"

卷卷："……"

"好了，别装了。"医生微微倾身，用一种充满压迫感的姿势，盯着她道，"我已经知道你是林馥的第二人格了，你有你自己的性别、年龄、性格、口音……噢对了，我说这口音怎么听着挺熟悉的呢，你还是个本地人啊，来来来，告诉我，你叫什么名字？"

卷卷："……"

最后医生还是什么都没问出来。

但是他和卷卷都知道，沉默的意义已经不大了，能暴露得差不多都暴露了，该知道的差不多都知道了，至于名字什么的，其实意义也不是很大，以现在的情况来看，医生已经随时可以给林馥出具一项精神分裂的鉴定结果了。

因为午饭时间到了，医生看了下手表，收拾了一下自己的私人物品，离开了问询室。

卷卷一个人留在房间内，坐在椅子上一动不动，当然，作为危险病人，她的右手被锁在桌子腿上，想动也动不了。

"你是故意的对吗？"卷卷低头问道。

"是。"林馥的笑声在她耳边响起，像情人一样亲昵地说，"你可是我最亲密的人，我当然要知道有关于你的一切。"

"你想干什么？"卷卷问。

"我想找到你。"他回答。

卷卷再次沉默下来，放在桌子上的那只手猛然握紧，紧得有些发疼。

"我知道的，你不是这个身体里的人格。"一只手轻轻拨开她耳边的碎发，对她耳语道，"你是个真真正正的人。"

卷卷猛然回头，看向身后。

身后什么都没有，她缓缓回过头来，发现对面多了一张椅子，椅子上面坐着一个白衣少年，目光穿过桌子，安静地看着她。

卷卷从椅子上跳起来，然后身体一歪，锁在桌子腿上的镣铐，将她的身体带向一边。

少年朝她抬起一只手，朝下按了按，示意她坐下。

"放松一点。"他容貌苍白美丽，宛若天使，但不苟言笑，他平静地对卷卷说，"神父不在，这里是我的内心世界。"

卷卷这才注意到环境的不同。

她环顾四周，虽然依然是刚刚的问询室，但是室内的光线却仿佛调暗许多，到处都是灰白灰白的，像一张老照片。

卷卷再次看向对面那个少年，问："你是林馥，真正的林馥？"

对方略显倨傲地点点头，对她说："谢谢你救了我妈妈，虽然她这个人贪图享乐、见色忘义，落到现在这个下场完全是咎由自取。"

卷卷："……"

他到底是在谢她，还是在讽刺她？

"也谢谢你救了我。"少年从座位上走下来，白色的袖子底下垂落一串钥匙，随着他的步伐，钥匙碰击在一起，发出清脆的声音，他来到她身边，将一把钥匙穿进手铐中，钥匙扭动，手铐掉在地上，他转头，一双漂亮的茶色眼睛注视着她，"所以我放你走。"

卷卷从座位上站起来，慢慢扭了扭手腕。

"需要我帮你干掉神父吗？"她问。

"呵呵，我想你搞错了。"少年弯起唇角，朝她微微一笑，略显高傲的、带着扎人小刺的、瑰丽无比的笑容，就像开满整座庄园的红色玫瑰花，"不是他夺走了我的身体，而是我看他可怜，让他暂时替我保管一下身体。"

卷卷："……"

他到底是说真的，还是在嘴硬啊？

看看他这小胳膊小腿的，卷卷估摸着是后者。

她略显踌躇地看着他，心想这个年纪的男孩子最难搞了，明明需要帮忙却不肯开口，别人想主动帮忙还得照顾一下他的自尊心。

"还愣着干什么？"林馥侧身退开一步，将身后的大门让出来，"快回去吧……如果有人在等你回去的话。"

"你呢？"卷卷问道，"你不回去吗？"

"又没有人在等我。"林馥似笑非笑，"我要是没猜错的话，我父母会趁着这个机会把我送进精神病院，彻底摆脱我。我可没兴趣一天到晚面对一群病人，就让神父代劳吧。"

卷卷："……"

他说这话的时候，心里到底是在难过，还是在幸灾乐祸？

卷卷头一次碰见这么奇妙的人，光从他的外表，根本看不出他内心在想什么，他说的每句话既像真的，又像假的；他每次的微笑既像讽刺，又像悲伤；他单薄的身体似乎随时在追寻一个拥抱，却又随时在拒人于千里之外。

"为什么还不走？"茶色的眼睛凝视着她，他问，"难道你想留下来陪我吗？"

卷卷："……"

依然是那种模棱两可的感觉，让人猜不透他是在挽留，还是在赶她走。

但卷卷只迟疑了一秒，就从他手里接过钥匙，朝大门走去。

她不可能为了一个可怜的陌生人，就心软留下，他可怜，难道她家里的老爹老妈就不可怜吗？她买生日礼物送爸妈，用勤工俭学赚的钱，贵的买不起只能买个便宜货，他们一边埋怨不该买这么贵的，一边把礼物珍而重之地放好。

知道她在打工以后，他们一边欣慰她的自立，一边担心她，总问她钱够不够用，不够给你打。

碰到过节，担心她没坐过火车，挤不过人家，于是老爹凌晨两点爬起来开车接她，中途遇到大雾，高速封路，七点多到，十二点把她接回家，回家吃了俩饺子就睡了。饺子是妈做的，她之前跟他们提到想吃荠菜肉的饺子，他们记住了，然后带着个小铲子去山上挖的新鲜荠菜，饺子做咸了，但她还是干掉了一大盘。

她敢肯定，现在自己的身体肯定被送进了医院，最好的病房、最好的医生。

家里正在砸锅卖铁地治她，她在这里多耽搁一天，家里的锅碗瓢盆就要减少一件，直到最后房子都卖出去，二老卷着个铺盖睡立交桥下，外面下着大雨，他们依偎在一起。

这事想想都让人鼻子发酸，于是卷卷义无反顾地踏出大门，走进门后的万丈光芒里，一步、两步、三步……然后若有所感，回头看了一眼。

林馥站在门口，一动不动。

看见她回头，他眼睛亮了一下，张开嘴，似乎想跟她说些什么，但身后忽然伸出一双手，捂住他的嘴，将他拖了回去。

卷卷愣了一下，没反应过来。

等她反应过来，她嗷嗷大叫一声，冲了回去。

拳打脚踢，房门却纹丝不动，过了一会儿，有血从门缝底下蔓延出来。

卷卷低下头，看着那血漫过她的鞋底。

“后来我醒过来了，在自己的身体里，在医院里。”摩天轮内，卷卷面无表情地说，“我睁眼的时候吓了一跳，以为已经过去了十年呢，因为我爹妈看起来老了起码十岁。他们抱着我，又哭又骂的，我本来不想哭的，结果被他们带着一起哭了起来。”

卷卷抬起头，光从摩天轮外照进来，落在她眼睛里，像是朦胧的泪光。

"过了几天，我出院了，回了学校，跟我身边的每个人一样，考试、拿毕业证、投简历、实习、上班……"她喃喃道，"没人知道我杀了一个人……"

我遇到过一个少年，他叫林馥。

他囚禁过我，又亲手释放了我，因此被人发现、被抓住，最后被杀死。

最初的相遇，是最后的别离，我一直觉得是我杀了他。

『第八十八章』时间

摩天轮停下来以后，里面的男男女女、老老小小，陆陆续续从座舱里走出来。

小刀先出来，马丁靴踩在地上，转身朝卷卷伸出一只手。

白瞎了他的绅士风度，卷卷自己蹦跶了出来，膝盖一弯，然后轰隆一声两脚落地，站直之后，她看见他一边摇头，一边顺势把那只手按额头上。

两个人开始肩并肩站着，卷卷抬头看上空璀璨无比的摩天轮。

小刀站在她身旁，看着她。

"我有一件事不大明白。"他问，"林馥……我是说神父，他怎么知道你名字的？"

卷卷将双手插在口袋里，支支吾吾地回道："人有失蹄，马有失足，不！是人有失足，马有失蹄……我自己告诉他的。"

小刀挑了挑眉。

卷卷深吸一口气，空气有点冷，吸进去让人的头脑异常清醒。

"那个神棍当着我的面为难小孩子，我总不能袖手旁观吧？"卷卷继续支支吾吾地说，"为了引蛇出洞，我当然是什么法子都试了一遍……"

"比如？"小刀问。

卷卷颓唐地歪了一下脑袋。

画面回到三年前，看见林馥被人拖进小黑屋以后，卷卷马上冲回去发飙。

"开门啊！开门啊！别躲里面不出声，我知道你在家！"

"好好好，我不吼你了，开开门好吗？大家有话好好说。"

"做人要讲道理，不讲道理也要讲点仁义，你想想，没他就没你，勉强算起来，他不是你爹也是你妈啊，你这个不孝儿怎么能弑父呢？"

"我告诉你，你今儿要是不开门，明天就有你没我！我熊卷卷行不改名坐不改姓，回头一定取你狗头！"

"忘了我刚刚说的话！我叫红领巾，我真的叫红领巾！"

画面回到摩天轮下，卷卷向右歪着头，小刀向左歪着头，两个人的目光在空中无奈地碰撞一下。

一个挂满灯饰的座舱缓缓降落到他们面前，萨丁毫无绅士风度地走出来，沈绿瓷小心翼翼地伸出一只脚，歪歪扭扭地从里面跳下来，卷卷理所当然地上前几步，张开手，把从天而降的她抱在怀里，然后稳稳地放在地上。

"回头多吃点饭啊。"卷卷语重心长地拍拍她的肩，"这重量，也就跟两袋大米差不多了。"

"好啊。"沈绿瓷顺势拉住她说，"反正现在下雨了，又黑又冷，也没什么好玩的了，到我家吃消夜去吧？"

四个人一起去了沈绿瓷家里，沈绿瓷亲自下厨，按照年夜饭的标准给他们做了一顿消夜。她做的东西真的很好吃，而且各个菜系的招牌菜都会做，吃到最后，就连萨丁这贱人都半开玩笑半认真地说："要是你能每天做饭给我吃的话，我不介意跟你建立一段长期关系……"

"吃你的吧！"卷卷右手在他后脑勺上重重一按。

眼看着萨丁的脸就要埋进蛋炒饭里，旁边的小刀顺手一抄，就把盘子给抄走了。

砰的一声，萨丁的帅脸重重地砸在桌面上。

沈绿瓷从厨房里出来，看见这一幕，忍不住扑哧一声，唇角上扬，露出动人心魄的美丽笑容。

一张桌子上吃饭，一张桌子上打闹，一张桌子上过圣诞节。

这样温馨的场面，以后再也不会出现了。

就算出现，也是三缺一，有一个人会永远缺席。

但现在不知以后，也无须为以后的事情悲伤难过，今朝有酒今朝醉，且行且珍惜。吃过饭后，三人挥别沈绿瓷，各奔东西。

沈绿瓷一个人在厨房里洗碗，水流哗哗，微信铃声忽然响起。

她将沾满水的手在围裙上随便擦了擦，拿起手机，看见是卷卷的微信。

卷卷："圣诞快乐，你的礼物我放椅子边上了！"

沈绿瓷露出笑容，但下一刻，笑容就凝固在了脸上。

手机在震动，屏幕上亮着萨丁的名字。

笑容立刻从脸上消失，沈绿瓷咬了咬牙根，一根手指虚放在接听键上，过了好一会儿才猛然按下去。

"嗨，宝贝，我刚刚仔细考虑了一下。"萨丁一根指头转着钥匙扣，信步闲庭地走在去停车场的路上，笑着说，"你真的愿意把所有财产都转移给我，只要我肯离你远远的，不把你做的事情跟你的家人朋友说？"

"是。"沈绿瓷的回答跟她在摩天轮里的回答是一样的，"我愿意。"

"可以。"萨丁打开车门，一边坐稳，一边对她说，"但有一个附加条件。"

沈绿瓷抿了抿嘴，然后问："什么条件？"

"再帮我做最后一件事。"车子开出地下车库，街道上的霓虹灯光照在萨丁眼上，泛出纸醉金迷的欲望，他说，"再帮我骗最后一个人。"

"你每次都这么说！"沈绿瓷冷不丁爆发了，她握着手机，朝里面的人喊道，"最后一次最后一次！你每次都说是最后一次！什么时候才是真正的最后一次？"

"这次真的是最后一次了。"萨丁信誓旦旦地说，"实话跟你说吧，这是你的最后一次，也是我的最后一次……我打算做一票大的，如果成功的话，得到的钱足够让我衣食无忧，到时候不用你说，我自己就会去整容换身份证，然后飞去国外再也不回来。"

沈绿瓷不知道该相信他的话，还是不相信他的话，她在厨房里来回走动，一会儿觉得这是摆脱他的好机会，一会儿又觉得案子如果闹大了，自己陷进去容易怕是出来难。

"对了。"就在她举棋不定的时候，萨丁的声音忽然响起，"你看见熊卷卷给你的圣诞礼物了吗？"

沈绿瓷在厨房门前站定脚步，目光看向客厅，餐桌旁边摆放着四把椅子，其中一把椅子，椅子腿边放着一个礼物袋。

礼物袋被人拆开了，露出一只毛茸茸的小熊来。

小熊胸口还贴了一张便利贴，上面写着："我把我送给你。"

"我以前一直以为我们是同类人，像我们这样的人，是只有异性朋友，没有同性朋友的，因为同性只会嫉妒我们，如果有一天他们对我们好，送礼物给我们，那就不要撕开包装，直接丢掉就好，因为里面要么是干冰要么是硫酸要么是剧毒蜘蛛。"风驰电掣中，萨丁哈哈笑道，一副玩世不恭的样子，"知道不？刚刚我在停车场里看见她了，冷不丁从一辆车后跳出来，吓得我掏出了钱包……"

"她跟你说什么了？"沈绿瓷问。

"她说物以类聚人以群分，我和你不是一路人，让我离你远点。"萨丁顿了顿，收敛起他的玩世不恭，语气有些认真，"哪怕是为了这个朋友，你也得想个办法，让自己重新变得干干净净的，不是吗？"

这一句话终于让沈绿瓷下定决心，她深吸一口气："好吧，我做。"

将事情谈妥之后，萨丁驱车来到本市最大的一家夜总会门口。

推门而入，烟视媚行的男女朝他看来，灯红酒绿的世界朝他张开怀抱，萨丁微微一笑，毫不犹豫地走了过去，走向他的同类，走向他的纸醉金迷。

而在安静的客厅里，沈绿瓷蹲下身，举起袋子里的小熊，紧紧抱在怀里。

时间犹如大浪淘沙，在它的冲击之下，过去的亲密搭档，也有背道而驰的一天。

时间也像一棵树苗，在它长大之后，互相是平行线的两个人，也会被吸引到同一片树荫避雨，雨停之后，走向同一个方向。

"还你钱。"卷卷推开房门，将一叠钞票放小刀桌子上，"今天老板良心发现，提前发了工资。"

小刀转头看去，钞票上面压着一个很小的礼物袋。

他走过去，从里面掏出一颗巧克力糖，转头看向卷卷，眼睛里写着："你也太重友轻色了吧？"

卷卷朝他耸耸肩，眼睛里写着："爱吃吃，不吃我吃。"

小刀立刻将巧克力糖丢进嘴里，咔嚓咔嚓地咀嚼起来："我也有圣诞礼物送你。"

卷卷本来是抱着胳膊，靠在墙上看他吃的，听到这话，伸出一只手，示意他把贡品献上来。

小刀把手放她掌心里。

卷卷："……"

小刀："……"

卷卷："我两只手够用了，这只你还是自己留着吧。"

小刀："少扯淡，看着我。"

墨镜早就摘下来放一边了，小刀抓住卷卷的手，放在自己锁骨间，说："银色十字架项链。"

之后移到胸口："皮衣。"

接着用极其缓慢的速度，顺着胸口一路向下……噢，马丁靴脱在门口了，那就暂时放腰上吧。

"你自己说我这样子最帅了。"小刀严肃地看着她，"你该不会是骗我的吧？"

"我以为你这样穿会很帅，哪知道这身衣服压根掩饰不住你的流氓气质。"卷卷严肃地看着她，"事实证明，流氓穿什么都是流氓。"

小刀龇牙一笑，忽然伸手揽住她的腰，把她跟自己紧紧贴在一起，充满恐吓味道地低语："不穿更流氓。"

说完，低头亲住卷卷。

卷卷的眼睛不停地眨啊眨啊，眨到小刀忍不住睁开眼，低沉沙哑地说："闭上眼……"

卷卷有些蒙，听话地闭上眼睛，然后她听见了窸窸窣窣的脱衣声……

"啊！"卷卷闭着眼睛挥出了铁拳，拳头直接击中小刀的胸口，把他打退了一步，卷卷睁开眼，脸颊通红地看着他，咬牙切齿地道，"中了我的清心寡欲拳！你好点了没有！没有的话……那就是我功力不够，我回去再练练！"

说完落荒而逃，留下小刀在身后，衣服已经脱了一半，朝她的背影嘿嘿两声，没有像个真正的流氓那样喊着花姑娘花姑娘地追过去，而是将湿漉漉的外套甩在椅子上，然后从橱子里拿出一条干毛巾来，一边擦拭身上头上的水，一边打开电脑。

电脑光铺在他脸上，那种地痞流氓的表情从他脸上褪去，他的目光又认真，又锐利，甚至有种不近人情的冷酷。

他的确有礼物要送给卷卷。

原本是想找个借口把自己送她的，但现在他改变主意了。

手指敲击键盘，不久之后，他接到一份文件，点开之后，鼠标缓缓下滑，林馥的照片出现在屏幕上，下面还附带了一行字。

林馥的父亲回国了，正在办理出院的事情，如无意外，林馥就要出院了。

08

救我

『第八十九章』培训

应聘的时候，老板才不会问你的过去，他不关心你是否拯救过世界、是否即将拯救世界，就算对面站着蜘蛛侠或者超人，他也只会问你一句话——你能加班不？

所以圣诞节之后的第一个双休日，卷卷开始加班。

按照新公司的规定，卷卷七点就赶到公司门口，那时候天刚蒙蒙亮，走路得打手电筒，笔直一道光射进前面的白雾里，隐约可见几个朦胧的人影游荡在公司门口，远了，以为是僵尸，近了，才发现是同事。

不过大伙的造型跟僵尸也没什么区别，都是发青的眼袋，沉重而蹒跚的脚步，看起来急需补充新鲜的脑子……

"好了好了！"部门经理拍着手，走过来，"都精神点，排好队，排好队！"

卷卷第一次参加这活动，跟着大部队站好，然后经理拿出个哨子吹了一下，哨声一起，她左右两边的人就猛然一跺脚，然后把手摆放在腰际，左手右手一起做出一个爱心的手势："我爱公司！我爱工作！我爱顾客！"

卷卷左右四顾了一下，默默地做了个同样的手势放腰边上。

还没等她跟上旁边人的节奏，经理又吹了声哨子，这群人马上往前迈了一步，右手横在胸前，大声吼道："我要用全身心的爱，来迎接今天，迎接工作，迎接每一个顾客！哦耶！"

哦耶你妹啊！卷卷觉得自己的鸡皮疙瘩都要出来了，但看在工资的分儿上，她也跟着朝前迈了一步，右手慢慢横胸口，就看见经理吐出哨子，朝他们吼道："面对顾客我们要怎么做？"

"微笑！"一群僵尸露齿而笑。

卷卷还能怎么着？只好跟着一起咧嘴。

"面对顾客的无礼辱骂我们要怎么做？"经理又问。

"报警！"卷卷喊。

"微笑！"同事们喊。

喊完，包括经理在内，所有人都看着卷卷。

众目睽睽之下，卷卷只好改口："微笑！"

经理这才收回目光，继续吼道："面对顾客的肆意殴打我们要怎么做？"

"打回去！"卷卷喊。

"微笑！"同事们喊。

"嗯？"经理的脸直接拉长成马脸，他快步走到卷卷面前，然后死死地盯着她。

好吧好吧你发工资你最大，卷卷只好改口："微笑。"

经理这才拉长声音嗯了一声，继续走动……主要在卷卷附近来回走动，眼角余光一边扫过她，一边问道："我们的宗旨是？"

所有人忽然跟嗑药了似的，双手双脚大幅度地摇摆起来，一边摇摆，一边面目狰狞，露齿狞笑："微笑服务！微笑服务！微笑服务！"

卷卷被前后左右一片微笑服务包围其中，正对面，经理胸口上挂着哨子，面无表情地盯着她，牙缝里蹦出两个字："微笑！"

"哈哈哈哈！"卷卷只好拿出跳广场舞的劲头，跟着身边的人摇摆起来，"微笑服务，哈哈哈哈！"

七点到八点，对卷卷来说简直是一个世纪那么长。

回头经理还不满意，下班的时候，把她喊自己办公司里，双手叉在唇前，从办公桌后盯着她，直盯到卷卷低声下气地说："经理，给个改过自新的机会吧，我回家就对着镜子练习微笑服务……"

经理抬手朝她按了按，止住了她的话头。

"我觉得你最大的问题不在这里。"他一边说，一边递了一叠纸过来。

卷卷从他手里接过那叠纸。

低头一看，发现纸上全是选择题。

"坐。"经理的声音从对面传来，卷卷抬起头，看见经理拉开抽屉，从里面拿出一个白色的小闹钟，按在桌子上，然后抬眼看着她，淡淡地道，"给你二十分钟，先把这些测试题答完。"

为了保住工作，卷卷只好在他对面坐下来。

一共十页纸，上面全部都是选择题，粗略翻了翻，大约有一两百道题目，题目五花八门，比如公司老板是以下哪位？老板最近在看哪本书？老板喜欢什么颜色？老板最崇拜的伟人是谁？老板喜欢吃甜粽子还是咸粽子？老板……卷卷觉得除了老板的脑残粉，没人能全答对。

除此之外还有一些杂七杂八的选项，比如你有信仰吗？你觉得企业文化算是一种信仰吗？

从经理那儿借了一支笔，卷卷低头做卷子，十页纸看起来很多，但因为都是选择题的关系，所以卷卷回答得很快。反正大部分题目她都不知道答案，只能拿出以前考试时的经验，三长一短选最短、三短一长选最长……

心里默念着口诀，笔尖在最后一个框框里写下D，之后，卷卷将卷子递还给经理，眼角余光扫过桌子上的小闹钟，刚好二十分钟，没有超过，那会显得她不守时，也没有提前交卷，那会显得她不够认真。

经理从她手里接过纸笔，然后开始勾勾画画，像一个老师正在批改学生的卷子，他的速度比卷卷还快，看起来已经批改过无数张同样的卷子，于是对所有答案烂熟于胸。

"不及格。"十分钟后，他放下手里的测试题，面无表情地看着卷卷，"事实证明，你对我们的企业文化缺乏认同感。"

卷卷："……"

老板喜欢吃甜粽子还是咸粽子也算企业文化的一部分？

"现在我们有两个选择。"经理朝她比出两根手指头，"第一，你回家去，我们重新雇个人。第二，参加我们公司特地为新人准备的为期一周的封闭式培训，到时候老板会亲自过来跟你们讲我们公司的企业文化，增加你们对公司的认同感。"

"我们？"卷卷敏感地问道。

"你们。"经理说，"除了你以外，还有五个不过关的新人，也要一同接受培训。"

卷卷狐疑地看着他。

经理说得合情合理，新人入职也的确是要经过一段时间的培训，但她内心还是觉得有些蹊跷——尤其是那叠测试题！不知为何，做完以后总觉得哪里怪怪的！

"如果你选择封闭式培训的话，那明天上午八点过来报到。"经理说，"培训期间，公司食宿全包。"

下达完最后通牒之后，经理起身从桌子后面绕出来，经过卷卷身边的时候，他抬手在她肩膀上拍了拍，低头一笑："明天不来，以后就不用来了。"

看着他这笑容，卷卷有句话差点脱口而出："你这该不会是传销组织吧？"

但最后她忍住了，没有说出口。

毕竟是在本地开了四年的公司，不是一锤子买卖就跑的野鸡企业，事情不查清楚之前，她也不好随便乱说话。

下班以后，她回到家里，本来想把这件事说给小刀听，但在房间里来回转了几圈，都没找到小刀他人。

"稀奇了。"卷卷忍不住喃喃自语，"这个死宅也会出门？"

把买回来的两碗蛋炒饭放桌上，吃了一份留了一份，之后卷卷回了自己房间，趴床上给沈绿瓷打了个电话，但她的手机一直占线。

打了三次之后，卷卷放弃了，她原本以为自己很忙，但现在看来，小刀也好、绿绿也好，每个人都有自己的事，每个人都很忙。

于是卷卷仔细想了想，自己先起来收拾收拾东西，虽然是封闭式培训，但不知道他们提不提供基本生活用品，于是牙膏、牙刷、毛巾、换洗用的内衣裤……以及最重要的一样东西。

她拉开抽屉，从里面拿出一本相册，快速翻了几页之后，从里面抽出几张照片——三张陌生人、四张小刀，一并塞进床上的旅行包里。

一夜过去，小刀没回家，沈绿瓷也没有回她电话。

第二天早上，卷卷照旧早起，走到客厅里，把那盒冷掉的蛋炒饭拿去厨房热了一下，吃完就上路了。

时间大约是七点半，卷卷从公交车上下来之后，穿过眼前的雾霾，来到公司门口。门口换了一拨员工，依旧跟昨天一样唱唱跳跳，弘扬企业文化。

"微笑！"

"微笑！"

"微笑服务！"

卷卷停下脚步，双手插在口袋里，以旁观者的角度观察他们。

身陷其中的时候，她只注意到了他们乌青乌青的眼袋，现在站在旁边，她才注意到他们眼睛里的狂热，看起来好像真的乐在其中，以企业为荣、以工作为荣。

是他们太有拼搏精神，还是她太过混吃等死了？

卷卷收回目光，走进公司大门。

她以为自己来早了，进去以后才发现另外五个人已经到齐了，打扮气质各不相同，有人看起来一副无所谓的样子，有人则不停擦汗，显得坐立不安。

"你也是来接受培训的吗？"其中一个问卷卷。

"是啊。"卷卷回答。

对方一副松了口气的样子，然后小跑着去了经理办公室，出来的时候，腰不知不觉地佝偻下来，显得身后的经理特别身姿挺拔。

经理的目光从他们六个人身上扫过，最后落在卷卷脸上，然后负手而立，淡淡地道："都来了啊，那就出发吧。"

培训地点离公司很远，一群人坐公司大巴过去，大巴位置很多，六个新人加上一个经理根本坐不满，显得空空荡荡的。

因为经理也在大巴上，所以一群人不敢放肆聊天，全在低头玩手机。

卷卷不喜欢在车上玩手机，觉得头晕，于是打量身边这几人，年纪最大的约莫三十岁，脑袋中间秃了一片，在五个人里显得最为紧张不安，手里拿着一块手帕，不停地擦着汗。年纪最小的似乎刚出校门，脸上带着大学期间养出来的散漫，正拿手机打怪物猎人，声音是公放的，完全不把今天的培训课放在眼里。

除了他们两个之外，剩下的都是女生。

习惯使然，卷卷拿出手机，给他们拍了几张照片。

大约四五个小时后，车子停在一栋远离市区的楼房门口。

卷卷从车里下来，转身一看，看见了大片的田地，拐角处有个石像，上面挂着几串纸钱，有几张纸钱被风吹落了，就像枯黄的落叶似的，在风中转着圈飘远。

"快点过来啊！"经理催促的声音传来。

卷卷回过头，三步两步跟上他们，走上门前台阶。

门扉两侧贴着对联，卷卷来不及看清对联上面写着什么，就被后面的人挤进屋，然后门扉吱吱呀呀地在身后关上。

一股烟熏火燎的气味扑面而来，像来到一间寺庙。

隐隐约约，似乎还有诵经的声音从楼上传来。

经理的眼中闪过一丝狂热，他转头对卷卷等人笑道："你们运气真好，赶上早课了。"

他一下子变得比任何人都要焦急，一开始还是走路，到后面直接跑了起来，他一跑，后面的人就只能跟着跑，只有那个年轻的大学生还在低头玩手机，不紧不慢地走。

等到经理带着其他人跑到一个大房间门口，回头一数人数："怎么少了一个？"

他左右四顾，没找到大学生，于是指头一点，指着卷卷说："你回去找他，其他人先跟我进去见老板。"

培训第一天就迟到，不管是自己的原因还是其他人的原因，恐怕都要在老板心里留下不良印象，但经理都发了话了，总不能装作听不见，卷卷只好折返回去，一路找他。

也不知道这家伙到底跑哪里去了，卷卷在一楼转了半天都没找到人。

直到路过一间房间门口，听见里面传出熟悉的游戏音效，卷卷急忙推门进去，看见大学生跷着二郎腿坐在椅子上，她进来的时候，他连头都没抬一下，还在不停地打手机游戏。

"你怎么还在玩啊？"卷卷气不打一处来，"走走走，跟我去见老板。"

"等等等等，我打完这个怪！"大学生屁股死死地钉在真皮沙发上，说什么也不肯走。

卷卷过来拉扯他，目光顺着他的肩膀，看向桌子上摆放的那堆电脑，然后愣住了。上上下下、左左右右，桌子上面摆满了电脑，屏幕都亮着，画面里都是监控场景，看来误入的是一间监控室。

有些监控画面严重侵犯了隐私，比如厕所还有卧室。

而最让她感到震惊的并不是这个画面，而是……

"唉，我死了。"大学生游戏里的角色被打死了，他懊恼地喊了一声，然后抬起头来，眼前一亮，指着一个屏幕说，"哈哈，这群傻瓜在干什么啊？演戏呢？"

卷卷同样盯着那个画面。

画面是一个很大的房间，房间里拉着厚实的窗帘，显得光线很暗，几乎难以视物，隐约只能看见人的轮廓，一个接一个地挨在一起，就像佛窟里的石像。

这群人正跪在地上，狂热地参拜着一个人。

那个人不是上古先贤，也不是神仙佛祖，他西装革履，笑容可掬，经常在卷卷所在的公司里出现，他就是他们所在公司的老板刘福生。

地上的人一边参拜他，一边整齐地念叨着什么。

卷卷和大学生将脸凑到那个屏幕前，紧盯着他们的嘴唇看，然后对着他们开开合合的嘴唇，一个字一个字地读出来："感谢老板，给我工作……感谢老板，让我生存……感谢老板，让我吃饭……"

两个人只顾盯着屏幕，谁都没有注意到，有一个人无声无息地走进房间，朝他们慢慢地走了过来……

『第九十章』大会

"你们在干什么？"

卷卷和大学生像看毛片被人抓到了一样，一阵手忙脚乱，回过头来，看见身后站着一名保安，手里拿着一罐冰啤酒，另一只手开始解腰间的电棍。

"别动手！"卷卷急忙喊，"我们是良民！"

"举手抱头，蹲地上！"保安根本不信，他拿电棍指着他们，电棍噼里啪啦了一阵。

卷卷和大学生只好不情不愿地抱住脑袋，蹲在地上。

又一个保安从门外走进来，怀里抱着一大堆薯片，看见这情况，也不由自主地去摸腰间的电棍，一堆五颜六色的薯片袋子从他怀里漏下来，啪嗒啪嗒掉地上。

眼看事情搞不好要闹大，卷卷赶紧解释道："我们是今天过来培训的新员工，不小心迷路了，所以过来找人问路的。"

两保安对了一下眼神，其中一个掏出手机，开始打电话。

另一个依旧防贼一样地防着他们，大学生稍微动了下脚，他的电棍就噼里啪啦作响，弄得大学生哭丧着脸说："我脚麻了，还有点心律不齐，能让我换个姿势不？"

保安想了想："趴着还是跪着，你自己选一个吧。"

这么屈辱的动作，大学生一开始是拒绝的，但蹲了一分钟后，他扑通一声跪下了。

卷卷震惊，转头看着他："你还有没有尊严啊？"

"那我换个姿势。"大学生趴下了，一动不动犹如尸体。

下一秒，经理气势汹汹地冲进门，迎面撞见这一幕，吓得抱住了门，惊恐地问："你们把他杀了？"

保安没说话，拿电棍朝大学生的方向噼里啪啦了一下，对方立刻吓得跳起来，然后朝经理喊道："经理，你总算来接我了啊！"

那一刻，经理脸上的表情简直难以用语言来形容。

从保安手里认领了这两人之后，经理在前方引路，一路上把他们骂得狗血淋头，直到来到目的地，他才转过身，指着一扇房门对两人说："脱了鞋子，进去等吧。"

卷卷低头一看，门口放着很多双鞋子，有男人的皮鞋，也有女人的高跟鞋，粗略一数，有二十几个人，有几双鞋子很眼熟，是今天跟她一起坐车来的那几个新员工的。

经理监督他们两个脱了鞋，然后拿手在门上敲了敲。

门从里面开了，里面是一间会议室，但奇怪的是只有讲台，没有椅子凳子，一群男男女女席地而坐，门开的那一刹，一起转头朝卷卷看来，然后整齐地微笑。

笑容可以拉近人与人之间的距离，但是太过统一的笑容……那就是酒店里的迎宾小姐了。

卷卷一边点头微笑，一边从外面走进来，目光在人群中逡巡，终于找到了今天一起过来的新员工。她朝对方走过去，但是走到一半，身边猛然伸出几只手，抓住她的手、抓住她的衣服、抓住她的裤子。

卷卷低头看着他们，他们抬头，一起向她笑着："老板定的规矩，新人不可以坐在一起，要分开坐。"

"为什么？"卷卷问。

"为了打破小团体，让大家认识新朋友。"一个声音从卷卷身后传来。

一瞬间，所有人的表情都变了，他们用极其狂热的目光，看向卷卷身后。

卷卷慢慢转过头，看到老板站在她身后。

那是个西装革履的胖子，个子有点矮，但是笑容非常亲切，让人很有好感，他对她说："人不能总局限在一个小圈子里，总跟一小撮人玩，对吧？"

说完，他拍拍卷卷的肩膀，然后从她身边走过，陆续走到另外几个新员工面前，跟他们亲切地说了几句话，之后转身回了台上，他站在讲台后面，双手撑在桌子上，慢慢环顾众人。

"现在这个社会，想活下去简单，但想活得好就太难了。"老板说，"上学的时候要比分数，进了公司要比业绩，连谈个朋友都要比长相比家世，一不小心就会沦为备胎……这些事情大家都经历过，或者正在经历，是不是觉得压力很大，活得很艰难很累？"

卷卷身边的青年大喊一声："是！"

"所以我给大家打造了一个乐园。"老板对他笑了笑，然后对众人说，"我的飞翔公司，不比分数不比业绩也不比长相家世，我接纳从其他企业跳槽过来的优秀员工，但也会给新人一个机会，大家在一起，不要互相竞争，而是要相互团结、相互帮助，因为我坚信，竞争只会让每个人变得更孤独，只有团结才能产生力量，让每个人变得更加优秀，也让企业变得更加优秀！"

很多人鼓起掌来。

卷卷挑了一下眉，这个时候不鼓掌也太显眼了，于是她也有一下没一下地鼓起掌来。

"变优秀的第一步，就是要清理掉内心的垃圾！"老板转头朝经理使了个眼色。

经理就站在窗户边上，接到老板的眼色之后，他点点头，转身拉住窗帘，慢慢地将窗帘拉上。窗帘很厚，拉上的过程就像夜幕降临，黑色的幕布一点一点吞噬光明。

最后，室内一片黑暗。

眼睛不能视物的时候，耳朵就变得异常敏感，卷卷听见老板说："接下来，我们要进行一场倾诉大会，放心，现在没人看见你，也没人知道你是谁，你大可放心地把自己日常生活中遇到的不公平、不公正的委屈事说出来，就像倒掉内心的垃圾一样！只有倒掉了内心的垃圾，你的心灵才会空出来，接受新生活、接受美好的东西！来！谁先开始？"

"我！"黑暗中，一个女人的声音响起，带着压抑的愤怒，"我辛辛苦苦在外面赚钱，回到家里还要被人当保姆使唤，保姆一个月还五千块钱呢，我免费！稍微做得慢了一点还要被老公打骂！凭什么啊？叫人在外面赚钱的时候就讲男女平等，叫人在家做饭带孩子的时候又说是中国传统美德！"

"我算看明白了，我一个名牌大学的大学生三千块钱一个月，我一个职高的朋友出来三万块钱一个月……他收房租的！所以辛苦读书有什么用，都比不上有个好爹，比不上祖宗留下来的房！"

"上个月我本来要结婚了，但是因为彩礼的事情吹了，我男朋友拿着一把菜刀冲到我家里来，逼我还他两万块彩礼钱，我说我怀着他孩子呢，他说他不管，让孩子去死吧，他只要钱。"

黑暗中，男人的声音、女人的声音，愤怒的声音、仇恨的声音交织在一起，像一首几近疯狂的交响乐。

没人看见，老板的唇角勾起来，露出畅快的笑容。

把一群人的脑袋掏空，然后装一些新东西进去，有时候只需要五天时间，而在座的大部分人，已经经历了四天的培训。

把新人跟他们放在一起，是因为他想看看效果，看看能不能把培训时间缩得更短一些，现在看来，情况还不错。

他静静等待着，等到声音稍微平息了一些，才挥出拳头，发出一声晨钟暮鼓般的吼声："知道你们为什么这么痛苦吗？"

下面寂静片刻，一个声音期期艾艾地问："为什么？"

"因为你们孤僻！"老板一拳敲在桌子上，怒吼道，"没有后台、没有朋友，谁能帮你说公道话？谁给你机会让你飞黄腾达？谁能在你最需要的时候拉你一把？你告诉我，谁？"

"我自己！"

黑暗中忽然响起这么一句女声，把老板刚要说出口的话都给噎回去了，他深吸一口气，装作没听见那个声音，继续他的演讲："公司！只有公司！所以我要把大家弄成一条绳子，让大家紧密连接在一起，等你们正式加入公司以后，就会发现公司的美好，在这里，你们会得到施展才华的机会、得到赚钱的机会，以及结婚的机会……"

那个女声再次响起，她嘿嘿一笑打断他的话："不加入也能结婚啊！"

谁？哪个不识相的东西？老板气得瞪大眼睛，然而黑暗之前给他带来了便利，现在却给他带来了巨大的阻碍——他看不清是谁在捣乱！

"不加入也能结婚，但你只能嫁给一些社会败类，一些跟你一样无知的人。"老板冷冷地道，"相反，那些加入公司的女孩子，公司会锻炼她门、打磨她们，让她们更懂人情世故，也会给她们更多认识年轻才俊的机会！"

"我确定我脑子不傻……你说我就信啊！"又换了个方向，声音有些低沉，像是另外一个人。

老板看看左边又看看右边，一开始他以为只有一个人在反对他，但现在他有点不确定了，到底有几个人在反对他？下面那群人到底是在用崇拜的眼神看着他，还是用嘲笑的眼神？

"一个人的力量是有限的！"老板硬着头皮继续喊，"只有加入集体才有力量！"

"一个人得到的是自己的，集体一起的就是平分的！"声音又换了个方向。

"是谁？到底是谁在反对公司、反对集体、反对我？"老板双拳捶在桌子上，"就这么不知道感恩吗？是我给你们工作、给你们饭吃！"

"我吃的饭，是我辛勤劳动换来的！"一个女声响起，"哥厉害！"

老板一挥手，朝经理喊道："把窗帘拉开！"

经理急忙把窗帘拉开，阳光刺破黑暗，铺在每个人脸上。

老板从台上走下来，负着双手，从他们面前一一走过，每走一个女生面前过，就停下来问一句："是不是你？"

路人甲："不是。"

路人乙："不是。"

路人丙："不是。"

"不是。"卷卷说，心里想：就是哥！

这件事属于不作死不会死系列，窗帘一拉上，她就觉得机不可失失不再来，就像老板说的那样，现在没人看见你，也没人知道你是谁……这是个说实话的好机会啊！

于是她双手捂着嘴，说一句话就换一个座位，换个座位就换个声调，直到老板恼羞成怒，提前结束了诉苦大会。

老板走后，其他人也就跟着陆陆续续地离开了，虽然大部分人还是那副狂热的模样，但也有少部分人露出了迷茫的神色。

卷卷跟其他几个新员工没走，他们还在等着经理领他们去卧室。大约一刻钟之后，经理从外面进来，脸色十分难看，对他们，尤其是对卷卷冷冷地道："跟我来。"

一群人跟在他身后，被他一一分配到各个房间，其中女性员工都被分在同一个宿舍里，六人间的卧室，看起来有点像卷卷以前住过的大学宿舍。卷卷提溜了一下肩上的包，刚要进去，就被经理扯了出来。

"你不住这里。"经理冷着脸说，"跟我来。"

卷卷被分配到了一个单人间。

又窄又小，没有厕所，想要洗脸和上厕所，都要穿过一条走廊，去公共厕所。甚至没有床，就钉了一块木板，上面的钉子都没打好，散发着一股木屑味。

一看到这房间，卷卷就知道自己在会议室里做的事情曝光了。她不由得冷笑，说什么没人看见你，也没人知道你是谁，全是假话！实际上你所说的一切、你所做的一切都在监控里，随时可以调出来作为证据。

经理一直站在她身后，等着她愤怒反抗。

卷卷的确想反抗，但不想使用他想要的方式，在别人的地盘跟别人理论，她吃饱了撑？

她选择用自己的方式来跟他们理论。

入夜，卷卷关掉灯，爬上床，木板床发出吱呀吱呀的声音，仿佛随时都要掉下来。她轻手轻脚地缩进被子里，然后将经理的照片放在枕头底下。

十分钟后，监控室外忽然传来敲门声。

"谁啊？"保安走过去，拉开房门。

经理怀抱薯片站在门口，朝他举了举手里的冰啤酒。

『第九十一章』紧急联系人

保安接受了卷卷的贿赂。

卷卷站在椅子后头，一边咔嚓咔嚓地咬着薯片，一边看着屏幕的情况。

包括她的小房间在内，所有人都处在监控之下，有几个女孩子无知无觉，什么都没穿就从浴室里走出来了。

卷卷掏出手机想照个相，但被保安阻止了。

"这里不允许拍照。"保安拿手挡在她面前，眼中流露出警惕。

"长夜漫漫啊。"卷卷露出一个猥琐的笑容，"你懂的。"

两个保安对视一眼，收起眼中的警惕，其中一个露出相似的笑容："嘿嘿嘿，你房间不是联网了吗？想看什么，你上网找嘛，或者花钱请个女主播脱给你看，不是比这些人好看多了？"

"看腻了，换换口味嘛。"卷卷暧昧地眨眨眼，"再说花钱能买到的女人，哪里比得上这些花钱买不到的？"

看见两个保安还有些犹豫，卷卷就从口袋里掏出几百块钱给他们。

"东西吃完了，你们帮忙拿点啤酒过来吧？"卷卷笑道。

年轻点的保安还有点犹豫，但身边年级大点的拿胳膊肘撞了他一下，然后笑着接受了贿赂，带着他一起离开了。

等离开了监控室，年轻保安压低声音问："这样不好吧？"

"有什么不好的。"年纪大的保安分了一张钞票给他，说，"如果我们在场，那当然是要阻止他，但问题是我们不在啊。那他无论做什么都是他自己的锅，我们不背……"

年轻保安这才恍然大悟，朝他比比大拇指。

"多学着点吧。"年级大的保安笑道，"这人是老板的亲戚，以后还要靠老板发家致富呢，不会做对老板不利的事的……我听说他马上就要升职了，专门管人事这块，你我这样的小虾米何必跟他过不去呢？他想拍，那就让他拍吧！"

他们身后的监控室内，咔嚓一声。

卷卷举着手机，对准眼前的屏幕，咔嚓咔嚓，拍下许多照片。

之后的三天，她白天的时候跟其他人一起参加活动，晚上的时候则利用经理的身体四处活动，不但在监控室里拍到了不少侵犯个人隐私的照片和视频，还在经理的个人电脑里找到了一份诡异的表格。

表格里面列了许多人的名字，除了手机电话家庭住址，还有紧急联系人之外，后面还根据家庭出身、社会关系、相貌和同化度等进行了打分。

卷卷在里面看见了自己的分数，家庭出身和社会关系只有六十分，相貌打了八十，但是同化度只有可怜的三分，所以综合分数掉到了表格最后一位。

双手撑着下巴，卷卷看着这份表格出神。

像她这种经历过大风大浪的奇才，怎么会因为看见一两个奇怪的数据就去报警？

她肯定是要收集足够证据的。

没有足够证据的话，这件事最后肯定是要不了了之，想想看，公司都建立多久了？她是第几批进来培训的？她就不信前面没人去报过警，阵势搞得这么大，公司还依然健在，证明公司有恃无恐，根本就不怕你报警。

因为从手头的证据来看，这个公司虽然有很多荒诞的地方，但大多数都能以企业文化的名义忽悠过去。

哪怕这个企业文化要人下跪，只要员工声称是自愿的，那就不违法。

叩叩叩……

外面传来敲门声，卷卷转头，稍微犹豫了一下，合上电脑，问："谁啊？"

"是我，小琴。"外面传来一个女人的声音，"老板叫我过来看看你睡了没，没睡的话，过去跟他一起参加活动。"

卷卷看了下手表，都十点了，这个点参加什么活动？

她走过去，打开门，看着门口站着的黄衣美女，笑道："一起去吧。"

小琴是老板的秘书，老板有很多秘书，基本都是刚毕业的大学生，能力一般般，贵在身材样貌都好，赏心悦目。她对卷卷一副讨好的样子，因为秘书总在换，但是亲戚一辈子都换不了。

顶楼，房门打开，一股浓烈的烟火气扑面而来，卷卷打了个喷嚏，抬手捏了捏有些不通畅的鼻子，双脚定在门口，一时间不敢走进去。

这里应该就是她之前在监控室里看到的房间。

老板又胖又矮的身体坐在一张太师椅里，房间里没有点灯，只在房间四角放着许多白色蜡烛，摇动着橘黄色的光芒。

地上密密麻麻地跪了一群人，有男人，也有女人，都是光着的。小琴走进来以后，反手关上房门，然后二话不说，加入了这群人当中，膝盖一软朝老板跪了下去。

"感谢老板，给我工作。"

"感谢老板，让我生存。"

"感谢老板，让我吃饭。"

这些人整齐地念诵着，有些人的声音已经沙哑了，像是从早念到晚，中间没喝过一口水，也没停歇过。

从监控里看的时候还不觉得，但是身临其境的时候，卷卷就觉得他们的喊声透出一股诡异的宗教感。

"小琴。"老板忽然开口。

他一开口，地上那群人就全部住了嘴，安静地听他说话。

"你怎么不脱衣服呢？"老板和蔼可亲地笑道。

小琴肩膀抖了一下，过了好一会儿，才为难地说："我今天来例假了，不好脱。"

"可是别人都脱了，你怎么能不脱？"老板淡淡地道。

房间里静悄悄的，所有眼睛都盯着小琴。

"你是不是觉得羞耻？不，不要觉得羞耻，每个人刚出生的时候都是光着身体的，不会因为自己光着身体而感到羞耻，也不会因为看见别人光着身体而感到吃惊。"老板慢悠悠地说，"我现在让你们脱光衣服，是帮助你们找回刚出生时的纯真和善良，发掘你们内心的力量，使你们的人生得到升华……你懂了吗，小琴？"

卷卷觉得他简直是在放屁，而且臭不可闻。

既然脱光衣服就能得到升华，那他为什么不脱，光叫别人脱？

但她不信，其他人却信了。

所有人或者用目光，或者直接用语言催促着小琴，逼得她没有办法，只好一件一件把衣服脱光，然后忍住泪水跪伏在地上。

老板露出满意的微笑，视线从她身上，慢慢移到卷卷身上："你怎么不脱？"

卷卷本来想当场发作的，但想想这又不是她的身体，怕什么？于是她微微一笑，脱掉衣服，整齐地叠放在腿边上，顺便把手机摄像头打开，然后跟身边的人一起高呼："感谢老板，给我工作；感谢老板，让我生存；感谢老板……"

活动结束以后，她迅速回到房间，打开电脑，上传视频，然后将这段视频发给了暮照白，问他："这样的企业文化合法吗？"

暮照白一时之间没有回复。

卷卷双手叠在下颌，皱起眉头。

如果对方回复合法呢？

现在的奇葩企业文化越来越多了，裸奔、下跪，层出不穷，她没看见哪个企业因此而倒闭的，甚至没有看到多少人因此反抗的，因为反抗就意味着不合群，只有不反抗的人才算是融入集体，然后再谈升职加薪。

"我们是电池吗？"她喃喃自问。

企业要运作是需要电池的，这种电池叫作人。新电池加班加点地运作，等过一段时间，新电池老化了，企业就抠掉老电池，换上另外一批新电池。

这个过程叫淘汰……但是电池比人有尊严，明明都在辛勤工作，电池不用下跪，人却要下跪。

想到这里，卷卷重新打开表格。

顺着表格上面的名字，顺着名字后面的紧急联系人，她把这份视频一个一个发过去。

有人立刻打电话过来，然后在电话里破口大骂："你们对我女儿做了什么？"

"做了什么，你自己不会看吗？"卷卷冷静地说完，挂掉电话，接着拉黑，然后接着给下面的人发。

世界上除了法理，还有人情。

老板用工作机会和企业文化逼着这群人跪下，但有人会让他们重新站起来。

他们的名字叫作父亲、母亲、哥哥、姐姐、弟弟、妹妹、闺密、死党……那个被他们列为紧急联系人的人，正在世界上的某个角落里关心他们，不单单关心他们是否生存，还关心他们是否有尊严地生存。

叮铃铃！

随着第一声手机铃声响起，接着是第二个、第三个、第四个……

无数手机铃声在深夜中响起，就像一声声号角，刺穿了寂静无声的夜。

一扇扇窗户亮起灯光，一个个员工接通电话，电话那头，传来焦急的喊声："妹子，你在哪儿？哥现在就过来接你！"

"儿子！男儿膝下有黄金啊，你怎么能随便给人下跪呢？这公司再好，我们也别去了，我就不信全中国就他一家有饭吃！"

"呜呜呜……我的心肝宝贝啊，你回来吧，爹妈养得起你。"

"姐！你该不会是被传销组织扣住了吧？别怕啊，我已经报警了，警察说已经定位你了，他们很快就到！"

整栋楼房里都乱了套，还剩下几个人没发的时候，房门被人敲响，声音很急，小琴的声音在外面响起："经理，出事了！"

"来了来了！我马上起来！"卷卷一边说，一边将最后几条信息发完，有一条石沉大海，有两个人立刻回电话过来，还有一个回了条信息，说："应该的，这都是年轻人应该经历的磨炼，只要贵公司觉得好，我这个当爹的就没意见！"

这个世界上有各种各样的儿女，当然也有各种各样的父母，卷卷收起手机，打开房门走了出去，左右四顾，走廊上到处都是人来人往，乱成一片。

一个讲师模样的人狠狠地道："我早说了，要进行军事化管理，进来的人都不许带手机，也不许跟外界联系，现在看看，出事了吧？"

"到底是谁把视频流出去的？"

"是那个房间里发生的事……肯定是内部人干的！"

卷卷拉了拉西装领口，收回目光，看着小琴道："老板在哪儿？"

"老板已经走了。"小琴压低声音说，"他让你留在这里，安抚一下员工，如果有警察或者记者过来，一律说他不在，然后给点钱把他们打发走。"

卷卷点点头，但是压根就不打算去帮老板处理这件破烂事。她摸了摸下巴，思索片刻之后，笑着问道："小琴，你一直跟着老板，他的东西都是你在打理吧？"

小琴愣了一下，回答："是啊。"

卷卷笑容可掬："那你有他的照片吗？"

『第九十二章』背后的人

"我这儿没有。"小琴说，"但我知道哪里有。"

"去帮我拿来。"卷卷吩咐道。

小琴点了一下头，然后匆匆离开。

在她身后，卷卷从口袋里掏出手机，翻了一下联系人，然后嗤地一笑。

经理真是人脉宽广，他的手机里存了很多人的号码，包括老板，也包括讲师和保安，因为人太多了，他怕自己忘记对方是谁，所以特地分了群组。卷卷找到培训群组，然后给排在第一个的人拨了通电话。

一楼，女员工宿舍门口。

"回去！都回去！"一名女讲师朝聚集在走廊上的女员工喊道，喊到一半，裤子口袋忽然嗡嗡作响，她掏出手机，贴在耳边，"李经理啊，是我是我，您有什么吩咐直说……什么？"

十分钟后，男员工宿舍门口。

一名满脸横肉的男讲师带着几个保安，跟提小鸡一样，把试图连夜逃跑的两名男员工提回来，然后丢回宿舍里。

两个男员工在地上滚了一圈，刚要爬起来，就看见保安拿出了电棍，于是安分地蹲在地上，敢怒不敢言。

正剑拔弩张之时，男讲师的手机响了，他拿起手机："喂，李经理，什么事？啊？你没跟我开玩笑吧？真要这么干？"

一个一个电话打过去，最后小琴回来时，恰好听见卷卷跟最后一个人说："这是老板的吩咐，你们理解的在理解中执行，不理解的在执行中理解。"

挂断电话以后，卷卷转过头，嘴角抽搐了一下。

小琴怀里抱着一个巨幅相框，差不多有半个成年人那么高，里面是老板的照片，西装笔挺，手里夹着一根雪茄，露出成功人士的微笑。

"呼，呼，呼。"小琴把相框抵在地上，擦了把头上的汗，"这张相片行不？刚从老板办公室摘下来的。"

卷卷无语，枕着这么个玩意睡，她觉得自己搞不好会产生严重的心理阴影。

"还有这个。"小琴从口袋里掏出一个怀表，怀表打开，里面是一张椭圆形的相片，相片里的老板在冲着他们微笑。

"谢了。"卷卷松了口气，从她手里接过怀表放进口袋里，然后将巨幅相框扛在自己肩上，朝顶楼走去。

小琴站在原地犹豫了一下，不知道自己该不该跟上去，但就犹豫了这么几分钟，身后就传来轰隆隆的脚步声，她一转头，看见讲师、保安、员工，人头涌动，从她身边走过，朝楼上走去。

不久，接到家长举报的警察赶来了，同时赶到的还有报社记者，以及担心自家儿女的父母。

这时候大约是凌晨三点，呜呜呜叫的警车声刺破天空，惹得附近农家养的狗不停吠叫。车门打开，警察从里面下来，他们快步走到楼房门前，敲了两下没敲开门，索性就强行突破，把门给端开了。

大门一开，一股檀香气就从里面冲出来。

像是蛰伏在黑夜中的野兽，张开嘴，吐出一口雪白的气。

警察对视一眼，快步冲了进去，身后紧紧跟着记者和家长。

一楼没有人，二楼也没有，三楼也一样，客厅、食堂、监控室都是空的，宿舍的房门都是推开的，里面留着牙刷、水杯、衣服、烧水壶等个人用品，东西都在，人却不见了，几个家长心里着急，拿出手机开始打电话，但对方关机了，于是他们更加焦急不安。

"安静！"一个警察喊了一声，然后慢慢抬头看着天花板。

其他人顺着他的目光一起看去，咚，咚，咚……天花板上传来奇怪的声音，不是走，也不是跳，但是非常整齐的声音，整齐得让人心里有点发悚。

一群人对视一眼，然后一起冲出房门，朝顶楼冲去。

一开始只能听见纷乱的脚步声，但是离得近了，渐渐就听见奇怪的诵经声，跟之前的咚咚咚声同样整齐一致，但诵的不是佛，不是道……

当警察端开厚重的房门时，一道骤然清晰的诵念声冲入他们耳中。

"感谢老板，给我工作。"

"感谢老板，让我生存。"

"感谢老板，让我吃饭。"

警察愣在原地，匆匆赶到的记者也愣了一下，然后急忙朝身后的摄像师打了个手势，对方点点头，将手里的摄像机对准房间。

房间里没有开灯，只在四角点燃了白蜡烛，烛火幽幽，上头飘出缥缈悠长的烟气。

一张太师椅面朝大门放着，上面坐着一个十分高大的人……不，那不是人，而是一副巨大的相框，相框里的人栩栩如生，面带微笑地俯视着面前的人。

在他面前跪了一地人，有员工、有讲师，也有保安。

"感谢老板，给我工作。"

他们举起双手。

"感谢老板，让我生存。"

他们附身叩首。

额头碰在地上，发出咚的一声响，几十个咚声整齐地交织在一起。

"感谢老板，让我吃饭。"

他们再次举高双手，眼中带着失去理智的狂热。

这幅诡异的场面被摄像机如实地记录下来。

"儿子！你在做什么啊？"一对父母冲过去，搀扶着地上的一个青年，青年被他们搀起了一条腿，又迅速跪了下去，嘴里嚷嚷道："爸妈，你们干什么啊？这是我们的企业文化懂不懂？"

"我不管什么企业文化！"老父亲眼睛里晃动着泪光，"你的膝盖可以跪天、跪地，但不能跪跟你一样的人！"

另外几个家长也冲了进来，在人群中慌乱地寻找自家的儿女。

"妈……"一个声音从他们身后响起，一名家长回过头，看见墙边上站着一群人，数量比跪着的少很多，一个女生从中间走出来，脸上挂着两道泪痕，满脸的惊惧不安，朝她张开手，"我好害怕……"

老母亲也哭了起来，走过去抱住她。

"搞什么封建迷信、个人崇拜？"一个警察冲过去，朝地上那群人吼道，"起来！全都起来！"

一个警察开始给总部打电话，向总部汇报这里的情况。

接下来的事情，已经跟卷卷无关了。

来了很多警车，其中一辆把她接回了家，她歪坐在车里，低头看着掌心，掌心里是一张椭圆形的照片，是她刚刚从怀表里抠出来的，看了一会儿，她缓缓收拢手指。

第二天，新闻就播出来了。

不只是新闻，还有报纸和微博，到处都在转着这条消息，到处都有人在骂着老板，说他："想要裂土封疆啊？现在让人给他下跪，下一步是不是就要高呼皇上万岁了？"

但批评的声音虽多，但也只是批评而已。

老板在接受采访的时候，一口咬定："这不是传销，也不是邪教，这是我们公司的企业文化！也许形式上有人不大认可，但是企业文化是无罪的！"

卷卷在电脑里看了这则新闻，她一边用毛巾揉着湿头发，一边拉开抽屉，从里面把老板的照片拿出来，压在枕头底下。

老板傻逼，还把其他人当傻逼。

别人信不信，她不知道。

反正她是不信的，也不会上赶着去给他当奴才。

她现在就是有点好奇，老板他究竟是把自己当成皇帝了呢，还是把自己当成了新世纪的神了呢？

凌晨一点，卷卷在老板的身体里醒来。

她是跪着醒的。

两条腿跪久了，已经麻木了，她一动，就身体一歪滚在地上。

地板又硬又冷，别说跪着了，就算是站在上面都能让人脚底发凉，卷卷嘶了口凉气，艰难地从地上爬起来，爬到一半，她突然抬头看着对面的香案，脸上的表情凝固了，眼珠子一动不动的。

对面立着一张香案，上面放着贡品，以及一只铜制香炉，香炉里面的香已经烧了一半，袅袅白烟飘起，飘过香炉后贡着的那张照片。

不是佛，不是仙，而是人的照片。

照片里是一个中年男子，戴着金边眼镜，穿着麻布上衣，负手而立，从外表来看仙风道骨，很有种世外高人的味道。

但卷卷看的不是他。

而是中年男子身后站着的那个人，那个十分漂亮的女人。

沈绿瓷。

『第九十三章』佛学和科学

卷卷回来以后，立刻给沈绿瓷打了个电话。

电话响了很久，一直没人接听。

卷卷挂断电话，又重新打了几个过去，手机贴着她的耳朵，嘟嘟嘟地响，她在房间里走来走去，嘴里不断喃喃着："绿绿接我电话接我电话……"

"您好，您所拨打的用户暂时无法接通……"

卷卷又打了几次，结果都一样，没办法，她只好点开联系人目录，手指在屏幕上不停滑动，最后停在小刀的名字上，给他拨了个电话过去。

"嘟……嘟……嘟……您好，您所拨打的用户暂时无法接通……"

"不是吧！"卷卷放下手机，瞪着它，"刀哥你也失联了啊？"

事情有点不对头，卷卷咬着手机，回想起五天前，她接到单位的通知，要去参加员工培训，也就是这一天，她突然跟小刀和沈绿瓷失去了联系。

她打电话给沈绿瓷，但是直到现在也没见她回。

小刀夜不归宿，这几天他到底回来过没有？

想到这里，卷卷走出房间，她先去了一趟洗手间，拿起小刀的牙刷，放在眼前仔细观察了一下，然后伸手捏了捏他的毛巾，干巴巴一片。

之后她又去了小刀的房间，垃圾桶里有一个饭盒，她走之前在那儿，她回来之后还在那儿，再打开小刀的电脑一查——上次的开机时间正好是五天前。

卷卷坐在电脑前，忍不住咬了咬大拇指。

这两人到底出什么事了？

想要确认他们的情况，看来只有一个办法了。

第二天晚上，卷卷坐在床沿，看了看左手的沈绿瓷的照片，又看了看右手的小刀的照片，犹豫片刻以后，将小刀的照片压在枕头底下。

找到沈绿瓷不一定能帮到小刀，但是找到小刀，就能依靠他的技术和社会经验帮到沈绿瓷……

关掉台灯，卷卷在被窝里躺好，然后闭上眼睛。

十分钟后，她睁开眼睛，眼珠子左右移动一下，将四周环境收入眼中。

这是一间手术室。

小刀的身体被绑在冰冷的手术台上。

身体里面似乎还注射过麻药，所以她连动动手指头都觉得艰难。

手术台旁边围着几个人，有男有女，但既不是医生也不是护士，他们穿着麻布上衣，双手合十坐在地上，手腕上纠缠着念珠，嘴里念念有词。

卷卷听不清他们在念什么，但类似的场景她见过，小时候有个远方亲戚死了，她跟妈妈去参加他的葬礼，葬礼上请了几个和尚做法事，他们就是身穿黄袍，手缠念珠，坐在棺材旁边，诵经声声，纸钱纷纷。

"……"卷卷扯了扯嘴角，"老子还没死，你们做什么法事？"

身边的人听见声音，睁开眼睛看了她一眼，又重新闭上眼睛，念经的声音更大了一些。

他们念得又快又平，没有声调起伏，卷卷由始至终只听清了几个字。

"诸恶……"

"众善……"

"来世……"

"林大师。"

卷卷原本以为刀哥时运不济，被车撞了或者被花生米噎着了，假死状态被送医院，然后被鉴定成为一具新鲜的尸体。

但现在看来，事情不是这样的。

哪家做法事的有这么大胆子！看见尸体复活，一没吓晕，二没通知医生，反而坐那儿继续念经，他们不怕上焦点访谈啊？

结果他们还真不怕。

无论卷卷怎么威胁，他们都无动于衷，只是将念经的声音放大了几倍，直到卷卷开始唱好汉歌，其中一个才按捺不住，卷起袖子，起来给卷卷补了一针麻醉药。

好汉卷卷心有不甘地闭上眼睛。

在闭目之前，她隐约听见身边人哎呀一声："你怎么打这么多，你当他是大象啊？"

"哎，一不小心犯了杀戒了……"

"孽畜，住手啊！"卷卷发出一声哀号。

发出哀号的时候，她已经回到了自己的身体内。

但不是在床上，而是在桌子旁边。

这也是理所当然的事情，小刀的体质特殊，她穿到他身体里的时候，他也会穿到她的身体内，这技能从前只会让他们两个感到难受尴尬，但现在，却成了两人之间的救命稻草。

只见台灯开着，桌子上面铺着一张纸，纸上还压着一张银行卡。

"时间不多了，我先挑重要的说。"只见纸上开门见山地写着，"密码×××××，卡里的钱你拿去用，先买张飞机票，到S市来，然后等S大的林文藻开讲座，你混进去拍他的照片，或者直接拿钱买通上课的学生，让他们卖他的照片给你……小心，别让他注意到你。"

看完这封信，卷卷发出一声感叹："啊，我英'熊'救美的时刻到了。"

她立刻收拾好行李，然后乘坐当晚的航班去了S市，在S大附近随便找了个旅馆住下之后，她和衣躺下假寐了几个小时，恢复了一些体力之后，打开手机，登录S大的论坛贴吧，搜索林文藻的信息。

这似乎是个有名人物，功成名就，刚刚从国外回来，现在回母校开讲座，时间刚好是今天早上十点，第三教学楼。

"林文藻……"卷卷将这个名字在嘴里咀嚼了一下，觉得这个名字听起来有点耳熟，可一时之间又想不起是谁，干脆就不想了，出去买了早点，一边吃一边休息，到了九点左右，她就去了S大，一路问路问到第三教学楼。

时间还早，但是已经有人过来占座了，看不出他居然还挺受欢迎的。

卷卷不是来听课的，而是来偷拍的，当然不能坐在太显眼的地方，于是在大讲堂中间找了个位置坐，闭目养神了一会儿，身边的人声越来越多，最后人声忽然安静下来，她睁开眼，看见一个中年男子从教室外面走进来，金边眼镜，西装革履，她的眼皮子跳了跳，她见过这个男人。

在老板家里的香案上，在贡品和香烛后，在那张照片上。

卷卷忍不住身体前倾，就像野兽摆出了攻击的姿势，眼神锐利，直盯着黑板前写字的男人。

他用粉笔在黑板上写下了自己的名字，笔迹十分优美，甚至可以用笔走龙蛇来形容。

"同学们好，我是林文藻。"他转过身来。

"林教授好！"有学生喊。

"好个锤子！"卷卷心里怒吼，"抢了我女人又抢我男人！我要跟你拼了！"

她迅速拿出手机，给对方来了个连拍。

拍完以后，她本来想走的，但刚开始上课就跑路，难免会引起对方的注意，再说知己知彼百战百胜，她决定先听几分钟，看看他是个什么样的人。

结果对方一开口，就把卷卷给震住了。

"佛曰四万八千虫。"林文藻笑着对众多学生道，"这里的虫指的是微生物和细菌，在没有显微镜的时候，佛就能说出这个理论，说明什么？"

"说明佛是穿越者。"一个学生笑道。

"佛选修过生物学。"另一个学生说。

"佛有洁癖。"一个女学生瘪瘪嘴。

学生们踊跃发言，等他们的讨论平息下来之后，林文藻才扶了扶眼镜，看着在座的众多学生和一个卧底。

"科学的尽头……"他微微一笑，"其实是神学。"

『第九十四章』宴会

"同学们，你们有信仰吗？"林文藻在台上问。

"有啊。"一个女生笑嘻嘻地说，"我信考神。"

"那我信春哥。"

"我信财神马云……"

课堂上的气氛很轻松，林文藻笑着说："不止这些吧？你们打游戏吗？那应该还有信仰魔兽的、信仰刀塔的、信仰剑三的……"

一个男生一捶胸："近战不出狂战斧，不如回家种红薯。"

一个女生幽幽一叹："一筐马草就嫁人。"

旁边马上有人回应，你哪区的，你哪服的，妹子我三筐马草迎娶你。

"所以信仰离我们其实不远。"林文藻等众人的笑声稍微平息一些，才开口说，"信仰并不单单指宗教信仰，信仰某种主张、信仰某种生活方式、信仰某件东西、信仰某个人，其实都是信仰。"

一个学生举手："我觉得这不是信仰，而是爱好。"

"也可以这么说。"林文藻说，"信仰的诞生是多方面的，在古代的时候，人们因为对自然的恐惧产生了图腾崇拜，但在现代，信仰的诞生很多时候并不那么严肃，就像你们刚刚说的，信仰考神、春哥、马云……信仰的诞生有时候是因为考试的压力，有时候是源自爱好，还有时候仅仅是因为寝室的人都信了，所以你不好不信。"

他环顾了一下四周，目光从学生脸上，移到卷卷脸上，又划过去。

"所以在座的每个人，其实都有信仰。"林文藻缓缓笑道，"我们暂时不去评估谁的信仰好、谁的信仰坏，因为这就跟佛教道教伊斯兰教一样，你信它，它就是好的，你不信它，它怎么都是不可信的。我只想说，有信仰是件好事，至少会让你不再孤独……"

下课铃打响的时候，卷卷愣了一下神。

她居然把这节课听完了？

这人有毒啊！

回去的路上，卷卷觉得只能用十二个字来形容自己的精神状态——我是谁？我在哪里？我做了什么？

她听完了整个讲座，感觉自己好像懂了许多，但仔细想想什么都没懂，整堂讲座最后就留给她一个印象——有信仰不是一件坏事。

卷卷打了个激灵，回到旅馆以后，把员工跪拜老板的视频翻出来看了十遍，然后觉得自己好多了，无产阶级信仰更加坚定了，精神抖擞能干活了。

夜里，她将洗好的照片放在枕头下面。

几乎是刚刚穿进对方的身体里，她就听见一个女人的声音在耳边响起："林大师，时间到了，请起来。"

卷卷缓缓睁开眼，看见一个穿黑色女式西装的高挑女人站在旁边，她很瘦很美，外表看来就像杂志上那些为了身材，常年保持饥饿状态的模特，黑色长发在脑后梳成一个简单的发髻，鼻子上架着一副黑框眼镜，看起来一丝不苟、精明能干。

她看起来对这个房间很熟悉，把卷卷叫醒以后，就径自走到衣柜边上，拉开衣柜的门，从里面挑选出一件西装外套，以及配套的领带，然后走回来，将外套披在卷卷身上，又手脚麻利地给她打领带。

卷卷环顾了一下四周，问："沈绿瓷呢？"

打领带的手稍微停顿了一下，西装女人平静地对她说："我有一件事要向您汇报。"

事情还没办完，卷卷不想表现得跟正主差距太大，于是问："什么事？"

"我刚刚得到一个可靠消息。"西装女人系好领带，由下至上地看着卷卷，"沈绿瓷有可能是诈骗团伙的一员。"

卷卷的身体顿时僵硬了一下。

过了一会儿，她才盯着对方道："有证据吗？"

"几个月前在本市度假村出了一起情侣绑架案。"西装女人仰视他，目光诚恳真挚，"有人拍到了她跟她男朋友的照片，那个男人……"

"叫萨丁，一个国际诈骗犯对不对？"卷卷笑着俯视她，目光无动于衷。

西装女人抿着嘴，一时之间不知道该跟她说什么才好。

"这事我早就知道了。"卷卷拍了拍她的肩膀，为了替沈绿瓷暂时压下这件事，她的手指紧了紧对方的肩膀，用一种近似警告的语气道，"立刻忘记这件事，不许声张。"

西装女人蹙了一下眉，看起来想对她说些什么，但房门被人敲了敲，一道熟悉的女声在外头响起："客人都已经来齐了，林先生，可以下来了吗？"

卷卷听见这个声音，眼前一亮："来了来了！"

感觉到她态度的变化，西装女人站在她身后，表情又变了变。

卷卷完全没把这个人放在心上，她急匆匆地拉开房门，看到沈绿瓷俏丽地站在门口，身上穿着一件白色旗袍，上面荷叶层叠，青翠欲滴，越发衬得她清丽脱俗，宛若清水芙蓉。

沈绿瓷被卷卷的热情吓了一跳，脸上的表情越发冷淡起来，可她长得好看，哪怕是冷言冷语也别有一番风味。

"让客人久等可不好。"她侧开身子，淡淡地道，"林先生，请。"

现在不是说话的时候，卷卷决定先下去把客人打发走，然后再跟沈绿瓷促膝长谈。

但等她下了楼，才发现人不是那么好打发的。

因为来的不是一个客人，而是一群客人！

都睡觉的点了，林文藻家里居然开起了沙龙，一楼到处是人，而且都是有头有脸的人物，卷卷在里面看到了几个明星。如果在别的地方，这几个明星一出现，那就有一堆脑残粉追捧，但在这里，他们却在追捧其他几个人。

那些人看明星的眼神，跟看宠物市场上的小猫小狗没区别，但是一抬头，看见从楼上下来的卷卷，立刻换上另外一副神色，直接端着高脚杯迎了上来："林大师，欢迎回国啊！"

卷卷笑容僵硬地伸出手，不断地握住伸过来的手，摇一摇，再换下一只。

恍惚之间，她简直觉得自己是在参加明星握手会，对面全部是自己的脑残粉。

但也有人不是那么热情。

一个年轻人握着她的手，用警惕的目光打量她一番，笑着说："听说你在外国开了个诊所？是卖什么的？老年人保健产品吗？"

"小健。"他身边的老妇人喊了他一句，然后满脸歉意地对卷卷说，"不好意思，林大师，年轻人就是这么毛躁不懂事。"

"没事，没事。"卷卷毫不在意地笑道，她怎么会在意这些呢？她跟对方的想法差不多啊，这个林大师该不会是借保健产品成神的吧？

"不过我相信，看到您的本事以后，他很快就会改变看法的。"老妇人笑着说。

"是啊是啊。"年轻人也在一旁起哄，脸上带着一丝不易察觉的讥笑，对卷卷说，"我总听妈妈说您多么多么厉害，但是眼见为实、耳听为虚啊……林大师，您是不是给我秀两手？"

他俨然将卷卷当成一江湖骗子，惹得老妇人拿胳膊肘轻轻撞了他两下。

卷卷哪有什么杂技能耍给他看，正打算笑而不语地应付过去，身后却传来西装女人的声音："林大师，东西已经准备好了。"

什么东西？

卷卷一脸茫然地转过头，只见几个人提着一口巨大的油锅上来……想干吗？涮火锅？

"林大师，让他们见识一下吧。"西装女人走到卷卷身边，轻声对她说。

卷卷有种不祥的预感，她压低声音问对方："表演什么？"

"当然是您的气功。"西装女人说，"将气功凝在体表，便可刀枪不入、水火不侵。"

……合着真让她玩杂技啊？

"哈！"年轻人直接嘲笑出声，"你当我傻啊，这都什么年代了还玩这种把戏，不就是油里面加点醋吗？醋的沸点比油低，所以看起来是油锅，其实里面沸腾的只有醋……不信？我煎个蛋。"

一楼的桌子上面摆放了不少食物和酒水，供沙龙中的客人取用，其中有道菜里面用了生鸡蛋做摆设，鸡蛋上面用水彩绘了精美的图案，年轻人快步取了个彩绘鸡蛋回来，将蛋在桌子角上一磕，然后将金黄的蛋液打进油锅里。

滋滋滋……

一个荷包蛋煎好了。

看到这个场面，年轻人惊了，卷卷也惊了，身边的西装女人对她笑道："林大师，轮到你了。"

可她的手不会比一个鸡蛋坚持得更久啊！

"您还在等什么？"看卷卷一副犹豫不决的样子，西装女人催促道，"大家都在等着呢。"

……一个荷包蛋不够吃，还要加一只红烧爪子吗？

卷卷真是骑虎难下，四面八方围了一群人过来，每个人都拿笃定的眼神看着她，觉得她真能水火不侵。卷卷转头看了一眼沈绿瓷，沈绿瓷也转头看着她，犹豫一下，朝她轻轻点点头。

卷卷收回目光，心想："我要相信林文藻，相信江湖骗子的技术，锅里没有放醋，也许我手上涂了呢？"

一边想，她一边将手伸进油锅里。

滋滋滋……

又熟了。

"啊啊啊啊啊啊！"卷卷举着一只半熟不熟的手跳起来，惨叫道，"水！给我水！"

大厅里的人吓得惊叫连连，有些人回过神来，开始四处找水。

"水来了！水来了！"沈绿瓷抱着一个圆形的小金鱼缸冲过来，西装女人看见了，刚要开口阻止，但卷卷已经提前一步冲了过去，把手插进鱼缸里。

"别啊！"西装女人哀号道，"里面是食人鱼啊！"

卷卷："啊啊啊啊！"

鸡飞狗跳的沙龙提前结束了。

卷卷虚脱一样，躺在床上，身边几个医生，正在用钳子钳开食人鱼的牙齿。

西装女人在房间里走来走去，高跟鞋在地板上踩出一首焦躁烦乱的曲子，等医生一走，她就直接爆发了。

"如果您只是沉迷美色也就算了。"她冷冷地道，"您怎么能闹出这么大的笑话来？知道外面的人是怎么说您的吗？"

"说我破了童子功法力全失了吗？"卷卷随口开了个玩笑。

西装女人深吸一口气，闭上眼睛，看起来在压抑愤怒。

卷卷忍不住打量着她。林文藻在课堂上风趣幽默，导致她以为他私底下也是这样的人，但看起来事情并非如此？至少这个女人就完全无法接受她的玩笑话。

又也许是她的玩笑开得太不合时宜？毕竟现在的情况已经可以看作一次企业危机了……

就在卷卷胡思乱想的时候，西装女人睁开眼睛，冰冷地注视着她。

　　"我再问您一次。"她一字一句地说，"您真的不打算处理沈绿瓷吗？"

　　"这件事是我的失误，关她什么事？"卷卷反问。

　　"自打您请了她当生活助理以后，出了多少意外，要我一一跟您说明吗？"西装女人冷冷地道，"特别是今天这次……简直让我怀疑，她不是为了您的钱来的，而是为了您的命而来的。"

　　"这不可能。"卷卷摇头，自然而然地为沈绿瓷辩解道，"她不是那样的人。"

　　西装女人紧紧盯了她一会儿，然后走近她，缓缓将被子给她盖好，完了以后，在她唇上落下轻轻一吻。

　　"希望她不是那样的人吧。"西装女人直起身，留恋地看了卷卷一眼，目光有些酸楚，"晚安。"

　　她按掉房间里的灯，然后走出房间。

　　卷卷摸了摸嘴唇，唉声叹气了一会儿，刚要从被子里出来，找沈绿瓷促膝长谈，但是一股浓重的睡意向她袭来，她好不容易撑起半边身体，又重新倒了回去。

　　"医生在药里放了催眠药物吗？"卷卷一边想，一边闭上眼睛。

　　下一秒，她睁开眼睛，人已经回到了旅馆内。

　　"真倒霉。"卷卷捶了一下床，然后无可奈何地翻了个身继续睡，打算养足精神，明天晚上再接再厉。

　　但她再也没有这个机会了。

　　第二天的头条新闻就是，林文藻死了。

『第九十五章』再生

　　林文藻死得太突然了，很多人一点准备都没有。

　　比如沈绿瓷。

别墅里工作的人是受到严格控制的，包括通话控制，她好不容易拿到了十分钟的通话时间，然后迅速给萨丁打了个电话。

电话接通以后，她开门见山地说："林先生死了。"

萨丁沉默了一会儿，问道："有什么收获吗？"

沈绿瓷闭上眼睛，片刻之后，睁开眼睛道："林先生的身前身后事一直是由他女秘书在打理的。"

"哦？"听说是个女人，萨丁立刻拖长尾音，"叫什么名字？今年几岁？结婚了没有？"

"她姓许，叫许静姝，今年三十二，未婚。"沈绿瓷瞥了眼身边监视她打电话的保姆，斟酌着自己的言辞，"许秘书是个很有能力的女人，也很受林先生的信赖，不但将经济上的事情交给她，生活上的事情也交给她，他每次小憩的时候，都不许别人打扰，只有许秘书能进去叫他起来工作。"

这番话可不是在恭维许秘书，而是在向萨丁透露两个人之间不同寻常的关系——林文藻的财产一直由许秘书打理，许秘书可以随便出入林文藻的卧室。

"原来是同行啊。"萨丁笑了起来，笑声里带着一丝兴奋，"我最喜欢跟同行打交道了。"

他是个职业情夫，跟情妇勉强算是同行。

同行是冤家，他从来不给同行留情面。

过去被他搞上手的那些情妇，最后都沦落到一个下场，那就是连骨髓都被他吸了出来，干干净净的，一滴也没剩下。

"那你就暂时留在那儿吧。"萨丁笑完，对沈绿瓷说，"过几天我来拜访你，你顺便给我介绍一下你的同事吧。"

沈绿瓷心里冷笑一声，心想小白脸又要出来浪了。

不过管他怎么浪呢，最重要的是把自己从这件事里摘出去，于是她回道："行，我这几天都在，但过几天就说不定了，你要来就尽早吧。"

搁下电话以后，沈绿瓷抬头看着不远处站着的那个女人。

消瘦的身形，黑色女式西装，不苟言笑的面容，是许秘书。

许秘书待人很冷淡，待沈绿瓷更冷淡，就像细脚站在水面上的鹤，看着水底游过的锦鲤，冷不丁就能将她一口吃下去。

所以沈绿瓷觉得自己是待不长久的。

林文藻的死讯传来时，她觉得对方会连夜喊她走人。

奇怪的是许秘书并没有这么做，林文藻另外还有两个助理，这两天全被打发走了，唯独留下了沈绿瓷，以前沈绿瓷还要负责做饭，现在干脆连饭都不用她做了，就是白拿工资。

事出反常必有妖，沈绿瓷立刻打起十二万分的精神应付许秘书。

反正她只需要应付这么一会儿，等小白脸喷完香水过来，她就可以功成身退了。

"许秘书，"沈绿瓷看着对方，"有什么事要我做吗？"

"没有。"许秘书一副女主人的姿态，吩咐道，"我要跟几个客人出去一趟，你留在这里，哪里也别去，明白了吗？"

她最后一句"明白了吗"，是对沈绿瓷说的，也是对她身边的保姆说的，这个保姆已经在林文藻身边很久了，身体健壮，头脑简单，平常的时候都是干粗活的，但只要对她吹一声哨子，她也能立刻跟家里养的狼狗一起看家护院。

沈绿瓷看了眼身边肌肉膨胀的保姆，嘴角抽搐一下，转头对许秘书说："明白了。"

许秘书这才满意地离开。

等到她的背影消失，沈绿瓷才转头问保姆："许秘书这几天都在忙什么啊？"

保姆斜了她一眼："忙着打理林先生的丧事啊。"

"林先生没有家人亲戚吗？"沈绿瓷更加不解，"为什么是许秘书这个外人来帮忙打理丧事？"

保姆瘪瘪嘴，用手指了指自己的脑袋："夫人和少爷……这里有毛病。"

沈绿瓷本来还想再问的，可保姆忽然一巴掌打在自己嘴巴上。

"我不能背后说主人的闲话。"保姆转头，直勾勾地看着沈绿瓷，"你也别问了，不然我也要打你。"

沈绿瓷吓得闭上了嘴，在这疑似容嬷嬷的生物面前，她觉得自己应该保持冷静和低调，毕竟生命第一。

本来她还想打个电话的，但是保姆不许，她在背后推着沈绿瓷，催促道："快回去，快回去，老老实实待着，省得许秘书回来找不到你。"

沈绿瓷遗憾地看了眼电话……她只是想听听卷卷的声音……

实际上，两人之间的距离只有一张天花板。

楼下的客厅里坐着几个客人，都穿着深色衣服，看起来是来悼念林文藻的，每个人的表情都很沉重，但有人是真的，有人是装的。

卷卷就是装的。

她从以前的同事那里买来了前老板的照片，然后借用对方的身体前来悼念，说是悼念，其实只是想来确认一下情况，看看林文藻到底是真死还是诈死。哪知道一进门，就被一个老板的熟人堵住了，对方拉着她不停地讲合作的事情，她只能嗯嗯啊啊地应付过去。

应付到一半，忽然听见高跟鞋的声音，抬头一看，看见一个穿着黑色女式西装的高挑女人，沿着旋转楼梯从楼上走下来，对他们点点头道："我来带路，请各位随我来吧。"

客厅里的人一一起身，卷卷也急忙跟着站起来。

她原本以为西装女人要带他们进去给林文藻献花，她花都已经准备好了，哪知道她径自带他们出了大门，去了停车场。

卷卷不会开车，眼看着眼前这群人一个接一个钻进了车子里，她只好将一身肥肉挤进西装女人的车门内。

从其他人的口中，她已经知道这人姓许，是林文藻的秘书。

"许秘书你好你好。"她用肥手握着对方纤瘦的手指，使劲摇了摇，"林先生一死，我难过得两天没睡觉了，怕待会儿开车的时候睡过去，只好蹭你的车坐了。"

许秘书使劲把自己的手从那堆脂肪里抽出来，看起来似乎很想赶这咸湿的死胖子走，但最后还是忍住了，一言不发地转头开车。

一行车穿过大街小巷，最后停在一家精神病院门口。

开门下车，看着精神病院门口的招牌，卷卷满脸诧异，觉得这群人真是不走寻常路……莫非把林文藻的棺材停在精神病院里了？

大门里有人走出来，同样穿着深色衣服，胸口还别着白花，看见他们的时候，迎面走了过来，脸上泛着不正常的红色，握着许秘书的手，激动地道："你没骗我，他真的没死！"

许秘书矜持一笑："林大师是不会死的。"

卷卷在旁边皱皱眉。

林文藻没死？

那报纸上的新闻是怎么回事？微博上的新闻是怎么回事？难不成是在联手祝大家愚人节快乐吗？

一行人各怀心思，跟着许秘书走进精神病院，左拐右转，最后来到一间会客室门前。

房门紧闭，门口徘徊着几个人，卷卷观察了一下，觉得他们的表情很像妇产科门口游荡的准爸爸，只等门一开就要扑上去问是男是女？

门开了，里面没有出现抱着婴儿的护士。

一个跟他们相似打扮的男人走出来，表面看起来很平静，但是卷卷看见他的手在微微发抖。

他出来以后，另一个人立刻走进门去。

剩下的人就围着他问："里面真是林大师？"

那个男人擦了把汗，喃喃道："我还不是很确定。不好意思，我去洗把脸冷静一下。"

他摇摇晃晃地离开以后，众人的好奇心都提到了顶点。

等到门再次打开的时候，卷卷马上从一个静止的胖子变成一个灵活的胖子，抢在所有人前面冲了进去，然后反手把门关上。

"插队！"

"无耻！"

"死胖子你出来！"

房门被人重新打开，一群人，包括卷卷在内，一起看着会客室内坐着的那名少年。

摆放着无数朵纸花的木桌后，一名白衣少年抬起头，看向他们。

是林馥。

晴天霹雳都不足以描述卷卷此刻的感受。

等她回过神来，发现身边的人已经先她一步开了口，是前几天在晚宴上挑衅林文藻的那个年轻人，他扶着自己的老母亲，冷笑连连："妈你看见了，装神弄鬼也不找个长得像点的人，每年收你那么多捐款，拿去整容能整出一个一模一样的来，不，是一车一模一样的来。"

老妇人一边嗯嗯嗯，一边神不守舍地看着林馥。

林馥是林文藻的儿子，五官轮廓俨然就是一个年轻版的林文藻，他看着老妇人，目光就像看见一个交往了十几年的老熟人，笑着问："最近头还疼吗？"

老妇人愣了愣，眼睛里有迷惑也有激动，她身边的年轻人见势不妙，立刻转头怒斥道："你谁啊，别乱套近乎！"

"这是你电话里提到的老三吧。"林馥看了眼年轻人，目光带着成年人对未成年人的宽容，这副姿态落在别人眼里，透出一股诡异的违和感，"从美国学成回来了？挺好的，让他在本地找份工作，以后就能常常陪着你。"

"是啊，是啊，我也是这样想的……"老妇人一边说，一边使劲盯着对方瞧，对方的语气、神态、气质，渐渐跟记忆里的那个老朋友重合在一起，叫她的眼眶都有些湿润了。

"妈，你老糊涂了吧？"年轻人急了，"这种话你也信啊？"

"科学不能解释的东西，并不代表它不存在。"林馥将一朵纸花放在眼前转动了一下，轻笑道，"2006年英国太阳报就报道过一个记得前世的小男孩卡梅隆，后来英国电视五台把他的故事拍成了一部纪录片《这个男孩以前活过》，而在我国贵州广西交界处的坪阳乡，甚至有一群再生人，这群人全都记得上辈子发生过的事。"

说到这里，他话音一顿，用意有所指的目光扫视房间里的人，那目光分明在告诉他们一件事——他也是再生人。

"放屁！"卷卷实在是按捺不住了，她怒吼一声，"你是屁的再生人，你这纯粹是演技！"

『第九十六章』神棍

时隔多年，卷卷再次见识到了林馥的演技。

这一次，她绝不会上当。

可她不会上当，并不代表别人不会上当。

"我偏头疼的事情，只告诉过林大师，连我儿子都不知道。"老妇人喃喃道，"我人虽然老了，但我眼睛不瞎，我一眼就看出来，这是林大师，这真的是林大师……"

她儿子在一旁拆台："妈，你先戴上这副老花镜再说话……"

就在老妇人忙着戴老花镜的时候，卷卷开始对众人进行科普教育。

"就算这个世界上真的有投胎转世，那也得先投胎，才有转世，但你们看看他，看看这个头，像是刚打娘胎里出来的人吗？"卷卷指着林馥说，"所以这根本不是什么再生人，就是个骗子。"

面对她的指责，林馥脸上一丝慌乱也没有。

"李先生，"他对一个中年人说，"有关你工作调动的事情，我已经跟曹总提过了，他说这个月出来一起吃个饭，详细的事情到时候再说。"

被他点到的那位李先生表情十分纠结，像是一边怀疑他是假的，一边又希望他是真的。

"王先生，"他又看向另外一个人，十指交错放在桌上，安抚地笑道，"原本说好了，你夫人的病由我来主刀，但现在看来是不行了，不过不要紧，我已经帮你联系好了我的学生，他在脑科方面的技术已经相当成熟了，相信他能够代替我做好这个手术。"

王先生原本意志消沉，听了这话，急忙问道："他电话多少？我留一下。"

林馥给许秘书使了个眼色，许秘书立刻拿出自己的手机，翻出个号码递给王先生，王先生记下号码以后，抬头看了林馥一眼，林馥朝他点点头，温和地说："去吧，打个电话问问也好。"

王先生顿时感激涕零，跑出去打电话了。

接下来的时间里，林馥准确无误地认出了房间里的所有人，并且跟个老熟人一样，跟他们每个人都搭上了话。

最后他看向卷卷，没跟先前对待其他人那样，喊她刘先生，他笑而不语地看着她，就像透过了眼前的这具躯壳，看见了藏在里面的那个人。

过了一会儿，他笑着问："你觉得怎样？"

卷卷觉得自己心都凉了。

她原以为自己面对的是林馥，等她回过神来，才发现自己面对的是一个庞然大物。

林馥不可能靠自己的力量从一家精神病院转移到另外一家精神病院，也不可能突然之间知道这么多事，突然这么惟妙惟肖地扮演一个人，分明是有人在背后帮他，有人在背后教他，这个人、这伙人——是一个造神集团。

一小时后，会客时间结束。

客人们纷纷离去，会客室里只留下林馥和许秘书两个人。

"你很在意刘福生？"许秘书冷不丁地问道。

林馥收回目光，对她笑说："他看起来似乎不大相信我。"

"这头肥猪。"许秘书冷笑一声，翻开手里的文件夹，提笔在刘福生的名字上一划，"不用管他，反正就是个三流企业的小业主，最近官司缠身，离破产也不远了。"

说完，她抽出十几页资料，递向林馥，嘱咐道："背熟，这是明天过来的那批人的资料。"

林馥抬手接过她递过来的那叠资料。

许秘书捏着资料的一头,盯着他:"你不会让我失望的,对不对?"

"放心吧。"林馥捏着资料的另一头,对她笑得像个天使,"我不是爸爸。"

许秘书盯了这个笑容许久,最后缓缓松开手指。

同一时间,一间小旅馆内,卷卷回到了自己的身体内,她从床上坐起,表情有些凝重。

实在是万不得已,否则的话,她也不会借用老板的身体,大白天的时候出来行动,她觉得林馥看她的目光,已经猜出她是谁了。

"造神集团……"卷卷嘴里咀嚼着这四个字。

敢情林文藻不是一个人,而是一个品牌。

人是会死的,但是品牌是不会死的。

只要有一个人自称是林文藻的转世,这个品牌就能一直存活下去,这个集团就能一直存活下去。

她必须想到应对的办法,必须在林馥真的成为这个品牌之前,把刀哥和绿绿从里面捞出来。

打定主意以后,卷卷打开手机,开始翻阅几天前的新闻,以及她能在网上找到的,所有有关林文藻的讯息,并且时不时闭上眼睛,喃喃背诵几声。

直到闹钟响起,她看了看时间,已经是晚上十点了,她立刻关灯睡下,枕头底下,压着小刀的照片。

一分钟后,她再次睁开眼,封闭的手术室内,刀哥的身体依旧被绑在冰冷的手术台上。

耳边依然是念经声,但并不像一开始那么整齐那么响亮了,卷卷环顾四周,发现只有一半人在念经,还有一半人在神不守舍地发呆。

卷卷深吸一口气,打断了他们的诵念。

"两周前,我从国外回来。"她说,"在北京下的飞机,跟我一起下飞机的人刚吸了一口祖国的空气，就倒下送医院了。"

念经的人依然在念经，没有人因为她这番话停下来。

"一周前，我回S大开讲座，那天学校里面发生了一起命案，因为感情问题，一个男学生把自己女朋友杀了。"卷卷又说，"六天前，我因为这件事去了一趟警察局，因为我是目击证人。"

念经的声音停顿了一下。

"是谁告诉他的？"其中一个开口问道，"是谁违反规则跟他说话，还告诉他外面的新闻的？"

所有人都在摇头。

"五天前，我在家里办了一场晚会，招待了一群本地的朋友，期间出了一点意外，把手给烧伤了。"卷卷盯着天花板，继续说，"这天晚上，我死了。"

房间里的所有眼睛都看着她，带着诧异、带着激动、带着怀疑、带着茫然、带着警惕、带着欣喜。

"你们还没明白过来吗？"卷卷缓缓转头，房间里火光点燃她的瞳孔，她看着眼前这群人，说，"我是林文藻，我转世回来了。"

『第九十七章』我要弄死他

众人的脑子有点乱。

这是什么情况？谁来给个解释？

如果手术台上躺着的是小刀，那么他从进来开始就一直没出去过，也没有接触过外面的人和外面的消息，他是怎么知道这些事的？如果是猜的，他怎么可能全部都猜对了？

还是说，真像他说的那样……他其实是林文藻的转世？

卷卷压根不敢给他们太多思考时间，怕他们想着想着就想明白了，她直接命令他们："你们还愣着干什么？快点放开我！"

众人面面相觑，其中一个拿出手机，唯唯诺诺地说："我、我问一下许秘书。"

卷卷哪能让他给许秘书打电话啊，急忙喊道："住手！你不能跟她说！"

"为什么？"那人问，其他人也都狐疑地看着她。

卷卷深吸一口气，知道在他们眼里，许秘书是林文藻的左臂右膀，林文藻如果真的死而复生，怎么可能不找许秘书？她得找个合理的理由来说服他们。

"我是被人谋杀的。"卷卷长叹一口气，"临死前我最后见到的人就是许秘书，她无论如何都脱不了干系。"

这样的惊天秘密摆在眼前，众人都给吓呆了。

过了好半天，才有人战战兢兢地问道："许、许秘书为什么要做这样的事？这对她又没什么好处……"

卷卷冷笑一声："她现在在干什么？"

"她……她……"对方越说越小声，一句话半天都没说完。

"你不说我也猜得到。"卷卷淡淡地道，"她现在是不是在外面随便找了个人，说是我的转世啊？"

"你怎么知道？"有人大惊之下，说漏了嘴。

"哼！狼子野心！"卷卷装出一副怒不可遏的样子，"搁古代，她这就叫谋权篡位！放现代也一样！以前我还不敢肯定，但现在我能肯定了，害我的人肯定就是她，她这是要干掉我，然后找个傀儡来取代我啊……哦，估计是怕正常人不好控制，所以才去精神病院里找了个人吧。"

有理有据，无法反驳。

毕竟林文藻死得实在是太突然了，别说是卷卷接受不了，他们这些被洗脑的下层更加接受不了，一时间人心惶惶，想什么的都有。

本来这个时候，上面应该派人下来安抚的。

但是许秘书忙着造神的事情，其他事情一时半会顾不上，结果被卷卷抢了个先机。

看着眼前这群面露惊恐的男男女女，卷卷收敛起脸上的怒容，换上一副和蔼可亲的表情，放缓声调道："许秘书利欲熏心，已经被私欲扭曲了良心，但你们不同。我看得出来，你们的心灵还没有被腐化，信仰还在你们心中……现在，我只想问你们一句话。"

卷卷闭上眼睛，心里默念：对不起党，对不起马哲老师，我实在是迫不得已才假扮一下邪教教主，你们就当我以毒攻毒吧。

"你们愿意为信仰而战吗？"之后，她睁开眼睛，目光缓缓扫过房间里的每一个人，一字一句地问，"你们愿意为我而战吗？"

面对神的目光、神的邀请，有几个年轻人顿时激动得满脸通红，还有两个年级大一点的交换了一下眼神，然后一起点了点头。

十分钟后，房门打开，卷卷坐在一辆轮椅上，一群人围在她身边，推着她迅速朝大门外面走去。

轮子在走廊上滚动，卷卷一路看来，发现这里似乎是一个私家医院。

或者说私家监狱。

走廊两边有很多间病房，这里关了很多病人，但都不是真的有病，而是家里人信了林大师，自己不信林大师，结果被家人认定为心里有毛病，然后扭送过来接受治疗的，说是治疗，其实不过是洗脑罢了。

这个点，大多数人已经睡了，没睡的人或者在洗脑，或者在接受洗脑，隔着门和窗户，念经的声音此起彼伏地传出来。

但都没有这一群人的动静大。

两个保安摸着腰上的警棍，迅速朝他们走了过来，抬手把他们拦了下来。

卷卷没说话，身边的一个人已经向对方出示了自己的名牌，然后说："这一位的治疗已经全部结束了，我们现在要送他出去。"

保安接过名牌看了一下，然后还给他，开口问："这事你们问过许秘书没有？"

"问过了。"对方面不改色地撒谎，"许秘书很忙，让我们自己看着办。"

保安也是集团内部的人，多多少少知道一些内幕，晓得许秘书最近忙得脚不沾地，估计是没空管这边的事情了，于是两个保安对视一眼，让开了道。

卷卷紧紧抠在扶手上的手指终于放松了一些。

从外面攻破一座堡垒是很艰难的，但是从里面攻破一座堡垒就要相对容易很多，毕竟明枪易躲，暗箭难防，自己人比暗箭还难防。

一群人将卷卷送出私家医院，其中一个打了的士，本来是想送卷卷去星级宾馆暂时住下的，但被卷卷婉拒了。

"我要去一个信得过的朋友那里。"卷卷抬手按住一个人的肩膀，语重心长地对他们说，"你们不要跟着我。"

"带上我们吧，林大师！"对方急道，"您一个人，怎么跟许秘书斗啊？"

卷卷怎么可能带上这么一大群拖油瓶呢？

"我让你们留下来，是有原因的。"卷卷绞尽脑汁地挤出个理由，"我之前实在是太过相信许秘书了，很多事情都被她蒙在鼓里，我这次死得不明不白，仔细回想，不寒而栗，我只怕我身边所有能信任的人都被她给调走了，换上她自己的人……所以我要你们帮我做一件事。"

几个小年轻就罢了，那两个年级大的、有野心的顿时激动起来。

搁古代，这就是从龙之功啊，放现代，那也是抱着老板大腿上位的好机会，于是他们立刻鼻孔里喷粗气，信誓旦旦地说："林大师您说，您让我们干吗我们干吗！"

"我要你们帮我分辨一下，现在有什么人是可信的，有什么人是不可信的。"卷卷满脸严肃，"然后做两份名单给我！"

至于这群明显没什么能耐、也没什么地位的人，怎么去搞到造神集团所有人的名单，以及怎么分辨出其中的许秘书派和林文藻派，那就是他们自己的事了，做不做得到都跟卷卷没有关系，她只想找个理由打发他们走。

但这群人明显当了真。

他们似乎把这当成了卷卷对他们的一项考验。

就像佛祖考验唐僧一行，虽然前路艰险，但翻过去之后就是一步登天。

有人的地方就有欲望，有人的地方就有阶级，哪怕是这个邪教团体也一样，眼看着一条天梯从上面掉下来，为了爬上另外一个阶级，几个人信誓旦旦，赌咒发誓："林大师，这事就交给我们吧！一个月，不，半个月，我们就做好名单给您……对了，到时候我们该怎么联系您啊？"

卷卷压根不想再跟他们有任何联系，于是沉吟片刻，说："你们把手机号留给我，我回头联系你们。"

一群人赶紧应好，在一张纸上写下所有人的手机号码，然后恭恭敬敬地递给卷卷，眼巴巴地看着她将纸折好，塞进裤子口袋里，然后坐上的士，扬长而去。

原本的士司机是要按照这几个人的吩咐，送她去星级宾馆的，但是过了几个路口，卷卷就开口道："师傅，就在这里停。"

的士停下来以后，卷卷下了车，在路口坐了一会儿，然后抬手叫住另外一辆的士，上车以后，对司机说："师傅，去S大后口的小刘宾馆。"

车子发动，半小时以后，停在小刘宾馆门口。

卷卷一路上也没闲着，不断地活动手脚，直到身体重新灵活起来。车子停下，她拉开车门出去，呼吸了一口夜晚的空气，然后走进宾馆，对前台老板娘说："我找人。"

老板娘抬头看了她一眼："几号房，叫什么名字？"

"201。"卷卷说，"熊卷卷。"

老板娘对了一下信息，就放她上去了，末了还问了一句："要买套套不，我这里有进口的和国产的。"

卷卷回过头，嘴角抽搐地对她说："不需要……"

推销失败，加上回头还要洗床单，老板娘不满地嘟囔了一声："年纪轻轻不戴套，小心弄出人命来。"

卷卷脚一瘸，差点从楼梯上摔下来，急忙抱紧扶梯，然后继续往上爬。

201房门前，她敲了敲门。

里面的人似乎早就守在了门口，立刻就打开了房门。

身形高大的男子，与身材娇小的女子，面对面地站在门口，互相看着对方。

"先进来。"小刀拿大拇指比了一下室内，面色平静，"把身体换回来再说。"

这可真是奇了怪了，卷卷一边反手关上房门，一边在背后打量小刀的背影，她之前误以为他气量狭小，看来是场误会，刀哥是个善良的、有涵养的人，不，他压根就是圣人啊！遇到这样的事情他都不生气！

房间里是张大床，两人并排往床上一躺，然后一起闭上眼睛。

大约一刻钟之后，卷卷正睡得迷糊呢，忽然听见身边传来一声怒吼："啊啊啊啊啊啊啊！"

卷卷吓得差点从床上翻下来，睁眼一看，发现小刀已经走到了房门口。

"刀哥你去哪儿？"卷卷问。

小刀拉开房门，回过头，对她露出一个狂乱扭曲、愤怒到极点的笑容，"我去弄死他们！"

『第九十八章』别惹刀哥

卷卷愣了一下，然后脱口而出："林文藻已经死了。"

刀哥左脚刚跨出房门，身体就整个定格住，他缓缓转过头来："你说什么？"

"五天前，林文藻死了。"卷卷走过去，抬头看着他，"具体死因不知道，但他死了以后，他秘书就把林馥接了过来，然后到处跟人说这是林文藻的转世。"

说完，她简单地将精神病院里发生的事情跟他说了一下。

"你可别乱来啊。"说完，卷卷满脸认真地劝道，"我琢磨着对手估计不是一个人，而是一个造神集团。"

刀哥冷笑一声，转过头去，眼睛在黑夜里熠熠生辉，像凶恶的狼，他低沉地道："这事我已经知道了。"

说完，右脚迈出，朝楼下走去。

卷卷在背后喊了两声，没喊住他，没办法，只好一跺脚，关了房门拔出房卡，朝他追了过去。

她原以为他要去超市买十把西瓜刀，背上插两把，手上拿两把，然后腰上挂一圈，冲进私人诊所找人拼命的，但他没有。

刀哥只是去刷了两台笔记本电脑回来。

旅馆大门打开，两人重新路过前台的时候，老板娘左右手各拖着一个盒子："要套套不，有草莓味的和香蕉味的。"

"一盒草莓味的，费用跟房钱算一起。"刀哥抬手接过她递来的一盒套套。

卷卷吓得差点不敢跟他回房。

还好刀哥回房以后，随手就把套套丢一边，然后捣鼓起他的电脑来。

卷卷在他附近徘徊了好久，才终于放下戒心，走到床沿坐下，看着他的背影问："你买草莓套套干吗？"

刀哥背对着她，坐在桌子前，头也不回地说："因为你不喜欢吃香蕉。"

卷卷："……"

可她也不喜欢吃草莓套套啊！

卷卷嘴角抽搐地看着他，过了一会儿，目光被他电脑屏幕里的消息吸引走。

"这是什么？"她凑过来问。

屏幕里是一个论坛，论坛的界面是低调的暗色，上面像悬挂星星一样，悬挂着一行字：科学的尽头是神学。

"林文藻背后的那家公司。"小刀说，"我一开始只是想查查林文藻的事情，结果顺藤摸瓜找到了这家公司，总部在B市，从上到下一共三百人，三百人只做一样商品，也只经营一样商品，这个商品的名字就叫作——林文藻。"

"现在换人了。"卷卷耸耸肩，"换成林馥了。"

与时俱进，论坛最近的置顶帖也都偷偷换成了《论人类有没有来世》《探索中国的再生人村》《英国纪录片——这个男孩以前活过》等等。

"科学的尽头是神学。"小刀看着界面上的那行字，讽刺一笑，"科学还没走到尽头，人和人之间的战斗还是得靠科学。"

说完，他按下了回车键。

B市，造神公司总部。

一个正在上晚班的员工打了个呵欠，揉了一下眼睛，发现有封邮件，邮件标题是："惨绝人寰，小伙子因长得太帅，被路过的三名白富美劫持强上，视频点此链接……"

刚刚还在打呵欠的员工立刻精神了，左右四顾一下，看没人注意自己，就悄悄地点开了链接，然后对着跳出来的视频露出咸湿的笑容。

就在他点击链接的那一瞬间，小刀盗取了他的账号密码。

小刀发出恶毒的笑声："桀桀桀……"

之后，小刀以对方的身份，向几个公司主管，以及重要部门的员工发送了一份邮件，静静地等待了一会儿，终于有一个主管点开了邮件。

小刀发出恶毒的笑声："桀桀桀……"

他的运气很好，打开邮箱的是人事部主管。

他开始下载公司员工，以及教徒们的名单。

大约十五分钟以后，人事主管拔掉了电源，也许他发现了，也许只是太晚了，所以他要关电脑睡觉了，不过又有什么关系呢，反正重要的东西已经到手了。

小刀发出恶毒的笑声："桀桀桀……"

屏幕上来来回回的都是一堆数据，卷卷看着看着感觉有点困了，她打了个呵欠，拍了下小刀的肩："我先睡了，你继续啊。"

"嗯，去吧。"小刀说。

卷卷去卫生间洗刷完毕，回来关灯睡觉。

十分钟后。

小刀："桀桀桀……"

半小时后。

小刀："桀桀桀……"

两小时后。

小刀："桀桀桀……"

卷卷掀开被子坐了起来，房间里闪烁着电脑屏幕的蓝光，她两眼发直地盯着小刀的背影，过了一会儿，她翻身下床，摇摇晃晃地走过去，伸手推了推他的肩膀，但没反应。

蓝光打在小刀的脸上，他脸上的愤怒完全没有因为时间而消散，反而越烧越烈、越烧越旺，要是敌人这个时候站他面前，估计他直接能喷出一口火来，烧烧烧！

"睡觉了。"卷卷又推推他的肩，见他没反应，把脸凑过去看他。

凑得近了，才发现他眼睛里不只有巨大的愤怒，还有巨大的难过。

卷卷不知道他为什么这么难过，小刀明显也不想让人知道，他很快就转过脸去，但又被卷卷用手转了回来。

小刀有些不耐烦地甩甩脸，把她的手从自己脸上甩开，嘴里冷硬地说："我换个房间吧，省得吵到你。"

没等他走，卷卷的脸就凑了过来，亲了亲他的脸。

原本要起身走人的小刀坐在那儿，一动不动，一言不发。

卷卷亲了亲他，看了他一眼，又亲了他一下，又短促又纯洁的亲吻，换一只小猫小狗都是这么亲人的，带着温馨和安慰。

刀哥忽然转过头，右手按住她的后脑勺，吻住她的唇，又缠绵又肉食性的吻，没有什么纯洁可言，完全是男女之间的吻，唇齿交缠，搅动的水声，以及衣服与衣服之间的摩擦声，让夜晚变得暧昧无比。

卷卷被他亲得晕头转向的，等她回过神来，才发现……咦，他们两个怎么滚床上来了。

『第九十九章』预言家

卷卷躺平在床，小刀一只手在她衣服底下，她抓住那只手，气喘吁吁地说："你这是有预谋的吧。"

小刀伏在她身上，轻笑一声，另一只手将草莓套套递到唇边，用牙撕开。

这家伙果然是有预谋的。

卷卷手肘在床上一用力，刚刚坐起身，就被他俯身压了回去。

他一用力，她就推不开，那身肌肉又重又结实，像石头一样压在她身上。

但他的舌头是柔软的，舔在她身上像在舔一块糖，一口一口直到把糖舔得半融半化了，他才直起身，眯起眼睛打量她。

卷卷闭着眼睛，胸膛不停地起伏，半开半合的嘴唇里衔着一缕黑发。

耳边忽然传来皮带打开的声音，她急忙睁开眼睛："不行……"

剩下的话被小刀堵在嘴里。

唇分，卷卷气喘吁吁地说："那我要在上面。"

"你确定？"小刀舔舔嘴，"第一次在上面会很疼的哦。"

"……"卷卷犹豫了一下，"多疼？"

"据说疼得像肛裂一样。"小刀抓住她的胳膊，作势要将她拉到自己身上来，"你想就试试看吧。"

"不，不试了。"卷卷有点怯场。

"真的不上吗？"看她一副什么都不懂的样子，小刀慢条斯理地信口开河，"试试也行啊，据说跟骑木驴一样，会全部进去的。"

"不，不上了。"卷卷更泄气了。

小刀哈哈一笑，翻身将她压倒。

桌子上的笔记本电脑本来是亮着的，但是一直没人操作，于是屏幕一黑，进入了待机模式。

世界漆黑一片，只剩下他的肌肉、他的汗水、他的喘息，以及他滴落的汗水。

顾及卷卷是第一次，所以小刀只做了两次就停了下来，他从背后抱住她，滚烫的胸膛贴在她的背上。她翻了个身，把脸贴在对方胸口，汗水沾湿了她的鬓发，她听见里面有力的跳动声。

"还能继续吗？"小刀在她发间亲了一下，"一盒子还没用完。"

卷卷听完，立刻张嘴咬住他胸口的肉，留下一个牙印以后，她恶狠狠地说："一盒子用完，我还有命在吗？"

小刀抬手摸了摸自己胸口，嘿嘿嘿不再说话。

两个人搂在一起，卷卷本来以为自己很快会睡着，但是眯了一会儿还是睡不着，她睁开眼睛，却发现对面的一双眼睛也是睁开的，在黑夜里静静地看着她，她呆愣了一会儿，才轻轻说："跟我说说你的事。"

"终于对我感兴趣了？"小刀叹了口气，像是松了口气又像是在哀怨。

"喂喂，我们都发展到这一步了，按理来说我都应该查户口了。"卷卷理直气壮地说，"如果换个人，我就让他出示身份证驾驶证房产证等证件了，可你不行，你有办假证的黑历史……所以你还是亲口跟我说吧。"

"从哪儿说起好呢？"小刀嘿了一声，思索起来。

"随便。"卷卷说，"比如你爸妈为什么给你取名叫小刀？"

"其实我差点叫小飞了。"小刀说，"因为我是在飞机上生下来的。"

卷卷："哈？"

"我出生的时候，我妈正跟我爸冷战。"小刀说，"她大着肚子回娘家，结果在飞机上把我生了下来，据说飞机上的人都快被她吓死了，还是她自己指挥空姐帮她接生的……事后机长送了她一副银餐刀，夸她英雄母亲，她一高兴就给我取名叫小刀了。"

卷卷："……"

你妈不是你亲妈吧！我怎么觉得你像是捡来的！

卷卷不敢深问，怕一问问出来一集家庭狗血剧来。她咳了一声，转移话题："你计算机玩那么溜，大学是读这方面的吗？"

"是啊。"小刀懒洋洋地说，"我本来是想学考古的，可是我姐偷偷把我高考志愿给改了，结果我只能去学计算机。"

卷卷："……"

你姐也不是你亲姐吧？

"你姐这也太过分了吧。"卷卷说，"这事你跟你家里人说了吗？最后怎么解决的？"

"说了啊。"小刀回道，"我爸说自己的恩怨自己解决。"

卷卷："……"

你爸也不是你亲爸吧？你压根是你们家里买水果刀时送的吧？

"不过还好，这事最后圆满解决了。"小刀笑道，"我去了计算机系，学成以后，第一个黑的就是我姐的电脑，她那段时间在倒追自己公司的上司，我帮她发了份热情洋溢的情书过去，隔天她就被公司给开了。"

说完，他还补了一句："噢对了，收件人是她上司的女朋友。"

卷卷："……"

小刀："还有什么想知道的吗？"

卷卷："我要是得罪了你，你会不会像黑你姐那样黑我？"

小刀："不会。"

卷卷满脸狐疑地看着他："真的不会？"

"当然咯。"小刀开始在她身上动手动脚，"我这个人很好哄的，你亲亲我、抱抱我，说几句好听的话，我就什么都听你的了。"

"真的吗？"卷卷更加狐疑看着他，"现在分明是你在亲我、抱我，说一堆好听的话，想哄我跟你再来一次。"

小刀叹了口气，满脸严肃地看着她："你以后不要随便拆穿我。"

一边说，他一边把皮带抽过来，绑住卷卷的手。

"你一拆穿我，我就要恼羞成怒。"他伏在卷卷身上，居高临下地看着她，像在欣赏自己的战利品，舌头在唇上一刮，充满情色气息地说道，"然后我就控制不足我的手脚了……"

于是又做了一次。

这一次卷卷到中途就睡着了，醒过来的时候，天都亮了，看起来已经是中午了。她吹了下眼前的纸条，然后抬手把脑袋上贴的便利贴摘下来，看见上面写着："我去买吃的了，等我回来投喂。"

卷卷把那张便利贴翻来覆去地看了一遍，然后折起来，在自己包里放好。

本来想要起来洗漱的，但是身体黏糊糊的，她干脆就拧开热水，在浴室里冲起澡来，洗到一半，忽然听见手机铃声响了，以为是小刀要问她吃什么，于是匆匆包了块浴巾出去。

拿起手机一看，一个陌生电话。

"喂？"外面实在太冷，卷卷一边接电话，一边走回热气腾腾的浴室内。

"嗯？在洗澡吗？"一个少年的声音在手机对面响起。

卷卷的脚步顿了顿。

虽然已经过了很长一段时间，但是她依然记得这个声音。

"林馥？"卷卷皱起眉，"你怎么知道我手机号？"

"你先进浴缸吧。"林馥关切地说，"今天下小雪了，你要是站在浴缸外面，说不定会感冒的。"

卷卷听了这话，忍不住环顾了一下四周，简直怀疑他在附近窥视着她。

但就像他说的一样，今天实在是太冷了，特别是她刚刚洗澡洗一半，身上还沾着水，热水没过几秒就变成了冷水，挂在身上凉飕飕的。

"阿嚏！"卷卷小小地打了个喷嚏，最后终于支撑不住，走进浴缸里，头顶上的花洒开着，不停地洒下温暖的小雨。

"这个声音真好听。"林馥的声音在雨声中响起，清澈又美丽，"让人想起一个画面——春寒赐浴华清池，温泉水滑洗凝脂。"

卷卷冷冷地道："我要报警了。"

林馥笑了笑，冷不丁地问道："小刀的滋味怎么样？"

"你……咳咳咳！"卷卷被自己的口水呛住了，咳完怒不可遏地道，"我真的要报警了！"

"不然呢？"林馥充满恶意地笑道，"你跟他认识的时间这么短，既没有深厚的交情，又没有足够的钱，你靠什么诱使他背叛我？嗯……果然是靠身体吧？"

卷卷把电话挂了。

但下一秒，林馥又重新打了过来。

卷卷没理他，等浴缸里的水差不多满了，她才关掉花洒，一边把自己沉在水里，一边接了电话，慢悠悠地说："你想清楚再说话。"

"你的脾气还是这么差啊。"林馥倒是一点被挂电话的怨气都没有，声音依然平和柔美，像浴缸里流淌的温水，但说出来的话却带着一股刺骨的寒意，"小刀真可怜，为了你放弃工作，背叛雇主，被业内除名，不知道他以后会不会后悔。"

"后不后悔是他的事，跟你有什么关系？"卷卷冷笑。

"还有沈绿瓷。"林馥轻轻道，"我看她马上就要后悔了。"

卷卷沉默半响，问："你对她做了什么？"

"呵呵，你可别冤枉我。"林馥笑道，"我这一次可是个受害者，相反，沈绿瓷才是犯罪者，她一开始勾引我爸爸，想要从他手里弄钱，我爸死了以后，她就把目标换成了我，真是个蛇蝎美人啊。"

卷卷觉得自己心里扎了一把刺。

绿绿，你不是已经洗手不干了吗？

为什么又……

"卷卷。"林馥忽然说，"我要跟你预言一件事。"

"什么事？"卷卷条件反射地问。

"沈绿瓷完蛋了。"他说，"你救不了她的，就像三年前一样，你救不了任何人。"

卷卷的眼皮子抖了一下。

然后咯噔一声，电话挂断了。

"喂喂？喂喂？"卷卷喂了几声，回拨过去，结果提示是个空号，气得她拿手狠狠地在水面上一拍，溅起水花无数。

与此同时，房间里放着的笔记本电脑内，造神公司的内部论坛终于维修完毕，出来了一个新画面，几朵玫瑰盛开在底部，衬托着三个鲜明的字——预言家。

『第一百章』第一条预言

卷卷没洗多久就出来了。

因为她饿了。

她这个人不经饿，一饿连洗澡水都想喝。

有气无力地从浴缸里爬出来，她坐在浴缸边沿，用浴巾擦干净身体以后，一件一件地穿衣服，最后要穿袜子的时候，对面的门忽然开了，一抬头，就看见小刀倚在门前，朝她吹了个口哨。

"我来晚了一步。"小刀的表情看起来十分失望，"你可以再洗一次吗？"

"我都饿得要喝洗澡水了！"卷卷大怒，"给我吃的！"

"好好好。"小刀走过来，在她面前慢慢蹲下，把她的脚放在自己腿上，然后拿起椅子上放着的白袜子，从脚尖开始，一点一点帮她穿上。

"你快一点。"卷卷嫌他慢，伸脚在他胸口轻轻踹了一下。

结果没吃饭没力气，自己反而朝浴缸的方向倒过去。

小刀眼疾手快地把她给拉了回来，卷卷挂在他身上，一只脚穿着袜子，另一只脚没穿，小刀径自抱着她往门外走，笑着说："还是这样最快。"

卷卷挣扎了两下没睁脱，没好气地翻了个白眼："你是朕的代步坐骑啊？"

"是啊。"小刀对自己的新身份很满意，他嘿嘿一笑，"我是你的专用坐骑，以后要多骑骑我啊。"

卷卷："……"

卷卷觉得自己输了。

比不要脸的程度，她真的赢不了这个老流氓。

房间里已经收拾了，看来在卷卷洗澡的时候，小刀已经打电话叫了旅馆的人过来打扫，床单被套都换了干净的，空气里有清新剂的味道。

小刀把卷卷放在椅子上，凑过去亲了她一下，然后在卷卷把他当肉啃掉之前，识相地把刚刚买的午饭进贡上来。

或许是为了庆祝自己革命性的进步吧，这一顿午饭非常丰盛。

小炒牛肉，孜然羊排，宫保鸡丁，螃蟹脚……

卷卷打开一次性筷子，开始胡吃海喝。

吃完打了个饱嗝，问："你在看什么？"

小刀吃饭的速度比她快，吃完以后，就抱着电脑坐在床上，盯着屏幕不说话。

卷卷丢下筷子，轻手轻脚地绕到他身后，但他背后好像长了眼睛似的，头也不回，伸手一揽，就把她整个抱进怀里了。

两个人不但有身高差，还有体型差，卷卷虽然能一个人背冰箱上八楼，但是体型上面比一般的女孩子还要显得娇小，小刀抱她的时候跟抱小孩一样，可以整个将她囚在怀里。

"你今天怎么这么黏人？"卷卷不自在地扭了两下。

"我是你的人嘛。"小刀的声音在她身后响起，抱着她往胸口一按，"黏好。"

卷卷："……"

卷卷觉得自己又输了。

比撒娇的能力，她居然也输给了这个老流氓！

卷卷觉得自己的心跳有点快，但又不想让小刀看见自己现在的样子，于是强迫自己把注意力放在眼前的电脑上面。

预言家——三个字映入她的眼帘。

"这是什么？"卷卷问。

"那个造神集团的论坛。"小刀懒洋洋地说，"刚刚维修完毕。"

卷卷自己看也知道是刚刚维修完毕啊！

论坛里满满都是抱怨帖，全都在讨论昨天晚上的黑客攻击，顺便亲切慰问黑客全家。卷卷好奇地点开几个帖子，扫了几眼就没兴趣了，这骂人技术还不如她呢，她要是下去分分钟指点江山激扬文字啊！

"看这个。"小刀从身后伸出一只手，帮她点开了置顶的那个帖子。

帖子里的内容十分简短，就五个字。

卷卷把那五个字读了出来："第一条预言？"

放在这五个字背后的是一则视频。

点下播放键之后，先是短暂的缓存，然后是一个四面雪白的房间。

房间里有一张桌子、一把椅子，以及一个人。

那是个十分美丽的少年，他静静地坐在桌子后面，像是被屏幕前的人打扰了一样，缓缓睁开眼睛，茶色的眼睛从屏幕里看过来。

是林馥。

有那么十秒钟，他一句话都没说，就这么安静地看着屏幕。

气氛就在他的凝视中变得诡异起来。

"今日长宁路，五口之家，只余一人。"当他说完最后一个字，视频结束。

前后加起来，一共才二十秒的视频，却让卷卷感到背后有点凉。

"今日长宁路，五口之家，只余一人……"卷卷皱眉道，"这家伙又在搞什么鬼？"

"不管他想搞什么鬼，至少这视频做得挺不错的。"小刀瞥她一眼，"看，你都背下来了。"

卷卷努力努嘴，却没法反驳他。

一个视频做得好不好，关键在于它能不能留住观众。

再更进一步，是它能不能让观众看完以后还记得。

林馥的这则视频虽短，但是这两条它都做到了，所以小刀说得对，这是一条挺不错的视频。

想到这里，卷卷又重新回头，看了一眼这则视频的标题。

——第一条预言。

"死而复生以后，就是预知未来了吗？"卷卷嗤之以鼻，"这么弄虚作假，他就不怕引来打假卫士方舟子？"

小刀沉默一下，忽然开口道："万一是真的呢？"

卷卷愣了愣，抬头看着他。

与此同时，长宁路。

建筑高耸入云，路上车辆来往，一个男人走在人行道上，低头看着手机，对身边的事物全部视而不见，直到身后轰的一声。

他吓得脚步一停，转身看去。

地上躺着一个小女孩，侧头看着他，眼睛睁得大大的，血从脑后开始蔓延。

男人整张脸迅速失去血色，他瞪大眼睛，看着对方，嘴唇颤抖着刚要说些什么，又一个小女孩从他面前坠下，吓得他大叫一声："啊！"

一远一近，两个双胞胎，一起倒在血泊之中。

似有所感，男人抬起头。

一道阴影落在他脸上。

"老婆……"他刚刚说完这两个字，一个女人就直直地坠在他身上。

巨大的冲击中，他的手机飞了出去，在地上翻滚了好几圈才停住，沾着鲜血的屏幕上，最后一条消息是："老公，抬头看。"

不久之后，一双脚、两双脚、三双脚……越来越多的脚出现在手机边上，有的走过去，有的停下来，拍照声和打电话的声音不断响起。

等到卷卷看到这则消息，已经是晚上七点之后了。

一家四口，老婆先是把两个孩子从楼上推下来摔死，然后自己跳下来，正好压在老公身上，老公当场死亡，她送医院的路上也死了。

似乎跟预言的内容不一样？

不，老公情人的出现，很快证明这是个五口之家。

原来老公在外面养了个情妇，还怀了孩子，孩子如果生下来，兴许这就变成了六口之家也说不定。

如今听闻老公的死讯，情妇十分开心，她顶着大肚子跑到医院来，当着那么多新闻记者的面，一点也不怯场，指着自己的肚子，对老公的父母亲戚说："这是老李的小孩，还是男孩子，你们给我钱我就生下来，不给我就把孩子打掉。"

接下来的事情，卷卷不怎么关心。

她的全部注意力都放在了预言家论坛上。

就在刚刚，林馥发表了一个新帖子———个新视频。

这一次他没有浪费时间，视频一点开，他就睁开眼睛看着屏幕前的人，像在盯着他们，又像只是在盯着卷卷，他说："第一条预言已经实现了，接下来，我要预言第二件事……"

顿了顿，他笑着说："关于一个女人的事。"

『第一百〇一章』第二条预言

镜头对准林馥。

沈绿瓷站在摄影师身后，看着镜头对面坐着的林馥。

"因为一个女人的错误，"林馥也看着她，翘起嘴唇，怡然自得地笑道，"十几个家庭，即将在后天分崩离析。"

沈绿瓷忍不住吞咽了一下口水。

拍摄到此结束，接着就是剪辑和后期。

"动作利索一点，半个小时以内给我上传到网上。"许秘书看了眼手表，然后提起椅子上放着的外套，对沈绿瓷丢下一句，"我有事先走了，你盯着他们，让他们把事情办完再走。"

沈绿瓷看着她匆匆离去的背影，眼神有些复杂。

"她这几天一直很忙。"林馥的声音从她身后传来，"知道她在忙什么吗？"

沈绿瓷回过头，她当然知道许秘书最近在忙什么，忙着跟萨丁约会。

许秘书简直对萨丁着了魔，才认识几天时间，就在他身上花了一大笔钱，名表名车房子都给他买了，就差买个窜天猴送他上天了。

事情进展得太顺利了，顺利得让沈绿瓷感到有些害怕。

"我不大清楚。"沈绿瓷对林馥说，"等许秘书回来，你可以自己问她。"

"沈助理，视频做好了，你过来看下可以不？"摄影师在她身后喊道。

沈绿瓷应了一声，过去检查了一下成品，然后点点头道："可以了，上传的事情就交给我吧。"

摄影师等人不疑有他，把手里的电脑让给了她，自己转头收拾其他装备。

沈绿瓷抱着手提电脑坐在沙发上，不动声色地看了他们一眼，然后低头看着屏幕，打开预言家论坛的同时，打开了QQ。

她已经被软禁很多天了。

只能在许秘书眼皮子底下走动，没人陪同就不能出别墅大门，不许跟陌生人说话，就连打个电话都有严格的时间限制，而且全程有人监视。

这也许是她唯一一次，也是最后一次跟外面的人联系的机会。

她得想清楚，究竟把这个机会用在谁身上。

叮的一声，QQ下载完毕，沈绿瓷赶紧登录账号，忽然想起什么，迅速移动鼠标，想要关掉声音，但还是迟了一步，嘀嘀嘀的消息声跟炮弹似的，不断响起。

沈绿瓷僵硬地坐在原地。

她先看了眼正在收拾装备的摄影师剪辑师，也许是因为QQ声音太小的关系，他们似乎并没注意到这边发生的事情，彼此聊着天，继续收拾手头的东西。

但沈绿瓷没有松口气，她一转头，心里咯噔一声，只见林馥歪着头看她，一脸好奇的神色。

"广告。"沈绿瓷强装镇定地道，"刚刚不小心点开个网页，结果跳出来一堆广告。"

"是吗？"林馥笑了。

沈绿瓷表面镇定，心却提到了嗓子眼。

特别是看到林馥从椅子上站起来，朝她笔直地走过来的时候，沈绿瓷的手已经点在了QQ上面，正准备关掉QQ，却听见林馥彬彬有礼地对她说："麻烦给我递一下。"

沈绿瓷愣了愣，顺着他的手指，看了眼自己裙子下面压着的那叠彩纸。

她急忙挪了一下身子，将彩纸从裙子下面抽出来，抬手递给他。

"谢谢。"林馥拿到彩纸以后，重新回到椅子上，然后专心致志地折起纸花来，一朵又一朵，放在桌上。

沈绿瓷在笔记本前面观察了他很久，发现他真的是不问世事，一心折纸，才终于松了口气，视线重新回到屏幕上来。

她原本想要报警的，但想想自己屁股底下也不干净，所以还是算了。

关掉声音以后，她开始在自己QQ里找人选。

她的QQ一共有三个分组。

第一个分组是"我的家人"，里面的头像已经灰了好几年了。

第二个分组是"我的朋友"，里面大部分是男人，有她的同学、同事、雇主，以及不知道从什么地方得来她的QQ号，骗着哄着求着加她的人。

第三个分组是"我的卷卷"，小白熊头像不停跳动，点开以后满满一屏幕的字"绿绿？""你去哪儿了？""你怎么突然失联了？""你没事吧？"……

看她急成这个样子，沈绿瓷忍不住笑了笑，给她回了一句："过年了，我回老家相亲了，这里信号不好，我们回头再说。"

其他的就不肯多说了。

她可不想把卷卷拉进这泥潭里来，要牺牲，还是牺牲男人吧。

沈绿瓷从"我的朋友"里挑了个公子哥，S市本地人："最近还好吗？"

对方简直受宠若惊，立刻回道："还好，还好，你呢？最近我打你电话，你怎么不接？"

沈绿瓷："我现在在S市，稍微遇到了一点麻烦……你能帮帮我吗？"

对方马上打包票："你在S市？哎呀你什么时候来的，怎么不跟我说呢，我好尽地主之谊啊……你现在住哪儿？我来接你，一起吃个消夜？"

她做正事的时候，卷卷在旁边不停地骚扰她。

"哎哟我的姑奶奶啊，你总算回我话了。"

"还在不？"

"绿绿啊！看我一眼啊绿绿！"

"哭给你看。"

沈绿瓷时不时地瞅她一眼，一脸甜蜜的负担，心里笑骂一句："小磨人精。"

原本压抑焦躁的心情顿时舒坦了许多。

那感觉就像个麻风病人，被人单独关在房间里治病，出去不行，留下心烦，正感到痛苦无奈的时候，一转头，看见自家养的小狗趴在玻璃门上，两只肉团团的爪子不停地刨着门，嘴里发出可怜的呜呜呜的叫声。

她当然想冲过去开门，把这心肝宝贝搂怀里，但她最后忍住了。

她如果得了麻风病，绝不会开门，把病过给自家心爱的小狗。她如果陷在邪教组织里，她也不会跟卷卷求救，以免把人拖进这泥潭里来。

她宁可去求那些贪图她美色的男人，哪怕事后要付出一些代价……

另一边，卷卷守了半天没看见她回话，回头看着小刀，满脸忧愁地说："我觉得绿绿需要我……"

一直联系不上，联系上了又只能说点不痛不痒的应酬话……怎么看都觉得沈绿瓷被人监视控制住了啊！

小刀盘腿坐在床上，腿上放着台电脑，抬头看了她一眼："我也需要你啊。"

"大男人撒什么娇！"卷卷一脸嫌弃，"快点干活！"

"我累了。"小刀把电脑一丢，人直接往后一躺，进入罢工模式。

卷卷瞪眼："你不是说要给他们点颜色看看吗？"

"君子报仇十年不晚。"小刀双手枕在脑后，一脸光棍地闭上眼，"十年后记得叫我起床。"

"你大爷！"卷卷大步流星地走过去。

她当然知道怎么对付这尊大爷，人在床边坐下，她将嘴凑过去，左脸一下，右脸一下，吧唧吧唧地亲了两下。

小刀睁开眼，脸上浮现出阴谋得逞的笑容。

"不够。"他嘿嘿笑道，"说点甜言蜜语给我听。"

这简直要卷卷的命，她一咬牙："不会！"

"那我说给你听。"小刀一边说，一边把她拉进怀里，咬着她的耳朵，说了一大堆让人脸红的甜言蜜语。

卷卷最受不了这种话了，她平时看电视看到这里都会快进，一边快进还一边怒骂好假，现在风水轮流转，这事骤然之间发生在她自己身上，真是一点点防备都没有，她听得浑身鸡皮疙瘩都起来了，急忙伸手捂住他的嘴："够了够了！"

小刀顺嘴亲了亲她的手掌心，然后拉住她的手，笑着说："我喜欢你。"

"我知道啊。"卷卷手足无措地看着他，"你也不用总是挂嘴边上吧。"

她以前觉得小刀又冷又酷，身上洋溢一种让人难以接近的恶霸气质，现在她才知道，那是没谈恋爱以前的小刀……

谈了恋爱以后，他就变成了另外一副样子，眼睛总是看着她，一有机会就亲近她，没机会自己创造机会也要亲近她，说话越来越肉麻，现在还拉着她说一大堆让人起鸡皮疙瘩的情话……

擦了把脑门上的汗，卷卷心惊肉跳地说："我也喜欢你啊……所以咱们早点把这事给了结了，然后回家过年吧。"

小刀会不会变得越来越肉麻？这事卷卷已经不敢想了，凡事要往好地方想，她对自己说，至少今年不用租男友回家过年了，省了一大笔钱啊！

小刀似乎对她的提议很感兴趣，于是结束了罢工模式，重新起来工作。

卷卷靠在他身边，看他摆弄电脑，过了一会儿，问他："我说，就靠咱们两个，真能搞掉这个邪教组织吗？"

"当然可以。"小刀跟她在一起的时候，已经不抽烟了，嘴里叼上一根巧克力棒，含混不清地说，"只要证明一件事就行。"

"什么事？"卷卷问。

"预言是人为制造的。"小刀轻描淡写地回答。

『第一百〇二章』最初方案

第二条预言太过模糊了。

"因为一个女人的错误，十几个家庭，即将在后天分崩离析。"

这女人可能是个高官情妇，因为某个原因实名举报了贪官，导致官场地震，贪官和其党羽一并下台。

她也可能是个人贩子，拐卖了一群小孩子，即将在后天把他们卖去天涯海角。

还有可能是小饭店的老板娘，为了省钱，炒菜全用地沟油，吃得一群客人食物中毒集体送医院。

甚至可能是个改卷老师，大笔一挥，一片不及格，十几个家庭即将在后天的发卷日鸡飞狗跳……

可能性实在太多了，卷卷只能从一个人身上找答案。

她拿出许秘书的照片。

因为知道许秘书最近的行程，所以她的照片不难拍到，卷卷直接揣着个手机在精神病院附近散步，看见她从车里下来，立刻连拍了十几张，存下来以备不时之需。

现在终于派上用场了。

"我去敌营一探究竟！"卷卷将许秘书的照片压枕头底下，回头对小刀说，"动脑子的事情就交给你了！"

小刀头也不回，跟她比了个OK的手势。

跟第二条预言比起来，第一条预言的信息就明朗多了。

很多新闻媒体都报道了这件事，预言家论坛更是少不了对这事的讨论，新闻里将这事当成一部家庭伦理剧，妻子因为丈夫出轨，一怒之下抱着孩子跟他同归于尽，而论坛里则在讨论预言的力量。

托他们的福，小刀很快就知道了这家人的姓名年龄家庭住址等个人信息。

他现在要做的就是搜查这家人从前的转账记录、消费记录，看他们有没有给这家造神公司捐过钱，并且对比造神公司内部的信徒名单，看看这家人里面有没有人是信徒，看看是不是因为人为原因，才造就了第一条预言——今日长宁路，五口之家，只余一人……

分配完任务以后，卷卷躺平在床，枕着许秘书的照片，闭上眼睛。

十几分钟之后，她睁开眼睛。

她躺在一张温暖的床上，伸手不见五指，只能听见耳畔细小的呼吸声。

卷卷把搁在自己胸口的手臂拿开，这动作惊醒了枕边人，她听见一个迷迷糊糊的声音在旁边响起："怎么不多睡一会儿？"

……奇怪，这声音怎么听着有点耳熟？

等卷卷把台灯打开一看，还真是个熟人！

萨丁斜躺在她身边，一只手撑着脑袋，绿眼睛笑吟吟地看着她，被光一照，那眼睛像祖母绿一样美丽。

卷卷觉得真是够了，怎么每个贵妇的床上都是他？

她掀开被子站起来，把散落在地上的衣服裤子捡起来穿，胸罩扣到一半时，忽然感到背后多了一双手，男人的手指擦着她背上的肌肤，刺得卷卷背上起了一片鸡皮疙瘩。

"不用！"卷卷避开他的手指，"我自己来！"

用最快的速度穿好衣服，卷卷转身，本来想随便找个理由把他打发走，却看见他手指上挂着一串车钥匙，朝她晃了晃，笑吟吟地说："我送你回家吧？"

卷卷愣了愣。

她这才发现，这里不是民居，而是一间五星级宾馆。

因为不知道许秘书家住哪里，她只好对萨丁说："行。"

萨丁看起来似乎有点开心，他穿好衣服以后，牵着她的手出了宾馆，两人停在一辆骚包的红色法拉利前，他一边拉开车门一边调笑道："还以为起码要到明年，你才会带我回家过年呢。"

卷卷看了他一眼，自己拉开后车座的门，坐了进去。

她倒不怕自己的态度惹恼萨丁。

因为从他刚刚的话里，透露出了一个信息——不是许秘书在讨好他，而是他在讨好许秘书，而且进展还不理想，至少许秘书跟他从来都是在旅馆里解决，从来没有带他回家过。

也许是因为她爱干净，又也许是她家里藏了很多秘密，所以要防着外人。

萨丁果然没在意她这冷冰冰的态度，反而俯下身，满脸温柔地看着她："怎么了，突然冷冰冰的？"

"开车。"卷卷吩咐道，"我突然想到还有一些工作没做完。"

林文藻死后，所有事情都由许秘书打理，她肯定很忙。

所以萨丁没有怀疑她的话，他笑着回了一句好，然后关上车门，自己回去前座开车。车子驶出停车场，很快就进入公路，在夜色中快速行驶，大约半小时之后，缓缓停在一栋别墅前。

卷卷拉下车窗，抬头看着车窗外的那栋建筑，眼神古怪。

……这是许秘书的家？

"到了。"萨丁拉开车门，充满绅士风度地朝她伸出一只手，"请吧，我的公主。"

卷卷从车里下来，推开他，朝建筑走近了两步。

她曾经来过这里。

眼前，是林文藻生前住过的别墅。

卷卷忍不住看了萨丁一眼，发现他神色如常，不像是整她，也不像是走错地方的样子，于是把喉咙里那句你路盲啊给吞了回去。

"怎么这样看着我？"萨丁会错了她的意思，抬手抚摸她的脸颊，暧昧地说，"还想要吗？"

"不了。"卷卷眼角抽搐了一下，决定不管怎样，先把他给打发走，"我回去了，你也早点回去吧。"

说完，就丢下萨丁走向别墅。

按了一会儿门铃，一个身体敦实的保姆打开房门，恭恭敬敬地对她说："许秘书，你回来了。"

原来许秘书还真住这儿啊？

卷卷不知道她平时是怎么跟下人说话的，只好高贵冷艳地应了一声，然后脱掉高跟鞋，换上拖鞋进了门。

房间里开着暖气，温暖如春，因为不知道往哪儿走，所以卷卷走得很慢，似乎在等身后的保姆跟上来，保姆看见这一幕，会错了她的意思，很快就跟上来，凑在她耳边，小声地说："沈绿瓷晚上八点回来的，之后在厨房做饭做到八点半，九点吃完，收拾完以后去洗澡，洗完澡十点，刚刚上床睡觉了……"

怪她眼拙，这不是保姆，而是个探子啊！

"带我去她房间。"卷卷吩咐道。

保姆道了声好，人在前面领路，很快把她带到一扇房门口。

卷卷本来是想敲门的，但身边的保姆已经默默地从口袋里掏出一把钥匙，把门给打开了。

卷卷："……"

保姆朝里面做了个请的姿势。

卷卷："我有话要单独跟她说，你先回去休息吧。"

把这探子打发走以后，卷卷走进房间，反手关上房门，然后靠在房门上，眉头蹙起。

许秘书为什么要派人监视沈绿瓷？她是不是发现了什么？

卷卷心事重重地走到床边，借着窗外的月光，看着床上熟睡的沈绿瓷，发现她身上被子只盖到肚子，怕她冷到，于是伸手帮她把被子拉到胸口。

沈绿瓷忽然睁开眼睛。

卷卷："……"

沈绿瓷："……"

"你想干吗？"沈绿瓷一脸惊恐地看着她。

卷卷想扑进她怀里打滚，但现在不是干这事的时候啊，她只能眼神隐忍地看着她："只是过来看看你。"

沈绿瓷更加惊恐地看着她，觉得黄鼠狼给鸡拜年也就这眼神跟态度了。

强忍了几分钟后，沈绿瓷终于忍无可忍，她嘴角抽搐地问："你看够了吗？"

卷卷的表情闪过一丝痛苦，酝酿了几分钟，她最后还是没法跟沈绿瓷坦白自己就是卷卷，内心一愧疚，她的眼神就更加温柔怜惜，伸手帮沈绿瓷掖了掖被角，简直是用哄孩子的语气哄道："好了我走了，你早点睡吧。"

早上的时候恨不得她死，晚上的时候却暗暗跑来给她掖被子，这要是个男人，那就是霸道总裁监禁梗了，但她是个女人啊！所以事情的真相是……许秘书终于因为工作压力太大，导致精神失常了吗……

想到这里，沈绿瓷觉得自己不可以坐以待毙，她迅速从床上爬起来，翻出把水果刀压在自己枕头底下，过了一会儿觉得不放心，又翻了一个酒瓶子出来，然后握着酒瓶子一晚上没敢合眼……

另一边，卷卷出了房门以后，装模作样地打了个呵欠，对身边的保姆说："我房间的被子总有一股味，你跟我过去看看，到底是怎么回事。"

保姆没起疑心，把她领去了另外一个房间。

房门打开的那一瞬间，卷卷差点没敢进去。

许秘书也是艺高人胆大，这不是林文藻的房间吗？

她也不怕半夜睡着睡着，有人过来托梦？

"您先坐着。"保姆说，"我给您换床被子。"

卷卷没办法，只好一脸晦气地走进这房间，坐在沙发上刷手机。

电子时代，一个人可以没有伴侣但不能没有手机，有时候透过手机是可以解读一个人的工作和生活的。

比如许秘书，她是个大忙人，直到晚上十点都有人给她发微信，谈工作上的事情、合作的事情。她的人脉很广，手机里存了很多社会名流的电话号码，能够得到这些电话号码，本身也代表了她的实力。她的私生活也很丰富多彩……应该是最近这几天非常丰富多彩，卷卷看到了萨丁跟她的通话记录，还看到了萨丁给她发的微信，肉麻程度简直是十个刀哥，看得她想自插双目。

"许秘书。"保姆在对面说，"床已经收拾好了。"

"好。"卷卷抬头对她说，"那你回去休息吧，晚安。"

"晚安。"保姆说完，离开房间，顺便帮她把房门给带上了。

卷卷又刷了一会儿手机，没发现什么有用的东西。

由此可见，许秘书是个相当谨慎的人，不重要的事情她才微信里说，重要的事情她要么电话里说，要么当面说。

她唯一得到的情报，就是许秘书最近正跟萨丁打得火热，连续几天都在给萨丁打钱，而且一次比一次多。

卷卷觉得这事有点古怪。

她本来以为许秘书并不怎么迷恋萨丁，可如果不迷恋他，为什么肯在他身上花这么多钱，难道神棍公司真这么赚钱，连下面一个秘书都是土豪？

收起手机，卷卷在房间里来回转了几圈，翻了翻房间里的橱子柜子，看了看桌子上放着的报纸文件，最后打开桌上的电脑。

找情报真的是个力气活，卷卷翻了翻电脑，在里面找出了一大堆文档，因为不知道哪个是自己要找的，只好一个个点开来看。

看到最后，真是瞌睡连连，时刻都想栽倒在桌子上睡过去。

她张嘴打了个呵欠，忽然呵欠止住，将脸凑到电脑前，盯着里面那份新打开的文档。

这是一份推荐表。

推荐人那一栏写着：林文藻。

推荐理由是：CN计划的最合适人选。

鼠标一滚，那个人的头像就出现在屏幕里。

沈绿瓷。

『第一百〇三章』失恋季

卷卷把推荐表粗略地扫了一遍，总结如下。

姓名：沈绿瓷。

性别：女

特长：脸。

技能：脸。

优势：脸。

结论：这是个可以靠脸吃饭的女人。

这算什么？颜控报告？

摇了摇头，卷卷觉得自己不该把对方想得这么肤浅，字里行间一定有什么她没注意到的细节！于是重新看过。

半小时后，她还是没找到任何细节。

要不是有一个推荐表的格式在，她肯定怀疑这是林文藻暗搓搓写下的情书。

会不会是自己女性的思维无法理解男人的思想？那好吧，卷卷穿回自己身体里，然后拉着离自己最近的男人——小刀，把这件事的前后经过说了一遍，求指导！

"这个消息挺有用的。"小刀摸摸她的头，不知道是开玩笑还是说真的，"最近实体不景气，说不定林文藻打算把业务开展到网上，沈绿瓷那模样当个网络女主播能吸引不少人。"

卷卷嘴角抽搐了一下。

她试图说服自己，林文藻不是这样的人。

可马云都成国民爸爸了，国民老公都直播打游戏了，还有什么能阻止一个邪教集团与时俱进？

"不管怎样！反正没好事！"卷卷一拍大腿，总结道，"我要报警了！"

于是第二天，暮照白起床的时候，发现自己手机上多了条微信。

微信是卷卷发来的，上面写着："有一拨前邪教分子即将在明天中午十二点抵达××机场，你能去接应一下不，他们手里有一份举报资料。"

暮照白看了眼时间，微信是昨天晚上发过来的。

因为他晚上睡觉将手机调成了静音，所以早上才看到这条微信。

完全没有怀疑卷卷的话，他迅速打了个电话跟单位请假，然后穿上便装，急匆匆地乘车去了机场。

路上，他给卷卷打了个电话。

电话嘟嘟几声，随后有人接了电话："喂。"

暮照白愣了一下，怎么是个男人的声音？

"哪位？"对面的声音变得有些不耐烦，"再不出声我挂电话了。"

卷卷的朋友里有这么粗鲁的男人吗？暮照问道："你好，能让熊卷卷接个电话吗？"

"不行。"对面的男人漫不经心地回道，"她还没起床呢。"

暮照白久久说不出话来。

这个回答所能代表的意思实在是太多了。

早上八九点，女方没起床，男方帮忙接了电话……

一种难以言喻的失落感冲击着暮照白的心灵，让他的肩膀不知不觉中沉了下去。有一种一抬头，错过了星星，再一低头，又错过了花开的怅然感。

"能帮忙叫她起来吗？"暮照白开口，声音是自己都不认识的酸涩，"我有重要的事情找她。"

"那你问我就好。"对面的男人失笑一声，"暮照白，是我。"

两人虽然只有一面之缘，但一来暮照白的记性很好……尤其是对犯罪分子和潜在犯罪分子的记忆力很好，二来……小刀他天生一张罪犯脸！如果身边发生一起杀人案，他肯定是头一个嫌疑对象。

"怎么会是你……"暮照白喃喃道。

眼前似乎又浮现出对方桀骜不驯的脸。

他是怎么……是什么时候，跟卷卷凑在一块的？

"说吧。"小刀的态度反而缓和下来，甚至可以称得上是和颜悦色，"你要问我什么？"

暮照白不知怎的，就是不喜欢他现在的语气，于是语气有点冷硬，"你们微信里提到的究竟是什么人？你们怎么联系上的，你怎么证明他们说的都是真的？"

"消息来源绝对可靠。"小刀说，"本来我是可以在当地报警的，不过嘛……呵呵，卷卷似乎更相信你。"

"是吗？"暮照白觉得自己应该高兴，可高兴之余，他又觉得更加难过，他不明白自己这是怎么了，也不想明白，为了压抑这份感情，他强行将注意力放在了案子上面，"能被她这么信任，我也很高兴。你能具体说说这件事吗？对方都是些什么人？"

"是一家邪教组织的前雇员。"小刀说，"我把照片发过去，待会儿你记得过去认领。"

虽然世界上每天都有人在犯罪，但每天也都有人选择弃恶扬善，选择自首，暮照白见怪不怪，以为这也是个来自首的人。

虽然不知道他为什么没选择直接找警方，而是走小刀和卷卷的路子，但每个人都有每个人的苦衷，他也不会去过分深究，也许他只是想通过卷卷，找一个品性正直、可以信赖的警察呢？

想到这里，暮照白忍不住又摸了一下胸口，觉得里面空落落的，似乎得到了什么，又似乎失去了更多。

别这样。

他按着胸口，对那颗沮丧的心脏说。

别这样，她都已经有男朋友了……

"噢对了，还有个重要的事情忘记跟你说。"小刀说，"他们不是来自首的，是来投靠另外一个邪教头目的，手里的资料算是投名状吧，你带了同事吗？还是就你一个人？如果就你一个的话，建议你装成邪教头头的下属，先把他们稳住再说……好了，事情差不多就是这样了，照片我发给你，你见机行事吧……祝事情成功，步步高升啊。"

暮照白："你……"

这么重要的事情你早说啊！

电话被挂断了。

下一秒，一张照片就发了过来。

暮照白咬牙切齿地看了会儿手机，然后闭上眼睛，深吸一口气，右手使劲搓了把脸，放下手的时候，也顺便放下心事，认真地看着手里的照片。

他一开始以为前邪教分子是一个人。

看了照片才知道，是一群人……

应付一个人，和应付一群人，那根本是两个难度。

小刀还很恬不知耻地在后面加了一句："这个功劳送你了。"

他是想送他功劳，还是直接送他去死？

暮照白也没别的选择。

他必须去。

他必须做到。

不是为了小刀话里的"步步高升"，而是为了卷卷从未亲口告诉过他的那句"我信任你"。

只不过的士在飞机场前停下的时候，他拉开车门，却走不出雄赳赳气昂昂的姿态，风从身边吹过来，他嗅到了一缕淡淡的、酸涩的气息，那是失恋的气息……

将这气息吸进去又呼出来，暮照白义无反顾地走进了机场。

与此同时，一群人也从机场里出来找他。

是之前小刀被逮住洗脑时，反被卷卷逆袭洗脑的那拨人，误以为小刀才是林文藻的转世，所以投靠了他，现在正在小刀的指挥下，来投靠组织。

"啊！你好你好同志你好！"他们朝暮照白伸出手。

暮照白微微一笑，也朝他们伸出手。

画面定格在他们相握的手上。

而在预言家论坛里，画面也定格在一双交握的手里。

一只男人的手，举着一只血淋淋的女人的手。

鼠标往下滚动，下面陆续出现其他照片，又或者说是自拍。

一个大学生模样的男生，抱着一个已经死去的女孩子，对着手机自拍。

最后是一则新闻视频，视频里男生自诉道："我杀了我女朋友，因为她跟我分手了，我们以前感情很好的，都是她宿舍里的人怂恿的，所以我把她们全杀了。"

所以最后一张图，是一个空无一人的房间，只留下满墙满壁的血。

一双眼睛看见这张图，然后一双手在键盘上飞快地敲打。

大卷卷："文不对题啊，我记得第二条预言是——一个女人的错误，十几个家庭因此分崩离析。"

帖子里立刻有人回她："没错啊，就因为这女的嫌贫爱富跟人分手，才有这样的下场不是吗？"

大卷卷："你哪看出来的嫌贫爱富，从头到尾都是这男的在自说自话不是吗？说不定这女孩子根本不是他女朋友呢。"

有又人抨击："那为什么不杀别人，只杀她啊？"

大卷卷："呵呵你看完最后一张图再说话。"

一群人在第二条预言的帖子里乱战起来。

战到最后，电脑前的卷卷接了一通电话。

"喂。"她接了手机。

"好久不见，卷卷。"林馥的声音从手机对面传来，带着轻松的笑意。

卷卷二话不说按下了免提，正在旁边吃蛋炒饭的小刀闻声转头，像一头蓄势待发的藏獒。

"找我有事？"卷卷笑着问。

"是啊。"林馥也像个老朋友似的笑道，"我来提前告诉你第三条预言。"

卷卷的眼珠子动了动："你说。"

"明天，会诞生一个新的杀人犯。"林馥轻柔地说，"那是个很美很美的杀人犯，她的名字叫沈绿瓷。"

『第一百〇四章』想要的东西

"是吗？"卷卷看眼屏幕，讥笑道，"该不会又是一次文不对题吧，杀个人嫁祸给绿绿，这可不算数。"

"你可以自己去看看。"林馥说完，像诉说一个只有彼此才知道的小秘密般，低低道，"这对你来说很简单，不是吗？"

答案是，是的。

对别人来说无从下手的事，对卷卷来说不过是睡一觉的问题。

可林馥这说法……让她觉得他是故意让她走这一遭。

他有恃无恐什么？

他想让她看见什么？

卷卷把沈绿瓷的照片拿出来，对小刀说："我只能走这一遭。"

凌晨十二点，她穿到沈绿瓷身体里。

起来的时候，先把自己上下摸了一遍，还好，胳膊大腿都还在，我绿依旧完美无缺。

这时才有空环顾四周。

像个几次三番闯进同一间屋子的小偷，她对眼前这地方已经很熟悉了。

是林文藻家。

推门出去是走廊，走廊过去就是楼梯，楼梯下面……是谁？

黑灯瞎火的只能看清一个轮廓，卷卷本来想掏出手机照明的，可沈绿瓷身上找不到任何通讯设备。

她只能一步一步走下去，一点一点看清他。

萨丁趴在地上。

又或者说趴在一团血当中。

背后还插着一把刀。

卷卷慢慢蹲下来，盯着他的侧脸。

凌乱的金发下，是一张惊诧的表情。

像是不明白自己怎么会死这么突然，像是不明白为什么对方会突然对自己下手。

卷卷心头突突乱跳。

他这样子，怎么看也不像自杀。

这就是林馥想让她看见的？

又或者说让待会儿过来的警察看见的？

房子里总共三个女人，真调查起来，沈绿瓷的嫌疑是最大的。

诈骗团伙、私人恩怨、情感纠葛……剩下的就不说了，就一条……有时候卷卷觉得，沈绿瓷看萨丁的眼神，是真的想要了他的命。

可她不相信沈绿瓷会真的下手。

而要知道真相的最快方法，莫过于问她本人。

所以卷卷在房子里找了一圈，没找到电话，也没找到其他人之后，干脆一咬牙捡起萨丁身边的手机，慢慢退回房间里。

天黑了，请闭眼。

在自己的身体里苏醒过来，卷卷二话不说，拿起自己的手机。

她刚刚用萨丁的手机给自己拨了个电话。

要不是林馥给的时间限制，她不会冒这么大险。

叹息一声，卷卷给回拨过去。

铃声响了很久才通，可对面寂静无声，仿佛接电话的不是人，而是只午夜幽灵。

"绿绿，别怕。"卷卷说，"是我。"

对面的幽灵立刻就被击溃了，喊了一声卷卷，然后呜呜哭了起来。

"你别哭啊！"卷卷急了，"你在哪儿呢，我现在就打个车过去找你！"

"不！"沈绿瓷的反应非常激烈，"你别过来！"

然后声调变低，喃喃道："我不想让你看见现在的我。"

接下来的话太残忍了，可不说的话，对话根本就进行不下去了。卷卷只好深吸一口气，沉沉地道："绿绿，你听我说。"

"什么？"沈绿瓷问。

"刚刚有人给我打了个电话。"卷卷顿了顿，"他说你杀了个人……"

她说不下去了，沈绿瓷也沉默下来。

气氛沉重得就像法庭上最后的审判。

"你都知道了啊。"沈绿瓷涩然道，"是，我杀了萨丁。"

法官的锤声回荡在卷卷脑海里，她觉得有点头晕耳鸣。

"卷卷，你别难过。"沈绿瓷笑了一声，带着一种一切都已经无所谓的洒脱，以及临终告别般的诚恳，"以前一直没跟你说，其实我跟萨丁都是诈骗犯，只是他比较有名，我比较没名，你也许能在报纸里看到他，但是看不见我。"

"绿绿……"

"你先听我说完。"沈绿瓷打断她的话，"你跟我认识的那次，我跟萨丁也是奔着诈骗去的，就是阴沟里翻船，碰上两个比我们还狠的亡命徒……"

她抬起头，眼睛里流淌着细碎的流光，像在回忆自己一生中最宝贵的回忆，美丽得让人动容。

"你救了我，我们成了朋友，我给你做过吃的，你给我扎过头发，对你来说这可能都是小事，但对我来说……"沈绿瓷蜷坐在地上，低头落泪，"我愿意每天都做这样的事。"

对面传来一堆乱七八糟的声音。

像是裤子都来不及穿就往外跑。

又像是连人带裤子一起被拽了回来。

里头还夹杂着男女的争吵声，一个喊着我要去救绿绿，另一个喊着你先把裤子穿上。

"哈哈……"沈绿瓷忍不住笑了一声，然后转头看着地上的萨丁，用很低很低的声音说，"要是没遇见过你就好了……"

那样的话，她就可以清清白白地来到卷卷面前。

可转念一想，要不是认识萨丁，她也不会被牵扯进一堆破事里，也就没法认识卷卷了。

想清这点，她摇摇头："算了，还是认识你比较好。"

另一边，小刀和卷卷的争吵还在继续。

"我裤子都穿了，你还不让我走！"卷卷扑来扑去，像个橄榄球。

结果每次都被小刀的胸膛给撞回来，最后他不耐烦了，仗着自己腿长手也长，一伸手就抓住她，摆出一副爆头狂魔的姿态，恶狠狠地说："你去了有什么用？还不如我去呢！"

"你的胸膛比我结实吗？比我更能给绿绿安全感吗？"卷卷斜眼看了下手机，微微一愣，改口道，"行，那你去吧。"

小刀挑了挑眉。

"差点忘了你是个律师。"卷卷拍拍他的肩膀……太远了姑且拍个胳膊吧，"到你发挥作用的时候了！"

她不说，小刀也忘了自己还有这身份。

想起来了……也不是很想去。

但被卷卷这么固执和泪汪汪地盯着，他凶恶的表情松懈下来，狠狠地抓起桌上的外套搭肩上，走到门口又折了回来，抓住她亲了一口，说："也就只有你能对我这么呼来喝去。"

卷卷摸着刚刚被吻过的嘴唇，在背后静静地看他离开。

外面正在下大雨。

本来就黑的天空，这下更是黑得什么都看不见了。

就连小刀，都在这样的天空下感觉到一股寒意与不祥。

将纷乱的念头从脑子里挥出去，小刀拿出手机叫了辆车。

车子把他送到林文藻家，他一拉开车门，就在门口看见了几辆警车。

林馥已经把他的预言发出去了？

想到这里，小刀关上车门，朝房子走去。

之后，他以辩护律师的身份见到了沈绿瓷。

"沈绿瓷。"他跟她打了声招呼，然后走到她身边。

沈绿瓷朝他身后张望，没看见卷卷，失望地低下头，错着手指坐在桌子后，继续接受问询。

小刀点了根烟在嘴里叼着，旁听了一会儿，突然开口："等等。"

两个人一起看着他。

"你刚刚说尸体在哪儿发现的？"他看着沈绿瓷。

"走廊上。"沈绿瓷回答。

小刀狠狠抽了口烟："你确定？"

"当然……"沈绿瓷淡淡地道，"他跟我起了争执，我一怒之下就追出去刺了他一刀，他倒下就不会动了。"

可这不对啊，小刀愣了，这跟卷卷看见的对不上啊。

这时候一个法医走过来："尸体有被拖动过的迹象，楼梯下面有血迹。"

这下轮到沈绿瓷愣了："怎么会呢？"

"除非他当时压根就没死，怕你补他一刀，所以趴地上装死，等你走了以后，他才重新爬起来下楼梯。"小刀接话道，他看着沈绿瓷，"这后面的事情你们都没看到？"

"我……我当时喝了很多酒的。"沈绿瓷身上一身酒味，皱眉道，"要不我也没勇气刺那一刀……"

"我只问你，你刺完那刀，然后去哪儿了？"小刀单手撑在桌子上，身体往她一压。

"我、我回房间了……"沈绿瓷弱弱地道。

后面的话不必她说了，警察和小刀都听得出来，她肯定是吓得闭门不出，没多久酒劲上来就睡着了。

小刀简直哭笑不得，就这样，她还好意思到处打电话说自己杀人了？

法医也扶了下眼镜，说："实际上，死者的确中了一刀，但不是致命伤，他的致命伤是在头部，有可能是自己失足跌下楼梯，也不排除有人在背后推了他一把。但最后他的尸体从楼梯下跑到楼上去了……是你干的吗？"

"不是我。"沈绿瓷低着头，交握的手指微微发抖，小声说，"原来如此，我不是杀人犯。"

她松了口气，像头已经伸到绞刑架里的囚徒，突然听到了特赦令，虽然不知道自己包不包含在特赦人员中，但总算能露出一点点希望的笑容。

可小刀却笑不出来。

这件事实在是太奇怪了。

要是林馥真想当个预言家的话，他压根就不该给卷卷打那通电话。

他要不打那通电话，卷卷就不会操纵沈绿瓷的身体出来看个究竟。

沈绿瓷也不会因为接了个电话生无可恋，爬起来自首。

警察也就不会这么早来。

真凶说不定会有足够充足的时间来处理现场和尸体，比如让小刀来的话，他就会把萨丁的尸体放后座，沈绿瓷放主驾，再帮她发动车子，做出一副准备杀人弃尸的样子。

反正萨丁背后那把刀上也有她的指纹，最美妙的是，沈绿瓷自己都以为自己是杀人凶手。

而不是像现在这样，仓促之间只来得及把人拖到沈绿瓷房间外面。

可以说要不是林馥的那通电话，这个锅沈绿瓷背定了。

这让小刀更加无法理解。

林馥绕这么大一个圈子，到底是为了什么？

电光石火间，卷卷看了眼手机，愣了愣紧接着就改口的表情出现在他脑海里。

香烟从指间坠落，在地板上溅起白色的烟灰。

小刀的脸色十分可怕。

因为他知道林馥想要什么了。

『第一百〇五章』等你很久

时间回到三小时前。

"你去有什么用，你的胸膛比我结实吗？比我更能给绿绿安全感吗？"说到一半，卷卷斜眼看了下手机，微微一愣。

是林馥发来的新消息。

上面写着："我有办法让沈绿瓷无罪释放。"

把小刀打发走之后，她给林馥打了个电话，问："你有什么办法？"

"很简单。"林馥说，"你说是你做的不就行了？"

卷卷无语。

"就说是你穿到她身上，动手杀的人。"林馥笑道，"无论哪条法律都没法证明你有罪，当然，也没法证明沈绿瓷有罪。"

"然后你也是无罪的咯？"卷卷冷冷地道，"你杀的那些人也是我杀的咯？"

"反正你要救沈绿瓷，那顺便也救救我吧。"林馥诚恳地，甚至带点委屈地说，"我们认识的时间可比她久多了……"

"呵呵，你想都别想。"卷卷说。

"那你要见死不救吗？"林馥立刻收起话里的委屈，换作淡淡的讥讽，"这一次是沈绿瓷，下一次是谁？"

"你什么意思？"

"预言是不会结束的。"林馥用极缓极缓的声音对她说，像一根小小的针头不停地扎进她的皮肤，"这一次是沈绿瓷，下一次也许就是你的爸爸、妈妈、朋友……和小刀。"

"你威胁我？"卷卷深吸一口气，觉得这口气里含有易燃易爆物质，她就要炸了。

"怎么会呢？"林馥失笑一声，"我只是想问你一句，在这种情况下，你还有别的选择吗？"

当我找到你的时候，你就没有别的选择了。

卷卷听明白了他话里的意思。

这叫她又愤怒，又惶恐。

之前林馥不知道她的真实身份，所以她是安全的，她的家人朋友也都是安全的，可现在不同，她马甲掉了，她曝光在林馥眼前了。

要是林馥肯安安静静地待在精神病院里，当个安静的美少年也就罢了。

可他没有。

现在的他，是一个预言家。

在他背后的庞然大物倒塌前，他可以持续不断地发布预言，预言卷卷认识的人的死期。

"卷卷，"林馥的声音再次在她耳边响起，带着一股令人厌烦的炫耀感，他笃定地说，"你没有别的选择了。"

卷卷垂下头，在原地站了很久很久，才缓缓抬头，眼睛里迸发着决绝的火光。

"不。"她说，"我有！"

将包里的东西全部倒在床上，纸巾、钥匙、头绳……以及林馥的照片。

卷卷慢慢拿起那张照片。

她也不知道自己为什么总是带着这张照片。

或许……在很久以前，她就已经打算这么做了。

只是一直没有勇气，也一直没有必须守护与拯救的人吧。

将照片压在枕头下面，卷卷躺在上面，缓缓闭上眼睛。

六小时后，大门砰的一声被人推开。

小刀浑身湿透，气喘吁吁地站在门口。

最后一丝侥幸，在打开房门的瞬间失去。

他用拳头狠狠地敲了下房门，然后大步流星地走到床边，怒吼，为什么不接我电话？

卷卷安静地躺在床上，手机就放在她头边，里面全是来自小刀的未接电话。

"为什么就不能等等我？"小刀在床沿坐下，伸手把她从床上捞起来，抱在自己怀里。

水珠顺着他的头发脸颊落下，掉在卷卷脸上。

"林馥想要见你。"他喃喃道，"他是故意的，他想让你穿到他身体里去啊，傻瓜。"

说完，小刀开始发起抖来。

他早忘记自己上次害怕是什么时候的事了。

小时候去动物园，不慎掉进熊笼，跟一家四口熊大眼瞪小眼的时候？

在雇佣兵训练营里被迫跟一群凶徒搏斗的时候？

自己创业却被同伙背叛，差点血本无归的时候？

没有哪一次像今天这样让他绝望。

小刀抖得越来越厉害，嘴里嘶嘶喘着气，眼睛血红血红的，像个输光了一切的赌徒。

"喂，老李吗？"他拨了一通电话，"找你帮个忙，能在报纸上留个版面吗？"

"喂，兄弟，是我。"接着换个号码，"帮我在微博上造个头条。"

"喂，小六，帮我关照一个人，嗯嗯，回头我把他资料发你……

不，不需要打他，但最好能控制他。"

一通通电话打出去，一张张底牌打出去。

最后他接到一个人的电话。

盯了那号码很久，他才接了电话。

"喂，爸。"

"嗯。"对面传来一个沉稳醇厚、带着雪茄气息的声音，"你动静弄挺大的，怎么，碰到困难了？"

小刀沉默良久。

他的父亲是造神集团的重要客户，他甚至可以让集团里的人替他跑腿，比如把不听话的儿子抓去再教育几天。

小刀很烦这样的控制狂爹，但又必须承认，对方在社会上比他这个浪子有能量多了。

"怎么样？"对面语气轻松地问，"需要我帮忙吗？"

良久之后，小刀："嗯。"

卷卷不知道外面正在掀起一片腥风血雨。

她看着眼前的光景，有种重游故地的诡异感。

脚底下散落着一地玫瑰珠，一个少年的尸体斜躺在玫瑰珠中间，脸上盖着一块雪白的帕子，胸口插着一把十字架，卷卷认出了他，是林馥最后死掉的人格之一，代表着他内心叛逆和怨恨的那个小男孩。

抬头看着前方，小屋寂静无声，远处藏着巨大的黑暗。

过来吧。有个声音在对面呼唤。

卷卷深吸一口气，拔出少年胸口的十字架匕首，朝前方走去。

又一具尸体挡住她的去路，她停下脚步，低头看着这具尸体，是林馥最后诞生的人格——为了对抗外界侵犯而诞生的杀人犯人格。

她回过头，继续往前。

一具又一具尸体出现在她面前，一个又一个人格的残骸组成了眼前这座人格坟场。

守护弱小人格的中年女人；喜欢欺负弱小人格的中年男子；谁都可以欺负，不会还手，只懂得默默承担痛苦的柔弱女性。

卷卷脚步一顿，站在一扇房门前。

房门底下还渗着斑驳的血迹。

最后的人格，就在这里面。

她紧了紧手里的十字架匕首，然后猛地踹开房门。

"你终于来了。"一个神父打扮的男子坐在桌子后面，对她笑道，"我等你很久了，卷卷。"

『第一百〇六章』救我

卷卷压根不愿跟他废话，她双手握住十字柄，刀尖指着神父。

"你又下不了手。"神父怜悯地看着她，"你根本杀不了人。"

刀尖指着他，可握刀的手在发抖。

"不过也用不着你动手。"神父单手按住桌子，强撑着站起来，说，"看。"

卷卷愣了。

他刚刚坐在桌子后面，所以她没看见。

现在他站起来了，她才发现他受伤了。

他一只手撑在桌子上，似乎不这么做，他就连站都站不稳了。

另一只手捂着腹部，五根手指头都被血染红了，随着他一次次呼吸，新鲜的血冒出来，覆盖褐色的旧血。

"你怎么回事？"卷卷皱起眉头。

"你还看不出来吗。"神父惨笑，"输的人是我。"

卷卷看看他，又看看身后。

一条长长的血迹，从他脚下，一直蜿蜒扭曲到门底。

她这才发现房间里少了一个人，这个身体真正的主人，这个身体内仅有的主人格——林馥哪儿去了？

心里这么想，她也就这么问了。

"林馥呢？"卷卷回过头，盯着他，"你对他做了什么？"

"你应该问的是……"神父咳嗽一声，用手背擦了下嘴角的血，然后从桌子背后走出来，跟跄着朝卷卷走去，"他对我做了什么？"

"别过来。"卷卷拿匕首对他晃了几下，"就站在那儿别动，把话说清楚。"

"放心，就算你不问我，我也要跟你说清楚的。"神父停下脚步，笑着对她说，"这个身体里一共有六个人格，代表内心叛逆的、代表承担痛苦的、代表惩罚的、代表守护的、代表暴力的……那你有没有想过，我是什么？你代表林馥内心的什么？"

"自私自利，阴险奸诈，冷血无情……"卷卷恨不得一口气把新华字典上所有的贬义词都背下来！

"你对我有偏见，这我可以理解，因为我的确阴险奸诈、自私自利，做事情有点不择手段，但是……"神父诚恳地道，"我真不是坏人。"

卷卷冷笑。

"是真的。"神父满脸认真，"我从来没伤害过一个好人，所以我不是坏人。"

卷卷空出一只手，指着外面的尸横遍野，问："谁杀的？"

"那都是一些坏人格。"神父淡淡地道，"一个只会憎恨别人，一个只会欺负弱小，一个只会卑躬屈膝，一个只知道暴力，最好的一个也只是个伪善者，一味地保护弱小，却不知道为什么要保护他们，也从来没想过要改变他们。"

"你别忘了，除了他们，你还杀了不少人。"卷卷冷冷地道。

"你指谁？那群绑匪？"神父失笑道，"我那只是在自卫。"

"还有绿绿！"卷卷怒道，"你为什么要害她？"

"她是个诈骗犯。"神父无动于衷，"我没杀她，只是给她点教训而已。"

卷卷一一举例，他一一反驳，到最后，卷卷无话可说，无例可举。

"我不是坏人。"神父按住自己的胸口说，"我代表林馥内心的自我约束，我……是他最后的良知。"

"简直荒谬。"卷卷想到了最后一个例子，她指着自己说，"那我呢？我总不是坏人吧，你干吗总针对我？"

"因为我就要死了。"神父低头看了眼腹部的伤口，眼神黯淡，带着一丝不甘与恨意，"死之前……我要找个人代替我。"

卷卷顿时心中一寒。

她不是傻瓜。

她已经听出了对方话里的意思。

"你故意的？"她不敢相信地指着自己，"你是故意引我来的？"

"呵呵，是的。"神父笑了。

呵呵两字刺得卷卷心中一怒，她二话不说就冲上前去，一把将他推在椅子里，冰冷冷的匕首横在他脖子上。

神父毫无反抗能力地坐在椅子，仰起苍白的面孔，温柔地看着她："就算你不动手，我待会儿也会死的。"

卷卷的脸色青一阵白一阵。

神父要死了，可她一点也不高兴，只觉得无比憋屈。

"等我死了，你就留在这里。"神父的气息越来越弱，脸上却笑容不减，神态圣洁得像个殉道者，他低沉温柔地嘱咐道，"做我过去做的事，替我看守他、阻止他，记住，不管他说什么，你都不要信，他跟我们不一样，他跟所有人都不一样……他是个真正的魔鬼。"

"我为什么要听你的？"卷卷声色俱厉。

"你还有别的选择吗？"神父慢慢闭上眼，梦呓般的语气，"反正你也回不去了……"

这句话简直像个诅咒。

"喂！喂！"卷卷拍打他的脸颊，"醒醒啊你！"

她以前做梦都想像今天这样，不停地甩这贱人耳光。可梦想实现的这天，她一点也不开心。

因为他至死都在笑。

卷卷缓缓收回手，站在原地盯了他片刻，手里的十字架匕首缓缓滑落在地上，当的一声，她转身跑出房。

她一路狂奔，冲到门口，却怎么也拉不开眼前的那扇大门。

于是她又折返回来，无头苍蝇似的在房间里乱窜，把每一扇窗户、每一扇门都试过之后，她恐惧地发现——出不去。

最后，她孤零零地站在原地。

身边一个活人都没有，只有六具人格的尸体，或坐或躺或趴在那里。

"林馥！"卷卷只好呼唤这唯一的活人，"出来！"

一路喊，一路找，喊不出，找不到。

"他该不会是骗我的吧。"卷卷忍不住喃喃，"其实林馥已经被他杀了，所有人都死了。"

明明没有风，她却打了个冷战。

她觉得自己站在一座坟墓中。

一座人格坟墓。

一天两天三天，时间不断流逝，她觉得饿，可却找不到东西吃，觉得渴，但也找不到喝的，地上的尸体一直没有腐烂，她是不是也会跟他们一样，百年不朽？

简直是一具行尸走肉。

"啊啊……"半个月之后，卷卷抓住自己的一头卷毛，慢慢蹲在地上，小声哽咽道，"老爸，老妈，绿绿，刀哥……救救我。"

一双手从对面伸过来，捧起她的脸。

卷卷看着对方，愣了："林馥？"

清俊的美少年嗯了一声，然后用袖子擦擦她的脸。

卷卷顺势抓住他的手腕，又急又气："你咋千呼万唤始出来啊？"

林馥眨了一下眼睛："我听见神父跟你说的话了。"

"你听他放屁！"卷卷急不可耐地说，"快快快，我们快出去，这地方我一分钟也不想留了！我觉得自己身上都冒老坛酸菜味了！"

她拉了一下没拉动，一回头，林馥牢牢地站在原地，对她摇摇头："出去有什么好？"

卷卷刚想说你爹妈在等你呢，忽然想起他爹妈的现状，于是刚刚到嘴边的话又咽了回去。

"总有人在等你吧？"她模棱两可地问道。

"有个叫小刀的人一直在等你。"林馥忽然说，"你是不是欠了他很多钱？他每天都一副想要掐死你，又怕掐死了血本无归的样子。"

卷卷愣住了。

"还有一个叫沈绿瓷的人在等你。她是个哭包，每次都带好多吃的来，你不吃，东西都放坏了，可她还带，一直等你起来吃。"

"对了，还有个叫慕照白的人在等你。他这个人很沉默，总是趁着没人的时候，偷偷一个人过来，偷偷看着你，然后什么都不说。"

卷卷忍不住问："你怎么会知道这些？"

"我们的病房在一起啊。"林馥有些落寞地笑道，"每天都有好多人在等你，可却没人等我。"

卷卷盯了他一会儿，问："你在这里待了多久？"

"我一直在这里。"林馥回头看着地上的尸体，充满回忆地说，"他们一直陪着我。"

世界上居然还有这样的死宅，分裂一堆人格陪自己！

"可他们都死了啊。"卷卷说，"你一个活人，总不能天天跟尸体在一起，你得跟我走，我们到人群里去。"

林馥歪了歪头，像个天真得不谙世事的小天使，扑闪睫毛："你真的要我出去？"

"我恨不得带你上天！"卷卷一副急不可耐状。

"可我觉得我还是待在这里比较好。"他看了眼神父的方向，"他不是也要你留下来看着我，阻止我出去吗？"

"我被他坑了一辈子了，我还信他？"想起这人，卷卷心里就恼火，"他死了也不让别人好过，要不是他之前说那番话，你会躲着我不出来？别信他，你们两个谁好谁坏，我还分得清楚。"

比起耳朵，她更相信自己的眼睛。

神父说得再天花乱坠，但他做的那些事都明明白白地摆在眼前，做不得假的。

别的就不提了，就一件事——别人再不好，他又有什么资格审判他们？

林馥眯起眼睛看着她。

他眯眼的神态十分可爱，像只偷偷看人脸色的松鼠，那眼神告诉旁人，想接近他可得有点耐心，站着别动，看着他别动，不要出声……最后再给点吃的。

卷卷就是这么干的，只可惜口袋里没带糖炒栗子，不然就能立刻投喂了。

"那好吧。"良久之后，林馥朝她伸出一只手，少年的手指干净纤长，慵懒的声音里带着点小小的撒娇，"你牵着我走。"

卷卷弯腰撑了下膝盖，长长地吐出一口气。

然后笑着起身，握住了他的手。

路很长，两人一前一后地走着。

走着走着，路就变短了。

一扇敞开的门出现在对面，卷卷眼前一亮，握着林馥的手，加快了脚步。

眼看着她就要跨出门去，忽然顿住脚步，转头问道："要是有个人得罪了你，你会怎么做？"

"给他个机会。"林馥想也不想就说，"生命是很可贵的。"

卷卷松了口气，回过头去。

右脚跨过门的一瞬间，她突然心中一凉。

为什么这个问题的答案……会扯到生命上去呢？

『第一百〇七章』英雄回归

卷卷醒了。

但不敢睁开眼。

左手边小刀在喃喃："早知道这样就让你怀七八个孩子，当英雄母亲也好过乱逞英雄啊。"

右手边沈绿瓷在咬指甲："早知道就把你喂到三百斤，动都动不了的话，就不会跑到我看不见的地方出意外了吧……"

卷卷的熊脸上开始冒汗。

还好这俩人待了一会儿就走了，卷卷擦了把脸坐起来，感觉浑身有点软麻使不上力……

"你躺了一个多月了。"对面病床上的林馥放下手里的笔记本电脑，抬头看着她，"不过我建议你继续躺着……免得被人抓去当三百斤的英雄母亲。"

一个月？那不是已经过年了？

床头上放着手机，她抓过来一看。

"贺新春，迎新春，奈奈给你拜年了！"

"交房租了！"

"恭喜你获得好声音场外二等奖……"

"你丫到底回不回来过年！"

又有人进来了，卷卷赶紧丢了手机装死。

暮照白推开门走进来，手里一束花却没地方放，桌子上都被沈绿瓷做的吃的给塞满了。

他只好拎着花走到卷卷身边，静静地看着她。

"造神集团已经被连根拔起，主要人员全都绳之以法了。"他轻轻问，"我没有辜负你的信任吧？"

将花轻放在床边，他很快离开了。

好似他行色匆匆地赶来，就是为了跟她交代这么一句话。

他走之后，卷卷躺在床上，一直看着天花板。

"你的朋友都很有趣啊。"林馥低头看着电脑屏幕，"一个是破获重大案件的警界新星、一个是绝代美女，还有一个是微博红人……"

"等等，你说谁是微博红人？"

"小刀啊。"林馥的手指慢慢点着键盘，"网上称他是造神集团倒塌的幕后黑手，人送外号刀日天，一群人排着队要给他生猴子呢。"

"这个世界为什么变化那么快，才几天不见，我的小伙伴就全都日天日地了？"卷卷喃喃道。

话音刚落，房门再一次打开，顾余墨站在门口，与她面面相觑了一下。

"你醒了。"他脸上很快浮现出温柔的笑容，看了眼窗外道，"我刚刚看见你朋友在下面，要不要我帮你把他们喊上来？"

"不，不用了。"卷卷从床上翻下来，"我自己去找他们。"

顾余墨顺手扶了她一把，然后很有分寸地松开手，温和地道："小心点。"

"嗯。"卷卷看了看他，又看了看林馥，然后走了出去，留下时间和空间给这对甥舅。

等找到小刀和沈绿瓷时，这两人正背对着她，站在树底下聊天。

小刀说："明天你去给萨丁烧根香吧。"

沈绿瓷："为什么？"

小刀："你见过比他还倒霉的诈骗犯吗？老是被比他更狠的杀人犯欺负。许秘书恨的明明是你，但为了让你更痛苦一点，才杀了他，嫁祸给你，好让你坐牢，你说，他死得冤不冤？"

沈绿瓷无语半天："好吧好吧，我有空会去看他的。"

小刀："还有。"

沈绿瓷："啥？"

小刀："他喜欢你。"

沈绿瓷："……"

小刀："虽然萨丁看起来挺傻的，但他好歹是混黑的，有很多手段控制手底下的女人，拳头、威胁，甚至药物控制，但对你一直就是口花花。"

沈绿瓷冷笑："就因为他没揍我没对我用药，我就要感谢他吗？"

小刀将烟递到嘴边："没那必要。"

沈绿瓷："是啊，没那必要。"

小刀吐口烟："就把他当个笑话，偶尔想起，偶尔笑笑吧。"

沈绿瓷："嗯。"

小刀："啊！"

沈绿瓷："又怎么了你？"

小刀愤怒地一拍大腿："这家伙以前还教过我撩妹，还好没听他的，就他这水平，我要学了，恐怕一辈子也泡不到卷卷！"

沈绿瓷："我说你为什么老替他说话，原来你们已经狼狈为奸了。"

小刀："你以为我愿意屈尊降贵？我是为了卷卷。"

短暂的沉默之后，沈绿瓷低声道："她为什么一直不醒？"

小刀："总有一天会醒的。"

"可这个世界每天都在变，世界上的人每天都在变。"她转头看着小刀，"你也会变的。"

小刀："不会。"

"我不信。"沈绿瓷死死地盯着他，"那么多女孩子喊着要给你生猴子，虽然都是一群丑女，连我卷的脚趾头都比不上，可是……她们能笑、能动，能陪你看电影，能陪你打发无聊的时间……"

"没有人陪，我不照样过了这么久？"小刀咬着烟，烟在向上蔓延，他淡淡地道，"如果卷卷醒不来，我不过是回到遇到她之前的日子而已。"

"你那日子过得也太不健康了，天天吃蛋炒饭，迟早会因为胆固醇过高变成一个凶恶的胖子。"

小刀："哼，随你怎么说。"

"就算你不在，我也会陪着卷卷的。"

小刀："虽然我很高兴，不过偶尔也追求下自己的幸福啊，我还想着以后能不能娃娃亲呢。"

沈绿瓷有点不好意思地笑了："呵呵……我的儿子和卷卷的女儿

吗，这个画面想想都好美丽……"

小刀用异常冰冷肃杀的语气道："只有脸能看的酒囊饭袋吗？我绝对不会同意的……"

静默片刻，小刀跟沈绿瓷猛然回头，大叫一声："卷卷！"

"哈哈哈！"晴朗的天气，阳光从树叶的缝隙间洒下来，像金色的花，一大片一大片地落在卷卷身上，她从他们身后走出，插进他们两个中间，一手挽住一个，快乐地大笑道，"我熊汉三又回来了！"

"卖你妹的萌！"两个人异口同声地怒吼。

小刀："你知道我多担心你吗？以后做事之前能不能先动动脑子，你脑子不好使的话，能不能先借我的用一用？"

沈绿瓷："你知道我流了多少眼泪吗？我本来视力很好的，这几天已经三米之外人畜不分了！"

我的男女朋友怒气值一起爆表，怎么办，在线等。

"过去的事就不要再提了。"卷卷为了补救，抱着他们的胳膊，踮起脚，左边亲一下，右边亲一下。

两人齐齐一愣，然后更加愤怒地吼："为什么亲他（她）？"

两人一路从楼下吵到楼上，卷卷跟在他们身后，安抚的话刚刚说到一半，就听见病房内传来一声巨响。

卷卷愣了愣，率先推开房门。

入目是一片狼藉，林馥坐在地上，摸了摸嘴角，手指上带着几点血。

"你这个骗子！"一个陌生男人朝他怒吼，手里握着一把水果刀。

"冷静一点！"顾余墨从背后死死地抱住他。

"你说你是林大师的转世，我信了你，才把所有钱都捐给你！"陌生男人眼睛血红，"把我的钱还给我！还给我！"

医院工作人员冲进来帮忙，穿梭而过的人群中，卷卷静静地站在原地，注视着林馥。

他缓缓抬起头，露出了一个让她永生难忘的表情。

『第一百〇八章』他在火焰后微笑

"如果一个人得罪你，你会怎么做？"

"给他个机会，因为生命是很可贵的。"

这句话究竟是什么意思？

卷卷一直没想明白，不过不要紧，眼前就是一个机会，一个让她看清林馥的机会。

一片狼藉的病房内，林馥坐在地上，手指沾了沾唇，一点血花在指尖晕开。

然后他慢慢地抬起头来，露出一个宽容的微笑。

发自内心的、温暖和煦的、打动人心的……却又饶有兴致的。

"舅舅，"他单手撑地，从地上站起来，对顾余墨说，"能借我点钱吗？"

然后转头看着陌生男人："王辉，你要多少？"

对方愣了一下："你认得我？"

"嗯。"馥掏出一个手机，拇指滑动了一下上面的图标，然后反转屏幕给他看，"我这段时间一直在玩你做的几个手机游戏。"

"……"前手机游戏开发人员，现无业游民王辉无语地看着他。

"像你这么有才华的人，不应该过得这么落魄。"林馥看看他身上穿的破西装，又看看他袖摆上的淡淡菜渍，皱皱眉，目光重新回到他脸上，认真诚恳地说："我想帮助你。"

他的目光清澈纯净，连旁观者都为之动容，更别提当事人了。

"我、我……"王辉有点手足无措地看着他。

他本来是来寻仇的，可仇人的表现有点像个脑残粉……

林馥转头看向顾余墨，伸出手去，轻轻拉了拉他的手指。

顾余墨这才反应过来，他给助理打了个眼色，助理走过来，准备掏钱打发人。

"我不要钱。"王辉满脸通红地蹦出一句，可刚刚说完，就流露出后悔的表情。

"拿些钱走。"林馥的态度却强硬起来，"有钱才能不饿肚子，不铤而走险，不误入歧途，然后，你才有时间和空闲……去做真正有意义的事情。"

助理从身旁撕了张支票过来，陌生男子捏着支票，手抖了很久，然后朝林馥低了低头，转身离开。

这不是结束，而是个开始。

之后陆陆续续有不少人来找林馥，有的能交流，有的却不可理喻，有一个狮子大开口索要一千万，不给就坐在床头不走。

奈何卷卷跟林馥是一个病房的……

刀哥怎容这野男人赖在自己女朋友床头？

于是扭送了几次野男人之后，他给卷卷办理了出院手续。

走的时候，卷卷已经不担心林馥欺负别人了。

相反，她有点担心别人欺负他。

"你别太好说话了。"卷卷站在病床边上，语重心长地对林馥说，"这个世界上毕竟坏人多，好人少。"

林馥抱着他的笔记本电脑，似乎正沉迷于某个游戏里，头也不抬地回答："我也不是每个人都那么好说话的。"

卷卷刚要说些什么，外面忽然传来小刀和沈绿瓷的喊声。

"来了！"卷卷回了一声，临出门，最后看了他一眼，然后猛然发现不知什么时候，林馥已从笔记本前抬起头来，歪着头看着她。

饶有兴致地看着她。

卷卷忍不住搓了下手背，有点受不了他这样的注视。

"再见，卷卷。"林馥说。

"再见，林馥。"卷卷说完，缓缓别过头去，走出了病房。

直到她的背影消失在门外，林馥才回过头来，重新盯着眼前的屏幕。

手机铃声突然响了，他接了电话："喂，舅舅。"

"出国手续办好了，我马上过来接你……"顾余墨的话还没说完，房门突然被人踹开，一个眼神混浊、顶着啤酒肚的壮汉冲进来，右手提着一个酒瓶子，恶狠狠地说："那个传说中的人形ATM机是不是就住这儿？也给我点钱吧，嗝！"

"出什么事了？"顾余墨的声音有点紧张。

林馥握着手机，一言不发地转过头来，看着对方。

那是一种卷卷从来没见过的目光。

壮汉满不在乎地走了过来，桌子上放着点心水果，他随手拿起一个就往嘴里塞，嘴里还嘟嘟囔囔着："你资助了那么多人，干吗不资助一个我？我也穷啊，嗝……老婆没用赚不到钱，六个儿子女儿全跑了，没一个肯回来看我，给我钱……嗝，是谁说的存钱不如存人？早知道这样，我把他们卖了换钱算了……"

"过来。"林馥忽然说。

壮汉抬头，笑了起来，露出满嘴的碎渣："怎么，要给我钱吗？"

等顾余墨带着人冲进来的时候，就看见壮汉弯腰站在床边，林馥的嘴唇贴在他耳边，轻轻说着什么。

"你是什么人？"顾余墨警惕地道，"你来干什么？"

壮汉没有回答，他沉默地转身，眼神混浊呆板，像任何一个神志不清的醉汉一样，拎着酒瓶子，从顾余墨身旁摇摇晃晃地走过。

顾余墨莫名其妙地目送他离开，然后摇摇头，走到床边，对林馥说："走吧，这里已经不能留了。"

林馥乖巧地嗯了一声，抱着他的笔记本电脑从床上下来。

换上外出穿的衣服以后，两人手牵着手下了电梯。

车子已经停在了门口，顾余墨亲自拉开车门，将他送进后座，然后跟助理坐到了前面。

"我们先去美国看看你母亲吧。"顾余墨背对着他说，"顺便避避风头。"

"好啊。"林馥一边回答，一边侧头看着窗外。

车窗外，拎着酒瓶的壮汉步履蹒跚地走到一个垃圾桶边。

他掏出打火机点燃，开始焚烧桶边上掉落的垃圾。

那些无用的、平庸的、乏味的、毫无用处的东西，一样一样在他手中点燃。

最后，他低头笑了笑，将点燃的打火机丢进啤酒瓶子里。

"对了，"顾余墨也看见了那个壮汉，他皱皱眉，意有所指地对林馥说："去美国以后，我希望你别老待在家里，出去认识一些新朋友，但不要每个人都当朋友，你得有看人的眼光……"

"我会的。"林馥膝盖上放着笔记本电脑，他低头看着屏幕。

"那就好。"顾余墨用手指点了点膝头，还是有些担心，于是问，"对了，你刚刚在医院里对那个醉汉说了……"

轰的一声——

突如其来的巨响，把车子都震得跳了一下。

"出什么事了？"顾余墨惊魂未定地转头看去，然后愣住了。

只见车后不远处的垃圾桶前，站在之前那个壮汉。

他嘴里塞着半个啤酒瓶子。

瓶子在燃烧，他也在燃烧，燃烧的垃圾碎屑围绕着他飞舞，呈现出一种扭曲的、令人胆战心惊的诡异之美。

"我劝他清理一下垃圾，也顺便清理一下自己。"林馥安静地坐在后座上，眼神清澈地望着顾余墨，"垃圾一直不清理的话，会造成污染的。"

顾余墨愣愣地看着他。

良久，他才满脸痛苦地说："你不该这么说……"

"他以前上过综艺电视。"林馥反转电脑，"看，小县城出生，好吃懒做，前后娶了两个老婆，从来不养家，全靠老婆养他，生了一大堆孩子，可只管生不管养，就指望着孩子里能有一个有出息的，然后全家都可以吸对方的血。"

"这是人家的事，跟你无关！"顾余墨怒道。

"那可不行。"林馥放大一个人的图片，是一个年轻高大的男子，眉宇间藏着一丝忧郁，"这是他们家唯一一个有出息的人，在文学方面有很高的成就，但成名以后一直受到穷亲戚的骚扰，现在已经陷入困境了，我得帮帮他。"

林馥微微低头，用饶有兴致的目光看着图片里的人，轻轻道："我得帮帮他，让他不至于被生活琐事所累，写不出东西，颠沛潦倒，之后他才会有时间和空闲……去做真正有意义的事情。"

顾余墨回过头，难过地闭上眼睛，按着额头说："开车。"

车子重新开动，朝着机场的方向驶去。

林馥依旧安静地坐在座位上，手指轻轻敲打着键盘。

屏幕里是一张推荐表，表格上贴着穷作家的照片，旁边写着——CN计划的推荐人选。

之后他换了一张推荐表，表格上的人是之前过来找他麻烦的游戏设计师王辉，旁边同样写着——CN计划的推荐人选。

然后是许秘书、小刀，是一张张熟悉的和不熟悉的面孔。

最后，画面定格在一个人的脸上。

那是一张世所罕见的美丽面孔。

"CN——才能计划的最佳人选。"林馥用饶有兴致的目光看着她，念出表格里的名字，"沈绿瓷。"

造神集团倒塌后，本应该已经随之销毁的CN计划的企划书，如今就躺在他的电脑内，甚至包括人选名单也都一应俱全，没人知道这是怎么回事，至少在计划重启之前，没人相信这个计划还有实现的一天。

"你们或者聪明，或者美丽，或者拥有特殊的技能。"林馥喃喃道，"你们的生命是宝贵的，应该用来做真正有意义的事情……"

说完，他笑了。

番外

WOYOU TESHU
DE
ZHENTAN JIQIAO

萨丁番外：最后一面

我正在坠落。

地板已经离我越来越近了。

我甚至可以看见自己倒映在地板上的脸。

被无数富婆追捧的那张脸。

有个富婆是怎么说的？她捧着我的脸，又迷恋又悲伤地看着我，对我说："纳西瑟斯，你只爱自己。"

纳西瑟斯，希腊神话中的自恋美少年，被无数仙女喜爱却无动于衷，后来看见自己水中的倒影，被深深迷住无法自拔，最终跳水而亡，与自己的影子永远在一起。

而在他死亡的那片水池中，长出了一朵水仙花。

"我呢？"我心想，"人生的最后一刻，我想见到谁呢？"

我开始回忆自己的一生，以及一生之中遇到过的那些人。

奇怪的是，我想起很多人，却记不起一张清楚的脸。

就好像每个人都不过是我身边的匆匆过客，我跟他们短暂地在一起，然后长久地分开。

第一个离开我的是妈妈。

雾都的天气总是那么糟糕，我坐在福利院门口，伸手摸着妈妈的脸，明明她的脸就在眼前，我看见的却只有一片灰灰的迷雾。

"对不起。"她说，"等我找到你爸爸，我们会一起回来接你的。"

未婚生子的女人、玩玩而已的男人，他们都曾短暂地陪伴过我，然后长久地离开我。

我在福利院长大，因为长相的关系，受到了很多优待，也受到过很多欺负，但我还是感谢自己的长相，因为它为我带来了一对家境优渥的养父母。

虽然他们也很快就离开了我。

因为养母爱上了我。

为了跟我在一起，她选择跟丈夫离婚。

但就算她这么做了，她还是没能跟我在一起，因为她丈夫愤怒地把这件事曝光给媒体，这下不仅她身败名裂，我也一样被人耻笑。

最后她被关进了监狱，而我则被送去了外国留学。

第二年的时候，学费就中断了，我给养父打电话，却一直打不通，回到家里一看，发现家里的房子已经被卖掉了，养父带着所有财产下落不明。

也许已经改头换面，开始一段新生活了吧。

按了按帽檐，我有些苦恼地站在家门口，开始思索以后的出路。

"你怎么了？"女邻居不知何时来到我身边，弯着腰，温柔地笑，"没地方可去吗？"

我转过头，眯起绿色眼睛，对她微笑。

何必思索那么多呢？上帝赐予我这张脸，只要有女人的地方，我就不会活得太过落魄。

"我饿了。"我对她说，"我想吃黑椒小牛排。"

现在回想起来，我走上这条路的初衷，仅仅只是为了一顿晚饭。

不过人的欲望是永无止境的。

有了小牛排，我又想要配套的贵腐酒，有了酒以后，我就想要一个独立的房间，住了几天觉得腻了以后，我又想回学校读书了。

"你的学费太贵了。"女邻居为难地说，"我只是个普通的超市收银员。"

我眯起眼看她，把不愉快放在脸上。

"但我会努力筹钱的。"女邻居急忙说，"我会给你学费的，你不要离开我。"

我在家里等她回来做饭，但她一直没有回来，不久，警察上门，告诉我，她因为挪用超市的公款被逮捕了，现在想要见我一面。

我很后悔过去见她，因为她不停地哭，不停地对我说："这都是为了你啊。"

如果真的是为了我的话，就先把钱给我，然后再被抓住啊。

我没空安慰她，随便应付了几句，就离开了警察局。

这个女人虽然笨手笨脚，却给了我一个启发。

拦下一辆红色奔驰，我对女车主笑道："能送我去机场吗？"

我之后的人生，就是一个又一个女人、一次又一次公平交易。

至少对我来说颇为公平的交易。

我给予她们爱情，她们满足我的欲望。

虽然每个女人都痛诉我的无情和无耻，但其实我并不会轻易离开一个人，只要她对我仍有价值，能够给予我名声地位，或者金钱利益，我就会一直与她在一起，可惜每个人最后都被我掏空了。

可惜，真的很可惜。

其实我也不愿一直漂泊的。

最让我难过的一次分离，是跟罗森的分离。

罗森是我的搭档，长得很英俊，一种刚硬不屈的英俊，跟我分属两个类型，毕竟女人的口味不一样，也不是每个女人都好我这口的。

我们两个合作愉快，互相引荐互相吹捧，曾经一度过得非常春风得意。

可好景不长，罗森突然死了。

被一个女人杀了。

我打赌罗森根本不记得对方叫什么名字。

那是个土得让我想要呕吐的女人，穿着超市打折的衣服，戴着一副黑框眼镜，头发至少三个月没有做过，化妆的技术也很差，脚上甚至没有穿高跟鞋。

我随便扫一眼，就知道她的月薪肯定不足三千。

罗森是不可能在这种女人身上浪费时间的。

"我们一起存了三年钱。"女人哭道，"说好了的，这笔钱是用来买钻戒和婚纱的，可他却背着我，拿这笔钱去整了容……"

原来罗森的英俊不是先天的英俊，而是后天的英俊。

这个可悲的家伙，他好不容易才摆脱了过去，摆脱了丑陋的自己跟同样丑陋的未婚妻，本来他可以跟我一起走上巅峰的，可他突然间不知道抽了什么风，给自己的未婚妻打了个电话，缅怀了一下往事，还约了一起见面。

见面的时候，他被对方给杀了。

我站在他的遗体边，对他说："像我们这样的人，只能不停地骗下一个，怎么能够回头去道歉？"

道歉有用的话，他也不会被女人给杀了。

所以我绝不会道歉。

我来到一个个女人身边，又一次次从她们身边离开，无论她们表现得多么悲伤、多么绝望，用多么恳切的言辞祈求我，我都没有回头，因为我知道的，如果我回头的话，说不定就会变成第二个罗森。

我跟他一样，都是不可饶恕的人。

而你，沈绿瓷，你明明跟我是同一类人。

我们同样天赋异禀，同样让人着迷。

我原本以为你可以代替罗森，成为我的搭档。

可你却说："干完这票我就不干了，我想过点普通人的日子。"

普通人的日子？

我觉得好笑。

罗森就是一时想不开，想要重新当个普通人，才会落到那个下场。

我不忍心看她步上罗森的后尘，所以不停地劝她，可她却一点也不领情。

好意一次次被辜负，我的心也渐渐冷了下来，有时候我会用嘲讽与怜悯的目光看着她，心里想："我等着看你是怎么死的。"

没想到的是，她还没死，我却先一步从楼梯上落了下来。

不是失足。

不是跳楼。

我是被一个女人推下来的。

真可悲，我也死在了一个女人手里。

轰的一声，我的额头砸在地上。

疼痛刺激了我的记忆，妈妈、养母、女邻居、罗森、沈绿瓷，一张张面孔在我脑海里渐渐清晰起来。

我记起了他们的样子。

我想要见见他们。

可他们都已经离开了我……

血在地板上慢慢晕开，像一条红色的小河，河面上倒映着我的面孔。

我看着他。

他看着我。

"啊。"我心想，"我果然只有我自己。"

我闭上眼。

他闭上眼。

犹如死在水中的纳西瑟斯。

番外：三个主题会

人与人之间，不同的人与不同的人之间，会组成不同的生活。

在这个文里，也生活着许许多多的人，虽然读者对他们都很熟，但很遗憾的是，他们彼此似乎并不怎么熟的样子。于是在文完结以后，主办方举办了一场主题会，让生活在同一个世界里的他们，能够在这场主题会里相遇。

一共三个主题会。

第一个是——夫妻互换会。

这个主题会的宗旨，似乎是让新婚夫妻体会一下对方的生活。

于是放眼望去，不少丈夫穿着围裙，手脚笨拙地炒菜做饭，妻子则拿着丈夫的游戏机，坐在房间里玩游戏。

小刀手里夹着烟，不满地说："我们为什么要来参加这么无聊的主题会？还有，我们也能算进'彼此不怎么熟'的人里吗？"

说完，他斜眼看着卷卷，别有深意地笑道："我对你身上的每个部位、对你的身体内外都很熟……"

卷卷在他脑门后拍了一下："公众场合，注意形象！"

后来询问了一下工作人员，才发现这是个失误。

请帖是发给另外一对夫妇的，并不是他们。

主办方送了他们一瓶昂贵的洋酒作为道歉礼，并且一路将他们送出会场。

似乎是对他们这对著名的夫妻感到好奇吧，主办方路上询问了一句："你们平时会互换身体吗？"

小刀咬牙切齿："会。"

"比如呢？"

卷卷："胸罩扣不上的时候，我不想生孩子的时候，不想喂奶的时候……"

小刀："喂！"

好像知道了什么不该知道的事……主办方擦擦脑门上的汗，尽量无视小刀杀人的眼神，笑容满面地将他们送上车，然后回去准备第二个主题会。

第二个主题会是——相亲。

与以往充斥着成功人士的相亲会不同，这一次的相亲会年龄层比较低，受到邀请的，大多数是各行各业的潜力新人，以及俊男美女。

暮照白和沈绿瓷无疑是最受瞩目的一对。

只不过两个人都不大适应现在的气氛。

暮照白松了松领带："你为什么会来参加相亲会？"

沈绿瓷淡定地喝了口咖啡："我想生个小孩。"

"咳咳咳！"暮照白被自己的口水呛住，赶紧抓起杯子不停地喝水，好不容止住咳，他捂着嘴，面红耳赤地对她说，"这个进度是不是有点太快了？"

"很快吗？"沈绿瓷不以为然地说，"我可以没有丈夫，但我一定要有个自己的孩子。"

"为什么？"暮照白有点无法理解。

"因为孩子比男人可靠多了。"沈绿瓷淡淡地道，"男人随时可能离开我，但孩子不会。"

暮照白盯着她的脸，良久道："我觉得你说的是反话……你随时可能离开男人，但你不会离开孩子。"

端着咖啡的手微微一顿，杯子里的咖啡荡开涟漪，沈绿瓷掀起眼皮子，看着对面坐着的年轻男人。

"我不知道你参加相亲会的原因是什么。"暮照白认真地看着她，"但既然你已经来了，那我希望你能尊重我。"

"你在干什么？"沈绿瓷重重地放下杯子，像领地受到侵犯的猫一样盯着对方，语气冷硬，"把我当犯人审问吗？"

暮照白垂了垂眼。

"抱歉。"他重新抬起眼，目光温柔，"我的态度也有问题。"

他先一步退让，反而让沈绿瓷有点进退两难。

"重新开始。"暮照白深吸一口气，然后略带腼腆地笑道，"我的名字是暮照白，今年二十三岁，在刑警大队工作，不抽烟不喝酒，能炒菜会做饭，比起狗更喜欢猫，第一次参加相亲会，请多指教。"

沈绿瓷身体歪靠在咖啡椅上，颇为为难地叹了口气，似乎暗地里嘟囔了一声："运气真不好，遇上了最麻烦的那种人。"

这个世界上，还有比做事认真的人更麻烦的人吗？

第三个主题会——反派。

林馥坐在座位上玩了会儿魔方，吃了两个草莓蛋糕，喝了一杯芒果奶昔，然后叫来主办方。

"人呢？"他指了指对面的空椅子。

主办方看了眼空桌位："抱歉，请稍等片刻。"

他离开片刻，回来的时候，把一个牌位放在空椅子里。

萨丁的遗照对林馥笑出八颗牙齿。

林馥："……"

番外：室友

这个身体，大概可以算作一个房子。

房子里曾经住了很多人，男人女人、老人孩子。

后来他们都死了。

被人杀了。

我饶有兴致地看着凶手，文质彬彬，戴着眼镜，脖子上挂着一串玫瑰念珠，看起来像个神父。

我知道他下一个目标是我。

这让我感到兴奋。

因为这个世界上最亲密的关系，就是敌人关系。

一个人通常不会去深入研究他的亲人朋友，但一定会去拼命研究他的敌人，了解他，找出他的弱点，然后打败他。

而我们跟其他人不同。

其他人发现自己快要输了的时候，还可以选择逃避。

我却无处可逃。

因为这座身体就像个斗兽笼，我们被困在同一个笼子里，一方死去，另一方才能获得自由，可以说赢家获得一切，输家一无所有。

"开始吧。"我喃喃自语，"我的室友。"

第一年，是互相试探。

我们两个就像刚刚住进大学宿舍的室友，收敛起内心的狰狞，尽量在对方面前表现出美好的一面。

不过我们两个都知道，我们现在所表现出来的，并不是真实的一面。

"你信教吗？"我指着他胸口挂着的玫瑰念珠问。

"是的，我相信这个世界上有神。"

"给我说说你的神。"我知道他是在扯谎，他其实是个无神论者，我这么说的目的是为了引诱他说出自己内心的观点，一个人的观点通常能够显示出他是个什么样的人。

果然，他想了想，然后对我说："神爱世人，不过只爱那些真正善良正直的人。"

"那些不善良不正直的人呢？"我问。

神父笑道："他们不是人。"

我点了点头，明白他为什么可以毫不留情地对房子里的其他人下手了。

第二年，是寻找弱点。

这个时候我们已经很熟了。

他知道我是什么样的人，我也知道他是什么样的人。

老实说，我很喜欢这个室友，他聪明睿智，说话富有深度，而且狡诈多端，一不留神就会上他的当，跟他交往是一件智力上的盛宴，比单独一个人读书要有趣得多。

可他却不怎么喜欢我，甚至可以说是忌惮我。

"有时候我会有种错觉。"他盯着我说，"你看起来一点也不难过。"

"难过？"我笑了，"我为什么要难过？"

"我们在精神病院里住了快两年了，你的父亲母亲……"他朝我比出两根手指头，"他们来看你的时间，屈指可数。"

"没关系。"我宽容地说，"我也不是很想看见他们。"

他死死地盯着我，试图在我脸上寻找说谎的痕迹。

可我并没有说谎。

从小到大，我的父母并不怎么关心我。

或者说只关注我的物质生活，给我买很多昂贵的礼物，替我报很多学习班，却从来不关注我真正想要什么。

而在知道我真正想要什么以后，他们开始害怕我、疏远我。

说实话，我不但不难过，反而还松了口气。虽然我们是亲人，但是真的合不来，勉强凑在一起，只会让双方都感到别扭和难受。

"如果一定要见的话。"我想了想，说，"我想见那天那个女孩子。"

"谁？"他问完，忽然恍然大悟，"你是说她？"

我点点头："那个闯入我身体内的女孩子，我对她很感兴趣。"

"为什么是她？"他皱起眉头，问道。

"因为她的能力很特别。"我眯起眼笑道，"我喜欢特别的人，无论是特别聪明、特别美丽，还是具备特殊的技能……"

神父："跟他们交往？"

我："不，跟他们为敌。"

神父："为什么？"

我："为了建立一段亲密的敌人关系。"

神父："在你心里，敌人比你的亲戚朋友更加重要？"

我想了想，回答："是，敌人会试图理解我。"

那一刻他没有说话，只是用极为古怪的眼神注视着我。

时至今日，我依然没明白那个眼神代表着什么意思，只知道在那之后不久，他托人找到了那个女孩子。

她的名字叫卷卷，是个长得很可爱的女孩子，有种让人着迷的朝气蓬勃。

他甚至还约了她见面。

不过在他们见面之前，我已经把刀插进了他肚子里。

"想不到你真的会对我下手。"他按住我的手，表情有点复杂。

"这不是理所当然的吗？"我笑。

我跟他说了那么多话，一起度过那么多的时光，归根究底，就是为了这一刀。

这一刀下去，我的心中不免感到有点空虚，甚至想要叹息一声，说一句："可惜了，你是个好对手。"

可如果他没有死的话，我一定会再补上一刀。

因为我们是敌人，关系最为亲密的敌人。

"可惜了。"我想了想，还是把这句话送给他，"你是个好对手。"

说完，我暂时离去，因为卷卷来了，我觉得自己应该留点时间和空间给他们。

老实说，我原本以为他会借机告白的。

结果，他只是给我找了个新室友。

他希望这个叫卷卷的女孩子能够代替他，看守我、击败我。

可惜对方完全不肯听他的话，反而对我和颜悦色地说："跟我走吧，我们出去。"

我眯起眼睛看着她。

她应该是他喜欢的那种人吧，真正的正直和善良。

但对我来说，毫无吸引力。

因为我在她身上感觉不到任何威胁，也就产生不了任何敌意……

所以我们无法建立起更加亲密的关系。

"出去有什么好。"我意兴阑珊地说，"外面又没有人在等我。"

外面，没有敌人等我。

她开始苦口婆心地劝我，告诉我只要出去的话，就能遇到各种各样的人，里面总有我想要了解和接触的人。

她真的知道我想要了解和接触什么人吗？

我回头看了眼神父，唇角向上一勾，然后回过头，朝她伸出一只手，撒着娇道："那好吧，你牵我走。"

你牵着我的手，带我离开自己，让我认识更多的人，聪明的、美丽的，或者有着特殊技能的，让我跟他们建立起更加亲密的……敌人关系。

她喜形于色，握住我的手。

我跟在她身后，一步一步离开这里，在最后走出房门的那一刻，我回过头。

我看见一道狰狞庞大的影子拖在我身后，张开贪婪的大口，像只饥肠辘辘的魔鬼。

我忍不住勾起唇，笑了。

图书在版编目（ＣＩＰ）数据

我有特殊的侦探技巧：全2册 / 梦魇殿下著. -- 南
京：江苏凤凰文艺出版社，2017.4
ISBN 978-7-5399-9909-8

Ⅰ.①我… Ⅱ.①梦… Ⅲ.①推理小说－中国－当代
Ⅳ.①I247.7

中国版本图书馆CIP数据核字(2017)第017272号

书　　　名	我有特殊的侦探技巧（全二册）
作　　　者	梦魇殿下
出 版 统 筹	黄小初　沈滏颖
选 题 策 划	北京记忆坊文化
责 任 编 辑	姚　丽
特 约 策 划	张才曰
特 约 编 辑	虾　球
责 任 监 制	刘　巍　江伟明
封 面 绘 图	三　乖
封 面 设 计	80零·小贾
出 版 发 行	江苏凤凰文艺出版社
出版社地址	南京市中央路165号，邮编：210009
出版社网址	http://www.jswenyi.com
印　　　刷	北京市通州运河印刷厂
开　　　本	880×1230毫米　1/32
字　　　数	450千字
印　　　张	18
版　　　次	2017年4月第1版，2017年4月第1次印刷
标 准 书 号	ISBN 978-7-5399-9909-8
定　　　价	52.00元（全二册）

影视版权抢订热线　　010-57194853
江苏凤凰文艺版图书凡印刷、装订错误可随时向承印厂调换